suhrkamp taschenbuch 4864

»In diesen Roman geriet ich aus Versehen oder vielmehr durch eine Bequemlichkeit.« Mit diesem Satz beginnt eine Recherche über zwei Männer, den Schriftsteller Rainer Trutz und Waldemar Gejm, einen Professor für Mathematik und Linguistik an der Lomonossow-Universität, der seit Jahren ein neues Forschungsgebiet entwickelt: die Mnemotechnik, die Lehre von Ursprung und Funktion der Erinnerung. Doch der Nationalsozialismus in gleicher Weise wie der Stalinismus werden Trutz und Gejm sehr bald zum Verhängnis: Der Deutsche, aus Nazideutschland geflohen, wird in einem sowjetischen Arbeitslager erschlagen. Die Umschwünge der Politik des Genossen Stalin führen im Falle Gejm zur Deportation mit anschließendem Tod. Nur die beiden Söhne, Maykl Trutz und Rem Gejm, überleben und begegnen sich Jahrzehnte später im wiederhergestellten Deutschland und machen fast dieselben Erfahrungen wie ihre Väter ...

Christoph Hein, geboren 1944 in Heinzendorf/Schlesien, aufgewachsen in Bad Düben bei Leipzig, lebt als freier Schriftsteller in Berlin. Er wurde mit zahlreichen Preisen ausgezeichnet (u.a. mit dem Uwe-Johnson-, dem Stefan-Heym- und dem Grimmelshausen-Preis).

Christoph Hein

Trutz

Roman

Suhrkamp

Erste Auflage 2018
suhrkamp taschenbuch 4864

Umschlag: Hermann Michels und Regina Göllner
Druck und Bindung: CPI – Ebner & Spiegel, Ulm
Printed in Germany
ISBN 978-3-518-46864-7

Trutz

In diesen Roman geriet ich aus Versehen oder vielmehr durch eine Bequemlichkeit. Ich wollte mir eine längere Fahrt mit der S-Bahn ersparen, gleichzeitig die Chance nutzen, eine der Direktorinnen des Bundesarchivs Lichterfelde in einem kleinen Kreis ansprechen zu können, ohne in ihrem Archiv offiziell um einen Gesprächstermin zu bitten, eine Bitte, die man mir dort möglicherweise abschlagen würde.

Im Gebäude der Bundesstiftung zur Aufarbeitung der SED-Diktatur war eine Veranstaltung zur wechselvollen Geschichte der deutsch-russischen Verhältnisse im letzten Jahrhundert unter dem Titel *Feindliche Freunde* für den zwölften Februar angekündigt. Eine stellvertretende Direktorin des Bundesarchivs wollte über neue, in ihren Besitz gelangte Dokumente zu dieser leidvollen Beziehung sprechen. Das Thema interessierte mich nur am Rande, ich war mit anderen Dingen beschäftigt, aber die Möglichkeit, eine leitende Dame des Bundesarchivs in einer, wie ich hoffte, kleinen Runde zu treffen, verlockte mich, an jenem Montagnachmittag in die Kronenstraße zu gehen, mir ihre Ausführungen scheinbar interessiert anzuhören, um sie dann mit einem Anliegen zu belästigen, mit einer Anfrage, worüber nur eine Person der oberen Etage des Bundesarchivs eine Entscheidung fällen konnte.

Ich war seit mehr als einem Jahr dabei, die seltsamen Umstände des Todes eines Terroristen zu erhellen, der von einer Hundertschaft Grenzpolizisten ergriffen werden sollte, dabei durch eine Kugel ums Leben kam, doch war trotz mehrerer Prozesse nie aufzuklären, wer den tödlichen Schuss abgegeben hatte, der Gesuchte selbst oder einer der Beamten. Die Staatsanwälte und Richter mussten eine Hundertschaft von Grenzpolizisten befragen sowie, ungeachtet ihrer Amtsgewalt und der Befugnis, von allen Behörden Auskunft notfalls zu erzwingen, und trotz ihrer Unabhängigkeit, die Aussagen der einhundert Grenzpolizisten, die den Auftrag hatten, einen des Terrorismus Verdächtigen festzunehmen, hinnehmen, dass von diesen einhundert Beamten in dem Augenblick, wo der Verdächtige durch eine Pistolenkugel starb, nicht ein einziger zu dem Festzunehmenden blickte, sondern alle abgelenkt waren und daher nichts bezeugen konnten. Vor Gericht konnte sich keiner der Grenzpolizisten an den genauen Ablauf erinnern, und die Beteiligten sagten aus, sie hätten in dem Moment, als der Schuss fiel, woanders hingeschaut. Alle mit dem Fall befassten Gerichte mussten sich trotz erheblicher Bedenken mit diesen Auskünften und einem *non-liquet*, der Feststellung der Beweislosigkeit, zufriedengeben. Einen Tag nach dem tödlichen Schuss trat der Innenminister zurück, zwei Tage später wurde der Generalbundesanwalt entlassen. Der Rücktritt, so wurde der Öffentlichkeit mitgeteilt, erfolge aus persönlichen Gründen, die Entlassung stehe in keinem Zusammenhang mit dem vom Gericht aufzuklärenden Geschehen. Eine vom Gericht beantragte Vernehmung des zurückgetretenen Ministers wie des entlassenen Bundesanwalts unterblieb, da beiden Personen die Aussagegenehmigung verweigert wurde.

Gern wäre ich im Amtszimmer des Richters dabei gewesen, als er in der Gerichtsakte die Einstellung des Verfahrens gegen die Beschuldigten wegen Nichterweislichkeit einer Beweisbehauptung notierte, als er sein *non-liquet* eintrug, *es ist nicht klar*. Zwei der mit diesem

Fall befassten Richter waren bereit, mit mir zu sprechen, beide waren mittlerweile pensioniert, doch sie vermochten keine zusätzlichen Fakten und Hintergründe zu benennen, die über die in den Gerichtsakten festgehaltenen hinausgingen. Einer der Ruheständler sagte, in keinem seiner Prozesse sei er entwürdigender vorgeführt worden, der Staat habe zugelassen, dass seine garantierte Unabhängigkeit gegenüber der Exekutive zur Farce verkam.

Ich war als Mann ohne jede Amtsgewalt chancenlos und hatte keinerlei Aussicht, mehr Licht als die Staatsanwälte und Richter in dieses Dunkel zu bringen, hoffte jedoch, im Bundesarchiv in der Finckensteinallee ein paar Akten zu finden, die weiterhelfen könnten, aber gleichzeitig wusste ich, dass ich dort sehr gute, sehr gewichtige Gründe vorbringen musste, damit man mir eine solche Akteneinsicht gewährte. Ein freundliches Gespräch und viel Charme würde mir eventuell die so sorgsam verschlossene Tür öffnen. Da der Schlüssel für diese Tür in der Direktionsetage lag, musste ich dahin vordringen, und nur deswegen ging ich an jenem Montag zu diesem mich wenig interessierenden Vortrag. Ich war sogar eine halbe Stunde früher in dem prachtvollen Gebäude in der Hoffnung, die hohe Dame vielleicht vor ihrem Referat sprechen zu können.

Tatsächlich sah ich sie im Foyer der Stiftung, einen Prosecco in der Hand, plauderte sie mit der Gastgeberin. Als diese ihr das leere Glas abnahm, um es zum Tresen zu bringen, stellte ich mich vor und sprach kurz mein Anliegen an. Die Gastgeberin kam zurück, die Archivchefin entschuldigte sich und bat darum, bis nach der Veranstaltung zu warten, um ihr dann meinen Wunsch zu erläutern. Beide Damen verschwanden hinter einer Tür.

Die neuen Dokumente, die die Archivarin dem Publikum mit Overheadfolien präsentierte, erschienen mir belanglos. Es waren keine sensationellen Erkenntnisse, die eine Neubewertung der geschichtswissenschaftlichen Sicht auf das letzte Jahrhundert erforderlich machten, und was daran unbekannt war, überraschte nicht, sondern blieb im Rahmen des Erwartbaren.

Die Zuhörer folgten den Ausführungen mäßig interessiert. Ein älterer Herr, er saß eine Reihe vor mir, zwei Stühle weiter, schien der Einzige zu sein, der genau zuhörte und von ihrer Rede gefesselt war, jedenfalls schrieb er ununterbrochen mit und füllte die Seiten eines Schreibblocks für Stenotypisten. Die Gastgeberin, die Hausherrin der Stiftung, erhob sich nach dem Vortrag, applaudierte stehend, dankte der Archivarin und fragte, ob es Fragen oder Wortmeldungen gäbe. Da sich niemand meldete, wollte sie die Veranstaltung mit einer Einladung für alle Anwesenden zu einem Glas Prosecco, Saft oder Wasser beenden, als der ältere Herr aufstand und um das Wort bat.

Die beiden Damen am Podium nickten erfreut und forderten ihn auf zu sprechen.

»Verzeihung, aber es waren einfach zu viele Fehler in Ihrem Vortrag, verehrte Dame«, begann er und listete dann acht oder neun gravierende Unstimmigkeiten auf.

Die Referentin wurde abwechselnd blass und rot während seiner Bemerkungen, dann fasste sie sich und sagte, als der Mann zum Schluss kam und sich wieder hinsetzte, erkennbar erregt, der Herr würde sich irren, alle Daten und Fakten wären kontrolliert worden, Archivare würden, bevor sie die kleinste Kleinigkeit herausgeben, alles wieder und wieder überprüfen.

Die Frau neben mir murmelte etwas von einem Klugscheißer, der sich wichtig machen wolle, und die Hausherrin sagte, um die Referentin zu beruhigen, lächelnd, es sei bei ihrer Stiftung an der Tagesordnung, dass nicht alle Besucher mit den Ausstellungsexponaten oder den wissenschaftlichen Referaten einverstanden seien. Es gebe halt die Ewiggestrigen, die einem untergegangenen Staat nachtrauerten und sich daher gegen die ihnen unangenehme Wahrheit sperren.

»Ich trauere einigen Menschen nach, ja, einigen von ihnen sogar sehr«, widersprach ihr der ältere Herr, der sich erneut erhoben hatte, »jedoch gewiss keinem untergegangenen Staat, keinem einzigen. Aber die Wahrheit muss bleiben, und für Sie, eine Archivarin, sollte nichts als die Wahrheit zählen. Sie können meine Korrekturen überprüfen, alle. Einige sogar hier, auf der Stelle. Ich sehe, Sie haben den großen Schmitz auf Ihrem Tisch liegen, diesem Standardwerk werden Sie wohl keine Schnitzer unterstellen. Lesen Sie dort die Ausführungen zum Militärgeld. In der DDR wurde es erst 1980 gedruckt, aber nie verwandt, das vergleichbare Geheimgeld der Bundesrepublik druckte man Anfang der sechziger Jahre und stellte diese Aktion 1981 ein.«

Die Gastgeberin versuchte ihn zu unterbrechen: »Sehr geehrter Herr, ich hatte die Veranstaltung bereits beendet. Wir können das ja alles bei einem Glas besprechen.«

»Nein, bitte schlagen Sie den Schmitz auf. Seite vierhundertzweiunddreißig, der letzte Absatz, schauen Sie es sich an. Lesen Sie es bitte vor.«

Verärgert und irritiert schlug die Referentin das vor ihr liegende Buch auf und blätterte darin.

»Seite vierhundertzweiunddreißig«, wiederholte der Mann, »unten, der letzte Absatz. Lesen Sie bitte die Zeilen vor.«

Hochrot gestand die Archivarin, wohl einen Fehler gemacht zu haben, doch der ältere Herr gab keine Ruhe und sagte, mit Hilfe des großen Schmitz könnte sie gleich noch einen weiteren Irrtum korrigieren, denn nach dem Geheimen Zusatzprotokoll im deutsch-sowjetischen Nichtangriffspakt vom 24. August 1939, der wegen Ribbentrops Ankunft auf den 23. August vordatiert wurde, sollten nicht Tausende von Flüchtlingen auf Verlangen gegenseitig ausgeliefert werden, die Zahl wurde damals genau angegeben. Jede Seite hatte laut Protokoll Anspruch auf Rückführung von eintausendfünfhundert Emigranten, und beide Seiten hätten Flüchtlinge ausgeliefert, am 22. Juni 1941, als die deutsche Wehrmacht in die Sowjetunion einmarschierte und der Pakt damit hinfällig war, hatten beide Seiten erst achtzig Prozent der Gegenseite übergeben.

Im Saal wuchs der Unmut, man wollte zum Buffet und keine weitere Diskussion, und als die Hausherrin eine einladende Bewegung in Richtung des Tisches mit den gefüllten Gläsern machte, standen alle Besucher auf und begaben sich dorthin. Der Mann angelte nach seiner Unterarmstütze und steckte seinen Schreibblock ein, ich ging nach vorn zum Podium, um die Archivarin zu sprechen, doch die Dame vom Bundesarchiv war noch immer hochgradig erregt, sagte, als ich vor ihr erschien, sie habe keine Zeit mehr, ich möge mich an den archivfachlichen Dienst wenden, die würden mir weiterhelfen. Sie nahm ihr Manuskript und die Bücher, auch den großen Schmitz, und verschwand zusammen mit der Hausherrin in den hinteren Räumen.

Bei den Garderobenhaken stand nur der ältere Herr, die anderen Besucher versammelten sich um den Tisch mit den Gläsern, einige von ihnen schauten verachtungsvoll zu dem Mann hinüber, der es gewagt hatte, die Referentin, eine stellvertretende Direktorin des Bundesarchivs, in Verlegenheit zu bringen. Ich nahm meinen Mantel vom Haken und fragte den Mann, ob ich ihm behilflich sein könne, die Krücke störte ihn beim Überziehen seines Mantels. Obwohl er es war, der meine Hoffnung, mit der stellvertretenden Direktorin des Bundesarchivs unter vier Augen zu reden, durch seine Kritik zerstört hatte, ich also in die Finckensteinallee hinausfahren müsste und dort gewiss keine der Direktorinnen des Bundesarchivs zu sprechen bekam, die allein über mein Ersuchen entscheiden könnten, sondern lediglich einen der Archivsklaven, bot ich ihm meine Hilfe an, denn es hatte mir gefallen, wie unverfroren er sie kritisierte, wie er ihr Fakten und Daten um die Ohren haute, die er offenbar alle im Kopf hatte. Selbst als er die Fehler und Irrtümer wiederholte, die ihr im Vortrag unterlaufen waren, schaute er nicht einen Moment auf die Notizen in seinem Schreibblock.

»Gern«, sagte er, »vielen Dank. Ja, dieses verfluchte Bein, erst eine Knieoperation, dann eine Thrombose, sehr schmerzhaft, sehr langwierig.«

Ich hielt ihm die Tür auf und ging weiter langsam neben ihm her, da er ebenfalls zum U-Bahnhof lief. Dabei erkundigte ich mich, wieso er gewusst habe, worüber die Archivarin sprechen werde.

Er schüttelte den Kopf: »Nein, ich wusste es nicht. Ich wollte hören, was sie zu sagen hat.«

»Aber wieso konnten Sie ihr die Fehler nachweisen? Wieso kennen Sie diese Einzelheiten so genau?«

»Ich habe es irgendwann einmal gelesen. Und was ich gelesen habe, weiß ich. Und wenn ich es aufgeschrieben habe, weiß ich es für alle Zeiten.«

Ich lächelte, mir schien er nun etwas verwirrt und

skurril zu sein. Oder ein Klugscheißer, wie die Frau neben mir gesagt hatte.

»Nur ein wenig Training, junger Mann«, sagte er, »nur etwas Gehirntraining. Mnemonik, sagt Ihnen das was?«

»Nein, tut mir leid. Nie gehört. Hat es etwas mit Mnemotechnik zu tun?«

»Sie sind auf dem richtigen Weg. Mnemonik ist eine Wissenschaft, und diese Technik, von der Sie sprechen, wurde nach ihren Forschungsergebnissen entwickelt.«

»Von einer Wissenschaft Mnemonik habe ich nie etwas gehört. Gibt es Hochschulen, an denen sie gelehrt wird?«

»Hierzulande nicht. Aber es gab sie auch hier. Heute müssen Sie in die USA fahren oder nach Frankreich. Auch Russland hat die Forschungen wiederaufgenommen, wie ich erfuhr.«

»Und Sie, Sie sind einer dieser Mnemoniker?«

»Nein, leider nicht. In Deutschland ist diese Wissenschaft weniger bekannt. Aber ich wurde von einem Mnemoniker trainiert, von Kindesbeinen an. Vermutlich war er seinerzeit der weltweit beste und berühmteste dieser Zunft. Gejm hieß er.«

»Dieser Name sagt mir auch nichts, leider.«

»Ja, es ist alles vergessen. Ausgelöscht. Blutig ausgelöscht. Die Mnemonik zieht eine Blutspur hinter sich her, bis heute. Bereits zu Beginn war das so, diese Wissenschaft begann mit einem Massaker. Ein gutes Gedächtnis war in der Geschichte der Menschheit stets eine tödliche Gefahr. Das Vergessen wird belohnt, nicht das Gedächtnis. Wenn Sie schnell und rasch vergessen, werden Sie glücklich auf Erden und können in Ruhe alt werden. Doch wenn Sie sich an alles erinnern, bekommen Sie Schwierigkeiten, und die können tödlich sein. So geht es bis in unsere Zeit, bis zu mir. Heute, genau vor einem Jahr, gab es das vorerst letzte Verbrechen. Ein Mord, ein grauenvoller Mord, der einem Gedächtnis galt.«

Ich wusste nicht, ob ich diesem Mann auch nur ein Wort glauben konnte, ob ich einem Kerl mit einem besonders schrulligen Spleen begegnet war, einem jener Irren, die mit Verschwörungstheorien durchs Land ziehen und von Plänen zur Eroberung der Welt oder eines Kontinents schwätzen, um vor einer absonderlichen, irdischen oder extraterrestrischen Gefahr zu warnen, oder ob an seinem Gerede von einer Wissenschaft mit Blutspur und Massaker etwas dran war.

»Ich weiß nicht, Herr …«

»Trutz heiß ich, Maykl Trutz«, sagte er.

Ich gab ihm die Hand, stellte mich ebenfalls vor und fragte, wo man mehr über diese Wissenschaft erfahren könne, von der ich noch nie gehört hatte.

»Kommen Sie zu mir, besuchen Sie mich, dann will ich Ihnen gern etwas darüber erzählen. Aber in einer halben Stunde ist das nicht abgetan. Ich muss dann von dem großen Gejm berichten, von Waldemar Gejm und seinem Sohn Rem. Von meinem Vater Rainer Trutz, von meiner Mutter, von Lilija und noch von einigen anderen, wenn Sie etwas von der Mnemonik verstehen wollen. Melden Sie sich bei mir, wenn Sie Zeit haben.«

Er blieb stehen, klemmte die Krücke unter einen Arm, zog sein Portemonnaie heraus, entnahm ihm eine Visitenkarte und gab sie mir.

Ich bedankte mich und versprach nach kurzem Zögern, mich bei ihm zu melden. Zusammen stiegen wir langsam die Treppen zum U-Bahn-Schacht hinunter, auf dem Bahnsteig fragte ich, was ich mitbringen dürfe.

»Einen ausgeschlafenen Kopf und ein gutes Gedächtnis, das reicht«, sagte er und fügte dann noch hinzu: »Und Sie könnten einen Wodka mitbringen, einen *Gorbatschow* möglichst.«

»Mach ich. Ist das ein guter Wodka?«

»Keine Ahnung, ich trinke nicht. Höchstens einmal im Jahr ist mir danach, und heute ist so ein Tag, heute würde ich sehr gern einen *Gorbatschow* trinken.«

Er wies auf die einfahrende Bahn: »Melden Sie sich. Oder lassen Sie es bleiben. Auf Wiedersehen.«

Er humpelte in den Waggon und setzte sich auf eine Bank, ich sah ihm nach, bis die Bahn abfuhr, er schaute sich nicht nach mir um. Ich blickte auf die Visitenkarte, Maykl Trutz, Fischerinsel, und steckte sie in die Reverstasche. Ich war mir nicht sicher, ob ich ihn tatsächlich aufsuchen wollte.

In den nächsten Wochen arbeitete ich Tag für Tag an meinem Manuskript. Ich fuhr auch ins Bundesarchiv hinaus, in die Finckensteinallee, aber dieser Besuch war überflüssig. So viel Charme ich auch aufwandte, man wollte mir nicht einmal sagen, ob zu jenem Fall Akten bei ihnen liegen, noch nicht einmal diese Auskunft dürfe erteilt werden. Die ältere Archivarin, mit der ich sprach und der ich um den Bart ging, von dem tatsächlich etwas zu sehen war, meinte, ich würde ohne eine Genehmigung keine Einsicht bekommen, selbst wenn ich der Bundeskanzler wäre, auch bei dem hätte entweder der Bundestag oder der Generalbundesanwalt zuzustimmen. Wer in diesem Fall eine Genehmigung erteilen darf, wisse sie nicht, da müsse sie sich erst in der Benutzungsverordnung des Bundesarchivs kundig machen. Ich erwiderte, diese Mühe könne sie sich sparen, ich sei derzeit in einem anderen Beruf tätig. Nach einer längeren Plauderei, ich versuchte vergeblich, sie aufzutauen, fragte ich sie ganz direkt, ob es nicht andere Wege, nichtoffizielle Zugänge, also ein Hintertürchen zu diesen Akten gebe.

Sie war nicht verärgert, lächelte freundlich und sagte. »Und Ihre nächste Frage ist, ob ich Ihnen Haschisch beschaffen kann oder andere Drogen?«

Ich nickte und erwiderte: »So direkt hätte ich Sie das nicht zu fragen gewagt.«

Wir lachten herzlich, sie offenherzig, ich eher verzweifelt, dann verabschiedete ich mich.

Anfang März, an einem Samstag, rief ich Trutz an. Herr Trutz erinnerte sich augenblicklich an mich, wir verabredeten uns für den kommenden Freitag fünfzehn Uhr. Er wohnte in einem der neueren Hochhäuser der Fischerinsel, im sechsten Stockwerk. Seine Frau öffnete mir die Tür, brachte mich in sein Zimmer und fragte, ob ich Kaffee oder Tee wünschte. Herr Trutz blieb in seinem Sessel sitzen, als ich eintrat, ich erkundigte mich nach seinem Bein, er wischte die Frage mit einer Handbewegung weg und sagte, ich solle mich setzen und zuhören. Ich reichte ihm die gewünschte Wodkaflasche, er dankte und stellte sie achtlos neben seinen Schreibtisch, der in dem riesigen, alle drei Zimmerwände bedeckenden Bücherregal eingebaut war. Er bat mich, ihm zwei Broschüren von seinem Schreibtisch zu holen. Als ich sie ihm reichte, sagte er, diese beiden dünnen Büchlein könne er mir, so ich wolle, ausleihen, da würde ich das eine und andere zur Mnemonik finden, mehr gäbe es leider nicht. Ich dankte und versprach, sorgsam mit den Broschüren umzugehen. Seine Frau kam ins Zimmer und brachte eine riesige Thermosflasche mit Tee, sie habe die große Flasche genommen, um uns später nicht stören zu müssen. Sie goss mir und ihrem Mann Tee ein und verabschiedete sich mit einem Lächeln.

»So«, sagte Maykl Trutz, »fangen wir an. Ich will nicht bis in die Antike zurückgehen, vorerst nicht. Ich fange mit meinem Vater an.«

Er redete vier Stunden ohne Unterlass, ich hörte ihm zunehmend gebannt zu und schrieb in Stichpunkten mit, was er sagte. Während er erzählte, schaute er aus dem Fenster auf die Spree und das Rolandufer, nur selten sah er einmal zu mir. Um neunzehn Uhr, genau nach vier Stunden, beendete er seinen Bericht und sagte, er sei jetzt müde und nicht mehr ausreichend konzentriert. Wenn ich mehr erfahren wolle, müsse ich wiederkommen. Ich erkundigte mich, wann es ihm recht sei, und er entgegnete, er sei Rentner, Pensionist, ihm sei jeder Tag recht. Wir verabredeten uns für den sechsten März, wiederum um fünfzehn Uhr. Ich fragte, ob ich ein kleines Aufzeichnungsgerät mitbringen dürfe, einen Recorder, ich hätte nicht sein fabelhaftes Gedächtnis und beim Mitschreiben entgehe mir vieles.

»Wie Sie wollen«, sagte er.

Ich besuchte Maykl Trutz acht Mal. Bei jedem Besuch sprach er vier Stunden lang, genau vier Stunden, um dann plötzlich und ohne auf die Uhr zu schauen seinen Bericht abzubrechen, da er erschöpft sei und verbraucht, und mich rasch zu verabschieden.

Ende April sah ich ihn zum letzten Mal. Wir telefonierten danach gelegentlich, alle zwei, drei Monate meldete ich mich bei ihm, da ich noch Fragen hatte, hauptsächlich aber war ich mit jenen Vorgängen beschäftigt, zu denen nicht nur mir, sondern auch drei deutschen Gerichten vollständige Akteneinsicht verwehrt worden war. Ähnlich den damaligen Richtern würde auch ich wohl meine geplante Publikation mit einem *non-liquet* beenden müssen. Die Aktenlage gab keine andere Möglichkeit her oder vielmehr die Archive gaben die Akten nicht her.

Meine Zweifel gegenüber Trutz, die anfängliche Vermutung, es bei ihm mit einem jener Verwirrten zu tun zu haben, die eine fixe Idee beherrschte, die unter Zwangsvorstellungen litten und Verschwörungstheorien nachjagten, hatten sich bei meinem allerersten Besuch in Luft aufgelöst, dieser Mann hatte mein volles Vertrauen.

Im Mai 2003 rief ich Maykl Trutz an und sagte, nun würde ich mich vollständig und ausschließlich mit seinem Fall befassen und deshalb in vier Tagen nach Moskau fliegen, ich hätte mit einem Militärarchiv im Stadtteil Sewerny Verbindung aufnehmen können und hoffe, dort fündig zu werden und weitere Dokumente aufzuspüren. Ich benötigte für die neue Recherche so viele der irgendwo gesammelten Aktenstücke wie nur möglich, ich erwartete weitere Aufklärung, um alles besser zu verstehen, um die Zusammenhänge zu begreifen und verstehbar zu machen.

Für diesen Fall gab es in den deutschen Archiven keinerlei Beschränkungen, ich bekam alles, um was ich bat. Die Ausbeute war jedoch gering, weshalb ich mich auf russische Archive konzentrierte, bei denen ich jedoch auf größeren Widerstand stieß, bei fast jeder zweiten angeforderten Akte in den Archiven der sowjetischen Armee wie auch der Zweiten und Dritten Hauptverwaltung des KGB wurde mir Einsicht verweigert. Die Suche war mühsam, zweimal unterbrach ich diese Arbeit und war schon fast entschlossen, sie für immer einzustellen. Doch bei der Durchsicht meiner Gesprächsnotizen und einem wiederholten Anhören der Tonaufzeichnungen von Maykl Trutz wurde ich wieder verführt weiterzumachen.

Im Mai 2007 starb Maykl Trutz, er wurde dreiundsiebzig Jahre alt. Drei Monate zuvor hatte man einen inoperablen Gehirntumor bei ihm diagnostiziert. Im März noch hatte ich mit ihm telefoniert, am Telefon bemerkte ich, dass er Schwierigkeiten beim Sprechen hatte, doch von dem Tumor sagte er mir nichts. Auf die Traueranzeige von Annika Trutz war ich nicht vorbereitet.

Am Tage seiner Beerdigung wollte ich am Morgen mit Aeroflot über Moskau nach Tscheljabinsk fliegen, da ich endlich eine Besuchserlaubnis für das Archiv ITL erhalten hatte, in dem sich die Akten des Tscheljabinsker Besserungsarbeitslagers befanden. Ich rief in dem Archiv an, konnte den vereinbarten Termin um drei Tage verschieben und auch die beiden Flüge umbuchen, um bei der Beisetzung auf dem Sophienfriedhof dabei zu sein.

Etwa fünfundzwanzig Leute versammelten sich in der kleinen Friedhofskapelle, Annika Trutz erkannte mich sofort wieder, wir hatten uns jahrelang nicht gesehen, und dankte für mein Kommen. Mit dem Requiem von Mozart wurde die Feier eröffnet, ein Mann vom Beerdigungsinstitut oder von der Friedhofsverwaltung stand an dem CD-Spieler, regelte die Lautstärke und unterbrach die Musik an einer geeigneten Stelle, damit einer der Freunde von Maykl Trutz sprechen konnte.

Zum Ende der kurzen Feierlichkeit gab es einen befremdlichen Vorgang. Vier Träger hatten den Sarg aufgenommen und schritten gemessenen Schrittes aus der Kapelle, Annika Trutz folgte ihnen, und alle anderen standen auf, um sich ihr anzuschließen. Plötzlich setzte ein Walzer ein, ein fröhlicher, beschwingter Walzer. Alle Gäste erstarrten, ich auch, und blickten erschrocken auf den Mann an dem CD-Spieler, dem offensichtlich oder vielmehr unüberhörbar ein dummer, ein höchst peinlicher Missgriff unterlaufen war, er jedoch stand seelenruhig neben dem Gerät und grinste verlegen, und da Annika Trutz sich nicht entsetzt umgewandt hatte, sondern weiter mit kleinen Schritten dem Sarg folgte, war diese Musik, dieses unpassende Operettencouplet, offenbar von ihr bestellt worden. Noch bevor die Träger mit dem Sarg die Ausgangstür erreicht hatten, ertönte die dunkle Stimme eines Tenors, in die ein heller, ein jubilierender Sopran einfiel, und während die kleine Trauergemeinde die Kapelle verließ, sangen die beiden, es sei nur der glücklich, der vergessen könne, was nicht zu ändern ist.

Am offenen Grab nahm ich eine Handvoll Erde auf und warf sie auf den Sarg von Maykl Trutz. Diesem Mann verdanke ich diesen Roman, für den ich die Archive dreier Länder aufsuchte, um seinen Bericht zu vervollständigen und um weitere Details aufzuspüren.

Ihm, Maykl Trutz, sei daher dieses Buch gewidmet.

Tatsächlich aber werde ich diesen Roman erst an dem Tag vervollständigen und wirklich beenden können, wenn, wie Rem seinem Freund Maykl schrieb, sich die Gräber auftun und die Archive geöffnet werden.

Erster Teil

1. Kapitel

Rainer Trutz, Maykls Vater, hatte als Neunzehnjähriger sein Heimatdorf Busow verlassen, eine kleine Siedlung an der Bahnstrecke, die von Ducherow und Kamp über eine eingleisige, handbetriebene Drehbrücke nach Swinemünde führte, und war nach Berlin gegangen, da der väterliche Bauernhof seinem zwei Jahre älteren Bruder Frieder übereignet worden war und ihm der Sinn nicht danach stand, sein Leben mit Feldarbeit und Viehzucht zu verbringen. In seinem Dorf und in der weiteren Umgebung gab es keine Arbeit, die ihn lockte, zumal in der gesamten nördlichen Region die Arbeitslosigkeit höher war als im restlichen Deutschen Reich.

Das einzige größere Projekt in diesem deutschen Randbezirk war ein in Planung befindliches Brückenbauwerk, eine zweigleisige Hubbrücke nach dem Vorbild der Marstallbrücke, die aber anders als die Lübecker Konstruktion nicht dem Autoverkehr und den Fußgängern dienen, sondern ausschließlich Zügen der Reichsbahn vorbehalten sein sollte. Die neue Brücke war seit längerer Zeit ein beständiges Thema der regionalen Zeitung, die Bevölkerung beteiligte sich mit teilweise deftigen Leserbriefen lebhaft an der Diskussion, die einen erwarteten von der Brücke Arbeitsplätze und eine steigende Zahl von Feriengästen, andere befürchteten, das Bauwerk würde die Küstenlandschaft verschandeln und ein in schwindelerregender Höhe dahinrasender D-Zug sei eine fortwährende Gefahr für Leib und Leben nicht allein der Reisenden, sondern auch der unter der Bahnstrecke ansässigen Mitbürger.

Der junge Trutz sah in diesem Projekt keine zukunftsträchtige Chance für sich, denn es würden gewiss viele Arbeitsplätze entstehen, aber allein für Bauarbeiter, Schmiede, Schweißer und Eisenleger, für Berufe, die allesamt mit schwerer körperlicher Arbeit verbunden waren, wozu er nach den Jahren auf dem väterlichen Bauernhof nicht die geringste Neigung verspürte.

Er war, verbunden mit alltäglichen, halbstündigen Busfahrten, in Anklam aufs Gymnasium gegangen, und die Lesezeit im Bus wie der Schulbesuch waren für ihn die schönen Stunden des Tages. Daheim gab es immerfort etwas für ihn zu tun, er hatte kaum Zeit für die Schularbeiten, musste dem Vater im Stall und auf dem Feld helfen. Sich mit einem Buch zurückzuziehen galt als Faulenzerei und wurde gerüffelt, selbst die erforderliche Lektüre für die Schule und das Lernen der englischen und französischen Vokabeln wurden daheim ungern gesehen. Da sein älterer Bruder bereits nach der achten Klasse von der Schule abgegangen war und keinerlei Interesse an Büchern oder Musik aufbrachte, sondern von früh an sich auf dem Hof nützlich machte und dem Vater zur Seite stand, wirkten Rainers Vorlieben für Literatur und die Künste auf seine Eltern besonders befremdlich, ihr jüngerer Sohn war in ihren Augen lebensuntauglich.

Der Deutschlehrer seiner letzten drei Schuljahre war es, der die Neigungen und Begabungen des jungen Trutz erkannte und förderte, und er war es auch, der dem siebzehnjährigen Rainer zusammen mit drei anderen Schülern die Möglichkeit verschaffte, erstmals in ihrem Leben eine Theateraufführung zu besuchen. Rainers Eltern wollten ihrem Sohn diesen Theaterbesuch nicht erlauben, sie waren nicht bereit, auch nur einen Pfennig dafür zu bezahlen, so dass sein Deutschlehrer sich entschloss, die

Theaterkarte wie auch das Busticket nach Stralsund für seinen begabtesten Schüler aus der eigenen Tasche zu bezahlen.

An einem Sonntagmittag fuhr er mit den vier Schülern zum *Neuen Theater*, wo sie Schillers *Wilhelm Tell* sehen konnten, eine Aufführung in einer bombastischen Bühnenlandschaft, die einen Teil des Mont-Blanc-Massivs darstellen sollte, in der es offenbar auch tätige Vulkane gab, da im Hintergrund der Berggruppe beständig Feuer und Rauch zu sehen waren. Rainer war hingerissen, und wochen- und monatelang war für ihn entschieden, Schauspieler zu werden. Er las nun vor allem Theaterstücke, suchte sich Rollen heraus, die er auswendig lernte und bei der Feldarbeit halblaut vor sich hin sprach.

Rainer beendete die Schule mit einem der besten Abiturzeugnisse, die das Anklamer Gymnasium je vergeben hatte. Nun stünde ihm jede Universität offen, versicherten ihm seine Lehrer, doch sein Vater und der ältere Bruder, der mittlerweile den Hof übernommen hatte, erklärten, ihn in dieser Zeit und bei der wirtschaftlichen Situation des Hofes mit keinem Pfennig bei einem lustigen Studentenleben unterstützen zu können. Den Eltern wie seinem Bruder schienen alle Berufswünsche von Rainer nur Tagträumereien eines Menschen zu sein, der der Arbeit aus dem Wege zu gehen suchte und seine Zeit stattdessen mit Büchern verbringen wollte. Rainer entschied sich daraufhin, das Elternhaus zu verlassen und für immer nach Berlin zu gehen.

In dieser gerühmten und aufregenden Weltstadt, in der so viele ihren Weg und ihr Glück gefunden hatten, könnte er sich wohl leichter und schneller in einem Beruf beweisen, der einer seiner Neigungen entsprach, wobei er hoffte, in der großen Stadt die nötigen Anregungen zu bekommen, um sich für eine seiner Veranlagungen und Begabungen zu entscheiden, denn noch trieb es den jungen Mann in alle möglichen Richtungen. Immer noch träumte er von einer Karriere als Schauspieler, aber er begeisterte sich tagtäglich auch für andere Berufe, sei es in einem Kunstgenre oder in einer wissenschaftlichen Disziplin, sei es die Idee, als Forschungsreisender entlegene, unerschlossene Gebiete zu betreten und fremde Kulturen und unbekannte Sprachen zu studieren oder auch nur von ihm bewunderte handwerkliche Fähigkeiten zu erlernen. Berlin, davon war er überzeugt, als er sich auf den Weg in die Hauptstadt machte, würde ihm den richtigen Weg weisen, den Weg, der ihm bestimmt war, auf dem er Erfolg, Geld und Ruhm erlangen würde.

In den ersten Wochen zeigte ihm Berlin die kalte Schulter, eine eiskalte Schulter. Mittellos wie er war, musste er die ersten Nächte in einem Obdachlosenquartier im Gewerkschaftshaus am Engeldamm zubringen. Da er nie Mitglied einer Gewerkschaft war und das Quartier den in Not geratenen und arbeitslosen Gewerkschaftlern vorbehalten war, wurde er nach acht Tagen von seinem Schlafplatz verjagt und musste notgedrungen in einem Asyl in der Krausnickstraße um einen Platz bitten. Dieses Obdachlosenquartier bestand aus zwei miteinander verbundenen Wohnkellern, in denen es keine Bettgestelle aus ungehobelten Holzlatten gab wie im Gewerkschaftshaus, hier lagen die alten und modrig riechenden Matratzen direkt auf der gestampften Erde des Kellers, eine Matratze dicht an der anderen. In der Nacht war für den jungen Trutz kaum an Schlaf zu denken, denn immerfort schrie oder fluchte einer, weil andere sich die Seele aus dem Leib husteten oder sich geräuschvoll schnäuzten. In der dritten Nacht hatte er eine heftige Auseinandersetzung mit einem Polen und einem Rumänen, die ihm die wenigen Habseligkeiten aus seinem Rucksack zu stehlen suchten, den er sich unter seinen Kopf gelegt hatte. Die beiden schlugen heftig auf ihn ein, da er den Rucksack mit beiden Armen fest umklammert hielt und sich nicht entreißen ließ. Die anderen Asylbewohner schauten dem Kampf gelangweilt zu oder brüllten ihn an, den Rucksack herauszurücken, damit endlich Ruhe einziehen könne.

In den nächsten vier Nächten schlief er auf Parkbänken, wobei er häufig von anderen Bankschläfern geweckt und verjagt wurde, die ihm versicherten, einen alten und von allen respektierten Anspruch auf den von ihm belegten Platz zu haben. In einer Nacht wurde er von zwei Polizisten, die zu Pferd den Park durchstreiften, grob von der Bank gestoßen und aufgefordert zu verschwinden, da er anderenfalls in ein Quartier komme, das sie, die Polizisten, für Leute wie ihn bereithielten.

Bereits am Tag nach seiner Ankunft hatte er eine Arbeit gefunden, zumindest glaubte er es. Eine Agentur in der Großen Hamburger Straße, deren Niederlassung den Namen »Vermittlungsinstitut und Annoncen-Expedition Chipper« trug, suchte in einem Aushang nach jungen, begeisterungsfähigen Männern mit Interesse an ungewöhnlich hohen Verdienstmöglichkeiten. Der junge Trutz betrat das Büro der Agentur und wies auf den Aushang im Fenster. Man bot ihm an, als Vertreter und Werbefachmann für sie zu arbeiten und Lose einer Lotterie und Abonnements für Zeitungen und Zeitschriften zu verkaufen. Er würde zwei bis acht Mark pro abgeschlossenen Vertrag erhalten, und er wäre ein gemachter Mann, wenn er jeden Tag auch nur zwanzig unterschriebene Verträge vorlegte, was spielend zu erreichen sei, die meisten anderen Werbefachleute, wie die Agentur ihre

Türklingeldrücker nannte, schafften das Tag für Tag und es gäbe ausgefuchste Spezialisten, die vierzig und manchmal fünfzig Verträge vorweisen könnten. Jeden Vormittag müsse er zwischen zehn und elf in der Agentur erscheinen, um den Vortag abzurechnen, und dann könne er sich auf den Weg machen, um so viel Geld zu verdienen, wie er wolle. Man riet ihm, nie vor elf Uhr mit dem Abklappern der Häuser zu beginnen und nach sieben Uhr abends nicht mehr an Wohnungstüren zu klingeln, stattdessen solle er dann die Kneipen seines ihm zugewiesenen Sektors aufsuchen, bierselige Kunden wären leicht für einen der Verträge zu gewinnen.

Die in Aussicht gestellten prächtigen Verdienstmöglichkeiten lockten ihn, und er ließ sich die Mappe mit den Ansichtsexemplaren der Zeitungen und Zeitschriften sowie einen dicken Stapel von Vertragsformularen für Abonnements der Blätter und Lotterieverträge aushändigen. Auf dem im Büro aushängenden Stadtplan wurde ihm sein Sektor zugewiesen. Der Angestellte der Agentur sagte, diese Straßen seien eine reine Goldader, er müsse das Gold nur schürfen, und da er jung sei und gut aussehe, wäre das für ihn gewiss kein Problem. Allerdings gäbe es Vorgaben, die Agentur könne einen solchen Goldclaim nur erfolgreichen Verkäufern im Außendienst überlassen. Wenn er zu wenige Verträge abschließe, sei man gezwungen, diese Goldader einem anderen zuzuweisen. Er ermahnte ihn, bei seinen Werbetouren sich sauber und ordentlich zu kleiden, die Kunden höflich zu behandeln, denn er vertrete gewissermaßen die Agentur nach außen, ein falsches und unkorrektes Auftreten von ihm oder gar ein Skandal würden dem Vermittlungsinstitut angelastet werden, was die Agentur *Chipper* keinesfalls hinnehmen könne.

»Und jetzt viel Erfolg, Herr Trutz. Scheuen Sie nicht davor zurück, schnell reich zu werden«, sagte er zum Abschied.

Als er fünf Tage später um zehn in der Agentur *Chipper* erschien, teilte er dem nicht sonderlich überraschten Angestellten mit, dass er die Arbeit aufgebe. An den zurückliegenden Tagen hatte er, obwohl er von zehn Uhr früh bis in den späten Abend hinein mit der Mappe der Annoncen-Expedition unterwegs war, nicht einen einzigen Vertrag abschließen können. Er habe keine einzige Zeitung und kein einziges Lotterieabonnement an den Mann gebracht, er habe folglich nicht einen Pfennig verdient, entweder sei er für diese Arbeit nicht geeignet oder was er anzubieten habe, locke keinen hinter dem Ofen hervor. Tatsächlich war er täglich acht Stunden die Treppen hoch- und runtergelaufen, hatte sich die Tür vor der Nase zuschlagen und sich beschimpfen lassen, dreimal war ihm angedroht worden, den Hund auf ihn zu hetzen, und das Freundlichste, was er bei diesen Klingeltouren erlebte, war, dass ein älterer Mann ihm aufmerksam zuhörte, als er seine Anpreisungen vortrug, die er mit einer immer gleichen Suada beendete. Der Mann lauschte ihm offensichtlich interessiert und zustimmend, um schließlich, bevor er überraschend die Wohnungstür ins Schloss warf, überaus freundlich und mitfühlend zu ihm zu sagen: »Ach, du armes Hascherl, du!«

In den Kneipen waren die Gäste, an deren Tisch er sich setzen wollte, um ihnen eine Zeitung oder ein Los aufzuschwatzen, über ihn verärgert. Mehrmals riefen sie laut und empört nach dem Gastwirt, der, einer wie der andere, mit grimmiger Miene von der Theke herbeieilte, ihn am Kragen packte und mit dem Hinweis, sich hier nie wieder blicken zu lassen, zur Tür hinausstieß.

Der Angestellte der Agentur *Chipper* hörte sich schweigend die Klage von Trutz an, nahm die Mappe entgegen und ließ ihn wort- und grußlos stehen, womit dieser Traum vom leicht zu verdienenden, vielen Geld für ihn ausgeträumt war und er sich erneut nach einer Arbeit umschauen musste.

Rainer Trutz wurde immer verzweifelter, denn er sah die vielen Arbeitslosen auf der Straße, die ebenso gierig wie er händeringend eine Arbeit suchten, sich jedoch viel besser als er in der Stadt auskannten. Wie sollte er hier eine Beschäftigung finden, wenn selbst diejenigen, die seit ihrer Geburt oder seit Jahren in Berlin lebten, nichts für sich ergattern konnten? Er sah, an den Kiosken wurden die Zigaretten einzeln verkauft, und auch der Schnaps war dort glasweise zu erstehen. Die Armut war in der Großstadt deutlicher sichtbar als in seinem Dorf, wo die Arbeitslosen nicht auf der Straße standen, sondern sich in ihrem Vorgarten betätigten oder einen Feldstreifen bewirtschafteten, den sie seit Generationen besaßen und von dem sie sich halbwegs ernähren konnten. Das Elend dort war nicht geringer, aber auch in der ärmlichsten Bauernkate gab es immer etwas zu tun, und ringsherum wuchsen Pflanzen und Kräuter, von denen man sich ernähren konnte, und wer von ihnen das Fallenstellen beherrschte, hatte auch jede Woche einen Braten auf dem Tisch. Der Mangel in der Stadt war bedrückender, die bedürftigen und bettelnden Menschen erschienen ihm verloren und wirkten stumpfsinnig in ihrer trüben Hoffnungslosigkeit. Wie erstarrt standen sie an den Straßenecken oder saßen in Türeingängen, eine Hand reglos vorgestreckt, warteten sie auf ein Almosen oder bückten sich rasch, um eine weggeworfene Kippe aufzulesen und dann rasch und gierig an ihr zu nuckeln.

Dennoch wollte er keinesfalls zurück. Nicht nur den Hohn und Spott des Bruders fürchtete er oder die Verachtung des Vaters, er hatte den ungeliebten, den verhassten Kleinbauernhof mit den Mistforken und dem Stall für zwei Schweine und drei Ziegen, den mit Hühnerkot gepflasterten Vorgarten und den penetranten säuerlichen Gestank, der über dem Hof lag und die Küche und alle Zimmer durchdrang, verlassen, um sich nie wieder in das Joch einer stumpfsinnigen und bedrückenden Arbeit im Stall und auf dem Feld einschirren zu lassen. Er brauchte die Stadt, die Großstadt mit ihrem wilden und anregenden Leben, die beständige Erregung, die Hast und Eile der Großstädter, die sprunghafte, pulsierende Betriebsamkeit, die Lust am Überschreiten von Grenzen, Grenzen der Moral, des Anstands, der bürgerlichen Sitten. Der rauhe Umgangston, der scharfe Witz, dem man auf der Straße und in der Kneipe ausgesetzt war, mit dem ihn selbst die Metzgerfrau und die Verkäuferin im Bäckerladen für Momente sprachlos machten, diese Weltbürger, bei denen das allerhöchste Lob, das man von ihnen hören konnte, nur in einem *Da kann man nich meckern* bestand, die vielen Kinos und Theater, in die man mit verbilligten Restkarten oder Billetts für Stehplätze hineinkam, und die Cabarets, Revuebühnen und Nachtbars, vor denen er minutenlang stand, um die Bilder der halbnackten Frauen anzustarren, die Fotos von Tänzerinnen, bei deren Anblick man daheim wohl in Ohnmacht gefallen wäre, all dies begeisterte ihn.

Nein, ins Dorf zurückzugehen, das kam für ihn nicht in Frage, und wenn Berlin und die deutschen Großstädte ihn verschmähten, würde er nach Amerika auswandern, nach New York, um dort sein Glück zu machen. Er könnte als Schiffsjunge oder Küchenkraft auf einem

Überseedampfer anheuern, und in Amerika würde es ihm irgendwie gelingen, unbemerkt von Bord zu kommen und, legal oder illegal, amerikanischen Boden zu betreten. Eine Woche gab er sich noch, in Berlin einen Fuß auf die Erde zu bekommen, anderenfalls würde er per Anhalter nach Hamburg reisen, im Hafen nach einem Überseedampfer, einem Passagierschiff oder einem Frachtschiff, das nach Amerika ausläuft, Ausschau halten und sich anheuern lassen. So oder so, er würde es schaffen, er würde in einer großen deutschen Stadt oder im Ausland seinen Weg finden, und dann würden seine Eltern und der Bruder eine bunte Ansichtskarte von ihm bekommen, über die sie nur staunen konnten.

2. Kapitel

An seinem zehnten Tage in Berlin wurde er auf dem Bürgersteig in der Mohrenstraße von einem Auto angefahren, das aus einer Hofeinfahrt schoss. Der rechte Kotflügel einer großen Limousine riss ihn zu Boden, er schlug mit einer Schulter hart auf dem Kopfsteinpflaster auf, sein Kopf prallte auf den Bürgersteig und er blieb für Sekunden benommen und nahezu ohnmächtig liegen.

Die Fahrerin des Wagens, eine Frau Mitte dreißig mit einer modischen Bubikopffrisur, sprang erschrocken aus dem Auto, das nun den gesamten Gehweg blockierte, und half ihm aufzustehen. Aufgeregt fragte sie den jungen Mann mehrmals, ob ihm schwindlig sei oder übel, woraufhin er zu ihrer Verwunderung nur über die zerrissene Jacke klagte, die Hautabschürfungen an seiner Schulter und die stark blutende Kopfwunde aber nicht zu bemerken schien. Die Frau wollte ihn umgehend in ein Krankenhaus fahren und wurde, da er sich sträubte, weil er keinesfalls einen halben Tag in einem Krankenhaus verlieren, sondern so bald wie möglich seine Suche nach einem Arbeitsplatz fortsetzen wollte, energisch und nötigte ihn, in ihr Auto einzusteigen. Sie brachte ihn in die Notaufnahme des Krankenhauses im Friedrichshain und setzte sich ins Wartezimmer, bis eine Krankenschwester ihr einen ersten und vorläufigen Bericht über sein Befinden und die Schwere der Verletzungen gab. Der Unfall sei vermutlich glimpflich abgelaufen, es sei nur eine Bagatellverletzung, aber der Kopfwunde wegen und um eine mögliche Gehirnerschütterung auszuschließen, würde man ihn über Nacht dabehalten und ihn bis zum Morgen beobachten. Die junge Frau erkundigte sich, um welche Uhrzeit der Patient das Krankenhaus verlassen werde, denn sie wolle ihn unbedingt zuvor noch sehen.

»Nicht vor elf«, sagte die Schwester, »Entlassungen immer erst nach der Visite.«

Am nächsten Tag erschien die Frau kurz nach acht mit einem Blumenstrauß im Krankenhaus, fragte in der Notaufnahme nach dem Verunfallten, man sagte ihr seinen Namen und nannte ihr die Nummer des Zimmers, in dem er lag. In diesem Zimmer standen sechs Betten, alle belegt, die Männer wandten die Köpfe zu der jungen Frau, als diese nach einem kurzen Anklopfen eintrat, alle grüßte und dann zu Rainer Trutz ging, der in einem Bett am Fenster lag. Sie erkundigte sich nach seinem Befinden, er antwortete, es sei alles in Ordnung, und wollte, als sie ihm die Nelken überreichte, verwundert wissen, wieso sie ihm Blumen schenke. Sie musste ihm erst erklären, sie sei jene Person, die ihn gestern angefahren und dann ins Krankenhaus gebracht habe, da er sich nicht an sie erinnerte. Sie wollte ihn allein sprechen, und er meinte, das sei kein Problem, er könne aufstehen und habe sich ohnehin angezogen, da er nach der Visite verschwinde.

Die beiden gingen auf den Flur hinaus und setzten sich in die Besucherecke. Sie fragte ihn, ob er den Unfall bereits bei der Polizei angezeigt habe, und er erwiderte, er habe nicht vor, wegen einer Lappalie bei der Polizei Stunden zu vertrödeln, ihm gehe es gut, das Schlimmste sei das zerrissene Hemd und die unbrauchbar gewordene Hose. Die Frau nahm aus ihrer Handtasche fünf Zehnerscheine der neuen Reichsmark und drückte sie ihm in die Hand. Er starrte überrascht auf das Geld und sagte, für eine solche Summe würde er sich gern jeden Tag einmal von ihr anfahren lassen, das wäre ein gutes Geschäft für ihn.

Die Frau stellte sich ihm vor, ihr Name sei Lilija Simonaitis, sie arbeite im Filmressort der Handelsabteilung bei der sowjetischen Botschaft und sei erleichtert, dass er sie nicht anzeigen werde, denn sie würde nicht nur eine Geldstrafe bekommen, die Behörden würden die Botschaft verständigen und möglicherweise die Presse, und bei den angespannten Beziehungen der beiden Staaten könne der unglückselige Unfall zu einer politischen Affäre hochgespielt werden, zumal sehr viele russische Emigranten in Berlin lebten, die gleichfalls die Chance nutzen könnten, dieses unglückliche Missgeschick zu einer Diffamierung nicht allein ihrer Person, sondern auch der Botschaft und ihres Landes zu nutzen. In dem Fall könne es sein, meinte sie, dass ihre Botschaft sie nach Moskau zurückschicke.

»Sind Sie eine Russin?«, fragte Rainer Trutz.

»Nein, ich bin Lettin. Aber seit sechs Jahren bin ich Sowjetbürgerin, weil ich aus Lettland emigrieren musste. Ein Onkel von mir war Pjotr Stutschka. Der Name wird Ihnen nichts sagen, er war nach dem Krieg für kurze Zeit Ministerpräsident der Lettischen Sowjetrepublik, bis er nach Moskau fliehen und ich ihm folgen musste. Ich studierte in Petersburg, arbeitete am Theater, und nun bin ich hier bei unserer Handelsvertretung, weil ich unbedingt nach Berlin wollte. – Und Sie? Was machen Sie?«

Trutz erzählte ihr, dass er aus einem Dorf in Norddeutschland stamme, erst vor wenigen Tagen nach Berlin gekommen sei und eine Arbeit suche. Sie fragte ihn nach seiner Ausbildung und den Berufswünschen, und der junge Mann gestand ihr, seine Vorstellungen seien noch unklar, ihn interessiere vieles und er wisse nicht, was er einmal machen wolle. Sie lachte und meinte, er sei so jung, es würde sich alles finden.

»Rufen Sie mich an, wenn man Sie hier entlassen hat, Herr Trutz. Ach was, ich nenne Sie einfach Rainer, und Sie sagen Lilija zu mir. Einverstanden? – Sie rufen mich an, Rainer, und dann lade ich Sie zum Essen ein.«

»Danke, Lilija. Und Dank für das viele Geld. Kommt mir momentan sehr gelegen.«

»Ich bin froh, dass meine Unvorsichtigkeit keine schlimmeren Folgen hatte. Und nicht Sie haben mir, ich habe Ihnen zu danken, Rainer. Eine Anzeige könnte für mich fatale Konsequenzen haben. Sehr fatale. – Leben Sie wohl. Und nicht vergessen, Sie rufen mich an.«

Rainer Trutz sagte noch Jahre später, in seinem Leben sei ihm nie etwas Besseres zugestoßen als der Zusammenstoß mit Lilijas Auto. Drei Tage nach seiner Entlassung aus dem Krankenhaus trafen sie sich abends in einem kleinen Lokal in Wilmersdorf. Rainer erschien mit einem neuen Hemd, einem braunen Jackett und einer khakifarbenen Hose, die er sich von ihrem Geld gekauft hatte und ihr glückstrahlend präsentierte. Lilija Simonaitis gefiel der junge Mann, da er lebendig und aufgeschlossen, vielseitig interessiert und doch ernsthaft war.

Sie trafen sich danach häufiger, er begleitete sie bei einigen ihrer vielen Theaterbesuche und sie nahm ihn ins *Romanische Café* mit, einen beliebten Treffpunkt von Künstlern an der Gedächtniskirche. Dank ihrer Protektion durfte er sogar das *Schwimmerbassin* betreten, wie der zweite Raum des Cafés genannt wurde, zu dem nur Schauspieler und Regisseure, Maler und Schriftsteller sowie berühmte Journalisten und gefürchtete Kritiker Zugang hatten, die früheren Stammgäste vom *Café Größen-*

wahn, während alle gewöhnlichen Gäste in dem *Bassin für Nichtschwimmer* zu bleiben hatten, dem großen Saal des *Romanischen Cafés*.

Lilija Simonaitis kannte fast alle der anwesenden Künstler und Autoren und stellte ihnen Rainer als ihre Entdeckung vor. Sie sagte, den Namen Trutz solle man sich merken, denn von ihm werde man noch hören. Ihre Worte, ihre aus der Luft gegriffenen Vorschusslorbeeren machten Rainer verlegen, aber dadurch wurden einige der Gäste auf ihn aufmerksam und er lernte Spannhake, den Feuilletonchef des *Berliner Lokal-Anzeigers*, kennen, einer Zeitung, die zweimal am Tag erschien, dem morgendlichen Hauptblatt folgte noch eine Abendausgabe. Dieser Journalist wollte ausprobieren, wozu der junge Mann in der Lage war, und nach einigen Aufträgen, die er ihm versuchsweise gab, bot er ihm an, regelmäßig für den *Lokal-Anzeiger* zu schreiben.

Vierzehn Tage nach dem Zusammenprall mit Lilijas Auto war Rainer Trutz freier, aber ständiger Mitarbeiter der Zeitung, er schrieb Rezensionen und Kritiken von Theateraufführungen, für die sich die hauptamtlichen und das Blatt prägenden Kritiker weniger interessierten, die Honorare waren bescheiden, aber er konnte sich ernähren und ein Zimmer zur Untermiete leisten. Für den Besuch der Theater und Revuen musste er kein Geld mehr ausgeben, sein Presseausweis öffnete ihm viele Türen, und da er mehrmals in der Woche zu Premieren und Ausstellungseröffnungen ging, lernte er *tout Berlin* kennen oder vielmehr jene Damen und Herren der Gesellschaft, die den Ton angaben oder der Ansicht waren, dass die Moden und der Geschmack der Stadt allein ihren Vorgaben und ihrem Beispiel folgten. Er schrieb auch für andere Zeitungen, für Wochenmagazine und sporadisch erscheinende Journale, sogar *Die literarische Welt* druckte wiederholt Artikel von ihm, was für ihn außerordentlich schmeichelhaft war.

Besonders lukrativ war eine gelegentliche Betätigung als Werbetexter, und auch diese Möglichkeit hatte sich durch eine Bekanntschaft im *Romanischen Café* ergeben, durch ein zufälliges Gespräch mit einem Mann aus diesem Klüngel, der überallhin Beziehungen unterhielt und sehr offen und gern und belustigt über seine eigene Cliquenwirtschaft und Patronage zu sprechen pflegte.

Im *Schwimmerbassin* war man allgemein der Meinung, er sei der Lover von Lilija, ihr jugendlicher Liebhaber, den sich die Russin, wie man sie im Café nannte, als kleinen bürgerlichen Luxus in ihrer prüden, rotgardistischen Botschaft leiste. Lilija lachte darüber, und da sie die Vermutung nie zurückwies, bestärkte sie sie damit noch. Tatsächlich war ihre Beziehung zu dem jungen Trutz rein platonisch oder vielmehr hatte er in ihr mütterliche Gefühle geweckt und den Ehrgeiz, ihm zu helfen und Wege zu ebnen.

Rainer dagegen war über dieses Gerücht empört. Lilija war mindestens fünfzehn Jahre älter als er, und er glaubte, die Anspielungen der Freunde und Bekannten würden sie kränken. Auch hatte er bei einem seiner Interviews, mit denen ihn der Feuilletonchef beauftragt hatte, Gudrun Becker kennengelernt, ein Mädchen, das für die Gewerkschaft arbeitete und bei dem Streik der Textilarbeiterinnen sich einen Namen gemacht hatte. Er hatte sie einen Tag nach ihrem Gespräch um einen weiteren Termin gebeten, da er mit ihr noch einiges klären wollte. Gudrun Becker war über das Interesse des Journalisten an ihrer Arbeit hoch erfreut und man verabredete noch für denselben Tag einen weiteren Termin. Als er in ihrem

Zimmer erschien und sie sich nach seinen Fragen erkundigte, blätterte er seine Notizen durch und sagte schließlich: »Wie ich sehe, habe ich eigentlich nur noch eine einzige Frage, Fräulein Becker. Kann ich Sie für heute oder morgen Abend zum Essen einladen?«

Gudrun sah ihn überrascht an und griff lächelnd und ohne zu zögern nach ihrem Terminkalender: »Heute oder morgen? Heute können Sie mich um neun Uhr hier abholen. Und morgen können wir uns um acht treffen, aber dann revanchiere ich mich und lade Sie ein.«

Seit diesem Tag sahen sie sich regelmäßig. Sie gingen zusammen ins Kino, ins Theater, fuhren zum Müggelsee oder Wannsee hinaus, sie hatten gleiche Ansichten zur Kunst und zur politischen Lage in Deutschland und Europa, sie verstanden sich fast wortlos. Gudrun Becker begriff sich als sozialistische Christin, sie gehörte zum Tillich-Kreis, der im Evangelium Jesu und seiner Bergpredigt eine Verpflichtung für jeden Christen sah, die vom Mammon und Kapitalismus beherrschte Gesellschaftsordnung mit friedlichen Mitteln zu überwinden.

»Wir religiösen Sozialisten verstehen den Sozialismus als eine weltliche Übersetzung der Forderungen der Bibel«, erklärte sie Rainer, »alle Arbeitsauseinandersetzungen können im Geist christlicher Nächstenliebe und Barmherzigkeit geführt werden, also kämpfen wir gewaltfrei und unter Beachtung aller christlichen Gebote für eine sozialistische Gesellschaft.«

Rainer hörte ihr interessiert zu. Politik, Religion und Zeitgeschehen waren ihm bisher nicht wichtig, er begeisterte sich allein für das Theater und die Literatur, für die Musik und die bildende Kunst, und obwohl er bei einer Zeitung arbeitete, las er nie die politischen Nachrichten, sondern ausschließlich, sehr gründlich und fast begierig die Kulturseiten, ganz so wie seine neuen Bekannten, die Künstler aus dem *Schwimmerbassin*, die gleichfalls ausschließlich über Kunst sprachen, sich dabei erregten und stritten, aber kein Auge für die politischen Zustände im Land und in der Stadt hatten und nur spöttische Bemerkungen und zynische Kommentare zu den Streikaufrufen, den Demonstrationen der Arbeitslosen und zu den Straßenkämpfen zwischen Anhängern der rechten und linken Parteien äußerten, die in Berlin Monat für Monat zunahmen.

Lilija sprach viel mit ihm über ihre Heimat und die Revolution und verschaffte ihm Einladungen zu den Gesellschaftsabenden im Botschaftsgebäude, wenn dort neue Filme von Dsiga Wertow und Eisenstein gezeigt wurden. Sie kannte beide Regisseure durch ihre Arbeit im Filmressort der Botschaft persönlich, und Eisenstein traf sie gelegentlich auch in Moskau bei einem Freund, dem Regisseur Meyerhold, mit dem sie einmal im Monat in einem Arbeitskreis zusammensaß, der von einem Professor der Moskauer Staatlichen Universität, einem merkwürdigen und skurrilen Mann mit genialen Ideen, wie sie sagte, geleitet wurde. Die Filme gefielen Rainer, aber die politischen Ausführungen zuvor hörte er sich nur ungern an, und die ausführlichen Darlegungen zur Ökonomie und über NÖP, die Neue Ökonomische Politik der Sowjetunion, langweilten ihn, da er von Volkswirtschaft nichts verstand und auch nichts verstehen wollte.

Gudrun zuliebe aber las er die Schriften, die sie ihm zeigte, schlicht geheftete Broschüren von Paul Tillich und hektographierte Reden, die in ihrem Kreis gehalten wurden, und als Tillich von Dresden, wo er Dozent an einer Hochschule war, nach Berlin kam und vor ihrem Kreis sprach, begleitete er sie zu der Veranstaltung und war von der Atmosphäre und dem geistigen Klima so angetan, dass er fortan regelmäßig mit seiner Freundin zu den Veranstaltungen und Gesprächsrunden des Paul-Tillich-Kreises ging. Ein religiöser Sozialismus erschien ihm als eine verständliche und auch ihm gemäße Art der Weltverbesserung, selbst wenn Lilija sich heftig darüber belustigte und die Tillich-Leute einen Kreis frömmelnder Sektierer und Betschwestern nannte.

Es war Gudrun, die ihm nach zwei Jahren den Vorschlag machte, gemeinsam eine Zwei-Zimmer-Wohnung mit einer zusätzlichen Mädchenkammer mit kleinem Fenster im Dachgeschoss über der Wohnung zu beziehen. Eine ältere Kollegin von ihr wollte zu ihrer Tochter ins Rheinland ziehen, um ihr bei der Betreuung der Kinder zu helfen, und hatte ihr die Übernahme der preiswerten Wohnung in der Charlottenburger Gervinusstraße in der Nähe des Stuttgarter Platzes angeboten. Die Kollegin wollte die ungewöhnlich billige Wohnung, Hinterhof, vierter Stock, nicht aufgeben, sie wollte sie für drei, vier Jahre untervermieten, um die Möglichkeit zu haben, irgendwann wieder in der Hauptstadt zu wohnen.

Das Angebot überraschte Rainer. Ein halbes Jahr zuvor hatte er sie zu überreden versucht, zusammenzuwohnen, um Geld zu sparen, wie er sagte, aber damals hatte sie sich heftig geweigert und war sogar empört. Ihr Sinneswandel verblüffte ihn, doch ging er augenblicklich auf ihr Angebot ein. Die Aussicht, mit der Kammer einen eigenen und abgetrennten Arbeitsraum im teilweise ausgebauten Dachboden zu bekommen, war verlockend genug, aber der Gedanke, mit Gudrun nun wie ein Ehepaar zu leben und nicht nur ein oder zwei Nächte in der Woche zusammen zu sein, täglich mit Gudrun aufzustehen, mit ihr gemeinsam zu frühstücken, sie allmorgendlich zu verabschieden, um sie am Abend wieder begrüßen zu können, machte ihn glücklich.

Noch am selben Abend besuchten sie zusammen Gudruns Kollegin in Charlottenburg, ließen sich die Wohnung zeigen. Die Dachkammer, zu der man über die Bodentreppe gelangte, hatte für einen Schreibtisch, eine Liege und Regale ausreichend Platz, das Fenster war freilich nur ein schräges Dachfenster, von dem aus man lediglich in den Himmel starren konnte. Gudrun und Rainer waren von der Wohnung begeistert, die vier Treppen zu ihrem neuen Domizil schreckten sie nicht und auf der Stelle machten sie mit Gudruns Kollegin einen Untermietsvertrag für vier Jahre, über eine mögliche Verlängerung könne noch gesprochen werden. Den kleinen Eisschrank wollte die ältere Frau den jungen Leuten kostenlos überlassen, ebenso die aufgestellte Spüle. Sämtliche Lampen, der Kleiderschrank und das Küchenregal sollten in der Wohnung verbleiben, sie bot den beiden auch an, das vorhandene Geschirr und Besteck zu nutzen, die sie nach Ablauf der Untermietszeit möglichst gut erhalten wieder übernehmen wolle. Ihre eigenen Habseligkeiten sollten sie mit einem Fahrradanhänger nach Charlottenburg bringen, der Umzug würde den beiden dann weniger Kosten verursachen, und bereits im übernächsten Monat sei die Wohnung für sie frei. Zu dritt gingen sie in die Kneipe am Bahnhof Charlottenburg, um mit einem Bier den Vertragsabschluss zu feiern.

Den Umzug musste Rainer allein bewerkstelligen. Gudrun hatte jeden Tag bis in den späten Abend hinein zu tun, sie musste in die Betriebe fahren und mit Gewerkschaftlerinnen sprechen, da der Polizeipräsident ein Demonstrationsverbot für Berlin erlassen und damit die Maikundgebungen verboten hatte. Ihre eigene Gewerkschaftsleitung hatte das Verbot ausdrücklich begrüßt, da auch sie Auseinandersetzungen mit der erstarkten Nazipartei an diesem Tag befürchtete, aber die Mitglieder waren empört, sie wollten sich ihr Recht, am ersten Mai für Arbeiterrechte zu demonstrieren, nicht nehmen lassen und beschimpften den Polizeipräsidenten, seine Partei und die Gewerkschaftsleitung als verlogen und ängstlich und nannten sie *Sozialfaschisten.* Gudrun verstand die Verärgerung der Gewerkschaftlerinnen, hatte ihnen aber dessen ungeachtet die Haltung ihrer Vorsitzenden zu vermitteln und musste es hinnehmen, selber beschimpft und angebrüllt zu werden.

Einen Tag vor dem ersten Mai wurden in Berlin Flugblätter verteilt, denen zufolge das Demonstrationsverbot aufgehoben worden sei, was das Polizeipräsidium umgehend bestritt. Am nächsten Tag, dem traditionellen Kampftag der Werktätigen, demonstrierten Tausende von Arbeitern. Die Polizei setzte am Nachmittag und bis in die späte Nacht gepanzerte Fahrzeuge mit Maschinengewehren ein, gab Warnschüsse ab und beschoss verbarrikadierte Häuser, an denen rote Fahnen hingen. Am Abend gab es die ersten Toten, woraufhin am zweiten Mai Zehntausende demonstrierten und die Polizei rabiater durchgriff, scheinbar wahllos Passanten verhaftete und immer häufiger Schüsse abgab, gezielt oder in die Luft.

Gudrun bemühte sich, die Versammlungsplätze ihrer Gewerkschaftlerinnen zu erkunden, um sie von unüberlegten Aktionen abzuhalten. Auch am dritten Tag war die Lage unverändert, die aufgebrachten Arbeiter demonstrierten, der Polizeipräsident verlangte von seinen Beamten ein hartes Durchgreifen, und den Gerüchten nach waren mehr als hundert Arbeiter erschossen und Tausende verhaftet worden.

Gudrun war an diesem dritten Mai für den späten Abend mit einem Journalisten verabredet, einem Neuseeländer, der kein Wort Deutsch sprach, weshalb die Gewerkschaftsleitung Gudrun Becker gebeten hatte, sich mit ihm zu treffen, da ihr Englisch als perfekt galt. Rainer verbot ihr, zu diesem späten Treffen zu gehen, da Ausgangssperre herrsche und es überall in der Stadt rumore, selbst in entlegenen, stillen Gegenden fielen Schüsse, er bat sie dringend, zu Hause zu bleiben. Da sie sich weigerte, bestand er darauf, sie zu begleiten. Er hatte die ersten Maitage daheim verbracht, war nicht auf die Straße gegangen, weil er arbeiten wollte, jedoch gelang es ihm nicht, auch nur eine Zeile zu schreiben, da er zu besorgt um Gudrun war. In der Stadt war es noch immer gefährlich, und so beharrte er darauf, bei dem Treffen mit dem Journalisten dabei zu sein, um ihr notfalls beistehen zu können.

Nachdem der Neuseeländer zwei Stunden später noch immer nicht in dem Bezirksbüro der Gewerkschaft in der Ackerstraße erschienen war, entschied Gudrun, nach Hause zu gehen.

Da immer wieder neue Barrikaden errichtet wurden und der Polizeipräsident ein *Verkehrs- und Lichtverbot* über die Stadt verhängt hatte, waren die Straßen menschenleer und völlig dunkel. Die Straßenbeleuchtung war nicht eingeschaltet, die straßenseitigen Fenster hatten geschlossen zu bleiben und durften nicht beleuchtet werden. Auf dem einsamen langen Fußweg zur S-Bahn, sie hofften, dass wenigstens ab und zu eine dieser Bahnen fahre, denn die Straßenbahn hatte ihren Betrieb eingestellt, gerieten sie in eine plötzlich aufgetauchte und panisch flüchtende Menschenmenge. Es fielen zwar keine Schüsse, aber die rennenden, schreienden Menschen, die trotz des Verbots auf der Straße waren, brachten Rainer und Gudrun dazu, sich immer wieder in Hauseingänge zu retten, dort Ausschau zu halten, um dann das nächste Stück ihres Weges in Angriff zu nehmen. Es war bereits Mitternacht, als sie erschöpft und erleichtert ihre neue Wohnung betraten.

Am nächsten Tag ging Gudrun früh in ihr Büro. Die Stadt war um sieben Uhr noch ruhig, aber überall zeigte sich Polizei, als herrsche noch immer Ausnahmezustand. Gleich bei ihrer Ankunft erfuhr sie, dass Mister Mackay, jener neuseeländische Journalist, mit dem sie sich am Vorabend hatten treffen wollen, erschossen worden sei. Nach Polizeiangaben sei er von zwei Polizisten auf der Straße angesprochen worden, hätte, als sie ihn fragten, wieso er sich trotz Verbots auf der Straße aufhalte, mit der Rechten in die Jackeninnentasche gegriffen, worauf ein Polizist in einer nachvollziehbaren Notwehrsituation einen Warnschuss abgegeben habe, der unglücklicherweise den Mann schwer verletzte. Als die Ambulanz verspätet eintraf, sie hatte Mühe, durch die abgedunkelten und teilweise gesperrten Straßen zu kommen, war er bereits verblutet. Mit der rechten Hand umklammerte er noch im Tod seinen Journalistenausweis, den er den Beamten hatte vorweisen wollen.

An dem Tag, einem Sonnabend, konnte Gudrun mittags Feierabend machen und eilte nach Hause, um Rainer davon zu erzählen. Rainer schüttelte entsetzt den Kopf.

»Begreifst du endlich, wie gefährlich das ist, was du tust. Um ein Haar, und sie hätten dich vielleicht auch irrtümlich erschossen.«

»Man darf sich nicht alles gefallen lassen, Rainer. Heute haben diese Sozialfaschisten zwei Zeitungen verboten und den Frontkämpferbund. Morgen werden diese

Lumpen die Gewerkschaften verbieten. Dagegen müssen wir kämpfen, sonst haben wir schon jetzt verloren.«

»Ja, Gudrun, aber bitte nicht immer nur du. Und nicht gegen eine bewaffnete Macht. Das ist gefährlich.«

»Ach, Rainer, du bist und bleibst ein Träumer. Immer nur Kunst und Literatur im Kopf, damit kann man die Welt nicht retten. Man muss auch mal Farbe bekennen.«

»Deine Gewerkschaftsleitung war jedenfalls klüger als du. Die hatten es euch verboten.«

»Die sind nicht klüger, die kleben nur an ihren Sesseln und wollen es sich mit keinem verderben. Aber nach diesem Blutmai ist die Stimmung gekippt. Wir werden dafür sorgen, dass die alten Bonzen bei der nächsten Wahl rausfliegen, und dann machen wir eine christlich-sozialistische Gewerkschaft aus unserem verschnarchten Verein.«

»Mit dir als Vorsitzender?«

»Wart es ab, Rainer. Mach dich auf was gefasst. Ein Heimchen am Herd, dazu tauge ich nicht.«

Die neue Wohnung mit einem eigenen Schreibtisch in der ruhigen Dichterstube begeisterte Rainer, und er beschloss, neben den Aufträgen für den *Lokal-Anzeiger* sich an poetischen Arbeiten zu versuchen. Durch die Freundschaft mit Lilija hatte er die berühmten Theaterleute der Stadt kennengelernt, sah an jedem zweiten, dritten Abend eine Vorstellung und besuchte gelegentlich auch die Proben. Die dramatische Kunst faszinierte ihn derartig, dass er, gerade dreiundzwanzig, seine Freundin, aber auch Lilija und die ihm bekannten Theaterregisseure mit einem eigenen Drama überraschte, das jedoch nicht nur bei den Theaterleuten Kopfschütteln hervorrief, selbst Gudrun und Lilija konnten kein anerkennendes Wort für sein Stück finden.

Lilija sagte ihm, in dem Stück werde nur gewitzelt,

es würden keine Menschen darin vorkommen, es seien Sprachhülsen der Berliner Schnoddrigkeit, und Gudrun meinte, sie verlange von einem Stück, dass es eine Botschaft habe, eine wichtige Mitteilung und Entdeckung des Autors wie bei Tolstoi oder Knut Hamsun. Kein Mensch, meinte sie, würde in ein Theater gehen, um sich ein paar Witze anzuhören.

Rainer widersprach beiden Frauen heftig und verteidigte seine Arbeit, doch mit der gleichen wilden Entschlossenheit, mit der er plötzlich einen Dramatiker in sich gesehen hatte, verabschiedete er sich vom Stückeschreiben und setzte sich in seinen freien Stunden an den Schreibtisch, um einen Roman zu beginnen.

Tag für Tag saß er mehrere Stunden an diesem Manuskript. Seine Erlebnisse in dem Obdachlosenquartier im Gewerkschaftshaus und dem Asyl in der Krausnickstraße, die wenigen Tage, in denen er als Bettelbruder und Klinkenputzer für die Annoncen-Expedition *Chipper* unterwegs war, bildeten die Grundlage für den Roman über Ferdinand, einen Provinzler, den es in die Hauptstadt verschlägt und der sich dort, ohne Quartier und Arbeit, mit dem wortkargen, aber kräftigen Witz und der Sturheit eines Norddeutschen durchzuschlagen versucht. Ohne die politischen Ereignisse auch nur zu erwähnen, gelang Rainer Trutz dennoch ein genaues und einfühlsames Buch über das Alltagsleben in Berlin, zehn Jahre nach dem Ende des Weltkriegs. Der Zeitgeist, die politischen Verunsicherungen, die Folgen des Wirtschaftschaos und der Reparationsforderungen der Siegermächte wurden in seinem Roman mit den genau skizzierten Auswirkungen auf den kleinen Mann deutlich, ohne dass er eine politische Botschaft vermitteln wollte, denn er hatte gar keine. Er selbst war so unbedarft wie sein Held, und ebendas machte den Reiz dieses kleinen Romans aus, da der Autor sich nie klüger gab als sein Ferdinand, sich nicht über ihn belustigte, sondern ihn einfach und kommentarlos durch die Stadt und auf den zumeist krummen Wegen begleitete. Die Figuren lebten, und die Sprache Berlins konnte er, da er seit seiner Ankunft in der Stadt die ihm fremden Laute ebenso erstaunt wie aufmerksam wahrgenommen hatte, genau und mit einem feinen Humor wiedergeben. Er schickte seinen Helden Ferdinand auf eine beschwerliche, aber glückliche Odyssee durch das Berlin Ende der zwanziger Jahre, und die beiden Besuche Ferdinands im *Romanischen Café*, im *Bassin für Nichtschwimmer* wie auch im *Schwimmerbassin* waren die turbulenten Höhepunkte des Textes, da er die Touristen im großen Saal wie die Berühmtheiten im kleineren *Schwimmerbassin* ironisch und bissig, aber liebevoll zeichnete.

Als er den letzten Satz des Romans geschrieben hatte, tippte er ihn in eine Schreibmaschine. Er hatte aus der Redaktion eine alte, ausgesonderte Remington mitnehmen dürfen, wobei er mit eingelegtem Kohlepapier fünf Durchschläge erstellte, und gab das Typoskript von hundertfünfzig Seiten Gudrun zu lesen. Lilija wollte er die Arbeit vorerst nicht zeigen, ihre Kritik an seinem Theaterstück hatte ihn gekränkt und er wollte sich nicht erneut lächerlich machen, weil ihm etwas gefiel, was ihren Ansprüchen nicht genügte.

Seine Freundin las den Roman an einem Abend. Sie habe laut gelacht, sagte sie zu ihm, aber ihr sei alles viel zu grob und zu unanständig.

»Wieso gehen die Leute in deinem Buch immerzu miteinander ins Bett? Sie lernen sich kennen, und schon auf der nächsten Seite haben sie eine Affäre. Wer macht denn so etwas?«

»Alle«, erklärte er und fügte, da sie ihn entsetzt ansah, rasch hinzu: »Sagen wir, fast alle. Wenn ich den Leuten in der Kneipe zuhöre oder im *Schwimmerbassin*, da geht es immer nur um das eine.«

»Und du willst das veröffentlichen? Mit deinem Namen? Denk dir lieber ein Pseudonym aus. Ich möchte nicht wissen, was meine Eltern sagen, wenn sie das gedruckte Buch in die Hand bekommen, und dein Name steht darüber.«

3. Kapitel

Mit dem Manuskript versuchte er sein Glück beim *Verhelst-Verlag* in der Oranienstraße. Er kannte den Verleger aus dem *Romanischen Café*, hatte sich mit ihm unterhalten und den Eindruck gewonnen, er sei ihm nicht unsympathisch. Der Verleger, Joochen Verhelst, begrüßte den jungen Trutz überrascht und fragte verwundert, was er bei ihm wolle. Als Rainer das Manuskript aus der Aktentasche zog, verfinsterte sich dessen Miene.

»Ist es Lyrik?«, fragte er unwirsch, »Lyrik lese ich nicht, Lyrik drucke ich nicht. Ich bin Verleger und kein Mäzen, junger Freund.«

»Es ist ein Roman.«

»Wie viele Seiten?«

»Ganz genau einhundertzweiundfünfzig.«

»Das klingt schon besser. Mit dicken Schwarten kann man kein Geld machen. Die Leute wollen sich unterhalten und sich beim Lesen keinen Bruch heben. Hundertfünfzig ist perfekt, Ihr erster Pluspunkt, Trutz. Und wie ist der Titel.«

»Ich dachte, den Roman *Ferdinand* zu nennen. Einfach nur *Ferdinand*.«

»Ausgeschlossen. Das ist kein Titel, das ist momentan eine Seuche. Alle möglichen Autoren geben jetzt ihren Büchern nur noch einen Namen, als ob sie bereits Klassiker geworden sind. Nur ein Name, das verkauft sich nicht. Aber wenn Ihr Roman gefällt, ich sage: wenn, denn Manuskripte gibt es wie Sand am Meer, jedoch Manuskripte, die mir gefallen, davon gibt es in jedem Jahr nur drei oder vier, also falls Ihr Roman Gnade vor meinen

Augen findet und ich ihn tatsächlich drucke, dann bin ich es, der dem Kind seinen Namen gibt. Der richtige Titel, das ist die eigentliche Arbeit eines Verlegers. Der Titel entscheidet über den Verkauf, und beim Verkaufen lasse ich mir von keinem reinreden, schon gar nicht von einem Autor. – Gut, dann legen Sie mal Ihr Kind dort auf den Schreibtisch. Sie hören von mir. Wo kann ich Sie erreichen? Haben Sie Telefon?«

Trutz gab ihm die Telefonnummer der Redaktion, er würde dort zwei- oder dreimal in der Woche vorsprechen und man würde ihn über einen Anruf informieren.

»Machen Sie sich bloß keine Hoffnungen«, sagte Verhelst zum Abschied, »ich lese zehn Manuskripte jede Woche, aber ein brauchbares zu finden, das kommt so häufig vor wie Weihnachten.«

Rainer Trutz ging in den folgenden Wochen jeden Tag in die Redaktion, er erkundigte sich nach Aufträgen oder las die ausliegenden deutschen und englischen Tageszeitungen. Ungeduldig wartete er auf einen Anruf des Verlegers, und wöchentlich zweimal ging er ins *Romanische Café* in der Hoffnung, dort Verhelst zu treffen, doch dieser meldete sich erst nach sechs Wochen. Als die Redaktionssekretärin Rainer Trutz die Notiz mit Bitte um Rückruf übergab, bat er sie, ausnahmsweise ihr Telefon benutzen zu dürfen, es sei nur ein Stadtgespräch, das er dringend führen müsse.

Als er Verhelst erreichte, sagte dieser nur: »Kommen Sie vorbei, Trutz, am besten gleich.«

Zwanzig Minuten später erschien er im Verlag und wurde sofort zum Chef vorgelassen.

Verhelst bat ihn, in einem der Sessel Platz zu nehmen, zündete sich eine Zigarre an und setzte sich zu ihm an den Tisch. Genüsslich und gedankenschwer zog er mehrmals an der Zigarre, sah Rainer bedauernd an und schwieg. Lange, Trutz erschien es wie eine Stunde, starrte er Rainer an, bis er zu dem immer ängstlicher werdenden Autor sagte: »Nun ja, machen wir uns nichts vor, es ist eine Petitesse.«

Daraufhin zog er wiederum bedächtig an seiner Havanna. Trutz überlegte, ob er protestieren sollte oder einfach aufstehen und gehen. Nach dem missglückten Start als Schreiber von Theaterstücken sah er sich nun völlig in seiner Hoffnung gescheitert, eine Schriftstellerkarriere einzuschlagen.

»Ja«, wiederholte Verhelst, »eine Petitesse, nicht mehr, aber auch nicht weniger. Und daher genau das Richtige für meinen Verlag. Ich will keine Schwergewichte verlegen, die dann die Lagerhalle verstopfen, weil sie keiner kauft. Ich brauche etwas Unterhaltendes. Etwas, was man sich auf dem Weg zum Wannsee kauft, um es am Strand zu lesen, und beim Heimweg in einen Papierkorb wirft. Und das ist allemal besser, als es in der S-Bahn absichtsvoll zu vergessen, denn dann findet das Buch möglicherweise einen zweiten Leser, aber mir entgeht dadurch der zweite Käufer. Und Ihr Roman, Trutz, ist dafür genau das Richtige. Witzig, etwas frech, etwas sehr anzüglich, na ja, das könnte Ärger geben bei den feinen Magazinen für die gehobenen Damen. Jedoch er hat die richtige Länge, hundertfünfzig Seiten. Hundertfünfzig ist das Gardemaß, das bläue ich all meinen Autoren ein, aber die wollen immer noch den Gedanken und jenen und diese Geschichte und jene loswerden, aber bei mir heißt es, man kann über alles schreiben, aber nicht über hundertfünfzig.«

Trutz brauchte ein paar Sekunden, bevor er begriff, dass Verhelst sein Manuskript angenommen hatte.

»Und was passiert nun?«, fragte er verwirrt.

»Wir machen jetzt einen Vertrag, Trutz, den können wir gleich abschließen. Sie kriegen sieben Prozent, Sie sind Anfänger, da gibt es immer nur sieben Prozent. Wenn sich das erste Buch verkauft, bekommen Sie für das zweite acht oder neun Prozent, wenn Sie den Nobelpreis erhalten, gibt es für Sie zwanzig Prozent, das sind meine ehernen Verlagsgesetze. Und das Buch wird noch im Oktober vorliegen, versprochen. Mir sind zwei Autoren abgesprungen. Ullstein hat sie mir abspenstig gemacht, und die beiden Lumpenhunde haben sich kaufen lassen. Nun fehlen mir zwei Titel im Herbst, und das ist Ihre Chance. Das Manuskript habe ich Simon gegeben, meinem besten Lektor, und er hat es auch schon gelesen.«

Trutz wurde rot vor Freude.

»Ich könnte auch sagen, meinem schlechtesten Lektor, ich habe nur einen. Und einen Titel habe ich auch. Stellen Sie sich das Buch vor: Rainer Trutz: *Außer ordentlich und tadelig – Ferdinand*. Na, wie gefällt Ihnen das?«

»*Außer ordentlich und tadelig – Ferdinand*? Ich weiß nicht, ist das ein guter Titel?«

»Der ist glänzend. Ein bisschen schräg, ein bisschen verrückt, genau wie Ihr Text. Und vor allem, er spricht die Leute an, für die das Buch geschrieben ist. Oder glauben Sie, die Damen aus den Literatursoireen werden Ihr Buch lesen? Nein, dazu ist zu viel Unanständiges drin, da werde ich froh sein können, wenn wir keinen Ärger mit der Zensur bekommen. Sehr keck, mein junger Freund. Simon ist nächste Woche mit dem Manuskript durch. Er ist heute nicht im Haus, sonst hätte ich euch gleich miteinander bekannt gemacht. Sie hören sich an, was er Ihnen zu sagen hat, und ich rate Ihnen, folgen Sie jedem seiner Vorschläge, er kennt sich aus in dem Geschäft.

Und dann geht's ab in den Satz. Im September haben wir den ersten Rainer Trutz fix und fertig in der Hand. *Außer ordentlich und tadelig – Ferdinand. Ein Großstadtroman.* Ich werde die große, die ganz große Werbetrommel für Ihr Buch rühren. Anzeigen in den Zeitungen, Vorabdruck, die ganze Palette. Und das mach ich nicht nur für Sie, sondern auch für mich. Ich will es Ullstein zeigen, er hat das Geld, jaja, aber ich habe immer noch die bessere Nase für Talente. – So, und jetzt gehen Sie zu Frau Zschiedrich, zwei Türen weiter, von ihr bekommen Sie den Vertrag. Ist alles schon vorbereitet, einschließlich einer Klausel, dass Sie die nächsten zwei Manuskripte zuerst mir anzubieten haben.«

Verhelst stand auf und reichte Rainer Trutz zum Abschied die Hand. Der junge Mann dankte und wusste kaum etwas zu sagen, da ihn die nicht mehr erwartete Annahme seines Manuskripts und die gewichtigen Ankündigungen des Verlegers verwirrten. Er war bereits an der Tür, als er sich umwandte und zu dem Verleger sagte, er würde das Buch gern unter einem Pseudonym veröffentlichen.

»Ausgeschlossen, junger Freund. Der Name Rainer Trutz ist sehr gut, und bei Pseudonymen wird das Finanzamt misstrauisch. Dann kann es zu einer sehr strengen und sehr kleinlichen Betriebsprüfung kommen, und die kann ich mir nicht leisten. Natürlich wird man nichts finden, wir arbeiten korrekt, jeder Pfennig wird abgerechnet, aber eine Tiefenprüfung kostet mich viele Arbeitsstunden, die mir keiner ersetzt, und all das nur wegen eines Pseudonyms. Nein, nein, nein. So etwas konnte man sich im vergangenen Jahrhundert leisten, in einer Zeit wo das Finanzamt noch nicht zum Vampir mutiert war. Trutz, Sie müssen sich doch bei Ihrem Buch nicht verstecken, Sie sind eine Begabung, ein Talent. Und nun melden Sie sich bei meiner Frau Zschiedrich und freuen Sie sich über Ihre sieben Prozent. Einen Vorschuss bekommen Sie, sobald Simon grünes Licht für Ihr Manuskript gibt.«

Vom Verlag aus fuhr Rainer mit dem Bus zum Gewerkschaftshaus am Engeldamm, doch er traf Gudrun nicht an, sie habe einen Termin in Köpenick, wurde ihm gesagt, und würde erst in zwei Stunden zurückerwartet. Er hinterließ eine Nachricht, bat sie, nach Arbeitsschluss umgehend ins *Chicorée* in der Neuen Königstraße zu kommen, ein bürgerliches Speiselokal, er würde sie dort ab sechs Uhr erwarten.

Daheim zog er ein frisches Hemd an und band sich einen Schlips um. Auf dem Weg zum *Chicorée* kaufte er sieben rote Rosen und ließ sie in der Gaststätte in einer Vase auf den für ihn reservierten Tisch stellen. Gudrun traf mit einer halbstündigen Verspätung ein. Als sie den Strauß sah und seine Krawatte, zog sie anerkennend die Augenbrauen hoch und fragte, ob der Herr im Lotto gewonnen habe.

»Gewonnen habe ich etwas sehr viel Besseres«, sagte er und strahlte sie an.

»Erzähl!«

»Nein. Dazu brauchen wir erst ein Glas Sekt.«

Er winkte dem Kellner, der ihnen die Speisekarte brachte, und bestellte zwei Gläser vorab.

»Hast du beim *Lokal-Anzeiger* eine Festanstellung bekommen?«

»Warte doch. Ich erzähl es gleich. Es sind zwei gewichtige Neuigkeiten, und ich bin noch dabei zu überlegen, in welcher Reihenfolge ich sie dir erzähle.«

»Das Wichtige zum Schluss, Rainer. Du sagst doch immer, über den Erfolg entscheidet die Dramaturgie.«

Der Kellner brachte die Gläser und erkundigte sich, ob sie bereits etwas gewählt hätten, Rainer sagte, sie seien noch dabei. Dann erhob er das Glas und sagte Gudrun, der *Verhelst-Verlag* habe seinen Roman angenommen, er werde im September, also in einem halben Jahr, erscheinen.

»Im September, Gudrun. Auf den September.«

Gudrun stand auf, ging zu ihm und küsste ihn.

»Mein Romanautor«, sagte sie, »jetzt habe ich einen eigenen Romanschriftsteller. Und das war noch nicht das Wichtigste? Was kommt jetzt? Welche Erfolge hast du denn noch vorzuweisen?«

»Das ist kein Erfolg, es ist mehr eine Frage.«

»Und? Heraus damit?«

»Ich möchte dich heiraten, Gudrun.«

»Heiraten? Du bist verrückt. Wir leben doch zusammen, warum willst du denn heiraten?«

»Ich dachte, im September, an dem Tag, an dem mein Roman erscheint, erscheinen wir beide auf dem Standesamt.«

»Ach, und du meinst, wir schwören dann statt auf die Bibel oder die Verfassung auf deinen Roman? Und wenn dein nächstes Buch kommt, was ist dann? Lassen wir uns dann am Erscheinungstag scheiden?«

»Ich möchte dich heiraten, Gudrun. Das ist alles, was ich dir sagen wollte.«

»Das ist lieb von dir, wirklich. Aber wilde Ehe, das klingt besser. Da fühle ich mich freier. Die verheirateten Kolleginnen bei uns, die stehen immerzu unter Druck. Immerzu fürchten sie, etwas zu versäumen, etwas falsch zu machen, den Göttergatten zu verärgen. Lassen wir es bei der wilden Ehe, Rainer.«

Drei Wochen später konnte sich Rainer an der Kasse

des *Verhelst-Verlages* dreihundertfünfzig Reichsmark als erste Rate auszahlen lassen, doch das Buch erschien nicht wie versprochen im September, sondern drei Monate später, da der kleine Verlag im Sommer vorübergehend insolvent war und der Verleger wochenlang durch Deutschland reiste, um Freunde und Bekannte um Geld anzubetteln. Am vierten Dezember lag das Buch *Rainer Trutz: Außer ordentlich und tadelig – Ferdinand. Ein Großstadtroman* in den Buchhandlungen, gerade noch rechtzeitig zum Weihnachtsgeschäft.

Drei Tage zuvor hatte das *Berliner Tageblatt* mit dem Abdruck des Romans begonnen, was Rainer zwar kein Geld einbrachte, das Honorar der Zeitung beanspruchte Verhelst komplett für den Verlag, da diese gewichtige Werbung für das Buch allein der Arbeit des Verlegers zu verdanken und diese Sondervereinbarung in Rainers Vertrag im Paragraphen »Werbemaßnahmen« festgelegt und unterschrieben war. Rainer ärgerte sich über diesen Diebstahl, wie er das Finanzgebaren des Verlegers seiner Freundin gegenüber bezeichnete, aber die Freude über das Erscheinen seines ersten Buches und das Glück, jeden Morgen am Kiosk sich eine Zeitung zu kaufen, in der innerhalb von siebenundzwanzig Tagen sein ganzer Roman zu lesen war, trösteten ihn über diesen Kummer hinweg. Eins der Exemplare, die er in einem Karton aus dem Verlag abholen konnte, schickte er seinen Eltern, die restlichen Exemplare verteilte er an seine Freunde, und einen Roman nahm er ins *Romanische Café* mit, um es im *Schwimmerbassin* den daran nur mäßig interessierten stadtbekannten Meistern vorzuweisen.

Seine Freundin Gudrun war über Wochen verärgert, da ihr Rainer erst, als es durch die Verlagsankündigungen nicht länger zu verheimlichen war, gestanden hatte, dass der Verleger ein Pseudonym nicht akzeptiert habe. Sie befürchtete, ihre Eltern könnten das Buch in die Hand bekommen, was unwahrscheinlich war, denn diese lebten in einer hessischen Kleinstadt, in der es keine Buchhandlung gab, oder einer ihrer Freunde aus dem Tillich-Kreis, zu dem Rainer sie immer häufiger begleitete, würde von dem Buch hören und es lesen oder das Werk im *Tageblatt* zu Gesicht bekommen. Die turbulenten erotischen Szenen in Rainers Buch störten sie heftig, so dass er ihr eines Tages versprechen musste, nie wieder ein Buch mit solchen Obszönitäten zu verfassen.

Lilija sagte ihm, sie habe laut gelacht, während sie seinen Roman las, und sie könne nur über ihn staunen. Sein *Ferdinand* sei besser als das Theaterstück, es sei sehr viel besser. Sie vermute, er erzähle da von einigen seiner eigenen Erfahrungen in Berlin, nur was er über Frauen und das Liebesleben in der Stadt zu berichten wisse, erinnere sie doch eher an die bramarbasierenden Herren aus dem *Schwimmerbassin* und sei für einen jungen Mann wie Rainer etwas unangebracht und wirke patzig und altklug, sie hätte jedenfalls einen völlig anderen Eindruck von ihm. Eine Übersetzung ins Lettische oder Russische sei ausgeschlossen, in ihren beiden Heimatländern würde sein Buch als Pornographie gelten, daheim sei man etwas prüder als hierzulande, sie selbst hätte Schwierigkeiten mit den lockeren Berliner Sitten gehabt, als sie zum ersten Mal nach Deutschland kam. Dann aber küsste sie ihn auf beide Wangen und gratulierte zum ersten Buch, dem hoffentlich noch viele weitere folgen würden.

In drei kleinen Zeitungen erschienen wohlwollende Rezensionen, die ihm der *Verhelst-Verlag* zuschickte. In seiner Zeitung, für die er weiterhin schrieb, wurde das Buch nicht besprochen. Als er den Redakteur darauf ansprach, meinte dieser, man wolle jeden Eindruck von Kungelei und Cliquenwirtschaft vermeiden, weshalb irgendwelche Nebentätigkeiten der festen wie der freien Mitarbeiter grundsätzlich nicht berücksichtigt würden.

Eine Woche vor Weihnachten reisten beide zu Gudruns Eltern, Gudrun wollte ein paar Tage in ihrer Heimatstadt bleiben, aber andererseits Silvester unbedingt mit den Freunden in Berlin feiern, und daher waren sie noch vor Beginn der Schulferien losgefahren. Rainer schlief in den fünf Tagen, die sie bei ihren Eltern, seinen künftigen Schwiegereltern, wie er zu Gudrun sagte, verbrachten, in einem auf dem Hausboden notdürftig hergerichteten Gästezimmer ohne Wasser und Elektrizität. Gudruns Eltern hatten ihn neugierig, aber herzlich begrüßt. Er erzählte ihnen von seiner Arbeit in Berlin, von der Redaktion und von den berühmten Freunden, mit denen er im *Romanischen Café* Umgang hatte. Über seinen Roman verlor er kein Wort, obwohl es ihm schwerfiel, doch Gudrun blitzte ihn mahnend an, wenn das Gespräch auch nur in die Nähe von Büchern und Literaten kam und er kurz davor war, sich zu verraten.

Seine Freundin ging mit ihm durch die Heimatstadt, zeigte ihre Schule, stellte ihm ein paar ihrer ehemaligen Schulfreunde vor, besuchte mit ihm den Friedhof und erzählte ihm vor den Grabsteinen die Geschichte ihrer Stadt, berichtete von den sechzehn Jahren, die sie in der ehemaligen, mittelalterlich geprägten Fürstenresidenz gelebt hatte. Rainer hörte ihr aufmerksam zu, das Leben in einer kleinen Stadt war ihm fremd, er kannte nur das Dorf seiner Kindheit und Jugend, ein Leben unter Leuten, die sich alle persönlich kannten und wo jeder eine feste und durch nichts zu verändernde Ansicht über jeden besaß, mochte er in der Nähe wohnen oder in einem der Nachbardörfer, und er wusste, wie man in einer Großstadt lebt, er kannte das Treiben einer Weltstadt, in der bis in den Morgen hinein Autos, Busse und Bahnen fuhren, in der die Nachtbummler in den Caféstuben der Bäckereien auf die zur Arbeit eilenden Frühaufsteher trafen, wo man sich beständig vor Taschendieben zu hüten hatte und alle zehn Minuten von wildfremden Leuten angesprochen wurde, die um eine Zigarette baten oder einem etwas verkaufen wollten. In einer Kleinstadt, begriff er, verlief der Alltag anders, man kannte sich zwar, aber nicht so genau wie auf dem Dorf, man grüßte jeden Vorbeikommenden, ohne seinen Namen zu wissen, jeder beobachtete jeden, doch wusste man nichts voneinander. Hier konnte man nicht unerkannt wie in Berlin existieren, aber die Mitbürger waren nicht so nahe Nachbarn, dass man sie wie selbstverständlich um Hilfe bitten konnte. Nicht anonym und nicht vertraut miteinander, das war sein Eindruck von einer Kleinstadt, als er in den wenigen Tagen mit Gudrun ihr altes Städtchen durchstreifte. Immer auf der Suche nach einem Stoff für einen neuen Roman, gefiel ihm der Gedanke, eine solche Stadt zu porträtieren mit all ihren Freundlichkeiten und ihrer Niedertracht, dem herzlichen und vertrauten Umgang miteinander, der zugleich ein Würgegriff war und keinem erlaubte, in irgendeine Richtung auszubrechen, die den Mitbürgern nicht angemessen schien. Er dachte daran, eine Kriminalgeschichte in dem Ort anzusiedeln, vielleicht einen Mord, der schon Jahre zurücklag und um den Gerüchte und Verdächtigungen kreisten. Ein paar Einwohner hatte er kennengelernt, und überdies konnte ihm Gudrun notfalls alle nötigen Auskünfte geben.

Auf der Rückreise war er im Zug sehr schweigsam, und als Gudrun ihn wiederholt fragte, wo er mit seinen

Gedanken sei, sagte er zu ihrer Überraschung: »Spatzel, ich arbeite an meinem nächsten Roman.«

In den ersten Januartagen ging er in den Verlag, um nach weiteren Kritiken seines Romans zu fragen. Simon Zweig, der Lektor, wusste von keiner weiteren Rezension, und Rainer erzählte ihm von seinem Plan, in sechs Monaten ein neues Manuskript vorlegen zu können. Simon Zweig, über ein Manuskript gebeugt, nickte und bemerkte lediglich, er möge im nächsten Roman sich bei seinen erotischen Fantasien etwas zurückhalten, diese Szenen hätten das Buch mehr Leser gekostet als ihm gebracht, in Berlin kann man derlei verkaufen, aber nicht im Land.

Rainer erkundigte sich, wieso das *Tageblatt* den Roman bereits innerhalb von vierundzwanzig Tagen vollständig abdruckte, denn anfangs hatte man ihm gesagt, es würden genau siebenundzwanzig Folgen werden, und zu seiner Überraschung sah er bei seiner Rückkehr, dass man zwei Tage vor Weihnachten begonnen hatte, einen neuen Roman zur Fortsetzung abzudrucken. Er wollte wissen, wie eine Redaktion sich derart verrechnen könne. Simon Zweig sah ihn überrascht an und erkundigte sich, ob er davon nichts mitbekommen habe. Rainer schüttelte den Kopf.

»Da müssen Sie mit Verhelst sprechen, damit habe ich nichts zu tun«, sagte der Lektor und beugte sich über die Manuskriptseiten auf seinem Schreibtisch.

Rainer wartete bei Verhelsts Sekretärin, bis dieser ihn hereinrief und mit den Worten begrüßte: »Trutz, Trutz, Trutz, was haben Sie mir da nur eingebrockt! Mit Mühe und Not habe ich eine Katastrophe verhindert, eine Katastrophe für mich, aber auch für Sie. Ich haben Ihnen Ihren Arsch gerettet, Ihre Karriere als Schriftsteller hätten Sie in den Wind schreiben können, wenn ich nicht höchstpersönlich in die Redaktion gefahren wäre.«

Rainer sah ihn fassungslos an und stotterte, er wisse nicht, wovon der Verleger rede. Verhelst bot ihm einen Whiskey an, goss sich selbst ein Glas ein, entzündete eine Zigarre und begann zu berichten. Die Zeitung hatte Verhelst vier Tage vor Weihnachten frühmorgens aus dem Bett geklingelt, um ihm mitzuteilen, dass die Redaktion entschieden habe, den Abdruck umgehend abzubrechen, man werde bereits am nächsten Tag mit dem Abdruck eines geeigneteren Machwerks beginnen. Die Briefe empörter Leser hätten sich in einer der Chefredaktion nicht mehr zumutbaren Anzahl erhöht, Abonnenten hätten mit der Kündigung gedroht, wenn dieser obszöne und geradezu zotige Text auch noch an den Weihnachtsfeiertagen, an denen man mit der Familie zusammen die heiligen Tage verbringe und gewöhnlich auch gemeinsam die Tagesnachrichten lese, noch immer in ihrem Blatt zu finden sei. Der Chefredakteur habe die sofortige Einstellung des Abdrucks angeordnet und höchstpersönlich einen neuen, familienfreundlichen Roman ausgesucht. Ihm, Verhelst, sei es allein zu verdanken, dass ein schmählicher und für Verlag wie Autor ruinöser Abbruch vermieden werden konnte. Er habe mit Geschick und finanziellen Zugeständnissen dem Chefredakteur eine weniger demütigende Lösung abtrotzen können und gemeinsam mit dem zuständigen Redakteur die noch ausstehenden vier Folgen auf eine einzige zusammengestrichen. Die Abonnenten des Blattes wären vermutlich von dem rasanten Schluss überrascht worden, andererseits hatten sie nichts vom Abbruch eines Abdrucks mitbekommen, und das *Berliner Tageblatt* beglückte noch vor Weihnachten seine Leser mit einer Familienschnulze.

Rainer erwiderte, man hätte ihn benachrichtigen müssen, denn nur der Autor sei für den Inhalt seines Romans zuständig, nur er und kein anderer hätte die misslichen Kürzungen vornehmen dürfen.

»Mein Gott, Trutz, wo leben Sie?«, fragte der Verleger kopfschüttelnd. »An dem Tag ging es um die Existenz meines Verlages. Stellen Sie sich vor, ein Abdruck wird aus moralischen Gründen abgebrochen. Kein Kirchgänger würde künftig noch ein Buch meines Verlages kaufen, und die gesamte Verlagsbranche hätte hohnlachend diesem Tiefschlag zugesehen. Ich wäre ruiniert, Junge, und ich glaube, Sie ahnen gar nicht, was das bedeutet, für mich, für meine Angestellten. Sie hätten uns mit Ihrem *Ferdinand* fast alle ins Unglück gestürzt.«

Nochmals protestierte Rainer und wandte ein, das Manuskript hätten alle im Verlag gelesen, der Verleger, der Lektor, und damals waren alle einverstanden, man könne doch ihm jetzt nicht eine Schuld zuweisen, die alle beträfe. Wenn denn überhaupt von einem Verschulden die Rede sein könne, müsse dies der Zeitung angelastet werden, die den Roman vor dem Abdruck gelesen habe und nun vor ihren Lesern einen feigen Ruckzieher mache.

Verhelst lachte auf: »Junger Mann, lieber Trutz, von Geschäften haben Sie wohl überhaupt keine Ahnung? Ihnen würde ich nicht für zehn Minuten die Verantwortung für einen Verlag oder eine Zeitung überlassen. Einen feigen Rückzieher vor den Lesern? Dass ich nicht lache. Der Käufer meiner Bücher, der Abonnent einer Zeitung, die haben immer recht, ganz gleich, was sie sagen. Ich will Bücher verkaufen, ich muss Bücher verkaufen, und wenn etwas in unserem Geschäft sakrosankt ist, dann ist das der zahlende Kunde und nichts anderes. Sie können mir mit Empfehlungsschreiben von Goethe und Schiller kommen, das ist für mich Kokolores, was mich allein interessiert, ist, ob Herr Müller und Herr Meier das Buch kaufen. Bringen Sie mir das nächste Mal also Empfehlungsschreiben aller Müller und Meier im Land, dann werde ich Sie auf Händen tragen. Selbstverständlich musste das *Tageblatt* den Abdruck abbrechen, ich hätte es an seiner Stelle viel früher getan. Und mit meinem in der letzten Sekunde erreichten Agreement habe ich uns beiden den Arsch gerettet, Sie Greenhorn. – Und nun an die Arbeit, ich will ein neues Manuskript, aber diesmal bitte etwas ordentlicher, eins, das man verkaufen kann, ohne schamrot zu werden.«

Daheim nahm Rainer Trutz sich die Zeitungsausschnitte vor, um sich die Eingriffe in den Roman anzusehen. Verhelst hatte die letzten dreiundzwanzig Seiten scheinbar wahllos auf fünf oder sechs zusammengestrichen. Es gab völlig unsinnige Übergänge, ein turbulentes Treffen seines Helden mit einem originellen Schuhputzer, das in einem gemeinsamen Besäufnis endete, was er für eine der gelungensten Szenen des ganzen Buches hielt, hatte der Verleger vollständig gestrichen, und die Liebesgeschichte endete nun mit einem Schluss, der alles offenließ. Der Leser wurde ratlos entlassen, kein Mensch, der seinen Roman im *Berliner Tageblatt* gelesen hatte, würde jemals wieder zu einem Buch von ihm greifen. Verhelst hatte ihn als Autor ruiniert oder doch folgenschwer beschädigt, und wenn andere Autoren, also seine Schriftstellerkollegen, sein Debüt in dem Blatt verfolgt hatten, würden sie nur spotten und ihn keinesfalls als einen der ihren ansehen.

Drei Tage tobte er in seiner Wohnung, unfähig, an etwas anderes zu denken. Er meldete sich nicht bei Spannhake, um nach weiteren Aufträgen zu fragen, von seinem zweiten Roman gab es bislang lediglich vier Seiten, und nicht eine Zeile, nicht ein einziges Wort war hinzugekommen, seit dem Tag, an dem er erfahren musste, der eigene Verleger habe sein Buch massakriert. Gudrun redete auf ihn ein und bemühte sich, ihn zu beruhigen, aber jede Geste, jedes Wort von ihr wies er ungeduldig und unwirsch zurück, stieß Morddrohungen gegen Verhelst und den Chefredakteur des *Tageblatts* aus und verfiel in ein verzweifeltes Schweigen, als seine Freundin ihm sagte, er könne den Verlag nicht wechseln, er habe sich mit seinen beiden nächsten Manuskripten vertraglich an ihn gebunden. Da er nicht schlafen konnte, trank er an allen drei Tagen sich abends einen Rausch an, bis Gudrun protestierte und ihm ankündigte, sich von ihm zu trennen. Ihre Drohung ließ ihn zur Besinnung kommen. Er setzte sich an den Schreibtisch und bemühte sich, weiter an dem neuen Manuskript zu arbeiten, doch tagelang quälte ihn immer wieder die Erinnerung an den arg verstümmelten Zeitungsroman, behinderte seine Fantasie, lähmte seine Gedanken und seinen Mut, und die Vorstellung, ein neues Werk dem ihm verhassten Verhelst zu übergeben, bescherte ihm Albträume.

4. Kapitel

Mitte Januar erreichte Trutz ein an den *Verhelst-Verlag* geschickter und ihm nachgesandter dicker Brief. Ein Redakteur der *Weltbühne* fragte bei ihm an, ob er bereit und in der Lage sei, ein in Druckfahnen beigelegtes Buch für die Wochenzeitung zu besprechen. Dieses Ansuchen verbesserte augenblicklich seine Stimmung, denn dieses Blatt schätzte er so sehr, dass er Woche für Woche am Erscheinungstag in der Redaktion des *Lokal-Anzeigers* auftauchte, nur um zwei Stunden lang im neuesten Heft zu lesen. Er nahm das übersandte Blätterbündel in die Hand, es waren Reiseberichte deutscher Schriftsteller, die auf Einladung der sowjetischen Regierung Moskau, Leningrad, Odessa und einige asiatische Teile des riesigen Landes besucht hatten. Trutz blätterte die Druckfahnen flüchtig durch und eilte dann hinunter, um von einer Telefonzelle aus dem Redakteur der *Weltbühne* mitzuteilen, er werde die Rezension des Buches übernehmen. Er fragte, wann sie vorliegen solle, und erfuhr, er könne sich bis Ende Februar Zeit lassen, da die Publikation erst für März vorgesehen sei.

Der Auftrag bedeutete für ihn eine Ehre. Dass diese Zeitschrift ihm die Besprechung eines Buches mit den Stimmen vieler bekannter Autoren anvertraute, war für ihn ein Beweis, er war endlich angekommen, man nahm ihn als Schriftsteller wahr, sein Roman war gelesen worden, er gehörte jetzt dazu, und vielleicht, wenn er die Redaktion mit seiner Rezension beeindrucken konnte, würde es weitere Aufträge geben, und eines Tages bekäme er bei der *Weltbühne* eine feste Stelle und wäre

Kollege bekannter Autoren, die erfolgreiche Bücher veröffentlichten.

Er erzählte Gudrun, wie wichtig dieser Auftrag sei und dass er den neuen Roman unterbreche, um Zeit für diese Arbeit zu haben. Gudrun verstand nicht, wieso ihn die Rezension eines für sie wenig aufschlussreichen Buches derart begeistern konnte, aber sie war erleichtert, dass er endlich aus seiner Verzweiflung erwachte und wieder genügend Selbstvertrauen hatte, um zu schreiben.

Die Druckfahnen, die ihm die Redaktion zugeschickt hatte, enthielten eine Sammlung von zwölf Berichten über die Sowjetunion, ein Reisetagebuch, das *Die Linkskurve*, die Monatszeitung des Bundes proletarisch-revolutionärer Schriftsteller, als Sonderdruck publizieren wollte. Die zwölf deutschen Autoren waren sämtlich Mitglieder dieses Bundes, es waren bekannte Namen darunter, zwei von ihnen kannte Rainer aus dem *Romanischen Café*, wenn er auch mit keinem je gesprochen hatte, da er und Lilija zumeist bei den Theaterleuten Platz nahmen und sich die Schriftsteller an den für sie reservierten Tischen zusammensetzten.

Er setzte sich an seinen Schreibtisch, räumte die eigenen Manuskripte und Notizen in eine der Schubladen, nahm einen Bleistift und begann erregt und hochgestimmt mit der Lektüre der Druckfahnen.

Das Buch sollte *Der große Plan* heißen, und jeder der Autoren wollte seinen Beitrag unter einer ähnlich imposanten Überschrift präsentieren. Das Inhaltsverzeichnis las sich wie eine Liste propagandistischer Schlagworte. *Zukunft im Rohbau* hieß es da, und auf *Roter Weizen* folgte *Kollektivdorf und Sowjetgut*. Es gab *Fahrtverbindungen in die Seligkeit* und die Kapitelüberschrift *Eine altehrwürdige Metropole, die täglich jünger wird*. Einem schlichten Titel wie *26 Nationalitäten* folgte ein pompöses *Umsteigen ins 21. Jahrhundert – ein Epos des sozialistischen Aufbaus*. Die Autoren, stand im Vorwort der *Linkskurve*-Redaktion, konnten zwei Monate durch das Land der Revolution reisen, in die Städte und Dörfer, waren zum Onegasee gefahren, wo sie Arbeiten am Bau des Hunderte Kilometer langen Weißmeer-Ostsee-Kanals sehen konnten, wodurch auf Anweisung Stalins eine direkte Verbindung von Leningrad zur Barentssee entstehe. Sie durften die Fortschritte in der sowjetischen Landwirtschaft bewundern, hörten von neuartigen Fruchtfolgen, die russische Wissenschaftler entwickelt hatten und die dem Sowjetreich unvorstellbar reiche Ernten bescherten. Erstmals in der russischen Geschichte wurde der Hunger in dem riesigen Land besiegt. Sie sprachen mit dem Volkskommissar und den leitenden Ökonomen von Gosplan, dem Wirtschaftskomitee, das für die Ausführung des Fünfjahresplans zuständig war, um das einst rückständige Agrarland unter der direkten Leitung von Genosse Stalin zur führenden Industrienation der Welt umzugestalten. Die zweimonatige Reise war, wie die Autoren in einem gemeinsamen Vorwort schrieben, eine Reise ins Paradies der Werktätigen gewesen. Die russischen Kinder strahlten, die Mütter waren glücklich, die Männer arbeiteten gern für eine noch hellere Zukunft, und die alten Leute konnten beruhigt ihren Lebensabend genießen und der Jugend von der schweren Zeit unter der Knute des Zaren berichten. Alle Probleme des riesigen Landes wurden rasch gelöst, wobei die entscheidenden Ratschläge stets von Stalin kamen, der sich auch nicht scheute, selbst anzupacken, um den Aufbau der ruhmreichen Sowjetunion noch rascher voranzubringen.

Rainer las immer verwunderter in dem Buch und wusste nicht, ob er diese Lobpreisungen als Berichte aus einem tatsächlich existierenden Land auffassen sollte oder als Märchen oder gar Satiren. Beim Lesen torkelte er geradezu zwischen ungläubigem Staunen, lautem Lachen und kopfschüttelnder Fassungslosigkeit. Drei der Autoren schätzte er ihrer Bücher wegen, und dieser Umstand machte es ihm schwer, über sie den Stab zu brechen, ihre Darstellungen jedoch wirkten auf ihn unglaubwürdig. Die russischen Filme, die er bei Lilija in der Botschaft anschauen konnte, hatten ihm ein anderes, ein härteres Bild des sowjetischen Reiches gezeigt, und den Staatsführer Stalin, der von den zwölf deutschen Schriftstellern für einen Heros oder Gott ausgegeben wurde, allgewaltig, allgegenwärtig, kannte er aus den wöchentlichen Film-Journalen. Die sowjetischen Wochenschauen, die man in der Botschaft sehen konnte, präsentierten Stalin so wie die Texte der deutschen Schriftsteller, ein Heros mit übermenschlichen Gesten und in staatsmännischer Haltung, aber die Ufa-Tonwochen im Kino zeigten einen ganz anderen Mann, einen schnauzbärtigen, verschlagen lächelnden Machtmenschen, verschlossen und misstrauisch, den er sich eher als jähzornigen Gendarmen denn als gütigen Landesherrn vorstellen konnte.

Das Buch machte ihn ratlos und die so rasch zugesagte Rezension bereitete ihm Kopfschmerzen. Er sah bei diesem Sammelband keine Möglichkeit, eine glänzende und die Redaktion der *Weltbühne* beeindruckende Besprechung abzuliefern, doch wenn er um einen anderen Titel bat, würde der zuständige Redakteur dies als einen Rückzieher und ein Versagen auffassen und ihn wahrscheinlich von seiner Liste für immer streichen. Er musste den Auftrag erfüllen, er musste zu diesen ihn langweilenden Lobeshymnen auf die Sowjetunion einen Text schreiben, der ihn als begabten Rezensenten auswies.

Gudrun hatte in ihrem Paul-Tillich-Kreis von dem Buch und dem Auftrag für Rainer gesprochen, und wenn auch alle Mitglieder dieser Runde die russische Revolution ablehnten, da ihrer Ansicht nach eine neue und für alle Menschen gerechte Gesellschaft, wenn sie stabil und dauerhaft sein soll, nur gewaltlos zu erreichen sei, hatten sie doch aufmerksam die Veränderungen in Russland verfolgt, und drei von ihnen hatten durch berufsbedingte Reisen die Veränderungen in Petersburg, Odessa und Kiew sogar persönlich gesehen. Diese drei Teilnehmer des Tillich-Kreises beobachteten seit Jahren die turbulenten Ereignisse in dem riesigen Reich und baten Rainer, an einem Abend über jenes demnächst erscheinende Buch der deutschen Schriftsteller zu sprechen. Er willigte ein, stellte die Aufsätze vor, las ihnen Abschnitte der Reiseberichte vor und bemühte sich, ihre Fragen, soweit es ihm möglich war, zu beantworten. Man folgte seinen Ausführungen, aber den Schilderungen der Autoren der *Linkskurve* konnte keiner beipflichten, man war eher belustigt und amüsierte sich über deren Naivität und darüber, wie erwachsene Menschen einer offensichtlichen Propaganda blindgläubig aufsitzen konnten.

Auch mit Lilija sprach er darüber. Sie war auf die Reiseberichte deutscher Schriftsteller derart neugierig, dass sie sich die Druckfahnen auslieh und den ganzen Text an einem langen Abend las. Als Rainer am nächsten Vormittag in ihrem Büro erschien, um sich das Blätterbündel abzuholen und ihre Meinung zu hören, war sie seltsam verschlossen und wollte nicht darüber sprechen.

»Du musst was sagen, Lilija, du kennst das Land besser als jeder dieser zwölf Autoren. Und ich muss darüber etwas schreiben. Ich will mich bei der *Weltbühne* nicht blamieren, das wäre eine Katastrophe für mich. Mir zuliebe musst du mir deine Meinung sagen.«

»Wenn ich dir einen Rat geben darf: Lass dir etwas anderes zum Rezensieren geben, einen Roman oder einen Gedichtband.«

»Das geht nicht, Lilija, ich kann nicht nach vierzehn Tagen einen Rückzieher machen. Dann bin ich bei der *Weltbühne* abgehakt, und zwar endgültig. Ich habe den Auftrag angenommen, ich muss nächste Woche liefern. Was ist? Was meinst du zu dem Buch?«

»Mein Gott, Rainer, was soll ich dir sagen? Alles, was sie beschreiben, haben sie gesehen, da bin ich sicher. Einigen ihrer Schlussfolgerungen kann ich nicht folgen, aber was sie berichten, das glaube ich ihnen. Allerdings sahen sie nur, was man ihnen zeigte, es fehlt, was man ihnen nicht zeigen wollte und vor ihnen verheimlichte. Und das ist kein ganz kleiner und kein ganz unerheblicher Rest meiner geliebten Heimat. Sie sind alle ein wenig blauäugig zu dieser Reise aufgebrochen, sie haben sich von ihren Gastgebern und Reiseführern, ihren Deschurnajas, allzu willig führen und leiten lassen. Es sind halt keine Journalisten, sondern revolutionsbegeisterte Schriftsteller, die sich durch die Einladung geschmeichelt fühlten.«

»Was stimmt alles nicht, Lilija? Wo lügen sie?«

Lilija schüttelte den Kopf: »Du hast nicht zugehört, Rainer. Sie lügen nicht. Sie erzählen das, was sie erlebt haben, und da glaube ich ihnen jedes Wort. Vieles, sehr vieles in meiner Heimat hat man ihnen nicht gezeigt. Der Weißmeer-Ostsee-Kanal, das ist tatsächlich ein gewaltiges Bauwerk, ein Jahrhundertbau, aber da arbeiten nicht nur unsere Helden der Arbeit, in der Mehrheit sind es Strafgefangene, die den Kanal bauen müssen.«

»Strafgefangene? Kriminelle oder politisch Verfolgte?«

»Strafgefangene, Rainer, mehr weiß ich auch nicht. Und über Gerüchte möchte ich mit dir nicht sprechen.«

»Aber jeder weiß in der Sowjetunion darüber Bescheid, Lilija, oder?«

»Ich sag dir doch, ich will keine Gerüchte verbreiten.«

»Und wenn diese zwölf Autoren verlangt hätten, dass sie alles sehen müssen, dass sie auch das zu sehen bekommen, was man ihnen vorenthielt, was wäre passiert?«

»Ach, Rainer, woher soll ich das wissen. Sie sind mit ihren Träumen in das Land ihrer Träume gefahren – wie sagt das einer von ihnen: *Fahrtverbindung in die Seligkeit* –, was willst du da von ihnen erwarten? Einen Bericht über die Fehler, über die Armut, den Hunger, die Erdhöhlen?«

»Dann lügen sie.«

Lilija schüttelte nachsichtig, aber energisch den Kopf: »Wir haben alle unsere Träume, Rainer. Ihr träumt von einem christlichen Sozialismus, einer Veränderung ohne jede Gewalt, andere träumen von einer sauberen und gerechten Herrschaft, wieder andere von einem gottesfürchtigen Kaiser oder Zaren. Wir haben alle unsere Träume, und für uns alle sind die Träume der anderen Unsinn und Traumtänzerei. Ich lese gerade die Briefe Voltaires, du weißt, des großen Franzosen. Nach dem Streit mit Friedrich II. wurde er in Unehren entlassen. Auf der Heimfahrt ließ der rachsüchtige König ihn festnehmen, Voltaire bekam in Frankfurt Hausarrest. Er durfte erst fünf Wochen später weiterreisen. Nach all diesen demütigenden Umständen, weißt du, was er an seinen früheren Freund und nachmaligen Feind Friedrich II. noch von Frankfurt aus schrieb? Sire, schrieb er ihm, die Welt ist groß genug, dass wir alle darin Unrecht haben können. Nimm dir daran ein Beispiel, Rainer. Die Träume und Irrtümer der anderen sind nicht größer und nicht verrückter als unsere eigenen.«

Sie nahm die Druckfahnen aus ihrer Aktentasche und gab sie ihm zurück.

»Lass es sein, Rainer, tu's nicht. Das ist nicht dein Department, mein Junge, du könntest dich verlaufen und dir beide Beine brechen.«

»Und Stalin? Was ist mit ihm? Ist er für euch wirklich ein solcher Heros? Ein Gott?«

Sie sah ihn an und für einen Moment schien es ihm, als sei sie verwirrt oder zornig, aber dann lächelte sie und sagte: »Ach, Junge, ich habe zu arbeiten, ich kann nicht die ganze Zeit mit dir schwatzen. Heute Abend gibt es in der Piscator-Bühne eine Premiere. Es ist eine Doppel-Premiere, denn Piscator darf heute zum zweiten Mal seine Bühne nach dem Konkurs eröffnen. Und es ist vorerst eine seiner letzten Arbeiten in Berlin, er wird bald für zwei Jahre in die Sowjetunion gehen. In Murmansk will er inszenieren und in Odessa, er wird auch einen Film drehen, und ich werde ihn einige Wochen begleiten dürfen. Das hat er verlangt und durchgesetzt. Sehen wir uns am Nollendorftheater?«

»Ich habe keine Karten.«

»Da reicht ein Anruf von mir. Eine Karte, oder kommst du mit Gudrun?«

»Ja, Gudrun kommt sicherlich gern mit.«

»Also zwei. Dann bis heute Abend.«

»Danke, Lilija.«

»Gib mir noch deinen Passierschein. Ich muss ihn abzeichnen.«

Rainer lief langsam durch die Korridore des riesigen

Hauses bis zu der mit drei Männern besetzten Pförtnerloge. Lilijas Bemerkungen hatten ihn verwirrt, und ihre Weigerung, etwas zu Stalin zu sagen, beunruhigte ihn. Überdies waren ihre Erläuterungen zu dem Buch für ihn wenig hilfreich, noch immer wusste er nicht, wie er die Rezension schreiben sollte, sachlich berichtend oder mit Hohn oder doch Ironie die Lobhudeleien der deutschen Autoren karikierend. Er wollte bei der *Weltbühne* Eindruck machen, aber die in dem Band versammelten Autoren waren bekannte und sogar berühmte Schriftsteller, Männer und Frauen, denen er sich als Kollege zugesellen wollte, von denen er eine Anerkennung als neues Talent erhoffte, was er mit einem bissigen Artikel von vornherein ausschließen würde.

Auf dem Heimweg fuhr er am Engeldamm vorbei, wo sich im Gewerkschaftshaus der Sitz des Zentralverbands christlicher Textilarbeiter befand, um Gudrun von Lilijas Einladung zu erzählen, doch Gudrun hatte am Abend an einer Versammlung im Wedding teilzunehmen, sie musste vor den Arbeiterinnen über die neue Bündnispolitik ihres Verbandes sprechen und diese von der Richtungsänderung überzeugen, obwohl sie selbst dem neuen Kurs, den die Zentrumspartei der Gewerkschaft aufgenötigt hatte, um sich nach den Wahlerfolgen der Nationalsozialisten dem konservativen und nationalen Lager anzuschließen, kritisch gegenüberstand. Sie gab Rainer ihre ausformulierte Rede, die sie vortragen wollte, sie war unsicher, ob ihre Skepsis dem neuen Kurs gegenüber nicht zu deutlich wurde und sie damit gegen die Richtlinie des Vorstands verstoße, andrerseits löste der nun rechtsnationale Kurs ihrer Gewerkschaft und der von der Partei erwünschte Zugriff des Klerus auf ihre Verbandsarbeit bei ihr heftige Bedenken aus, was sie nicht völlig verschweigen wollte.

Rainer las die zwei Seiten und fragte Gudrun, ob die Arbeiterinnen denn diese Sprache verstehen.

»Verstehst du es denn nicht?«, fragte sie überrascht. »Die Mitglieder meiner Gewerkschaft begreifen jedes Wort. Das ist unsere Sprache, so reden wir Tag für Tag miteinander. Eine Gewerkschaftlerin kämpft, verstehst du?«

»Jaja, aber für mich ist das, wie soll ich sagen, das sind alles nur politische Thesen.«

»Ja, natürlich. Was dachtest du denn? Dass wir uns bei der Versammlung Romane erzählen?«

»Nein, aber wenn ich ehrlich sein soll, das ist für mich ein Kauderwelsch von Bonzen. Sei nicht böse, Gudrun, aber das liest sich wie die Wahlpropaganda einer Partei.«

»Ach, Rainer, du bist und bleibst ein völlig unpolitischer Mensch. Du hast nur Verständnis für deine Schriftstellerei und für Theater und Schauspieler, diese Leute von diesem *Café Größenwahn*, aber du musst doch sehen, was in unserem Land vor sich geht! Was auf den Straßen los ist! Es wird alles anders, Deutschland verändert sich, da kannst du dich nicht mehr nur mit deinen Tagträumereien beschäftigen.«

Ein Kollege von Gudrun kam ins Zimmer und fragte, ob endlich vom Präsidium die Genehmigung für die Demonstration am Samstag vorliege. Gudrun entschuldigte sich bei Rainer und bat ihn zu gehen, sie habe bis in den späten Abend zu tun.

»Lies nicht nur das Feuilleton, Rainer«, sagte sie, als sie sich mit einem Kuss verabschiedeten, »das Entscheidende steht auf den ersten Seiten einer Zeitung, auch bei deinem Blatt.«

Daheim setzte er sich an den Schreibtisch und schrieb rasch eine erste Fassung seiner Rezension. Er bemühte sich, dem kleinen Text eine Dramaturgie zu verleihen, pointiert zu beginnen, dann einen Überblick über das gesamte Buch zu geben, um schließlich mit einer Wertung zu enden. Nach vier Stunden lagen drei Schreibmaschinenseiten vor ihm, genau doppelt so viel, wie von der Redaktion vorgegeben war. Er las sie sich laut vor, schüttelte verzweifelt den Kopf und machte sich auf den Weg zur Piscator-Bühne im Theater am Nollendorfplatz.

Die Premiere war ausverkauft, aber tatsächlich waren zwei Steuerkarten auf seinen Namen reserviert. Er ließ sich beide Karten geben, er war sicher, irgendeinen Bekannten vor dem Theater zu treffen, den er mit einer Eintrittskarte zu diesem Vorzugspreis beglücken könnte. Da noch über eine Stunde Zeit war, bis die Vorstellung begann, betrachtete er die Aushänge am Theater, bummelte zum Nickelmannbrunnen hinüber, wobei er wiederholt angerempelt wurde, da alle Fußgänger bemüht waren, nur auf dem schneegeräumten Teil des Bürgersteigs zu laufen. In einer Kneipe wollte er zum Aufwärmen einen Kaffee trinken, entschied sich dann aber für einen heißen Grog, bevor er zum Theater zurückkehrte, um nach einem Bekannten Ausschau zu halten, dem er seine zweite Karte verkaufen konnte. Es war noch eine halbe Stunde Zeit bis zum Vorstellungsbeginn, aber das Publikum strömte bereits in Massen Richtung Theater. Zum dritten Mal eröffnete Piscator seine Bühne, da er sie zuvor zweimal wegen Insolvenz hatte schließen müssen, und *tout Berlin* wollte sehen, ob er es diesmal schaffen würde oder ob seiner grandiosen, aber kostspieligen Bühnenkonstruktionen wegen die Steuerbehörde wiederum mit einem weiteren Konkursantrag eine Schließung erzwingen würde.

Vor dem Theater gab es einen Menschenauflauf, Rainer vermutete, man würde sich um Karten balgen, aber als er näher kam, sah er den wahren Grund für das Gedränge: Vor der Eingangstür standen acht Männer nebeneinander, in Uniform und mit Plakaten in der Hand. Rainer las *Raus mit dem Juden Piscator!*, *Volksgemeinschaft gegen undeutschen Geist!* und *Geh nach Moskau, rotes Schwein!*. Die Uniformierten standen so dicht nebeneinander, dass die Theaterbesucher sich mühsam durch sie hindurchzwängen mussten, um zum Theatereingang zu kommen.

Rainer betrachtete den Tumult aus sicherem Abstand. Keiner der Theaterbesucher beschwerte sich über die Absperrung oder sagte auch nur ein Wort, man schob sich schweigend und verärgert durch die Reihe der grimmig blickenden Männer, ein missbilligendes Kopfschütteln war die einzig erkennbare Reaktion. Er sah einige aus der Zeitung oder aus dem *Romanischen Café* bekannte Gesichter, doch diese Leute würden gewiss ihm keine verbilligte Karte abkaufen, an der Theaterkasse lagen kostenlose Ehrentickets für sie bereit. In zehn Minuten würde die Vorstellung beginnen, und da er noch immer seine überzählige Karte hatte, hielt er nach einem Freund oder vertrauten Gesicht Ausschau. Neben ihm stand ein gleichaltriger Mann, dem Aussehen nach zu urteilen ein Arbeiter, die Hände waren rot und rissig, er war vielleicht Maurer, schätzte Rainer.

»Wollen Sie auch in das Theater?«

»Ins Theater?«, fragte der Mann zurück. »Nee, nee, dafür hab ick keen Geld.«

»Ich kann Ihnen eine Karte geben. Ich habe eine überzählige.«

Der Mann kniff die Augen zusammen und starrte ihn an.

»Ach so, du bist ener von dem roten Pack. Judensau!«,

sagte der Mann, holte unvermittelt aus und schlug Rainer mit der Faust ins Gesicht, so dass dessen Nase augenblicklich zu bluten begann und er Mühe hatte, auf den Beinen zu bleiben. Das Taschentuch auf Mund und Nase drückend, rannte Rainer ins Theatergebäude, schob sich an den Uniformierten vorbei und eilte auf die Toilette. Seine Zähne schmerzten und auf dem Mantel war ein Blutfleck zu sehen. Er säuberte Gesicht und Hände, verstopfte beide Nasenlöcher mit Toilettenpapier, dann zog er den Mantel aus und versuchte, den Blutfleck auszuwaschen. Bevor er den Waschraum verließ, wechselte er das Papier in seiner Nase, riss sich mehrere Blätter ab, steckte sie in die Tasche und eilte hinaus. Da keine Zeit war, seine Garderobe abzugeben, rannte er mit dem Mantel über dem Arm und einer Hand vor Mund und Nase zum Eingang des Saals, der gerade geschlossen werden sollte, und zwängte sich rasch durch die Reihe zu den zwei einzigen freien Plätzen im ganzen Haus.

Das Theaterstück war eine politische Revue für acht Schauspieler und einen beeindruckend großen Sprechchor. Es gab imponierende Lichteffekte, und kurze Filmsequenzen, Dokumentarszenen aus der Arbeitswelt, wurden eingespielt. Die Lieder waren von Walter Mehring und die Musik von dem kürzlich verstorbenen Edmund Meisel, dem Piscator, laut Programmheft, die Aufführung widmete. Rainer hatte Mühe, dem Geschehen auf der Bühne zu folgen, die Zahnschmerzen nahmen zu, und die Sorge, dass die Nase weiter bluten würde und er sein Gesicht, das Hemd und seine beste Jacke beschmieren würde, ließen es kaum zu, aufmerksam der Bühnenhandlung zu folgen. In der Pause eilte er wiederum zur Toilette und stand zehn Minuten vor einem Waschbecken, um sich zu reinigen und mit kaltem Wasser das Gesicht und insbesondere die Nase zu kühlen. Da weiterhin Papier in seinen Nasenlöchern steckte, vermied er es, Lilija oder andere Bekannte zu treffen, und verließ erst bei der dritten und letzten Pausenklingel die Herrentoilette, um den zweiten Teil der Vorstellung zu sehen.

Piscator wurde an diesem Abend geradezu frenetisch gefeiert. Rainer stand von seinem Sitz erst auf, als sich auch die anderen erhoben hatten. Da er den Mantel noch immer bei sich trug, musste er sich nicht an der Garderobe anstellen und verließ als einer der Ersten das Theater, wobei er nach allen Seiten Ausschau hielt, um nicht noch einmal dem Schläger über den Weg zu laufen.

Gudrun war bereits daheim und fragte bei seinem Anblick entsetzt, was ihm zugestoßen sei. Sie verlangte, dass er sich flach auf den Teppich legte, und wusch und versorgte ihn.

»Rainer Trutz trifft auf die deutsche Realität«, spottete sie, als er erschöpft und zerschlagen auf dem Boden lag und sich bei Gudrun bedankte, »das ist bei uns Alltag. Schon dreimal sind Schlägerbanden ins Gewerkschaftshaus eingedrungen, und die Polizei lässt sich Zeit, erscheint erst Stunden später. Alle sind verunsichert. Heute haben mir acht Frauen ihren Austritt aus der Gewerkschaft mitgeteilt. Fünf Frauen sagten, wir stünden der neuen nationalen Bewegung feindlich gegenüber und ihre Männer hätten verlangt, dass sie eine nationalfeindliche Gewerkschaft nicht länger unterstützen, und drei Frauen traten aus, weil die Verbandsführung nicht energischer gegen die Nationalsozialisten auftritt. Es ist völlig absurd.«

»Das heißt, die einen treten aus, weil ihr gegen die Nazis seid, und die anderen, weil ihr für sie seid?«

»So ungefähr. Und im Grunde haben beide Seiten

recht. Um keine Wähler und Mitglieder zu vergraulen, fährt das Zentrum und unsere Gewerkschaftsleitung einen Schlingerkurs, ist jetzt irgendwo zwischen Baum und Borke gelandet. Sie können sich nicht dafür und wollen sich nicht allzu sehr dagegen entscheiden, um niemanden zu verlieren, und werden schließlich alles verlieren. – Willst du eine Kopfschmerztablette? Für die Nacht wäre es gut, Rainer.«

»Bist du in Gefahr?«

»Nein, nein. Auf Frauen nehmen die Schläger Rücksicht. Du weißt ja, die deutsche Frau, die deutsche Mutter! Wir werden nur als Schlampen und Nutten beschimpft. – So, komm, wir gehen ins Bett. Und morgen liest du mal den politischen Teil deiner Zeitung und nicht nur die Seiten mit dem Kulturklatsch. – Wie war eigentlich die Aufführung?«

Rainer erzählte ihr, dass er nach dem Faustschlag nur wenig mitbekommen habe und allen Bekannten aus dem Weg gegangen sei.

»Der Kerl war so ein richtiger Arbeiter, einer, mit dem ich ein Bier trinken würde. Der Schlag kam völlig unvermutet. Er war kein Schlägertyp, kein Nazi. Eigentlich ein ehrliches Arbeitergesicht.«

»Ich sagte doch: Rainer Trutz traf auf die Realität«, wiederholte Gudrun, »soll für einen Schriftsteller hilfreich sein.«

Drei Tage später beendete er den Artikel für die *Weltbühne* und schickte ihn am nächsten Tag an die Redaktion. Der kleine Artikel von Rainer Trutz war nicht bösartig, der Rezensent war eher belustigt und beendete seine Buchbesprechung mit sechs Fragen an die zwölf Autoren, die ironisch auf Widersprüche zwischen ihren begeisterten Beschreibungen des Alltags im Arbeiterparadies und einigen Berichten in der deutschen und internationalen Presse über die Sowjetunion und ihre Aufbauleistungen hinwiesen. Ihm war bewusst, seine Rezension würde kaum beachtet und gelesen werden, Verhelst hätte es eine Petitesse genannt, doch er hoffte, sie wäre ein kleiner, ein winziger Schlüssel, der ihm die Pforte zu der von ihm verehrten Zeitschrift aufschloss.

Am Erscheinungstag der Zeitschrift wollte er sie nicht erst in der Redaktion seiner Zeitung lesen, er kaufte sich im Zeitungsladen am Charlottenburger Bahnhof ein Exemplar, blätterte es auf dem Heimweg durch, aber zu seiner Überraschung wurde die Rezension weder im Inhaltsverzeichnis aufgeführt noch war sie im Heft zu finden. Er ging zum Bahnhof zurück und rief bei der *Weltbühne* an, doch um diese frühe Uhrzeit nahm dort keiner seinen Anruf entgegen. Gegen Mittag versuchte er es erneut, bekam den zuständigen Redakteur ans Telefon und erfuhr, sein Artikel wäre, da er nicht aktuell sei, *geschoben* worden und es könne durchaus sein, dass er nochmals *geschoben* werde, falls es Neuigkeiten gäbe, auf die man umgehend reagieren müsse, Buchrezensionen seien niemals topaktuell, aber gedruckt werde sie, das könne er ihm versichern.

In seiner Dachkammer, dem Spitzwegstübchen, wie Gudrun es nannte, hatte er vor Wochen mit einem neuen Roman begonnen, der in einer Kleinstadt spielte, wie er sie zu Weihnachten beim Besuch von Gudruns Eltern kennengelernt hatte. Der Roman war in der Gegenwart angesiedelt, so dass er viele eigene Erlebnisse schildern konnte, auch sein Zusammentreffen mit jenem Schläger vor dem Theater auf dem Nollendorfplatz. Der im Mittelpunkt stehende Kriminalfall lag zehn Jahre zurück, es ging um einen Mord an einem jüdischen Buchhalter während der Inflationsjahre, in den der Bürgermeister seines fiktiven Städtchens und zwei Handwerker verwickelt waren, die alle drei wenige Jahre später Mitglieder der nationalsozialistischen Partei wurden, wodurch dem Kriminalkommissar in der Kreisstadt, der den Mord seit fünf Jahren untersuchte und mit detektivischer Gründlichkeit und dem Scharfsinn eines Sherlock Holmes die vollständige Wahrheit aufdecken konnte, letztendlich die Hände gebunden waren, weil sich keiner, weder in dem Städtchen noch im Verwaltungsbezirk, mit der mächtig gewordenen Volkspartei und ihren Vertretern anzulegen wagte, zumal deren Anhänger ihre Gegner bedrohten und gewaltsam gegen sie vorgingen. Die Erlebnisse vom Berliner Blutmai brachte er in diesem Manuskript zu Papier, die Erfahrung mit Menschenmengen, die plötzlich und scheinbar grundlos in Panik geraten und durch die Straßen flüchten, getrieben von begründeten Ängsten und Furcht wie auch von abenteuerlichen, haltlosen Gerüchten. Es sollte ein Zeitroman werden, einer der in jenen Jahren viel geschriebenen und gelesenen aktuellen Stoffe, wie sie auch von den Zeitungen vorabgedruckt wurden und damit eine große Leserschaft erreichten.

Simon Zweig, der Lektor im *Verhelst-Verlag*, nickte zustimmend, als er ihm von seinem Vorhaben erzählte, und ihm wurde mitgeteilt, auch der Verleger, Joochen Verhelst, sei zufrieden, man werde ihm in den nächsten Tagen einen Vertrag zuschicken, worin der Abgabetermin festgelegt werde sowie seine Tantiemen samt Vorschuss. Tatsächlich erhielt er den Vertrag eine Woche später zugeschickt, zu seiner Fassungslosigkeit aber waren für ihn statt der zugesagten acht oder neun Prozent nur sechs vorgesehen, also weniger als bei seinem Debütband. Er rief umgehend im Verlag an, die Sekretärin verband ihn mit dem Lektor, Simon Zweig erklärte, er habe mit Verträgen und Prozenten nichts zu tun, dafür sei allein der Verleger zuständig, der aber sei in München und werde erst in zwei Tagen zurückerwartet.

Zwei Tage später rief Rainer erneut im Verlag an und konnte mit dem Verleger sprechen, der sich seine Klage kurz anhörte und ihm dann mitteilte, die Reduzierung sei durch Rainer Trutz' fahrlässige Geschichte mit dem *Tageblatt* unumgänglich. Er habe es sich damals viel kosten lassen, Trutz' Fehler zu bereinigen, der ihn und den Verlag ansonsten schwer geschädigt hätte, diese Kosten wollte er damals seinem Autor nicht aufdrücken, aber es sei selbstverständlich, dass nicht der Verlag für Dummheiten seiner Autoren geradestehen könne. Er möge froh und zufrieden sein, dass der Verlag ihm auf diese Weise die entstandenen Verluste in Rechnung stelle und nicht sofortige Barkasse verlange, wozu er eigentlich berechtigt sei. Ansonsten würde er ihm raten, den ersten Vertrag sich nochmals anzusehen, in dem er sich verpflichtet habe, die nächsten zwei Manuskripte dem *Verhelst-Verlag* zu überlassen.

»Ich führe einen Verlag, junger Freund, wir sind nicht die Wohlfahrt«, sagte er, bevor er grußlos auflegte.

In seinem Zorn hatte Trutz den Vertragsentwurf zerrissen und in den Papierkorb geworfen. Eine Woche später, bei dem neuen Roman war er kaum vorangekommen, der Ärger über das Vertragsangebot raubte ihm Zeit und Muße, klaubte er die Seiten wieder heraus und las noch einmal den gesamten Vertrag durch. Er rief Frau Wenniger, Verhelsts Sekretärin, an und verlangte einen neuen Vertragsentwurf, der ihm acht Prozent zugestand und in dem jener Paragraph getilgt sei, der ihn zur Abgabe der zwei nächsten Buchmanuskripte an den *Verhelst-Verlag* verpflichte, da er anderenfalls nicht unterschreibe. Die

Sekretärin wollte ihn mit dem Verleger verbinden, er lehnte ab, dies sei unnötig, sie möge seine Bedingung ihrem Chef bestellen. Nach diesem Telefonat spürte er, wie der Druck und die Empörung langsam schwanden, er war gewiss, der Anruf würde nun seinerseits den Verleger in Schwierigkeiten bringen, denn wenn er sich auch mit dem ersten Vertrag zum Angebot zweier weiterer Manuskripte verpflichtet hatte, bedeutete das keineswegs, er müsse jedweden Vertrag unterzeichnen.

Tatsächlich wurde ihm zwei Wochen später ein neuer Entwurf zugeschickt, in dem der Verleger ohne weitere Worte auf seine Forderungen eingegangen war und den Rainer mit großer Befriedigung zur Kenntnis nahm und bereits einen Tag später unterschrieb und zurücksandte.

Da er sich seit dem Erscheinen des ersten Romans weniger um Aufträge des *Lokal-Anzeigers* bemüht hatte und seltener als zuvor für die Zeitung arbeitete, stellte er Ende des Jahres eine erste Fassung des neuen Buches fertig, die er sehr selbstsicher Gudrun zu lesen gab. Auch ihr gefiel das neue Manuskript, sie machte ihn auf ein paar Unstimmigkeiten aufmerksam, die ihm aus zu geringer Kenntnis des Lebens in einer Kleinstadt unterlaufen waren, war aber mit seinem Roman zufrieden, zumal er direkter das Tagesgeschehen aufgriff und sie bei einigen Szenen bemerkte, dass er Ereignisse beschrieb, die sie erlebt und ihm erzählt hatte. Gudrun beglückwünschte ihn und meinte, mit ihm habe sie einen guten Griff getan.

In den nächsten vier Monaten überarbeitete er die erste Fassung, kürzte und ergänzte, feilte an Stil und Ausdruck und strich eine der Figuren, die Gudrun für belanglos und hölzern hielt. Im Februar kündigte er Simon Zweig die Abgabe des Romans für Ende Mai an, und bereits Mitte Mai konnte er zum *Verhelst-Verlag* fahren und dem Lektor das korrigierte und aus seiner Sicht druckfertige Manuskript in die Hand drücken.

Vier Wochen zuvor hatte Lilija Gudrun und ihn zu einem Essen ins *Allaverdi* eingeladen, ein russisches Speiselokal in der Rankestraße. Die Einladung kam für die beiden überraschend, Gudrun vermutete einen Geburtstag oder Namenstag, und sie nahmen daher einen großen Strauß Rosen für ihre Freundin mit. Zu ihrer Verblüffung waren sie Lilijas einzige Gäste und fühlten sich daher außerordentlich geehrt, der Grund und Anlass für die Einladung war jedoch insbesondere für Rainer weniger erfreulich. Lilija würde in den nächsten Tagen Berlin verlassen, und zwar für lange Zeit oder gar für immer. Sie hatte Erwin Piscator bei seinen Inszenierungen in Murmansk und Odessa beizustehen und sollte dann für die Regierung in Moskau bei den kulturellen Beziehungen zu Riga die Zügel in die Hand nehmen.

»Ihr besucht mich, ihr kommt zu mir«, sagte sie, um die beiden aufzuheitern, »in Riga oder Moskau sehen wir uns wieder.«

Rainer erzählte von seinem neuen Roman, den auch Gudrun lobte, und Lilija versprach, sie würde, wenn das neue Buch wirklich so gut sei, versuchen eine lettische oder russische Ausgabe anzuregen.

»Und dann erleben wir dich bei einer Lesung im Moskauer Kulturpalast und im Herder-Institut in Riga. Und ich werde sehr stolz auf dich sein, auf meinen Ziehsohn.«

Zum Abschied küsste sie beide auf die Wangen und sagte, in den nächsten Tagen würde ein Wagen der Botschaft zu ihrer Wohnung in der Gervinusstraße kommen und ihnen ein paar Einrichtungsgegenstände aus ihrer Wohnung bringen, die sie in der Sowjetunion nicht benötige, die aber den beiden gewiss gelegen kämen.

»Und vergiss nicht, mir deinen neuen Roman zu schicken.«

Rainer versprach, ihr die allererste Buchausgabe, das Signalexemplar, umgehend zuzusenden.

»Lilija, du warst mein Glücksstern in Berlin«, sagte er, »ich weiß nicht, wie ich mich ohne dich hier zurechtgefunden hätte. Von dir werde ich mich immer wieder überfahren lassen.«

Vier Tage später kreuzte eine große russische Limousine auf, der Fahrer brachte ihnen zwei Biedermeier-Stühle mit einem dazugehörigen Tisch in ihre Unterkunft, alle drei Möbelstücke mit einem ausgesucht gemaserten Kirschbaum-Furnier versehen, sowie eine Bilderuhr, eine gemalte Dorftanz-Szene mit einer Kirche in der Mitte des Bildes, in dessen Turm eine funktionierende kleine Uhr eingebaut war. Der Fahrer ließ es nicht zu, dass Rainer die Geschenke hochtrug, er ging stattdessen dreimal selbst die vier Treppen hoch, um ihnen alles vor die Tür zu stellen.

»Wunsch von Lilija«, sagte er nur, grüßte militärisch knapp und eilte die Treppen hinunter.

Am vierten Mai fuhr Lilija mit dem Nachtzug nach Moskau. Gudrun und Rainer waren zum Bahnhof gekommen, um sie zu verabschieden, doch es waren so viele Freunde von ihr auf dem Bahnsteig, dass sie kaum drei Worte miteinander sprechen konnten.

»Wir sehen uns in Moskau«, rief Lilija aus dem Zugfenster ihnen zu. Die beiden nickten und winkten.

5. Kapitel

Simon Zweig, der Lektor, war mit Rainers neuem Manuskript einverstanden. Er lobte ihn, da das Manuskript den von Verhelst gewünschten Umfang und nahezu fehlerfrei sei, er also wenig Arbeit damit habe, und versprach, es innerhalb von vierzehn Tagen durchgesehen und, wie er sich ausdrückte, redigiert zu haben. Sein zweiter Roman liege rechtzeitig vor dem Weihnachtsgeschäft in den Buchhandlungen. Von Verhelst hörte er nichts zu dem neuen Buch, er vermutete, der Verleger sei ihm wegen der erzwungenen Vertragsänderung gram, aber da er den gewünschten Vertrag gegengezeichnet hatte, war Rainer zufrieden und bereits auf der Suche nach dem Stoff für sein drittes Buch.

Er rief Gudrun in ihrem Büro an, sagte, es gäbe etwas zu feiern, ob sie am Abend ausgehen können.

»Was soll denn gefeiert werden?«, erkundigte sie sich. »Hat Verhelst deinen neuen Roman angenommen oder gibt es wieder mal einen Heiratsantrag?«

»Sowohl als auch. Also ein Doppelgrund für eine Feier.«

»Herzlichen Glückwunsch. Der neue Roman ist gut, Rainer, das wird ein Erfolg, das ist sicher. Aber das mit dem Heiraten solltest du dir ein für alle Mal aus dem Kopf schlagen. Ich bin eine selbständige Frau, ich brauche keine Hochzeit und Schleier und Ring. Ich will weder meinen Namen aufgeben noch ein Anhängsel von irgendjemand sein. Schon wenn ich dieses *mein Mann, meine Frau* höre, wird mir schlecht. Und da sind alle Kolleginnen in der Gewerkschaft der gleichen Meinung, jedenfalls die jüngeren. Ich liebe dich, Rainer, aber ich bin nicht deine Frau, ich bin einfach ich selbst.«

»Reg dich nicht auf, Gudrun, ich werde heute Abend kein Wort von Heirat sagen. Ich will mit dir nur meinen Erfolg feiern. Ist das heute Abend möglich oder hast du wieder Kampfeinsatz?«

»Rede nicht so dumm daher. Das ist meine Arbeit, dazu gehören auch die Versammlungen. Das sind keine Kampfeinsätze, aber wir kämpfen, das ist richtig, das gehört sich so für Gewerkschaftlerinnen.«

»Gut, gut, Gudrun, war nicht böse gemeint. Was ist mit heute Abend?«

»Ich bin ab zwanzig Uhr frei. Wohin wollen wir denn gehen? Wieder so ein feiner Schuppen, wo man Gefahr läuft, sich dauernd danebenzubenehmen?«

»Was schlägst du vor?«

»Du lädst ein, also entscheide du. Aber bitte nicht dein *Café Größenwahn*, dieses *Romanische Café*. Lieber eins, wo man in Ruhe essen kann.«

»Dann unseren *Ziegenpeter*? Da haben wir hinterher einen kurzen Heimweg.«

»Einverstanden. Bis heute Abend.«

Ende Oktober lag tatsächlich das neue Buch von Rainer Trutz in den Buchhandlungen, *Kleine Stadt, Sonntagmorgen*. Der Roman war einhundertsechzig Seiten stark, erfüllte also Verhelsts einzige Anforderung an ein Buch aus seinem Verlag, auf dem Schutzumschlag sah man graue Kirchgänger in ein ebenso graues Gotteshaus streben und ihnen entgegen, in die andere, die falsche Richtung, lief ein junger Mann mit einem Wanderstock und einem Hut, an dem eine rote Tulpe steckte. Das Feuerrot der Tulpenblüte stach auf dem Buchumschlag hervor, und an der oberen rechten Bildseite konnte man, etwas verdeckt von dem düsteren Kirchengebäude, einen Mann liegen sehen, der offensichtlich tot war, denn seine Beine waren grotesk gekreuzt und auf seiner linken Brustseite war ein winziger Fleck zu erkennen von dem gleichen leuchtenden Rot wie das der Tulpenblätter.

Der Titel und das Titelblatt sprachen das Publikum an, der Verlag war mit den Verkäufen der ersten Wochen zufrieden und Rainers Bitte um einen weiteren Vorschuss wurde umstandslos erfüllt. Der rührige und umtriebige Verleger, der stets jovial auftrat, um mit der ihm eigenen Gewandtheit und Schläue, die er hinter der Maske einer herzerfrischenden Direktheit und eines Mannes von Welt verbarg, jedermann für sich einzunehmen, räumte Trutz generös fünfzehn Prozent des zusätzlichen Gewinns von dreitausend Reichsmark ein, den er mit einem Vorabdruck des Romans in der *Kölnischen Illustrierten* erzielt hatte.

Die ersten Kritiken erschienen Ende November, zwei Provinzblätter äußerten Freundlichkeiten, die Atmosphäre, die Stimmung einer Kleinstadt, die bürgerlichen Tugenden wie die bornierte Engstirnigkeit dieser Städtchen seien mit freundlichem Verständnis und einem feinen, zurückhaltenden Humor trefflich erfasst. Der leichte Ton und die Lesbarkeit des Textes wurden gelobt, und es gab Verweise auf literarische Verwandtschaften, die ihm schmeichelten, da es Namen waren, die er verehrte.

Die großen Blätter jedoch übergingen in den ersten Wochen nach dem Erscheinen seinen Roman. Fast täglich schaute Rainer in der Redaktion des *Lokal-Anzeigers* vorbei, um sämtliche dort vorhandenen Zeitungen nach Rezensionen durchzublättern, aber auch nach sechs Wochen gab es nur diese zwei freundlichen Kritiken der in Berlin kaum gelesenen Lokalblätter.

In der zweiten Dezemberwoche erschien zu seiner großen Überraschung und Freude in seiner geliebten *Weltbühne* eine überaus positive Kritik, und besonders beglückte ihn, dass einer der von ihm am meisten geschätzten und bewunderten Mitarbeiter des Blattes seinen Roman rezensiert hatte. Es sei die beste Schilderung der deutschen Kleinstadt der letzten Jahrzehnte, schrieb er, trotz ihrer Kaltschnäuzigkeit stecke in dieser Wirklichkeitsschilderung echte Menschenliebe. Und im beschließenden Urteil hieß es, dieser deutsche, dieser urdeutsche Roman sei so beängstigend echt, dass es einen grausen würde.

Er las die Kritik in der Redaktion seines *Lokal-Anzeigers*. Er eilte nach Hause und kaufte bei dem Zeitungshändler am Bahnhof Charlottenburg die dort vorhandenen fünf Exemplare des Wochenblatts, rannte in die Wohnung, um dort ein zweites und anschließend ein drittes Mal die Kritik Wort für Wort zu lesen. Am Abend zeigte er das kleine Heft freudestrahlend Gudrun, die ihn beglückwünschte und darum bat, eins der fünf Exemplare zusammen mit dem Roman ihren Eltern zu Weihnachten zu schenken, denn auch wenn sie wenig zu seinem Werk sagen könnten, ein gedrucktes Lob würde sie beeindrucken. Rainer war einverstanden, seinen Eltern wollte er den Roman mit dieser Rezension persönlich überreichen, und eine *Weltbühne* sei für Lilija reserviert.

Er war so überglücklich, dass er sich an sein drittes Buch setzte und sich für den Rest des Jahres nicht mehr in der Redaktion des *Lokal-Anzeigers* sehen ließ. Es entging ihm daher, dass eine Woche später, am vierzehnten Dezember, in der Zeitung des *Stahlhelms* eine böse, eine ungemein aggressive Besprechung erschien. Auf die erzählte Geschichte ging die Rezension mit keinem Wort ein, und zu seiner literarischen Leistung, die in der *Weltbühne* hervorgehoben wurde, war nichts zu lesen, es handelte sich schlicht und einfach um einen politischen Verriss von *Kleine Stadt, Sonntagmorgen.* Die abendlichen Demonstrationen in der Stadt, die Drohparolen und Hassgesänge der uniform gekleideten Teilnehmer, die Reden der neu gewählten Vertreter der städtischen nationalen Rechtspartei bei diesen Aufmärschen, all dieses hatte er ohne jede Ironie schlicht und genau geschildert, wie er es vor allem in Berlin erlebt hatte. Auch eigenes Erleben, den Faustschlag auf dem Nollendorfplatz, hatte er in den Roman gepackt, obwohl diese Szene nun auf dem Marktplatz vor dem Rathaus der Kleinstadt spielt. Diese Schilderungen, die er ganz der Tagesrealität und der eigenen Erfahrung entnommen hatte, erregten den Rezensenten des Blattes, einen Rüdiger Kernemann, heftig. Der Roman sei ein kommunistisches Pamphlet, wortwörtlich hieß es in dem Blatt, es sei die Wühlarbeit einer roten Ratte, die an den nationalen Wurzeln der deutschen Kultur nage, um die germanischen Traditionen zu vernichten. Ein Verleger in Deutschland, hieß es, kann nur ein gebürtiger und echter Deutscher sein, ein Volksgenosse deutschen Blutes und nicht ein schmarotzender Volksfeind, der sich mit Lektoren wie einem Simon Zweig umgibt, einem hebräischen Volksverderber, der zu der christlich-abendländischen Kultur so viel beizutragen habe wie zweitausend Jahre zuvor die Jesusmörder.

Dieser Schmähartikel löste in der gesamten deutschen Rechtspresse umgehend eine Fülle von diskriminierenden Beschimpfungen und Verleumdungen aus. Sowohl in den großen Blättern, wie dem *General-Anzeiger* oder dem *Angriff*, aber auch in den lokalen Zeitungen *Pommersche Chronik* oder *General-Anzeiger für Neumünster* wurde sein Roman boshaft und bösartig rezensiert. Man verwies auf die Bücher anderer Autoren, die im Schandfrieden von Versailles und der Systemzeit die Ursachen für das deutsche Elend sähen, während Rainer Trutz die neue völkische Bewegung als Schuldigen verunglimpfte, den Nationalen Sozialismus der Volksgemeinschaft.

Die beiden wussten nichts von diesen Pamphleten, als sie zu Gudruns Eltern abreisten, um dort das Weihnachtsfest zu verbringen, und dann für zwei Tage zu Rainers Eltern zu fahren, da sie Silvester an der Ostsee sein wollten.

In seinem Heimatdorf Busow wurde Rainer von Frieder, seinem zwei Jahre älteren Bruder, gleich bei seiner Ankunft auf einen Artikel hingewiesen, der wenige Tage zuvor im *Stettiner Generalanzeiger*, der von vielen abonnierten Tageszeitung, erschienen war. Frieder hatte diesen Artikel rechtzeitig entdeckt und hielt ihn vor den Eltern verborgen, dies würde aber, wie er sagte, auf Dauer nicht möglich sein, denn alle im Dorf und in der Kneipe sprächen inzwischen über den missratenen Rainer Trutz und teilten die Ansicht des *Stettiner Generalanzeigers*, wenngleich keiner das Buch gelesen habe. Den Roman und das *Weltbühnen*-Heft mit der freundlichen Kritik überreichte er den Eltern weniger stolz, als er es vorhatte, und da sie sein Geschenk verwirrt und peinlich berührt entgegennahmen, ahnte er, auch sie kannten bereits die üble und bösartige Kritik des *Generalanzeigers*.

Bei einem Spaziergang mit Gudrun durch Busow und das angrenzende Dorf wurde er von vier jungen Männern aufgehalten, einer von ihnen war ein ehemaliger Schulkamerad, der unüberhörbar seine Begleiter auf Trutz hinwies. Die Männer stellten sich den beiden in den Weg und starrten Rainer mit zusammengekniffenen Augen an. Rainer grüßte und nannte den Namen des früheren

Schulkameraden, streckte ihm die Rechte entgegen, die dieser jedoch übersah. Nach einigen bedrohlichen Sekunden des Schweigens sagte der ehemalige Mitschüler: »Für dich wäre es besser, du würdest dich hier nicht mehr sehen lassen.«

Dann wandte er sich zu seinen Freunden: »Das Schwein ist eine unerwünschte Person. Und nicht nur in Ducherow, sondern in ganz Deutschland.«

Die Männer lachten höhnisch und gaben dann Gudrun und Rainer den Weg frei, die schweigend und ohne sich umzudrehen weiterliefen. Als sie nach seiner Hand griff, umarmte er sie unvermittelt und sagte: »Ich hatte Glück, Gudrun. Glück, dass du dabei warst. Ich glaube, ansonsten hätten sie mich zusammengeschlagen.«

Sie entschlossen sich, noch am Silvestermorgen nach Berlin abzureisen. Die Eltern versuchten nicht, sie zum Bleiben zu überreden, und der Bruder sagte ihm auf dem Hof, er werde Rainers wegen im Dorf schief angesehen und Josef Muschkat, der Schiffsmaschinist in Kamp, habe ihn gefragt, ob Trutz ein jüdischer oder russischer Name sei, denn deutsch sei er wohl nicht.

»Da hast du mir ein dickes Ei ins Nest gelegt, Rainer. Ich hoffe, so schnell tauchst du nicht mehr auf. Lass erst mal Gras über die Sache wachsen.«

Drei Tage später erfuhr Rainer Trutz, als er in der Redaktion vom *Lokal-Anzeiger* erschien, dass nicht allein im *Stettiner Generalanzeiger*, sondern auch in sechs weiteren Blättern der Rechtspresse sein Roman verrissen worden war. Der Feuilletonchef Spannhake sprach von völkischen Argumenten und einer regelrechten Hetzjagd auf Rainer und ermahnte ihn, auf der Hut zu sein, denn solche Leute seien zu allem fähig.

Spannhake war es auch, der drei Tage später einen

Boten zu ihm in die Wohnung schickte, um ihm ein Lokalblatt der Köpenicker Nationalsozialisten zu bringen, in dem dreißig Adressen von Feinden der Bewegung aufgeführt waren, auch der Name Trutz war dabei und seine Wohnungsadresse in der Gervinusstraße. Der Feuilletonchef schrieb ihm, er solle seine Wohnung in den nächsten Tagen meiden und stattdessen für einige Zeit bei Freunden untertauchen.

Am Abend sprach er mit Gudrun über die Drohung und die mit der Veröffentlichung seiner privaten Adresse verstärkte Gefährdung. Sie meinte, sein Feuilletonchef habe recht, sie werde am nächsten Tag mit Kolleginnen der Gewerkschaft sprechen und am Abend hätten sie ohnehin einen Abend im Tillich-Kreis, in dem sie gleichfalls nach einem vorübergehenden Quartier oder vielmehr Fluchtort fragen könnten. Beide waren beunruhigt und konnten nicht einschlafen.

Gegen Mitternacht standen sie auf, zogen sich Bademäntel an und setzten sich an den Küchentisch, um ein Glas Wein zu trinken, in der Hoffnung, besser einschlafen zu können. Als es fünf Minuten später gegen die Haustür hämmerte, zögerten sie keinen Moment, ergriffen ihre Kleider und Schuhe, rannten aus der Wohnung und im dunklen Hausflur die Treppe zum Boden hoch und waren hinter der Bodentür verschwunden, ehe unten die Haustür gewaltsam geöffnet wurde und das Flurlicht aufflammte. Sie schlossen die Bodentür und schlichen in Rainers Dachkammer, das Spitzwegstübchen. Durch eine mit einem Holzpflock verschließbare Öffnung zu ihrer Wohnung, die Rainer angebracht hatte, um sich mit seiner Freundin zu verständigen, ohne erst die Treppe hoch- und runterzulaufen, konnten sie verfolgen, wie vier Männer in ihre Wohnung einbrachen. Einen Moment standen die vier direkt unter ihnen, dann ging einer hinaus, atemlos hörten sie, wie er die Bodentreppe hochkam, an der Tür rüttelte, dann aber in die Wohnung zurückkehrte. Versteinert konnten sie den Männern zusehen, wie sie Rainers Bücher und Manuskripte in eine Zimmerecke warfen, um dann gemeinsam darauf zu urinieren. Sie sahen nur die Hinterköpfe, manchmal eine Nasenspitze, die Gesichter konnten sie nicht erkennen, keiner der Männer blickte zur Decke hoch. Zwanzig Minuten später verließen sie die Wohnung und liefen die Treppe hinunter, die Stiefeltritte hörte man im ganzen Haus. Im zweiten Stock oder im ersten rief ihnen jemand etwas zu, die Männer brüllten, er solle das Maul halten, sonst würden sie ihn mitnehmen.

Eine halbe Stunde später schlich Trutz in die Wohnung zurück. Die Wohnungstür stand offen, das Schloss war herausgerissen. Er vermied es, das Licht anzuschalten, im fahlen Schein der Straßenlaternen betrachtete er seine zerrissenen und verunreinigten Manuskripte und Bücher. Er ging ins Schlafzimmer, um das Bettzeug zu holen, er wollte die Nacht mit Gudrun in der Dachkammer verbringen, doch die Betten waren aufgeschlitzt, überall lagen Federn herum. Er nahm sich drei Decken, die auf dem Kleiderschrank lagen, und ging, jedes Geräusch vermeidend, zurück in das Spitzwegstübchen. Sie lagen eng beieinander, jeder hatte die Arme um den anderen gelegt, und bemühten sich einzuschlafen. Nach einer kurzen Nacht wurden sie sehr früh wach, schauten durch die winzige Öffnung minutenlang in ihre Wohnung, ehe sie es wagten, hinunterzugehen. Gudrun packte die notwendigen und ihre kostbaren Habseligkeiten ein, Trutz bemühte sich, das verbogene Türschloss provisorisch wieder einzusetzen, um die Wohnung verschließen zu können.

Kurz nach sechs Uhr verließen sie mit einem Koffer und einer großen Reisetasche die Wohnung. Am Bahnhof Charlottenburg kannten sie eine kleine Imbissstube, die um diese Zeit schon geöffnet war und wo die Straßenkehrer ihren Kaffee tranken, dort konnten sie in größerer Ruhe frühstücken. Sie saßen über eine Stunde in dem Imbiss und überlegten, was sie machen und wo sie wohnen könnten. Sie überlegten, ob sie Berlin verlassen und sich in irgendeinem Dorf niederlassen sollten, doch beide wussten nicht, was sie dort tun könnten. Gudrun war gelernte Buchdruckerin und hatte nach der Ausbildung bei der Gewerkschaft angefangen, in einem Dorf waren ihr Gesellenbrief und ihre bei der Christlichen Gewerkschaft erworbenen Fähigkeiten nutzlos. Und ob Rainer weiterhin als Autor für eine Zeitung oder einen Buchverlag arbeiten konnte, war sehr fraglich, denn ebendiese Schriftstellerei hatte sie in diese ausweglose Lage gebracht.

Eine Stunde später trennten sie sich, Gudrun fuhr zu ihrem Büro am Engeldamm und Rainer, den Koffer und die Reisetasche schleppend, suchte in einer Telefonzelle nach dem nächstgelegenen Kriminalkommissariat, um den Einbruch anzuzeigen. Im Polizeirevier musste er warten, da, kaum dass er sich bei der Eingangspforte angemeldet und seinen Ausweis vorgelegt hatte, mit einem großen, fenstervergitterten Polizeiwagen vier Frauen und sieben Männer, zwei von ihnen in Handschellen, angeliefert wurden, mit denen sich plötzlich sämtliche uniformierten und zivilen Polizisten beschäftigten. Als er aufgerufen wurde und in das Zimmer ging, stand er minutenlang im leeren Raum, ehe ein fast gleichaltriger Zivilbeamte eintrat, sich ihm kurz und unverständlich leise vorstellte und ihn zu seinem Anliegen befragte. Rainer Trutz bemühte sich, ruhig und emotionslos die Ereignisse der Nacht zu schildern. Nach den Gründen für den nächtlichen Überfall befragt, berichtete er von den Kritiken seines Romans und von der Veröffentlichung seiner Adresse im Köpenicker Lokalblatt der Nationalsozialisten. Der Zivilbeamte schrieb die Angaben von Rainer Trutz auf ein formloses Blatt, und gelegentlich nickte er bei den Schilderungen. Als Trutz seinen Bericht beendet hatte, sah er auf und sagte lächelnd: »Ja, gelegentlich übertreiben die Kameraden etwas.«

Als Rainer ihn fragte, was er damit sagen wolle, ob die Einbrecher seine Kameraden seien, also Polizisten in Zivil, protestierte der Beamte heftig.

»Herr Trutz, überlegen Sie sich bitte genau, was Sie sagen. Haltlose Beschuldigungen von Beamten, das kann Sie teuer zu stehen kommen.«

Als Rainer Trutz ihm mitteilte, dass er vorerst nicht in seiner Wohnung bleiben wolle, fragte der Kriminalbeamte nach seiner neuen Unterkunft. Er sei noch auf der Suche, erwiderte er. Er bat den Beamten, sein Gepäck auf dem Revier unterstellen zu dürfen, bis er ein neues Zimmer gefunden habe, doch das ließ der Polizist nicht zu und verwies ihn an die Gepäckannahme am Bahnhof. Sie verabredeten sich für elf Uhr, dann wollte er mit zwei Spezialisten der Polizei kommen, um gemeinsam mit ihm die Wohnung in der Gervinusstraße zu besichtigen und Spuren aufzunehmen.

Mit einem Lächeln, mit einem höhnischen Lächeln, wie es Rainer schien, entließ ihn der Beamte.

Am Bahnhof Zoologischer Garten brachte er Koffer und Reisetasche zur Gepäckaufgabe, bezahlte die Gebühr für einen Tag und bekam von einem riesigen, mit einem Kaiser-Wilhelm-Bart versehenen Bahnbeamten einen Kupon ausgehändigt mit dem Hinweis, dass bei Verlust dieses Dokuments jegliche Ansprüche auf die abgegebenen Wertstücke erlöschen.

Um elf Uhr stand er vor dem Haus in der Gervinusstraße und wartete auf die Polizei. Zusammen stiegen sie die Treppen hoch, die beiden Polizeitechniker nahmen an der Wohnungstür Fingerabdrücke und befragten ihn in der Wohnung nach jenen Stellen, an denen sie brauchbare Spuren finden könnten. Der Kriminalbeamte wanderte untätig durch die Wohnung, die Hände auf dem Rücken verschränkt, sah er sich leicht amüsiert die Wohnungseinrichtung an. Die Ecke, in der Rainers zerrissene Manuskripte und Bücher lagen, stank nach Urin, die drei Beamten mieden diesen Platz und nahmen dort auch keine Spuren auf.

Rainer wurde nach der Kammer gefragt, in der er sich mit seiner Freundin während des Überfalls versteckt habe. Obwohl es dort keinerlei Hinweise auf die Einbrecher geben konnte, beharrte der Beamte darauf, die Kammer zu sehen. Rainer führte ihn nach oben, der Kriminalbeamte betrachtete verächtlich dieses notdürftige Arbeitszimmer, dann drehte er sich wortlos um und ging zu den beiden Kriminaltechnikern zurück. In Anwesenheit der Beamten schaute Rainer in den Schrank und nahm die Sachen heraus, die er mitnehmen wollte. Da er keine weitere Tasche besaß, musste er sich die beiden Jacken über die Schulter legen. Erst als er die Schreibmaschine aufnahm, sah er den Schaden. Einer der nächtlichen Besucher war mit einem Schuh oder Stiefel in die Typenhebel getreten, die Gestänge waren verbogen, die Maschine war unbrauchbar, doch da er sie benötigte und hoffte, sie sei zu reparieren, wickelte er sie in ein Tischtuch und klemmte sie sich unter den Arm. Der Kriminalbeamte registrierte es mit kaum verhohlener Schadenfreude.

»Und Ihre Bücher? Ihre Manuskripte?«, fragte er und deutete auf die verschmutzten und zerrissenen Papiere.

»Das fasse ich nicht an«, erwiderte Rainer Trutz, »das soll sich erst die Spurensicherung vornehmen.«

»Danke. Wir haben, was wir brauchen«, wehrte einer der Techniker grinsend ab, »mit Kot und Urin befassen wir uns nicht, das bringt uns nicht weiter. Sie können aufräumen.«

Rainer stocherte mit einem Holzstück in dem Haufen und nahm dann mit Hilfe einer Zeitung einige der Blätter an sich.

Gudrun hatte für zwei oder allerhöchstens drei Nächte einen Schlafplatz bei Inge, einer gleichaltrigen Arbeitskollegin, zugesagt bekommen, deren halbwüchsige Tochter unbedingt bei einer Freundin übernachten wollte. Trotz der aufwühlenden Erlebnisse und der kurzen Nacht gingen beide am Abend zum Tillich-Kreis, zum einen um sich mit gleichgesinnten Freunden zu beraten, aber auch in der Hoffnung, einer aus der vertrauten Runde könnte ihnen zu einer Wohnung oder einem Zimmer verhelfen. Von den nächtlichen Erfahrungen erzählten sie ihren Freunden, die Rainer mehrfach fragten, ob er denn sicher sei, dass der Einbruch tatsächlich seinem Roman geschuldet sei und nicht Gudruns Zugehörigkeit zum Tillich-Kreis, denn die neue Bewegung gehe auch gegen die Religiösen Sozialisten vor. Tillich selbst, ihr verehrter Spiritus rector, der Ratgeber und Kopf der deutschen Religiösen Sozialisten, er, der eigentliche Führer des deutschen Volkes, werde in Frankfurt angefeindet, die Nationalsozialisten verlangten seine Entlassung aus dem Staatsdienst, da die Tillich-Lehre ein grober Verstoß gegen das Berufsbeamtengesetz sei, doch in Wahrheit würden sie gegen ihn vorgehen, weil er sich mit seiner Streitschrift *Die sozialistische Entscheidung* klar und deutlich gegen den Nationalsozialismus ausgesprochen habe. Auch in Berlin sei es zu verbalen Attacken gegen den Tillich-Kreis und die Religiösen Sozialisten gekommen, es sei daher möglich, der Einbruch habe als Warnung für Gudrun zu gelten und man habe die Wohnung aufgrund ihrer Mitgliedschaft verwüstet. Rainer wollte es nicht ausschließen, aber die Vernichtung seiner Manuskripte und Bücher und die seltsame Bemerkung des jungen Kriminalisten, der die nächtlichen Banditen als Kameraden bezeichnete, schienen ihm doch eher seine Vermutung zu bestätigen.

Tatsächlich konnte ihnen Elvira, eine Französischlehrerin, für die nächste Woche eine winzige Wohnung im Wedding anbieten, aber alle anderen gaben ihnen zu bedenken, dass die Einbrecher, die vermutlich der beiden oder eines der beiden habhaft werden wollten, es nochmals versuchen würden, und da sie mühelos an die erste Adresse gekommen waren, würde es ihnen nicht unmöglich sein, die neue Anschrift in Erfahrung zu bringen, zumal ihnen Gudruns Arbeitsstelle sicherlich bekannt sei und man ihr nur auf dem Heimweg folgen müsse. Fast alle in dem Kreis rieten den beiden, Berlin für ein paar Monate zu verlassen. Der Spuk sei gewiss bald vorbei, denn bei der letzten Reichstagswahl im November hätten die Nazis in Deutschland über zwei Millionen Wähler verloren, so schnell, wie sie aufgestiegen seien, würden die Bürgerbräu-Putschisten auch wieder im Nichts verschwinden. Ein zivilisiertes Volk könne sich einmal irren und einen Fehler machen, aber die Deutschen seien durch ihre wechselvolle Geschichte, durch ihre hohe Bildung, durch ihre weltweit bewunderte Kultur gottlob davor gefeit, einen Fehler zu wiederholen. In ein paar Monaten werde auch Berlin den braunen Spuk wie eine schwere Infektion überstanden haben und wieder lebenswert und liebenswert sein. Dann könnten Gudrun und Rainer unbesorgt hier arbeiten und wohnen, aber für den Moment sei es besser unterzutauchen, in einem Dorf, in einem abgelegenen Ort, irgendwo, wo sie keiner kennt.

Sie verließen an diesem Abend den Tillich-Kreis frühzeitig, da sie noch nach Lichtenberg zu ihrem neuen Quartier bei Gudruns Kollegin fahren wollten. Rainer und Inge kannten sich von seinen Besuchen im Gewerkschaftshaus. Inge hatte bereits zusätzlich eine Luftmatratze ins Kinderzimmer gelegt und frische Bettwäsche, sie ließ die beiden ihre mitgeschleppten Tasche und Koffer auspacken und lud sie dann zu einem kleinen Abendbrot ein. Für jeden hatte sie eine Flasche Bier auf den Tisch gestellt und bis Mitternacht sprachen sie über den Überfall und was die beiden nun tun könnten.

»Ich würde auswandern«, sagte Inge, »wenn sie euch beide oder dich, Rainer, wirklich fassen wollen, dann erwischen sie euch auch. Ob ihr in einem winzigen Dorf oder auf einer Insel lebt, sie bekommen es heraus, sie sind überall. Selbst wenn sie von Wahl zu Wahl Stimmen verlieren, sie sind noch immer die stärkste Partei, so rasch verschwinden die nicht, und ihre Schlägertruppen bleiben gefährlich. Rainer hat es selbst erlebt, und wir bekommen täglich die Berichte aus den Betrieben. Nein, nein, auch wenn es mit den Nazis in den nächsten Jahren runtergeht, eine Gefahr bleiben sie, und die Polizei schützt euch nicht, das habt ihr ja auch erfahren. Ich an eurer Stelle würde verschwinden, ich würde mir ein schönes Land aussuchen und dann rasch ein Visum für Kanada oder Amerika oder Australien beantragen.«

»Und was soll ich da tun?«, fragte Gudrun.

»Mein Gott, Gudrun, Gewerkschaften gibt's überall auf der Welt, und du hast Erfahrungen. Oder du arbeitest als Kellnerin. Alles ist besser, als hier überfallen zu werden. Sucht euch heute noch ein Land aus und geht morgen zur Botschaft.«

»Ich will aber nicht auswandern, ich will nicht weg. Ich kann doch nicht einfach verschwinden und meine Eltern allein lassen. Mutter geht es gesundheitlich nicht gut und in drei Jahren wird Vater Rentner, die brauchen mich«, wandte Gudrun ein. Sie sah verzweifelt zu Rainer und war den Tränen nah.

»Ja«, meinte Rainer und tätschelte ihre Hand, »gewiss, sie brauchen dich. Aber ebenso sicher ist, Inge hat recht. Ich denke den ganzen Tag schon darüber nach, was die Banditen uns angetan hätten, wenn wir nicht schnell genug verschwunden wären. Und Amerika, das wäre wirklich eine Chance für uns. Für uns beide. Ein Land mit unbegrenzten Möglichkeiten. Die amerikanischen Gewerkschaften nehmen dich mit Kusshand. Und christliche Gewerkschaften haben die dort auch, die Leute von *Sermon on the Mount*, von denen du erzählt hast, die können dir helfen. Und ich, ich mache in New York Karriere, du wirst es erleben. Oder in Hollywood. Wir kriegen das schon hin, Gudrun.«

In dieser Nacht lag keiner von ihnen auf der Luftmatratze, sie lagen dicht beieinander in dem schmalen Bett von Inges Tochter und flüsterten bis zum Morgen miteinander. Als der Wecker klingelte, standen sie auf und frühstückten mit Inge. Gudrun bedankte sich mehrmals für die Hilfe und das Quartier, dann fuhren die beiden Frauen zum Gewerkschaftshaus am Engeldamm und Rainer machte sich mit der Schreibmaschine auf den Weg, um sie in eine Werkstatt zu bringen.

Die alte Remington war nicht mehr zu reparieren oder nur zu einem Preis, für den er sich eine neue Maschine hätte kaufen können. Nachdem ihm drei Werkstätten ähnlich hohe Summen genannt hatten, ließ er sie für zwei Mark im letzten Geschäft zurück, ging in die Redaktion vom *Lokal-Anzeiger*, um dort nach einer ausrangierten, aber noch tauglichen Maschine zu fragen. Spannhake, der Kulturredakteur, schüttelte jedoch den Kopf, die Zeitung schrieb die veralteten Maschinen nicht mehr ab, sondern verkaufte sie mittlerweile zu nicht unerheblichen Preisen. Als er nach dem Schicksal der Remington fragte und Trutz ihm von dem Überfall erzählte, riet ihm der Redakteur, aus Berlin zu verschwinden.

»Es braut sich was zusammen«, sagte er, »Schleichers Querfront-Idee ist gescheitert, nun werden die Deutschnationalen sich den Nationalsozialisten anbiedern oder vielmehr unterwerfen, und dann hält die Nazis keiner mehr auf. Verschwinden Sie, Trutz, verschwinden Sie, solange es noch geht.«

Von der Zeitungsredaktion fuhr Rainer mit dem Bus zum *Verhelst-Verlag*, um dort nach einer kostenlosen oder billigen Schreibmaschine zu fragen. Da der Verlag auf sein nächstes Manuskript wartete und Simon Zweig ihn bereits nach dem Abgabetermin gefragt hatte, musste dem Verlag daran gelegen sein, dass sein Autor auch das erforderliche Handwerkszeug besitzt. Zweig war nicht in seinem Zimmer, von Frau Wenniger erfuhr er, dass der Lektor überraschend den Verlag verlassen habe und Verhelst noch keinen Ersatz für ihn gefunden habe. Trutz war verwundert, dass Simon Zweig ohne Ankündigung gegangen war, denn ihm gegenüber hatte er nie über einen bevorstehenden Verlagswechsel gesprochen. Er äußerte wiederholt seine Verwunderung, bis ihm die

Sekretärin schließlich sagte, Zweig sei nicht von sich aus gegangen, es hätte Unstimmigkeiten gegeben und er sei vom Chef fristlos entlassen worden.

Da er mit seinem Lektor nicht mehr sprechen konnte, bat er um ein Gespräch mit Verhelst, schließlich wolle er wissen, woran er sei und wie es nun weitergehe. Die Sekretärin verschwand im Zimmer des Verlegers, es dauerte mehr als zehn Minuten, ehe sie zurückkehrte.

»Der Chef hat keine Zeit, er kann Sie nicht empfangen, Herr Trutz, aber er gab mir einen Brief für Sie mit und außerdem einen Barscheck, den Sie bei der Commerzbank einlösen können.«

Trutz betrachtete den Scheck, er lautete auf drei Reichsmark vierundzwanzig. Er schaute irritiert zu der Sekretärin, dann riss er den Brief auf. Verhelst schrieb ihm, er stelle ihn von der Verpflichtung frei, noch ein weiteres Manuskript seinem Verlag zu übergeben. Die ersten beiden Bücher hätten den Verlag nahezu in die Zahlungsunfähigkeit getrieben und er wolle nicht abwarten, bis Herr Trutz schließlich mit einem dritten Buch den Bankrott des *Verhelst-Verlages* herbeiführe, was zweifelsfrei seine Absicht sei. Die Zahlungsanweisung sei die Schlussabrechnung, es würden keine neuen Honorare mehr anfallen, da er die Restbestände sowie die eingehenden Remittenden der Trutz-Bücher nicht weiter anbiete, sondern in die Papiermühle verfrachte, um den bösen Geist seines Verlagshauses endgültig auszutreiben.

Handschriftlich stand noch unter dem maschinengeschriebenen Brief: »Ruinieren Sie sich und andere Verlage, aber nicht mein Haus. Joochen Verhelst«

Rainer wollte den Verleger daraufhin unbedingt sprechen, ging zu dessen Bürotür und hatte bereits die Hand an der Klinke, als die Sekretärin ihn warnte: »Lassen Sie das besser, Herr Trutz. Sie machen den Ärger nur größer. Der Chef ist außer sich.«

Für einen Moment dachte er daran, den Scheck mit der lächerlichen Summe zu zerknüllen und Verhelst zurückzugeben, aber als er den besorgten Blick der Sekretärin bemerkte, lächelte er und ging zu ihr, um sich zu verabschieden.

»Das war es wohl, Frau Wenniger. Ich bin im *Verhelst-Verlag* nicht mehr erwünscht. War der Abschied von Simon Zweig ebenso herzlich?«

Die Sekretärin reichte ihm zögernd die Hand, seine Frage beantwortete sie nicht, sie schaute ihn weiterhin bedrückt an und sagte kein Wort.

6. Kapitel

Zwei Tage später, ihr Notquartier bei Inge mussten sie verlassen, erreichte ihn ein Brief des Kulturredakteurs Spannhake vom *Lokal-Anzeiger*. Er enthielt eine Meldung der *Telegraphen-Union* vom gleichen Tag. Spannhake hatte einen Zettel mit drei Worten an die Nachricht geheftet: »Es wird eng. Sp.« In der Nachricht wurde vermeldet, der Verleger Verhelst habe sich mit sofortiger Wirkung von einem seiner Lektoren und von zwei Autoren getrennt, deren Haltung dem Geist und Programm des Verlags und Verlegers widerspreche.

Rainer las die Nachricht am Küchentisch in Inges Wohnung, wo er damit beschäftigt war, mit Hilfe der geretteten Papierfetzen sein bislang vorliegendes Manuskript wiederherzustellen. Der Inhalt der Agenturmeldung war ihm nicht neu, aber vor aller Welt gebrandmarkt zu sein ängstigte ihn. Denn obgleich im Text der *Telegraphen-Union* die Namen von Zweig und den beiden Autoren nicht genannt wurden, in der Literatenschar wäre man bald informiert, das eine oder andere Blatt, zumal die rechtsnationale Presse, würde die drei Namen höhnisch und triumphierend präsentieren, und im *Romanischen Café* gäbe es ausreichend Gesprächsstoff über ihn, den Lektor und den anderen Autor, genügend Anlass für ein paar dumme Witze und bösartige Sticheleien.

Bis zum Abend, bis zur Rückkehr von Gudrun und Inge, kam er mit seinem Manuskript nicht voran. Er grübelte und starrte aus dem Fenster. Der Gedanke, sich zu wehren und dagegen anzukämpfen, den Verleger zu verklagen und Polizei und Justiz gegen die vier nächtlichen

Einbrecher auf Trab zu bringen, wechselte mit Niedergeschlagenheit und Panikattacken, in denen er sich von der ganzen Welt verfolgt fühlte und am Ende seiner Karriere. Am Nachmittag fuhr er in die Gervinusstraße, um noch einmal die Einrichtung ihrer Wohnung nach brauchbaren Stücken ihres Hab und Guts abzusuchen, denn er fürchtete, dass er nach der Veröffentlichung der Telegraphen-Meldung sich dort nicht mehr blicken lassen dürfte.

Gudrun erschrak, als sie am Abend mit ihrer Kollegin die Küche betrat und Rainer sah.

»Bist du krank?«, fragte sie. »Geht es dir nicht gut?«

Er reichte ihr wortlos die Agenturmeldung samt dem angehefteten Zettel von Spannhake.

»Es wird eng«, sagte er, »es wird sehr eng für uns.«

Bevor sie mit ihren Sachen aufbrachen, um in die ihnen von Elvira angebotene Wohnung im Wedding zu ziehen, saßen sie noch eine Stunde in der Küche zusammen, tranken Tee und redeten unentwegt über die ihnen verbliebenen Möglichkeiten. Gudrun und Inge weinten und Rainer hatte Mühe, sie zu beruhigen, zumal ihn selbst panische Angst beherrschte und die bedrohlichen Zukunftsaussichten ihn lähmten und mutlos machten. So schnell wie möglich untertauchen, verschwinden, unerkannt Deutschland legal oder illegal verlassen, fliehen, irgendwo um Asyl bitten, ein Versteck suchen, darum drehte sich ihr Gespräch unablässig.

Gegen acht Uhr abends brachen sie auf, Inge begleitete sie und brachte sie bis zu dem neuen Quartier am Nachtigalplatz, um ihnen beim Gepäck behilflich zu sein. Die Wohnung lag im vierten Stock, ein Zimmer, eine Küche und eine kleine Toilette mit einem winzigen Handwaschbecken, die beiden waren zufrieden und fühlten sich vom ersten Moment an in dieser Wohnung geborgen. Keiner kannte sie hier, niemandem würden sie auffallen, und Rainer schärfte seiner Freundin ein, jeden Tag andere Wege zum und vom Gewerkschaftshaus zu nehmen, damit ihr neues Versteck sich nicht ausforschen ließ.

Nachdem Inge gegangen war, packten sie Koffer und Reisetasche aus und machten sich Abendbrot. Rainer sah sich das Buchregal an, dort standen Wörterbücher und ein paar Romane und Gedichtbände, alle französisch, er fand zu seinem Bedauern kein einziges deutsches oder englischsprachiges Buch.

Am nächsten Morgen verließ er mit Gudrun das Haus, sie liefen bis zur Endhaltestelle der Nord-Süd-Bahn in der Seestraße und fuhren gemeinsam mit der U-Bahn ins Stadtzentrum, bevor sie sich trennten und sie ihm bei seinem Vorhaben Glück wünschte. Er ging zur amerikanischen Botschaft, meldete sich in der Visaabteilung, um sich dort nach den Möglichkeiten zu erkundigen, eine längerfristige Aufenthaltsgenehmigung für die Vereinigten Staaten zu bekommen. Nach sechs Stunden verließ er deprimiert das Gebäude, man hatte ihn misstrauisch nach seinen Gründen befragt und seinen beruflichen Qualifikationen und ihm bedeutet, ein Antrag von ihm hätte kaum Aussicht, positiv beschieden zu werden.

Am Abend traf er Gudrun wie verabredet im Tillich-Kreis und erzählte ihr rasch von seinem ergebnislosen stundenlangen Anstehen in der Visaabteilung, bevor sie sich an den Gesprächen der Freunde beteiligten, die aus dem ganzen Land von Übergriffen berichteten. Die Religiösen Sozialisten würden nicht allein von den Nazis als eine vom Ausland gesteuerte und die deutsche Kultur zersetzende Kraft bezeichnet, inzwischen könne man diese Anschuldigungen auch in Zeitungen lesen, die einmal als seriös und bürgerlich galten. Paul Tillich, ihr Vorbild und ihre Leitfigur, sei schmählich aus dem Staatsdienst entlassen worden und werde in die Vereinigten Staaten übersiedeln. Die amerikanische Tillich-Vereinigung, der *Sermon on the Mount*, habe ihn eingeladen und ihm eine Dozentur am *Union Theological Seminary* in New York angeboten. Er sei entschlossen, das Angebot anzunehmen, er fürchte inzwischen um Leben und Gesundheit, da er wiederholt in Frankfurt verbal angegriffen worden sei. Mit seiner Übersiedlung, die eigentlich eine Flucht sei, verlören sie nicht nur ihren Vorsitzenden und ihr Oberhaupt, seine Emigration, und das war allen Angehörigen des Kreises bewusst, würde in Deutschland als Schuldeingeständnis gewertet werden und als Aufruf zu einer verstärkten Jagd auf alle Religiösen Sozialisten.

Die beiden Amerikanerinnen ihres Kreises, eine Mitarbeiterin des Konsulats und die Ehefrau eines Firmenvertreters aus Chicago, wurden mit Fragen bestürmt, alle wollten von ihnen wissen, wie man zu einem amerikanischen Visum kommen und ob die Brudervereinigung *Sermon on the Mount* helfen könne. Die Mitarbeiterinnen der amerikanischen Botschaft waren überfragt, doch sie versprachen, umgehend sowohl in der Botschaft als auch bei den Christlichen Sozialisten Amerikas nachzufragen.

In den folgenden acht Tagen suchte Rainer sieben Botschaften auf, westeuropäische und südamerikanische, stand in Warteschlangen vor den Gebäuden der Auslandsvertretungen, saß viele Stunden in den Warteräumen oder geduldete sich vor einer gewichtigen Tür, hinter der man mit einem Federstrich und einem Stempel über sein Leben entschied. Er bemerkte die abfälligen Blicke, hörte die verächtlichen oder höhnischen Bemerkungen der Passanten, für die all jene, die sich seit Wochen vor den Botschaften drängten, Volksfeinde waren. Die Aussichten und Hoffnungen auf Papiere, die ihm und seiner Freundin die Tür zu einer neuen Heimat öffneten, zu einem Land, in dem sie unbedroht leben könnten, verringerten sich täglich. Zu viele Menschen versuchten, Deutschland zu verlassen, da sie bedroht waren und um ihr Auskommen fürchteten, zu viele bemühten sich um Einreisevisen, so viele, dass die Hilfsbereitschaft oder auch nur ein Entgegenkommen der Konsularabteilungen erschöpft war. Rainer spürte den Groll und hörte die kaum versteckten, missmutigen Bemerkungen der zuständigen Beamten, die Blicke wurden, so schien es ihm, von Tag zu Tag eisiger, die Antworten knapper und unwirscher, der Überdruss in den ausländischen Passabteilungen unübersehbar. Die Bittsteller waren unerwünscht und lästig, man hatte sie nicht eingeladen, sie waren nicht willkommen, sie waren ermüdend und zudringlich, sie kamen ungelegen, sie störten und beeinträchtigten ihre Arbeit, behinderten den geordneten Tagesablauf eines Konsulats. Diese Bettler, denn das waren sie schließlich, gingen allen in der Botschaft auf die Nerven, allen Repräsentanten und Mitarbeitern der Auslandsvertretungen in Berlin, vom Botschafter bis zum Pförtner, sie fielen allen zur Last, jede Geste, jeder Blick verdeutlichte es. Rainer schwor sich jeden Abend, nie wieder in einer Passabteilung zu erscheinen, um sich am nächsten Morgen auf den Weg zu machen und an einer weiteren Botschaft zu klingeln und sein Bittgesuch aufzusagen.

Vierzehn Tage später, Ende Januar, nahm der Reichspräsident das Rücktrittsgesuch des Reichskanzlers Schleicher entgegen, der die Unterstützung der Reichswehr verloren hatte und nun völlig isoliert und handlungsunfähig war und daher, wie er der Presse mitteilte, aus gesundheitlichen Gründen zurücktrete, und ernannte unmittelbar danach Hitler zum neuen Kanzler. Und wie ein halbes Jahr zuvor, als das Verbot der paramilitärischen Kampforganisation der Nazis, der SA, aufgehoben und sie als Ordnertruppe der NSDAP wieder zugelassen wurde, folgte der Ernennung Hitlers nicht allein ein Fackelzug von Zehntausenden durch das nächtliche Berlin, vom Großen Stern durch das Brandenburger Tor bis zur Reichskanzlei, es setzte wiederum eine Welle politischer Gewalt gegenüber allen und jeden ein, die von den Nazis als feindlich und dem Deutschtum zuwider erklärt worden waren.

Rainer und Gudrun wie alle anderen Mitglieder des sich mittlerweile konspirativ treffenden Tillich-Kreises bemühten sich hektisch um irgendein Visum. Den Gerüchten nach sei es nur noch aussichtsreich, sich beim türkischen oder beim japanischen, beim chinesischen oder bei einem afrikanischen Konsulat um Einreisepapiere zu bewerben, alle anderen Länder wollten keine Anträge mehr annehmen, sie fühlten sich überrannt und würden auch die hochgefährdeten und prominenten Antragsteller inzwischen nur noch hinhalten.

Den beiden Amerikanerinnen aus dem Tillich-Freundeskreis war es mit Unterstützung der Organisation *Sermon on the Mount* gelungen, für vierzehn Mitglieder ein Visum zu bekommen. Vier der Glücklichen stammten aus Frankfurt, wo Tillich zuletzt gelehrt hatte, zwei aus Dresden, von dem Berliner Kreis bekam lediglich dessen langjähriger Leiter, Professor Wiesenburg, ein persönlicher Freund von Tillich, eine Einreiseerlaubnis. Von allen heftig beneidet, verabschiedete er sich bereits zehn

Tage später und fuhr mit seiner Familie via Paris nach Le Havre, wo er mit dem Schiff in die ersehnte, geschützte Freiheit reiste. Nach seiner Abreise zerfiel der Kreis rasch. Es kamen von Mal zu Mal weniger Mitglieder zu dem wöchentlichen Treff, man verständigte sich darauf, nur noch monatlich zusammenzukommen, doch diese Entscheidung führte nur zu einer umso schnelleren Ausdünnung, zumal der jeweilige Versammlungsort aus Sicherheitsgründen erst ein, zwei Tage zuvor bestimmt wurde und die Benachrichtigungen ihren Empfänger häufig zu spät erreichten. Am ersten April, einem Samstag, waren Rainer und Gudrun die einzigen Teilnehmer, die am vereinbarten Treffpunkt, einem Café am Roseneck, erschienen. Sie setzten sich in das hintere Zimmer und warteten mehr als eine Stunde auf ihre Freunde, dann beschlossen die beiden bei einer Tasse Kräutertee zeremoniell die Auflösung der Berliner Sektion des Tillich-Kreises.

Vier Wochen später, am vorletzten Apriltag, kam ein Brief von Susan, der Amerikanerin vom Tillich-Kreis, die im Konsulat arbeitete. Sie bedauerte nochmals, ihnen nicht helfen zu können, die Vorgaben aus Washington seien rigoros, alle Mitarbeiter der amerikanischen Botschaft seien nochmals mit allem Nachdruck darauf verwiesen worden, die Einreisebestimmungen peinlich genau zu beachten. Sie bitte Gudrun und Rainer bei ihr vorbeizuschauen, im Konsulat oder in ihrer Wohnung in Dahlem. Es sei wichtig. Den letzten Satz hatte sie zweimal unterstrichen, doch die beiden ließen den Brief enttäuscht auf den Fußboden fallen. Als sie ihn im Briefkasten gefunden hatten, waren sie hoffnungsvoll die Treppen zu ihrer Wohnung hochgerannt und hatten ihn noch in der Tür geöffnet, doch bereits nach Susans ersten Sätzen war ihnen klar, das ersehnte Papier blieb weiterhin für sie unerreichbar. Von einem Treff mit Susan versprachen sie sich wenig, denn vermutlich ging es um das Schicksal des Tillich-Kreises, der längst gestorben und beerdigt war, oder sie wollte ihnen in einem persönlichen Gespräch die Gründe darlegen, wieso Amerika ihnen kein Visum erteilen konnte. Susan fühlte sich vermutlich mitschuldig an der nicht erteilten Einreiseerlaubnis, und wenn auch weder Rainer noch Gudrun ihr etwas vorzuwerfen hatten, jetzt zu ihr zu gehen, nochmals ihre Erklärungen anzuhören, wieso sie ihnen nicht helfen könne oder dürfe, dazu verspürte keiner der beiden eine Neigung.

Am zweiten Mai, einem Dienstag, kam Gudrun bereits mittags von der Arbeit in die Wohnung am Nachtigalplatz zurück, völlig verzweifelt warf sie sich auf ihr Bett und heulte, es dauerte Minuten, ehe sie Rainer erzählen konnte, was passiert war. Am Vormittag gegen zehn war eine Hundertschaft der Betriebszellenorganisation der Nazis mitsamt SA im Gewerkschaftsgebäude erschienen, war gewaltsam in die Büros eingedrungen und hatte die Gewerkschaft für aufgelöst erklärt. Sämtliche Akten seien beschlagnahmt, erklärten sie, und sie nahmen den stellvertretenden Vorsitzenden und die drei anwesenden Abteilungsleiter in Schutzhaft, alle anderen Angestellten der Christlichen Gewerkschaft hätten unverzüglich das Gebäude zu verlassen, da alle Arbeitsverhältnisse mit separatistischen Gewerkschaften mit sofortiger Wirkung aufgehoben seien. Sie selbst und ihre Kollegen wurden aufgefordert, sich bei den Kommissaren der Betriebszellenorganisation zu melden, um künftig einer einheitlichen und gesamtdeutschen Arbeitsfront zu dienen.

»Ich soll in die Nazigewerkschaft, verstehst du?«, erzählte sie unter Tränen. »Unsere Christliche bestehe nicht mehr, sagten sie, wir seien volksfremd. Einer von den Betriebszellen hielt uns einen Vortrag und erklärte, Nationalsozialismus und christliche Auffassungen seien unvereinbar. Die christlichen Kirchen bauten auf der Unwissenheit der Menschen auf, sie wollten die Menschen verdummen, denn nur so könnten die Kirchen ihre Macht bewahren. Demgegenüber sei der Nationalsozialismus auf wissenschaftlichen Fundamenten gegründet und betreibe die Aufklärung des Volkes. Deutschland brauche eine arteigene Religion, einen deutschen Glauben, es benötige keine Religion, die in all ihren Glaubenssätzen vom Judentum übernommen worden war. Eine germanische Glaubensgemeinschaft benötige Deutschland und keinen jüdischen Wolf im Schafpelz. Und dann riss er den rechten Arm hoch und rief: Wer nicht für uns ist, ist gegen uns. Wir waren alle wie versteinert, und wir hatten Angst.«

»Und dann?«, fragte Rainer.

»Was meinst du?«

»Wer von euch hat etwas gesagt? Wer hat sich bei einem dieser Kommissare der Betriebszellen gemeldet? Wer von euch macht mit?«

»Inge. Inge und noch acht andere. Ich muss an meine Familie denken, flüsterte sie mir zu, als sie nach vorn ging, um zu unterschreiben.«

»Und du?«

»Bist du verrückt. Ich gehe nicht in die Nazigewerkschaft. Ich habe nichts gesagt, ich bin zum Schluss aufgestanden und gegangen. Der von der Betriebszelle hat mich nur höhnisch angegrinst.«

»Dann war dein April-Gehalt unser letztes Geld. Vom *Verhelst-Verlag* bekomme ich nichts mehr. Beim *Lokal-Anzeiger* bin ich offenbar abgemeldet, Spannhake jedenfalls ist für mich nicht zu sprechen, vielleicht wird er auch gerade entlassen. Gudrun, wir müssen zusehen, wie wir über die Runden kommen. Hauptsache, wir können die Miete zahlen, alles andere findet sich, so oder so.«

»Und wenn wir zurückgehen? Wenn wir bei meinen oder deinen Eltern wohnen?«

»Bei mir geht das nicht. In meinem Dorf würden wir nicht überleben, man würde mich dort schon am ersten Tag denunzieren. Von meinem Bruder will ich gar nicht reden, er will nicht, dass ich bei ihm auftauche. Wer weiß, vielleicht trägt er bereits irgendeine dieser braunen Uniformen. Und bei dir? Ich weiß nicht. Wenn sie uns suchen, dich oder mich, in einer Kleinstadt findet man uns sofort. Berlin ist für uns besser. Von dieser Wohnung weiß keiner etwas, keiner kennt uns, und wenn wir nicht auffallen, könnten wir hier überleben.«

»Aber von was, Rainer? Wovon können wir überleben? Mit Schreiben wirst du keinen Pfennig mehr verdienen. Ich könnte als Putzfrau arbeiten, aber das wird nicht reichen. Was könntest du tun?«

»Gar nichts. Ich kann gar nichts außer Schreiben. Bei allen anderen Sachen habe ich zwei linke Hände.«

Wieder lagen sie eng beieinander, umarmten sich die ganze Nacht und blieben schlaflos, bis die Sonne aufging. Sie blieben im Bett liegen, Gudrun musste zu keiner Arbeit gehen und für Rainer gab es keine Botschaft mehr und kein Konsulat, das er noch aufsuchen und anflehen könnte. Sie lagen nach dem nächtlichen Gespräch wie gelähmt, waren verstummt und versteinert. Sie starrten in den hell werdenden Himmel und in ihre lichtlose Zukunft und waren dem Schicksal dankbar, einander zu haben.

Zum Frühstück aßen sie jeder zwei Brotscheiben mit Marmelade, zum Bäcker wollten sie nicht gehen, obwohl sie an den wenigen Wochentagen, an denen Gudrun nicht frühmorgens aus dem Haus musste, sich stets frische Hörnchen und Mohnbrötchen holten. Sie wollten sparen, sie mussten sparen, jeden Pfennig.

Am Nachmittag wollten sie trotz ihrer Vorbehalte im amerikanischen Konsulat Susan aufsuchen, aber Männer mit braunen Hemden hatten sich unweit der Eingangstüren postiert, sprachen die Vorübergehenden an, ließen sich die Ausweise zeigen oder schickten sie sogar zurück. Rainer und Gudrun betrachteten ihr Verhalten aus der Ferne, als einer von ihnen sie musterte und einen Kameraden auf sie aufmerksam machte, kehrten sie um. Um sieben fuhren sie zu der von Susan angegebenen Privatadresse in der Pücklerstraße und klingelten. Susan freute sich, als sie die beiden erblickte, bat sie ins Haus und sagte ihnen, noch ehe sie sich setzen konnten, eine Frau suche nach ihnen, eine Russin.

»Eine Russin oder eine Lettin?«, fragte Rainer.

»Ich weiß nicht«, sagte Susan, »sie hatte im Konsulat angerufen und nach einer Frau gefragt, die dem Tillich-Kreis angehöre. Irgendeine Kollegin wusste es schließlich und stellte sie zu mir durch.«

Susan kramte in ihrer Handtasche und holte schließlich einen Zettel hervor.

»Lilija Simonaitis«, sagte sie, »sie heißt Lilija Simonaitis. Kennt ihr sie?«

»Ja. Sie ist eine gute Freundin von uns.«

»Sie schien aufgeregt zu sein, das war jedenfalls mein Eindruck am Telefon. Diese Frau ist nur ein paar Tage in Berlin und will euch sehen. Sie ist bis zum Siebenten in der Stadt, also noch vier Tage. Das ist ihre Adresse, sie wohnt dort bei einer Freundin, ich habe alles für euch aufgeschrieben. Vielleicht solltet ihr euch gleich auf den

Weg machen. Oder möchtet ihr einen Tee oder Kaffee? Wenn ihr schon einmal bei mir seid.«

»Wir gehen gleich, Susan. Nicht wahr, Gudrun?«, meinte Rainer. »Und vielen Dank für deine Hilfe.«

»Wofür wollt ihr euch bedanken? Es war Zufall. Zufall und Glück, dass diese Russin mich aufstöberte und ich eine Adresse von euch hatte. Eine, die offenbar noch gültig ist, denn ich war in den letzten drei Wochen nicht mehr in der Tillich-Runde. Es gibt im Konsulat momentan viel zu tun, ich muss fast jeden Abend länger arbeiten. Wann und wo trefft ihr euch wieder?«

»Ich weiß nicht. Seit Wiesenburgs Abreise gibt es den Tillich-Kreis eigentlich nicht mehr. Es wurde für alle zu gefährlich. Und Wiesenburg fehlt. Ohne den Professor sind wir nur noch ein verlorener Haufen«, sagte Gudrun, »ein verlorener Haufen und ein verfolgter dazu. Nein, Susan, es gibt uns nicht mehr. Christliche Sozialisten sind unerwünscht bei den nationalen Sozialisten.«

Susan nickte. Dann erkundigte sie sich, ob sie wüssten, wo die Straße ist, in der die Russin lebt, und als Rainer das bejahte, teilte sie ihnen mit, sie würde sie mit ihrem Auto dorthin fahren. Das sei leider das Einzige, was sie für die beiden tun könne.

Eine halbe Stunde später standen die zwei vor der angegebenen Adresse, einem Mehrfamilienhaus, und Rainer drückte den Klingelknopf neben dem Namensschild Simonow. Lilija war nicht da, auch ihre Freundin nicht, nur deren Ehemann, ein Russe, der kaum Deutsch sprach, aber Bescheid wusste und ihnen die Adresse eines Lokals am Schiffbauerdamm nannte, in dem seine Frau und Lilija nach der Theatervorstellung anzutreffen seien, also gegen zweiundzwanzig Uhr. Er bot ihnen an, in seiner Wohnung zu bleiben, er würde in einer Stunde mit einem

Wagen die Frauen dort abholen. Sie könnten daher mit ihm zu dem Lokal fahren, Lilija sei ohnehin nicht früher in dieser Gaststätte.

»Mit dem Wagen der Botschaft?«, fragte Gudrun überrascht.

»Ja«, sagte Simonow und lächelte, »allerdings ohne Standarte.«

Sie waren einverstanden und dankten ihm. Juri Simonow bat sie ins Wohnzimmer, brachte ihnen Tee und deutschsprachige Zeitschriften der Sowjetunion und verließ sie dann für eine Stunde, da er am Auto zu tun habe. Kurz vor zehn trafen sie vor der Gaststätte am Schiffbauerdamm ein, Lilija und Frau Simonow kamen zehn Minuten später. Lilija schrie auf, als sie Rainer und Gudrun sah, umarmte und küsste sie und ließ sich erzählen, wie es ihnen seit ihrem Abschied ergangen war. Bestürzt hörte sie, dass beide geradezu illegal in Berlin leben müssten und keinerlei Aussicht auf ein Einreisevisum für ein anderes Land hätten.

»Kommt zu mir«, sagte sie, »kommt in die Sowjetunion. Ich kümmere mich darum, ihr bekommt ein Visum. Ich spreche morgen in unserem Konsulat vor, wenn das nichts hilft, werde ich in Moskau dafür sorgen. Versprochen, ihr bekommt ein Visum.«

»In die Sowjetunion?«, sagte Gudrun entgeistert. »Du weißt ja, Lilija, ich bin eine christliche Sozialistin. Soviel ich weiß, sind die in deinem Land nicht gern gesehen.«

»Ach was, Gudrun, in Berlin könnt ihr nicht bleiben, bei den Botschaften habt ihr nichts erreicht. Bei uns seid ihr in Sicherheit. Und wenn du in Moskau keine antisowjetische Hetze betreibst, kann dir auch nichts passieren. Religion ist Privatsache, das ist meine Meinung, und damit stehe ich daheim nicht allein.«

Auch Rainer war zögerlich. Er wusste wenig von dem Land, die Artikel in der deutschen Presse waren widersprüchlich, es gab glühende Bewunderer, doch die bürgerlichen Zeitungen vermeldeten Willkür, sprachen von einem Polizeistaat ohne Bürgerrechte und berichteten häufig von blutigen Machtkämpfen innerhalb der Führungsebene. Zudem konnte er kein Wort Russisch und fürchtete, ohne Sprachkenntnisse als Autor nicht zu überleben.

Lilija hörte sich ihre Einwände an, verstand sie, fragte aber, was sie denn stattdessen tun wollten.

»Könnt ihr in Berlin bleiben?«

Beide schüttelten den Kopf.

»Und irgendwo anders in Deutschland, habt ihr da einen sicheren Ort?«

Da beide nichts erwiderten, sagte sie: »Überlegt es euch. Für Amerika kann ich euch kein Visum verschaffen, ich kann nur dafür sorgen, dass unser Konsulat euch eine Einreisegenehmigung mit Bleiberecht für die Sowjetunion ausstellt. Besprecht euch. Ich bin, wie gesagt, noch drei, vier Tage in Berlin, dann muss ich zurück, es wäre schön, wenn ihr euch bis dahin entschieden habt. – So, und nun genug geunkt, jetzt wollen wir etwas essen. Habt ihr heute schon etwas gegessen? Wie sieht es bei euch mit dem Geld aus, wenn ihr beide keine Arbeit habt?«

Als sie von ihrer misslichen finanziellen Situation hörte, erklärte sie beide zu ihren Gästen und achtete darauf, dass Gudrun und Rainer sich bei der Bestellung nicht verschämt zurückhielten, sondern, wie sie sagte, etwas Handfestes auswählten.

Zur Tischrunde gehörten noch das Ehepaar Simonow, ein russischer Dirigent aus Kiew, ein Professor für Germanistik von der Moskauer Staatlichen Universität und drei Ingenieure von der *Transsib*, der Transsibirischen Eisenbahn, die in Wladiwostok und ganz Zentralsibirien für die Betriebsbereitschaft und Sicherheit der Bahn zuständig und nach Berlin gekommen waren, um mit Wilhelm Weirauch zu sprechen, dem stellvertretenden Generaldirektor der Deutschen Reichsbahn. Sie erzählten sehr belustigt und aufgeräumt über diese Gespräche, aber da die Tischrunde russisch sprach und nur Lilija und Sonja Simonow sich mit Gudrun und Rainer gelegentlich auf Deutsch unterhielten, verstanden die beiden von den Berichten der Ingenieure wenig und besprachen stattdessen Lilijas überraschendes Angebot.

Die Männer tranken sehr viel, auch der Dirigent, die Frauen nippten an ihren Weingläsern, nur Juri Simonow zog es vor, ausschließlich Wasser zu bestellen, da er noch zu fahren hatte. Alle halbe Stunde ging er vor das Restaurant, um nach seinem Wagen zu schauen. Er bot Gudrun und Rainer an, sie in seinem Auto mitzunehmen und nach Hause zu fahren, neben den beiden Frauen und dem Dirigenten sei noch ausreichend Platz in seiner Staatslimousine, zumal die Ingenieure Hotelzimmer nebenan in der Johannisstraße hatten und zu Fuß zu ihrem Quartier wollten, der Nachtigalplatz sei für ihn kein Umweg.

Hundert Meter vor der Wohnung baten sie Juri anzuhalten, sie wollten nicht, dass einer in ihrem Haus sie aus einer sowjetischen Limousine aussteigen sah. Lilija war aus dem Wagen geklettert, um sich zu verabschieden. Als Rainer sie umarmte, sagte er zu ihr: »Danke, Lilija. Danke für das, was du für uns getan hast. Danke für das, was du für uns tun willst. Wir kommen zu dir, wir kommen in die Sowjetunion. Hier können wir nicht bleiben, irgendwann erwischen sie uns.«

Lilija schaute zu Gudrun: »Ihr habt euch entschieden? Wirklich? Und ihr seid sicher?«

Gudrun nickte.

»Schön, dann wollen wir mal schauen, ob ich hier noch nicht ganz vergessen bin. Ruf mich morgen Nachmittag an, zwischen zwei und drei.«

Sie gab ihnen eine Visitenkarte und kreuzte eine der beiden Telefonnummern mit einem Bleistift an.

»Dann bis morgen, meine Turteltäubchen.«

Sie drückte ihnen eine Papiertüte in die Hand.

»Vorsichtig, es ist zerbrechlich«, sagte sie, strich ihnen über die Wangen und setzte sich wieder in den Wagen.

Daheim packten sie die Tüte aus, Lilija hatte ihnen offensichtlich von einem Kellner in der Gaststätte ein Präsent einpacken lassen, eine Flasche Wein, Käse- und Bratenscheiben, eine halbe harte Wurst und geschnittenes Weißbrot. Obgleich sie gut gegessen hatten, deckten sie den Tisch mit den Köstlichkeiten, öffneten die Weinflasche und sprachen über eine Zukunft in einem fernen, ihnen unbekannten und sie beängstigenden Land. Sie erhofften viel, viel zu viel von dem neuen Land und waren zugleich niedergeschlagen, da sie nicht wussten, wie man sie in Russland aufnehmen würde, wovon sie leben sollten, da sie die Sprache nicht kannten, die kyrillische Schrift nicht lesen konnten und künftig vom Wohlwollen anderer Leute abhängig sein würden.

»Aber wir sind dann gerettet, Gudrun, wir müssen uns nicht mehr verstecken«, sagte Rainer.

Sie nickte und weinte und aufschluchzend sagte sie: »Was haben wir falsch gemacht, dass wir in unserem Vaterland nicht mehr leben dürfen?«

Sie tranken die Flasche Wein aus und gingen erst weit nach Mitternacht ins Bett.

Lilija konnte ihnen am nächsten Tag mitteilen, dass alles auf gutem Wege, aber nicht von heut auf morgen zu bewerkstelligen sei.

»Ich habe dich in die Rubrik: progressiver deutscher Schriftsteller ohne Parteizugehörigkeit eintragen lassen. Den Titel musst du dir merken, Rainer, bei unseren Behörden wirst du unter dieser Bezeichnung geführt. Auch die sowjetische Bürokratie hat gern ein paar Schubladen, in die man die Bürger einsortieren kann. Wenn du bei uns bist und auf einem Amt erscheinen musst, kannst du stets mit dieser Bezeichnung aufwarten, das steht in den Papieren gleich nach den Namen. – Seid ihr eigentlich verheiratet?«

Rainer verneinte es: »Gudrun ist gegen die Ehe. Sie will nicht heiraten, die Heirat würde die Frau degradieren, und sie will unabhängig bleiben.«

Lilija lachte: »Ich verstehe. Es ist bei uns kein Problem. Freie Ehe, wilde Ehe, alles ist möglich, aber für die Bürokratie wäre es besser, ihr beide seid ein Ehepaar, ansonsten kann es im schlimmsten Fall passieren, dass man euch in verschiedenen Städten unterbringt.«

»Und was sollen wir tun?«

»Rasch heiraten. Sag Gudrun, es sei nur wegen der Bürokratie und habe keine weitere Bedeutung.«

»Aber eine Heirat muss man anmelden, das dauert ein paar Monate. Ich hörte, ein Vierteljahr müsse man mindestens warten.«

»Ach, Rainer, das ist eine der leichteren Übungen für mich. Ihr wohnt am Nachtigalplatz, nicht wahr, das ist im Wedding, oder irre ich mich da?«

Und da Rainer dies bestätigte, fuhr sie fort: »Wedding, der rote Wedding. Auch wenn sie dort den Bürgermeister wahrscheinlich zum Teufel gejagt haben, ein paar Verbindungen habe ich sicher noch. Ruf mich in einer Stunde an. Ich werde sehen, was ich tun kann.«

»Wie kann ich dir nur danken, Lilija, ich weiß gar nicht …«

»Danken? Wie du mir danken kannst? Das kann ich dir verraten. Geh in eine Buchhandlung und kauf dir einen russischen Sprachkurs für Anfänger, und dann setzt euch hin und lernt. Lernen, lernen, nochmals lernen. Wenn ihr euch bei uns halbwegs verständigen könnt, wäre das eine große Hilfe für euch, aber auch für mich.«

Eine Stunde später ging Rainer in eine Telefonzelle, um Lilija anzurufen. In der Zwischenzeit hatte er tatsächlich in der größten Buchhandlung der Müllerstraße einen Sprachführer für Russlandreisende gekauft, in dem er die Hinweise für die Aussprache verständlich fand. Als er sich am Telefon meldete, sagte Lilija: »Morgen früh acht Uhr dreißig oder Mittwoch in acht Tagen um siebzehn Uhr. Ich habe auf dem Standesamt zwei Termine für euch bekommen. Welchen wollt ihr?«

»Dann machen wir es morgen.«

»Schön, dann seid ihr morgen um neun verheiratet. Und besonders schön ist es für mich, denn in einer Woche bin ich längst in Moskau, aber morgen kann ich noch euer Trauzeuge sein. Trauzeugen müssen sein, am besten zwei. Wenn ihr mich akzeptiert, braucht ihr nur noch einen.«

»Es wäre schön, wenn du morgen dabei bist, Lilija.«

»Freust du dich, Rainer? Morgen bist du Ehemann.«

»Nun ja, eine Hochzeit aus bürokratischen Gründen, was könnte romantischer sein.«

»Und binde dir einen Schlips um. In Deutschland hat man bei Eheschließungen eine Krawatte zu tragen, möglichst mit einer Krawattennadel. Hat Gudrun etwas Schickes zum Anziehen?«

»Ich denke schon. Aber vielleicht geht sie aus Protest gegen die spießbürgerliche Ehe morgen in Lumpen dahin.«

Lilija lachte und sagte: »Bis morgen, Rainer. Viertel neun treffen wir uns vor dem Standesamt. Ich könnte Juri fragen, Juri Simonow, ob er euch in seinem Diplomatenwagen dorthin kutschiert, aber das würde wohl zu viel Aufsehen machen. Alles Gute, bis morgen.«

Gudrun lachte Tränen, als Rainer ihr erzählte, sie werde morgen früh seine Angetraute, seine Ehefrau, seine Gemahlin sein.

»Und dann heiße ich Trutz?«, fragte sie kichernd. »Nicht mehr Gudrun Becker, sondern Gudrun Trutz?«

»Ja. Stört dich das?«

»Komisch. Auf einmal soll ich anders heißen. Das ist doch seltsam, wenn man plötzlich einen anderen Namen hat. Wie würde dir das gefallen, wenn du meinen Namen annehmen müsstest? Rainer Becker?«

»Nimm es als Decknamen, sozusagen ein *nom de guerre*. Schließlich ist es so etwas Ähnliches, wir heiraten, um fliehen zu können. Wie Partisanen.«

»Solltest du jetzt nicht etwas Liebevolles zu mir sagen? Etwas Süßholz raspeln? Ich bin schließlich deine Braut.«

»Eine widerspenstige Braut, die ich zähmen muss.«

»Vergiss das, Rainer, vergiss das ganz rasch. Mich hat noch nie jemand gezähmt, das schaffte nicht einmal die Betriebszellenorganisation der Nazis. Ein Vögelchen wie mich kann man nicht einsperren, ich kann nämlich fliegen. Pass also gut auf, eine brave Ehefrau bekommst du mit mir nicht.«

Er fragte sie nach einem zweiten Trauzeugen, aber sie hatte in Berlin keine Freundin und von den ehemaligen Arbeitskolleginnen wollte sie nach Auflösung ihrer Gewerkschaft keine dabeihaben, da sie nicht wusste, wieweit sich diese inzwischen den Kommissaren der Betriebszellenorganisation angepasst hatten. Aus dem Tillich-Kreis kam ebenfalls keiner in Frage, alle hatten sich zurückgezogen und waren so gefährdet, dass sie bei einer offiziellen amtlichen Beurkundung Schwierigkeiten bekommen könnten. Rainer fragte nach den beiden Amerikanerinnen ihrer Runde, aber dann erschien ihnen dieser Gedanke nicht hilfreich. Lilija war keine Deutsche, und wenn es sich auch beim zweiten Trauzeugen um einen Ausländer handelte, könnte der Standesbeamte Bedenken erheben.

»Ich frag Spannhake, den Kulturredakteur vom *Lokal-Anzeiger*. Er ist nicht wirklich ein Freund von mir, aber er war neben dem unseligen *Verhelst-Verlag* in Berlin mein Arbeitgeber. Ihn könnte ich fragen, denn meinen Lektor, den Simon Zweig, erreiche ich nicht, ich weiß nicht einmal, wo er wohnt und ob er noch in Berlin ist. Und außerdem, Zweig ist Jude, das wird auf dem Amt Schwierigkeiten machen, die wollen dort vermutlich nur noch Christen, und am besten deutsche Christen. Ich frage Spannhake, einverstanden?«

Er fuhr am späten Nachmittag in die Redaktion des *Lokal-Anzeigers*, doch Spannhake war nicht an seinem Schreibtisch. Zwei Journalisten, die er von früheren Besuchen kannte, trugen die Braunhemden der nationalen Bewegung. Als er einen von ihnen nach dem Kulturredakteur fragte, fixierte dieser ihn und sagte dann lediglich: »Arbeitet nicht mehr hier.«

»Aber wieso denn? Wo ist er denn? Können Sie mir sagen, wo ich ihn finde?«

»Zu Personalfragen erteilen wir Außenstehenden

grundsätzlich keine Auskunft«, erwiderte der Journalist und wandte sich ab.

Als Rainer das Redaktionszimmer verließ, folgte ihm eine der Sekretärinnen. Sie rannte ihm nach und überholte ihn, als sie ihn erreicht hatte, flüsterte sie: »Spannhake wurde in Schutzhaft genommen.«

Sie rannte weiter und verschwand hinter einer Tür, bevor Rainer die Nachricht verstanden und verdaut hatte. Er erstarrte, blieb auf dem Flur stehen und wartete, bis die Frau aus dem Zimmer zurückkam.

»Aber wieso?«, fragte er. »Was heißt das? Was ist denn passiert?«

Die Sekretärin schüttelte nur kurz den Kopf und ging ohne zu antworten an ihm vorbei ins Redaktionszimmer.

Am nächsten Morgen standen sie um acht vor dem noch verschlossenen Standesamt. Lilija kam kurz vor halb neun mit einer Reisetasche, sie umarmte beide und erkundigte sich bei Gudrun, ob sie sich mit der Zwangsehe abgefunden habe. Punkt halb neun wurde die Tür aufgeschlossen, eine mürrische Frau ließ sie ein, fragte, wer das zu verehelichende Paar und wo der zweite Trauzeuge sei. Als sie hörte, es gäbe nur eine Zeugin für die Zeremonie, schüttelte sie entgeistert den Kopf.

»Was hat sich Frau Liebers denn dabei nur gedacht!«, murmelte sie verärgert und forderte die drei auf, ihr zu folgen. Es war die Standesbeamtin selbst, die ihnen die Tür aufgeschlossen hatte und sie in ein Zimmer führte, in dem mehrere Stühle in einem Halbkreis aufgestellt waren. Auf einem gewöhnlichen Bürotisch standen rechts und links neben zwei gewichtigen Büchern zwei Blumentöpfe. Sie ließ sich die Personalausweise vorlegen und schüttelte empört den Kopf, als Lilija ihr den sowjetischen Reisepass reichte.

»Nur ein Zeuge und dann noch eine Ausländerin, nein, das geht nicht. Frau Liebers, Frau Liebers! Nein, nein, nein! – Warten Sie hier.«

Die Beamtin ging hinaus, Rainer stand von seinem Sitz auf, um sich die Bücher anzusehen, es war eine Bibel und das Bürgerliche Gesetzbuch. Die Frau kam fünf Minuten später mit einem alten Mann zurück, den sie als Herrn Kaczmarek vorstellte. Er sei bereit, der notwendige deutsche Trauzeuge zu sein, man möge ihm dafür eine Mark geben. Die Zeremonie dauerte keine fünf Minuten, die Beamtin sprach die vorgeschriebenen Texte mit unbeteiligter, gleichförmiger Stimme, schob dem Paar und den Zeugen die Papiere zur Unterschrift zu, stempelte die Bögen und gab dem Ehepaar eins der Papiere. Während des ganzen Vorgangs sah sie keinen der im Zimmer Anwesenden an, sie war fortgesetzt mit ihren Unterlagen beschäftigt. Nach dem Ende der raschen Eheschließung stand Herr Kaczmarek abwartend neben Rainer, der sein Portemonnaie öffnete und erfolglos nach einer Mark suchte. Er konnte dem alten Mann schließlich nur siebenundsechzig Reichspfennige geben, die dieser knurrend und ohne Dank einsteckte.

»Das war alles?«, fragte Gudrun belustigt und sah zur Standesbeamtin.

»Sie können sich jetzt einen Kuss geben, Frau und Herr Trutz«, sagte die Frau, während sie ihre Papiere verstaute, »oder was wollen Sie noch von mir?«

Lilija und Gudrun lachten, dann lud Lilija die beiden in ein Café ein, um auf die Eheschließung anzustoßen. Sie fragte auch Herrn Kaczmarek, ob er als Trauzeuge ebenfalls ein Glas auf die frisch Vermählten trinken wolle, aber der alte Mann lehnte ab, er sei im Dienst, er müsse an seine Pforte zurück.

Im Café bestellte Lilija drei Gläser Sekt und Kaffee und überreichte dem Ehepaar die Reisetasche. Es sei ihr Hochzeitsgeschenk, die Tasche samt Inhalt.

»Ein paar nützliche Sachen für eure neue Heimat«, sagte sie, »schaut es euch erst an, wenn ich gegangen bin. Ich kann nicht lange bleiben, an den letzten beiden Tagen häufen sich immer die Arbeiten. Es ist wie immer bei uns, alles im letzten Moment.«

Als sie sich verabschiedete, bat sie, Rainer möge sich jeden zweiten Tag bei Sonja Simonow melden, um sich nach ihren Visa zu erkundigen, sie würde von Moskau aus dafür sorgen, dass ihnen die Dokumente so rasch wie möglich zugestellt würden.

»Wir wollen doch unseren progressiven deutschen Schriftsteller ohne Parteizugehörigkeit, aber mit Ehefrau so bald wie möglich in Moskau sehen«, sagte sie, küsste die beiden und verschwand.

Sie stellten die Reisetasche auf den kleinen Caféhaustisch und Gudrun strich bewundernd über den groben und stabilen Stoff, der mit Ledergurten zusätzlich gesichert war. In der Tasche befanden sich mehrere Broschüren und Bücher, ein Moskauer Stadtplan in deutscher Sprache, ein Russisch-Lehrgang für Deutsche und alle möglichen Informationen über die Sowjetunion, über ihren Staatsaufbau und die Behörden, über den Staatsgründer Lenin und den genialen, weltweit bewunderten, in seiner Heimat verehrten und geliebten Generalsekretär des Zentralkomitees der Kommunistischen Partei Josef Wissarionowitsch Stalin, über die verschiedenen Völkerschaften in dem riesigen Reich, den neuen Fünfjahresplan, die gewaltigen Bauprojekte und über den Alltag der Sowjetbürger. Es waren Bücher und Hefte, die offenbar für die Botschaft in Berlin gedruckt worden waren und der Information wie der Propaganda dienen sollten.

Unter den Büchern fanden sie zwei Fellmützen, eine goldbraune Karakulmütze für Gudrun und eine Tschapka für Rainer, und in beiden Mützen steckte, in Seidenpapier gewickelt, russisches Geld, sowjetische Tscherwonzen, mehrere Geldscheine und je eine Tscherwonez-Goldmünze. Die beiden ahnten nicht, wie viel dieses Geld wert war, was man sich dafür in der Sowjetunion kaufen konnte, doch beide waren so gerührt, dass sie minutenlang schweigend an dem Tisch saßen und die Geschenke bewunderten.

»Was für eine wunderbare Freundin du hast«, sagte Gudrun.

»Wir!«, korrigierte Rainer sie, »Lilija ist unsere Freundin.«

Zwei Tage später waren sie am Schlesischen Bahnhof, um Lilija zu verabschieden. Diesmal waren außer ihnen nur drei ihrer Freunde erschienen, und Lilija hatte Zeit für sie. Sie bat die beiden, das Gepäck in ihren Waggon zu bringen.

»Schaut euch mein Abteil gut an. In ein paar Tagen sitzt ihr in dem Zug. Bald kommt ihr nach Moskau, Ich freue mich auf euch.«

»Nach Moskau, nach Moskau«, wiederholte Rainer, »ist das nicht der alte russische Traum?«

»Richtig«, sagte Lilija, »ich sehe, du bereitest dich gut auf die Reise vor.«

7. Kapitel

Trutz fand Mitte März Arbeit beim Haupttelegraphenamt in der Französischen Straße. Im Zwei-Schicht-System hatte er die eingehenden Briefe zu stempeln und musste, da die Sendungen minutengenau erfasst wurden, alle zehn Minuten die Uhrzeitgruppe auf dem Stempel anpassen, um dann den Brief in eine Rohrbüchse zu stecken und diese in die Klappe der korrekten Rohrpostlinie einzuwerfen, damit sie Sekunden später beim richtigen Post- oder Telegraphenamt des innerstädtischen Rohrnetzes landete. Die Arbeit war leicht, innerhalb einer halben Stunde hatte man ihn eingewiesen, und er konnte ebenso schnell wie die Kollegen die Briefe abfertigen, die zumeist für Militärbehörden sowie für Regierungsstellen und städtische Verwaltungen bestimmt waren und außer einem dick aufgedruckten R für Rohrpost einen roten Urgent-Stempel aufwiesen. Mühselig war für ihn allein die geisttötende Wiederholung ewig gleicher Vorgänge, da er diese ermüdende Routine nicht gewohnt war und daher schnell nachlässig wurde, was fatal war, denn für jeden falsch eingerohrten Brief wurde der Verantwortliche mit einer Pfennigstrafe belegt. Die schnelle und augenblickliche Zustellung war nämlich der entscheidende Vorzug der Rohrpost und jede Fehlleitung würde die Zustellung um Minuten, wenn nicht gar Stunden verzögern, wie man ihm bei der Einstellung eingeschärft hatte, was diesem aufwendig konstruierten und wohldurchdachten System der Briefzustellung die Überlegenheit rauben und Kunden vergraulen konnte. Durch diese Pfennigstrafen schrumpfte sein kleiner Wochenlohn empfindlich, und

Tag für Tag dachte er sich neue Tricks und Quälereien aus, um seine Reaktionsfähigkeit zu schulen und in den Arbeitsstunden hellwach zu bleiben.

Gudrun hatte im *KdW*, dem *Kaufhaus des Westens*, eine Anstellung als Hilfsverkäuferin bekommen, da einige der Beschäftigten aufgrund der Boykotthetze gegen die jüdischen Besitzer und aus Angst vor Übergriffen gekündigt hatten und die einst heiß begehrten Arbeitsplätze in dem größten und bekanntesten Warenhaus Deutschlands trotz der Arbeitslosigkeit plötzlich nicht mehr hoch im Kurs standen. Sie arbeitete in der Weißwäscheabteilung, stand den ganzen Tag neben der leitenden Verkäuferin und musste ständig hin und her laufen, um alle Wünsche und Forderungen der Verkäuferin zu erfüllen, da diese bei den Kundinnen zu bleiben hatte und auch nicht für einen Moment in das Lager oder in eine benachbarte Abteilung gehen durfte. Gudrun verdiente sehr viel weniger Geld als bei der Christlichen Gewerkschaft, fast noch störender aber war die Kleiderordnung, der sie sich peinlich genau fügen musste, denn jeder Verstoß gegen die von der Geschäftsleitung vorgegebenen Regeln war ein bei der Einstellung mit Unterschrift zu akzeptierender Entlassungsgrund.

Gudrun und Rainer Trutz kamen mit ihrem Lohn zurecht, sie vermieden alle nicht unbedingt erforderlichen Ausgaben, um Geld für die Ausreise zu sparen und für all jene Ausstattungsstücke, die sie in ihrem Gastland benötigten. Die Nachrichten von Lilija, die ihnen Sonja Simonow übermittelte, stimmten sie hoffnungsvoll, doch statt, wie angekündigt, wenige Wochen würde es Monate dauern, ehe sie zeitlich unbeschränkte Einreisevisa erhalten konnten. Geduld, Geduld, das war die Botschaft, die ihnen Sonja bei jedem Telefonat als beruhigend gemeinten

Gruß von Lilija zu übermitteln hatte. Die Wohnung am Nachtigalplatz konnten sie über die anfangs vereinbarten vier Wochen hinaus weiter nutzen, und da die Miete niedrig war und sie keiner in dieser Gegend kannte, normalisierte sich ihr Leben. Sechs Wochen später dachten sie gelegentlich darüber nach, nicht zu emigrieren, sondern im Land zu bleiben und sich mit so unauffälligen Berufen wie den derzeitigen zu bescheiden, bis sich irgendwann in Deutschland die Gewalt ausgetobt habe und das Land wieder zu zivilisierten Zuständen zurückgekehrt sei.

Einen Monat später schreckten Gerüchte die Angestellten des Kaufhauses auf. Es hieß, die Dresdner Bank, die Hausbank des Unternehmens, dränge auf eine Arisierung der Geschäftsleitung und verweigere anderenfalls jegliche Kredite. Überdies sollten sämtliche großen Warenhäuser zwangsweise geschlossen werden, da sie in jüdischer Hand seien und eine Gefahr für die deutschen Klein- und Einzelhändler darstellten. Den Mitarbeitern drohe die Entlassung, eine Prüfung der Abstammung der fast zweitausend Angestellten sei vom Reichswirtschaftsministerium in Absprache mit der Bank angeordnet worden und werde intern und hinter dem Rücken der jüdischen Eigentümer bereits durchgeführt, um, unter Verweis auf Hunderte nichtarische Mitarbeiter, einen Zwangsverkauf in die Wege zu leiten. Es waren Gerüchte, für die es keine Bestätigung gab, doch keiner wagte, bei der Direktion des *KdW* nachzufragen.

Am achtundzwanzigsten April, einem Freitag, wurde Gudrun kurz nach Arbeitsbeginn zum Sicherheitsinspektor befohlen, sie hatte erneut Personalbögen auszufüllen, in denen auch nach nichtarischen Freunden gefragt wurde und nach ihren jetzigen und früheren Verbindungen zu politischen, wirtschaftlichen, religiösen oder sonstigen Parteien und Gruppierungen. Als sie die ausgefüllten Papiere dem Inspektor reichte, warf dieser einen kurzen Blick darauf und fragte sie nach den Christlichen Sozialisten, den Tillich-Jüngern, wie er sich ausdrückte.

»Gehören Sie nicht zu diesem Verein, Frau Trutz?«, fragte er höhnisch.

»Den Tillich-Kreis gab es mal«, sagte Gudrun überrascht, »die Gruppe hat sich aufgelöst.«

»Das wissen wir selbstverständlich«, erwiderte der Inspektor, »aber Sie hätten sie hier angeben müssen, da Sie früher dazugehörten. Offenheit, junge Dame! Ein Bekennen freiweg und gradheraus, ein Eingeständnis auf deutsche Art, statt eines heimtückischen Verschweigens, das verlangen wir. Ein Verschweigen, ein Verheimlichen, nein, Volksgenossin, das ist für die Personalakte nicht gut. Sie können gehen, Sie hören von uns.«

Gudrun hatte an diesem Tag Mühe, sich auf ihre Arbeit zu konzentrieren, und wurde von der leitenden Verkäuferin mehrmals ermahnt. Als sie abends Rainer von dem Gespräch mit dem Inspektor berichtete und ihm sagte, sie furchte, entlassen zu werden, zumal alle Kollegen eine sie sprachlos machende Angst vor dem ungewissen Schicksal des Kaufhauses quäle. Die täglichen Demonstrationen einzelner Bürger vor dem Kaufhaus, dort standen junge Männer in Braunhemden, aber auch einfache Leute, gewöhnliche Arbeiter und Angestellte, die nicht zu den uniformierten Horden gehörten, doch gleichfalls zu einem Boykott des jüdischen Geschäfts aufriefen, begriffen alle Angestellten des Warenhauses als Ankündigung ihrer bevorstehenden Arbeitslosigkeit.

»Wir sind keine Juden«, sagte Rainer beruhigend.

»Nein, aber ich war bei der Christlichen Gewerkschaft

und bin eine Religiöse Sozialisten, und du stehst mit deinem Buch auf ihrer Liste. Man muss nicht Jude sein, uns jagen sie genauso. Warum sind wir denn aus unserer schönen Wohnung in der Gervinusstraße Hals über Kopf geflohen und haben uns hier verkrochen? Sie kriegen uns, Rainer, irgendwann spüren sie uns auf. Und was dann?«

»Lilija sagte, der Pass kommt. Es sei alles auf dem Weg und geregelt. Die Behörden in Moskau arbeiten nur sehr langsam, so wie bei uns.«

»Der Pass kommt, ja, aber wann? Vielleicht kommt er zu spät. In der Schutzhaft hilft er uns nichts mehr.«

Jeden zweiten Tag rief Rainer bei Sonja Simonow an, um nach Nachrichten von Lilija zu fragen. Acht Tage nach Gudruns Gespräch mit dem Inspektor teilte sie ihm mit, die beiden Reisepässe lägen abholbereit im Konsulat, beide mögen mit ihren Personaldokumenten am Montagmorgen dort erscheinen. Lilija habe ihnen überdies Bahntickets der Auslandsmission besorgt, so dass sie kostenfrei Fahrkarten für einen Nachtzug buchen könnten. Wenn sie wüssten, wann sie abreisen wollten, könnte sie beiden die Tickets und Betten buchen. Sie würden in einem privilegierten Zugteil reisen können, also in einem verplombten Waggon, was ihnen jegliche Störungen und Kontrollen ab der deutschen Grenze erspare. Rainer dankte ihr. Die überraschende Nachricht machte ihn vor Glück fast sprachlos. Er sagte Sonja, er würde mit Gudrun sprechen und umgehend zurückrufen. Eine Stunde später bat er um Tickets für den Nachtzug am kommenden Donnerstag, dann hätten beide noch fünf Tage Zeit, um ihre Habe zu verpacken, die Arbeitsstelle zu kündigen und sich bei den Eltern zu verabschieden.

Noch am Abend reisten sie mit der Bahn über das Wochenende zu Gudruns Eltern, um ihnen mitzuteilen, dass sie in den nächsten Jahren im Ausland leben würden, in der Sowjetunion. Gudruns Eltern waren entsetzt, zumal die überstürzte Hochzeit der beiden, zu der sie nicht eingeladen worden waren, sie schwer gekränkt hatte, aber sie begriffen, dass ihre Tochter und Rainer in Deutschland in Gefahr waren, und verabschiedeten sie ohne Groll.

Am Sonntagmorgen fuhren sie früh los, da sie auch bei Rainers Eltern in Busow vorbeischauen wollten. Frieder, sein Bruder, holte sie von der Bahnstation Ducherow mit Pferden und einer geschlossenen Kutsche ab, die er sich von einem Bekannten im Nachbardorf ausgeliehen hatte. Er tat es nicht aus Freundlichkeit, vielmehr wollte er vermeiden, dass einer ihrer Nachbarn die Ankunft von Rainer bemerke.

Der Besuch in Busow blieb spannungsgeladen. Mit ihren Schwiegereltern wurde Gudrun nicht warm, da diese deutlich ihre Vorbehalte ihr gegenüber artikulierten, was wohl vor allem der heimlichen Hochzeit geschuldet war, die im ganzen Dorf Unverständnis und kopfschüttelnde Empörung ausgelöst habe, wie die Schwiegermutter verbittert klagte.

»Das macht man nicht«, sagte Rainers Mutter dreimal zu ihnen und schüttelte immer wieder fassungslos den Kopf. Sein Vater war ihm gegenüber einsilbiger als sonst.

»Politik«, sagte er abschätzig, »wie kannst du dich nur auf Politik einlassen! Hast du keine richtige Arbeit?«

Die Übersiedlung nach Moskau konnten die Eltern überhaupt nicht verstehen. Sie wollten wissen, ob Rainer und Gudrun inzwischen Kommunisten geworden seien, und meinten, da beide dies verneinten, man dürfe seine Heimat nicht im Stich lassen, auch wenn die Zeiten schwieriger würden.

»Aus unserer Familie ist noch nie einer ausgewandert. Man hat im Vaterland seinen Mann zu stehen. In guten wie in schlechten Zeiten«, knurrte der Vater, »Flucht, Flüchten, nein, das kenne ich nicht. Das ist neu in meiner Familie.«

Frieder war nur für eine halbe Stunde im Wohnzimmer der Eltern, er fragte den Bruder nichts, er sagte nichts, er schwieg, bis er schließlich aufstand und verkündete, er habe zu tun, ein Bauernhof kenne keinen Sonntag. Fünf Stunden später kutschierte er sie zum Bahnhof zurück. Da er auf dem Kutschbock saß und die beiden Besucher in der geschlossenen Kabine, musste er sich auch auf der Rückfahrt mit Rainer und dessen Frau nicht unterhalten. Die Brüder verabschiedeten sich am Bahnsteig wortlos mit einem knappen Händedruck.

Am nächsten Morgen ging das Ehepaar Trutz zum sowjetischen Konsulat, man stempelte ihnen die Visa in ihre Reisepässe und gab ihnen Informationen über die Verbote und Gebote bei der Ein- und Ausreise, der ausführlichste Text betraf die Ein- und Ausfuhr von sowjetischen und fremdländischen Zahlungsmitteln. Sie wurden aufgefordert, die Bestimmungen genauestens zu lesen, da Straftaten in der Sowjetunion geahndet würden, davon seien auch Bürger anderer Staaten nicht ausgenommen. Zwei Stunden später sprachen sie mit Sonja Simonow, die ihnen die Zugtickets samt Bettplätzen übergab und sie bat, Lilija von ihr zu grüßen.

»Ich beneide euch«, sagte sie zum Abschied, »ihr dürft ins schöne Moskau fahren.«

»Danke. Und grüßen Sie bitte Juri. Sie waren beide sehr freundlich zu uns.«

Am Donnerstag, dem Tag ihrer Abreise, war Rainer früh zum Bäcker gegangen, sie wollten den wohl für viele

Jahre letzten Tag in Berlin feiern und daher mit einem ungemein üppigen Frühstück beginnen. Als er die Bäckerei verließ, kam ein kleiner und sehr dünner Mann auf ihn zu, tippte ihn mit dem Zeigefinger auf die Brust und sagte: »Ich kenne Sie doch. Ich kenne Sie von irgendwoher. Oder?«

Rainer meinte, er sehe ihn zum ersten Mal in seinem Leben.

Der dünne Mann schüttelte den Kopf und plötzlich sagte er: »Jetzt weiß ich es. Sie sind einer von denen. Sie sind einer von dieser Bagage.«

Bei diesen Worten tippte er auf die Zeitung, die er in der linken Hand hielt. Rainer schüttelte den Kopf und ging weiter. Der Mann rief ihm etwas hinterher, was er nicht verstand. Er ging schneller, bemühte sich aber, nicht zu rennen. Er lief einen Umweg zu seiner Wohnung, um noch am Zeitungsstand vorbeizukommen und dort das *Berliner Tageblatt* zu kaufen, auf das jener aufgeregte und unangenehme Mann getippt hatte. In der Wohnung gab er Gudrun die Bäckertüte und blätterte hastig das Feuilleton durch, in der Furcht, auf seinen Namen zu stoßen. Da er nichts über sich in dem Blatt entdeckte, schlug er erleichtert die Zeitung zu, überzeugt, jener kleine und sehr dünne Mann sei einfach einer der verwirrten Zeitgenossen, die jeden zweiten Menschen auf der Straße behelligen. Als er die zusammengefaltete Zeitung auf den Küchentisch legte, sah er auf der Titelseite die große Balkenüberschrift *Aktion wider den undeutschen Geist* und darunter das Foto eines brennenden, von einer großen Menschenmenge umringten Holzstapels auf dem Opernplatz, auf den junge Leute Bücher warfen. Der Studentenbund der Nazis hatte diese Aktion geplant und durchgeführt, berichtete das Blatt und mit sogenannten

Feuersprüchen die Bücher der jüdischen und kommunistischen Schriftsteller den Flammen übergeben. Rainer las die Namen der aufgeführten Autoren, sein Name war nicht darunter, aber viele von ihm verehrte Kollegen und auch seine geliebte *Weltbühne* waren als »Werke exemplarischer Schund- und Schmutz-Literaten« auf dem Scheiterhaufen gelandet.

Rainer reichte Gudrun die Zeitung und wies auf den großen Artikel der Titelseite, den sie erschrocken las.

»Du wirst nicht genannt?«, fragte sie.

»Nein. Jedenfalls nicht hier in der Zeitung. Ob ich gestern auf dem Opernplatz auch gebrandmarkt wurde, weiß ich nicht. Vorhin jedenfalls sprach mich auf der Straße ein Mann an. Er meinte, mich zu kennen, und sagte, ich gehörte zu denen. Zu denen, die man verbrennt.«

»Kennt er unsere Adresse?«

»Ich glaube nicht. Aber wer weiß.«

»Heute Abend um neun geht der Zug. Dann sind wir in Sicherheit, Rainer.«

»Ja. Wir müssen nur noch den einen Tag überstehen. Vielleicht ist es besser, wir verlassen die Wohnung. Wir haben alles gepackt. Wir verschwinden am besten gleich. Wir können in den Zoo gehen oder ins Kino. Alles ist besser, als in der Wohnung zu bleiben. Falls uns einer aufgespürt hat, sitzen wir hier in der Falle.«

Gudrun nickte. Dann lächelte sie: »Was haben wir für ein Glück. Einen Pass und eine Fahrkarte genau in dem Moment in der Hand zu haben, wo es brenzlig wird. Ich hoffe, deine Kollegen, deren Bücher man in die Flammen warf, sind alle in Sicherheit.«

»Kann ich nicht sagen. Die meisten von der *Weltbühne* sind noch in Berlin. Und die anderen, ich weiß es nicht.

Vielleicht hatte man sie gewarnt. Die hatten ja alle viel bessere Verbindungen als ich.«

»Nun genieß dein Frühstück. Unsere Henkersmahlzeit«, sagte sie.

Er lächelte sie an: »Mal den Teufel nicht an die Wand, Gudrun. Er ist bereits in der Stadt.«

Zwei Stunden später verabschiedeten sie sich von der kleinen Wohnung und brachten ihre Koffer und Taschen zur Gepäckannahme des Schlesischen Bahnhofs. Dann fuhren sie zu Elvira, der Französischlehrerin aus dem Tillich-Kreis, gaben ihr den Wohnungsschlüssel zurück und bedankten sich bei ihr für ihre Großzügigkeit. Am Bahnhof Zoologischer Garten kauften sie sich etwas zu essen und gingen anschließend für drei Stunden in den Zoo. Die Sonne wärmte bereits, sie schlenderten an den Käfigen vorbei, aßen ihre belegten Brote auf einer Parkbank, beobachteten aufmerksam die Spaziergänger, die zumeist mit kleinen Kindern unterwegs waren, und standen später lange vor dem Affenkäfig.

»Abschied von Berlin«, sagte Rainer und fügte dann melancholisch hinzu, »wann werden wir diese Stadt wiedersehen, Gudrun?«

»Wenn es hier weniger Affen gibt«, erwiderte sie und lachte verbittert.

Zwei Stunden bevor der Ostexpress abfuhr, waren sie wieder im Schlesischen Bahnhof. In der Nähe hatten sie Getränke und Lebensmittel gekauft, sie wussten, im verplombten Zugteil konnten sie sich während der Fahrt durch Polen nichts kaufen, tauschten dann in einer Wechselstube ihr gesamtes Barvermögen in Rubel um und holten ihr Gepäck ab. Eine halbe Stunde vor Abfahrt des Zugs schloss ihnen der Schlafwagenschaffner den Waggon auf und zeigte ihnen ihr Abteil.

»Sie haben das Coupé allein für sich«, sagte er und ließ sich die Tickets geben, »kurz vor Mitternacht werden wir an die Grenze kommen, dann werden Sie von der Kontrolle geweckt und danach wird der Wagen plombiert. Dann heißt es, kein Rein, kein Raus. Der Speisewagen bleibt für Sie ab der Grenze geschlossen. Sie wissen Bescheid?«

Die beiden nickten.

»Schön«, meinte er, »dann eine gute Reise. Einmal müssen Sie umsteigen und übermorgen Abend sind Sie in Moskau. Ich fahre mit Ihnen nur bis zur polnischen Grenze, dann lösen mich die polnischen Kollegen ab. Die Lok wird ausgetauscht, aber davon merken Sie nichts. Und dann geht es weiter bis Eydtkuhnen, das ist der Endbahnhof der Preußischen Ostbahn. In Eydtkuhnen steigen Sie in die Breitspurwagen der Russen um. Das ist dann nicht mehr so luxuriös.«

»Wir wissen Bescheid«, sagte Rainer.

»Gut. Ich komme nachher, um Ihnen die Betten zu machen. Gegen neun Uhr, ist Ihnen das recht? Und morgen früh meldet sich der polnische Kollege um acht Uhr mit einem Frühstück. Ansonsten, hier ist der Klingelknopf.«

»Sind alle Waggons so schön hier?«, erkundigte Gudrun sich.

»Unser Zug hat nur Schlafwagen. Der Ostexpress hat vier Schlafwagen, einen Speisewaggon und den Packwagen, das ist alles. Wünsche einen guten Abend, die Herrschaften.«

Der Schaffner verabschiedete sich militärisch von ihnen, mit den Fingern der rechten Hand berührte er kurz den Schirm seiner Dienstmütze.

Gudrun bewunderte die Ausstattung des Coupés.

»Dritter Klasse ist das nicht«, sagte sie mit aufgerissenen Augen, »das ist sicher erste Klasse.«

»Ich weiß nicht. Vielleicht sind Schlafwagen immer erste Klasse.«

»Und wir sind ganz allein im Abteil. Keiner stört uns, obwohl eigentlich hier vier Betten sind.«

»Hat wohl Lilija so bestellt für uns. Sie will, dass es uns gutgeht.«

»Mein Gott, Rainer, was sind wir für Glückspilze! Komm, wir gehen gleich ins Bett.«

»Nein, nicht bevor der Zug abfährt. Unsere Pässe können wir hier in die Wandtasche stecken, dann haben wir sie griffbereit, wenn die Beamten kommen.«

Sie schliefen bereits, als energisch an die Tür geklopft wurde und zwei Grenzbeamte und ein Mann des Zolls in der Tür erschienen und die Papiere verlangten. Der leitende Grenzbeamte betrachtete misstrauisch ihren Reisepass, starrte verständnislos auf die kyrillischen Buchstaben, den sowjetischen Stempel und fragte schließlich, wieso ihre Visa keine zeitliche Begrenzung für Russland hätten.

»Wir bleiben länger«, erwiderte Rainer, »wir wollen das ganze Land erkunden und dann für Deutschland einen großen Reisebericht darüber schreiben.«

Der Beamte starrte ihn misstrauisch an, dann stempelte er wortlos den Sichtvermerk in die Pässe und gab sie Rainer zurück. Der Zöllner wies auf einen Koffer und eine Tasche, die zu öffnen seien, nickte aber bereits nach einem kurzen Blick auf den Inhalt der beiden Gepäckstücke und sagte, es sei in Ordnung. Der Zöllner wünschte ihnen eine gute Reise, die Grenzbeamten warteten schweigend auf dem Gang.

Rainer und Gudrun starrten aus dem Wagenfenster, sie

wollten den Moment erleben, an dem der Zug die Grenze überquerte, aber draußen war nichts zu sehen, kein Licht, kein Stern, keine Bewegung, kein Zeichen.

Der polnische Schlafwagenschaffner half ihnen in Eydtkuhnen, er reichte ihnen das Gepäck aus dem Wagen, und sie gingen hinüber zu dem Zug der sowjetischen Staatsbahn auf den Breitspurgleisen.

Zweiter Teil

1. Kapitel

Lilija stand bereits auf dem Bahnsteig des Weißrussisch-Baltischen Bahnhofs. Sie half ihnen, das Gepäck auszuladen, dann umarmten sie sich. Lilija war mit dem Wagen gekommen, einem Amo, einem der ersten sowjetischen Autos. Der Chauffeur hatte sie auf den Bahnsteig begleitet, nahm die beiden Koffer auf und ging ihnen voran zum Auto.

»Wir fahren in die Stoljeschnikow Pereulok, dort habe ich für euch eine Wohnung. Ein Zimmer, um genau zu sein, mit einer Kochnische. Die Wohnung gehört einem Freund von der Geologischen Fakultät, der eine Kommandierung nach Nowosibirsk erhielt. Für ein halbes Jahr, vielleicht für ein ganzes, könnt ihr dort unterkommen. Da habt ihr großes Glück. In Moskau gibt es fast alles, aber keine freien Zimmer. Mit einer Arbeit sieht es für euch nicht so gut aus. Rainer sollte bei der deutschen Zeitung vorbeischauen, ich habe mit einem der Redakteure gesprochen, ich gebe euch nachher den Zettel mit allen Namen und Adressen. Vielleicht kann Rainer für die *Deutsche Zentral-Zeitung* schreiben.«

»Eine deutsche Zeitung? In Moskau?«, erkundigte sich Rainer überrascht.

»Ja. Es ist sogar eine Tageszeitung. Hier leben Tausende, ach was, Hunderttausende von Emigranten aus Deutschland und Österreich, die wenigsten können Russisch, also haben sie eine eigene Zeitung. Vielleicht hast du Glück, und sie können dich gebrauchen. Aber die Chancen sind gering, unter den Emigranten sind zu viele Intellektuelle, zu viele Autoren. Vermutlich jeder zweite.

Und dann habe ich dir noch die Adresse der *Bibliothek für ausländische Literatur* aufgeschrieben, die ist ganz in der Nähe von euch, möglicherweise gibt es da etwas, aber mit denen habe ich nicht gesprochen. Und wir haben einen deutschen Verlag oder vielmehr einen fremdsprachigen, den *Verlag ausländischer Arbeiter in der UdSSR*. Das wäre noch eine Chance für dich, in einem Lektorat zu arbeiten. Wir werden sehen. Für Gudrun habe ich noch gar nichts gefunden, aber ihr habt eine Wohnung und verhungern werdet ihr nicht. Lernt rasch Russisch, dann sehen wir weiter. In der Neglinnaja-Straße, das ist nicht weit von eurer Wohnung, gibt es Russisch-Kurse für die Emigranten, ich habe euch dort schon angemeldet. Die Adresse steht auch auf dem Zettel. Die Kurse gibt es den ganzen Tag, solange ihr noch nicht arbeitet, könnt ihr dort schon ab zehn Uhr morgens zum Unterricht gehen. Macht das, das ist das Wichtigste für den Anfang. Ohne Sprache seid ihr taub und stumm.«

»Gibt es in Moskau christliche Sozialisten?«, erkundigte sich Gudrun.

Lilija lächelte nachsichtig: »Nein, ich glaube nicht, ich habe nie davon gehört. Ich denke, politisch gesehen ist das unmöglich.«

»Politisch gesehen? Das verstehe ich nicht, Lilija. Was heißt das?«

»Wir sprechen noch darüber. – So, das ist die Stoljeschnikow Pereulok, und dort, an der Ecke Petrowka, dort ist eure Wohnung. Euer Zimmer. – Andrej, sei so lieb, und trag du die Koffer. Die beiden Hübschen waren fünfzig Stunden lang unterwegs und sind sicher todmüde, und es geht vier Treppen hoch bis unters Dach.«

In der Abenddämmerung wirkten die zwei- und dreigeschossigen Häuser der Stoljeschnikow düster und niederdrückend, vernachlässigt und heruntergekommen. Offenbar hatten sie in der Armengegend von Moskau eine Unterkunft bekommen, im Proletarierviertel. Die Straße erinnerte sie an das Berliner Scheunenviertel, an die Mulackstraße, an die Gegend mit der Obdachlosenunterkunft in der Krausnickstraße, in der Rainer Trutz an seinen ersten Tagen in Berlin hausen musste. Auf dem Bürgersteig lag ein endlos langes, verdrecktes Rohr für eine Abwasserleitung, wie Lilija sagte, das man in Kürze gegen die verrostete Rohrleitung austauschen würde, sie mussten mit dem Gepäck über das Rohr steigen, da erst nach hundert Metern ein unbehinderter Übergang zu sehen war.

Vor dem Hauseingang blieb Gudrun stehen und wies auf die hell erleuchteten Fenster des Hauses: »In jedem Zimmer ist Licht. Wohnt denn in jedem Zimmer jemand?«

Lilija lachte auf: »Nicht nur jemand, in jedem Raum lebt eine ganze Familie. In Moskau lebt man etwas beengt. Zu viele wollen hier wohnen, sie kommen aus allen Teilen der Union, um hier Arbeit zu finden.«

»Und was sind das für Leute?«

»Alle möglichen Nationalitäten. Und viele Künstler. Die Stoljeschnikow ist dafür bekannt, dass sich dort Künstler ansiedeln. Nicht die arrivierten, die findet ihr am Arbat, hier haben sich die jungen und aufsteigenden Talente versammelt. Ihr werdet sie sehen, ihr werdet sie kennenlernen.«

»Künstler? Hier? Das Viertel sieht nicht eben sehr anregend aus. Alles ist grau und überall sind Schäden am Mauerwerk.«

»Das ist das Moskau von gestern. Im nächsten Fünfjahresplan wird die Stadt umgestaltet, da werdet ihr sie nicht mehr wiedererkennen. Wenn ihr das Moskau von morgen schon heute sehen wollt, dann müsst ihr unter die Erde.«

Lilija lachte, da die beiden sie erschrocken ansahen.

»Unsere Metro-Stationen werden als wahre Paläste gebaut, hell, leuchtend, schon heute unser ganzer Stolz. In zwei Jahren wird die erste Linie eröffnet. Das ist das Moskau von morgen.«

Im ausgebauten Dachgeschoss gab es vier Wohnungstüren, zum neuen Quartier von Gudrun und Rainer Trutz führte eine ramponierte Eingangstür, an der sich wohl einmal Einbrecher mit einem Stemmeisen zu schaffen gemacht hatten. Lilija schloss die Tür auf, überreichte ihnen die Schlüssel für die Haustür und die Wohnung und lud sie mit einer ausladenden Geste ein, ihr neues Domizil zu betreten. Im Zimmer standen zwei Betten, ein quadratischer Holztisch mit vier Stühlen und ein uralter Schrank mit Türen, die im Stil ukrainischer Bauernmalerei bemalt waren, das einzige Prachtstück in der Unterkunft. Es gab nur ein Fenster in dem Raum, ein schräges Dachfenster, darunter stand ein Küchenbord mit einem kleinen, gusseisernen Spülbecken. Auf dem Bord war ein Samowar zu sehen und daneben ein Tablett mit zwei zierlichen Teetassen und einer neuen, noch ungeöffneten Teebüchse, ein paar Teller, Gläser und weitere Tassen sowie Besteck.

»Die Wohnung ist fast völlig leer«, sagte Lilija bedauernd, »mein Geologiedozent hat seinen gesamten Hausstand nach Nowosibirsk mitgenommen. Den Samowar und das Geschirr habe ich euch reingestellt, und ihr werdet auch etwas Wäsche im Schrank finden, Bettwäsche und Handtücher. Die Wohnung müsst ihr euch nach und nach einrichten, das Nötigste aber ist vorhanden.«

»Wir wissen gar nicht, wie wir dir danken können«,

erwiderte Rainer verlegen. Er öffnete den Koffer, entnahm ihm drei Bücher, die er am Tag der Abreise aus Berlin auf dem Bürgersteig vor der Stadtbibliothek in Charlottenburg hatte heimlich einstecken können, als die Bibliothekare die Bücherei von den »Werken exemplarischer Schund- und Schmutz-Literaten« säuberten und sie für den Abtransport neben dem Eingang der Bibliothek stapelten. Eins der Bücher war von Kracauer und eins von Remarque, das dritte Buch war ein Bildband *Das Theater-Imperium*, der mit vielen Fotos die Reinhardt-Bühnen vorstellte. Rainer erzählte Lilija, wie er an die Bücher gekommen sei und was drei Tage zuvor in Berlin und in ganz Deutschland passiert war. Lilija hatte über die Bücherverbrennungen in der Zeitung gelesen, sie dankte ihm für diese kostbare Gabe.

»Diese Bücher bekommen bei mir einen Ehrenplatz. Sie sind nicht durch das Feuer gegangen, das hat Rainer Trutz verhindert. Wunderbar. Danke. – Ich werde euch jetzt allein lassen. Die erste Nacht in der neuen Wohnung, die erste Nacht in Moskau. Passt auf euch auf. Und lasst euch den Tee schmecken, er ist aus Georgien, der Schweiz des Kaukasus, und schmeckt vorzüglich. Mit dem Samowar könnt ihr umgehen? – Gut, dann verschwinde ich mit Andrej. Morgen kommt Galja zu euch. Galina ist meine Sekretärin. Sie stammt aus einer deutschen Familie und spricht noch recht gut deutsch. Sie wird euch morgen einen Tag zur Verfügung stehen, helfen, euch anzumelden und alle notwendigen Propuske zu bekommen. Ein Tag wird dafür nicht ausreichen, die russische Bürokratie hat schließlich Weltniveau, aber Galja wird euch alles erklären und zeigen. Sie kommt um zehn. Ist das recht? – Guten Abend, gute Nacht.«

Nachdem Lilija und Andrej sie verlassen hatten, schauten sie sich schweigend an, sie waren erschöpft, todmüde und glücklich. Sie legten sich auf die frisch bezogenen Betten und sahen in den schwarzen Moskauer Nachthimmel, der nur von Straßenlaternen und Autoscheinwerfern erhellt wurde. Sie sagten sich gegenseitig die russischen Vokabeln, die sie bereits beherrschten, dann lachten sie und schliefen miteinander, um danach noch einmal auf die Straße zu gehen.

An einem Ausschank in der Petrowka, einer Holzbude, in der eine alte, in mehrere Tücher gehüllte Frau hockte, tranken sie ein Glas Bier im Stehen. Rainer hob den Becher: »Nun sind wir gerettet, Gudrun, wir sind in Sicherheit. Alles andere wird sich finden. Ich werde wieder anfangen zu schreiben, und du kannst möglicherweise bei der Gewerkschaft arbeiten. Auch wenn es hier keine christlichen gibt, Gewerkschaften muss es in einem Staat der Arbeiter und Bauern reichlich geben. Auf Moskau! Auf uns!«

»Und auf Lilija«, erwiderte sie.

Galina Leonardowa kam kurz nach zehn mit einem schweren, schwarzen, noch warmen Brot zu ihnen. Sie war Anfang zwanzig, in Moskau geboren, wie sie erzählte, ihre Familie lebe schon seit über eineinhalb Jahrhunderten in Moskau. Ihr Ururgroßvater sei aus Reutlingen nach Russland gegangen, nach St. Petersburg, und habe dort ein Textilunternehmen gegründet, und dann seien seine Kinder und seine Enkel in Russland geblieben. Nun lebe die Familie schon in der fünften Generation hier, viele sprächen kaum noch deutsch, ihre Mutter nicht, der Vater kein einziges Wort, aber der sei auch Russe, sie selbst habe die Sprache bei der Großmutter gelernt. Deutschland kenne sie kaum, war nur einmal für drei Wochen dort und freue sich daher, mit ihnen deutsch zu reden, da sie daheim und mit ihrem Freund Igor allweil russisch schwätze, wie sie sich in ihrem altertümlichen Schwäbisch ausdrückte. Die beiden sollen sie Galja nennen, sie würde sie auch mit dem Vornamen und mit du ansprechen.

Für Galja gab es alle Augenblicke einen Grund, laut zu lachen, und mit ihrer guten Laune steckte sie die beiden an, so dass dieser erste Tag in der großen, fremden Stadt, obwohl sie mehrere Stunden in Amtsstuben saßen oder anstanden, sehr vergnüglich verlief und sie am Abend den Abschied von Galja bedauerten. Sie versprach ihnen vorbeizuschauen, wann immer sie dafür Zeit habe, und möglicherweise gebe Lilija, ihre wunderbare Chefin, ihr nochmals den Auftrag, ihnen einen Tag beizustehen.

»Schaut bei mir vorbei, wenn ihr in der Nähe unseres Hauptkomitees seid. Einen Tee und Knusperchen habe ich reserviert für euch. Von mir selbst gebackene Knusperchen, wenn das für euch nicht abscheußlich ist.«

In den folgenden Tagen gingen sie jeden Morgen für drei Stunden zum Russisch-Unterricht in der Neglinnaja-Straße zwölf, danach machten sie sich mit der Stadt vertraut. Sie fuhren mit dem Bus zum neu errichteten *Haus an der Uferstraße*, das auf einer künstlichen Insel am Ufer der Moskwa stand und bis zum Kreml reichte und in dem die Regierungsmitglieder und hohen Funktionäre ihre privaten Wohnungen hatten, weshalb sie den Komplex nicht betreten durften und schon weit vor dem prächtigen Gebäude von wortkargen Männern der Miliz zurückgewiesen wurden. Allein den Block zu umrunden dauerte eine Stunde. Einen langen Tag bis in die Nacht verbrachten sie auf dem Roten Platz, bewunderten den Kreml, die prächtige weiß-rote Kasaner Kathedrale mit ihren vergoldeten Türmen, sahen die Besucherschlangen vor dem neuen, dem dritten Lenin-Mausoleum aus dunkelrotem Granit und verbrachten Stunden im staatlichen Kaufhaus GUM.

Mit Lilija telefonierten sie täglich, um zu hören, was sie für die beiden erreicht habe, und um ihr zu erzählen, was sie erlebt hatten. Am vierten Moskauer Tag, einem Mittwoch, hatte Lilija Rainer bei Richard Großner, einem Redakteur der *Deutschen Zentral-Zeitung*, angemeldet. Großner begrüßte ihn freundlich, duzte ihn gleich und erkundigte sich nach seinen ersten Eindrücken in der Hauptstadt der Arbeiter aller Länder. Er fragte ihn über Deutschland aus, das er vor zwei Jahren verlassen hatte, und wollte wissen, für welche Zeitungen Rainer in Berlin gearbeitet habe. Rainer erzählte, er habe als freier Mitarbeiter für den *Berliner Lokal-Anzeiger* geschrieben. Die *Weltbühne* erwähnte er nicht, er hatte dort nur einen einzigen Artikel veröffentlicht, zu wenig, um bei dem Moskauer Redakteur Eindruck zu machen.

»Und unsere Zeitungen?«, fragte Großner, »*Die Rote Fahne*, *Der Kämpfer*, die *Tribüne*, die *Neue Zeitung*? Hast du denn nicht für unsere Zeitungen geschrieben?«

»Nein, veröffentlicht habe ich nur im *Lokal-Anzeiger.*«

»Seltsam. Oder war das ein Parteiauftrag, ausschließlich in der bürgerlichen Presse zu schreiben?«

Rainer schüttelte den Kopf: »Nein, ich war damals neu in Berlin und hatte keinerlei Verbindungen.«

»Keine Verbindungen?«, Großner schüttelte verärgert den Kopf. »Du hattest die Partei. Damit hattest du die Verbindungen, die ein Genosse braucht.«

»Ich bin kein Genosse, ich gehöre keiner Partei an.«

»Wie bitte?«, herrschte ihn Großner scharf an.

»Ich bin in keiner Partei.«

»Aber wieso denn? Wieso kommst du dann zu mir? Weiß Lilija Simonaitis denn das?«

»Ich denke schon. Wir hatten allerdings nie darüber gesprochen.«

»Wieso schickt sie dich zu mir? Was willst du denn hier, wenn du nicht in der Partei bist?«

»Ich wollte wieder als Journalist arbeiten. Wie in Berlin. Ich dachte, wenn Sie sehen, dass ich ein guter Journalist bin und schreiben kann, könnte ich bei Ihnen arbeiten.«

»Ein guter Journalist? Weißt du, wie viele Emigranten aus Deutschland und Österreich im Moment in Moskau leben? Dreitausend. Und jeder zweite von ihnen ist so etwas wie ein Autor, ein Journalist, ein Schriftsteller. Wenn ich die alle einstellen wollte, hätte ich die größte Zeitungsredaktion der Welt.«

»Lassen Sie mich einen Monat zur Probe arbeiten. Ohne Bezahlung. Dann werden Sie sehen, ob ich ein guter Journalist für die *Deutsche Zentral-Zeitung* wäre.«

»Wie willst du denn ein guter Journalist sein, wenn du nicht in der Partei bist? Zierliche Häkeleien verfassen, putzige Blümchenmuster, wie sie die bürgerliche Presse liebt? So etwas brauchen wir nicht. Diese Journalisten von der *Weltbühne* und der *Fackel*, das sind nette Leute, ein bisschen links, ein bisschen proletarierfreundlich, aber da fehlt der richtige Zugriff, das klare Bekenntnis, der Einsatz für unsere Sache. Wie der große Heine, der Freund von Karl Marx, mal richtig schrieb: Sie schreiben ästhetisch am Teetisch über Liebe mit Gefühl, oder so ähnlich. Nein, Junge, in unserer Presse häkeln und stricken und klöppeln wir nicht, da machen wir Politik. Und da bist du hier an der völlig falschen Adresse. Stilistische Verzierungen, ausstaffiertes Geschreibsel, um bürgerliche Damen zu entzücken, das ist nicht unsere Aufgabe. Hier herrscht Klassenkampf, verstehst du, jeden Tag, jede Stunde, in jedem Redaktionszimmer. – Und nun mach, dass du verschwindest. – Wie konnte Lilija Simonaitis dich nur zu mir schicken! Was hast du ihr denn vorgeflunkert? Dass du in Deutsch immer Eins plus hattest, wie? Und nun hau ab.«

Deprimiert wanderte Rainer am Spätnachmittag durch das für ihn grauer gewordene Moskau. Auf den Bürgersteigen drängten sich müde Moskauer, sie kamen von der Arbeit und suchten die Geschäfte ab, um sich dann klaglos und geduldig in eine Menschenschlange einzureihen, stundenlang vor einer Ladentür auszuharren, um Lebensmittel und den vielfältigen Alltagsbedarf zu erwerben, immer in der Furcht, es könne, bevor sie an der Reihe seien, die Ansage einer der Verkäuferinnen ertönen: Für heute alles ausverkauft, Genossen, kommt morgen wieder. Rainer schob sich langsam durch die ihm entgegenflutenden Massen, wurde angerempelt und beschimpft, doch kaum einer wandte den Blick von den Schaufensterscheiben, um sich nichts entgehen zu lassen und hinter den Glasscheiben vielleicht etwas zu entdecken, ein begehrtes Stückchen Glück, eine Köstlichkeit, einen Moment von Luxus oder sei es nur eine von allen anderen übersehene Tüte mit dem Mehl *Erste Sorte*. Rainer hatte kein Auge für die kärglichen Angebote in den Geschäften, spürte nicht die Anrempeleien, hörte nichts von den bösen Bemerkungen der Hauptstädter, die den mit gesenktem Kopf trottenden jungen Mann als Provinzler beschimpften und, da er erkennbar kein Russe war, einen polnischen Bettler und Tagedieb nannten.

Gudrun erwartete ihn daheim. Er sagte ihr, die Zeitung werde ihn nicht einstellen, es gäbe von Leuten wie ihm mehr als genug in Moskau. Bevor er weitersprechen konnte, sagte Gudrun, sie müsse mit Lilija sprechen, sie wolle deren Telefonnummer, und als er nachfragte, wieso, sagte sie ihm, sie brauche einen Arzt, einen Frauenarzt. Auf seine besorgten Nachfragen ging sie nicht ein, sagte nur, es sei eine Frauensache, schrieb sich Lilijas Nummer auf, suchte in ihrer Manteltasche nach Kopeken und verließ die Wohnung. Die unermüdlich für sie sorgende Lilija bekam dank ihrer Beziehungen, für die Gudrun sie schon in Berlin bewundert hatte, innerhalb von zwei Stunden einen Arzttermin für kommenden Montag, und zwar bei einer Spezialistin der Gynäkologischen Abteilung im *Ersten Moskauer Medizinischen Institut.* Gudrun erzählte es erleichtert, war aber trotzdem nicht bereit, dem besorgten Ehemann etwas von ihrem Problem oder ihren Sorgen zu erzählen, obgleich er das ganze Wochenende über sie immer wieder nach dem Grund für den überraschenden Arztbesuch fragte.

Am Montag ging Gudrun nach dem Russisch-Unterricht in die Gynäkologische Abteilung der Universität und Rainer sprach im *Verlag ausländischer Arbeiter in der UdSSR* vor. Er hatte sich zuvor angemeldet und wusste, dass Lilija mit dem deutschen Lektorat des Verlages gesprochen hatte. Drei Stunden musste er warten, bevor ihn ein älterer Lektor empfing, der unüberhörbar aus der alten Buchstadt Leipzig stammte. Er hörte sich Rainers Bitte an und fragte nach seinen Qualifikationen. Rainer sagte, er sei Schriftsteller, er habe vor Hitlers Machtergreifung zwei Romane im *Verhelst-Verlag* veröffentlicht und Buchrezensionen für Zeitungen verfasst. Der alte Mann kannte den kleinen Berliner Verlag nicht, auch von den Romanen eines Rainer Trutz hatte er nie gehört.

»Waren Sie Mitglied eines Schriftstellerverbands?«, erkundigte er sich. »Vielleicht in der einen oder anderen Sektion im *Bund proletarisch-revolutionärer Schriftsteller*, bei der *Arbeiterkorrespondenzbewegung* oder beim bürgerlichen Flügel? Haben Sie in der *Linkskurve* veröffentlicht?«

Rainer schüttelte den Kopf.

Der Lektor sah ihn bekümmert an: »Und was haben Sie sich vorgestellt, Herr Trutz? Sie sind kein Lektor mit Berufserfahrung, kein Korrektor, für Übersetzungen sind Ihre Sprachkenntnisse völlig mangelhaft. Ich wüsste nicht, wo wir Sie hier einsetzen könnten. Auch in der Druckerei wird man Sie nicht beschäftigen können, das sind dort alles Fachleute, viele Emigranten, denn die deutschen Drucker bildeten in Deutschland immer die gewerkschaftliche Elite und darum mussten viele von ihnen flüchten. Nein, Herr Trutz, tut mir leid, mit Ihren zwei kleinen Romanen, von denen hierzulande noch nie einer etwas gehört hat, haben Sie noch kein Billet d'entrée für unseren Verlag. Um eine Ausnahme von der Regel zu machen, müssten Sie dem Moskauer Schriftstellerverband eine imposantere Lebensleistung vorlegen, was in Ihrem Alter natürlich unmöglich ist. Wissen Sie, wie viele deutschsprachige Autoren in Moskau ihr Auskommen suchen?«

»Dreitausend«, antwortete Rainer.

»Nein, nein, aber dreihundert sind es sicherlich. Alle wollen schreiben, wollen gedruckt werden, das ist für Emigranten schwierig. Und denken Sie immer daran, Sie haben sich aus Deutschland retten können, man hat Sie hier aufgenommen, das hat nicht jeder geschafft.«

»Und was könnte ich tun?«, fragte Rainer. »Wo könnte ich eine Arbeit finden? Denn ich brauche eine.«

»Arbeit gibt's in Moskau überall. Melden Sie sich in Ihrem Stadtbezirk, gehen Sie zur Kontrollstelle, fragen Sie bei der lokalen Arbeiter- und Bauerninspektion. Man wird Ihnen Arbeit geben, in Moskau oder anderswo. Ein Land, das gerade aufgebaut wird, braucht junge, kräftige Männer. Oder scheuen Sie körperliche Arbeit?«

»Ich wollte schreiben ...«

»Ja, das sollen Sie, das können Sie, aber nach der Brotarbeit. Wir sind im Exil, wir müssen nehmen, was man uns anbietet. Was man uns freundlicherweise zugesteht. Grüßen Sie Lilija und freuen Sie sich, dass Sie einen solchen Menschen wie Lilija haben, der sich um Sie sorgt.«

Daheim fand er Gudrun tränenüberströmt vor. Für Momente brachte er keinen Ton heraus, die Angst, ihr sei etwas Schreckliches zugestoßen, lähmte ihn. Er stotterte, selbst den Tränen nahe, und fragte sie, was mit ihr sei. Sie hob den Kopf, die Tränen rannen aus beiden Augen, sah ihn glückselig an und sagt: »Wir bekommen ein Kind, Rainer, wir bekommen ein Baby.«

Ihr Mann, der soeben noch eine fürchterliche Hiobsbotschaft erwartet hatte, eine Nachricht über eine schlimme und vielleicht unheilbare Krankheit, brauchte Sekunden, ehe er verstand.

»Ein Kind?«, sagte er dann fassungslos. »Wir bekommen ein Baby?«

Gudrun nickte glücklich: »Ja. Im Januar. Im Januar haben wir ein Baby. Im Januar sind wir zu dritt.«

Sie erzählte, dass ihre Regel ausgeblieben war und sie anfänglich glaubte, das sei den Aufregungen in Berlin geschuldet, dem Wirrwarr bei ihrer Flucht und den Aufregungen vor und nach der langen Reise, aber nun habe ihr die Ärztin, mit der sie sich auf Englisch unterhalten hatte, gesagt, sie sei im zweiten Monat, alles sehe bei ihr wunderbar aus und sie solle auf sich aufpassen. In vier Monaten solle sie sich wieder am *Medizinischen Institut* vorstellen, sie hätten dort auch drei deutsche Ärzte und mehrere deutschsprachige, sie könne sich also unbesorgt auf ihr Baby freuen und der Gynäkologischen Abteilung vertrauen.

»Ein Baby?«, wiederholte Rainer ungläubig. »Aber wieso denn?«

»Wieso, fragst du«, sagte Gudrun und lachte laut auf, »vielleicht erinnerst du dich noch an das eine oder andere. Dabei entstehen Babys, so ist das nun mal eingerichtet.«

Sie zog ihn zu sich und umarmte ihn: »Freust du dich?«

»Ich bin noch gar nicht ..., ich weiß gar nicht, was ich sagen soll. An ein Baby habe ich überhaupt noch nicht gedacht. Können wir uns denn ein Baby leisten? Wir haben keine Arbeit, überall, wo ich hingehe, bin ich falsch am Platz oder unerwünscht. Wie sollen wir ein Baby ernähren, wenn wir nicht einmal wissen, wie und wovon wir leben sollen? Ich weiß nicht, Gudrun, aber ein Baby, das ängstigt mich. Das schaffen wir nicht, Gudrun, noch nicht. Wie sollen wir ein Baby ernähren?«

»Ich werde es stillen, so werden Babys ernährt, da muss sich der Papa gar nicht darum kümmern. Das macht allein die Mama. – Mensch, Rainer, freu dich doch!«

Er ließ sich auf den Stuhl fallen, streckte die Beine weit von sich und sah Gudrun lange an. Endlich lächelte er und sagte vor sich hin: »Ein Baby. Ich werde Vater. Ich bekomme ein Kind. Was für ein Wunder.«

»Nein, Rainer, das Kind bekomme ich, nicht du. Du spielst dabei kaum eine Rolle. Oder nur eine ganz kleine. Eine winzig kleine.«

»Können wir mit dem Baby hier wohnen bleiben?

Wird das nicht zu eng? Wir brauchen ein zweites Zimmer, mindestens. Und eine kleine Badewanne.«

»Ach, Rainer, wir dürfen froh sein, wenn wir weiter hier bleiben können. Du hast doch gesehen, wie beengt in Moskau alle wohnen. Die Familien mit Kind, sogar mit zwei Kindern, die haben alle nur ein Zimmer. Wir richten uns hier ein mit dem Baby. Anfangs schläft es sowieso bei mir im Bett, ich will es doch spüren, Tag und Nacht. Dann kaufen wir ihm ein Bettchen oder du baust ihm eins.«

Sie träumten den Abend über bis in die späte Nacht hinein von ihrem Leben mit einem Kind, einem Baby. Rainer war fest entschlossen, innerhalb von drei, vier Tagen eine Arbeit aufzunehmen, irgendeine. Gudrun wollte als Putzfrau gehen, das würde sie auch mit ihren geringen Sprachkenntnissen schaffen, doch Rainer war besorgt, die schwere Arbeit, das Bücken und Sich-Recken bei der Hausarbeit könnte dem Kind schaden, sie solle versuchen, sich eine körperlich weniger anstrengende Tätigkeit zu suchen, am besten sei eine Arbeit in einem Büro. Vielleicht gebe es eine deutsche Firma in Moskau, die eine deutschsprachige Mitarbeiterin suche, deren Russisch noch mangelhaft sei. Dann dachten sie sich Namen aus, Mädchennamen, Jungennamen. Beiden war ein Junge ebenso recht wie ein Mädchen, doch kurz vor Mitternacht meinte Rainer, er wünsche sich ein Mädchen, und dann legte er seinen Kopf auf ihren Bauch und sprach mit dem Baby, mit seinem kleinen Mädchen.

Am nächsten Tag besuchte er nach dem Sprachunterricht Lilija in ihrem Büro im *Glawrepertkom*, dem Hauptkomitee zur Kontrolle des Schauspiels und des Repertoires, aber sie war nicht da und Galja sagte ihm, sie hätte nach Odessa fahren müssen, und fragte, ob sie es denn ihnen nicht gesagt hätte. Rainer gestand, sie habe es ihm erzählt, er habe es vergessen, und dann erzählte er Galja von seinen Misserfolgen bei der Arbeitssuche und von Gudruns Schwangerschaft.

»Ich brauche Arbeit, irgendeine. Ich muss Geld verdienen, Galja, ich werde Vater.«

Galja küsste ihn und gratulierte. Dann sagte sie, Lilija, die liebe Lilija, sei etwas zu optimistisch gewesen, sie habe sich halt zu lange im Ausland aufgehalten. Sie selbst, Galja, habe nie geglaubt, dass Rainer bei der deutschen Zeitung oder dem deutschen Verlag in Moskau arbeiten dürfe, da sei alles streng reglementiert, da werde jeder durchleuchtet und geröntgt, bis alles, aber auch wirklich alles sichtbar ist, da würde selbst sie nicht eingestellt werden, obwohl sie in der Partei sei. Ein parteiloser Deutscher, nein, das sei unmöglich, Lilija habe wieder einmal über der Realität geschwebt.

»Und was soll ich tun? Kannst du mir einen Rat geben? Wo kann ein parteiloser Emigrant in Moskau eine Arbeit bekommen? Ein Mann aus der Rubrik: progressiver deutscher Schriftsteller ohne Parteizugehörigkeit?«

Galja lachte: »Ja, das ist typisch für Lilija. Sie glaubte, dich in dieser Rubrik gut unterzubringen, aber das klingt in den Ohren unserer Kulturadministration gar nicht gut. Das klingt nach Freigeisterei, und das ist politisch gesehen die Rubrik für zweifelhafte Elemente, bedenklich, zwiespältig, unentschieden. Bemühe dich, in eine andere Rubrik zu kommen.«

»Was soll ich tun?«

»Ich könnte mit einer alten Schulfreundin sprechen, sie ist in der Kaderabteilung Metro, die können immer Leute gebrauchen.«

»Und was hätte ich da zu tun? Eine U-Bahn zu fahren?«

Galja lachte: »Nein, so weit sind wir noch nicht. Der zweite Fünfjahresplan hat die Eröffnung der *Sokolnitscheskaja-Linie*, der *Linie Eins*, für Mai 1935 vorgesehen. Und dann wird jeder Zugführer unserer kostbaren Metro ganz gewiss ein Parteimitglied sein. Bei der Metro wird es körperliche Arbeit sein, schwere Arbeit, geht das in Ordnung für dich?«

Rainer nickte bekümmert.

»Dafür bekommst du aber auch als Metro-Erbauer die besseren Lebensmittelkarten. Ich werde meine Freundin Tonja fragen. Warte, ich rufe sie gleich an.«

Sie setzte sich an ihren Schreibtisch und griff zum Telefon, sie sprach fast fünf Minuten mit jemandem, Rainer verstand nur ein paar Worte, zu wenig, um dem Gespräch folgen zu können. Dann nahm Galja den Hörer vom Ohr und fragte Rainer, ob er bereit sei, als Transportarbeiter im Zwei-Schicht-System zu arbeiten, dort könnte Tonja ihn unterbringen, und zwar sofort. Wenn er einverstanden sei, sollte er sich noch heute in der Zentrale melden und werde umgehend eingewiesen.

»Als Transportarbeiter?«, fragte Rainer beunruhigt.

»Ja, Loren beladen, Loren schieben, Kabel verlegen, Rohre transportieren, alles was beim Bau einer Metro zu tun ist.«

»Soll ich das machen, Galja?«

»Du hättest sofort Arbeit. Und es ist eine Ehre, beim Bau unserer ersten Metro-Linie beteiligt zu sein.«

Rainer nickte unentschlossen und sagte nach einem Moment des Zögerns zu. Die Vorstellung, nun wieder mit Schippe und Schaufel arbeiten zu müssen wie damals auf dem Bauernhof seines Vaters in Busow, behagte ihm nicht, aber er sah ein, dass es keine andere Möglichkeit gab, er brauchte Geld, Geld für Gudrun, für das Baby.

Galja nahm den Hörer ans Ohr und sprach weiter mit ihrer Freundin, wobei sie etwas auf einen Zettel schrieb, den sie ihm nach dem Ende des Telefonats reichte.

»Hier ist die Adresse der Zentrale. Du meldest dich dort und verlangst den Genossen Foma Pawlowitsch Kolesnikow, er weiß Bescheid. Mit ihm kannst du sogar deutsch sprechen, er hatte vor dem Krieg eine Kommandierung nach Deutschland. Aber nimm deine Papiere mit, Passport und alle Dokumente, die dir von unseren Ämtern ausgestellt wurden. Ohne Papiere bist du kein Mensch, sondern nur ein Individuum.«

»Danke, Galja.«

»Grüß Gudrun von mir, du Papa. Ich melde mich bei euch. Mit einem Strampelanzug.«

Sie schüttete sich aus vor Lachen und umarmte ihn.

2. Kapitel

Zur Zentrale fuhr Trutz mit einem Bus, der zu dieser Zeit nicht mehr total überfüllt war. Er fragte nach Foma Pawlowitsch Kolesnikow, der Pförtner verlangte seinen Passport, gab ihm einen Passierschein, den Propusk, notierte die Zimmernummer auf einen Zettel, da er bemerkte, dass Rainer Schwierigkeiten mit der russischen Sprache hatte, und schickte ihn daraufhin in den zweiten Stock.

Der Schichtleiter Kolesnikow war ein korpulenter Mann im Rentenalter, dem ein Ohr und der rechte Wangenknochen fehlten, eine dicke rote Narbe zog sich über die gesamte Gesichtshälfte. Zwischen den Lippen, im linken Mundwinkel, steckte eine unangezündete Papirossa, die er auch nicht herausnahm, als er mit Rainer sprach. Sie konnten sich tatsächlich auf deutsch verständigen.

Kolesnikow sah sich die Papiere an, die Rainer ihm vorgelegt hatte, blätterte sie durch und fragte nach dem Komsomolausweis und der Identifikationskarte der Gewerkschaft. Als er hörte, Rainer Trutz gehöre beiden Organisationen nicht an, schob er ihm einen Aufnahmeantrag für die Gewerkschaft zu, den er auszufüllen und noch am nächsten Morgen bei ihm vorbeizubringen habe. Er sagte ihm, er würde ihn der Brigade *Karl Marx* zuteilen, die an der künftigen Endstation der *Roten Linie* eingesetzt sei, der Station *Kulturpark*. Das sei eine internationale Brigade, in ihr würden Deutsche, Österreicher, Italiener und Tschechen arbeiten. Die Brigade *Karl Marx* sei für die Verladearbeiten eingeteilt. Im Stützpunkt *Kulturpark* bekomme er die Arbeitsbekleidung, diese sei

Staatseigentum und müsste entsprechend behandelt werden. Der Lohn werde alle zwei Wochen ausgezahlt, für gute Arbeit gebe es Prämien, und einmal im Monat, dazu hätten sich die Komsomolzen der Brigade *Karl Marx* wie die aller anderen Brigaden verpflichtet, würden alle einen freiwilligen Arbeitseinsatz leisten, einen Subbotnik. Er erwarte, dass auch Rainer sich freiwillig am Subbotnik der Helden von Moskau beteilige, zumal die Brigade *Karl Marx* die Lebensmittelkarte *Erbauer der Metro* bekäme, die reichhaltiger sei als die üblichen Karten in Moskau, geradezu luxuriös wäre sie. Der Brigadier, bei dem er sich am kommenden Montag um sechs Uhr früh zu melden habe, heiße Leopold Stadler, habe in Wien bei der Roten Hilfe und der Gewerkschaft gearbeitet und lebe seit zwei Jahren in Moskau.

Rainer war mit dem russischen Geld und den Preisen in den Geschäften so weit vertraut, dass er wusste, mit dem Wochenlohn und den Lebensmittelkarten könnten sie zu zweit auskommen, allerdings würden sie sich einschränken müssen wie zuletzt in Berlin, solange Gudrun keine Arbeit habe oder später wegen ihrem Baby daheim bleibe.

Kolesnikow zündete sich seine Papirossa an und schob Rainer einen Arbeitsvertrag und drei weitere Papiere zu. Er sagte ihm, er könne den Vertrag und die drei Verpflichtungen, die jeder Metro-Erbauer zu unterschreiben habe, mit Stadlers Hilfe ausfüllen und sie dann bei Stadler auch abgeben.

»Montag um sieben ist Arbeitsbeginn an der Baustelle *Kulturpark*, der große Holzturm ist nicht zu übersehen. Du kommst eine halbe Stunde eher, dann erhältst du von Stadler das Dokument für die Arbeitskleidung und er wird dich einweisen. Lebensmittelkarten wird er dir auch am Montag geben, das haben wir für unsere Metro-Leute durchgesetzt, denn sonst müsstest du warten, bis das Büro für Lebensmittelkarten die vorgeschriebene Bescheinigung genehmigt, und das kann Wochen dauern. Den ersten Lohn gibt es in zwei Wochen.«

Kolesnikow drückte die Zigarette in einem riesigen Aschenbecher aus und griff nach der *Prawda*, das Gespräch war beendet.

Rainer dankte ihm und verabschiedete sich. Niedergeschlagen machte er sich auf den langen Weg nach Hause. Die Straßenschilder zu lesen bereitete ihm keine Mühe mehr, und das Stadtbild von Moskau hatte er sich an Hand des zehn Jahre alten Stadtplans, ein neuerer, ein aktueller war nicht zu kaufen, und seiner Spaziergänge eingeprägt. Er lief durch die Herzenstraße, über den Platz vor der Manege und am Gitter des Alexander-Gartens entlang, wo er sich bei einer auf einem Schemel hockenden alten Frau eine mit gehacktem Kohl gefüllte Pirogge kaufte und sich auf eine der eisernen Einfassungen setzte, um sie zu essen. Dann ging er, tief in Gedanken versunken, weiter bis zum Troitzki-Tor. Er würde an der Metro mitarbeiten, nach der Schicht nachmittags oder nachts todmüde ins Bett fallen, unfähig, noch irgendetwas zu tun, das Schreiben wäre für ihn vorbei. In sieben Monaten hätte er ein Kind, für das er sorgen müsste, mit dem zusammen er in ihrem einzigen Zimmer leben würde, so dass er keinen Moment Ruhe und Muße zum Nachdenken oder gar Schreiben finden würde. In diesem Moment sehnte er sich nach Berlin, nach den Abenden in einem der Berliner Theater, nach dem *Café Größenwahn* und dem *Schwimmerbassin* im *Romanischen Café*. Doch dann dachte er an Joochen Verhelst, an seinen Lektor Simon Zweig, an den Redakteur Spannhake vom *Lokal-*

Anzeiger, und seine Sehnsucht verflog so rasch, wie sie über ihn gekommen war. Wir haben unser Leben gerettet, sagte er sich, das allein zählt jetzt, irgendwann werde ich wieder schreiben, werde ich den nächsten Roman beginnen, der dann vielleicht hier in Moskau erscheint, auf Deutsch und auf Russisch im *Verlag ausländischer Arbeiter in der UdSSR*. Deprimiert zerknüllte er den Aufnahmeantrag für die Gewerkschaft, den ihm Kolesnikow aufgenötigt hatte. Ich bin ein Autor, sagte sich Rainer, ich bin kein Arbeiter, der eine Gewerkschaft braucht, sondern ein freier Schriftsteller, der irgendwann seinen nächsten Roman schreibt.

Als er daheim ankam, war Gudrun nicht in ihrer Ein-Zimmer-Wohnung, doch hatte sie für ihn eine Nachricht hinterlassen. Von Galja habe sie den Hinweis erhalten, sie möge zur Südspitze der Jakimanka-Insel fahren, sich an der Hauptpforte der Staatlichen Süßwarenfabrik *Roter Oktober* melden und dort nach der Ingenieurin Nina Iwanowna Sórina fragen, die ihr vielleicht Arbeit verschaffen könne. Am Abend kam Gudrun glückstrahlend zurück und verkündete, sie werde als Schokoladenmädchen in der *Staatlichen Süßwarenfabrik Nr. 1* arbeiten und könne in der nächsten Woche anfangen. Nina Sorina habe ihr die Maschinen gezeigt, ihren Arbeitsplatz, und sei dann mit ihr zur Kaderleiterin gegangen, der Personalchefin, die ihr mehrere Formulare in die Hand gedrückt habe. Ihrer Arbeit stehe nichts im Wege und ab kommenden Montag werde sie die Maschinen überwachen, die Metallförmchen mit gehackten Nüssen, Trockenfrüchten und Likör füllen und dann mit flüssiger Schokolade verschließen. Die Arbeit sei völlig ungefährlich, im Gegenteil, sie sei süß, und mit ihr seien nur Frauen in der Produktionshalle. An den Duft in der Halle werde sie sich erst gewöhnen müssen, er sei schwer und süßlich. Sie werde auch in die Gewerkschaft eintreten. Nina habe sie gleich geduzt und umarmt, als sie von ihrer Gewerkschaftsarbeit in Berlin erzählte. Und sie habe ihr Russisch gelobt, bei allen Fehlern und Mängeln, sie habe eine sehr gute Aussprache, wenn sie weiterhin fleißig lerne, würde man glauben, sie sei eine Baltin.

»Und ab Montag arbeitest du in der Schokoladenfabrik?«

»Ja, Montag sieben Uhr, täglich sieben Stunden. Hier in Moskau gibt es den Sieben-Stunden-Tag.«

»Ich weiß. Habt ihr Schichtsystem?«

»Das weiß ich nicht. Am Freitag muss ich nochmals zur Kaderchefin, da muss ich alles unterschreiben und spreche noch einmal mit Nina.«

»Ich bin auch ab Montag auf Arbeit.«

»Bei der Metro?«

»Ja, die Brigade, zu der ich eingeteilt wurde, ist für Verladearbeiten zuständig. Das sind alles Emigranten, wurde mir gesagt, Deutsche, Österreicher, Tschechen und Italiener.«

»Verladearbeiten? Das heißt Schippe und Schaufel, oder? Schaffst du das?«

»Wir bekommen die Lebensmittelkarte *Erbauer der Metro*, also die für Schwerarbeiter.«

»Mensch, Rainer, du bist kein Kraftprotz.«

»Das sind die anderen Emigranten sicher auch nicht. Vermutlich alles Intellektuelle mit zwei linken Händen. Es wird schon werden, Hauptsache, ich verdiene etwas. Wir bekommen schließlich ein Baby.«

Gudrun nickte: »Wir werden es schaffen, ja. Und den Sprachkurs machen wir nach der Arbeit.«

»Oder davor. Ich arbeite Schicht.«

Die Arbeit im *Roten Oktober* war nicht anstrengend und bereitete Gudrun Spaß. Sie hatte zwei Strecken zu überwachen, um Unregelmäßigkeiten rechtzeitig zu bemerken und nach Möglichkeit zu korrigieren, ohne die Maschinen anzuhalten. Sie musste sich dann über das Band beugen und mit ihren durch Schutzhandschuhe gesicherten Fingern die Pralinen oder Schokoladenriegel richten. Bei größeren Schwierigkeiten sollte sie die Maschinen abschalten und eine Ingenieurin, in der Süßwarenfabrik arbeiteten fast ausschließlich Frauen, mittels des Alarmknopfs umgehend herbeirufen. Gudrun war von den Kolleginnen herzlich aufgenommen worden, sie war die einzige Deutsche, und alle amüsierten sich freundlich über ihr Russisch. Während der Arbeit hatte keine der Frauen auch nur einen Moment Zeit für ein Gespräch, doch sobald die Sirene zu den beiden Arbeitspausen durch die Halle schrillte, wurden die Maschinen abgestellt, die Frauen eilten zum langen Holztisch im Kulturraum und alle begannen gleichzeitig aufeinander einzureden. Es wurde geschwatzt und geschnattert, und es herrschte ein so freundlicher Ton unter ihnen, dass Gudrun ihnen bereits am dritten Tag von ihrer Schwangerschaft erzählte. Da sie die Jüngste war, bekam sie nun jeden Tag Ratschläge und wurde nicht mehr mit ihrem Vornamen angeredet, liebevoll wurde sie nur noch nascha devka-to s nachinkoy gerufen, was so viel wie *unser gefülltes Täubchen* oder *Mädchen mit Füllung* bedeutet.

Die Frauen, deren Kinder halbwüchsig oder fast erwachsen waren, schenkten ihr Stücke ihrer alten Babyausstattung, mit deutlichen Gebrauchsspuren und teilweise geflickt, aber noch immer verwendbar. Daheim in ihrem Zimmer stapelten sich Windeln und Strampler und Jäckchen, und Rainer erkundigte sich angesichts der

Menge von Babywäsche belustigt, ob sie denn mit Zwillingen rechne.

Da Gudrun weiterhin viermal in der Woche zum Russisch-Unterricht ging, kam sie rasch und immer besser mit der neuen Sprache zurecht und wurde bereits drei Monate nach ihrer Arbeitsaufnahme von der leitenden Ingenieurin Sorina aufgefordert, in der Gewerkschaftsversammlung über ihre frühere Arbeit in Berlin und die deutschen Gewerkschaften vor und nach Hitlers Machtergreifung zu sprechen, was ihr, zumal sie sich darauf vorbereitet hatte, in der fremden Sprache gut gelang.

Nina Sorina hatte die junge Deutsche, das jüngste Mitglied ihrer Brigade, bald ins Herz geschlossen. Ihr gefiel der Übereifer Gudruns und ihr Verständnis der gewerkschaftlichen Arbeit, in den Essenspausen und bei den häufigen Versammlungen erklärte sie ihr den sowjetischen Fünfjahresplan, lenkte Gudruns Blick von Unzulänglichkeiten in ihrem Betrieb und im Moskauer Alltag auf die in Kürze zu erwartenden Verbesserungen des gesamten Lebens im großen sowjetischen Imperium. Die Mängel und das armselige Leben erklärte sie zum unseligen, jahrhundertealten Erbe der Zarenzeit, das von Lenin und dem ehernen Stalin mit Weitsicht und übermenschlicher Energie ausgemerzt werde, wozu eine eisernen Disziplin nötig sei, da nur so der gewohnte, altrussische Trott den Menschen auszutreiben sei, um sie auf eine helle Zukunft vorzubereiten. Gudruns christliche Interpretation des Sozialismus amüsierte die Ingenieurin. Sie selbst war eine entschiedene Atheistin, für die alle drei christlichen Kirchen die Schleppenträger der alten Macht waren. Sämtliche Kirchenfürsten nährten sich nach ihrer Meinung vom Schweiß der ausgebeuteten Massen, und ihre Hände seien mit dem Blut von Arbeitern und

Bauern befleckt. Gudrun sprach von den Märtyrern, den Blutzeugen Christi, die es immer gegeben habe und die heute in Deutschland das christliche Evangelium gegen die nationalsozialistische Ideologie verteidigten, von den Theologen der Armut, die sich für die Schwachen und Bedürftigen, für die arbeitende Masse einsetzten.

Die Gespräche mit Nina Sorina halfen ihr, die kommunistische Utopie zu begreifen, und deutlicher als je zuvor führten ihr diese Diskussionen vor Augen, dass Rainer und sie sich vor Gefängnis und Tod in ein Land hatten retten können, das bei allen Fehlern und Unzulänglichkeiten die Zukunft der Menschheit zu werden versprach und jetzt schon das von den Flüchtlingen erhoffte Exil war, Zuflucht und schützender Hafen für alle Emigranten.

In Rainers Brigade herrschte dagegen ein rauher Ton, geprägt von einem Misstrauen, das auf politischen Streitigkeiten und Zerwürfnissen zwischen den Emigranten beruhte. Tatsächlich war kein Mann in dieser Brigade ein ausgebildeter Maurer oder Schlosser, keiner war zuvor im Baugewerbe tätig gewesen, die meisten hatten in ihrer Heimat in Büros gearbeitet und waren körperliche Arbeit nicht gewohnt. Diejenigen Emigranten, die bereits früher auf dem Bau gearbeitet hatten oder sogar dafür ausgebildet waren, hatte man in Brigaden mit Russen und anderen Sowjetbürgern gesteckt, wo sie qualifizierteren Tätigkeiten als bloßen Verladearbeiten nachgingen und auch besser bezahlt wurden. Die Brigade *Karl Marx* war eine Ansammlung von Hilfskräften, wie sie bei jedem Bau gebraucht und nirgends geschätzt wurde. Als Rainer sich am ersten Arbeitstag an der Pforte des riesigen Holzturms, der über der Baustelle *Kulturpark* errichtet war, an zwei dort wartende Männer wandte und sie, da sie sich deutsch unterhielten, nach der internationalen Brigade *Karl Marx* fragte, bekam er nur ein höhnisches Auflachen zur Antwort. Schließlich sagte einer der Männer: »Wer soll das denn sein, die internationale Brigade?«

»Der Brigadier heißt Leopold Stadler«, erwiderte Rainer, »wo finde ich ihn?«

»Ach, die Brigade Stadler. Die heißt aber nicht internationale Brigade *Karl Marx*. Das ist die Brigade *Dermowschtschik*. Du meldest dich beim Pförtner und fragst ihn nach der Brigade *Dermowschtschik*, der weist dich dann ein. Brigade *Dermowschtschik*, nicht vergessen«, sagte der Mann lachend. Dann wandte er sich zu seinem Kollegen und meinte: »Noch ein *Dermowschtschik*. Wenn wir nur alles so reichlich hätten wie *Dermowschtschiks*.«

Der andere Mann lachte, warf seine Papirossa weg und spuckte aus.

Rainer ging zum Pförtner, der ihm sagte, wo er den Brigadier Leopold Stadler fände.

Stadler war ein Mann um die sechzig mit einem dicken Kopf, der scheinbar direkt auf seinen Schultern saß, und einem dichten grauen Bart. Er nickte lediglich, als Rainer sich vorstellte, ließ sich wortlos die Papiere geben, die er dann Blatt für Blatt durchschaute.

»Schon mal auf dem Bau gearbeitet, Trutz?«, fragte er schließlich mit einer krächzenden Stimme, wartete aber Rainers Antwort nicht ab, sondern sagte: »Wir arbeiten im Akkord, verstanden? Wenn um zehn Uhr die Steine geliefert werden, müssen sie im Akkord auf die Förderbänder umgeladen werden. Zuvor, bis zehn, ist der obere Bauplatz zu reinigen, der Schutt muss weg. Das heißt Karre und Schaufel. Ich hoffe, du kannst damit umgehen. Hier hast du den Schein für den Kalfaktor drüben an dem Schuppen mit der roten Eisentür. Er gibt dir die

Arbeitskleidung, dann kommst du auf Hof Drei, dort beginnen wir heute.«

Stadler beugte sich über sein Diarium und schrieb etwas mit einem Bleistiftstummel hinein, ohne sich weiter um Rainer zu kümmern, der zu dem Schuppen hinüberging. Er klopfte kurz gegen die Tür und trat ein. Vier Russen redeten lautstark auf einen alten Mann ein, der hinter einer Ladentheke stand und ihnen schweigend zuhörte. Die vier hielten ihm zerrissene Wattejoppen entgegen und verlangten neue, doch der Alte schüttelte abweisend den Kopf. Als er Rainer sah, winkte er ihn zu sich und ließ sich das Papier geben. Er ging in den durch einen Vorhang abgetrennten Nebenraum und erschien nach einigen Minuten mit einem Paar Filzstiefel, einer Wattejacke, einer Segeltuchjacke und Segeltuchfäustlingen, legte sie vor sich auf die Theke, kramte eine Brille aus seiner Kitteltasche und ließ Rainer den Empfang der Kleidungsstücke quittieren. Rainer besah sich misstrauisch und angeekelt die ihm überreichten Sachen. Die Kleidung, das Staatseigentum, war über und über mit Farbe, Kreide und Kohle beschmiert. Und sie stank. Die Filzstiefel waren ihm zu groß, er bat um kleinere, der Alte schüttelte den Kopf und reichte ihm stattdessen mehrere Fußlappen, dann hörte er wieder schweigend den vier noch immer schimpfenden Russen zu, deren wiederholt vorgebrachte Forderungen er ab und zu mit einem triumphierenden Kopfschütteln beantwortete.

Mit der Arbeitskleidung ging Rainer zu den Umkleidekabinen, auf die ihn der Torpförtner hingewiesen hatte, der ihm für fünf Kopeken zudem ein Schloss auslieh, damit er seine Sachen in einem der kleinen Fächer verschließen konnte.

Als er die Kleidung angezogen und sich in den Stiefeln aufgrund der Fußlappen halbwegs sicher bewegen konnte, ging er zum Hof Drei, wo Stadler mit seiner Brigade arbeitete. In der Hofmitte brannte ein Lagerfeuer, Laufplanken waren über den glitschigen Lehm gelegt und führten von den Stein- und Sandbergen zum Baustellenschacht, Berge von aufgeschüttetem Erdreich warteten auf den Abtransport, Schippen, Spaten und Hacken waren offenbar die einzigen Werkzeuge der Brigade Stadler. Der Brigadier nannte seinen Namen, in dem beständigen chaotischen Krach der Baustelle war er kaum zu verstehen, die anderen betrachteten ihn schweigend, manche nickten kurz, dann schippten und schaufelten sie weiter und Stadler sagte ihm, was er zu tun habe.

Die Hände und der Rücken schmerzten ihn in den ersten Wochen, nach der Schicht fiel er, ohne etwas zu essen, ins Bett und schlief sofort ein. In dieser Zeit war er für den Russisch-Unterricht zu müde und zerschlagen. Nach einem Monat besserte sich sein Zustand, die Muskeln schmerzten nicht mehr, auch hatte er es gelernt, mit dem Werkzeug kräftesparend umzugehen. Die Männer seiner Brigade redeten wenig miteinander, und wenn, dann nur mit Landsleuten, die drei Italiener waren am lebhaftesten, sie bemühten sich, stets zur selben Arbeit eingeteilt zu werden, ebenso die Tschechen, während die Deutschen und Österreicher verdrossen und energielos die Anweisungen Stadlers entgegennahmen. Bei den politischen Schulungen und Versammlungen sprach nur der Brigadier, die anderen nur nach mehrmaliger Aufforderung. Erschwerend kam hinzu, dass eigentlich nur Stadler ein passables Russisch sprach, die anderen, mit Ausnahme der Tschechen, die auch Deutsch sprachen, beherrschten diese Sprache nur mangelhaft, selbst Rainer war ihnen von Anfang an überlegen.

Nach einer Woche erkundigte sich Rainer bei einem der Tschechen, was Brigade *Dermowschtschik* bedeute, er kenne das Wort nicht und habe es auch nicht in seinem Wörterbuch gefunden.

»Das steht auch in keinem Wörterbuch«, sagt der Tscheche und lachte.

»Und was bedeutet *Dermowschtschik*?«

»Das ist ein Schimpfwort, ein Fluch. Eigentlich unübersetzbar. *Toilettenputzer*, so könnte man vielleicht sagen, aber glaub mir, ein so nettes Wort ist *Dermowschtschik* nicht. Wenn wir es mit *Kloscheißbürste* übersetzen, kommen wir dem Sinn ein wenig näher. Vermeide das Wort in Anwesenheit von Frauen, es ist nicht stubenrein. Aber nun genug Russischlektion. Bei solchen Ausdrücken sind die Russen unschlagbar, da haben sie Weltniveau. – Das bleibt unter uns, wir haben darüber nie gesprochen. Den Ausdruck *Dermowschtschik* habe ich noch nie im Leben gehört. Verstanden?«

Er grinste und machte mit beiden Händen eine obszöne Bewegung.

»Und die anderen nennen unsere Brigade so?«

»Ja, internationale Brigade *Karl Marx*, so heißen wir nur auf dem Papier, an der Wandzeitung. Ansonsten sind wir die *Dermowschtschiks*. Es lohnt nicht, sich darüber aufzuregen, es ist ja wahr, wir machen für alle den Dreck weg, räumen die Scheiße aus.«

In den Wochen der Frühschicht ging Rainer nach der Arbeit in den betriebseigenen Kiosk neben dem Pförtnerhäuschen. Dieser wurde besser beliefert als die üblichen staatlichen Läden, auch reichhaltiger als der betriebseigene Verkaufsstand in Gudruns Süßwarenfabrik, die kartenfreien Lebensmittel waren gelegentlich nicht rationiert, so dass er den gesamten Wochenbedarf für beide dort einkaufte und ab und zu sogar etwas Gemüse mitbringen konnte.

Nach vier Monaten kam Rainer mit der Arbeit so gut zurecht, dass er wieder regelmäßig den Sprachunterricht besuchte, um den Rückstand zu Gudrun aufzuholen, die trotz ihres rundlicher werdenden Bauches die ganze Zeit über an den Russischstunden teilgenommen hatte.

Lilija sahen sie nur selten, für ihre Kommission war sie im ganzen Land unterwegs, flog jede Woche in eine weit entfernte Stadt, um Inszenierungen zu sehen, mit Intendanten und Regisseuren zu sprechen und die Wünsche ihrer Behörde, des *Glawrepertkom*, zu übermitteln, die ihr häufig realitätsfremd und grotesk erschienen. Sie entschuldigte sich bei Gudrun und Rainer, dass es ihr nicht möglich war, ihnen eine bessere und sinnvollere Arbeit zu vermitteln, und freute sich, als sie hörte, Gudrun fühle sich in der Fabrik *Roter Oktober* wohl.

Es bedrückte Lilija jedoch, Rainer beim Metro-Bau zu wissen. Sie kannte ihn und seine beruflichen Wünsche, aber es war ihr trotz bester Verbindungen nicht möglich, ihm eine Tätigkeit zu vermitteln, die zumindest teilweise seinen Möglichkeiten und Interessen entsprach. Rainer gehörte keiner Partei an, war als Journalist wie als Autor in der Sowjetunion unbekannt, keine Organisation führte ihn in den Listen der zu unterstützenden Ausländer, und wo immer Lilija anklopfte und sich für ihn einsetzte, traf sie auf Ablehnung oder ein hilfloses, bedauerndes Schulterzucken. Es waren zu viele, die Hilfe brauchten. Rainer musste Lilija schließlich trösten und versicherte ihr immer wieder, die Arbeit sei zwar kein Traumberuf, doch er komme zurecht, verdiene ausreichend und könne überdies wie alle in seiner Brigade als *Erbauer der Metro* in der Werkskantine und den betrieblichen Läden etwas mehr und besser einkaufen als die meisten Moskauer. Irgendwann werde er wieder als Journalist arbeiten oder an seinem dritten Roman schreiben, daran möge Lilija nicht zweifeln.

Lilija lud die beiden zweimal zu einem hervorragenden Essen ein, einmal ins exquisite *Metropol*, wo Skomorowski mit seiner Band spielte, und vier Monate später ins noble *Grand Hôtel*, wo es nach dem Essen einen Konzertabend mit Pjotr Leschtschenko gab, der für ein paar Tage in Moskau gastierte und dem die ganze Stadt zu Füßen lag. Die Einlasskarten für seine Konzerte, die auf dem Schwarzmarkt für riesige Summen gehandelt wurden, hatte Lilija als Dienstbilletts bei ihrem Komitee organisiert. Beide Abende erinnerten Rainer an die Zeit in Berlin, an die Theatervorstellungen von damals, an die Veranstaltungen, die er besucht hatte, um im *Lokal-Anzeiger* darüber zu schreiben, an seine Besuche im *Romanischen Café*.

Mit Galja trafen sie sich häufiger, gingen mit ihr abends ins Kino oder spazierten an den Sonntagen am Ufer der Moskwa entlang, betrachteten die Spaziergänger, lachten über die Späße der Kinder und sprachen über das Baby, das sich immer deutlicher bei Gudrun hervorhob. Galja war es auch, die ihnen etwas ausführlicher von Lilijas Arbeit erzählte, als diese es je getan hatte. Das Hauptkomitee *Glawrepertkom* war wie alle künstlerischen Komitees eingerichtet worden, um Kultur und Kunst in der gesamten Sowjetunion zu fördern. Lilija hatte den Theatern und Opernhäusern zu helfen, Kontakte mit ausländischen Künstlern zu knüpfen, und hatte sie auf neue wichtige Aufführungen und Stücke anderer Länder hinzuweisen, die den sowjetischen Menschen nicht vorenthalten bleiben sollten. Die Komitees hätten die Künstler in allen sowjetischen Republiken zu unterstützen, um die Höhen der Kultur zu erobern, wie es das Gründungsdokument pathetisch formulierte.

»Wisst ihr, eigentlich hat Lilija eine Stelle wie im vergangenen Jahrhundert Alexander Ostrowski. Der war der Leiter der Spielplanabteilung aller Moskauer Theater, und sie will, mit anderen Mitteln natürlich, wie er die Theater fordern und fördern, damit sie aufblühen. Dafür wurde sie vor Jahren von unserem ganzen Komitee geschätzt. Aber in der letzten Zeit wurde *Glawrepertkom* immer mehr zu einem Kontrollinstrument aller Schauspielhäuser und Opernbühnen. Lilija soll nun ins Repertoire der Theater eingreifen und den verantwortlichen Leitern und Künstlern Anweisungen erteilen, eine Rolle, die Lilija ablehnt. Da sie dieser Aufgabe nicht nachkommen will, wird sie inzwischen versteckt angefeindet. Die großen Reisen ins Ausland werden nicht genehmigt, was früher aufgrund ihrer Mehrsprachigkeit eigentlich ihr Ressort war. Ostrowski wurde zum Zensor, sagte sie einmal zu mir, sie, die sonst nie unsere politische Hauptlinie kritisiert.«

Galja unterbrach sich, schlug sich erschrocken auf den Mund und meinte, sie dürfe nichts über ihre Arbeit und das Komitee zu Außenstehenden sagen und schon gar nicht zu Ausländern, das sei allen streng untersagt.

»Ach was, ihr seid meine Freunde, da werde ich mal ein Wort sagen können«, fuhr sie schließlich fort, »aber sprecht darüber bloß nicht mit Lilija. Redet bitte mit keinem darüber. Mit Lilija habe ich so oft darüber diskutiert, habe sie auf die drohende Gefahr oder auf heimliche Intrigen aufmerksam gemacht, aber sie ist unbelehrbar. Sie glaubt an das Gute im Menschen, die Revolution und die Revolutionäre sind für sie heilig und anbetungswürdig, und bei jeder Katastrophe sagt sie lediglich: durch Widrigkeiten zu den Sternen. Als ob das ganze Leben lediglich eine Rechenaufgabe sei, bei der es eine richtige und erreichbare Lösung gibt.«

»Und du siehst das anders?«

»Ich bin Moskauerin, ich weiß Bescheid. Lilija kommt aus Lettland, also aus der Provinz. Ich habe die Revolution erlebt, da war ich zehn, und ich habe gesehen, wie sich die Lehrer und die Leute drehten und wendeten und ihr Mäntelchen nach dem Wind hängten. Nein, meine Lieben, an das Gute im Menschen glaube ich auch, aber ich bin bei diesem Glauben etwas vorsichtiger als meine liebe Lilija. Solche Menschen wie Lilija oder wie ihr beide, die gibt es nicht so oft, und daran konnte auch keine Revolution etwas ändern. Noch ist Lilija geschützt, noch traut sich keiner im *Glawrepertkom*, gegen sie vorzugehen, man fürchtet sich vor ihren Freunden, vor allem weil Bucharin sie schätzt und er es auch war, der für ihre Kommandierung in das Hauptkomitee sorgte. Nikolai Bucharin und Lilija sind immer noch befreundet, aber in den letzten drei Monaten sind sieben Personen aus dem Komitee und aus der Partei geworfen worden, und einer von ihnen war sogar ein Kommissar. Wenn man Lilija an den Kragen gehen will, wird ihr auch ein Bucharin nicht helfen können?«

»Kennst du Bucharin?«

»Ja. Er war dreimal bei Lilija im Büro, und einmal war ich beim ganzen Gespräch dabei, und er hat sich auch mit mir unterhalten. Das war aufregend für mich, das war schöner als Ostern.«

»Über was hast du dich mit ihm unterhalten?«, fragte Rainer. Seit er in Moskau lebte, war ihm der Name Bucharin vertraut, er wusste, der Mann galt als Liebling

Lenins und die Russen schätzen ihn als aufrichtigen und selbstlosen Politiker.

»Er wollte wissen, wie ich lebe, fragte nach lauter Kleinigkeiten, alltäglichen Sachen. Aber dann habe ich wohl einen Fehler begangen. Ich sagte ihm, Lilija und ich meinten, er sei der bedeutendste Analytiker, den die Partei habe, und eigentlich müsste er nicht irgendein Institut, sondern das Politbüro leiten. Da wurde er weiß wie eine Wand und funkelte uns beide richtig zornig an. Das habe ich nicht gehört, sagte er leise zu mir, das wurde nie gesagt. Und dann musste ich das Zimmer verlassen. Als er sich von Lilija verabschiedete, sah er mich nur kurz an und schüttelte den Kopf, ohne etwas zu sagen. Und Lilija hat mir danach den Kopf gewaschen, obwohl ich nur wiederholt hatte, was sie mir über Bucharin erzählt hatte. Na ja, ist halt passiert, ich hätte nicht gedacht, dass man einen Bucharin so leicht erschrecken kann, er ist sonst immer souverän und klug. Nicht umsonst nennt man ihn den Liebling der Partei. Und er hat Humor. Ich verehre ihn sehr.«

Gudrun sprach mit Galja auch über den *Bund der religiösen Sozialisten Deutschlands*, von dem Galja noch nie etwas gehört hatte. Bei ihnen in der Sowjetunion wäre ein solcher Bund nicht möglich, meinte sie, denn entweder ist man Mitglied der Partei, und dann glaubt man nicht an Gott, oder man ist gottgläubig wie die alten russischen Frauen, und von denen würde nie eine in die Partei aufgenommen werden.

»Das ist ganz und gar ausgeschlossen«, meinte sie, »wie kann man denn gleichzeitig in der Partei sein und in der Kirche?«

Sie lachte so herzlich über den Gedanken, dass sie Gudrun unwillkürlich mit ihrem Lachen ansteckte.

»Kirche und Partei, das sind nur Organisationsformen«, erklärte sie dann Galja, »ich bin gottgläubig, wie du das ausdrückst, aber ich gehöre keiner Kirche an, und man kann Marxist oder sogar Kommunist sein und jede Parteimitgliedschaft ablehnen. Aber die Bergpredigt, die wirst du wohl kennen, dort sind ganz genau die gleichen Grundsätze genannt wie in den Schriften von Marx. Gerechtigkeit, sozialer Ausgleich, Solidarität mit den Schwachen und Entrechteten, Hilfsbereitschaft, eben Freiheit, Gleichheit, Brüderlichkeit. Das alles ist genauso christlich wie marxistisch, und darum sind christliche Sozialisten kein Widerspruch in sich, sie bedingen vielmehr einander.«

Galja hörte überrascht zu.

»Na ja«, meinte sie, »so gesehen klingt das vernünftig. Aber die Partei ist da anderer Ansicht. Solche Ideen solltest du lieber nicht äußern. Sprichst du mit deinen Kolleginnen im Werk darüber?«

»Bisher nicht. Dafür ergab sich noch keine Gelegenheit.«

»Lass das besser, Gudrun, ich fürchte, die werden das nicht verstehen. Und es könnte dir Ärger einbringen. Wir sind nicht Westeuropa, wir sehen das alles etwas strenger.«

Das erste Weihnachten in Moskau feierte die Familie Trutz zweimal, zuerst am 24. und 25. Dezember und dann noch einmal am 7. Januar, an dem die Russen das Christfest begehen. Gudrun hatte seit Dezember Schwangerschaftsurlaub und bereitete in ihrem Zimmer ein Festmahl vor, schmückte einen großen Tannenbaum, buk und kochte für den Abend, zu dem sie auch Galja eingeladen hatten. Lilija war verreist, sie würde erst Anfang Januar aus Irkutsk zurückkommen und hatte ihre Freunde zur russischen Weihnacht zu sich nach Hause eingeladen. Gudrun schenkte Galja einen langen Schal, den sie selbst gestrickt hatte, und Galja überraschte sie mit einer alten, aber sehr schönen Kinderwiege samt einer passenden Matratze. Sie hatte ihren Radioapparat mitgebracht, um nach dem Essen mit den beiden Freunden gemeinsam Musik zu hören. Als eine Kantate von Bach gesendet wurde und Rainer die Musik lauter stellte, fing Gudruns Baby in ihrem Bauch so heftig an zu strampeln, dass sie sich lachend und schwer atmend aufs Bett legen musste.

»Es hat vor Freude gestrampelt«, meinte Rainer, aber Galja widersprach ihm: »Vielleicht ist es ein Junge, und der will Jazz hören oder die neuesten Schlager.«

Sie blieben bis weit nach zehn Uhr zusammen. Als Galja bemerkte, dass Gudrun müde wurde, verabschiedete sie sich rasch. Sie freute sich, als Rainer ihr anbot, sie zu begleiten.

»Dein Angebot nehme ich gern an. Dann kannst du das Radio schleppen, damit du merkst, was schwere Musik ist. Außerdem sind heute viele Betrunkene unterwegs, da gehe ich nicht gern allein durch die Stadt.«

3. Kapitel

Am siebten Januar waren sie von Lilija zur russischen Weihnacht in ihre Wohnung eingeladen. Sie hatte dafür gesorgt, dass die Familie Trutz mit einem Auto abgeholt und später nach Hause gebracht wurde, denn Gudrun war bereits im neunten Monat und der ausgerechnete Geburtstermin war in fünfzehn Tagen.

Bei Lilija waren sie zu acht. Neben ihrer Mutter und Galja hatte sie noch drei Freunde eingeladen, Marija, eine frühere Studienkollegin, die nun Regisseurin am *Maly-Theater* war, Mark Rumanzew, einen Freund aus Odessa, Erster Offizier und Stellvertreter von Iwan Koschanow, dem Kommandeur der Schwarzmeerflotte, sowie Waldemar Gejm, Professor der Mathematik und Sprachwissenschaft an der Moskauer Universität, der seit Jahren dabei war, ein völlig unbekanntes Forschungsgebiet zu entwickeln, die Sprachpsychologie. Gejm war verheiratet, jedoch allein gekommen, da seine Frau vor einem Monat entbunden hatte und mit dem Säugling nicht in der eisigen Nacht unterwegs sein wollte. Außerdem sei ihr und dem kleinen Sohn der Weihnachtstrubel zu viel, und sie hatte darum ihren Mann gebeten, allein zu ihrer Freundin zu gehen.

Lilija und ihre Mutter hatten ein russisches Weihnachtsessen vorbereitet, das *Heilige Mahl* zum Heiligen Abend, das aus zwölf Gerichten besteht, für jeden Apostel eins. Es gab zwei Vorspeisen und Suppe, Fisch gesotten und gebraten, Rindfleisch und Wild, gekochten und gebackenen Kohl, Käse und drei verschiedene Desserts, und alles wurde von der gesamten Tischrunde bewundert und mit einem beeindruckenden Appetit geehrt. Die beiden Männer waren mit jeweils zwei Einkaufstaschen erschienen, um zum *Heiligen Mahl* mehr als zwanzig Flaschen weißen und roten Krimsekt, Wodka und süßen Wein beizusteuern. Vor dem Essen beschenkten sich alle, packten lachend und mit großem Hallo die Präsente aus und küssten sich auf die Wangen. Gudrun und Rainer hatten nur wenig mitgebracht, ein paar Konserven aus dem Kiosk vom Metro-Bau und Konfektschachteln, die von der Gütekontrolle des *Roten Oktober* aussortiert und in Gudruns Kantine für einige Kopeken verkauft worden waren. Lilijas Mutter bat zu Tisch, sie sprang jedoch immerzu auf, um aus der Küchenecke und vom kleinen Balkon neue Köstlichkeiten zu holen, sie selbst aß wenig, war aber fortwährend besorgt, dass es den Gästen an irgendetwas fehlen könnte.

Die Gespräche an diesem Abend drehten sich um Politik, um die Lage in der Heimat und in Deutschland. Es wurde russisch gesprochen, Gudrun und Rainer verstanden viel, gelegentlich half ihnen Galja aus, die für sie ins Russische übersetzte, wenn sie sich an der Unterhaltung beteiligen wollten.

Waldemar Gejm hatte den Gesprächen aufmerksam zugehört, aber sich wie die beiden Deutschen kaum eingemischt, doch während das bei Gudrun und Rainer an den mangelnden Sprachkenntnissen lag, war es bei Gejm ein fehlendes Interesse. Die Politik war keine Wissenschaft und daher für ihn bedeutungslos, da konnte man heute dies und morgen das sagen, nichts war beweisfähig oder widerlegbar, also nahm er zur Kenntnis, was in der Zeitung stand oder was der Parteisekretär an seiner Fakultät verkündete, bekundete kopfnickend scheinbar sein Einverständnis und widersprach nie.

»Wozu auch? Es lohnt nicht. Und es interessiert mich nicht. Die Politik ist halt ein anderes Fachgebiet. Eins, in dem ich nicht zu Hause bin«, hatte er Lilija einmal erklärt, als er ihr eines Tages hohnlachend von einem Kollegen erzählt hatte, den ein Mitglied der Parteileitung beschuldigte, neutrale Elemente in der Addition und der Multiplikation zu verwenden, und von ihm verlangte, diese Elemente mit revolutionärem Elan auszurotten. Lilija war völlig fassungslos, da Gejm nicht sofort aufgestanden war und protestiert hatte.

Seine Vorfahren waren wie die von Galja Deutsche, die vor mehreren Generationen nach Russland gekommen waren. Sein Ururgroßvater, der damals noch van Gejm hieß, war ein im ganzen russischen Reich berühmter Erfinder und Fabrikant. Die Familie Gejm wohnte bis zur Revolution in einer palastähnlichen Villa am Rande von Sankt Petersburg oder vom Roten Piter, wie die Stadt vormals von den Russen genannt wurde. In der dritten Generation hatten sie die deutsche Sprache vollständig aufgegeben, er selbst habe seiner Wissenschaft wegen wieder angefangen, sie zu erlernen, könne sie jedoch nur ein wenig lesen und habe überhaupt keine Übung im Sprechen. Professor Gejm entschuldigte sich dafür bei Gudrun und Rainer und meinte, eigentlich sei es unverzeihlich für einen deutschstämmigen Forscher, diese bedeutende Wissenschaftssprache nicht zu beherrschen, zumal er Linguist sei. Gudrun und Rainer gefielen Gejm, doch als Lilija ihm berichtete, wie lange und wie oft sie sich darum bemüht hatte, den beiden eine bessere Arbeit zu verschaffen, nickte er nur und sagte, es sei überall jetzt das Gleiche, er habe sich an der Universität für emigrierte Kollegen aus Deutschland eingesetzt, aber mittlerweile gebe es keine Stellen mehr, ein deutscher Kollege der

Mediävistik, der für seine Doktorarbeit in Tübingen ein summa cum laude erhalten hatte, trage jetzt in Moskau Kohlen aus.

Rumanzew, der Offizier der Schwarzmeerflotte, interessierte sich brennend für Gejms Forschungen, in Odessa habe er auch das eine und andere über die neue Wissenschaft gehört, aber dort sei man weit vom Schuss und Moskau habe von jeher seine Geheimnisse.

Professor Gejm protestierte: »Nein, bitte sprechen Sie nicht von einer neuen Wissenschaft. Das stand zwar in der Presse, aber das ist Unsinn, es ist vielmehr eine sehr alte Wissenschaft, älter als viele Disziplinen, die wir heute als altehrwürdig bezeichnen. Nein, nein, ich habe keine Wissenschaft neu erfunden, diese hohe Ehre gebührt einem ganz anderen Mann, vermutlich hieß er Simonides, Simonides von Keos, aber selbst das ist ungewiss, viel wurde nicht überliefert, das Ganze ist schließlich zweieinhalbtausend Jahre her. Und nach ihm gab es unzählige, die sich in diesem Feld Meriten erwarben. Mein Verdienst, wenn überhaupt, besteht lediglich darin, diese Wissenschaft aus ihrem Dornröschenschlaf geweckt zu haben, in dem sie seit dem Mittelalter befangen und damit für uns lange Zeit verloren war.«

Der Professor erzählte, er bewege sich bei der Renaissance einer Wissenschaft noch immer auf sehr unsicherem Gelände, seine Forschungen seien notwendigerweise interdisziplinär angesiedelt zwischen Psycholinguistik und einem Theorienfeld, das man Kognitionswissenschaft nennen könne, er habe jedenfalls diesen Begriff dafür geprägt.

»Dem Produzieren und Verstehen von Sprache, ihrer Repräsentation und vor allem ihrer Verfügbarkeit im Gehirn sind wir auf der Spur. Wir wollen begreifen, wie die

Speicherung im Gehirn erfolgt, um diesen Speicher besser zu nutzen. Wir lernen und wir vergessen, aber warum? Warum vergisst der Gehirnspeicher plötzlich etwas, was ich gar nicht vergessen will? Wieso verlerne ich eine zuvor erlernte Sprache? Wieso habe ich nicht all jene Informationen ständig zur Verfügung, die ich irgendwann einmal besaß? Das Gehirn soll trainiert werden, es soll mir seinen enormen Speicher öffnen, damit ich darüber verfügen kann und mich nicht irgendeine Speicherschaltung davon abhält. Alles und zwar jederzeit zur Verfügung haben, was je in meinen Speicher gelangte. Also so etwas wie Babbages Analytische Maschine, dieser Großrechner, den er vor hundert Jahren entwickelte und den sein Sohn später tatsächlich baute.«

»Der Mensch als Maschine, gab es nicht einen Franzosen, dem das schon vor Hunderten von Jahren vorschwebte?«, fragte Marija.

»Nein, nein, nein«, protestierte der Professor, »keine Maschine, das war nur ein Vergleich. Ich will hinter die Geheimnisse des Speichers Gehirn kommen, um das menschliche Gedächtnis komplex zu machen, vollständig. Es gibt nachweislich keinen Grund, wieso wir etwas vergessen müssen, dieser Speicher hier oben«, dabei klopfte er sich an die Stirn, »ist unbegrenzt aufnahmefähig. Mein Kollege Lew Wygotski arbeitet auf einem benachbarten Feld, er untersucht die Sprache als psychisches Werkzeug, was außerordentlich aufschlussreich ist. Erstaunlicherweise aber vernachlässigt er dabei völlig die Gedächtnisfunktionen, die an die Sprache gebunden sind. Auch die Neuropsychologen Alexander Lurija und Alexei Leontjew, verdienstvolle Leute, jaja, aber sie übersehen, was doch offensichtlich ist.«

»Und Sie wollen dieses Gedächtnis so trainieren, dass

es nie wieder etwas vergisst, Herr Professor?«, fragte Galja erstaunt.

Gejm lachte: »Ja, so könnte man das sagen. Ein Training, von mir aus, warum nicht.«

»Und die Erfolge?«, erkundigte sich Rumanzew. »Gibt es schon Ergebnisse? Habt ihr schon einen Gedächtnisakrobaten erzeugt, einen Homo novus? Befreit von den Fesseln der Natur und unserem löchrigen Gedächtnis? Und vor allem, kann man sich für dieses Training anmelden?«

»Wir sind dabei«, wehrte der Professor ab, »die Ergebnisse lassen noch zu wünschen übrig, sind andrerseits jedoch erstaunlich. Unter uns, deine Armeeführung ist heftig daran interessiert. Sprich mit deinem Vize-Verteidigungsminister. Michail Tuchatschewski lobt meine bescheidene Arbeit in den höchsten Tönen, er will am liebsten seinen ganzen Stab von mir ausbilden lassen. Lass dir von ihm eine Kommandierung zu mir geben, ich bin dabei, eine interdisziplinäre Gruppe aufzubauen, verschiedene Wissenschaften, aber auch Künstler, Militär ist sehr erwünscht. Es müssen Leute sein, für die das Gedächtnis ein Lebensmittelpunkt ist, die es nicht nur brauchen und gebrauchen, sondern die es wirklich und geradezu existentiell benötigen.«

»Und dieser Simon, von dem du sprachst ...«, begann Lilija, doch Gejm unterbrach sie sofort: »Simonides heißt er. Simonides von Keos.«

»Also dieser Simonides von Keos hat deine Wissenschaft erfunden?«

»Vermutlich. Alles deutet darauf hin, Cicero und Plinius, Quintilian und viele andere jedenfalls schreiben ihm die Entdeckung der Mnemonik zu, und noch im Mittelalter war man dieser Ansicht. Er soll auch der bedeutendste griechische Lyriker gewesen sein, nur überliefert ist nichts. Die Archive haben seine Arbeiten nicht aufbewahrt. Oder sollte ich besser sagen, die Archive haben seine Arbeiten vernichtet, und zwar sehr gründlich? Das Gedächtnis, das gute und genaue Gedächtnis war nicht immer erwünscht. Wenn es einen Erfinder der Vergesslichkeit gäbe, er wäre hoch angesehen, mit ihm könnte man sich besser verständigen, der gemeine Mann wie die Herrscher. Das war so, das ist so, das bleibt so. Und die Mönche sorgen in ihren Archiven damals wie heute dafür, dass diese Ordnung des Vergessens erhalten bleibt und nicht vom Gedächtnis gestört wird.«

Gejm sagte belustigt, eigentlich hätte seine Wissenschaft mit einem Bankett angefangen, mit einem Gelage, einer Fress- und Sauforgie.

»Simonides«, erzählte er, »hatte bei einem Fest von Skopas, einem so reichen wie geizigen Adligen, ein Gedicht vorgetragen, in dem er den Gastgeber Skopas rühmte und ehrte, aber auch die Götter Kastor und Pollux. Der geizige Skopas teilte ihm nach dem begeistert aufgenommenen Vortrag mit, er würde nur die Hälfte der vereinbarten Summe zahlen, den anderen Teil möge er sich von den Zwillingsgöttern geben lassen, denen er die zweite Hälfte des Gedichts gewidmet habe. Kurz darauf habe ein Bote den Saal betreten und habe Simonides mitgeteilt, zwei junge Männer erwarteten ihn vor der Tür. Simonides ging hinaus, dort wartete keiner auf ihn, doch im selben Moment stürzte das Dach des Hauses ein und begrub Skopas und alle seine Gäste. Die Leichen waren von den Steinen und Balken derart zermalmt, dass sie nicht zu identifizieren waren. Aber Simonides konnte sich erinnern, wer an welchem Platz gesessen hatte, und so vermochte er den Angehörigen genau anzugeben, auf welchem Platz die zerschmetterten Leichname ihrer Verwandten lagen. Es war diese Erfahrung, die ihm den Vorteil einer planmäßigen Anordnung für ein gutes Gedächtnis lehrte und ihn bewog, die allerersten Schritte in einer neuen Wissenschaft zu wagen, und insofern ist er der Begründer der Mnemonik.«

Gejm erläuterte die Gedächtnistheorie der Antike, wonach sich der Mensch all jenes gut einprägen kann, was sich durch die Sinne mitteilt. Das Gedächtnis setzten sie einem inneren Schreiben gleich. So wie der Schüler, der das Alphabet lerne, alles aufschreibe, was man ihm diktiere, und alles lesen könne, was geschrieben ist, würde derjenige, der die Mnemonik erlerne, alles Erlebte und Erfahrene und Gehörte in seinem Gedächtnis festschreiben und es jederzeit wieder lesen, also erinnern können. Diese Mnemonik, dieses künstliche oder doch vom Menschen erschaffene Gedächtnis sei an Orte und Bilder gebunden, diese Orte gehörten zur Mnemonik, müssten dem zu Erinnernden kunstvoll zugeordnet werden, deshalb hätte Simonides seine Entdeckung loci genannt, der Ort, und deshalb sprechen wir heute von der Loci-Methode oder Loci-Technik. Es seien Merkhilfen, und sie müssten nicht zwingend ein wirklicher Ort sein, es helfe ein Merksatz, eine Eselsbrücke, ein Bild, ein Reim, ganz nach Belieben und Gusto des Lernenden.

»Freilich, ungefährlich ist meine Wissenschaft nicht«, beendete Gejm schmunzelnd seinen kleinen Vortrag, »aber wen verwundert das, begann sie doch mit einem grauenvollen Massaker. Giordano Bruno, auch ein Mann meiner Wissenschaft, schrieb sein letztes Buch über die Bilder, *De imaginum*, da lebte er in Zürich. Dort erreichte ihn die dringliche Einladung eines Venezianers, der seine Gedächtnisgeheimnisse lernen wollte. Bruno reiste nach

Venedig, er unterrichtete diesen Venezianer, einen gewissenlosen Lumpen namens Mocenigo, der sich von diesem Unterricht mehr versprochen hatte, mehr Mysterium, mehr okkulte Hexenkünste, und Bruno kein Honorar zahlte, sondern ihn bei der Inquisition denunzierte. Bruno wurde verhaftet, nach Rom in die Engelsburg verbracht, wo man ihn jahrelang einkerkerte, vor ein Gericht stellte und dann auf den Scheiterhaufen brachte. Zwanzig, dreißig Jahre vor ihm wurde ein anderer meiner Zunft ermordet, Pierre de la Ramée. Er war nicht nur ein Mnemoniker, sondern auch ein Hugenotte und wurde in der Nacht vom 23. auf den 24. August 1572, also in der Bartholomäusnacht, umgebracht.«

Rumanzew lachte auf: »Weiß Gott, Ihre Wissenschaft scheint mehr Leben gekostet zu haben als ein Krieg. Befürchten Sie nicht, eines Tages auf einem Scheiterhaufen zu landen?«

»Wissenschaftler sind stärker gefährdet als die Kriegsleute, jedenfalls als die Befehlshaber, lieber Freund. Schauen Sie in die Geschichte. Wie viele Generäle und Feldherrn starben auf dem Schlachtfeld? Cäsar, Alkibiades, Xerxes, Napoleon, Dschingis Khan, Hannibal, Uschakow, Frunse, alle sind im Bett gestorben oder durch eine Intrige, einen Tod auf dem Feld der Ehre haben sie tunlichst vermieden. Einzig unser Bauerngeneral Pugatschow starb auf dem Schlachtfeld. Aber viele Wissenschaftler starben bei Selbstversuchen oder wurden angeklagt und hingerichtet. Nein, Angst habe ich nicht. In puncto Furchtlosigkeit sollte sich ein Forscher von keinem Militär übertreffen lassen.«

Marija, die Regisseurin, lachte: »Aber lieber Professor, Sie müssen sich doch keine Sorgen machen. Wenn einer so viele Auszeichnungen gesammelt hat wie Sie, der wird auf keinem Schlachtfeld sterben, auch nicht auf dem der Wissenschaft. Welchen Preis haben Sie eigentlich noch nicht?«

Gejm lächelte verlegen, die Freunde hoben gleichzeitig ihre Gläser und prosteten ihm zu. Tatsächlich hatte Gejm Auszeichnung über Auszeichnung erhalten, sein Buch zur Mnemonik, sein Opus summum, war von dem Verlag der Akademie bereits vor vier Jahren angekündigt worden, aber Gejm hatte die Veröffentlichung immer wieder hinausgeschoben, das Werk schien ihm noch immer nicht vollendet zu sein und er korrigierte und ergänzte das Manuskript, das bereits achthundert Seiten dick war. Der Verlag drängte den Professor, irgendwann zu einem Abschluss zu gelangen, um endlich das lange erwartete Buch der Öffentlichkeit vorzulegen, doch Waldemar Gejm konnte sich nicht entschließen, das Imprimatur, die Druckerlaubnis, zu geben.

»Alles, und alles vollkommen«, hatte er dem drängelnden Verleger erklärt, »für Halbheiten ist mir meine Zeit zu schade und Ihr schönes weißes Papier.«

Rainer hatte den Ausführungen von Gejm gebannt zugehört und sich von Galja übersetzen lassen, was er nicht verstanden hatte. Er hing an seinen Lippen, und erst als Gudrun zu Lilija sagte, sie würde ihr Angebot, sich im Nebenzimmer hinzulegen, gern annehmen, sprang er auf und brachte seine Frau ins zweite Zimmer, wo sie sich auf ein Bett legte und trotz der lärmenden Runde einschlief.

Am späteren Abend, nachdem der Alkohol reichlicher geflossen war, erzählte Mark Rumanzew, der Stellvertreter des Kommandeurs der Schwarzmeerflotte, von einer plötzlichen Zunahme unerklärlicher Abkommandierungen seiner Offiziere, die nach Moskau beordert würden und sich Monate später aus einem weit entfernten Gebiet, zumeist aus Sibirien, mit einer Postkarte melden würden, auf die ein *LP* gestempelt war, was *Lagerpunkt* bedeute, und handschriftlich noch ein *KRDT* unter dem Namen geschrieben war sowie der Vermerk: drei oder fünf oder auch sieben Jahre. Diese Angaben stehen für konterrevolutionäre trotzkistische Tätigkeiten sowie für die Strafzeit, die ihre früheren Kameraden erhalten hatten. In der Flotte herrsche Unruhe, besonders unter den Offizieren, seit sich bei diesen Abkommandierungen herausgestellt habe, die Aussagen von Angehörigen niedriger Mannschaftsdienstgrade würden bei den Verurteilungen nicht nur aufgenommen, sondern seien von entscheidender Bedeutung, wodurch Angst bei den höheren und hohen Dienstgraden entstanden sei und die gesamte Befehlsstruktur der Flotte in eine bedenkliche Schieflage gerate.

»Ich bin nicht mehr der Erste Offizier, jederzeit kann mich ein Rekrut, der sich ungerecht behandelt fühlt, denunzieren«, sagte er verbittert, »er muss sich nicht an den Dienstweg halten, er wendet sich gleich an das *NKWD*, und die fertigen eine Kommandierung aus, ohne mit dem Konteradmiral oder dem Generalstab zu sprechen. Dem *NKWD* reicht ein Telefonat mit dem zuständigen Politkommissar, und wenn der nicht eben ein enger Freund ist, findet man sich in Sibirien wieder.«

Die Freunde waren bedrückt, und als eine Stunde nach Mitternacht Marija zum Aufbruch drängte und Rainer seine Frau aus dem Nachbarzimmer holte, war der Abschied weniger heiter als der Beginn der Weihnachtsfeier. Marija wohnte ums Eck und verabschiedete sich auf der Straße von den anderen. Mark Rumanzew bot Waldemar Gejm, dem jungen Ehepaar sowie Galja an, sie in seinem Wagen mitzunehmen. Es seien eigentlich nur vier Plätze frei, aber wenn Gudrun sich vorn zu dem Fahrer setze, würden sie sich hinten alle halt ein wenig näher kommen. Der Professor wohnte nur ein paar Straßen weiter und stieg als Erster aus, von Galja und Gudrun verabschiedete er sich mit Handkuss und wünschte dem Ehepaar Glück.

»Und eine leichte Geburt, Frau Gudrun. Wir sehen uns«, sagte er beim Abschied sehr ernsthaft.

Als sie weiterfuhren, sprach Rumanzew über Gejm und seine neue Wissenschaft, es erschien ihm utopisch und kaum glaubhaft, was er vorhatte, aber dann meinte er, irgendwann seien die Menschen auch geflogen, was einmal als unmöglich erschienen war und auch damals waren es Russen, die die Pioniere dieser neuen Wissenschaft des Fliegens waren. Galja übersetzte, denn der Offizier sprach schnell und lange und viele Vokabeln waren den beiden vollkommen fremd.

»Was für eine großartige Idee«, meinte Rumanzew schließlich, als der Wagen vor dem Haus hielt, in dem Gudrun und Rainer wohnten, »es wird dank Waldemar Gejm eines Tages Menschen geben mit dem vollkommenen Gedächtnis. Großartig und schrecklich. Diese Menschen werden für uns alle ein überlebensgroßes Vorbild sein, uns aber gleichzeitig erschrecken und ängstigen.«

Rumanzew wollte bereits aussteigen, als er das noch immer auf dem Bürgersteig liegende Wasserrohr bemerkte. Er bat die beiden, noch einen Moment im Wagen zu bleiben, fuhr hundert Meter weiter, wo ein unbehinderter Zugang zum Bürgersteig möglich war und die hochschwangere Gudrun nicht auch noch einen der typischen sowjetischen Berge von Moskau, wie er sagte, erklimmen müsse.

Er stieg mit den beiden aus, legte zum Abschied Gudrun beruhigend eine Hand an die Wange: »Wie viel immer dein Kind im Gedächtnis behalten kann, es soll ein guter Mensch werden, ein freundlicher Mensch, ein Mensch, der seine Mama und seine Heimat achtet und liebt. Lebt wohl, Freunde.«

Er setzte sich neben Galja und winkte beim Losfahren den beiden durchs Fenster zu.

4. Kapitel

Maykl wurde am 28. Januar 1934, einem Sonntag, in der Gynäkologischen Klinik des *Ersten Moskauer Medizinischen Instituts* geboren. Früh um vier begannen die Wehen, Gudrun blieb ruhig und atmete, wie man es sie im Vorbereitungskurs dieser Klinik gelehrt hatte, doch Rainer war erregt und überaus nervös, sie konnte ihn nur mühsam davon abbringen, sofort beim Fahrdienst der Klinik anzurufen, deren Telefonnummer sie im Gebärkurs wie alle anderen Hochschwangeren erhalten hatte, da in Moskau Taxis kaum zu bekommen waren und die Taxizentralen auch bei Notfällen und Geburten keine Ausnahme machten und keinen Wagen schickten. Um neun Uhr, die beiden hatten gefrühstückt, Gudrun hatte zwei Scheiben Brot mit Sirup gegessen, Rainer aß nichts, er trank nur drei Tassen Kaffee und einen halben Liter Tee, um neun sagte Gudrun nach einem Blick auf die Armbanduhr, jetzt sei es so weit, jetzt kämen die Wehen in dem Abstand, dass er in der Klinik den Wagen bestellen solle. Rainer rannte aus dem Haus und zur Telefonzelle, drei Leute standen davor, sie waren aber bereit, Rainer für einen Notanruf vorzulassen. Der Chef vom Fahrdienst fragte nach dem Abstand der Wehen, Rainer sagte, sie kämen alle zwanzig Minuten, was ihm Gudrun aufgetragen hatte, dann musste er Namen, Adresse und Stockwerk angeben, worauf der Fahrdienstleiter zufrieden war und wortlos auflegte.

Der Wagen kam fünfzehn Minuten später, die Familie Trutz stand mit ihrer kleinen Reisetasche bereits auf der Straße. Der Fahrer stieg aus, packte die Tasche in den

Kofferraum und sagte zu Rainer, er könne nicht mitfahren, dies sei nicht gestattet, zudem sitze bereits eine Schwangere im Auto und eine dritte müsse er auf dem Weg in die Klinik noch abholen.

»Wir können da keine Männer gebrauchen«, sagte er grinsend zu Rainer und schlug ihm aufmunternd auf die Schulter, bevor er Gudrun in den Wagen half.

»Komm erst mittags in die Klinik, Papa«, sagte der Fahrer zu Rainer, bevor er die Wagentür zuschlug und losfuhr, »sonst stehst du vor dem Krankenhaus nur herum. Eingelassen wirst du nicht, bevor dein Kind da ist.«

Am Sonntagnachmittag, kurz nach drei, wurde einer erschöpften, glückstrahlenden Gudrun ein kleiner Junge auf die Brust gelegt.

»Es ist ein Recke«, sagte die Hebamme zu der jungen Mutter, »ein Ilja Muromez. Und alles ist dran.«

Um sechs Uhr durfte Rainer einen ersten Blick durch eine Glasscheibe auf seinen Sohn werfen, auf den winzigen Maykl. Für diesen Vornamen hatten sie sich nach wochenlangen Gesprächen entschieden, sie wollten Namen, die im Russischen wie im Deutschen gebräuchlich sind, und hatten sich bereits auf Katharina und Michael geeinigt, als Gudrun in ihrer Schokoladenfabrik, in der die Kolleginnen sich heftig an der Namenwahl beteiligten, von Nina Sorina erfuhr, die Standesämter in Moskau würden auch gebräuchliche Kosenamen akzeptieren und statt einem Michail oder Mischa könne sie auch Mischutka oder Mischenka eintragen lassen oder den bei jungen Leuten neuerdings beliebten Vornamen Maykl. Dieser Name gefiel beiden, es war sowohl ein deutscher wie ein russischer Name, auch war das Englisch nicht zu überhören, und dennoch hatte er etwas Einzigartiges. Sie hatten sich auf die Kosenamen Maykl und Katja geeinigt, und so wurde ihr Sohn am zweiten Februar als Maykl Trutz behördlich registriert.

Rainer hatte Gudrun ein dunkles, langes Kleid mitgebracht, ein todschickes Kleid von Kamanin, das er im Torgsin-Geschäft an der Twerskaja-Straße erstanden hatte und das dort nicht für Rubel und gute Worte zu bekommen gewesen war. Deshalb hatte er die restlichen Schweizer Franken und seinen Ehering dafür geopfert und hoffte inständig, Gudrun werde den fehlenden Ring nicht bemerken oder wäre von dem Kleid so begeistert wie er selbst und könnte ihm das Sakrileg verzeihen.

Die ersten zwei Monate konnte Gudrun mit dem Baby daheimbleiben. Rainer hatte Leopold Stadler, den Brigadier, gefragt, ob er, um seinen kleinen Sohn besser versorgen zu können, nur noch in der Frühschicht arbeiten könne, was Stadler entschieden ablehnte. Der Termin für die Eröffnung der *Metro-Linie Eins* war nämlich im zweiten Fünfjahresplan festgelegt und musste, koste es, was es wolle, eingehalten werden, zumal es Stalins Lieblingsprojekt im neuen Wirtschaftsplan war, der Generalsekretär häufig über den Bau der Moskauer U-Bahn sprach und die Zeitungen des ganzen Landes Woche für Woche über die Fortschritte berichteten. Wie ihm Stadler sagte, habe man sogar die Betonierer von den Dnjepr-Staudämmen in die Hauptstadt geholt und Bergarbeiter aus den Donezker Kohlegruben, und um den Plan einzuhalten, was mit Spitzhacken, Spaten und Schaufeln nicht zu erreichen war, hatte Stalin in seiner Weisheit den Kauf einer Tunnelvortriebsmaschine aus England angeordnet, die seit zwei Jahren im Einsatz war. In zwei Kombinaten der Sowjetunion hatte man die Vortriebsmaschine nachgebaut, und sobald die letzte dieser landeseigenen fertig sei und auf ihrer Baustelle eingesetzt werden könnte, müsste auch die internationale Brigade *Karl Marx* wie bereits andere Brigaden in drei Schichten arbeiten, denn es sei die heilige Pflicht aller siebzigtausend *Erbauer der Metro,* die *Linie Eins* als Wunderwerk sowjetischer Technik und Arbeit am 15. Mai 1935 dem Genossen Stalin zu übergeben.

Am dritten April, direkt nach Ostern, begann Gudrun wieder in der Schokoladenfabrik zu arbeiten. Ihren Sohn brachte sie vor Arbeitsbeginn in die betriebseigene Kinderkrippe und konnte, wie alle anderen dort beschäftigten Mütter, während der Schicht für eine halbe Stunde zu dem Säugling gehen, um ihn zu stillen.

Ihr Leben hatte sich mit Maykls Ankunft verändert, der kleine Sohn war nun der Lebensmittelpunkt, um den sich Tag und Nacht alles drehte. Kamen Freunde zu Besuch, wurde der Junge vorgezeigt, und er war Thema aller Gespräche. Lilija und Galja wurden zu Patentanten ernannt, wenngleich Maykl nicht getauft wurde. Es gab keine freie Minute, in der sie nicht mit ihm oder für ihn beschäftigt waren, sie spazierten mit dem Kinderwagen zur Moskwa, gingen mit Maykl oder allein durch die Geschäfte, auf der Suche nach wärmender Babywäsche. Wann immer es ihm möglich war, saß Rainer neben Gudrun, wenn sie ihren Sohn stillte, an diesem Anblick konnte er sich nicht sattsehen und er bedauerte es, kein Maler zu sein, um dieses Bild für immer festzuhalten. Die stillende Gudrun, der gierig schmatzende Säugling, der Säufling, wie Rainer sagte, sie waren in diesem schweren Jahr die schönsten Momente seines Lebens, auch wenn es ihn gelegentlich quälte, dass die schwere Arbeit mit Spitzhacke und Spaten es ihm unmöglich machte, sich an den Tisch zu setzen, um zu schreiben. Der kleine Maykl raubte ihm überdies Zeit und Schlaf, denn wann immer der Säugling sich nachts meldete, war Rainer sofort hellwach und eilte zu der im Stil russischer Bauernmalerei bemalten alten Wiege.

Sie hatten sich in Moskau eingelebt, konnten sich sicher durch die Stadt bewegen, kannten die Linien und Haltestellen der Busse und Bahnen und hatten gelernt, in einer ihnen fremden Welt mit ihren geschriebenen und ungeschriebenen Gesetzen zu überleben, die alltäglichen Besorgungen, die stets mit Warten und Schlangestehen verbunden waren, zu erledigen, ohne das Missfallen oder die Aufmerksamkeit der allgegenwärtigen Miliz zu erregen. Sie hatten begriffen, dass in ihrer Exilheimat alles politisch gesehen wurde, dass jede Nachlässigkeit, jeder Spaß und Witz, selbst jede Unaufmerksamkeit genauso gewertet wurde wie eine gründlich durchdachte Äußerung und Entscheidung. Die Arbeit diente nicht allein dem Lebensunterhalt, sie war eine fast heilige Aufgabe für jeden Sowjetbürger, und Verstöße gegen die Vorschriften oder leichtsinnige Ungenauigkeit auf der Baustelle oder im Werk führten stets zu grundsätzlichen und politischen Auseinandersetzungen, die jeder nur mit einer alle überzeugenden Selbstkritik überstehen konnte, wobei unbedingt das rechte Maß gefunden werden musste, denn eine übertriebene Selbstkritik wurde ebenso fatal und folgenreich gewertet wie ein Abstreiten oder fehlende Einsicht. Ein System von Obrigkeit und Willkür, Kontrolle und Amtsgewalt war allgegenwärtig und auch für die Einheimischen nicht immer durchschaubar. Die wirkliche Macht von Personen war nicht an deren Kleidung zu erkennen, ihre Wohnungen konnten bescheiden sein und selbst für sowjetische Verhältnisse ärmlich, dennoch war nie auszuschließen, dass ebendieser Mann, der lediglich ein einziges Zimmer besaß und in abgewetzten Schuhen umherlief, plötzlich die alles entscheidende und zu fürchtende Instanz war. Man hatte das Auftreten der Leute zu beachten, wie sie ein Zimmer betraten oder jemanden ansprachen, ob sie gewohnt waren, zu sprechen, ohne die Stimme zu heben, ob sie erwarteten, gesehen und gehört zu werden, ohne erst um diese Aufmerksamkeit zu bitten, wie sie die Leute anschauten, selbstgewiss oder unsicher, freundlich und verlegen oder unbekümmert um den Eindruck, den sie auf andere machten.

Rainer und Gudrun verstanden langsam die russische Mentalität und die sowjetische Denkweise und selbst das seltsame und gelegentlich absurd wirkende Konglomerat dieser beiden Lebensformen und Gewohnheiten. Sie begriffen vieles von dem, was ihnen bei ihrer Ankunft irritierend auffiel, und konnten sich manches zusammenreimen, obgleich sie nicht alles erfuhren. Sie lasen die *Moskowski Komsomolez*, eine Tageszeitung, und die *Deutsche Zentral-Zeitung*, aber diese Blätter berichteten nur, was in der politischen Zentrale und im Kreml abgesegnet war. Über die große Säuberung, die seit einem halben Jahr viele die Stellung und die Freiheit kostete, einigen von ihnen auch das Leben, über die Verhaftungen und Verurteilungen einst hochgestellter und verdienstvoller Mitglieder des Politbüros und der Armeeführung erfuhren sie lediglich, was in den offiziellen Verlautbarungen mitgeteilt wurde, sie wussten jedoch nichts oder wenig über deren Hintergründe. Die in Moskau kursierenden Gerüchte drangen nur selten an ihr Ohr, da die Russen kaum untereinander darüber sprachen und schon gar nicht mit Ausländern, denn das konnte als eine Straftat gelten.

Galja war die Einzige, die ihnen sehr offen und sehr verbittert darüber etwas erzählte. Sie hatte in ihrer Dienststelle, dem *Glawrepertkom*, einen gewissen Überblick über die Veränderungen, über die Verhaftungen, über die Kommandierungen und Strafversetzungen aller Bühnenkünstler der Sowjetunion. Lilija sei gefährdet, vertraute sie ihnen an, die wundervolle Lilija werde in ihrer Hauptverwaltung immer offener angegriffen, Bucharin könne oder wolle nicht helfen, die Freundschaft mit ihm schütze sie jedenfalls nicht weiter.

Lilija selbst sprach nicht mit ihnen über die Säuberungsmaßnahmen der Partei. Es sei eine innersowjetische Angelegenheit, erwiderte sie ihnen ungewöhnlich knapp und sogar schroff, eine Maßnahme von Staat und Partei, um sich und die Heimat vor den Feinden im Inneren zu schützen, bei der die Meinung und der Rat des Auslands wie auch der Emigranten nicht gefragt und sogar unerwünscht sei. Den Versuch, mit Lilija darüber zu sprechen und von ihr etwas dazu in Erfahrung zu bringen, gaben Rainer und Gudrun bald auf, es war allen lieber, stattdessen über Maykl zu sprechen und ihm bei seinem Krabbeln und den ersten Gehversuchen zuzuschauen.

Auf der Arbeit, in Gudruns Schokoladenfabrik wie auf Rainers Metro-Baustelle, gab es ein paar Gerüchte, einige Kollegen waren verschwunden, doch keiner wusste darüber etwas Genaues, und Stadler, Rainers Brigadier, sagte, man habe sich von ein paar Kriminellen trennen müssen, derlei Gesindel gäbe es auf allen Baustellen der Welt, dagegen sei man auch beim Aufbau des Sozialismus nicht gefeit.

Im Juni wurde eine ganze Brigade, die an der Metro-Station *Sokolniki* arbeitete, nach einem schweren Unfall mit einer der Tunnelvortriebsmaschinen festgenommen, vor Gericht gestellt und, bis auf eine einzige Ausnahme, in das Lager *WorkutLag* nach Workuta verbracht, einem Städtchen nördlich des Polarkreises, am oberen Ende des Ural-Gebirges, wo man fünf Jahre zuvor bei Probebohrungen riesige Vorkommen von Kohle, Erdöl und Erdgas entdeckt hatte. Die Gegend war unwirtlich und wirkte menschenfeindlich, kein Arbeiter wäre freiwillig nach Workuta gegangen, auch nicht für doppelten Lohn, und die Regierung entschloss sich daher, ein Lager für Zwangsarbeiter zu errichten, um die Rohstoffe abzubauen. Die Brigade von der Metro-Station *Sokolniki* hatte in diesem Lager erneut mit Spitzhacken und Schaufeln in der Erde zu wühlen, aber erhielt nun für den Kohleabbau statt eines kleinen Arbeitslohns samt Zuschlägen nur ein dürftiges Taschengeld, womit man sich Papirossy und eine halbe Flasche Wodka und zum freien Sonntag ein paar fettige, mit Kohl gefüllte Piroggen kaufen konnte, um so gestärkt neidvoll den Rentieren nachzusehen, die ihre Freiheit genossen und es vermieden, dem Zaun des Lagers mit seinen hungrigen Insassen zu nahe zu kommen. Zwei Mitglieder der Brigade wurden erst ein Jahr später nach Workuta deportiert, da sie bei dem Unfall so schwer verletzt worden waren, dass sie mehrfach operiert werden mussten. Das einzige Mitglied der Brigade, das nicht in das Lager *WorkutLag* verbracht wurde, war bei dem Unfall an der Metro-Station *Sokolniki* tödlich verletzt worden, der Leichnam wurde im Moskauer Krematorium eingeäschert und die Urne noch vor Prozessbeginn auf dem neuen Donskoi-Friedhof beigesetzt.

Auf der Baustelle *Kulturpark* der *Linie Eins* gab es nach dieser Festnahme Unruhe und erregte Parteiversammlungen, da diese Brigade vier Monate zuvor Ehrengast des Siebzehnten Parteitags der KPdSU gewesen, dem *Parteitag der Sieger*, und von Stalin, dem *genialen Führer*, persönlich beglückwünscht worden war. Die zweiunddreißig Männer jener Brigade wurden stellvertretend für die siebzigtausend *Erbauer der Metro* auf dem Parteitag von den Delegierten stürmisch gefeiert und umjubelt, und nun wurden sie einer gemeinschaftlichen trotzkistischen Verschwörung angeklagt, deren Absicht es gewesen sei, die Eröffnung der Metro um sechs Monate zu verzögern. Angesichts der Schwere der Straftat, eines unentschuldbaren Verbrechens gegenüber den Moskauer Werktätigen, den Völkern der Sowjetunion und dem *genialen Führer*, forderte der Kommissar der Baustelle *Kulturpark* lebenslange Haft für die gesamte Brigade und für den Hauptschuldigen, den Brigadier, die Todesstrafe. Die zur Versammlung befohlenen Arbeiter stimmten nur zögernd dieser Forderung zu, wussten doch alle, dass der Eröffnungstermin der *Linie Eins* seit einem Vierteljahr bedenklich ins Rutschen gekommen war, da der Stahlkern einer der in der Sowjetunion nachgebauten Vortriebsmaschinen eine Woche nach dem ersten Einsatz gerissen war, zwei Arbeiter tötete und vier weitere schwer verletzte und für Wochen oder Monate ausfiel, so dass die Station, an der sie eingesetzt wurden und wo jene jetzt angeklagte Brigade gearbeitet hatte, nach menschlichem Ermessen nicht bis zum Mai 1935 fertiggestellt werden konnte.

Leopold Stadler bemerkte die Unruhe und Verunsicherung innerhalb seiner Brigade und verlangte von seinen Männern Zustimmung zu den Forderungen der Partei und Zurückhaltung bei Äußerungen und Gesprächen. Sie seien Gäste der Sowjetunion, das Vaterland aller Werktätigen sei ihr Zufluchtsort geworden, und es sei die Zukunft der gesamten Menschheit.

Rainer Trutz, dem sich Lilijas schroffe Anweisung eingeprägt hatte, nicht über die Verhaftungen im Land zu sprechen, vermied Unterhaltungen mit den Kollegen darüber. Er bemerkte, dass auch alle anderen, die in der Presse noch immer gefeierten *Erbauer der Metro*, schwiegen und verbissen die verlangten Arbeitsleistungen erbrachten, um nicht der Sabotage bezichtigt zu werden.

Nur mit einem konnte Rainer gelegentlich über das veränderte Klima in der Stadt und auf der Baustelle reden, über die Berichte in der *Prawda,* der *Moskowski Komsomolez* und der *Deutschen Zentral-Zeitung* von den Prozessen gegen die *trotzkistischen Verräter*, denen die Zeitungen viel Aufmerksamkeit und fett gedruckte Schlagzeilen widmeten, mit Friedhard Schüssler, der zwei Jahre zuvor Deutschland hatte verlassen müssen.

Schüssler, acht Jahre älter als Rainer, war einst Buchhändler in Berlin, hatte in der Prinzenallee, in einem der Heimann-Häuser, den *Roten Häusern* der Sozialdemokratie, eine eigene kleine Buchhandlung besessen und sich als linker Buchhändler einen Namen gemacht. Einen Tag nach der Kundgebung *Das Freie Wort* in der *Kroll-Oper*, in der Berliner Künstler und Intellektuelle gegen den Nationalsozialismus auftraten und Schüssler einen Büchertisch im Foyer aufgebaut hatte, am zwanzigsten Februar des vergangenen Jahres, wurde seine Buchhandlung von Unbekannten, wie das Polizeiprotokoll vermerkte, vollständig zerstört und die Wände wie das Schaufenster mit Morddrohungen beschmiert, so dass er nach Prag floh und sich dort mit Hilfe kommunistischer Freunde ein Visum für die Sowjetunion verschaffen konnte. Er bekam nach seiner Ankunft sofort eine Arbeit in der *Bibliothek für ausländische Literatur* in der Stoljeschnikow, einer früheren Kirche. Dort hatte er die deutschen, englischen und spanischen Bücher und Periodika durchzusehen und zu redigieren, was im Schwärzen bestimmter Textstellen bestand.

Eineinhalb Jahre lang tilgte er die beanstandeten Sätze mit einer teerähnlichen Paste, als an einem Dienstag der Sicherheitsinspektor erschien und ihn schroff aufforderte, ihm zu folgen. Ein Benutzer des Lesesaals, ein deutscher Dozent der Moskauer Fremdsprachenschule, hatte in zwei Zeitschriften, einer deutschen und einer spanischen, sowjetfeindliche Äußerungen entdeckt, die nicht bis zur Unkenntlichkeit geschwärzt worden waren, und dies als unverzeihliches Verbrechen angezeigt. Friedhard Schüssler wurde vor die Kontrollkommission geladen und hatte sich zu der Beschuldigung zu äußern. Sein anscheinend aufrichtiges Entsetzen über sein eigenes Versagen bewog die Mehrheit der über ihn urteilenden Genossen, ihn lediglich von seiner bisherigen Aufgabe, den Posten eines Korrektors, wie seine Berufsbezeichnung lautete, zu entfernen. Sie entschieden, ihn in eine Brigade von Akkordarbeitern zu kommandieren, damit er das Ausmaß seines politischen Fehlers begreife und sich bei körperlicher Arbeit bewähren könne.

Friedhard Schüssler war im Juli 1935 in Stadlers Brigade gekommen, die Arbeit mit Hacke und Spaten war für ihn wie für Rainer Trutz anfangs ungewohnt, so dass er in den ersten Tagen der Brigade keine Hilfe war, sondern ein ärgerlicher Störfaktor, den man übersah oder beiseitestieß. Rainer zeigte ihm, wie man kräftesparend mit den Werkzeugen umzugehen habe, mit welchen Bewegungen und mit wie viel Schwung die Hacke zu führen sei und wie man eine übervolle Schubkarre so anzupacken und zu steuern habe, dass das Gummirad nicht von den Holzplanken abrutscht und der Inhalt der Karre im Dreck landet. Bei ihren Gesprächen in den Arbeitspausen erzählte Trutz ihm auch von seinen Tätigkeiten in Berlin und beglückt hörte er, Schüssler erinnere sich an die beiden Bücher von Rainer, er habe sie in seiner Buchhandlung angeboten und verkauft und eins der Bücher von Rainer, den Roman *Kleine Stadt, Sonntagmorgen* sogar als eine seiner letzten Lektüren in Berlin gelesen, da ihm die bösartigen Rezensionen in der Nazipresse aufgefallen und ihn neugierig gemacht hätten.

»Wie war dein Eindruck? Hat dir der Roman gefallen?«, fragte Rainer.

»Ja, es war genauso wie in dem Flecken, aus dem ich stamme. Ich komme ursprünglich aus Hessen, aus Hochstadt, wenn dir das etwas sagt. Da ging es genauso zu, wie du es beschrieben hast. Darum bin ich nach dem Abitur sofort nach Berlin abgehauen. Ja, dein Buch ist gut, es hat mir gefallen.«

Mit Friedhard konnte Rainer endlich wieder über Literatur und Bücher sprechen, auch über Deutschland, Berlin und Hitler. Sie hatten ähnliche Ansichten und beurteilten viele Ereignisse anders als die meisten anderen Emigranten und die sowjetische Presse, auch wenn sie sich bei ihren Gesprächen zurückhielten, um keine Position zu vertreten, die als feindlich oder oppositionell gewertet werden könnte. Ein wenig Misstrauen, das hatte Moskau sie gelehrt, war immer und überall und gegen jedweden angebracht, zumal wenn Freundschaft oder Alkohol die Zunge lockerten. In Moskau waren schon Männer und Frauen abgeholt worden, deren Kinder die Eltern absichtlich oder versehentlich und unbedacht ins Visier der Behörden gerückt hatten. Bei aller Freundschaft, ab und zu sollte man den Mund halten und es sich zweimal überlegen, bevor man ihn wieder öffnet.

Als Friedhard ihn eines Tages fragte, ob er bereits an seinem nächsten, dem dritten Buch arbeite und wann es fertig sei, schüttelte Rainer den Kopf: »Wie denn? Hier

Akkord und danach schreiben? Das geht nicht. Außerdem habe ich einen kleinen Sohn, der hält mich auf Trab.«

Maykl wuchs und gedieh, groß und stark wie ein russischer Märchenheld würde er wohl nicht werden, aber die üblichen Kinderkrankheiten hatte er rasch und folgenlos überstanden. Die Kinderkrippe der Schokoladenfabrik hatte ihren guten Ruf zu Recht, befand Gudrun, man achtete auf Disziplin und Ordnung, die jungen Mütter wurden gerügt, wenn sie die Kinder zu spät abgaben oder abholten, doch die Kleinen waren gut behütet und die Betriebsärztin war praktische Ärztin und besaß überdies das Facharztexamen in Pädiatrie, war also ausgebildete Kinderärztin, die jede Woche einmal durch die Krippe und den Kindergarten ging und bei dem kleinsten Problem sofort erschien.

Etwas seltener wurden die Besuche von Lilija und Galja. Lilija reiste viel in die ihr zugewiesenen Rayons. Nach der gewichtigen Position Westeuropa hatte das Hauptkomitee ihr nun Länder weit entfernt von der Hauptstadt der Sowjetunion zugewiesen, in denen es nur wenige Theater gab und deren Inszenierungen von der überregionalen Presse kaum wahrgenommen wurden. Als Lilija nach den Gründen für die Versetzung in eine der künstlerisch kaum attraktiven Regionen fragte, rügte sie die Vorsitzende von *Glawrepertkom* überaus scharf. Ob sie denn als langjährige Genossin nicht wisse, dass Stalin in Baku gelebt habe, dass Baku seine Stadt sei, die er kenne und liebe, in der man Straßen und Betriebe, Schulen und Hochschulen nach ihm benannt habe und auch das Theater. Selbst in jenem Gefängnis in Baku, in dem er inhaftiert war, gäbe es nun ein Stalin-Museum zur ewigen Erinnerung.

Ihren Freunden gegenüber hatte Lilija sich nicht über die Veränderung ihrer Zuständigkeit beklagt. Als Rainer Trutz meinte, diese Abkommandierung komme einer Strafversetzung gleich, protestierte sie energisch, der neue Arbeitsbereich sei für sie vielmehr eine Herausforderung. Nun habe sie mit Regisseuren, Schauspielern und Sängern zu tun, die nur die Inszenierungen ihrer kleinen Republik kennen und nichts von dem Theater wissen, das Moskau erregt und Leningrad, wie nun das jahrhundertealte Sankt Petersburg hieß, nicht zu reden von den legendären Inszenierungen in den Theatermetropolen Paris, Rom und London. Sie habe nun gewissermaßen Provinzler anzuleiten, ihnen etwas vom Welttheater zu vermitteln, um auch in diesen Sowjetrepubliken Anspruch und Niveau zu steigern.

Selbst die Sprachprobleme, die die multilinguale Lilija in diesen weit entfernten Städten hatte, deren Schrift sie nicht zu lesen vermochte und deren Sprache sie allenfalls verstehen, aber nicht sprechen konnte, reizten Lilija, die entlegenen Gegenden und die ihr fremden, asiatischen Menschen samt ihrer Kultur und Sprache zu erforschen und kennenzulernen. Sie war noch immer die für alles aufgeschlossene, neugierige, leicht zu begeisternde Frau, die sie schon als Schülerin und Studentin war und als die sie Rainer in Berlin kennengelernt hatte. Es verstörte sie auch nicht die Skepsis und das kaum verhohlene Ressentiment, mit dem die Einheimischen die aus Moskau anreisenden Vorgesetzten empfingen, weil diese ihre Vorschläge, Hinweise und Befehle lediglich auf Russisch erteilten, da sie sich in der armenischen, aserbaidschanischen oder abchasischen Sprache nicht verständigen konnten.

Galja entschuldigte sich mit ihrer Mehrbelastung, die

vielen kleinen und kleinlichen Probleme, die ihre Chefin nun mit einem hohen Reiseaufwand zu lösen hatte, nötigten auch Galja, Überstunden zu machen. Und es gab noch einen weiteren Grund, der Nikolaj hieß, sechs Jahre älter als Galja war und schwarzhaarig und als Zweiter Adjutant der Schwarzmeerflotte von Mark Rumanzew im Februar nach Moskau geschickt worden war, um die Koordination des Verteidigungsministeriums und der Flotte zu verbessern. Rumanzew hatte Nikolaj bei dieser Gelegenheit einen Kasten Krimsekt für Lilija mitgegeben, den er in ihre Dienststelle brachte, dort zwar nicht Lilija, sondern Galja antraf, sich umgehend mit ihr verabredete und bereits einen Monat später mit ihr nach Smolensk flog, um sie den Eltern als seine Braut vorzustellen.

Nikolaj hatte ein Zimmer in der Moskauer Militärakademie, und da die Beamten im Ministerium pünktlich Feierabend machten, dem Zimmer in der Akademie, obgleich es ein Einzelzimmer war, das Odeur der Kaserne anhaftete und der Stallgeruch von Drill und Dressur, hielt er sich nur ungern dort auf und zog es vor, nahezu täglich Galja von der Arbeit abzuholen und mit ihr auszugehen. Rainer und Gudrun freuten sich für sie, auch wenn sie Maykls Patentante nur noch einmal im Monat sehen konnten.

Im vergangenen Dezember hatte man die Brigade *Karl Marx* von der Baustelle *Kulturpark* abgezogen und am künftigen Depot *Sokol* eingesetzt, einer Station der *Linie Zwei*, die vom Stadtteil Sokol zum Theaterplatz führte und in drei Jahren eröffnet werden sollte und wo eine der Tunnelvortriebsmaschinen sich bereits durch den Boden schob.

Der Eröffnungstermin der *Linie Eins*, auch *Sokolnitscheskaja-Linie* oder *Rote Linie* genannt, konnte dem

Generalplan Stalins gemäß eingehalten werden, und Mitte Mai 1935 fuhren Tausende Moskauer auf den scheinbar endlosen Rolltreppen in die Tiefe, um die Metro-Bahnhöfe zu bewundern, die prächtigen Vorhallen und gläsernen Kassen, diese einzigartigen unterirdischen Marmorpaläste, unerwartet riesig, von rotgeäderten und zartgrauen Säulen gehalten und von gewaltigen Kronleuchtern erhellt, leuchtende Säle, ein Traum aus Granit und Marmor, eine eingelöste Zukunftsversprechung Stalins, das Spiegelbild der künftigen Stadt, wie es Stalin und sein Generalplan für das oberirdische Moskau entworfen hatten.

Auch Gudrun und Rainer waren mit dem kleinen, anderthalbjährigen Maykl zur Metro gepilgert, an der Station *Kulturpark* in die Tiefe gefahren und berührten wie die anderen Besucher fast ehrfürchtig den polierten Marmor und bestaunten die riesigen unterirdischen Hallen. Viele Moskauer stimmten sogar in die Hochrufe ein, wenn über die Lautsprecher der Name Stalin zu hören war, der Name des *genialen Führers und Erbauers der Metro*. Es war Lewitan, der mit jubelnder Stimme seinen Namen nannte, der berühmte Juri Borissowitsch Lewitan selbst, der Radiosprecher, dessen Stimme jedermann vertraut war, der Mann, der im Rundfunk gewöhnlich Stalins Ankündigungen verlas und nun von der Metro-Zentrale aus über die Lautsprecher in den U-Bahn-Schächten der *Roten Linie* das Jahrhundertbauwerk den Besuchern vorstellte und mit beeindruckenden Zahlen aufwartete. Wann immer er den Namen Stalin mit Vor- und Vatersnamen aussprach, machte er eine kleine Pause, um den in Verehrung erstarrten Moskauern Zeit zu lassen, ihn andächtig und bewundernd zu wiederholen, ergriffen seinen Namen zu flüstern und ihn wie eine allgewaltige, alles erschaffende Gottheit anzurufen. Die Atmosphäre und Stimmung in der Metro-Station *Kulturpark* erinnerten Rainer an die Filmaufnahmen vom letzten Parteitag, als die Kinowochenschau den Moment zeigte, in dem Josef Wissarionowitsch Stalin den Sitzungssaal betrat und alle Delegierten aufstanden, um ehrfurchtsvoll seinen Namen zu rufen.

»Das hat Papa gebaut«, sagte Gudrun zu Maykl, »dein Papa ist der Erbauer der Metro.«

Sie wandte sich dann zu ihrem Mann: »Wieso ist Stalin der Erbauer der Metro? Hat er die Baupläne gezeichnet, hat er denn mit euch gehackt und geschippt?«

Rainer wurde blass und fuhr sie an: »Halt den Mund, Gudrun. Was redest du für einen Unsinn? Es gibt nur einen wahren Erbauer der Metro. Liest du keine Zeitung?«

Gudrun war über den Rüffel verärgert, nahm den Kleinen auf den Arm und bemühte sich, in der dichten Menschenmenge ein paar Schritte voranzukommen. Rainer ging ihr hinterher, legte einen Arm um ihre Schulter und flüsterte: »Das darfst du nicht sagen, Gudrun, nie. Auch nicht im Spaß. Das sind die Späße, die einen heutzutage teuer zu stehen kommen.«

Sie schaute ihn irritiert an, aber da er sie beschwörend anstarrte, erwiderte sie nichts.

5. Kapitel

Ende des Jahres meldete sich überraschend Waldemar Gejm bei ihnen. Der Professor hatte an seinem Lehrstuhl an der Moskauer Universität eine Arbeitsgruppe gegründet, zu der er Wissenschaftler unterschiedlichster Disziplinen einlud sowie Künstler und Vertreter von Berufen, die ihm für seine Forschung geeignet erschienen. Selbst Rem, sein zweijähriger Sohn, wurde ein förmlich eingetragenes Mitglied dieser Gruppe, der er, nach einem Vorschlag seiner Frau, den Namen *Seelöwe* gegeben hatte. Er hatte auch Lilija um Mitarbeit gebeten, aber ihr war es, bedingt durch die vielen Dienstreisen, nicht möglich, an den wöchentlichen Treffen der Gruppe teilzunehmen.

Lilija erinnerte ihn an die beiden Deutschen, an Rainer und Gudrun Trutz, und Gejm bat sie, diese Freunde in seinem Namen zu der Arbeitsgruppe einzuladen, da er neben Künstlern und Militärs, Wissenschaftlern und Kindern auch Personen aus anderen Nationen für seine Testreihen benötigte und bereits einen Chinesen und zwei Japaner, alle drei Dozenten der Moskauer Universität, hatte gewinnen können. Ihm war erinnerlich, dass die junge Deutsche im letzten Monat ihrer Schwangerschaft war, als er sie bei Lilijas Weihnachtsfeier kennenlernte, und erkundigte sich nach dem Kind. Da Maykl Trutz und sein Sohn gleichaltrig waren, es trennten sie lediglich sieben Wochen, sagte er Lilija, ihre deutschen Freunde mögen mit dem Kind am Samstag zur Universität kommen. Kinder, zumal sehr kleine Kinder, seien, wenn sie sich anstellig erwiesen, für ihn wichtig, und der kleine

Deutsche würde in seinem Sohn einen Spielkameraden finden. Spielerisch würde es ohnehin in der Gruppe zugehen, da sein Trainingsprogramm auf das Spiel und den Spieltrieb ausgerichtet sei.

Am vorletzten Sonnabend im November kamen Gudrun und Rainer samt ihrem in Decken gehüllten Jungen in Gejms Forschungsabteilung im Institut der Universität für Philosophie, Literatur und Geschichte in der Großen Trubezkoj-Gasse. Galja, die stellvertretend für Lilija zur Arbeitsgruppe gehörte, wartete an der Pforte, sie begrüßten sich, Maykl gab Galja einen Kuss und dann gingen sie ins Konferenzzimmer im ersten Stock. Professor Gejm stand auf und kam ihnen entgegen, er schüttelte ihnen die Hand, streichelte Maykl über den Kopf und wies ihnen ihre Plätze zu, direkt neben seinem Sohn Rem. Er bat Galja sich der beiden Jungen anzunehmen, sie könnte mit ihnen im Zimmer bleiben und spielen, solange er Maykl und Rem noch nicht für seine Übungen benötige, oder auch ins Nebenzimmer gehen, wo Getränke und ein Imbiss zu finden seien. Als alle ihre Plätze eingenommen hatten, machte er mit einer raschen Aufzählung der Namen und Funktionen aller Anwesenden die Mitglieder der Gruppe miteinander bekannt. Er sprach so rasch, dass Gudrun und Rainer Mühe hatten, sich die Namen einzuprägen und ihnen später die Berufe und Funktionen zuzuordnen. Ihnen wurden zwei uniformierte Offiziere vorgestellt, ein Major und ein Leutnant, beide vom Volkskommissariat für Verteidigung, direkt unterstellt dem stellvertretenden Volkskommissar und jüngsten Marschall der Sowjetunion, und beide mit mehreren Orden und Sternen. Es waren zwei Maler da, ein Bildhauer, den Rainer dem Namen nach kannte, zwei Schauspieler, ein Regisseur von der Oper und einer vom Schauspiel, von ihm hatten Gudrun und Rainer eine Inszenierung gesehen, mehrere Wissenschaftler, eine berühmte Meeresbiologin, ein Dozent und Physiker, der zu Waldemar Gejms Sitzungen Woche für Woche aus Leningrad anreiste, ein japanischer Slawist, zwei Chinesen, ein Professor der Teilchenphysik und ein Astrophysiker, ein Oberst des NKWD, des sowjetrussischen Staatssicherheitsdienstes, er erschien stets in Zivil, und schließlich ein stellvertretender Volkskommissar der Finanzen und ein Kombinatsdirektor. Keiner der Anwesenden war älter als fünfzig, von Galja und den beiden kleinen Kindern abgesehen, waren Gudrun und Rainer die jüngsten Teilnehmer.

Das junge deutsche Paar hatten die großen Namen und bedeutenden Funktionen der anderen eingeschüchtert. Gejm, der es bemerkte, wies sie darauf hin, dass sich in dem Kreis alle mit Vornamen und Vatersnamen oder mit dem Familiennamen ansprächen und man Titel und Förmlichkeiten vermeiden möge, um sich allein auf den Gegenstand ihrer Forschung und der Experimente zu konzentrieren.

»Das Gehirn trainieren, das Mysterium unserer Erinnerungen entschlüsseln, seine Wege und Umwege und Abwege, den großen Plan offenlegen, nach dem unser Gedächtnis funktioniert. Oder, wie es unsere Galja einmal knapp und treffend gesagt hatte, dieses Gedächtnis so zu trainieren, dass es nie wieder etwas vergisst. – Maria Wassiljewna, Sie wollten uns heute in ein paar Ihrer Geheimnisse einweihen. Ich darf Sie bitten. – Nein, nein, Maria Wassiljewna, bitte bleiben Sie sitzen. Formlos bitte. Wir wollen zwanglos und unbefangen die Formen des Gedächtnisses decodieren.«

Maria Wassiljewna war Meeresbiologin am Staatlichen Ozeanographischen Institut, hatte die Barentssee erforscht, die Doppelinsel Nowaja Semlja und sich monatelang in der norwegischen Inselgruppe Spitzbergen aufgehalten. Sie sprach über das Gedächtnis von Tieren, was wie bei den Vorfahren des Menschen von elementarer Bedeutung sei, denn allein das Gedächtnis sicherte der Gattung Homo ein Überleben. Gewöhnlich werde dem Elefanten ein hohes, ein ungewöhnlich gutes Erinnerungsvermögen zugeschrieben, sie habe jedoch bei ihren Forschungen festgestellt, dass die Seelöwen die erstaunlichsten Leistungen aufweisen können, und zwar die Weibchen signifikant deutlich umfänglicher und schneller als Seelöwenmännchen.

Das erstaunliche Gedächtnis mag in der überaus langen Zeit der Trächtigkeit dieser Tiere liegen, die mit zwölf Monaten noch die Schwangerschaft wie auch die Fetalperiode beim Menschen übertreffe. Auch erfolge das Spänen oder Säugen bei den Seelöwen weit über ein Jahr hinaus, was möglicherweise ihrem Erinnerungsvermögen zugutekomme. Durch Forschungen auf den Kurilen-Inseln hatten Kollegen bei den dort lebenden, sehr aggressiven Tieren Verhaltensweisen studieren können, die auf noch gesteigertere Gedächtnisleistungen verwiesen. Sowohl die überaus lange Trächtigkeit dieser Tiere, ihre über eine Dauer von fünfzehn bis vierundzwanzig Monate erfolgende Ernährung mit Muttermilch wie auch die ununterbrochene Kampfbereitschaft der halbwüchsigen und erwachsenen Steller'schen Seelöwen, ihre ständige Demonstration von Autorität und Macht, das alles habe das Überleben der Tiere zu sichern und könnte Grundlage der genetischen Programmierung sein, jener Algorithmen, die das Gedächtnis der Seelöwen so zu stimulieren vermögen, dass dies keinerlei Aussetzer, keine Leerstellen und weißen Flecke aufweist.

»Freilich«, schränkte sie gleich ein, »das ist lediglich eine Theorie, es ist meine Ansicht, aber durch wiederholte Versuche einigermaßen gefestigt.«

»Bedrohung also«, unterbrach sie einer der Offiziere, »eine beständige Bedrohung fördert das Erinnerungsvermögen, das Gedächtnis. Ist das Ihre Meinung, verehrte Maria Wassiljewna?«

»Eine existenzielle Bedrohung, ja. Davon bin ich überzeugt. Was glauben Sie, wie es bei Galja, bei unserer schönen jungen Frau, im Kopf arbeitet, wenn sie nachts allein durch gewisse Viertel von Moskau gehen muss? Und auf Nowaja Semlja, wo jeden Augenblick eine Unbedachtheit, eine vergessene, nicht mehr zur Verfügung stehende Erfahrung den Tod bringen kann, glauben Sie mir, Konstantin Gawrilowitsch, da sind Sie noch im Schlaf hellwach, Ihr Kopf arbeitet, die Erinnerungen, das Gedächtnis, alles steht jeden Moment zur Verfügung, und zwar lückenlos. Und das bin dann nicht ich, es ist der Kopf, ein Hintergrundwissen, das sich nicht abschalten lässt. Selbst wenn dort drei bewaffnete Männer die ganze Nacht zu meinem Schutz anwesend gewesen wären, ich hätte genauso hellwach geschlafen.«

Sie berichtete von eigenen Tierversuchen mit Seelöwen, von den Experimenten, bei denen sie sich mit zuvor sorgsam ausgewählten Tieren vertraut gemacht und ihnen beigebracht habe, abstrakte Zeichen zu unterscheiden, geometrische Figuren, Buchstaben, Zahlen. Genau elf Jahre später habe sie festgestellt, diese Tiere, die in einem riesigen Becken leben, das in einem ihnen gemäßen Klima angelegt worden und ihrer ursprünglichen Heimat sowohl in der Meerespopulation als auch in der Gestaltung der Küste nachgebildet war, konnten die einst erlernten Zeichen mühelos unterscheiden, und zwar ausnahmslos. Was sie erlernt hatten, war fest gespeichert, obgleich diese antrainierten Kenntnisse zu keinem Zeitpunkt eine Bedeutung für die Seelöwen haben konnten, doch der Überlebensinstinkt, der Instinkt und ihr naturgegebener Arterhaltungstrieb, habe ihnen beigebracht, auch jene Erfahrungen immer parat zu halten, für die sie bisher keine Verwendung hatten. Die natürliche Selektion als Evolutionsfaktor, um zu überleben, wie Darwin gesagt habe, eine Selektion, die es einigen Arten möglich mache, mehr Nachkommen zu produzieren, den Feinden zu entkommen oder ihnen zu widerstehen, damit ihre Art und Gattung länger überlebe.

Nach dem Vortrag der Meeresbiologin wurden ihr Bericht und ihre Thesen in der Runde diskutiert. Gejm hielt sich zurück, er wollte nicht mit seiner Autorität die Meinungen und Ansichten der anderen beeinflussen oder gar zum Verstummen bringen, er wollte ihnen zuhören. Er hatte diese kleine Gruppe nach einem sorgsam bedachten Plan zusammengestellt, um seine Forschungsergebnisse gemeinsam mit ihnen zu überprüfen und ein Feldexperiment durchzuführen, da sie aus den unterschiedlichsten Bereichen kamen, deren kaum vergleichbare Berufe nur in einem Punkt übereinstimmten: das Gedächtnis und Erinnerungsvermögen stellte in ihrem Tätigkeitsbereich einen besonderen Wert dar. Diese scheinbar bunt zusammengewürfelte Gruppe sollte, so hoffte er, in einem natürlichen Umfeld seine Arbeitsergebnisse und sein von ihm entwickeltes Gedächtnistraining zum eigenen Vorteil nutzen, während er selbst zu einer ersten, zu einer vorläufigen und eher privaten Überprüfung seiner Forschungsergebnisse gelangen wollte. Wobei er darauf achtete, jeden Einfluss seinerseits auf den Ablauf des Experiments zu vermeiden.

Ein halbes Jahr zuvor hatte er eine Schülergruppe zusammengestellt, Kinder der dritten und vierten Klasse der Karl-Liebknecht-Schule, die er oder einer seiner Assistenten einmal wöchentlich in seinen Mnemotechniken trainierte. Er hatte die Schule der Emigrantenkinder dafür ausgewählt, da er vermutete, dass deren Eltern ihre Sprößlinge gut motivierten und diese Kinder, die sich in einem fremden Land und einer frisch erlernten Sprache zurechtzufinden hatten, bestens geeignet seien, auch seine Gedächtnisübungen zu bewältigen.

Die Stunden mit den Zehn- und Elfjährigen waren für ihn so zufriedenstellend und anregend, dass er sich entschloss, auch mit anderen Altersstufen seine Techniken zu probieren. Da er selbst einen zweijährigen Sohn hatte und die deutschen Freunde von Lilija ebenfalls, wollte er seine Übungen in einer geeigneten Weise auch Kleinkinder lehren, da er vermutete, das Gedächtnis würde umso erfolgreicher zu der angestrebten Steigerung und Perfektion, zum Omegapunkt eines dauerhaften Speichersystems des Gehirns führen, je früher das Individuum damit beginne, gewissermaßen dem in der Kindheit weit geöffneten und mit zunehmendem Alter sich schließenden Sprachfenster vergleichbar. Also fuhr er, vom kopfschüttelnden Protest seiner Frau begleitet, mit dem kleinen Rem Samstag für Samstag in die heiligen Räume der Moskauer Universität, um seinem Sohn zu einem fehlerfreien, lückenlosen Langzeitgedächtnis zu verhelfen.

Für das Mnemo-Technik-Training hatte er unterschiedliche Methoden für Erwachsene, für die Schulkinder und die beiden Zweijährigen erdacht, wobei er Assoziationsketten mit Hilfe eines Zahl-Symbol-Systems, mit einer Alphabet-Methode, mit Sprachen- und Vokabellernen jenen Gedächtnispalast herzustellen suchte, der ihm vorschwebte und von dem Simonides von Keos gesprochen hatte. Er hatte Spielkarten entworfen, Karten mit Zahlen und Zeichen für die Erwachsenen, mit technischen Zeichnungen für die Halbwüchsigen und mit einfachen, kleinen Bildern für Rem und Maykl. So unbeholfen Gejm im Alltag auch war, denn bei allen praktischen Dingen war er völlig auf die Hilfe seiner Frau angewiesen, so schaffte er es beispielsweise nie, rechtzeitig und geschickt bei Sonderzuteilungen für die Mitarbeiter der Universität an der richtigen Stelle vorzusprechen, um dort ein paar Schuhe oder eine Fellmütze zu ergattern, so findig und sogar schlau war er, wenn es um seine Arbeit ging. Die nötigen Mnemo-Karten besorgte er sich über Josef Rosenfeld, den Professor von der Kunstakademie, der zu seiner Gruppe gehörte und die Bildkarten von seinen Studenten anfertigen ließ. Es gelang ihm sogar, die Handwerker der universitätseigenen Werkstätten, die beständig über fehlende Mitarbeiter und Überforderung klagten, für die Anfertigung von Holzfiguren zu gewinnen, die er in großen Stückzahlen benötigte, da er sie seinen Probanden aushändigte, damit sie, möglichst täglich, auch daheim die aufgetragenen Übungen nach seinen Gedächtnisprinzipien durchführten.

Nach der Stunde mit Maria Wassiljewna bat Professor Gejm Galja, die mit den Kindern während des Vortrags der Biologin im Nachbarraum verschwunden war, sich wieder zu ihnen zu gesellen.

»Wir wollen jetzt mit euch spielen, einverstanden?«

Die Kinder nickten, Maykl schaute ängstlich seine Mama an, die ihn zu sich rief und auf den Stuhl neben sich setzte.

»Nein«, sagte Gejm, »wir setzen uns an die Klubtische,

das ist für die Kinder bequemer. Ich bitte euch, nehmt ein paar der Stühle mit, damit alle Platz finden. Wir werden in drei Gruppen spielen. Gudrun, kommen Sie mit Maykl und Rem an diesen Tisch.«

Professor Gejm stellte die Gruppen zusammen, legte auf jeden der Tische einen Stapel mit Karten und erläuterte die Aufgaben. Maykl und Rem saßen verschüchtert bei den Erwachsenen und ließen sich von Gudrun die Aufgabenstellung nochmals und in einer für sie verständlicheren Form erklären. Bei dem Spiel waren sie anfangs zurückhaltend, aber da sie gute Ergebnisse erzielten und mit den Erwachsenen mühelos mithalten konnten und sie sogar übertrafen, wurden sie lebhafter, und nach dreißig Minuten musste Gudrun das Spiel abbrechen, da die beiden Jungen aus Übermut oder Müdigkeit sich mit den Bildkarten bewarfen.

Gejm war zufrieden, er bat Galja, die beiden Jungen in das Nebenzimmer zu bringen, Gudrun schloss sich ihnen an, da Maykl zu quengeln begann. Der Professor referierte dann über jene Ordnungsmethode für das Gedächtnistraining, das Simonides von Keos entwickelt hatte, die auch im Mittelalter noch bekannte und angewandte Loci-Methode, nach der das Einzuprägende zuvor geordnet wird und wie auf einer Landkarte oder einem Stadtplan eine feste Notierung bekommt. Dem Gedächtnis wird gleichsam eine Codierung gegeben, ein Abbildungsmuster, das jedem Erinnerungsstück einen eindeutigen, unverwechselbaren Platz zuordnet.

»Das Ganze ist ein mnemotechnisches Assoziationsverfahren. Unsere Kommunikation«, führte er aus, »besteht in einem Austausch von Informationen, die wir nur dann fehlerfrei und vollständig an andere übermitteln können, wenn der Empfänger den Code kennt, die Sprache. Wir verständigen uns hier in diesem Raum mit dem Code Russisch. Wenn unser Freund Rainer den Code Deutsch verwenden würde, wären seine Informationen für einige von uns, mich leider eingeschlossen, nicht entschlüsselbar, wir brauchen für die Kommunikation einen uns allen zur Verfügung stehenden Code. Simonides' Loci-Methode erlaubt eine Zuordnung, einen Code zwischen dem, was wir wissen und erfahren haben, und dem Gedächtnis. Wenn wir diesen Code entwickeln und beherrschen, geben wir unserem Gehirn einen Lageplan all unseres irgendwann einmal gespeicherten Wissens samt allem irgendwann einst Wahrgenommenen. Dieser Lageplan, eine Weltkarte unserer selbst, hat alles verzeichnet, ist jederzeit nutzbar, alles ist abrufbar, nichts kann vergessen werden, nichts wird vergessen.«

»Nichts wird vergessen?«, warf der Theaterregisseur ein. »Wie schrecklich! Das Vergessen, die Vergesslichkeit, ist sie nicht zutiefst menschlich? Ist das Vergessen nicht die Bedingung für neue Erfahrungen, neues Wissen? Das Vergessen räumt das Gehirn auf, schafft Platz für das Neue. Das System befreit sich von allen früheren Erfahrungen und Beobachtungen, das Vergessen erweitert unser Aufnahmevermögen, unsere Aufnahmefähigkeit. Das Vergessen, das ist eine einzigartige Leistung unseres Gedächtnisses. Es löscht aus, wischt die Tafel ab, damit etwas Unbekanntes daraufgeschrieben werden kann.«

Der hochgewachsene Mann mit der riesigen Nase hatte sich erregt und seinen Einwand mit großen Gesten unterstrichen.

Waldemar Gejm lächelte: »Sewa, Sewotschka, nicht so heftig. Ja, diese Theorie kenne ich. Sie ist total überholt. Unser Gehirn ist kein Archiv mit begrenztem Aufnahmevermögen, es ist unendlich oder doch unendlich in der endlichen Zeit unserer Existenz. Und ebenso ist es mit dem Gedächtnis. Unser Gedächtnis ist unser Verstand, unsere Sozialisation, es bestimmt unsere Handlungen, wir folgen im Denken und in dem, was wir tun, dem Gedächtnis. Es herrscht sogar über unsere Gefühle. Ohne Gedächtnis sind wir nichts. Wir erinnern uns, nur darum leben wir. Wir können gar nicht anders. In dem nicht trainierten Gedächtnis verschwinden die Dinge nach einer Regel, die nicht unserem Willen unterliegt. Diese Dinge werden nicht gelöscht, man könnte eher davon sprechen, dass sie überschrieben werden. Sie sind noch auf dieser von dir angesprochenen Tafel, wurden aber für uns unlesbar. Und dieses von uns nicht zu steuernde Regelsystem sorgt dann gelegentlich und zu unserem Erstaunen dafür, dass das Verschwundene plötzlich wieder auftaucht, sichtbar wird, erinnert wird. Warum? Wieso? Weil das untrainierte Gedächtnis nur seinen Regeln folgt, wenn ich es aber trainiere, zähme ich es gewissermaßen, zwinge ihm meine Regeln auf. Wenn es dich interessiert, so gebe ich dir zwei Bücher mit, da ist das genauestens dargelegt, wenn auch nicht allgemein verständlich. Es ist voller Termini technici, was ich in unserer Runde zu vermeiden suche. – Schrecklich, sagte unser Freund Meyerhold. Nun ja, das Gedächtnis ist schrecklich, Sewa, es ist der Schrecken an sich, denn es gibt eine Unabweisbarkeit des Erinnerns. Aber dein Vergessen, das so menschlich sein soll, es hilft dir nichts, denn ebendas Schreckliche kannst du nicht vergessen, das bewahrt dein Gedächtnis bis zu deinem letzten Erdentag auf, hält es dir immer wieder vor, vergiftet die schönsten Momente im Leben, weil es ankündigungslos dir wieder sagt, was du liebend gern vergessen möchtest. Aber vielleicht findet sich unter den Linguisten einer, der ebendieses Vergessen erforscht, um es zu trainieren. Das wäre dann dein Mann, Sewa. Hier bei mir bist du in der anderen Abteilung.«

Der Maler Rosenfeld hatte vergnügt dem Streit der Freunde zugehört und warf lachend ein: »Ja, oder wie der große Marc Aurel es sagte: ›Bald, und du hast alles vergessen. Bald, und alles hat dich vergessen.‹ Dieser Marc Aurel ist mein liebster Trinkspruch.«

Da der Professor sie darum gebeten hatte, brachten Gudrun und Rainer oder, wenn es einen Subbotnik in ihrem Betrieb abzuleisten galt, auch nur einer von ihnen ihren Sohn jeden Sonnabend in Gejms Spielrunde, denn viel mehr, meinte Gejm, sei das nicht, er wolle schließlich keine Nachwuchswissenschaftler für sein Institut ausbilden, sondern die praktischen Folgen und die Nutzanwendung seiner Forschung prüfen und den Teilnehmern der Samstagsrunde zu einem besseren und trainierten Gedächtnis verhelfen, was Sinn und Zweck seiner Wissenschaft und Lehre sei. Dieser Gesprächskreis wurde für die beiden Jungen das schönste Ereignis der Woche. Maykl und Rem gewöhnten sich nicht nur aneinander, sie sehnten jeden Sonnabend herbei, um den Freund wiederzusehen und mit ihm die Erwachsenen bei den Spielen des Professors zu übertreffen.

Bei jedem Treffen erzählte einer der Teilnehmer von seinen Erfahrungen mit Gejms Training und sprach über seine Hoffnungen und Wünsche. Die Maler und die Schauspieler sprachen übereinstimmend von den verschütteten Erlebnissen und Träumen, die sie wiederzubeleben hofften. Sie waren überzeugt, ein besseres Gedächtnis werde ihnen künstlerische Räume öffnen, die ihnen zuvor vollständig verschlossen waren und von deren Existenz und Pracht sie nichts wussten. Einer der Schauspieler, der am *Künstlertheater* Stanislawskis für seine

Rollen in den Stücken *Drei Schwestern* und *Der Kirschgarten* von Tschechow von ganz Moskau geliebt wurde, sprach es bei seinem zweiten Erfahrungsbericht offen aus. Er erhoffte sich von Gejms Techniken die Wirkung einer bewusstseinserweiternden Droge. Alle anwesenden Wissenschaftler lachten darüber, alle bis auf Gejm, der nicht so heftig wie seine Kollegen eine solche Vermutung ausschloss, da sich langsam vervollständigende Erinnerungen und ein alles erfassendes Gedächtnispotential durchaus zu jenen psychischen Folgen führen können, die man gewissen Drogen zuschreibt oder jenen Techniken, die Verstand und Bewusstsein verstärken und komplettieren können wie Meditation, Yoga oder eben psychotrope Substanzen. Er könne nichts dazu sagen, wolle es aber nicht vorab bestreiten. In einem seiner Aufsätze habe er ausführlich dazu Stellung genommen, wenn auch mit der bei einer unüberprüften Theorie gebotenen Zurückhaltung. Falls einer in der Runde daran interessiert sei, würde er ihm gern diese Arbeit ausleihen, allerdings sei sie für eine medizinische Fachzeitschrift geschrieben, also im Fachjargon. Er müsse daher alle vor der Lektüre warnen, fügte er belustigt hinzu.

Die beiden Militärs, der Major und der Leutnant, erzählten von ihrem Chef Tuchatschewski, dem stellvertretenden Volkskommissar für Verteidigung und Marschall der Sowjetunion, der ihnen beiden den Auftrag, gewissermaßen den militärischen Befehl erteilt habe, sich an Gejms Testrunde zu beteiligen. Der in der Armee hochangesehene und beliebte Marschall Tuchatschewski, der *Rote Napoleon,* wie man ihn hinter seinem Rücken bewundernd nannte, hatte im Verteidigungsministerium bei einer Rede über Taktik und Strategie auch über Gejm gesprochen. Er hatte gesagt, dass in der gesamten Geschichte der Menschheit immer derjenige Feldherr gesiegt habe, der mehr Informationen hatte als sein Gegner. Er nannte Cäsar, den Karthager Hannibal, den Hunnen Attila, den Perser Schapur und Napoleon, denen übereinstimmend alle Chronisten der Schlachten wie auch die späteren Historiker ein ungemein präzises und umfängliches Gedächtnis zuschrieben. Das Gedächtnis und nicht die Überlegenheit der Waffen habe Tuchatschewski den erstaunten Militärs erklärt, entscheide die Schlacht. Derjenige Feldherr, der die größere Übersicht habe, dem jede Einzelheit in einer sich täglich und stündlich verändernden Lage zur Verfügung stehe, dem sämtliche Informationen jederzeit abrufbar vor Augen stünden und der sich daher nicht mit Vermutungen, Annahmen und unbegründeten Entscheidungen zufriedengeben müsse, habe die größeren Aussichten auf einen Sieg. Geben Sie mir einen Mann mit dem Gedächtnis Napoleons, hätte Marschall Tuchatschewski gesagt, eines Feldherrn, der seiner Armee glaubhaft zu versichern verstand, ihm seien alle Namen seiner Soldaten geläufig, ich würde jederzeit eine ganze Division für einen solchen Mann eintauschen.

Er hatte die Offiziere der Heeresleitung aufgefordert, ihre jungen Kader zu jenem Trainingskurs zu delegieren, den sie, also der Major und der Leutnant, nach dem Vorbild und den Anweisungen Waldemar Gejms für die Zöglinge der Moskauer Suworow-Kadettenschule durchführten. Eines Tages, habe er spöttisch hinzugefügt, werde er wohl der Moskauer Staatlichen Universität befehlen müssen, dieses Gedächtnisgenie der Roten Armee zu überlassen, um die Verteidigung der Sowjetunion zu sichern.

Der Kombinatsdirektor und der Dozent der Plechanow-Wirtschaftsakademie berichteten von ihren Eindrücken und den Veränderungen, die sie bei sich selbst ausgemacht hätten. Sie beschrieben sehr zurückhaltend, wie Gejms Übungen ihr Wahrnehmungsfeld beeinflusst und verändert hätte und dass sie der Ansicht seien, ihr Erinnerungsvermögen werde geschult und die Gedächtnisleistungen seien tatsächlich umfänglicher als noch vor zwei Jahren. Gejm folgte ihren Ausführungen gebannt, für ihn waren sie die greifbarsten Ergebnisse seiner durchaus umstrittenen Wissenschaft, eine Probe aufs Exempel.

In zwei Sitzungen sprach Wsewolod Meyerhold über seine von ihm bereits in Petersburg entwickelte Biomechanik für Schauspieler, wobei er das *Delsarte-System* nutzen und weiterentwickeln würde, jene einst avantgardistische Methode, die ein natürliches Verhalten auf der Bühne gegen die überkommenen Regeln der Darstellung stelle. Mit seiner Biomechanik würden psychologische und physiologische Abläufe in Übereinstimmung gebracht, zu einer natürlichen und sich gegenseitig fördernden Symbiose. Emotionen folgten physischen Prozessen, erläuterte er seine Theorie, und so ergäbe sich die richtige Darstellung geistiger und seelischer Verfassungen aus den korrekten Posen der Schauspieler. Dafür wiederum brauche der Spieler auf der Bühne ein perfektes Gedächtnis, um all seine Erfahrungen auch in Momenten höchster Anspannung und Erregung jederzeit zur Verfügung zu haben. An seinem Theater hatte er die Schauspieler zu den schwierigsten Gejm-Übungen überreden können. Sie hatten Zahlen zu ordnen in schnell und häufig wechselnden Reihenfolgen, sie hatten parallele Versuchsreihen gleichzeitig auszuführen, Meyerhold trainierte jeden Tag mit ihnen, wer an seinem experimentellen *Wsewolod-Meyerhold-Theater* arbeiten wollte, habe sich diesem Training zu fügen. Konstantin Gawrilowitsch, der Major der Armee, bemerkte ironisch, an Meyerholds Theater herrsche offenbar mehr Drill als in seiner Division.

Gejm zweifelte an Meyerholds Theorie, er konnte keinen wirklichen und ihn überzeugenden Übergang von dessen Theaterpraxis zu seiner Wissenschaft sehen, doch seine Bedenken verschwieg er, denn er wollte nicht nach den Maßstäben der Wissenschaft die Nutzung seiner Forschung bestimmen, sondern vielmehr diese einer praktischen Anwendung überlassen.

Daheim berichtete er ausführlich seiner Frau Alina über die Fortschritte der Gruppe und die beglückenden Entwicklungsphasen bei Rem und Maykl. Seine Vermutung, man müsse so früh wie nur irgend möglich mit diesem Gedächtnistraining beginnen, schien sich bestätigt zu haben.

»Weißt du, Linotschka, mit Geta fangen wir noch früher an. Mit diesem Training kann man auch schon beginnen, wenn die Kleine noch nicht laufen kann.«

Entsetzt und kopfschüttelnd legte seine Frau beide Arme um ihr Baby. Ihre Tochter Geta war eben sechs Monate alt geworden, und da redete ihr Mann schon von Gehirntraining und wollte den Säugling seine Mnemonik lehren.

»Ich glaube, Wladik, da habe ich auch noch ein Wort mitzureden. Die Kleine soll eine schöne Kindheit haben, so schön, wie ich sie bei Mama und Papa hatte. Ich lasse es nicht zu, dass du meiner Tochter deine Übungen aufzwingst. Vielleicht spielt sie lieber mit Puppen.«

»Mit Puppen«, erwiderte Gejm begeistert, »ja, das ist ein vorzüglicher Gedanke, Linotschka. Wir können die Übungen natürlich auch mit Puppen machen. Allerdings, nun, ich denke, da brauchen wir mindestens zwanzig, dreißig Stück, alle ein klein wenig verschieden. Vielleicht kannst du sie mir stricken, Liebste. Es ist ja alles für unseren kleinen Liebling Geta.«

»Geh an deinen Schreibtisch, Waldemar, und ärgere mich nicht, sonst kannst du noch eine Löwin erleben, die ihr Junges verteidigt.«

6. Kapitel

Rainers Brigade arbeitete nun schon an ihrer dritten Metro-Baustelle, am *Platz der Revolution* der *Arbat-Linie*. Leopold Stadler war nach wie vor Brigadier, aber einige Arbeiter der *Dermowschtschik-Brigade* waren verschwunden. Ein Glückspilz hatte eine Anstellung als Lehrer an der deutschen Schule in Moskau bekommen, andere hatten aus gesundheitlichen Gründen die schwere körperliche Arbeit aufgeben müssen, und zwei waren über Nacht verloren gegangen, sie erschienen ohne jede Ankündigung nicht mehr zur Arbeit. Nachforschungen nach ihrem Verbleib stellte Stadler umgehend ein, als er erfuhr, dass die Zimmertür ihrer gemeinsamen Unterkunft mit dem blassroten Papierstreifen des NKWD versiegelt war. Man wies ihm neue Leute zu, von denen jedoch ebenfalls keiner zuvor auf dem Bau beschäftigt gewesen war. Stubenhocker und Schreibtischtäter, wie Stadler sie abfällig bezeichnete, obgleich er selbst als früherer hauptberuflicher Gewerkschaftsfunktionär wie sie sich lediglich mit Papieren und Aktenbergen abgemüht hatte und das Hantieren mit Schippe und Spitzhacke erst im Exil erlernen musste.

Gudrun und Rainer hatten sich in Moskau eingelebt, sie wussten mittlerweile wie gebürtige Russen, wo man freundlich und zurückhaltend und wo man mit herrischer Stimme aufzutreten hatte, um irgendetwas zu bekommen. Die Abschaffung der letzten Lebensmittelkarten wurde von der Presse als ein Meilenstein der Entwicklung gefeiert, als Ausdruck der beständigen, unaufhörlichen Konsolidierung der sowjetischen Wirtschaft, ihnen selbst bereitete das Ende der Karten eher Probleme. Rainer hatte die bessere Lebensmittelkarte der Metro-Erbauer erhalten und Gudruns Zuteilung hob sich auch von der gewöhnlichen Lebensmittelzuteilung ab, nun blieben ihnen nur die freien Waren mit den höheren Preisen und zudem hatte man am richtigen Tag und zur richtigen Stunde an dem jeweiligen Geschäft zu stehen, um nicht mit leeren Händen nach Hause zu kommen.

Im Unterschied zu Rainer war Gudrun mit ihrer Arbeit in der Schokoladenfabrik zufrieden, zumal ihre russischen Kolleginnen, die alle wesentlich älter als sie waren, ihre kleine Deutsche mit dem aufgeweckten Maykl umsorgten wie eine Kompanie von Großmüttern, und Gudrun nannte sie auch meine Babuschkas. Einige der Kolleginnen begleiteten sie auf dem Heimweg, machten mit ihr den Abstecher in den Kindergarten, um Maykl zu begrüßen und zu küssen.

Gudrun hatte Nina Iwanowna, der Ingenieurin, erzählt, dass sie Religiöse Sozialistin sei und es in Deutschland eine Vereinigung gäbe, in der sie sich Woche für Woche getroffen hätten, den Tillich-Kreis.

Nina Iwanowna war verwundert, von einem christlichen Sozialismus hatte sie noch nie gehört: »Seid ihr eine Kirche? Eine Glaubensgemeinschaft? So wie die Russisch-Orthodoxen bei uns oder die Römisch-Katholischen?«

Gudrun schüttelte den Kopf.

»Dann seid ihr eine Sekte. Wie die amerikanischen Jehova-Zeugen.«

»Nein, wir sind keine Kirche und keine Sekte. Es ist ein Gesprächskreis, ein Kreis, den es in ganz Deutschland gibt. Oder gab, ich weiß nicht, wie es heute mit ihm steht. Die Nazis waren gegen uns.«

»Also in eine Kirche gehst du nicht?«

»Nein.«

»Gut. Das ist gut. Das ist sehr gut, Gudrun. Wir haben im *Roten Oktober* eine Parteigruppe, wir haben ein Komsomolzen-Aktiv, aber eine Gruppe deiner religiösen Sozialisten werden wir im Werk wohl nicht eröffnen«, meinte Nina Iwanowna und lachte lauthals.

»Und was machst du dann als gläubige Sozialistin?«, erkundigte sie sich dann.

»Ich lese. Ich lese Schriften von Tillich und von Philosophen.«

»Auch Karl Marx und Lenin?«

»Ja, Marx haben wir in Berlin gelesen. Und Kant, Immanuel Kant.«

»Oh, sehr gut. Kant, Kjonigsberg. Ich habe es auch einmal probiert, im Philosophieseminar der Ingenieurhochschule, aber kaum etwas verstanden. Kant ist sehr, sehr schwer. Und du verstehst ihn, Gudrun?«

»Nur wenig, aber Tillich rechnet ihn zu den geistigen Vätern der Religiösen Sozialisten.«

»Und was verstehst du davon? Die Hälfte? Jeden zweiten Satz?«

»Ehrlich gesagt, viel weniger. Aber das Wenige, was ich verstehe, gefällt mir. Das ist ein kluger Kerl. Wenn ich Kant lese, fühle ich mich wie ein besserer Mensch.«

»Dann ist das so wie in der Kirche. Die Leute verstehen von dem lateinischen Gebrabbel nicht einmal die Hälfte. Nur ein paar Worte, aber die alten Mütterchen sind glücklich.«

Gudrun lachte: »Ja, geht mir auch so. Vielleicht ist Kant so etwas wie meine Liturgie. Mein Kirchenlatein.«

Nina Iwanowna Sorina schüttelte den Kopf: »Mädchen, Mädchen, auf was ihr Deutsche nicht alles kommt! Religiöse Sozialisten, nein so was. Ich werde bei Gelegenheit unsere Parteisekretärin danach fragen, aber ich bin sicher, davon hat sie auch noch nie gehört.«

7. Kapitel

Lilijas Freund, Nikolai Bucharin, der Herausgeber der *Iswestija*, wurde ein halbes Jahr später, im März, überraschend verhaftet. Der Vorwurf lautete auf Spionage, illegale Kontakte und Verschwörung gegen das Staatsoberhaupt Stalin. Sowohl in der internationalen Brigade *Karl Marx* als auch in Gudruns Werk war man entsetzt oder doch erschüttert, da Bucharin sehr geschätzt wurde, aber keiner wagte es, ein Wort gegen diese ungeheuerlichen Beschuldigungen zu sagen.

Moskau war nach dieser Radiomeldung wie erstarrt, Moskau war verwirrt, Moskau schwieg. Moskau war wie gelähmt. Auf Rainers Metro-Baustelle vermied man jegliche Äußerungen. Auch in den Essenspausen der Schokoladenfabrik saßen die Frauen schweigend beieinander, die Verhaftungen und Prozesse in den Jahren der sogenannten Entkulakisierung waren auch in der Hauptstadt unvergessen. Man schwieg, stand schweigend im Bus oder in der Bahn, wartete stumm, bis man an der Reihe war, um dann seinen Wunsch vor dem Beamten oder gegenüber der Verkäuferin zu äußern. In den Schulen und selbst in den Universitäten gab es keinerlei Protest, stellte keiner eine Frage zu Bucharins Inhaftierung. Die Sekretäre und Kommissionsvorsitzenden, die die Beschlüsse von Partei und Regierung zu verkünden und zu begrüßen hatten, taten es diesmal zurückhaltender, ihre pflichtgemäße jubelnde Zustimmung zu dieser neuen Entscheidung Stalins wirkte bedrückt und kraftlos.

Lilija war nicht erreichbar. Galja vertröstete die beiden, versprach, ihre Grüße auszurichten, wusste aber selbst nicht, wo Lilija sich aufhielt, da sie eine Woche zuvor nach Baku geflogen war und sich bislang telefonisch nicht gemeldet habe. Am Telefon klang Galja, als würde sie jeden Augenblick in Tränen ausbrechen.

In Gejms Arbeitsgruppe wurde der Vorfall nicht einmal erwähnt, es war, als habe es Bucharin nie gegeben. Der Mann, der wenige Tage zuvor ebenso häufig zitiert worden war wie Stalin, dessen Artikel und Erklärungen viel gelesen und gepriesen wurden, der als Liebling Lenins und der ganzen Partei galt und als designierter Nachfolger Stalins, er war plötzlich ein Spion und Anführer der Konterrevolutionäre geworden, der ein Komplott gegen Stalin geplant hatte.

Gejm, der die Vorgänge nicht durchschaute und keinerlei Erklärungen dafür hatte, unterließ es, sich in seiner Fakultät nach den Vorgängen und Hintergründen zu erkundigen, da er bemerkte, dass auf der außerordentlichen Parteiversammlung der Sekretär kaum mehr sagte, als in der *Prawda* gestanden hatte, und keins der Parteimitglieder sich zu Wort meldete. In seinen Samstagsrunden verfiel er in den Fachjargon der Neurophysiologie, in seinen Vorträgen häuften sich jene Termini technici, die er bisher, den Kenntnisstand seiner Zuhörer berücksichtigend, vermieden hatte, als sei ihm die populäre Darstellung seiner Wissenschaft plötzlich verhasst oder als wolle er sich in ein vertrauteres Gelände retten.

Zwei Monate später erlitt seine Arbeitsgruppe einen Verlust, der sie fast noch heftiger entsetzte. Nach den mittlerweile freigegebenen Akten der beiden Moskauer Armeearchive ergab meine nachträgliche Rekonstruktion der Hintergründe dieses Ereignisses den folgenden Ablauf:

Michail Nikolajewitsch Tuchatschewski, der Marschall der Sowjetunion und Erster Stellvertretender Volkskommissar für Verteidigung, wurde, als er einige freie Tage zu einer erholsamen Fahrt an die Wolga nutzen wollte, in einem Husarenstreich verhaftet. Eine Truppe von Männern des NKWD stoppte den Zug, in dem er saß, nötigte ihn gewaltsam, sämtliche Papiere und seine Waffen auszuhändigen, dann wurde sein Salonwagen verschlossen, abgekoppelt und nach Moskau verbracht. In der Hauptstadt wurde er verhaftet, gefoltert und wenige Tage später in einem nichtöffentlichen Militärgerichtsprozess unter Vorsitz des Generalstaatsanwalts Wyschinski zusammen mit sieben weiteren hohen Offizieren zum Tode verurteilt und bereits einen Tag nach der Urteilsverkündung durch einen Genickschuss auf einem Innenhof der *Lubjanka* exekutiert. Sein Leichnam wurde eingeäschert und auf dem Donskoi-Friedhof verscharrt. Im gleichen Monat gab es im Verteidigungsministerium umfängliche Veränderungen, Ernennungen und Degradierungen, nächtliche Verhaftungen, Deportationen sowie weitere Prozesse gegen Tuchatschewski-Männer.

Die beiden Offiziere, die an Gejms Seminaren teilgenommen hatten, Major Konstantin Kuznetsow und Leutnant Igor Kozlow, wurden nach dem Verschwinden Tuchatschewskis aus der Öffentlichkeit plötzlich degradiert und als Bataillonskommissare nach Kamen-Rybolow versetzt, einer Siedlung am Chankasee im Osten Russlands, in der Nähe von Wladiwostok, wo sie sich in dem beginnenden Grenzkrieg mit Japan bewähren sollten. Der Oberst des NKWD verschwand spurlos. Er war nach Tuchatschewskis Exekution innerhalb von nur zwanzig Stunden in seiner Dienststelle verhaftet, angeklagt, verurteilt und ebenfalls auf einem Innenhof der *Lubjanka* erschossen worden.

Da die beiden Offiziere und der Oberst der Staatssicherheit nicht mehr in der Geijm-Gruppe erschienen und telefonisch nicht zu erreichen waren, ahnte selbst der Professor, dass ihr Verschwinden mit den Vorgängen um Tuchatschewski zu tun habe, und er vermied es, sich im Volkskommissariat nach ihrem Verbleib zu erkundigen.

Ein halbes Jahr später war er gezwungen, die Arbeit mit jenen Schülern einzustellen, die er mit Hilfe eines Assistenten in seinen Mnemotechniken trainierte. Ihre Ausbildungsstätte, die Karl-Liebknecht-Schule, war geschlossen worden und die deutschen und österreichischen Kinder waren auf russische Schulen in ganz Moskau verteilt worden, ein weiterer Unterricht war daher nicht möglich.

Nur einen Monat später, man schrieb das Jahr 1938, kam Meyerhold leichenblass in den Seminarraum, ihm war am Vortage mitgeteilt worden, sein Theater, das *Wsewolod-Meyerhold-Theater*, sei mit sofortiger Wirkung geschlossen. Es hatte in den letzten Jahren wiederholt Angriffe gegen ihn und sein Theater in der staatlichen Presse gegeben, aber da die Moskauer seine ungewöhnlichen Inszenierungen schätzten, hatte er sich keine Sorgen gemacht und diese Beschimpfungen nur als eine bedeutungslose Attacke von Leuten mit einer überholten Kunstauffassung betrachtet, auf die er nicht direkt, sondern mit neuen Arbeiten reagieren wollte, die eines Tages auch diese Verteidiger der schönen und guten Kunst eines vergangenen Jahrhunderts akzeptieren müssten. Nun war sein Theater geschlossen, er selbst und ein großer Teil seines Ensembles hätten sich andere Beschäftigungen zu suchen, die nichts mit Schauspiel und Theater oder seinen Experimenten zur Mnemonik und der Biomechanik zu tun hatten.

Meyerhold sagte, seine Biomechanik sei als dekadent und antisowjetisch gewertet worden und diese Wertung wäre einer der offiziellen Gründe für die plötzliche Schließung seiner Bühne, er müsse diese experimentelle Arbeit leider abbrechen und sehe für sich keine Möglichkeit, bei Professor Gejm weiterhin mitzuarbeiten, er wisse nicht einmal, wie er nun seinen Lebensunterhalt bestreiten könne.

Meyerhold sah Rainer Trutz an: »Vielleicht melde ich mich bei Ihrer Brigade, auf der Metro-Baustelle. Braucht ihr noch einen Mann mit zwei linken Händen?«

Rainer Trutz erwiderte nichts und sah ihn nur bekümmert an.

»Ist es nicht eine internationale Brigade, wo Sie arbeiten?«, fragte Meyerhold weiter.

»Ja«, antwortete ihm Rainer, »sie heißt internationale Brigade *Karl Marx*, aber für alle anderen auf dem Bau sind wir die Brigade *Dermowschtschik*.«

»Sehr schön«, lachte Meyerhold sarkastisch, »da gehöre ich hin, bin selbst ein *Dermowschtschik*.«

An jenem Sonnabend verabschiedete sich Meyerhold von Gejm und der kleiner gewordenen Seminarrunde, denn außer den beiden Offizieren waren auch der stellvertretende Kommissar der Finanzen und der Kombinatsdirektor verschwunden, beide konnten nicht mehr an dem samstäglichen Vergnügen teilnehmen, wie sie sich Geijm gegenüber ausdrückten, da es ihre Arbeit nicht erlaube.

Am Abend erzählte Gejm seiner Frau von Meyerholds Abschied. Ihn ärgerte, dass die Runde, mit der er erfreulich gut zusammengearbeitet und die ihm beachtliche Erkenntnisse bei der Anwendung seiner Forschungen erbracht hatte, unversehens derart schrumpfte, dass er um ihre weitere Existenz fürchtete. Besorgt und zutiefst beunruhigt aber hatte ihn der Umstand, dass derart viele und für ihn unbegreifliche Ereignisse immerzu ihn und seine Gruppe betrafen.

»Die beiden Offiziere«, sagte er, »sie waren wichtig für mich, sie vermittelten mein Trainingsprogramm an den Nachwuchs, an junge Leute, und nun sind sie weg, ich weiß nicht, was mit ihnen passierte, ich weiß nicht, wie es weitergeht. Und der Oberst, hoch gebildet, ein scharfer Analytiker, brillant im Seminar und witzig, er ist spurlos verschwunden. Tuchatschewski förderte meine Arbeit, er ist tot. Jetzt geht auch noch Meyerhold. Und wenn du willst, kannst du auch Bucharin zu meinen Verlusten zählen, er war Lilijas Freund, die mich stets unterstützte, und er ist als Volksfeind verhaftet worden. Bucharin ein Volksfeind! Ich versteh das nicht. Und Lilija ist irgendwo, und keiner weiß was von ihr. Ich verstehe nichts mehr, aber ich habe den Eindruck, bitte lache mich aus, aber ich habe tatsächlich den Eindruck, als passiert das alles wegen meiner Gruppe, wegen meiner Arbeit, wegen mir.«

Seine Frau lachte ihn nicht aus, aber seine Befürchtung teilte sie nicht: »Du siehst Gespenster, Waldemar. Was soll ein Bucharin, was ein Tuchatschewski mit dir und deiner Arbeit zu tun haben? Das klingt größenwahnsinnig, mein Lieber, so bedeutend sind wir nicht, auch du nicht, mein großer Held. Ein Staatsführer, ein Feldherr, was hat ein Universitätsprofessor mit solchen Personen zu tun?«

»Trotzdem, Linotschka«, beharrte er, »ich bin kein Politiker, ich habe keine Macht, ich will keine Macht, ich bin nur ein kleiner Professor, aber die Bomben schlagen rundherum um mich ein. Ist das alles ein Zufall? Vielleicht werde eines Tages auch ich verhaftet.«

»So etwas sollte man nicht einmal im Spaß sagen, Waldemar«, rügte sie ihn, »nicht einmal im Spaß.«

»Nun, ich habe es nicht im Spaß gesagt. Ich bin ernsthaft besorgt.«

Im März 1938 wurde Nikolai Bucharin vor Gericht gestellt, zusammen mit Jagoda, dem früheren Chef des Geheimdienstes, und weiteren neunzehn Angeklagten, die zuvor in hohen und höchsten Ämtern tätig waren. Es war der dritte große öffentliche Prozess, der sogenannte *Prozess gegen den Block der Rechten und Trotzkisten* oder auch kurz als *Prozess der 21* bezeichnet. Die Seiten der *Iswestija* und der *Prawda* quollen über von Berichten aus dem Gerichtssaal, atemlos las man die ungeheuerlichsten Beschuldigungen gegen einst geachtete und sogar gefürchtete Staatsmänner, die nun allesamt als Trotzkisten, Spione und Saboteure entlarvt wurden. Aus dem gesamten Land, aus allen Ländern der Sowjetunion trafen Briefe bei den Zeitungen ein, in denen empörte Genossen und parteilose Bürger noch während der Verhandlung die Todesstrafe für die Angeklagten verlangten und eine unerschütterliche Treue und Liebe zu Stalin gelobten.

Kurz darauf vermeldeten die Zeitungen das Urteil und fast zeitgleich die Hinrichtung der Verurteilten. Zusammen mit den anderen Verschworenen wurde Bucharin wegen Spionage, Verschwörung und eines Komplotts gegen Stalin zum Tode verurteilt und erschossen. Gejm zitterten die Hände, als er die Meldung las. In geradezu panischer Angst wollte er seine samstägliche Arbeitsrunde sofort beenden, er sah sich umzingelt, er hatte das Gefühl, all diese Verhaftungen, Deportierungen und Hinrichtungen seien die Vorboten jener Männer des Sicherheitsdienstes, die gewiss schon sein Vorzimmer ausforschten, seine

Schreibtische und Aktenschränke durchwühlten, sobald er sein Institut verlassen hatte, die bereits die Anklage gegen ihn formulierten, wonach auch er Volksfeind und Trotzkist sei, obgleich er nichts mit diesen Begriffen verband, von Trotzki nie etwas gelesen hatte und nur wusste, er hatte die Rote Armee aufgebaut und sei nach seiner Entlarvung nach Mexiko geflüchtet.

In der Universität wurden zur Exekution von Bucharin und den anderen lediglich die offiziellen Begründungen und Bekundungen wiederholt. Wie bei Tuchatschewski blieben alle stumm, hörten sich die wortwörtlich gleichen Verlautbarungen an, vermieden es, nur im Geringsten von der politischen Hauptlinie abzuweichen und einen eigenen Gedanken zu formulieren, ganz zu schweigen von Zweifel.

Lediglich drei junge Philosophen meldeten sich, als das Präsidium um Wortmeldungen bat. Einer von ihnen drückte seinen Abscheu vor den Verrätern des Vaterlands aus, die zudem dem großen Führer Stalin nach dem Leben getrachtet und dafür tausend Tode verdient hätten. Der zweite Adept erklärte, Bucharin habe bereits vor Lenins Tod mit seiner Wühlarbeit und Spionage begonnen, in einem Aufsatz, der in einem der nächsten Hefte der wissenschaftlichen Monatszeitschrift der Gewerkschaft erscheinen werde, lege er dafür die entsprechenden Beweise vor. Und der dritte ermahnte alle Parteimitglieder der Universität, noch wachsamer als bisher zu sein, denn wenn ein Herausgeber der Parteizeitung *Prawda* wie Bucharin, der später auch die *Iswestija*, die Regierungszeitung, leitete, ein Spion war, wenn ein Jagoda, der auf betrügerische Weise sich zum Chef des NKWD machen ließ, nur um Maxim Gorki zu ermorden, ein Mann, der noch vor zwei Jahren jene vier Verbrecher und Organisatoren, die Anschläge auf das Leben der Führer der KPdSU und der Sowjetregierung vorbereitet hatten, persönlich verurteilte und hinrichten ließ, nur um sich selbst und seine schäbigen Verrätereien zu tarnen, dann können noch weitere Spione und Saboteure in hohen und höchsten Positionen sitzen, selbst hier in der Moskauer Staatlichen Universität.

»Vorsicht und Argwohn, Genossen«, schloss er seine Wortmeldung, »sind Parteitugenden, denen ein jeder von uns rastlos und leidenschaftlicher als bisher nachzueifern hat.«

Auf diesen Aufruf folgte Beifall, aber der Applaus war nicht wie gewöhnlich enthusiastisch, er wirkte verzagt und ängstlich.

Gejm hatte entgegen seiner früheren Gewohnheit den Reden in der Versammlung aufmerksam zugehört. Noch immer beherrschte ihn das Gefühl, im Mittelpunkt all dieser unbegreiflichen und entsetzlichen Ereignisse zu stehen, und er lauschte den Rednern in der bedrückenden Erwartung, seinen eigenen Namen zu hören. Aufmerksam achtete er auf die Kollegen in seinem Institut, und bei seinen seltenen Streifzügen in den benachbarten Abteilungen seines Gebäudes bemühte er sich, ihre Worte, ihre Begrüßungen richtig zu interpretieren, achtete auf Gesten und Gebärden, entdeckte beunruhigende Verhaltensweisen, sah Misstrauen und Verrat.

Die Samstagsseminare hatte er auf den Rat seiner Frau nicht beendet. Sie hatte ihm zu bedenken gegeben, eine Einstellung zum jetzigen Zeitpunkt könnte als Schuldeingeständnis gewertet werden. Da es keinerlei Attacken auf ihn und dieses Seminar gäbe, würde sie ihm empfehlen, unverändert fortzufahren, aber darauf zu achten, alle Themenbereiche bei ihren Gesprächen, die nicht zum Forschungsgegenstand gehören, zu meiden und notfalls unangebrachte Gespräche umgehend zu unterbrechen.

»Wahrscheinlich hast du recht«, sagte Gejm am nächsten Morgen zu ihr, »politisch bist du viel klüger als ich.«

»Selbstverständlich bin ich das, Waldemar. Wenn man wie ich jeden Tag im *Fünften Haus der Sowjets* zu arbeiten hat« – sie war dort im technischen Verwaltungstrakt für den Einkauf zuständig –, »bekommt man einiges mit und muss schnell auf jede Frage eine Antwort finden. Und zwar die politisch richtige«, sagte sie selbstbewusst, »da können wir nicht diskutieren und abwarten. Und jeder im Haus hat Ansprüche, kommt mit Sonderwünschen, beschwert sich, dann muss ich wissen, wer ist der Genosse, wie habe ich ihm gegenüber aufzutreten, ist er Nomenklatura oder ein aufgeblasener Grashüpfer.«

»Und Rem?«, fragte ihr Mann. »Nehme ich ihn weiter mit? Soll ich die Arbeit mit den Kindern fortsetzen?«

»Den beiden Jungs macht es Spaß. Sie freuen sich doch auf deine Spiele und sie sind befreundet. Nimm ihn mit, dann habe ich am Samstag ein paar Stunden Ruhe und kann mich um die Wohnung kümmern.«

Gejm nickte dankbar. Auf das Training von Rem und Maykl hätte er ungern verzichtet, da nach dem Ausscheiden von Meyerhold und den beiden Offizieren die Runde bereits die für ihn ergiebigsten Gesprächspartner verloren hatte. Meyerhold hatte stets mit ungewöhnlichen, manchmal abstrusen, aber immer anregenden Gedankensprüngen das kleine Seminar belebt, und die Offiziere waren für ihn wichtig ihrer Arbeit in der Suworow-Kadettenschule wegen, sie berichteten regelmäßig von den Trainingsergebnissen mit ihren Zöglingen und stützten seine Vermutungen über die Anwendung von Mnemotechniken. Je jünger der Adept war, desto erfolgversprechender war es, seine Begrenzungen der Kapazität des Langzeitgedächtnisses zu überwinden, die Speicherleistungen für unterschiedlichste Arten von Information zu erweitern, um das Kurzzeitgedächtnis wie auch das Arbeitsgedächtnis, das sekundäre wie das tertiäre Gedächtnis anhaltend zu stimulieren. Aus diesem Grund hatte er die ihn damals selbst überraschende Entscheidung getroffen, mit Rem und Maykl, also mit zwei Zweijährigen, ein solches Gedächtnistraining zu beginnen, wozu er eine völlig neue Trainingsreihe entwickelte, die ausschließlich auf Spiele aufbaute und die Fähigkeiten wie das Interesse derart junger Schüler nur gering überforderte. Rem war über diese Stunden glücklich, da sein Vater nie zuvor sich längere Zeit intensiv mit ihm beschäftigt und er mit dem gleichaltrigen Maykl einen Spielkameraden und Freund gefunden hatte.

An den Samstagen traf sich die Gruppe also weiterhin, Gejm bemühte sich, die verbliebenen Mitglieder zu motivieren, er lobte sie für Kleinigkeiten, um zu verhindern, dass weitere Teilnehmer den Kreis verließen. Über die Veränderungen an der Universität, in Moskau, im ganzen Land wurde nie gesprochen, der Professor griff energisch ein, sobald einer der Runde ein derart heikles Thema anzusprechen suchte.

»Mnemotechnik, Gedächtnistraining, nur dafür sind wir hier«, sagte er fast schroff und sehr ernsthaft, »ich bitte um mehr Konzentration.«

In seinem Institut gab es wenig Veränderungen, allerdings wurden die Mittelzuwendungen stark reduziert, worunter aber auch andere Abteilungen zu leiden hatten. Von der Begeisterung der Moskauer Presse in den ersten Jahren für seine Arbeit war nichts mehr zu spüren, das Interesse der Öffentlichkeit war verebbt, man ließ ihn und sein Institut in Ruhe, wie er zufrieden bemerkte. Als man ihn vor Jahren von Petersburg an die Moskauer Staatliche Universität geholt hatte, wurde er fast monatlich zu seiner Arbeit befragt, und für eine kurze Zeit war er eine Berühmtheit, über die sogar die Zeitschrift *Sowjet Union*, eine mehrsprachige und global erscheinende Illustrierte, einen zweiseitigen, allerdings sehr oberflächlichen Artikel druckte. Diese Zeit war vorbei, was Gejm nicht bedauerte, wusste er doch, dass, anders als im bürgerlicheren und traditionsbewussteren Petersburg, die Stars und Sterne in Moskau rasch hochschießen und ebenso rasch erlöschen. Diese Stadt war schneller und gröber als sein altes Rotes Piter, er kam damit zurecht.

Neben den drei großen Moskauer Schauprozessen – die Hinrichtungen von Tuchatschewski und Bucharin blieben in Moskau und im ganzen Land unvergessen – gab es weitere politische Säuberungen, denen vor allem Funktionäre, nun auch niedrigerer Ränge, zum Opfer fielen, was die Menschen auf andere Weise verängstigte, denn mit jedem in der Öffentlichkeit unbekannten Angeklagten, mit jedem Beamten und Angestellten, der als Trotzkist entlarvt und verurteilt wurde, wuchs die Gefahr für alle. Eine Denunziation als Folge einer Unstimmigkeit, einer verweigerten Hilfeleistung, eines Streits mit dem Nachbarn oder mit dem Pförtner einer gewichtigen Institution konnte jederzeit zu einer Verhaftung führen, zu einer Gerichtsverhandlung, einer Deportation oder Schlimmerem.

Galja hatte an einem Sonnabend nach dem Seminar bei Gejm, statt mit dem Bus nach Hause zu fahren, Gudrun, Rainer und Maykl begleitet, da die spätsommerliche Sonne noch wärmte und sie einen der letzten warmen

Tage genießen wollte. Sie beugte sich plötzlich vor, zog Gudruns und Rainers Kopf näher zu sich und sagte: »Wisst ihr schon, das ganze Leben ist ein JaTB.«

Die beiden schauten sie überrascht an.

»Nun ja«, erklärte sie, »unser Moskauer Trolleybus, ein JaTB eben. Der Jaroslawler Trolleybus, das ist unser Leben. Versteht ihr nicht?«

Gudrun lachte und schüttelte den Kopf. Galja flüsterte ihnen ins Ohr: »Die einen sitzen schon, die anderen stehen noch und zittern. Aber nicht weitersagen. Vor allem nicht Lilija.«

Lilija war nach dreimonatiger Abwesenheit wieder in ihrer Dienststelle erschienen.

»Es gab in Baku Schwierigkeiten. Größere Schwierigkeiten«, informierte sie Galja knapp.

»Aber du hättest anrufen können. Ich habe mir Sorgen gemacht.«

»Ich konnte nicht anrufen«, sagte Lilija, und der Ton ihrer Stimme verriet, dass das Gespräch zu Ende war und Galja keine weiteren Erklärungen bekomme.

Tage später hörte sie im Sekretariat, Lilija sei in Baku verhaftet worden und man habe ihr dort einen Prozess machen wollen, wobei die Anklage sich auf entdeckte Dokumente und Briefe westeuropäischer Kulturzentren stützte, die sie schwer belasteten, da es sich bei diesen angeblichen Kultureinrichtungen um englische Spionagezentren handele. Der Prozessbeginn war bereits terminiert, als ihr Verteidiger, ein junger Anwalt aus Kiew, der, wie er Lilija gleich am ersten Tag mitteilte, Aussicht habe, in Baku an das Oberste Gericht berufen zu werden, was bereits jetzt seine Stellung als Anwalt stärke, vierzehn Tage vor Prozessbeginn in ihrer Zelle erschien und ihr mitteilte, die Anklage werde fallengelassen, sie könne mit ihrer Entlassung in ein oder zwei Tagen rechnen. Ein Prozess in Moskau, der drei Tage zuvor mit der Verurteilung von fünf Personen zu drei bis sechs Jahren Deportation geendet habe, hätte die Unsinnigkeit der Klage gegen sie offengelegt. Sie sollte das Opfer einer Intrige werden, einer Intrige, in der die Vorsitzende von *Glawrepertkom* die entscheidende Strippenzieherin gewesen war. Bei dem Prozess hätten die Angeklagten sich gegenseitig beschuldigt und dabei sei diese Intrige gegen Lilija aufgedeckt worden.

Drei Tage später verließ Lilija das Gefängnis, keiner entschuldigte sich bei ihr für die unrechtmäßige dreimonatige Haft, von Wiedergutmachung oder Entschädigung war nicht die Rede. Das Freundlichste, was Lilija im Gefängnis zu hören bekam, sagte der Schließer vom äußeren Tor zu ihr: »Ich will Sie hier nicht wiedersehen, Bürgerin, nie wieder.«

Lilija hatte sich verändert während dieses dreimonatigen Bakuaufenthalts. Im Gefängnis hatte sie von Bucharins Verhaftung gelesen und die ungeheuerlichen, ihr völlig unglaubhaften Spionagevorwürfe gegen ihren verehrten Freund Nikolaj, die Briefe empörter Parteigenossen und Arbeiter, die seinen Tod forderten, und schließlich die knappen Berichte über den Prozess gegen Tuchatschewski und seine Hinrichtung. Ihre Freundlichkeit, ihre Heiterkeit hatte man ihr in Baku aus dem Gesicht gewischt, sie hatte das Lachen verlernt, sie war ernsthaft und still geworden. Seit ihrer Rückkehr gab es zwischen ihnen nur noch Arbeitsgespräche, Galja schien es, als habe Baku aus Lilija einen anderen Menschen gemacht, einen Menschen, den sie nicht kannte, der ihr fremd, der nicht mehr ihre geliebte, mütterliche Freundin war. Sie bemerkte auch, dass Lilija nicht mehr zu Gudrun und

Rainer ging und nicht nach Maykl fragte. Manchmal telefonierten sie, wie Galja mitbekam, dann war Lilija freundlich zu den beiden, versprach zu kommen und erzählte etwas von Überlastung und schwierigen Zeiten.

8. Kapitel

Im Januar wurde Leopold Stadler, Rainer Trutz' Brigadier, von zwei Männern abgeholt, bei deren Auftauchen weder der Pförtner an der Holzschranke zur Baustelle noch irgendeiner der Ingenieure nach einem Berechtigungsschein fragte. Auch Stadler ließ sich keinen Ausweis zeigen, als sie ihn vor seinen Arbeitern barsch aufforderten, mitzukommen. Am darauffolgenden Montag, sie hatten drei Tage lang unter Anleitung des stellvertretenden Brigadiers Rotzger arbeiten müssen, kam Sertschuk, ein Baugeologe und der Schichtleiter ihres Metroschachts, der den alten Kolesnikow abgelöst hatte, frühmorgens mit einem älteren, hinkenden Mann, der sich auf eine Krücke stützte, zur Brigade. Sertschuk teilte ihnen mit, Stadler sei als Brigadier abgelöst und aus den Reihen der *Erbauer der Metro* ausgestoßen worden, da die Staatsanwaltschaft gegen ihn Anklage wegen eines Devisenvergehens erhoben habe. Ihr neuer Brigadier, und dabei deutete er auf den etwa fünfzigjährigen Mann neben sich, sei Francisco Álvarez, ein Spanienkämpfer, der noch bis Ende September die Region Terra Alta in der Ebroschlacht verteidigt und sich dann, schwer verletzt, mit Hilfe französischer und englischer Genossen nach Moskau habe durchschlagen können.

»Genosse Álvarez ist über die Aufgabenstellung informiert, er hat Erfahrungen als Leiter einer Kolonne und er ist politisch geschult. Seine Verwundung im Kampf gegen die Franco-Banditen wird ihn nicht hindern, die internationale Brigade *Karl Marx* zu einer Kampfgruppe sozialistischer Akkordarbeiter umzugestalten. – Bitte, Genosse Álvarez, du hast das Wort.«

Álvarez betrachtete schweigend die Mitglieder der Brigade.

»Guten Tag, ihr *Erbauer der Metro*«, sagte er dann in einem sehr harten Russisch und mit leiser, heiserer Stimme, »lasst euch davon nicht täuschen« – er klopfte mit seinem Stock gegen das linke Bein –, »diese Prothese wird mich nicht davon abhalten, mit meiner Brigade im sozialistischen Wettbewerb der Metro-Bauer mitzuhalten. Unter meinem Vorgänger ist diese Brigade in den acht Jahren, die sie existiert, nicht ein einziges Mal ausgezeichnet worden, das werden wir gemeinsam ändern. Der Stellvertreter kommt zu mir, die anderen arbeiten wie eingeteilt. Es lebe der Genosse Stalin.«

Sertschuk lächelte überrascht, nickte und verließ den Platz, die Männer murmelten einen Gruß und gingen an ihre Arbeit zurück. Rotzger, der Stellvertreter, trat zögernd und beunruhigt zu dem neuen Brigadier, gab ihm die Hand und nannte seinen Namen, er wirkte angespannt.

»Gehen wir in die Baracke«, krächzte Álvarez, drehte sich um und ging hinkend und auf den Stock gestützt, aber sehr eilig in die Baubaracke.

Rainer hatte zusammen mit Friedhard Schüssler Zementsäcke zu transportieren. Die Papiersäcke mussten auf rostigen, durchlöcherten Schubkarren über verdreckte Laufplanken gefahren werden. Als sie vor dem Fördergerüst warten mussten, weil sich ein Seil in der Seilscheibe über der Schachtachse verklemmt hatte, sagte Schüssler zu Rainer: »Neue Besen kehren gut, heißt es bei uns. Ich weiß nicht, ob die Spanier auch einen Spruch dafür haben.«

»Ja, er will uns das Arbeiten beibringen«, sagte Rainer leise, »das wird heiter werden.«

»Keine Auszeichnung, das regt ihn auf. Mein Gott, er wird auch noch lernen, dass man ihm nicht die Brigade *Karl Marx* gegeben hat, sondern die *Dermowschtschiks*, und die bekommen nun mal keine Auszeichnungen. Würde wohl auch kein gutes Bild abgeben: *Dermowschtschiks* mit Leninorden.«

Er nahm seine Karre auf und schob sie zum Entladen an den Strebepfeilern vorbei unter den Hammerkopfturm.

In der Mittagspause herrschte eine gedrückte Stimmung. Da Álvarez nicht bei ihnen saß, wollten die Männer von Rotzger wissen, wie es weitergehe.

»Er wird mit jedem Gespräche führen, einzeln und nach Schichtende«, sagte der stellvertretende Brigadier.

»Was für Gespräche? Was soll das, ein Einzelgespräch? Will wohl alles verändern?«

»Mag sein«, meinte Rotzger vieldeutig und verzog einen Mundwinkel, »Paco hat einiges vor.«

»Wer ist Paco?«

»Na, so heißt er doch, Francisco Álvarez, genannt Paco.«

»Seid ihr schon so eng miteinander?«

»Brigadier und stellvertretender Brigadier, da muss schon Vertrauen herrschen«, erwiderte er hintergründig, »in Spanien war Paco Politkommissar, damit du das weißt.«

»Politkommissar? Und dann hier einfacher Brigadier? Klingt seltsam.«

»Er sagte, es war sein Wunsch.«

»Und das glaubst du ihm, Rotzger?«

»Was soll das denn heißen, Alfred? Er war Politkommissar, er ist mein Genosse und deiner, wieso willst du ihm nicht glauben?«

»Nein, nein, ich glaub's ja. War nur so dahingesagt, war nur eine Frage.«

»Schön, dann wieder an die Arbeit. Nach der Schicht heute meldest du dich als Erster bei ihm, Alfred. Alles klar?«

Alfred, ein rothaariger Vierzigjähriger, der bis zu seiner Emigration Vorsitzender der kommunistischen Parteigruppe Duisburg war, fuhr hoch: »Was denn? Wieso denn ich? Was will er von mir?«

»Das wirst du von ihm hören.«

»Und wie höre ich das? Spricht er deutsch?«

»Nein. Spanisch, Französisch und Russisch. Such dir eine Sprache aus.«

»Und wie? Ich spreche nur Deutsch.«

»Ich bin bei dem Gespräch dabei, Alfred, ich kann dir helfen. Aber das kann ich dir gleich sagen, als ich Paco erzählte, dass einige von uns noch Schwierigkeiten mit der russischen Sprache haben, war er entsetzt. Diese Männer haben in fünf Jahren die Sprache von Lenin und Stalin nicht erlernt, sagte er, was verrät uns das? Diese Sprache muss man beherrschen, meinte er, wenn man hier oder irgendwo auf der Welt den Sozialismus aufbauen will. Vielleicht meldest du dich doch wieder beim Kurs in der Abendschule an.«

»Ich schaff es einfach nicht, Rotzger, geht nicht in meinen Kopf rein. Ich breche mir dabei die Zunge.«

»Dann brich dir die Zunge. Besser, als dir den Hals zu brechen.«

Das Arbeitsklima in der Brigade hatte sich verändert. Rotzger hatte auf Anweisung von Álvarez, von seinem Paco, dafür zu sorgen, dass es keinerlei zusätzliche Arbeitspausen gab, weil irgendwo etwas klemmte oder Baumaterialien nicht rechtzeitig eintrafen. In solchen Fällen musste umgehend eine andere Arbeit übernommen werden, und daher sah man Álvarez den ganzen Tag über hinkend und in großen, ausholenden Schritten über die Metro-Baustelle eilen. Sein Ziel sei es, wie er Rotzger gesagt hatte, dass seine Brigade *Karl Marx* sämtliche Transportarbeiten der Station *Ismailowoer Park* übernimmt, so dass die zweite Transportbrigade an einer anderen Baustelle eingesetzt werden könne.

9. Kapitel

Am 30. Januar 1939, einem Montag, erhielt Rainer Trutz von Rotzger die Aufforderung, sich nach Schichtende bei Francisco Álvarez in der Baubude zu melden. Als er vor ihn an den Schreibtisch trat, nickte Álvarez kurz und beschäftigte sich weiter mit seinen Papieren. Rainer wartete, dann räusperte er sich und sagte, er müsse nach Hause gehen, er habe ein kleines Kind zu versorgen.

»Eine Sekunde«, sagte der Brigadier, ohne den Kopf zu heben.

Schließlich klappte er den Ordner zu und starrte Rainer an.

»Setz dich, Trutz, du musst nicht stehen. Wir brauchen nur ein paar Minuten, dann kannst du zu deinem Kind. Was ist es, Junge oder Mädchen?«

»Ein Junge.«

»Ah ja. Und wie alt?«

»Vor zwei Tagen wurde Maykl fünf. Fünf Jahre.«

»Sehr schön. – Ja, Trutz, ich bat dich zu mir, weil wir uns besser kennenlernen sollten. Mit deiner Arbeitsleistung bin ich zufrieden, du schonst dich nicht, bist gottlob kein Raucher, der sich ständig in eine Ecke verziehen will, man sieht, dass du kein Drückeberger bist. Aber da gibt es einen Punkt in deinen Papieren, der mir nicht gefällt. Der mir ganz und gar nicht gefällt. Du bist nicht in der Partei, nun ja, in die Partei sollen auch nur die Besten. Du warst aber auch nie im Komsomol.«

»Ich komme aus Deutschland, Chef.«

»Da gab es auch eine Jugendorganisation. Wieso warst du da nicht Mitglied?«

»Ich komme vom Dorf. Da gab es das nicht.«

»Das ist keine Antwort, Trutz. Aber schön, soll jeder nach seiner Fasson glücklich werden. Doch da ist noch etwas, was ich nicht hinnehmen kann. Du bist auch nicht in der Gewerkschaft. Wie habe ich das zu verstehen? Bist du unserer Gewerkschaft gegenüber feindlich eingestellt?«

»Nein, ganz und gar nicht. Meine Frau hat in Deutschland sogar hauptberuflich bei der Gewerkschaft gearbeitet. Bis zum Schluss, bis Hitler die einzelnen Gewerkschaften verbot.«

»Deine Frau, aha. Dann sollte vielleicht besser deine Frau in meiner Brigade arbeiten.«

»In Deutschland war ich kein Mitglied der Gewerkschaft, weil ich Autor war, Schriftsteller, und die haben keine Gewerkschaft.«

»Aber hier bist du Bauarbeiter. Bist sogar ein *Erbauer der Metro*, doch nicht in der Gewerkschaft. Das ist ein Widerspruch in sich, meinst du nicht auch.«

»Ich hatte bisher nicht daran gedacht, Brigadier.«

»Nicht daran gedacht? Wie soll ich das denn nun wieder verstehen, Trutz? Wieso hast du nicht daran gedacht? Du lebst in Moskau, du arbeitest auf einer der bedeutendsten Baustellen der Sowjetunion, der ganzen Welt, und hast bisher nicht an die Gewerkschaft gedacht?«

»Vielleicht ein Fehler, Brigadier.«

»Nicht vielleicht, Trutz, ganz sicher ist das ein Fehler. Das solltest du dir überlegen.«

»Mach ich. – War das alles? Kann ich jetzt gehen?«

»Ja, das war es schon.«

»Bis morgen, Brigadier.«

»Auf Wiedersehen, Trutz. – Ach, warte, du hast vergessen, den Antrag mitzunehmen. Füll ihn daheim aus und bringe ihn mir morgen. Und die Namen von zwei aus der Brigade brauche ich, zwei, die für dich einstehen.«

Rainer war so verblüfft, dass er zum Schreibtisch zurückging und sprachlos das Formular entgegennahm. Als er etwas entgegnen wollte, winkte Álvarez ab: »Bis morgen.«

Gudrun riet ihm zu, den Antrag zu stellen.

»In der Gewerkschaft sein, das gehört sich für einen Werktätigen, Rainer. Gewerkschaft, das ist eine Kampforganisation, um Arbeiterrechte durchzusetzen. Stell den Antrag, da brichst du dir keinen Zacken aus der Krone.«

»Dann bin ich also ab morgen ein deutscher Poet der Metro-Baustelle *Arbat-Linie* mit sowjetischem Gewerkschaftsausweis?«

»Nein, Lieber, das dauert. Den Antrag musst du ganz genau ausfüllen, nichts vergessen, nichts verschweigen. Wenn dir eine Antwort nicht klar ist, dann schreib sie vorher auf ein Papier, denn in dem Antrag solltest du nichts ausradieren oder durchstreichen, das erweckt Misstrauen. Wenn du ihn abgegeben hast, dauert es mindestens zwei Monate oder auch ein halbes Jahr, bis sie ihn geprüft haben. Dann gibt es eine Gewerkschaftsversammlung deiner Brigade, da musst du noch einmal alle Fragen beantworten, und erst dann wird über deine Aufnahme entschieden.«

»Warum dauert das so lange? Was muss da entschieden werden?«

»Das ist hier genauer als in Berlin. Hier wird immer alles überprüft. Und bis dahin hast du Zeit, dir deine Antworten zu überlegen. Denn eine knifflige Frage wird kommen: wieso du den Antrag so spät stellst. Für Deutschland kannst du das vielleicht damit begründen, dass du Schriftsteller warst, aber hier in Moskau bist du seit Jahren beim Metro-Bau. Das wirst du erklären müssen. Überlege dir eine glaubwürdige Antwort, denn diese Frage kommt bestimmt. Ich habe das im *Roten Oktober* bei einer Kollegin erlebt, und deren Antwort war nicht gut und für sie nicht sehr hilfreich, sie muss sich ein weiteres Jahr bewähren. Sie werden auch dich danach fragen.«

Rainer füllte den Antrag aus, in dem er nicht nur persönliche, sondern auch Fragen zur staatlichen Struktur des Landes und der Politik von Regierung und Partei zu beantworten hatte. Am nächsten Morgen besprach er sich mit Friedhard Schüssler, ging dann zu Álvarez und gab ihm das vollständig ausgefüllte Papier. Der Brigadier steckte es, ohne einen Blick darauf zu werfen, in ein Fach des Wandregals und sagte lediglich, da Rainer auf ein Wort, auf eine Bemerkung des Brigadiers wartete: »Was gibt es sonst noch? In drei Minuten beginnt deine Schicht und du bist noch nicht umgezogen.«

Auf Rainers Antrag auf Aufnahme in die Gewerkschaft erfolgte monatelang keinerlei Reaktion. Im Juni bestellte ihn der Brigadier bei Schichtbeginn zu sich, hieß ihn Platz zu nehmen und starrte ihn minutenlang finster und durchdringend an.

»Trutz, was gibt es da? Was hast du mir verschwiegen?«, fragte er endlich.

Rainer sagte ihm, er wisse nicht, wovon er rede, er habe nichts verschwiegen.

Álvarez sah ihn bekümmert an und schüttelte bedauernd den Kopf: »Ach, Trutz, Trutz, sei kein Dummkopf. Mach reinen Tisch. Paco sorgt für seine Männer, aber wenn man mir etwas verheimlicht, dann hat sich das dieser Kerl selbst zuzuschreiben.«

Rainer beteuerte nochmals, dass er nichts zu gestehen

habe, er würde nur arbeiten und sich daheim um seinen kleinen Sohn kümmern, der sei jetzt fünfeinhalb und beschäftige seine Eltern rund um die Uhr. Er wisse nicht, wovon der Brigadier spreche.

»Du willst nicht mit mir sprechen, gut. Ich habe verstanden. Vielleicht willst du auch nicht mit der Partei sprechen, du gehörst ja nicht zu uns. Aber mit der Staatssicherheit wirst du sprechen müssen, unsere Tschekisten werden darauf beharren und möglicherweise auch ein Staatsanwalt.«

»Ich weiß nicht, wovon Sie reden, Brigadier. Bitte sagen Sie es mir. Bitte.«

Álvarez sah ihn verärgert und voll Verachtung an: »Das habe ich dir nicht mitzuteilen. Das werden andere Genossen dir sagen. Denk noch einmal nach. Und gründlicher als bisher. So, und jetzt an die Arbeit.«

Rainer war sehr beunruhigt nach dem Gespräch. Er unterhielt sich zwei Stunden später mit Friedhard Schüssler bei der Frühstückspause darüber, und der immer zu Scherzen aufgelegte Kollege verstummte und sagte ihm nach einigen Sekunden, er solle eine solche Drohung ernst nehmen und noch einmal genau überlegen, was er getan oder irgendwo gesagt habe.

»Die Wände haben Ohren, Rainer. Hast du irgendwo einen dummen Satz fallenlassen? Einen sehr, sehr dummen Witz erzählt?«

Rainer schüttelte den Kopf: »Ausgeschlossen. Ich habe gelernt, politisch zu leben. Ich schlafe inzwischen politisch.«

»Genau so einen dummen Witz meine ich«, erwiderte Schüssler sehr ernst, »denk nach. Falls der allmächtige Paco recht hat, und das NKWD holt dich, werden sie dich befragen. Sie beschuldigen nicht, sie fragen nach deiner Schuld. Eine alte Tradition, eine sehr alte, damit hatte die Inquisition schon gearbeitet. Der Sünder soll bereuen, und dazu muss er zuallerst selbst seine Schuld erkennen. Freilich, es kann auch sein, dass nichts dran ist. Álvarez ist ein Arschloch, ein Wichtigtuer. Was der in Spanien gemacht haben will, würde ich gern wissen. Vermutlich große Reden geführt, um die Republik vor Franco zu schützen. – Ich habe nichts gesagt, Rainer, wir beide haben nur über den sozialistischen Wettbewerb der *Erbauer der Metro* gesprochen, nicht wahr?«

Schüssler erhob sich, verschraubte seine Thermosflasche, steckte sie in die alte, ausgebeulte Stofftasche und ging zu Rotzger, dem stellvertretenden Brigadier, um sich eine Papirossa geben zu lassen.

In den nächsten Tagen sprach Rainer jeden Abend mit Gudrun über Álvarez' unklare und mysteriöse Drohung. Beiden war unbehaglich, beide befürchteten das Schlimmste, beide verschwiegen einander ihre Angst.

Rainer rief Galja an und fragte nach Lilija. Er habe Glück, sagte sie, Lilija sei vor zwei Tagen für eine Woche nach Moskau gekommen, sie stellte ihn durch. Nach wenigen Begrüßungsfloskeln berichtete er ihr von der Bemerkung des Brigadiers, Lilija unterbrach ihn bereits nach den ersten Worten und sagte, sie würde nach zwanzig Uhr bei ihm vorbeikommen.

Sie erschien zusammen mit Galja, sie begrüßten sich herzlich und dann setzten sie sich zu Maykl, der auf dem Fußboden spielte. Als Gudrun ihn zu Bett brachte, sein Kinderbett stand im hinteren Teil des Zimmers, der mit einem deckenhohen Vorhang abgetrennt war, so dass der Kleine ungestört schlafen konnte, setzten sich die beiden Besucherinnen mit Rainer und Gudrun Trutz an den Tisch. Lilija erzählte von ihrer Arbeit in Baku, Sochumi und Jerewan, erzählte von Armenien, Aserbaidschan und der Abchasischen Sowjetrepublik, sie sprach von der Schönheit dieser Länder und Städte und von ihren eigenen Erfolgen, und es hörte sich an, als sei Lilija der glücklich überstandenen Intrige ihrer früheren Chefin zum Trotz in dem neuen Arbeitsgebiet zufrieden oder sogar glücklich. Lilija erkundigte sich, wie Maykl mit dem Training bei Gejm zurechtkomme. Galja und Gudrun berichteten vom Verhalten der beiden Fünfjährigen. Gejms Sohn habe mit seinen kleinen Frechheiten und Dreistigkeiten gegen den Vater auch Maykl angesteckt, und da Waldemar Gejm diesen kindlichen Mut und Übermut beglückt hinnehme, verliefen diese Stunden sehr harmonisch. Alle drei gestanden Lilija, dass der Professor sie selbst nur als Begleiter der Kinder oder als ihre Betreuer ansehe, allein auf Rem und Maykl sei sein Training ausgerichtet und sein Interesse gelte allein ihrer Entwicklung bei den Gedächtnisübungen.

Dann erkundigte sich Lilija nach der Rainer beunruhigenden Bemerkung des Brigadiers. Er erzählte, und sie wurde ebenso besorgt wie Rainer, fragte, ob er überhaupt keine Vorstellung davon habe, was der Spanier gemeint haben könnte. Rainer schüttelte den Kopf.

»Und vor hundert Jahren?«, fragte Lilija.

»Vor hundert Jahren? Was meinst du?«

»Gab es irgendwann einmal etwas, was diese dunklen Andeutungen erklären könnte? Vielleicht gleich nach eurer Ankunft in Moskau? Oder noch davor, noch in Berlin?«

Gudrun und Rainer sahen sich an und überlegten, aber beide erinnerten sich an keinen Vorfall, nicht ein Ereignis, eine Dummheit, die eine solche Drohung rechtfertigen könne.

»Ich kann euch dabei nicht mehr helfen«, sagte Lilija bekümmert, »es ist nicht nur, weil ich in entfernte Republiken abgeschoben wurde, seit Bucharins Verhaftung und Hinrichtung ist meine Position im Hauptkomitee Schauspiel, nun sagen wir, heikel oder vertrackt. Ein Versuch, dir zu helfen, könnte fatale Folgen für dich haben, wenn du verstehst. Ich muss mich zurückhalten, in deinem Interesse, Rainer.«

Nachdem sie sich von Gudrun verabschiedet hatten, brachte Rainer die beiden Frauen bis zur Bushaltestelle. Der Bürgersteig vor dem Haus war noch immer schlecht begehbar, das Abwasserrohr war zwar nach zwei Jahren ausgewechselt worden, aber der halbe Gehweg, unter dem man das Rohr eingebracht hatte, war bisher nicht wieder gepflastert worden. Seit einem Jahr türmten sich die Pflastersteine in großen Haufen auf dem Bürgersteig.

»Warte nur zwei Jahre, wenn der Palast der Sowjets fertig ist«, meinte Galja, »dann wird eure Straße eine Prachtallee werden.«

Rainer sah sie fragend an.

»Nun«, erklärte sie lachend, »wenn der Palast fertig ist, wird auch das Pflaster in eurer Straße fertig sein, weil dann die Regierungswagen vom Kreml zum Palast fahren und hier durch eure Straße müssen. Ihr seid dann direkte Nutznießer dieses neuen Prachtbaus.«

»Galja«, mahnte Lilija, »red nicht so daher. Sei nicht so leichtsinnig.«

Als der Bus sich der Haltestelle näherte, nahm Lilija Rainers Kopf in beide Hände, legte ihre Stirn auf seine und küsste ihn dann auf beide Wangen. Als sie einstieg, hatte sie Tränen in den Augen.

10. Kapitel

Am 26. Juni 1939, einem Montag, erschien ein Artikel in der *Prawda*, der mit falschen und schädlichen Tendenzen in der sowjetischen Wissenschaft, Forschung und Lehre abrechnete und, ohne einen Namen zu erwähnen, insbesondere von einer Clique antisowjetischer und trotzkistischer Sprachwissenschaftler sprach, die volksfeindliche Tendenzen vertrete. Geschrieben hatten ihn zwei Professoren der Moskauer Staatlichen Universität und der Angriff zielte, woran keiner der anderen Hochschullehrer zweifelte, eindeutig auf Gejm und seine Gruppe.

Vier Tage später, einem Freitag, erschien in derselben Parteizeitung eine grundsätzliche Kritik an der sowjetischen Sprachwissenschaft. Die sprachwissenschaftlichen Forschungen und Leistungen Stalins, die von den Bürgern der gesamten Sowjetunion studiert werden, würden von den Sprachwissenschaftlern der Moskauer Staatlichen Universität sowie anderer Institute des Landes vollkommen unzureichend berücksichtigt und viel zu wenig gewürdigt. Gewisse Professoren bemühten sich stattdessen, als Speichellecker des Westens mit elitärem Denken die sowjetische Jugend zu vergiften, was nur als verbrecherische Sabotage des sowjetischen Aufbauwerks zu werten sei. Der Artikel erschien ohne Autorennamen, er war lediglich mit drei Sternchen gekennzeichnet, was auf eine offizielle Äußerung der obersten Parteileitung hinwies und dieser Meinungsäußerung das Gewicht einer Kreml-Verlautbarung verlieh.

Gejm hatte wie all seine Kollegen und Studenten der Universitäten im ganzen Land diesen Artikel aufmerksam studiert, zumal die Sprachwissenschaft seiner Universität direkt angesprochen wurde. Um neun Uhr war er auf dem Weg in sein Institut, im Gebäudetrakt fragte er die Kollegen auf dem Gang, wer wohl von ihrer Fakultät gemeint sein könne. Man zuckte mit den Schultern, keiner der Professoren war bereit, ihm etwas zu dem Artikel in der *Prawda* zu sagen.

In seinem Arbeitszimmer warteten drei Assistenten auf ihn. Sie waren blass und erregt, bestürmten ihn mit Fragen und erklärten ihm, da er nicht nachvollziehen konnte, wieso sie der Ansicht waren, die Parteizeitung beschuldige ihn und seine Forschung und Lehre, die ganze Universität sei überzeugt, er, Gejm, sei gemeint, er sei der volksfeindliche Trotzkist. Gemeinsam beugten sie sich nochmals über den Artikel. Gejm war unbegreiflich, wieso er Trotzkist sein solle, da er nie auch nur eine Zeile von diesem Mann gelesen und nie auch nur einen einzigen Satz über politische Belange geäußert habe, vielmehr sich stets der allgemeinen Ansicht, der von der Parteigruppe erwünschten Zustimmung oder Ablehnung angeschlossen hatte, weil er selbst kein politischer Kopf sei und nicht über die klare, parteiliche Sicht der führenden Genossen verfüge und daher stattdessen stets ihren messerscharfen und genauen Analysen beigepflichtet habe.

»Hilft alles nichts, Herr Professor«, sagte verzweifelt sein erster Assistent, der seit sieben Jahren bei ihm arbeitete, »wir werden uns wohl alle eine neue Arbeit zu suchen haben, denn bei den Fachkollegen werden wir keine Stelle finden. Wir sind gebrandmarkt.«

Um zehn Uhr meldete sich die Sekretärin des Rektors telefonisch, für vierzehn Uhr sei eine Vollversammlung für die gesamte Sprachwissenschaft angesetzt, der Rektor werde sprechen, der Erste Sekretär, der Chef der Sprachwissenschaft und eine Genossin der Moskauer Parteileitung, für alle sei das Erscheinen Pflicht.

Die Versammlung hatte unter Leitung des Rektors mit der Wahl des Ehrenpräsidiums begonnen, in das unter großer Begeisterung und einmütiger Einstimmigkeit aller Genossen und Komsomolzen die Mitglieder des Politbüros Stalin, Molotow und Kaganowitsch gewählt wurden. Anschließend konstituierte sich das Arbeitspräsidium, das sich aus dem Rektor und dem Ersten Parteisekretär der Universität, der Genossin der Stadtparteileitung sowie dem Prorektor und Leiter der Sprachwissenschaft zusammensetzte. Das Arbeitspräsidium saß auf der Bühne hinter einem schlichten, mit rotem Tuch bedeckten Holztisch. Der Tisch des Ehrenpräsidiums war ein mit Intarsien verzierter runder Clubtisch, gleichfalls mit rotem Tuch abgedeckt, von drei Sesseln umstellt. Zwischen den leeren, für die Mitglieder des Politbüros reservierten Sesseln standen die Staatsflagge der Sowjetunion und die Fahne der Universität.

Rektor und Prorektor eröffneten die Sitzung mit einer jeweils zehnminütigen Selbstkritik, bevor sie zum eigentlichen Thema der Versammlung übergingen und Professor Gejm zu einer Stellungnahme zu den gegen ihn erhobenen Vorwürfen aufforderten. Ungeübt in dem Gebrauch und der üblichen Abfolge von Kritik und Selbstkritik, der einzigen Waffe, mit der man, sofern man diese Doppelklinge mit Geschick zu führen weiß, eine kleine, wenn auch geringe Aussicht hatte, sich bei politischen Vergehen zu verteidigen, bestritt er die Anschuldigungen, berief sich auf eine völlige Unkenntnis von Trotzki und dessen Ansichten, verwies dagegen auf die mehr als zweieinhalbtausendjährige Geschichte seiner Disziplin, er nannte eine Reihe namhafter Wissenschaftler der Antike und Renaissance und zitierte, was diese über die Mnemonik geäußert hatten. Er sagte, wie alle Kollegen der Universität trachte er danach, die Besten der Besten auszubilden, die Blüte der sowjetischen Jugend, und er lehne pejorativ gemeinte Kennzeichnungen wie Elite und elitär entschieden ab.

Der Unmut im Saal wurde bei seiner Ansprache so heftig, dass der Rektor ihm das Wort entzog.

»Sagen Sie bitte, Herr Gejm«, unterbrach er ihn, wobei er ihn weder als Professor ansprach noch die übliche Form Genosse verwandte, »sagen Sie bitte, welche Staatsbürgerschaft haben Sie eigentlich, zu welcher Nationalität gehören Sie?«

»Ich bin, wie Sie recht genau wissen, Magnifizenz, Sowjetbürger und geborener Russe.«

»Und Ihr Vater, war der auch Russe?«

»Mein Vater, mein Großvater, sie waren alle Russen. Aber ich vermute, Sie wollen mich auf meinen Ururgroßvater anspreche, van Gejm, ja, er war Deutscher und ist eingewandert.«

»Interessant, Herr Gejm, also sind Sie deutschstämmig.«

»Mein Vorfahre war der Erfinder des Gejm-Pflugs, eines Arbeitsgeräts, das noch heute bei den Bauern geschätzt und genutzt wird.«

»Ein Deutscher also. Und Sie selbst, haben Sie vielleicht eine gewisse Vorliebe für die Deutschen? Für Ihren Herrn Hitler?«

»Ich bin Russe, ich bin Antifaschist, ich bin Mitglied der Kommunistischen Partei, ich bin ...«

»Ob Sie, Herr Gejm, ein Mitglied der Kommunistischen Partei sind, da bin ich mir nicht sicher«, unterbrach ihn der Erste Parteisekretär der Universität. Er wandte sich zum Rektor: »Ich denke, wir haben genug gehört, wir können zur Abstimmung schreiten.«

Der Rektor nickte, erhob sich und ging zum Rednerpult. Aus der Jackentasche zog er ein Blatt Papier, glättete es mit beiden Händen und verlas seinen Antrag. Da Gejm sich als unbelehrbar erwiesen habe und bei seiner antisowjetischen und trotzkistischen Haltung bleibe, diese sogar noch zu verteidigen suche, er in seiner angeblichen Klarstellung lediglich antike, feudalistische und bürgerliche Personen zu zitieren vermochte und keinen einzigen Satz von Lenin oder Stalin zu seiner vorgeblichen Wissenschaft vorbringen konnte, stelle er den Antrag, Gejm aus der Partei auszuschließen sowie ihm jede weitere Forschung und Lehre zu verwehren und genauestens zu untersuchen, wie weit das antisowjetische Gift der Zersetzung und Sabotage mittels Gejm in den Lehrkörper und die Studentenschaft der Sprachwissenschaft eingewirkt habe.

Nach ihm sprach der Prorektor, er schloss sich den beiden Anträgen des Rektors vollinhaltlich an und schlug seinerseits vor, Gejms Mitarbeiter und Studenten für ein Jahr von der Universität zu beurlauben, in dieser Zeit könnten sie im Selbststudium sich ihrer Verfehlungen und Irrtümer bewusst werden und sich bemühen, diese unter der Anleitung geschulter und bewährter Genossen aufzuarbeiten. Der Saal applaudierte heftig. Bevor die Versammlung endete, wurden drei Grußadressen an die drei gewählten Mitglieder des Ehrenpräsidiums verabschiedet. Bei der wiederum leidenschaftlichen Akklamation ertönten Hochrufe auf Josef Wissarionowitsch Stalin.

Bereits um fünf Uhr nachmittags, rechtzeitig vor dem Redaktionsschluss der *Prawda*, konnte der Rektor der Moskauer Staatlichen Universität dem Chefredakteur der Parteizeitung mitteilen, Professor Waldemar Gejm sei nicht mehr an der Universität tätig, vielmehr in einer einmütigen und kämpferischen Vollversammlung, unter dem Vorsitz eines Ehrenpräsidiums und eines Arbeitspräsidiums, aus der Partei ausgeschlossen und ihm gleichzeitig der Lehrauftrag entzogen worden. Der Rektor und die gesamte Leitung der Sprachwissenschaftlichen Fakultät hätten sich einer schonungslosen Selbstkritik unterzogen, die ganze Universität werde im Lenin'schen Geist und unter Führung Stalins aufmerksam jede Fehlentwicklung an der Universität aufspüren und umgehend ausrotten. Die Neurolinguistik, Gejms zu Recht kritisiertes Institut, sei mit sofortiger Wirkung geschlossen worden.

Nach dem Telefonat mit dem Chefredakteur bat der Rektor den Universitätsbeauftragten des Volkskommissariats für innere Angelegenheiten zu sich und unterrichtete ihn über die Entscheidung der Vollversammlung, den Vertreter des Kommissariats Sicherheit zu bitten, die Arbeitsräume des ehemaligen Gejm'schen Instituts versiegeln zu lassen, um alle Dokumente und Akten sicherzustellen.

Als Gejms Frau Alina am Abend ihre Wohnung betrat, eine Drei-Zimmer-Wohnung im dritten Stockwerk eines Altbaus in einer der Nebenstraßen des Arbat, dem neu errichteten Melnikow-Haus schräg gegenüber, sah sich das Ehepaar nur schweigend an. Bedrückt stellte Alina den elektrischen Samowar an, das Geschenk eines früheren Absolventen von Gejm aus Petersburg, der nun in Zürich lebte, goß Sud und Wasser ein, rührte in seinen Tee einen Löffel Honig und setzte sich zu ihm. Er tastete nach ihrer Hand und streichelte sie sanft. Sie nahm mit der linken Hand ihre Teetasse und stellte sie sofort wieder zurück, um nach dem Taschentuch zu greifen und ihm die Tränen abzuwischen.

»Und nun«, fragte er leise und mit heiserer Stimme, »was nun, Linotschka?«

»Es wird schon, Waldemar, es wird schon, mein Wladik«, flüsterte sie und lehnte ihren Kopf an seinen.

Sie war in ihrer Arbeitsstelle vom Parteisekretär bereits über die außerordentlichen Vorgänge an der Universität und von dem Richtspruch über ihren Mann und sein Institut informiert und von ihm zu ihren Kenntnissen der antisowjetischen Machenschaften ihres Ehemannes befragt worden. Auch sie, habe er angedeutet, müsse wegen eines Verstoßes gegen ihre Informationspflicht mit Konsequenzen rechnen, zumal sie in einem Haus arbeite, auf das ganz Moskau und die Gesamtheit der sowjetischen Republiken mit Stolz blicke.

»Du bist doch der Seelöwe, Wladik. Die Seelöwen vergessen nichts und schaffen alles.«

»Diesmal«, sagte er verzagt, »diesmal weiß ich es nicht. Ich weiß nicht einmal, was ich falsch gemacht haben soll. Die Vorwürfe sind für mich einfach nur unbegreiflich. Ich glaube, sie haben meine Wissenschaft angeklagt. Die Mnemonik selbst saß auf der Anklagebank. Das nächste Mal verurteilen sie die Mathematik oder die Logik. Ich versteh es nicht, Linotschka. Ich habe zehn oder zwölf hohe Auszeichnungen erhalten, drei Staatspreise, und nun? Vielleicht ist Magnifizenz, vielleicht ist der Rektor unserer Staatlichen Universität plötzlich wahnsinnig geworden. Dann könnte ich das verstehen. Aber wieso er über Nacht eine ganze Wissenschaft ausstreichen will, an der die Menschheit seit Jahrtausenden forscht und arbeitet – das kann kein Mensch nachvollziehen.«

»Ich hoffe nur, dass ich meine Arbeit behalten kann. Wir müssen uns ja irgendwie ernähren. Und dass sie uns nicht aus der Wohnung werfen. Drei Zimmer, die haben wir damals nur bekommen, weil sie dich unbedingt aus Leningrad an die Moskauer Universität holen wollten. Hoffentlich behalten wir die schöne Wohnung. – Was wirst du tun? Was kannst du tun? Wo kann ein Sprachwissenschaftler in Moskau eine Arbeit finden, wenn er nicht an der Uni arbeiten darf?«

»Vielleicht, Linotschka, vielleicht kommen sie noch heute zur Besinnung«, meinte Waldemar Gejm und steigerte sich geradezu in Siegesgewissheit, »du wirst sehen, Linotschka, morgen früh ruft der Rektor an, oder er kommt persönlich vorbei, ja, ganz gewiss, er kommt selber bei uns vorbei, um sich zu entschuldigen. Das kann gar nicht anders sein. Das war nur ein Aussetzer bei ihm, ein zeitweiliger Gedächtnisverlust. So ein Ausfall, das kommt häufiger vor, als man denkt. Oft sind diese Aussetzer des Gehirns mit Bewusstlosigkeit verbunden, aber es gibt auch Patienten, die es gar nicht bemerken. Ich erinnere mich an einen Buchhalter, der mit einer temporär auftretenden Sprachstörung zu uns geschickt wurde, und bei dem …«

»Wladik«, unterbrach ihn seine Frau, »wir alle wissen, du lebst auf einem anderen Stern. Der Rektor wird nicht kommen, und er wird auch nicht anrufen. Nie wieder.«

»Warten wir es ab.«

»Das war keine Bewusstseinsstörung deiner Magnifizenz. Er hat das richtige Bewusstsein, das sowjetische Bewusstsein von heute. Keiner wird mehr anrufen, und keine Universität in keiner der Republiken wird einem Professor nach dieser Anklage im Parteiorgan und nach einer solchen Entlassung einen Lehrstuhl geben. Sie werden dich nicht einmal als Assistent einstellen, nirgends. Wieso glaubst du, dass du rehabilitiert wirst? Damals, als die Offiziere aus deiner Gruppe verschwanden, als Meyerhold sich verabschieden musste, als Bucharin verhaftet wurde, da glaubtest du, du und dein Seminar seien der Auslöser für all das. Nun geht es wirklich um dich, Wladik, und da träumst du von einem Irrtum, einer Bewusstseinsstörung. Sie werden sich nicht bei dir entschuldigen, sieh das ein, Liebster. Für dich müssen wir eine andere Arbeitsstelle finden, etwas, was du machen kannst.«

»Ja, Linotschka, du wirst wohl recht haben, du bist der politische Kopf. Ich verstehe das alles nicht.«

»Bleib in der Wohnung, Wladik, ich gehe zu Gruschenka und hole Geta und Rem ab. Sag aber den Kindern nichts. Wir sprechen heute Abend noch einmal darüber, aber erst wenn sie im Bett sind. Wir wollen sie nicht beunruhigen.«

Alina behielt nach mehreren Aussprachen ihre Arbeit, im technischen Verwaltungstrakt des *Fünften Hauses* galt sie als unverzichtbar, sie entging sogar einer Herabstufung, was mit einer Lohnreduzierung verbunden gewesen wäre. Ihre Wohnung wurde ihnen allerdings von der städtischen Wohnungsverwaltung bereits drei Wochen später gekündigt, innerhalb von zwei Monaten mussten sie ausziehen, da ein Schreiben der Moskauer Staatlichen Universität im Amt vorliege, wonach Gejm dort nicht mehr beschäftigt sei. Falls die Familie nicht in ihre Heimatstadt Leningrad zurückkehre, könne ihnen in Moskau eine Ein-Zimmer-Wohnung in der Tschernyschewskij-Gasse angeboten werden, direkt über dem *Jüdischen Theater*, allerdings müsse dafür ein Arbeitsnachweis von Waldemar Gejm vorgelegt werden, da er derzeit als beschäftigungslos registriert sei, was einen weiteren Aufenthalt nach dem Auszugstermin am fünfzehnten September in der Hauptstadt ausschließe.

Rainer und Gudrun Trutz erfuhren einen Tag später von Gejms Entlassung, sie lasen die Mitteilung in der Zeitung, in der diesmal sein Name genannt wurde. Die beiden waren unschlüssig, was sie tun sollten. Über die wöchentlichen Übungen hinaus gab es kaum einen persönlichen Kontakt mit dem Professor, sie sahen ihn ausschließlich in seinen Samstagsseminaren und hatten selten persönliche Worte miteinander gewechselt. Wenn sie ihn aufsuchen würden, könnte er dies als eine Belästigung empfinden, wenn sie sich andererseits bei ihm nicht sehen ließen, als eine kränkende Distanzierung. Sie waren ratlos, sie waren verängstigt.

11. Kapitel

Die Drohung von Álvarez, die dieser vor Monaten so undeutlich wie vielsagend Rainer gegenüber geäußert hatte, lag so lange zurück, dass sich Rainers Aufregung nach und nach gelegt hatte. Sein Arbeitskollege Friedhard Schüssler meinte, Álvarez sei ein politisches Großmaul und habe sich nur wichtig machen wollen. Doch am zweiten Dienstag im August erschienen morgens um fünf Uhr dreißig zwei Männer in Zivil vor der Wohnung von Familie Trutz, klopften energisch an die Tür, zeigten ihre Klappkarten vor, die sie als Angehörige der für das Oblast Moskau zuständigen Kommandantura auswiesen, und forderten Rainer Trutz barsch auf mitzukommen. Gudrun war aus dem Bett gesprungen, hatte sich ihren Wintermantel umgelegt und fragte die Männer, ob Rainer Kleidung und Geld mitnehmen solle. Die Männer nickten beiläufig. Unten wartete ein Wagen mit Fahrer, die beiden nötigten Rainer einzusteigen, dann setzten sie sich selbst in den Wagen, einer vorn, einer neben Rainer, und machten sich auf den Weg zum Lubjankaplatz.

Der Wagen fuhr bis zur Metro-Station *Dserschinskaja*. Jahre zuvor hatte Rainer an diesem Bahnhof sechs Monate lang Bausteine entladen und mit einer Schubkarre zum Fördergerüst transportiert. Das Auto stoppte vor einem der Tore des prächtigen Hauses, das einst das Verwaltungsgebäude einer Versicherungsgesellschaft war und in dem sich nun die Diensträume des Geheimdienstes und die Häftlingszellen befanden. Der Fahrer hupte kurz, das Tor wurde augenblicklich geöffnet und ebenso schnell geschlossen, nachdem der Wagen auf einem der

Innenhöfe Halt gemacht hatte. Die beiden Männer übergaben Rainer im Hof zwei weiteren Zivilisten, die ihn in den Keller des Hauses führten, wo er von zwei uniformierten Schließern in Empfang genommen wurde. Alle Männer hatten kaum auf Rainer geachtet, von Interesse für sie waren lediglich die Papiere, die ihnen mit dem politischen Delinquenten übergeben wurden.

Man brachte ihn in eine kleine Zelle mit einem winzigen Tisch, einem Hocker sowie einem an die Wand geklappten Bett. Das ungewöhnlich niedrig angebrachte Waschbecken, neben dem ein Eimer stand, war zentimeterdick mit gelblichem, stinkendem Dreck überzogen. Das vergitterte Fenster führte zu einem Luftschacht, das einzige Licht kam von einer in der Decke fest eingelassenen Lampe. Nachdem er unschlüssig und verängstigt zwei Stunden in der Zelle auf und ab gegangen war, klappte er das Bett herunter, um sich daraufzulegen, doch im gleichen Moment wurde das Guckloch der Tür geöffnet und eine kaum verständliche Männerstimme befahl, sofort aufzustehen, das Bett dürfe nur zwischen neun Uhr abends und sechs Uhr früh heruntergeklappt werden.

Um fünf wurde er zu einer Vernehmung abgeholt. Ein älterer Offizier befragte ihn nach seinen Personalien, nach den Tätigkeiten in Deutschland und seiner Arbeit in der Sowjetunion. Er hatte die Fragen stehend zu beantworten, der Offizier befragte ihn mit müder Stimme, sah ihn selten an und schrieb mit, was Rainer sagte. Er wurde nach den Bekannten gefragt, nach all seinen Bekannten, er hatte die Namen sämtlicher Personen zu nennen, mit denen er in seinem Heimatdorf, in Berlin und in Moskau zusammengetroffen war. Nach zweieinhalb Stunden fragte der Offizier, wieso Rainer Trutz nicht alle Namen nennen wolle.

»Ich habe alles gesagt, ich habe alle genannt, nach bestem Wissen und Gewissen«, erwiderte Rainer eingeschüchtert.

Der Offizier sah ihm in die Augen und sagte verärgert: »Die Wahrheit will ich wissen, die ganze Wahrheit. Dein Gewissen interessiert mich nicht, wir sind hier nicht in der Kirche.«

Er ließ ihn unterschreiben und in die Zelle zurückführen, in der auf dem Tisch ein Topf stand mit einer wässrigen Kohlsuppe, daneben ein Stück Brot. Die Suppe war bereits kalt, es war das erste Essen, das er an diesem Tag zu sich nehmen konnte, und er aß es mit Heißhunger.

In den folgenden Tagen wurde er noch dreimal zu einer Vernehmung abgeholt, jedes Mal befragte ihn ein anderer Mann, jedes Mal wiederholten sich die Fragen. Als er den Offizier nach dem dritten Mal darauf aufmerksam machte, schrie dieser ihn an, brach das Verhör ab und ließ ihn vom Schließer in die Zelle zurückbringen, wo er in Handschellen gelegt wurde. Eine Stunde später erschien der Schließer in seiner Zelle und holte den unberührten Essnapf ab, da die Handschellen es Rainer nicht möglich machten, mit dem Löffel aus der kleinen Schüssel zu essen.

Am folgenden Vormittag, vom Frühstück hatte er eine halbe Scheibe Schwarzbrot mit dem Mund erfassen und essen können, der Rest fiel für ihn unerreichbar auf den Fußboden, aus der Blechtasse konnte er sehr behutsam zwei Schluck trinken, bevor der Becher umkippte und den Tee über den Tisch ergoss, wurden ihm die Handschellen abgenommen und er wurde zu einem neuen Verhör mit einem neuen Natschalnik geführt, der die Vernehmung mit der Frage begann, ob die Handschellen seinem Gedächtnis aufgeholfen hätten und er nun die

Wahrheit bekennen wolle oder ob er noch einen weiteren Tag mit dieser Erinnerungsstütze verbringen wolle. Die Fragen der letzten Vernehmungen bezogen sich fast ausschließlich auf seine Arbeit in Berlin und die Treffen mit Journalisten und den Personen in seinem ehemaligen Verlag.

Zehn Tage nach seiner Verhaftung wurde er in den ersten Stock des *Lubjanka*-Gebäudes geführt. In einem kleinen Sitzungszimmer war ein Tisch mit mehreren Stühlen aufgebaut, vor dem Tisch stand ein Schemel, auf den sich der Angeklagte Trutz setzen musste. Hinter dem Tisch hatten nebeneinander drei Männer ihren Platz bezogen, alle drei in den Uniformen des NKWD, an der schmalen Seite des Tisches saß eine Frau, ebenfalls in Uniform, und wartete darauf, die Verhandlung zu protokollieren. Weitere Personen waren nicht im Saal, obgleich in den sechs Stuhlreihen hinter ihm Platz für fünfzig Leute war. Der ältere Mann, an seiner Uniformjacke leuchteten in drei Reihen die militärischen Auszeichnungen, sagte zu Trutz, er sei der Vorsitzende Richter, einen Namen nannte er nicht, die beiden Personen neben ihm stellte er als Ankläger und Verteidiger vor, auch deren Namen teilte er nicht mit.

Der Richter erteilte dem Ankläger das Wort, dieser öffnete eine Handakte und las die gegen Rainer Trutz erhobene Anklage wegen Verleumdung der Sowjetunion und ihres genialen Führers, Josef Wissarionowitsch Stalin, vor. Als Beweis seiner Schuld hielt er ein Blatt Papier hoch, einen zweiseitigen Artikel der *Weltbühne*, in dem der Angeklagte für die bourgeoise Leserschaft dieser deutschen Hetzzeitschrift in höhnischer und bösartigster Art und Weise die Aufbauerfolge der Sowjetunion zu einer Karikatur verzerrt und sich nicht gescheut habe, den weltweit anerkannten und gerühmten Staatslenker Stalin zu diffamieren. Der Ankläger bat, seinen Zeugen in den Saal zu bringen, die Frau erhob sich, ging aus der zweiten Tür des Zimmers hinaus und kam zwei Sekunden später mit einem Mann in den Gerichtssaal zurück, der von einem Gefängnisbeamten begleitet wurde, welcher ihm im Saal die Handschellen abnahm und ihn vor den Richtertisch stieß. Rainer Trutz erkannte den Mann, es war Richard Großner, der frühere Redakteur der *Deutschen Zentral-Zeitung* in Moskau, inzwischen selbst Häftling im Butyrka-Gefängnis.

Großner bestätigte, Trutz habe ihn aufgesucht, um als Redakteur oder Reporter für die *Deutsche Zentral-Zeitung* zu arbeiten. Er habe Trutz wiederholt nach den Zeitungen befragt, für die er in Deutschland geschrieben habe. Der Angeklagte hätte ihm gegenüber lediglich zugegeben, Artikel für den *Berliner Lokal-Anzeiger* verfasst zu haben, eine Zusammenarbeit mit dem Wochenblatt *Weltbühne* habe er ihm verschwiegen, obgleich er wiederholt nachgefragt habe.

Trutz wurde befragt, er versuchte zu erklären, wieso er damals einen solchen Artikel geschrieben habe, er berief sich auf seine damalige Unkenntnis der Sowjetunion, auf seine Jugend, vor allem aber sagte er mehrfach, sein Artikel sei ironisch gemeint und hätte lediglich die aus seiner Sicht blauäugige Darstellung der deutschen Schriftsteller aufzeigen wollen.

Der Ankläger unterbrach ihn und fragte ihn zweimal, ob er tatsächlich glaube, man könne aus einer unernsthaften, einer ironischen Perspektive das sowjetische Aufbauwerk und den Führer der großen Sowjetunion, Josef Wissarionowitsch Stalin, betrachten. Trutz begann zu stottern, wurde aufgefordert, sich zu setzen und zu schweigen. Mit seinem Verteidiger konnte er nicht einen Augenblick unter vier Augen sprechen, der Mann war an ihm offensichtlich uninteressiert, beim Verlesen der Anklagepunkte schüttelte er, ebenso fassungslos wie der Richter, den Kopf und zeigte deutlich sein Entsetzen über die gegen Trutz vorgebrachten Beschuldigungen.

Rainer Trutz erschien diese Verhandlung mit einem Richter und einem Verteidiger in den Uniformen des Geheimdienstes wie eine Karikatur, er konnte, er wollte nicht glauben, dass ein solches Gericht tatsächlich befugt war, über ihn zu urteilen. Er hatte die Prozesse gegen die Feinde der Sowjetunion in den deutschen und russischen Blättern Moskaus verfolgt. Dort hatte ein Generalstaatsanwalt Anklage erhoben, bekannte Juristen zählten zu den Verteidigern und Richtern, die Prozesse fanden in überfüllten Sälen statt und Pressevertreter berichteten über jedes Detail. Er war sich sicher, sein Prozess sei nur eine Farce, um ihn einzuschüchtern, um ihn zu nötigen, jene Wahrheiten zu gestehen, nach denen er in den Vernehmungen immer wieder gefragt worden war. Dieser inszenierte Prozess war ebenso wie jene Handschellen, in die man ihn für einen Tag gelegt hatte, ein Verhör-Trick, ein makabres Spiel der Staatssicherheit, denn ein Zivilgericht, das sich aus uniformierten NKWD-Leuten zusammensetzte, war nicht unabhängig und widersprach der sowjetischen Verfassung. Und doch ahnte er, diese unwirkliche, gespenstische Szene in diesem sterilen, menschenleeren Raum würde sein weiteres Leben bestimmen, diese Offiziere der Staatssicherheit würden über ihn urteilen, und gegen dieses Urteil könnte er nirgendwo Beschwerde einlegen oder eine Revision verlangen.

Den Auslassungen des Anklägers und des Verteidigers entnahm er, dass zwei winzige, zwei scheinbar belanglose

Vorgänge diesen unheilvollen Prozess in Gang gebracht hatten. Es war zum einen sein Antrag auf Mitgliedschaft in der Gewerkschaft, was ihm Francisco Álvarez nahegelegt oder vielmehr befohlen und wozu ihm auch Gudrun geraten hatte. Bei der Prüfung seines Antrags war man über die Rubrik gestolpert, unter der er als Emigrant in den Akten geführt wurde, die Rubrik: progressiver deutscher Schriftsteller ohne Parteizugehörigkeit. Die Gewerkschaft hatte daraufhin bei der deutschen Kommission des Schriftstellerverbandes der Sowjetunion seinetwegen angefragt und um eine Beurteilung gebeten.

Die Kommission bestand aus Mitgliedern des *Bunds proletarisch-revolutionärer Schriftsteller* und Redakteuren der *Linkskurve*, von denen sich drei an einen Rainer Trutz erinnern konnten. Sie gehörten zu den zwölf Autoren, die vor fast zehn Jahren auf Einladung der Regierung die Sowjetunion besucht und ihre Reiseberichte in einem Buch der *Linkskurve* unter dem Titel *Der große Plan* herausgegeben hatten. Diese Reiseanthologie war in drei Blättern der Kommunistischen Partei lobend besprochen, die bürgerliche Presse dagegen hatte das Buch nicht wahrgenommen, lediglich in der *Weltbühne* war eine Rezension erschienen, die sich über die Naivität der Autoren amüsierte und über die blinde Sowjet-Gläubigkeit dieser Parteischriftsteller.

Die drei Autoren konnten sich an Trutz' Artikel erinnern, einer von ihnen hatte sogar jenes Heft der *Weltbühne* in seinem Fluchtgepäck mitgeführt, um es als Nachweis seiner Verfolgungen im Nazi-Deutschland in seinem Exilland vorlegen zu können. Auf diesen Artikel gründete sich die gesamte Anklage wegen Verleumdung der Sowjetunion und ihres Staatsführers, der kleine Aufsatz, auf den Rainer Trutz damals stolz war und von dem er sich einen Zugang zu dem von ihm bewunderten Wochenblatt erhofft hatte, sollte nun sein künftiges Schicksal bestimmen, achtzig Zeilen Druckerschwärze, achteinhalb Jahre alt, würden nun darüber entscheiden, ob ihm der Emigrantenstatus abgesprochen, er aus dem Land gewiesen oder gar verhaftet würde.

Nach einer Verhandlung von siebzig Minuten verkündete der Richter, ein Mann von Mitte sechzig, nach einer kurzen Beratung das Urteil: Für seine konterrevolutionäre und trotzkistische Tätigkeit werde Rainer Trutz zu fünf Jahren Zwangsarbeit im Lagerpunkt Rudnik Eins in Workuta verurteilt. Er schaute zu den Männern rechts und links neben ihm, mit besorgten, ernsten Mienen nickten diese, woraufhin der Richter in der freien Rubrik unter der Anklage die Kürzel eintrug: L.P. Rudnik Eins, Workuta, RSFSR, KRTD 5 Jahre.

Nachdem er das Urteil des NKWD-Sondergerichts eingetragen und den Vermerk vom Ankläger und Verteidiger hatte unterschreiben lassen, wollte er die Verhandlung schließen, doch der Mann links neben ihm, der Rainer als Verteidiger zugeordnet war, bat zuvor noch einmal ums Wort. Er stellte den Antrag, dass der Zeuge der Anklage, der zu drei Jahren Straflager verurteilte Richard Großner, nicht wie vorgesehen morgen vom Butyrka-Gefängnis zur Baikal-Amur-Magistrale deportiert werde. Er gebe zu bedenken, der Redakteur habe den antisowjetischen Artikel von Trutz in der *Weltbühne* seinerzeit nicht gemeldet, obwohl dies seine Pflicht gewesen wäre. Wenn er damals diese Diffamierung übersehen habe, wäre es ein sträfliches Versäumnis, wenn er sie bemerkt, aber nicht angezeigt habe, ein Verbrechen. Er beantrage daher, Großner vorerst nicht zu deportieren, sondern ihn abermals vor Gericht zu stellen, denn allein sein Verhalten habe es dem verurteilten Trutz möglich gemacht, für Jahre unentdeckt in Moskau zu leben, sich in eine sozialistische Brigade einzuschleichen und sich als ein *Erbauer der Metro* feiern zu lassen, dieser Rainer Trutz, der in Wahrheit nicht an dem Bau, sondern an der Sabotage dieses Baus und des zweiten Fünfjahresplans interessiert war. Seine beiden Kollegen nickten anerkennend, der Richter schloss die Verhandlung und forderte den Schließer auf, den Häftling Großner zum Butyrka-Gefängnis zurückzubringen und dem zuständigen Kommissar mitzuteilen, zum Häftling Richard Großner habe das NKWD neue Erkenntnisse, es sei ein Ukas der *Lubjanka* abzuwarten, bevor man ihn deportiere.

Großner warf einen hasserfüllten Blick auf Rainer Trutz, als der Schließer ihm die Handschellen anlegte und ihn vor sich herschob. Die drei Männer waren aufgestanden, hatten sich Zigaretten angezündet und unterhielten sich. Keiner von ihnen beachtete Rainer Trutz, der hilflos auf seinem Stuhl saß, an Gudrun und Maykl dachte und überlegte, auf welche Art und Weise er mit seiner Frau Kontakt aufnehmen könne. Als die drei Männer den Raum verließen, blieb der ältere, der sechzigjährige Offizier, bei der protokollierenden Beamtin stehen, tippte mit dem Zeigefinger auf eins der Blätter und sagte: »Der verurteilte Strafgefangene Trutz wird bis zu seiner Deportation ins Gefängnis Tagankaplatz überführt. Noch heute, Genossin. Sofort.«

Er ging hinaus, ohne Trutz anzusehen. Noch bevor die Tür hinter ihm ins Schloss fiel, kamen zwei KGB-Beamte in den Saal, legten Rainer Trutz Handschellen an und führten ihn hinaus.

12. Kapitel

Alina Gejm war es gelungen, ihrem Mann eine Anstellung im *Kleinen Theater* zu beschaffen, er hatte dort von zehn Uhr bis in den späten Nachmittag hinein im Kostümfundus dem leitenden Garderobier zur Verfügung zu stehen und an vier Abenden in der Woche im Foyer die Mäntel der Theaterbesucher entgegenzunehmen. Die Bezahlung war schlecht, sein Gehalt betrug nur hundertsechzig Rubel, aber er hatte einen Arbeitsvertrag, was für seine Frau das Wichtigste war, da die Moskauer Universität ihrem Mann bei der Entlassung ein Arbeitszeugnis verweigerte, was nur bei der Beendigung eines Arbeitsvertrages mit straffällig gewordenen Mitarbeitern üblich war und eine neue Einstellung fast unmöglich machte. Es fiel ihm schwer, die Tätigkeit aufzunehmen, da sein unmittelbarer Vorgesetzter ein knurriger, unzufriedener Mann war, der ihn respektlos behandelte. Auch war es für Gejm demütigend, an der Abendgarderobe zu stehen, da das *Kleine Theater* bei den Intellektuellen Moskaus beliebt war und viele der Professoren der Staatlichen Universität sich die Inszenierungen anschauten und dabei dem ehemaligen Kollegen ihren Mantel, die Galoschen und ein Trinkgeld reichten, da sie ihn nicht erkannten oder nicht erkennen wollten.

Von Galja erfuhren die Gejms, dass Maykls Vater Rainer vom sowjetrussischen Staatssicherheitsdienst verhaftet worden war. Zusammen mit seinem Sohn Rem sowie mit Galja und Lilija, die vor zwei Tagen nach Moskau gekommen war, besuchte der entlassene Professor am Nachmittag des darauffolgenden Sonnabends Gudrun.

Die beiden Jungen waren über das Wiedersehen erfreut, sie stürzten sich aufeinander, stießen zeremoniell dreimal die Stirnen aneinander und quetschten sich dann in einen Korbstuhl, um miteinander zu reden.

Die Erwachsenen setzten sich an den Tisch und ließen sich von Gudrun Trutz berichten, was sie über Rainers Verhaftung wusste. Ihr Versuch, ihn in der *Lubjanka* zu besuchen, war erfolglos, man wies sie ab und beschied ihr, ihr Mann sei in der Liste der *Lubjanka*-Häftlinge nicht aufgeführt, der Name sei unbekannt, sie solle in den Gefängnissen der Stadt nachfragen. Überdies müsse sie sich gedulden, einen Antrag auf Besuchserlaubnis zu stellen sei grundsätzlich erst nach dem Prozess möglich, um nicht in das ordnungsgemäße Verfahren der Rechtspflege einzugreifen und die staatlichen Organe zu behindern. Sie hatte seit dem zehnten August neun der Moskauer Gefängnisse aufgesucht, sich in die Schlange der schweigenden Frauen eingereiht, sich einen Fragebogen geben lassen, in dem sie Namen und Anschrift des Häftlings einzutragen hatte, um sich danach in die nächste Schlange an der nasskalten Mauer zu stellen und endlich einem wortkargen und kaltschnäuzigen Beamten das ausgefüllte Blatt übergeben zu können. Dann musste sie warten, eine Stunde, zwei Stunden, drei Stunden, um zu erfahren, Häftling Rainer Trutz sei nicht hier, Aufenthaltsort unbekannt. Bei zwei, drei Bittgängen hatte sie Maykl in die Obhut einer Nachbarin gegeben, bei den anderen hatte sie ihn mitgenommen.

Als Gudrun fragte, was sie jetzt unternehmen könne, und Lilija, Gejm und Galja um Hilfe bat, zuckten diese hilflos mit den Schultern. Für die Moskauer Gefängnisse gebe es kein zentrales Register, jedenfalls keines für die Angehörigen, sie müsse weiterhin zu den verschiedenen

Gefängnissen laufen, um nachzufragen, und dies könne nur sie allein machen, den Freunden und Bekannten der Untersuchungshäftlinge und Verurteilten werde keine Auskunft erteilt. Galja erzählte, man könne nicht sicher sein, dass es in Moskau tatsächlich nur zwölf Gefängnisse gäbe, gerüchteweise habe sie von geheimen Strafanstalten gehört, deren Adressen nirgendwo aufgeführt seien.

Lilija, die früher solche unbedachten und leichtfertigen Äußerungen Galjas stets gerügt hatte, sah sie diesmal lediglich besorgt an, widersprach aber nicht. Sie berichtete, ihre Moskau-Reise finde diesmal außerhalb des Plans statt, vor drei Tagen sei sie ins Hauptkomitee beordert worden und habe gestern zu einer dringenden Vollversammlung aller regionalen Leiter des Komitees erscheinen müssen. Was sie bereits auf dem Flug nach Moskau vermutet hatte, bestätigte sich: der völlig überraschende Kurswechsel, der Vertrag zwischen dem Volkskommissar für Auswärtige Angelegenheiten, Wjatscheslaw Molotow, und dem Reichsminister des Auswärtigen, Joachim von Ribbentrop, der in der gesamten Sowjetunion Verwunderung, aber auch Irritationen auslöste, hatte für das Komitee und für ihre eigene Arbeit gravierende Auswirkungen.

Galja begriff Lilijas Erregung, Waldemar Gejm dagegen und Gudrun hatten vom sowjetisch-deutschen Nichtangriffspakt zwar gehört, hatten die Erregung der Moskauer auf der Straße und auf den Arbeitsstellen bemerkt, Gejm die entsetzten Reaktionen der Kollegen auf Spielplanänderungen am *Kleinen Theater* registriert, doch ihre persönlichen Sorgen hatten sie zu sehr in Anspruch genommen, als dass sie sich mit der Tragweite und den Folgen dieser Vereinbarung hätten auseinandersetzen können. Die politischen Veränderungen hatten für sie keine Bedeutung, da ihr familiäres Unglück sie Tag und Nacht beschäftigte. Da aber Lilija, die starke, die unerschütterliche, die früher stets heitere Lilija bei ihrer Schilderung der Ereignisse sichtbar mit Tränen zu kämpfen hatte, hörten ihr Gudrun und Gejm aufmerksam zu.

Bereits am Tag der Unterzeichnung des sowjetisch-deutschen Nichtangriffspakt, sechs Stunden nachdem die *Prawda,* die an diesem Tag mit einer zweistündigen Verspätung ausgeliefert wurde, über den Vertrag berichtete und dazu ein Foto abdruckte, auf dem Stalin und Ribbentrop sich nach der Unterzeichnung strahlend die Hand reichten, seien, so berichtete Lilija, die seit ihrer Versetzung nach Baku nicht mehr zu den Leitungsmitgliedern gehörte, sämtliche Chefs der beiden Hauptverwaltungen für Angelegenheiten der künstlerischen Literatur und der Künste und zur Kontrolle des Schauspiels und des Repertoires, also *Glawiskusstwo* und *Glawrepertkom*, sowie die Kommissare vom GUK, der Hauptverwaltung Kino, ins Hohe Haus, in den Rat der Volkskommissare bestellt worden. Die Einbestellten, das hatte man Lilija erzählt, mussten im Wandelgang warten, die Minister aller Ressorts tagten dort seit den Abendstunden des Vortags. Nach über drei Stunden sei in einer Tagungspause des Ministerrats der zuständige Minister, der nach der Exekution seines Vorgängers Bubnow neu ernannte Volkskommissar für Erziehung, vor die Chefs der Komitees getreten. Blass und übernächtigt habe er mit leiser, heiserer Stimme den versammelten Direktoren diejenigen Beschlüsse des Obersten Rats mitgeteilt, die für sie selbst nach dem Kurswechsel maßgeblich seien. Wie alle in der *Prawda* gelesen hätten, sei es dem genialen Staatslenker Stalin rechtzeitig gelungen, das Land aus der

Umklammerung durch die Imperialisten herauszuführen. Die Absicht von England und Amerika sei es gewesen, die beiden Großmächte Sowjetunion und Deutschland aufeinanderzuhetzen, um aus der Ferne einem tödlichen Kampf von Giganten zuzusehen, der beide Mächte tödlich verwunden könnte, woraufhin die USA und England in diese Länder einmarschiert wären und dort ihre Herrschaft errichtet hätten. Stalin habe diesen Plan rechtzeitig und analytisch klar durchschaut, einen ehrenvollen Nichtangriffspakt mit Deutschland erreicht, den Frieden für die Völker der Sowjetunion und der ganzen Welt gerettet sowie den weiteren Aufbau des Sozialismus gesichert.

Der Volkskommissar, so erfuhr Lilija von einem der Anwesenden, hätte nicht aufgeblickt, lediglich unverwandt auf die beiden Zettel vor sich gestarrt und dann Anweisungen an die ihm unterstellte Hauptverwaltung erteilt. Verbale Attacken auf Hitler oder irgendeinen Vertreter der Führung des Deutschen Reiches hätten sofort und ausnahmslos zu unterbleiben. Die sogenannten antifaschistischen Filme, Bühnenstücke, Bücher und alle sonstigen gegen das Deutsche Reich gerichteten Werke seien umgehend auszusondern. Er erwarte, dass in Moskau dieser Befehl bereits heute umgesetzt werde, in der gesamten Union müssten diese Werke innerhalb von vier Tagen eliminiert sein, die Bibliotheken in der Sowjetunion hätten sieben Tage Zeit, die entsprechenden Bücher aus ihren Beständen zu entfernen. Das beträfe selbstverständlich auch den vor kurzem angelaufenen, hochdekorierten Film *Alexander Newski*, der ab sofort in keinem Kino der Sowjetunion mehr gezeigt werden dürfe. Die Hauptverwaltung Kino habe den Auftrag, die beliebten Filme zur russischen Geschichte, also die Spielfilme zum Siebenjährigen Krieg, über die Kämpfe mit der Livländischen Union, über die Schlacht auf dem Peipussee, den Sieg über das Heer des Bischofs von Dorpat, die Gefechte mit dem Deutschritterorden und dem Schwertbrüderorden auf mögliche Korrekturen hin zu untersuchen. Wenn durch einen korrigierenden Schnitt, eine klarstellende Synchronisation oder auch, bei einem vertretbaren Aufwand, durch erneute Aufnahmen von zwei, drei Szenen eine bereinigende und geschichtlich korrekte Fassung herzustellen sei, in der, trotz aller Auseinandersetzungen und tragischen Irrtümer, die jahrhundertealte russisch-deutsche Freundschaft und Waffenbrüderschaft dargestellt werde, so bilde die Beseitigung alter Mängel den Schwerpunkt aller Arbeiten der Hauptverwaltung Kino, um jene Filme zu retten, die trotz aller von Stalin aufgedeckten Fehler die Vaterlandsliebe verherrlichen.

Der alte, müde Mann habe sich schwerfällig von seinem Sitz erhoben, mit dem trägen Blinzeln eines Krokodils über die versammelte Runde geschaut und dann, bevor er in den Sitzungssaal der Volkskommissare zurückkehrte, mit heiserer Stimme gekrächzt: »Sofort, Genossen, unverzüglich. Stalin erwartet es von uns, ich verlange es von euch.«

Eine Stunde später waren die Leitungsmitglieder in ihren Hauptverwaltungen, ließen sich in der Reihenfolge des geltenden Notfallplans mit allen Außenstellen verbinden und telefonierten stundenlang, um die ihnen erteilten Befehle zu übermitteln und die Führungskräfte ihres Ressorts in den verschiedenen Sowjetrepubliken für den nächsten Nachmittag vier Uhr nach Moskau einzubestellen. Bei diesem Treffen wurde zu Beginn nochmals Stalins Staatskunst gepriesen und betont, der Vertrag mit Hitler sei ein Sieg über die imperialistischen Kriegstreiber, und anschließend wurden ihnen zu den telefonisch erteilten Befehlen genaue Ausführungsanweisungen gegeben.

An diesem Abend finde in der Hauptverwaltung ein abschließendes Treffen statt, an dem Lilija teilnehmen müsste, danach würden alle, noch in der Nacht oder am nächsten Morgen, in ihre Regionen zurückfliegen, um für die Durchsetzung des neuen Kurses zu sorgen.

»Und die Vokabeln *faschistisch* und *antifaschistisch* sind gestrichen«, bemerkte Lilija zum Schluss, »nach der neuen Sprachreglung heißt es jetzt *deutsch* oder *Deutschland* und *Führer Adolf Hitler.*«

Keiner von ihnen sagte etwas. Galja brach das Schweigen: »Wir haben einen neuen Freund, ist doch schön. Wir haben einen neuen Freund. Und Hitler auch.«

Gudrun Trutz stand auf, ging zu den beiden Jungen, fragte, ob sie etwas wünschten, und brachte ihnen eine Limonade. Nachdem sie den Tisch verlassen hatte, beugte sich Lilija vor und flüsterte rasch: »In der Hauptverwaltung macht das Gerücht die Runde, im geheimen Zusatzprotokoll zum sowjetisch-deutschen Nichtangriffsvertrag gäbe es einen Passus über die Rückführung von Emigranten ins jeweilige Heimatland. Auf Verlangen auszuliefern. Die oberen Parteichefs und die prominenten Namen werden auf beiden Seiten wohl nichts zu befürchten haben, kein Staat will sein Gesicht verlieren. Aber was ist mit den anderen? Was passiert, wenn die Faschisten Rainers Namen auf diese Liste setzen? In Deutschland stand Rainer auf ihrer Liste, sie suchten ihn damals. Und was ist jetzt? Er ist verhaftet, er wird vor Gericht gestellt.«

Da Gudrun an ihren Tisch zurückkehrte, verstummte Lilija. Sie sah auf ihre Armbanduhr und meinte, sie werde aufbrechen, da man sie zum Abschlussgespräch in ihrer Hauptverwaltung erwarte und sie um neun Uhr auf dem

Flughafen sein müsse. Alle standen auf, umarmten und küssten sich, und alle hatten Tränen in den Augen. Galja wollte ihre ehemalige Chefin zur Dienststelle begleiten, was ihr Lilija verbot.

»Kümmere dich um Gudrun und Maykl«, sagte sie zu Galja, sie wandte sich dann an Gudrun und bat sie, ihr sofort Bescheid zu geben, sobald sie etwas von Rainer höre oder über ihn erfahre.

»Bitte«, sagte sie, ging zu den beiden Kindern und küsste sie zum Abschied.

Als sie die Wohnung verlassen hatte, sprang Rem aus dem Korbstuhl, lief zu seinem Vater und bat ihn, mit ihnen zu spielen.

»Spielen? Was willst du mit mir spielen?«

»Du weißt doch, Papa, wo Maykl und ich immer gewinnen. Bitte spiel mit mir und Maykl.«

Gejm begriff, Rem sprach von seinem Mnemonik-Training, und er, dem man über Nacht die Arbeit genommen und damit alles, was sein Leben ausmachte, der nach dem Umzug in eine Ein-Zimmer-Wohnung in der Tschernyschewskij-Gasse keins der Bücher seiner geliebten Wissenschaft mehr in die Hand genommen hatte, weil er nun, wie er seiner Frau Alina erklärt hatte, Mäntel in die Hand zu nehmen habe, nasse, dreckige Mäntel und teure Pelze, und dafür benötige er kein Gedächtnis, dafür reichten die nummerierten Blechmarken des Theaters aus, er war über die Bitte seines Sohnes zu Tränen gerührt. Er streichelte ihm über den Kopf und erkundigte sich bei Gudrun Trutz, ob sie am Sonnabend oder Sonntag ihren kleinen Maykl zu ihm bringe, er würde mit seinem Jungen das Trainingsprogramm wiederaufnehmen, und wenn ihr Sohn dazukäme, würde das beide motivieren, da sie Freunde seien.

Gudrun Trutz stimmte erfreut zu, Maykl jubelte, und tatsächlich, bereits am dritten September, einem Sonntag, gingen sie zu den Gejms. Die beiden Jungen setzten sich mit dem Professor an den Küchentisch, sie spielten mit den vertrauten und den von Gejm neu gestalteten Karten, auf denen Zeichen und Symbole zu sehen waren. Die beiden Knaben waren begeistert von diesen Spielnachmittagen und ihrem Zusammensein. Ohne die fremden Onkel und nur mit seinem Papa, Maykls Mama und Galja sei es, wie Rem erklärte, viel lustiger. Auch für den Professor hatten diese Treffen Bedeutung, waren sie doch für ihn ein Lichtblick in seiner langweiligen, stumpfsinnigen Tätigkeit, und die bemerkbaren Folgen seines Gedächtnistrainings bei den beiden Kindern erfüllten ihn mit Stolz. Er dachte daran, andere Kinder einzuladen und wieder eine richtige Gruppe zu bilden, in der ein jeder den anderen zu übertreffen sucht, doch seine Frau und Galja rieten ihm ab. Er sei an höchster Stelle in Ungnade gefallen, selbst ein kleiner Kinderkreis könnte ein politisches Vergehen sein und Unheil heraufbeschwören.

Mitte September erweiterte sich die Runde, Lilija hatte sich über Galja zu Gejms Training angemeldet und nahm seitdem regelmäßig daran teil. Sie war nicht, wie zunächst vorgesehen, nach Baku zurückgekehrt, sondern arbeitete wieder in der Hauptverwaltung. Bei dem abschließenden Treffen der regionalen Chefs Ende August hatte sie in der offenen Aussprache gefragt, wie sie ihren Theaterleuten und der Öffentlichkeit erklären solle, dass Faschisten nun befreundete Deutsche seien und die bisher beliebten antifaschistischen Bühnenstücke nicht mehr aufgeführt werden dürften. Der Chef von *Glawrepertkom*, ihrer Hauptverwaltung, unterbrach sie schroff, sie habe noch immer nicht verstanden, wie politisch falsch ihre Frage sei, und forderte sie auf, nach dem Ende der Versammlung in sein Büro zu kommen. Als Lilija bei seiner Sekretärin erschien, einer Freundin, die sie herzlich begrüßte, bat sie darum, bald vorgelassen zu werden, da sie in zwei Stunden am Flughafen sein müsse. Die Sekretärin nickte und meinte, das sei kein Problem, sie klopfte kurz an die Tür des Chefs und ging zu ihm hinein. Nach fünf Minuten kam sie zurück, blass und aufgeregt, und sagte Lilija, sie müsse nicht zum Flughafen, der Chef habe für ihren Bereich Swerdlow ernannt, Lilija würde ab sofort wieder in der Zentrale arbeiten, alles Weitere werde man ihr bei Dienstbeginn am Montag neun Uhr mitteilen.

»Ich wurde abgesetzt?«, fragte Lilija überrascht.

Die Sekretärin nickte.

»Und am Montag? Bekomme ich wieder mein Ressort Westeuropa?«

»Ich weiß es nicht. Nein, das glaube ich nicht. Man wird dir etwas zuweisen. Aber ich weiß wirklich nichts, Lilija.«

Am Montag wurde sie zur Kaderchefin bestellt, die ihr erklärte, ihre Wortmeldung in der offenen Aussprache habe erhebliche und unerträgliche Defizite in ihrer politischen Schulung erkennen lassen, weswegen die Hauptverwaltung sie aus Baku habe abrufen müssen, da die Genossin Simonaitis bei ihren politischen und charakterlichen Mängeln nicht in der Lage sei, in ihren Rayons ein gesundes politisches Klima zu schaffen. Für sie gebe es daher eine Kommandierung zu einem Abend-Lehrgang an der Parteischule, in der Hauptverwaltung *Glawrepertkom* werde sie künftig als Fremdsprachenkorrespondentin arbeiten. Letzteres sei ein überaus großzügiges Entgegenkommen der Direktion in Anerkennung der Leistungen in den vergangenen zwei Jahrzehnten, denn ihre Äußerungen hätten politische Defizite bei ihr offenbart, die eine solche Vertrauensstellung eigentlich nicht erlauben würden.

»Einige Genossen hatten eine strengere Bestrafung gefordert, Genossin Lilija Simonaitis«, sagte die Kaderleiterin, »eine sehr viel strengere Bestrafung. Ich übrigens auch. Nun bleibt es vorerst bei deiner Versetzung und einer Mitteilung an unser Volkskommissariat. Wie gesagt, vorerst. Über eine Parteistrafe wird noch zu reden sein.«

Lilija hatte kurz durchgeatmet, sich selbst zu einem Lächeln genötigt und dann nur erwidert: »Danke, Genossin.«

Sie ging in Galjas Zimmer, die seit Lilija Simonaitis' Abkommandierung nach Baku als erste Assistentin des Direktors für Kommunikation und Propaganda arbeitete, und meldete sich bei ihr zum Dienst. In ihrer Funktion hatte Galja sämtliche Korrespondenten der Hauptverwaltung zu betreuen und war für deren Dienstplan zuständig.

»Hallo, Chefin«, sagte Lilija zu ihr.

Galja wurde rot und wehrte verlegen ab.

»Bist du nun aber, Galja«, erklärte Lilija, »ich freue mich, dass wir wieder zusammenarbeiten. Wo werde ich sitzen? Was habe ich zu übersetzen? Deutsch, Englisch, Französisch?«

»Im Büro drei hast du den vierten Tisch, den am Fenster. Und die Korrespondenzen habe ich heute früh bereits verteilt, deine Mappe liegt auf deinem Schreibtisch.«

»Dann auf eine gute Zusammenarbeit, Galja.«

»Ja, Chefin.«

»Nein, Galja«, lachte Lilija auf, »die Chefin bist du. Daran solltest du dich gewöhnen.«

Am einundzwanzigsten September erhielt Gudrun

Trutz eine Besuchserlaubnis für ihren Mann im Gefängnis Tagankaplatz und konnte ihn fünf Tage später tatsächlich für zwanzig Minuten sehen. Besucher und Häftlinge waren auf zwei, voneinander getrennte Tischreihen verteilt, in dem schmalen Gang zwischen den Tischen ging ein Gefängnisbeamter auf und ab. Gudrun und Rainer hatten sich auf Russisch zu unterhalten, da sie anderenfalls in den Besucherraum mit Redeverbot gekommen wären, in dem die Häftlinge ihre Verwandten nur aus einer größeren Entfernung zu Gesicht bekamen. Rainer durfte seiner Frau sein Strafmaß mitteilen, fünf Jahre Zwangsarbeit im Lager Rudnik Eins in Workuta, über Einzelheiten des Prozesses zu sprechen war ihm verboten.

»Wir bekommen dort etwas Geld für die Arbeit, und wir können uns davon ernähren, mach dir also keine Sorgen«, sagte er, »und gute Arbeit wird belohnt. Wer dort Akkord arbeitet, wird früher entlassen. Du wirst sehen, ich werde mich dort so ins Zeug legen, dass ich nach zwei Jahren zurückdarf. Dann bin ich bei der Einschulung Maykls dabei. Ich schaff das.«

Seine Frau nickte und erzählte von den Gesprächen mit Maykl, von dem, womit er sich beschäftigte, und dass er sich heftig nach seinem Papa sehne.

Rainer lächelte: »Gib ihm einen Kuss von mir.«

Sie sagte, er würde wieder mit seinem Freund Rem spielen, und Rainer nickte überrascht und erfreut, er verstand, was sie ihm damit sagen wollte.

»Meine Deportation ist für den Fünfundzwanzigsten vorgesehen, so jedenfalls geht das Gerücht. Wie es heißt, werden wir zum alten Kursker Bahnhof gebracht, wo ein Waggon für Häftlinge an den gewöhnlichen Sechs-Uhr-Personenzug nach Jaroslawl angehängt werde, so sei das üblich. Von Jaroslawl soll es dann bis Kotlas gehen, dort ist Endstation für die Bahn, aber wir hätten dann erst die halbe Strecke geschafft. Den Rest haben wir irgendwie zurückzulegen.«

»Am Fünfundzwanzigsten um sechs?«

»Ja. Die Gefangenen werden frühzeitig hingebracht. Wenn du mit Maykl um fünf kommst, der Bahnhof ist ja ein öffentliches Gebäude, dann kann ich ihn vielleicht noch einmal sehen.«

»Ich werde mit Maykl am Bahnhof sein.«

»Wie gesagt, so hörte ich es auf dem Hof. Offiziell ist, dass wir zwei Tage vorher unsere Angehörigen noch einmal sehen dürfen. Aber nur der Ehepartner wird eingelassen, Kinder sind nicht erlaubt. An dem Tag musst du mir mein Gepäck bringen. Am besten ist angeblich ein Rucksack, ein stabiler Rucksack. Und warme Sachen. Den Wintermantel mit dem Innenpelz, die Fellmütze von Lilja und meine Pullover, alle drei. Dann den Schal und die schweren Stiefel, ein paar Lebensmittel wären gut, Brot und Äpfel. Ach, und etwas Reisegeld brauche ich, vielleicht fünfzig Rubel, wenn es geht. In Workuta bekommen wir Geld, aber bis dorthin dauert es ein paar Tage, vielleicht sogar zwei oder drei Wochen, und da haben wir uns selbst zu verpflegen. Und Besteck brauche ich, Besteck, einen Teller, eine Tasse, und alles aus Blech, Gudrun, damit es die Reise übersteht und die Zeit im Lager.«

»Kein Problem. Und das Geld treibe ich auf, auch kein Problem, Rainer.«

»Und wie geht es dir, Gudrun? Alles in Ordnung? Wissen die in deiner Schokoladenfabrik von mir?«

»Ja, von der Behörde war jemand im *Roten Oktober*, wahrscheinlich einer vom NKWD. Er hat mit Nina Iwanowna gesprochen, meiner Ingenieurin, er meinte, ich gehöre einer feindlichen Sekte an, den Religiösen Sozialisten, die von der imperialistischen Spionageorganisation *Sermon on the Mount* unterwandert sei. Da hat Nina Iwanowna gelacht und meine ganze Brigade zusammengeholt, und die haben ihm gesagt, dass ich ihnen alles schon erzählt hätte und dass sie mich erziehen würden. Meine Brigade und Nina Iwanowna haben sogar für mich gebürgt. Die Frauen haben den jungen Mann ganz verlegen gemacht, und schließlich hat er mit hochrotem Kopf gesagt, er vertraue der sozialistischen Brigade, sie solle mich im Auge behalten und erziehen, und dann hat er sich eilig verabschiedet. Ich bin in Sicherheit.«

»Gut. Sehr gut, Gudrun. Es ist nur wegen Maykl, du musst ja nun allein für ihn sorgen.«

Eine Klingel schrillte blechern, die Besuchszeit war zu Ende. Der Beamte befahl den Gefangenen, sofort aufzustehen, sich umzudrehen und hintereinander in die Zellen zu marschieren. Frauen schrien, schluchzten, weinten, der Mann in der Uniform wandte ihnen den Rücken zu. Was immer auch die Frauen zu ihm sagten, um was sie baten, er reagierte nicht und sah sich nicht nach ihnen um.

Elf Tage später durfte Gudrun Trutz ihren Mann noch einmal besuchen und ihm den Rucksack und einen Koffer mit seinen Sachen bringen. Sie gab ihm zweihundertfünfzig Rubel mit, die die Freunde ihr teils geschenkt, teils geborgt hatten.

13. Kapitel

Am Montag, dem 25. September, ging Gudrun Trutz mit Maykl um halb fünf zum Kursker Bahnhof am Gartenring. Der Zug in Richtung Gorki sollte von Gleis drei abfahren, aber nur auf den Gleisen der Vorortzüge standen Lokomotiven mit Waggons und drängten sich Leute. Gudrun setzte sich auf eine verschmutzte Bank, nahm Maykl auf den Schoß und sagte, er solle schlafen, sie würde ihn beizeiten wecken. Kurz nach fünf füllte sich der Bahnsteig, der Zug nach Jaroslawl wurde angekündigt und wenige Minuten später fuhr er ein, am Ende der langen Reihe von Personenwagen war ein Waggon mit vergitterten Fenstern angekoppelt. Die Reisenden stürzten an die Türen und drängelten sich in die Abteile, für einen Moment war der Bahnsteig leer, dann kamen vereinzelt Leute aus dem Zug, um sich am Kiosk, einer hinfälligen Bretterbude am anderen Ende des Bahnsteigs, einen Tee zu holen und etwas für die Reise.

Um halb sechs erschien eine Abteilung bewaffneter Soldaten, an der Spitze ein Kommandeur, der den Reisenden befahl, den Weg zu räumen. Hinter ihm ging eine Gruppe von Sträflingen, mit Rucksäcken und Koffern bepackt, rechts und links bewacht von acht Uniformierten. Gudrun war aufgesprungen, hatte ihren Jungen auf den Arm genommen und starrte erregt zu der Gruppe, die direkt an ihr vorbeilief.

»Ich sehe Papa nicht«, sagte sie verzweifelt und suchte immer hektischer die bärtigen Gesichter nach Rainer ab.

»Ich sehe Papa auch nicht. Er ist nicht dabei«, schrie Maykl.

Eine junge Frau stürzte auf einen der Gefangenen zu, um ihm etwas zu überreichen, ein Soldat hielt sie auf und stieß sie schließlich, da sie sich nicht wegdrängen ließ, mit einer Armbewegung derart heftig zurück, dass sie beinahe hinfiel.

Die Soldaten brachten die Strafgefangenen zum letzten Waggon und befahlen ihnen einzusteigen. Wenige Minuten später kam der Kommandeur mit den acht Soldaten zurück, sie marschierten an Gudrun und Maykl vorbei zum Ausgang. Dort blieben sie stehen, um einer weiteren Gefangenengruppe den Weg freizugeben, die beiden Kommandeure grüßten sich militärisch knapp. Die neue Gefangenengruppe war größer, aber auch sie wurde nur von acht Soldaten eskortiert. Atemlos suchten Gudrun und Maykl die müden, grauen Gesichter ab, fast alle hatten zottige, ungepflegte Bärte, viele Gesichter waren rotfleckig, als hätten sie die Krätze. Diesmal rannten drei Frauen auf die Gruppe zu, sie wurden von den Soldaten zurückgestoßen. Noch während dieser Trupp in den Wagen stieg, erschien ein neuer Tross, angeführt von einem blutjungen Kommandeur, er wirkte wie ein Neunzehnjähriger, mit acht Soldaten und zwölf Gefangenen.

Maykl entdeckte seinen Vater zuerst und begann heulend zu schreien: »Papa, Papa.«

Gudrun hatte Mühe, ihren Mann wiederzuerkennen, er war abgemagert, die Haut war grau, die Haare ungepflegt und verstrubbelt, die langen Bartstoppeln hatten ihn entstellt.

Rainer Trutz drehte den Kopf zu seinem Sohn und seiner Frau, Tränen schossen ihm in die Augen und liefen über die Wangen. Der Soldat neben ihm legte ihm sanft eine Hand auf die Schulter und schob ihn behutsam weiter. Gudrun hatte sich den Sohn auf die Schultern gesetzt und ging neben der Gruppe, fast an Rainers Seite, getrennt nur durch den Soldaten, bis zum Gefangenenwaggon. Zwei andere Frauen liefen auf der anderen Seite neben den Strafgefangenen her, schrien und weinten, die Reisenden auf dem Bahnsteig bedachten die Gruppe nur mit einem flüchtigen Blick, einige starrten ihnen höhnisch und verächtlich nach. Auf der Waggontreppe warf Rainer einen letzten Blick auf Frau und Kind, dann wurde er von dem Gefangenen hinter ihm in den Waggon geschoben, zwei der Soldaten folgten. Der jungenhafte Kommandeur schlug die Tür zu und verließ mit den restlichen Soldaten den Bahnsteig. Gudrun ging die Fenster des Waggons entlang, doch durch die vergitterten und verschmutzten Scheiben konnte sie nur sich bewegende Schemen erkennen. Immer wieder lief sie, Maykl auf der Schulter, den Waggon ab, hin und her.

Pünktlich um sechs Uhr verließ der Jaroslawl-Express den Kursker Bahnhof.

In Jaroslawl endete die Reise, die Gefangenen wurden von den Soldaten in einen Warteraum geführt, sechs Stunden später bestiegen sie einen weiteren Zug und vierzehn Stunden später einen dritten, der sie bis zur Endstelle der Staatsbahn in Kotlas brachte. Nach drei Tagen hatten sie die Hälfte der Reisestrecke bewältigt. In Kotlas wurden die Strafdeportierten getrennt. Die größte Gruppe, zu der auch Rainer zählte, war nach Workuta unterwegs, kleinere Trupps wurden für die ihnen zugewiesenen Lager separiert, da es für die Weiterreise keine Waggons oder großen Busse gab.

Rainers Untergruppe hieß Rudnik Eins und bestand aus achtzehn Verurteilten und drei Begleitern. In den ersten Tagen transportierte sie ein Lastkraftwagen, auf der Ladefläche waren Holzbänke angeschraubt, darüber eine dreifache Plane, es war stickig und dunkel und kalt, so eisig kalt, dass sie an jedem Abend stocksteif vom Wagen herabstiegen. Untergebracht wurden sie in Schulzimmern, in Bauernkaten oder in Scheunen, in denen Bündel von Gras gestapelt waren, dem einzigen Viehfutter der Gegend. Entweder war der Gefangenentransport angemeldet oder die Dörfler wagten nicht, zu protestieren, jedenfalls nahm man sie überall widerspruchslos für eine Nacht auf. Essen gab es einmal morgens und einmal abends, Graupensuppe oder Kohlsuppe, selten ein Stück Schwarzbrot. Extrawünsche, etwa ein Schluck Milch oder ein Ei oder eine in Schmalz gebratene Kartoffel, musste jeder selbst bezahlen, aber sie kamen auch durch Dörfer, die seit einem halben Jahr keine Milch gesehen hatten, selbst Fisch war selten. Statt Wodka konnte man Spiritus kaufen, der in riesigen Fässern auf die Baustellen transportiert wurde und darum billiger war. Pökelfleisch und Zucker waren unbezahlbar, obgleich es Wildfleisch war und jeder Bauer auf die Jagd ging.

Nach zwei Wochen verabschiedete sich der letzte Soldat, nun hatte der Gemeindevollzieher sie mit einer Jagdbüchse zu begleiten, dem sie die wasserfeste Mappe mit den Dokumenten der Strafgefangenen übergeben hatten sowie den Marschbefehl. Einen Gemeindevollzieher zu stellen war die Pflicht jedes Dorfes, es handelte sich stets um einen der jüngeren Bauern, der sie mit seinem Pferdewagen transportierte oder ein Gestell auf Rädern anzubieten hatte, auf das sie ihr Gepäck stapeln konnten, um dann zu Fuß dem Gefährt hinterher ins nächste Dorf zu trotten. Manchmal bekamen sie einen freundlichen Wächter zugeteilt, der mit ihnen redete und zwei, drei Hasen für sie schoss, die sie sich an einem Lagerfeuer rösteten und bei einer spendierten Flasche Selbstgebranntem verzehrten, doch die meisten sprachen kein Wort mit ihnen und behandelten sie als Kriminelle, auf die man bei dem geringsten Fluchtversuch zu schießen hatte. Oder es waren Komis, die Ureinwohner des Landes, von denen sich nur wenige auf Russisch verständigen konnten und die nicht nur vor den russischen Beamten Respekt und Angst hatten, sondern ebenso vor den russischen Deportierten, die man für eine Nacht in ihr Dorf brachte und einquartierte, um sie am nächsten Morgen einem anderen Gemeindevollzieher der Komis zu übergeben, der sie bis ins nächste Dorf Richtung Workuta begleitete. Die Komis besaßen keine Pferdewagen, sie konnten den Deportierten auch keine Handwagen anbieten, so dass diese ihr Gepäck allein zu schleppen hatten und die Gruppe nur langsam vorankam.

Zehn Tage später erreichten sie die Pechora, einen riesigen, eiskalten Fluss, und sie mussten zwei Tage an der Anlegestelle der Fähren warten, ehe sie mit der Hilfe eines Holzflößers übersetzen konnten. Der Gemeindevollzieher blieb am Ufer zurück, an der anderen Seite erwartete sie ein junger Russe, Jegor, den sein Dorf ihnen entgegengeschickt hatte und der sich die Zeit bis zu ihrer Ankunft mit der Jagd vertrieben hatte. Sein Zelt war neben dem Lagerfeuer am Flussufer aufgebaut, daneben stand sein Gefährt, ein Eigenbau mit Kufen und zwei Rädern, vor das er seine beiden Wolfshunde einschirren konnte und mit einem Schultergurt sich selbst, um es wie einen Schlitten hinter sich herzuziehen. Auf dem Vehikel lagen abgehäutete Füchse, ein Vielfraß, Schneehasen, Kaninchen, einige gerupfte sowie ausgenommene Enten und Hühner.

Als die Gruppe die Überfahrt überstanden hatte, der Flößer angelandet war und sie von dem schwankenden, breiten Gefährt an Land sprangen, kam Jegor ihnen entgegen, die Jagdflinte auf dem Rücken. Er sprach mit dem Flößer ein paar Worte, gab ihm ein gebratenes Kaninchen und zwei Schneehühner, nahm die Dokumentenmappe entgegen und glückstrahlend etwas in Zeitungspapier Gewickeltes. Er ging zu der auf ihn wartenden Gruppe, um sie zu begrüßen, gab jedem von ihnen die Hand und sagte, er heiße Jegor.

»Hunger?«, fragte er dann lächelnd.

Und als sie nickten, meinte er lächelnd: »Ich habe aber nur Fleisch, das wird euch wahrscheinlich schon zum Halse raushängen.«

Am Lagerfeuer fertigte er aus ein paar schwarzen, vom Pechorawasser gehärteten Hölzern ein kleines Gerüst und hängte daran ein paar zurechtgeschnittene Fleischstücke auf.

»Morgen früh geht es weiter«, informierte er sie, »heute ist Ruhetag für euch. Wir essen. Für das Dorf ist es zu spät, in drei Stunden ist es finster. Wir übernachten hier, dort hinten sind Erdhöhlen für euch. Sollen ganz bequem sein, sagten eure Vorgänger.«

Nacheinander nahm er drei riesigen Fische aus einer Senke, in die er sie nach dem Fang verbracht hatte und wo sie in dem nur handhohen Wasser um sich schlugen und das Maul aufrissen. Er schuppte sie lebendig, und als einer der Deportierten zu ihm sagte, er solle sie doch zuvor töten, schüttelte er den Kopf: »Nein, wenn sie leben, lassen sie sich leichter schuppen. Da helfen sie mit.«

Er legte noch zweimal Fleischstücke nach, die Deportierten waren ausgehungert und Fleisch hatten sie seit Monaten nicht mehr gesehen.

»Schmeckt. Schmeckt sehr gut. Was ist das?«, fragte einer der Deportierten.

»Tundraren.«

»Und was ist das genau?«

»Unser Rentier.«

»Wodka fehlt«, sagte ein anderer, »Fleisch ohne Wodka ist wie eine Frau ohne Brüste.«

»Ein Fusel würd's auch tun. Brennt ihr selber?«, fragte einer.

»Gewiss. Sogar aus Holz machen wir unseren Lebensbalsam. Zwergbirke ist dafür am besten. Einer bei uns nimmt sogar Moos. Kratzt heftiger. Wer weiß, was ihr in Workuta brennen werdet.«

Nach dem Essen saßen sie am Flussufer, schauten sehnsüchtig dem schnellfließenden Wasser nach und rauchten selbstgedrehte Zigaretten. Auch Rainer hatte sich eine gedreht, im Gefängnis hatte er aus Langeweile mit dem Rauchen begonnen, es gefiel ihm, wenn er dabei benommen und ihm schwindlig wurde.

»Dein Gewehr«, sagte Rainer zu ihrem neuen Gemeindevollzieher, »ist es nicht leichtfertig von dir, es da liegen zu lassen?«

»Warum? Wölfe kommen nicht, wenn wir so viele sind und Feuer haben, und den Bären hört man beizeiten. Um diese Jahreszeit findet er noch genug und geht uns aus dem Weg.«

»Ich meine uns, deine Gefangenen. Du hast doch auf uns aufzupassen, oder?«

Jegor lachte: »Aufpassen? Auf euch? Nein. Ich muss euch zur nächsten Station bringen, das ist alles. Aufpassen auf euch, das macht die Tundra. Wenn einer stiften gehen will, ist mir die Kugel zu schade, die brauch ich für den Braten. Und warum auch? Was habt ihr schon getan? Ein paar Kopeken geklaut und dem Kaufmann eins über den Schädel gezogen. Oder eine Prügelei, bei der einer draufging. Was soll's, kann jedem passieren. So schlimm wird es bei den Deportierten nicht sein, sonst hätten sie bei euch nur den Kopf deportiert. Ich pass nicht auf euch auf, ich zeig euch nur den Weg. Wer sich allein davonmacht, dem kann ich nur guten Weg wünschen. Der findet kein Dorf, im Gegenteil, den findet man nach einem halben Jahr, halb verwest, halb angefressen. Wozu eine Kugel vergeuden? Und die Komis, von denen wagt keiner, auf einen Russen zu schießen. Die wissen, das bringt ihnen nur Ärger, denn auch wenn er der größte Verbrecher sein sollte, er ist ein Russe, ein wertvoller Mensch. Nein, das Aufpassen auf die Stadtmenschen, das macht für uns die Tundra. Keine vierzehn Tage würdet ihr überleben.«

Er stand auf, ging zu seinem Zelt und kam mit einer Flasche und einem kleinen Holzstück zurück.

»Habe ich mir für euch vom Munde abgespart. Das ist unser Bester. Zwergbirke. Hat Vater gemacht. Und damit es keinen Ärger gibt, habe ich ein Schnapsglas geschnitzt.«

Er füllte die Aushöhlung des Holzstücks mit dem Selbstgebrannten, reichte es dem Nächsten und wartete gespannt auf dessen Reaktion.

»Teufel«, schrie der auf, »das versengt einem ja den Rachen.«

Er leckte das Holzstück ab und gab es Jegor zurück.

»Danke. Jetzt fühle ich mich fast wie ein Mensch. Bist ein guter Kerl, Jegor.«

Für jeden der Deportierten wurde das ausgehöhlte Holz zweimal mit dem Zwergbirkenfusel gefüllt, dann ließen sie sich ins Gras fallen, schauten in die Abendsonne, bis Jegor sie aufforderte, mit ihrem Gepäck in den Erdhöhlen das Nachtlager herzurichten, bevor die Sonne verschwunden und es stockfinster sei.

In den nächsten Tagen wurden sie von Komis begleitet,

schweigsamen Bauern, die vor ihnen hergingen, sie mit stummen Gesten auf Gefahren hinwiesen und geduldig warteten, wenn die Gruppe stehen blieb und das Gepäck abstellte, um eine Pause zu machen.

In der sechsten Woche ihrer Reise erreichten sie die Usa, wo ein Komi in einem breiten Lastkahn, versehen mit einem Zweibeinmast samt Segel und Takelage sowie sechs Steckschwertern und einem absenkbaren Schwert, sie erwartete. Sie stellten Koffer und Rucksäcke im Heck ab, vor die Füße des Komis, der auf der hinteren Bank saß und das riesige Steuer mit beiden Händen hielt, und suchten auf dem vorderen und mittleren Teil des Kahns Schutz hinter der Bootsladung aus Ziegeln, Säcken und Fässern vor der alles durchdringenden Kälte und dem Schnee, der seit zwei Wochen unaufhörlich fiel. Zwei große Töpfe mit eingelegten Kohlblättern standen für die Deportierten bereit sowie ein Wasserfass, und der Komi versuchte ihnen mit Händen und Füßen klarzumachen, dass dieser Kohl und das Wasser in den nächsten vier Tagen das Einzige sei, was es für alle gebe, erst dann würden sie eine Uferstelle erreichen, wo er mit dem großen Kahn anlanden könne. In den Tagen auf dem Lastkahn, in denen sie sich kaum bewegten und nur zusammengekrümmt hinter Säcken lagen oder eng beieinander, um sich zu wärmen, bekamen sechs von ihnen Fieber und Schüttelfrost.

Nach den Akten des seit 2004 zugänglichen Archivs ITL in Tscheljabinsk ergab sich nach der Fahrt über die Usa folgendes Bild für den weiteren Transport dieser Gruppe:

Vier Deportierte mussten im Dorf verbleiben, da sie zu schwach waren, um weitergehen oder gar einen Koffer schleppen zu können. Der Dorfvorsteher, ein Komi, der Russisch verstand und es ein wenig sprach, brachte die vier zu Bauernkaten, wo sie in Grasschobern unterkamen, und schickte die anderen mit einem neuen Gemeindevollzieher unverzüglich ins nächste Dorf. Die Deportierten baten darum, sich ein, zwei Tage ausruhen zu dürfen, aber der Vorsteher lehnte ab, da dieser Transport schon fünf Tage überfällig sei. Er wolle sich keinen Ärger mit dem Kommandeur einhandeln, außerdem seien es jetzt bereits minus vierundzwanzig Grad und in zwei, drei Wochen würden es minus fünfunddreißig oder vierzig sein, da sollten sie in ihrer warmen Baracke sitzen.

Am siebzehnten November, dreiundfünfzig Tage nach der Abfahrt vom Kursker Bahnhof, erreichte die Gruppe ihren Bestimmungsort, das Lager Rudnik Eins. Geführt von einem Mongolen, der nach fünf Jahren Aufenthalt im Lager Workuta freigelassen worden und im benachbarten Dorf in die Kate einer älteren Frau gezogen war, die ihm während seiner Lagerzeit Essen zugesteckt hatte, taumelten von den ursprünglich achtzehn von Moskau aufgebrochenen Deportierten zwölf Männer zu der Baracke am Lagertor. Drei von ihnen hatten die Strapazen der Reise nicht überstanden und waren von den Kameraden mit der Hilfe des russischen Gemeindevollziehers im Wald begraben worden. Dieser Russe hatte ihnen sein breites Jagdmesser gegeben, mit dem sie die gefrorene Erde durchstoßen und für die Toten ein Grab ausheben konnten, und er hatte ihnen gesagt, wie tief gegraben werden müsse, damit der Bär die Leichen nicht herausscharrt. Von den vier Erkrankten, die sie in dem Dorf an der Usa zurücklassen mussten, hatte nur einer das Fieber überstanden, die drei anderen wurden in festes Sackleinen gewickelt und auf dem Dach des Dorfvorstehers gelagert, sein Haus war stabil gebaut und besaß sogar einen gemauerten Kamin. Wenn im späten Frühjahr der Tundraboden auftaue, würde man sie beerdigen. Die Dörfler und die den Transport begleitenden Gemeindevollzieher waren zudem verpflichtet, die Grabstellen der Verstorbenen für vier Monate zu kennzeichnen, um bei einem Verdacht auf Flucht die notwendige Kontrolle der Beamten nicht zu behindern.

Der Mongole klopfte an die Barackentür und wartete unterwürfig, bis einer von der Wachmannschaft heraustrat, die Gruppe missmutig betrachtete und sich von dem Gemeindevollzieher die Dokumentenmappe mit den Begleitpapieren und dem Marschbefehl geben ließ. Hinter den Namen der Toten war ein Kreuz und der Todestag vermerkt. Der Unifomierte nickte dem Mongolen zu, worauf dieser sich umwandte und eilig durch den Schnee davonstapfte. Die Gefangenen wurden aufgefordert, in die Baracke zu kommen. Hinter einer hölzernen Tresensperre standen Tische und Stühle, auf einem der Tische war eine Schreibmaschine und an der Wand, unter dem Stalin-Porträt, hing ein Feldtelefon. Die Männer hatten sich vor der Sperre aufzustellen, der Lagerkommandant, ein Major, setzte sich an den Schreibtisch, zog die Papiere aus der Dokumententasche und verglich sie mit den Angaben im Lagerbuch. Er übertrug die Todesdaten der sechs Verstorbenen, dann verlas er Namen für Namen der Neuankömmlinge. Sie mussten vortreten und erhielten von dem Beamten einen Zettel, auf dem ihr Name stand, ihr Beruf, ihre letzte Arbeitsstelle und das Strafmaß, darunter war handschriftlich ihre Lagernummer eingetragen. Rainer Trutz las auf dem Zettel die Nummer Sechsvierzehn-Achtundsiebzig sowie die Nummer der Baracke und des zugeteilten Zimmers. Danach hatte sich jeder wieder in Reih und Glied vor der Holzschranke aufzustellen und zu warten. Nach dem Zettel, den Rainer erhielt, war ihm Baracke Zwölf, Zimmer Drei zugewiesen.

Als alle abgefertigt waren, sagte der Kommandant, er übergebe sie nun der inneren Führung. Dieses Kommando bestehe ausschließlich aus besonders geeigneten und bewährten Deportierten, innerhalb des Lagerzauns habe es die volle Befehlsgewalt, den Weisungen sei umgehend Folge zu leisten, es würde die Arbeiten verteilen und zuweisen, Wünsche und Beschwerden an die Lagerleitung Rudnik Eins seien ausnahmslos an das innere Kommando zu richten, das alles Weitere veranlasse. Sie hätten sich nun zu ihrer Baracke zu begeben und im Zimmer zu warten, ein Beauftragter des Deportiertenkommandos würde zu ihnen kommen. Ihm müssten sie das Dokument übergeben, dabei wies er auf den Zettel, den sie soeben erhalten hatten, und dann in allem den Vorschriften und Anordnungen des bevollmächtigten Deportierten folgen. In der Zeit, in der sie auf ihn warteten, sollten sie sich ihre Lagernummer einprägen, denn ohne diese Nummer würden sie hier nicht einmal etwas zu essen bekommen.

Im Zimmer Drei der Baracke Zwölf standen drei Doppelstockbetten aus ungehobelten Brettern mit durchgelegenen Matratzen und grünlich grauen Decken. Eins der oberen Betten schien frei zu sein, aber Rainer wollte das Erscheinen des Bevollmächtigten abwarten. Er stellte seinen Rucksack und den bei der Reise stark ramponierten Koffer ab, setzte sich an den Tisch und rauchte eine Selbstgedrehte, da die drei Aschenbecher und der Gestank in der Stube unübersehbar auf die Rauchgewohnheiten seiner künftigen Zimmerkameraden hinwiesen.

Eine Stunde später erschienen drei glatzköpfige Männer im Zimmer. Sie begrüßten ihn lächelnd, reichten ihm die Hand, sagten, sie seien das zuständige Deportiertenkommando und setzten sich zu ihm an den Tisch. Einer von ihnen stellte etwas auf den Tisch, eine kleine Kugel aus durchnässtem Zeitungspapier, deutete darauf und erklärte: »Das ist für dich, deine Ration für heute.«

Rainer faltete das Papier auseinander, es waren ein paar in Scheiben geschnittene und gekochte Kohlrüben auf einem Klecks getrocknetem Haferbrei. Obwohl er hungrig war, wollte er nicht in der Anwesenheit der Männer vom Kommando essen und dankte lediglich.

»In der Heimat begrüßt man den Gast mit einem Schluck«, sagte einer von ihnen, »das ist bei uns hier nicht anders. Wir sind schließlich Menschen.«

Er sah Rainer an und wartete.

»Was ist?«, fragte er dann. »Willst du uns nicht etwas anbieten?«

»Ich habe nichts bei mir.«

»Alles auf der Reise ausgetrunken? Das ist nicht gut, das ist kein guter Anfang.«

Die Männer sagten ihm, sie hätten die Pflicht, sein Gepäck zu kontrollieren, da im Lager der Besitz von Waffen verboten sei. Sie baten ihn, Koffer und Rucksack auszupacken und alles auf den Tisch zu stellen. Interessiert sahen sie zu, wie der Neue seine Habseligkeiten vor ihnen auf den Tisch legte. Einer der drei nahm den leeren Koffer und den Rucksack hoch und überprüfte, ob Rainer sie tatsächlich vollständig geleert hatte. Dann betrachteten sie versonnen, was auf dem Tisch lag.

»Tatsächlich, kein Wodka. Kommt nach Workuta ohne Wodka. Ein Idiot.«

»Aber immerhin, vier Schachteln *Belomorkanal*, das ist auch nicht ohne.«

Einer der drei, ein Mann, dessen Muskulatur der Augenlider vom Selbstgebrannten und dem Sprit der Flugzeuge gelähmt waren, so dass er die Lider kaum öffnen konnte und den Kopf in den Nacken kippen musste, um etwas zu sehen, fragte, wer an der Reihe ist.

»Schura ist dran. Also, Schura, was meinst du?«

»Nun, wenn ich mir das hier so anschaue und die Sechsvierzehn-Achtundsiebzig betrachte, dann würde ich sagen, er hat's unterm Hemd oder in der Unterhose oder hier in diesem Knäuel Fußlappen.«

»Sehe ich genauso. Und? Willst du? Doppelt oder nichts?«

»Einverstanden, mach ich. Und du, Ljonja, auch einverstanden?«

»Mach schon, mach schon. Wir müssen weiter, wir haben noch andere Kandidaten und wollen fertig sein, bevor die Schicht zu Ende ist.«

»Nun, dann tippe ich auf die Fußlappen.«

»Sicher?«

»Sehr sicher.«

»Also, Sechsvierzehn-Achtundsiebzig, mach das Knäuel auf. Schön langsam und sorgfältig.«

Mit zitternden Fingern knüpfte Rainer seine Fußlappen auf, in denen er sein gesamtes Geld versteckt hatte. Schura schlug vergnügt auf den Tisch.

»Ich wusst es, ich wusst es. Und nun zähle es uns vor, wie viel das ist.«

»Es sind einhundertfünfundneunzig Rubel«, erwiderte Rainer, der das Geld nicht zählen musste, »es ist alles, was ich habe.«

»Einhundertfünfundneunzig?«, sagte Ljonja verärgert, »du kommst vom Metro-Bau, da habt ihr Zuschläge bekommen noch und noch. Ihr konntet in den geschlossenen Geschäften einkaufen. Ich hörte sogar, die *Erbauer der Metro* wurden, als das noch ging, mit Kupons für die *Torgsin-Valuta-Geschäfte* bezahlt, und da kommst du mit lumpigen zweihundert Rubelchen an?«

»Mehr habe ich nicht.«

»Dann ist er wohl doch kein *Erbauer der Metro«*, meinte Schura, griff nach einer der Zigarettenschachteln von Rainer Trutz, riss sie auf, nahm sich eine Papirossa heraus und reichte die Schachtel dem Nächsten, »das ist anscheinend doch nur unser Väterchen Stalin. Was Väterchen nicht alles für uns schafft! Baut die Metro, den Moskwa-Wolga-Kanal, das Wasserkraftwerk Dniprowska, den Belomor-Kanal, errichtet Sowchosen und Kolchosen, ackert sich für uns ab. Ein Vorbild, ein Held ein wahrer Führer, ein neuer Zar.«

»Vergiss nicht unseren geliebten Jagoda«, meinte der dritte Mann und zündete sich die Zigarette an, »der war auch nicht schlecht, war auch ein Held, ein Vorbild. Chef des Volkskommissariats für innere Angelegenheiten, Chef der Staatssicherheit, Chef der Miliz, Chef des Grenzschutzes, Chef des Zivilschutzes, Chef der Arbeitserziehungslager und aller Strafkolonien, Chef der Melde- und Standesämter, Chef der Feuerwehr und was weiß ich noch. Und alles zur gleichen Zeit! Freilich, nun ist der Held seit über einem Jahr tot. Entlarvt und erschossen. Und du dagegen, Ljonja, was machst du schon? Beschaffst dir, wenn der Tag gut ist, drei, vier Schachteln Papirossy und ein paar erbärmliche Rubelchen.«

»Genug geschwatzt. Dann wollen wir mal«, meinte Ljonja, »wir haben noch die anderen Neuen einzuweisen. Ich habe es notiert: einhundertfünfundneunzig Rubel bei Sechsvierzehn-Achtundsiebzig, Schura doppelter Anteil. Gehen wir. – Und du, du hast für deine neuen Zimmergenossen nichts mitgebracht, nicht ein Fläschchen. Schäm dich und sammle Holz zusammen für den Ofen, für deine Zimmergefährten, mach dich nützlich.«

Er stand auf, warf den Rest der Zigarette auf den Fußboden und trat sie aus, dann nahm er das Geld an sich und die drei anderen *Belomorkanal*-Schachteln sowie das Tabakpäckchen und warf noch einen letzten prüfenden Blick auf die Habseligkeiten von Trutz.

»Ich möchte eine Quittung für mein Geld«, sagte Rainer.

»Eine Quittung? Heißt das, du misstraust dem Deportiertenkommando?«, fragte Ljonja drohend.

»Nein, das nicht, aber für mein Geld möchte ich eine Quittung haben. Wenn ich meine Zeit hier abgearbeitet habe und entlassen werde, bekomme ich es zurück, und dafür brauche ich dann die Quittung.«

»Nicht nötig. Ich habe es notiert.«

»Lasst mir wenigstens ein paar Zigaretten. Bitte. Das ist alles, was ich habe, und ich kann mir nichts kaufen, ich habe keinen einzigen Rubel mehr.«

Ljonja stand bereits in der Tür, er wandte sich um, schaute seine beiden Kumpels an und sagte: »Na gut, Sechsvierzehn-Achtundsiebzig, wir sind keine Unmenschen.«

Er griff in seine Tasche und warf Rainer das kleine Tabakpäckchen für die Selbstgedrehten zu.

Eine halbe Stunde später, Rainer hatte sich eine Zigarette gedreht und rauchte sie bedrückt und entmutigt, denn er ahnte, von seinem Geld würde er keinen Rubel wiedersehen, erschien ein vierter Glatzkopf in seinem Zimmer, doch dieser lächelte nicht, sondern war wutentbrannt. Er hatte einen Holzknüppel in der Hand, einen meterlangen, polierten Weidenstock, dessen Spitze mit

Eisennägeln versehen war und mit dem er verärgert auf den Fußboden einschlug.

»Bist du Sechsvierzehn-Achtundsiebzig?«

Trutz nickte.

»Wie viel hast du ihnen gegeben?«

»Mein gesamtes Geld, einhundertfünfundneunzig Rubel.«

»Wusst ich's doch, wusst ich's doch. Diese verfluchten, verfickten Hunde. Man kann nicht mal in Ruhe scheißen gehen, schon betrügen sie einen. Wollen mir erzählen, bei dir gab's nur fünfzig Rubel. Das sind keine Kumpel, das sind Ganoven. Hüte dich vor denen. Und Zigaretten?«

»Ich hatte vier Schachteln. Sie haben mir alle abgenommen, alle vier.«

»Du führst dich schlecht ein, Sechsvierzehn-Achtundsiebzig. Das hier ist mein Lager, lüg mich nicht an.«

»Ich lüge nicht. Sie haben alles mitgenommen.«

»Du wagst es, mir frech ins Gesicht zu lügen? Mich, einen Mann vom Deportiertenkommando?«

»Ich lüge nicht.«

Der Mann schlug weit ausholend den Weidenknüppel auf den Tisch, so dass der blecherne Aschenbecher durch die Luft flog und auf dem Fußboden landete.

»Als ich ins Zimmer kam, hast du geraucht, Bürschchen. Also lügst du.«

»Das war eine Selbstgedrehte.«

»Also hast du noch Tabak. Gib her.«

Rainer holte das Tabakpäckchen aus der Jackentasche.

»Das ist alles, was ich habe.«

»Her damit.«

»Es ist mein allerletzter Tabak«, wiederholte Rainer. Die Hand mit dem Tabakpäckchen führte er unwillkürlich hinter den Rücken.

»Sag ich doch, du führst dich schlecht ein, Sechsvierzehn-Achtundsiebzig. Fick deine Mutter«, schrie der Mann, schwang seinen polierten Holzknüppel und traf ihn mitten auf die Stirn. Rainer Trutz fiel um. Noch bevor er zu Boden ging, war der Mann neben ihm, riss ihm das Tabakpäckchen aus der Hand und verließ den Raum.

Vier Stunden später kamen die anderen Zimmerbewohner von ihrer Schicht und der Abendmahlzeit zurück und fanden den ihnen am Vortag angekündigten neuen Mitbewohner reglos auf der Erde, rings um seinen blutenden Kopf lagen Kippen und Zigarettenasche. In dem ungeheizten Zimmer war der Körper von Rainer Trutz bereits erkaltet.

Am selben Abend erschien der Brigadier des Deportiertenkommandos bei der Lagerwache und brachte das Gepäck des Deportierten Rainer Trutz, das die Zimmerbewohner zuvor nach für sie brauchbaren Stücken durchsucht und erleichtert hatten. Er berichtete, die Zimmergenossen hätten den Leichnam des Deportierten Sechsvierzehn-Achtundsiebzig bei ihrer Rückkehr vorgefunden. Er hatte ein Formular in der Wachstube auszufüllen, in die Rubrik Todesursache schrieb er: schwerer Arbeitsunfall, keinerlei Fremdeinwirkung.

Als vier Tage später der Major und Chef des Lagers, ein Offizier des NKWD, die wöchentliche Meldung an die Zentrale zu schreiben hatte, bemerkte er eine Unstimmigkeit, denn Sechsvierzehn-Achtundsiebzig war an seinem Todestag im Lager Rudnik Eins angekommen und konnte daher noch keine einzige Stunde in seinem Arbeitskommando gewesen sein. Er klingelte und befahl, man solle den Chef des Deportiertenkommandos sofort zu ihm bringen.

Eine Viertelstunde später erschien der Wachhabende mit Ljonja, einem der vier Glatzköpfe.

»Zu Befehl, Herr Major.«

»Was ist das? Sechsvierzehn-Achtundsiebzig, schwerer Arbeitsunfall. Der Mann war erst zwei Stunden zuvor angekommen. Wie konnte er da einen Arbeitsunfall haben?«

»Ich weiß nicht, Herr Major. Vielleicht war jemand ausgefallen und man hat ihn geholt. Oder er wollte sich nach der Reise an Hacke und Lore austoben. Oder er wollte sich aufwärmen, im Schacht ist es wärmer als in den Baracken.«

»Keinerlei Fremdeinwirkung? Da hat keiner von euch nachgeholfen?«

»Ausgeschlossen, Herr Major. Warum sollte das einer tun? Er war neu, keiner kannte ihn.«

»Ich will den Toten sehen.«

»Kein Problem. Wir müssen ihn nur ausbuddeln. Das dauert keine fünf Stunden. Die Erde ist noch nicht wieder durchgefroren. Wir machen ein Feuerchen über dem Grab, und nach ein, zwei Stunden ist die Erde aufgetaut, und wir buddeln ihn aus.«

»Wieso habt ihr ihn so schnell beigesetzt? Das stinkt gewaltig.«

»Anordnung der Lagerleitung vom letzten Mai. Wegen der Seuchengefahr.«

»Jaja. Richtig, ich weiß. Sechsvierzehn-Achtundsiebzig war ein Deutscher. Kann es sein, dass einer von denen mit ihm abgerechnet hat?«

»Unwahrscheinlich, kein Deutscher hatte ihn gesehen. Soll ich mir die Deutschen vornehmen? Eine intensive Befragung, da kommt einiges ans Licht, immer und immer wieder.«

»Nein, lass das.«

»Sollen wir ihn wieder ausbuddeln?«

Der Major fixierte den Glatzkopf, starrte ihn böse und misstrauisch an: »Zweiunddreißig tödliche Arbeitsunfälle seit Juni, das ist zu viel, Ljonja, verstehst du das? Das sieht auf dem Papier nicht gut aus.«

»Verstehe. Werde ich umgehend ändern.«

»Und wie?«

»Arbeitsschutzbelehrung. Ich garantiere, im nächsten halben Jahr wird es keinen einzigen schweren Arbeitsunfall geben. Mein Wort, Herr Major, darauf können Sie mich festnageln.«

»Was soll das? In einem halben Jahr zweiunddreißig Tote, im folgenden kein einziger! Wie sieht das denn im Bericht aus!«

»Sie haben recht, Herr Major, Sie sehen das besser als so ein dummer Mensch wie ich. Sagen wir, zehn schwere Arbeitsunfälle. Ist das recht?«

Der Major schüttelte verärgert, aber zustimmend den Kopf: »Abtreten!«

»Danke. Ich werde mich weiter bemühen, Herr Major.«

Der Lagerkommandant wedelte ungeduldig mit der Hand. Als der Glatzkopf von der Wache ins Lager zurückgebracht worden war, starrte er noch immer unschlüssig auf das Papier. Plötzlich hellte sich seine Miene auf und mit einem schmalen Lächeln griff er nach dem Lagerbuch in der Ablage, schlug die letzten Eintragungen auf, strich die Lagernummer Sechsvierzehn-Achtundsiebzig hinter dem Namen Rainer Trutz mehrmals durch und setzte ein Kreuz dahinter und ein Fragezeichen, womit dieser Deportierte in seinem Lager nie angekommen, sondern an einem unbekannten Tag auf dem Marsch durch die

Tundra, beim Überqueren der Pechora oder bei der Fahrt auf der Usa verstorben war. Das hinterlassene Gepäck, ordnete er schriftlich an, sollte vom Kalfaktor ungeöffnet in der Effektenkammer verwahrt werden. Eine Durchsuchung, wusste er, war überflüssig, das Deportiertenkommando und die Zimmergenossen hatten seinen Besitz gründlicher und sachverständiger als jeder Kalfaktor gefilzt und alle brauchbaren Sachen an sich genommen, es zu vernichten, schien ihm zu gefährlich, es könnte einen Zeugen dafür geben, der dann ihn beschuldigen könnte. Der Mongole, der letzte Gemeindevollzieher und Führer der Gruppe, so stand es nun im Lagerbuch, habe ihm das herrenlose Gepäck des im Lager Rudnik Eins nie angekommenen Gefangenen übergeben.

Er lächelte zufrieden und wollte das Buch schließen, als ihm ein weiterer Gedanke durch den Kopf schoss und er der Wache befahl, den Chef des Deportiertenkommandos nochmals zu ihm zu bringen mitsamt einem der Neuankömmlinge und dessen Personaldokument.

Kurz darauf stand Ljonja mit einem der Neu-Deportierten erwartungsvoll vor dem Major. Der verlange von dem Neuen das Dokument, übertrug, mit Ausnahme der Lagernummer, die Daten auf ein anderes Dokument und schrieb stattdessen die Nummer von Rainer Trutz hinein, setzte die Nummer des Toten, die Sechsvierzehn-Achtundsiebzig, hinter den Namen des Deportierten, der vor ihm stand. Er korrigierte die Angaben im Lagerbuch, gab dem Chef des Deportiertenkommandos das Dokument zurück und ließ beide wegtreten. Er ließ sich einen Tee bringen, goss sich einen Wodka ein und überdachte seine Aktionen.

Nach der korrigierten Aktenlage war der Deportierte Trutz in Workuta nie angekommen, sondern irgendwo auf dem Weg dorthin verstorben. Einer der Soldaten des Begleitkommandos oder ein Gemeindevollzieher hatte den Tod der Zentrale nicht gemeldet, man würde nachforschen und vermutlich einem der analphabetischen Komis die Schuld zuweisen. Im Lager Rudnik Eins jedenfalls gab es keine Spuren von ihm, lediglich in der Effektenkammer einen halb gefüllten Rucksack dieses Deportierten und einen Koffer, in dem sich drei russische und fünf deutsche Bücher befanden sowie ein paar handschriftliche Manuskriptseiten, die ich bei meinem Besuch des Archivs ITL in Tscheljabinsk, fast auf den Tag genau dreiundsiebzig Jahre und fünf Monate nach der Ankunft des Deportierten Rainer Trutz in dem Lager, in die Hand bekam und als einen ersten Entwurf seines dritten Romans identifizieren konnte.

Nach dem vom Major korrigierten Lagerbuch war im November 1939 die Lagernummer Sechsvierzehn-Achtundsiebzig in die Baracke Sieben eingewiesen worden, dieser Deportierte, ein Ukrainer, starb laut Akteneintrag an Herzversagen im Mai 1942.

Der Major war mit sich zufrieden. Der einzige Mensch, der noch etwas über den toten Deutschen wissen und ihn, den Lagerkommandanten, beschuldigen könnte, war Ljonja, der Chef des Deportiertenkommandos.

Der Major hatte ihm und seinen Leuten freie Hand gelassen, da unter der Fuchtel der Kriminellen die Lagerordnung akkurat eingehalten und die Arbeitspläne, anders als zu der Zeit, da noch die Politischen das Deportiertenkommando stellten, stets erfüllt und übererfüllt wurden, allerdings hatte er bemerkt, wie dieser Ljonja sich unter den Lagerinsassen zu einem heimlichen und selbstgefälligen Gewaltherrscher entwickelte, zu einem Lagerzar. Ihn beizeiten zurechtzustutzen wäre durchaus geboten. Er hatte nicht die Absicht, den Fehler seines Vorgängers zu wiederholen, der sich bei dem Machtkampf zwischen Politischen und Kriminellen zwar abwartend zurückgehalten und auf die Selbstreinigungskräfte gesetzt hatte – das Bessere werde sich durchsetzen und wir alle haben davon den Nutzen, pflegte sein Vorgänger zu sagen – dann aber, nach dem Sieg und der Übernahme des inneren Deportiertenkommandos durch die Kriminellen, hatte er diesen mehr vertraut, als angebracht war, was ihm schließlich eine Kommandierung von zwei Jahren an den Weißmeerkanal verschaffte, wo er jedoch nicht als Kommandant, sondern als Zwangsarbeiter eingesetzt wurde. Der Major wollte die möglichen Folgen, die sich durch den toten Deportierten für ihn ergeben könnten, im Auge behalten, zumal der Tote ein Deutscher war, also ein Landsmann des momentan geschätzten Freundes und Bundesgenossen von Väterchen Stalin. Eine unklare Akte, eine offensichtlich korrigierte Akte bei einem toten Deutschen, eine bloße Beschuldigung, selbst von einem Deportierten, konnte einen Rattenschwanz von Verhören nach sich ziehen.

Der Major dachte an seinen Vorgänger und stöhnte plötzlich vor Vergnügen auf, goss sich einen zweiten Wodka ein, hob das Glas in die Höhe und sagte laut in den leeren Raum: »Hundert Jahre, Ljonja!«

Mit diesem Spruch war dessen Schicksal entschieden. In den nächsten Tagen würde er die Zimmer aller Angehörigen des Deportiertenkommandos von seinen eigenen Leute filzen lassen, man würde so viel finden, dass einige von ihnen ins Loch wandern, einige oder das gesamte Kommando oder auch nur Ljonja. Es würde ganz demokratisch ein neues Deportiertenkommando gewählt werden, und der abgesetzte Ljonja würde ein paar Tage nach seiner Entlassung aus dem Loch einem schweren Arbeitsunfall zum Opfer fallen, dafür würde das neu eingesetzte Kommando sorgen. Noch nie hatte in Russlands Historie und in der Geschichte der Straflager ein abgesetzter Selbstherrscher seinen Sturz länger als eine Woche überlebt, dafür besaß jeder unter ihnen zu viele Feinde. Ein neuer Chef beim Deportiertenkommando oder die vollständige Auswechslung dieses Kommandos würde zudem für ein, zwei Jahre noch größere Ordnung und Sicherheit garantieren, die Lagerverwaltung hätte in den nächsten Monaten gewiss kein einziges Problem.

Der Major war mit sich zufrieden und gönnte sich ein drittes Glas, einen besonders großen Schluck. Sollten doch dieser Ljonja und seine Ganoven unter die Straßenbahn fallen, sie haben es sich alle verdient, wenn nur er selbst bis an die Endstation kommt, und zwar in der Bahn und nicht unter ihr.

Mit dieser kleinen Korrektur war nicht allein über Ljonjas Leben entschieden und das Todesdatum von Rainer Trutz gelöscht, durch den Eintrag gelangte kein Bericht über den Tod von Rainer Trutz an die Zentrale, da auch keiner der Soldaten vom Begleitschutz und keiner der Gemeindevollzieher den Tod eines Deportierten Trutz nach Moskau meldete, denn alle hatten ihn der nächsten Station lebend übergeben, und *Bergwerk Eins* in Workuta vermeldete diesen Tod nach dem Willen des Majors ebenfalls nicht, denn hier, so stand es in den allwissenden Papieren, war ein Rainer Trutz nie angekommen, gehörte die Nummer Sechsvierzehn-Achtundsiebzig zu einem ukrainischen Deportierten, der in der Baracke Sieben hauste und noch am Leben war.

Weder seine Frau und sein Sohn noch seine Freunde oder die ehemaligen Kollegen der internationalen Brigade

Karl Marx erfuhren etwas von seinem Tod im Deportiertenlager eines Erzschachtes im unwirtlichen Workuta, fern der deutschen Heimat und der Exilstadt Moskau.

Woche für Woche schrieb seine Frau ihm Briefe, sie adressierte sie an das Lager Rudnik Eins, da sie nur diesen Namen von ihrem Mann erfahren hatte. Nie erhielt sie eine Antwort, und die Ungewissheit raubte ihr Ruhe und Nachtschlaf. Nur Maykl, ihr Sohn, für den sie zu sorgen hatte, gab ihr die Kraft, dieses Leben weiter zu bestehen, denn nach Wochen und Monaten und Jahren, in denen sie nicht das geringste Lebenszeichen Rainers erhielt, war sie gewiss, dass ihr Mann nicht mehr am Leben sei.

Die Arbeitskolleginnen bemühten sich, sie zu trösten. Sie meinten, er sei sicherlich in ein geheimes Speziallager der Armee oder des NKWD gekommen, wo aus Sicherheitsgründen keiner der Insassen Briefe schreiben dürfe, damit er nicht mit der Adresse des Absenders auch die des militärischen Speziallagers verrate, dafür jedoch könne Rainer mit einem Straferlass rechnen und er werde ein oder zwei Jahre früher in Moskau zurück sein.

14. Kapitel

In Moskau hatte man sich auf die neue Lage eingerichtet, bemühte sich, den Alltag zu bewältigen, die Kälte und den Mangel an Lebensmitteln und Brennstoffen zu überstehen und den neuen Fünfjahresplan zu erfüllen, damit die Kinder eine schönere Zukunft haben würden. Die Wirtschaftsabkommen mit Deutschland versprachen Verbesserungen, wenn diese auch vorerst nur in den Zeitungen sichtbar waren. Selbst an Hitler als neuen Verbündeten hatte man sich gewöhnt, hatte doch der Vertrag den Frieden erhalten, und das war wichtiger als jede Not und jeder Mangel, doch nicht nur Lilija Simonaitis rieb sich ungläubig die Augen, als im Februar 1940 in der *Prawda* auf einer ganzen Seite eine Hitler-Rede abgedruckt wurde, auf einer Seite, auf der außer der Rede des Deutschen lediglich ein Artikel zum *Kommunistischen Manifest* von Karl Marx zu lesen war.

Sie erzählte es empört Waldemar Gejm bei ihrem nächsten Treffen, da er diese Zeitung seit seiner Universitätszeit wohl abonniert hatte, sie aber nicht las. Er verstehe diese Sprache nicht, erklärte er ihr, er wisse nicht, was bei diesen Leitartikeln und großen Erklärungen und Programmen wichtig sei oder unwichtig, er begreife nicht, was diese Leute meinten und wieso man überhaupt Sachen in der Zeitung schreibe, die nicht schlicht und einfach die Tatsachen wiedergäben, sondern über das vom Land und von der Welt zu Berichtende weit hinausgingen und unbeweisbare Meinungen verkünden, die bereits am nächsten Tag oder eine Woche später durch eine andere und machmal völlig gegenteilige Meinung ersetzt werden.

Lilija Simonaitis bemühte sich vergeblich, ihm die politische Bedeutung einer solchen Zeitungsseite in dem wichtigsten Blatt zu vermitteln. Er hörte ihr höflich und scheinbar interessiert zu, nur um sie dann zu fragen, ob sie irgendwelche Informationen habe, wie die Moskauer Staatliche Universität mit dem heftigen Aderlass, dem Verlust einer der innovativsten Sektionen der Sprachwissenschaftlichen Fakultät, zurechtkomme. Sie konnte ihm dazu nichts sagen, oder vielmehr wollte sie nichts dazu vermelden, da nach der Eliminierung der Gejm'schen Forschungsgruppe jeder Mitarbeiter der Universität sich hütete, ein Wort darüber zu verlieren.

An dem Tag, als die Hitler-Rede zusammen mit der Marx-Analyse auf einer Seite der *Prawda* erschienen war, wurde Lilija frühmorgens beim Betreten des Hauptkomitees zur Kontrolle des Schauspiels und des Repertoires vom Pförtner mitgeteilt, sie habe umgehend bei der Genossin Galina Leonardowa zu erscheinen. Als Lilija sich bei Galja, ihrer neuen Chefin, meldete und sie nach dem Grund dieser Anweisung fragte, bat Galja sie, einen Papierstapel in Aktenordner für das Archiv neben ihrem Büro einzuordnen. Es seien Dokumente der letzten sechs Monate, sie habe versäumt, die Unterlagen rechtzeitig zu registrieren, und bei der bevorstehenden Jahres-Revision würde sie für diese Nachlässigkeit zumindest gerügt. Sie bitte Lilija daher nachdrücklich um diesen Dienst, von ihrem Dienst im Korrespondenzbüro habe sie die Freundin bereits für den ganzen Tag befreit. Lilija schüttelte verständnislos den Kopf, ging jedoch ohne zu widersprechen mit dem Papierstapel in den fensterlosen Nebenraum.

Als sie zur Mittagszeit die Kantine aufsuchen wollte, hatte Galja bereits zwei Mahlzeiten in ihr Büro geholt, zwei Tabletts standen auf ihrem Schreibtisch, und die beiden Frauen setzten sich an den Tisch, um etwas zu essen, wobei sie ununterbrochen über jene verblüffende und sie empörende Seite der Parteizeitung redeten. Lilija Simonaitis verstieg sich zu der Äußerung, es sei jetzt an der Zeit und geradezu geboten, aus einer Partei auszutreten, die derartig verlogen und prinzipienlos Politik betreibe und sich bei Faschisten anbiedere. Galja schüttelte den Kopf und bat Lilija, solche Ansichten zweimal zu durchdenken, bevor sie den Mund aufmache.

»Wenn du das irgendwo nur andeuten solltest, dann fliegst du noch heute aus der Partei und morgen aus unserem Hauptkomitee. Und ob du mit einer solchen Einstellung für die Hauptstadt tragbar bist, liebste Lilija, wage ich zu bezweifeln. Vielleicht findest du dich dann in Baku wieder oder im fernen Sibirien.«

»So? Meinst du?«

»Ja.«

»Jetzt bist du wohl die Klügere von uns beiden, wie?«

»Du hast mir oft genug meinen süßen Arsch gerettet, jetzt solltest du mal auf mich hören.«

Lilija lachte auf: »Wem der Herr ein Amt gibt, wie?«

»Ja, dem gibt er auch Verstand. Dieses Sprichwort hast du mir mal gesagt.«

»Und du meinst, wem er ein Amt nimmt, dem nimmt er auch den Verstand?«

Galja kniff die Lippen zusammen und vermied jede zustimmende Bemerkung oder Miene.

»Schon gut, Galja, habe verstanden.«

Zwanzig nach vier kam Lilija aus dem Archiv zurück, meldete, die Arbeit sei abgeschlossen, jedes der Papiere stecke im richtigen Ordner, die Revision werde keinerlei Unregelmäßigkeiten zu bemängeln haben und sie würde jetzt noch kurz im Korrespondentenbüro vorbeischauen, um zu sehen, ob alle dringenden Briefe übersetzt seien.

Galja schüttelte den Kopf und wies auf einen Papierstapel: »Tut mit leid, Lilija, du kannst noch nicht gehen. Diese Akten müssen ebenfalls einsortiert werden. Auch wenn es länger dauern sollte, es hilft nichts, es muss noch heute ins Archiv. Und ich bin ohnehin länger da.«

Lilija verzog das Gesicht, nahm die Unterlagen auf und ging wieder in den fensterlosen Raum. Kurz vor sechs kam sie zurück.

»Ich bin fertig.«

»Ich auch, Lilija. Dann können wir gehen.«

Sie liefen durch das inzwischen menschenleere Gebäude des Komitees, Galja gab an der Pforte den Zimmerschlüssel ab und trug sich und Lilija im Hauptbuch aus. Auf der Straße erkundigte sich Lilija, was an diesen Akten so wichtig gewesen sei, sie habe gesehen, sie seien allesamt vollkommen belanglos und hätten ebenso gut im Papierkorb landen können.

»Sie waren äußerst wichtig, Lilija, lebensnotwendig.«

Lilija sah die Freundin überrascht an: »Lebensnotwendig? Diese dummen Briefe?«

Da Galja nichts erwiderte und nur lächelte, fuhr sie fort: »Ach, ich glaube, ich verstehe.«

»Morgen bist du wieder bei deinen Kolleginnen. Da kannst du dann reden, was du willst. Dann kannst du dich auch um Kopf und Kragen reden, meinetwegen. Aber eine Nacht solltest du darüber nachdenken.«

»Und darum musste ich heute den ganzen Tag in diesen finsteren Raum?«, fragte Lilija empört.

Galja lief schweigend neben ihr, sie sagte nichts, sie nickte nicht und verzog keine Miene, aber es war ihr anzusehen, wie zufrieden sie war.

»Du vergisst, dass ich nicht mehr so einen süßen Arsch habe, Galja.«

»Ich kenne ein paar Männer, die finden ihn süß genug. Auch hier im Komitee.«

»Nenn jetzt bloß keinen Namen, ich warne dich. Von diesen Kerlen würde ich mich nicht einmal auf eine Limonade einladen lassen.«

Fünf Minuten später verabschiedeten sie sich, Lilija küsste sie rechts und links, nahm dann ihren Kopf in beide Hände, schaute sie an und sagte: »Danke, Galja.«

»Wofür denn? Dass du endlich mein Archiv in Ordnung gebracht hast, dafür sollte ich dir danken.«

15. Kapitel

Waldemar Gejm führte weiterhin das unauffällige Leben eines Garderobiers am *Kleinen Theater*, war jeden Tag pünktlich fünf vor zehn im Haus, zog sich den theatereigenen Kittel über, schlüpfte in die flachen Hauspantoffeln und erledigte seine Aufgaben. Auch die Dienste an der Abendgarderobe nahm er zunehmend gelassener hin, im Verlauf der Monate hatten sich jene Besucher, die ihn von früher kannten, an ihn gewöhnt und reichten ihm unbeschwert ihre Mäntel über den Tresen. Kaum noch einer nickte ihm zu, alle hatten sich mit den neuen Gegebenheiten arrangiert, auch damit, dass im Theater ein ehemaliger Professor, der einst Linguistik an der Lomonossow-Universität lehrte, wie die Moskauer Staatliche Universität seit dem Juni des Jahres hieß, ihre Garderobe und die verschmutzten Galoschen entgegennahm.

Seine wissenschaftliche Arbeit hatte er völlig eingestellt, er las stattdessen in seiner freien Zeit die großen russischen und französischen Romane, auch Lyrik aus beiden Ländern, worauf er in seiner Universitätszeit keine Minute verschwendet hatte, da ihm diese Künste damals banal und beliebig erschienen. Ihnen fehlte seiner Meinung nach jede zwingende Konsequenz, um aus gegebenen Prämissen zu einem logischen Resultat zu gelangen, die Schlussfolgerungen waren geradezu vorsätzlich grotesk und gingen von Voraussetzungen aus, die jeglicher beweisbarer oder auch nur allgemein akzeptierter Grundlagen entbehrten, diese wären sogar aus Unkenntnis oder Arroganz von den geschätzten oder auch überschätzten Autoren übersehen oder bewusst negiert worden. Nein, diese Elaborate, dieses Geschreibsel über Personen und Ereignisse, die sich irgendein Bursche in seiner Kammer ausgedacht und in die Welt gesetzt hatte, waren in seiner Universitätszeit für ihn kindliche, unsinnige Fantastereien von Salongecken, von Narren, die sich mit Albernheiten absichtsvoll jeder Logik zu entziehen suchten, diese sogar bestritten oder mit dümmlichen Witzeleien zur Erheiterung eines ebenso infantilen Publikums ins Absurde führten.

Wann, so hatte er einmal an seiner Universität einen Professor der Literaturwissenschaft gefragt, der sich in einer Kollegenrunde über Gogol und Tolstoi ausgelassen hatte, als seien diese Männer Aristoteles oder Newton vergleichbar, wann, bitte, hat dieser Kollegienassessor Kowaljow gelebt, in welcher russischen Stadt wurde seine Nase, eine lächerliche, gewöhnliche, russische Nase, Staatsrat? Und woher weiß das geschätzte Genie, was sich eine Anna Karenina und ein Herr Wronskij, die vermutlich nie lebten, was diese sich auf einem Bahnsteig in Moskau oder Sankt Petersburg ins Ohr flüsterten? Hatten diese Autoren, von denen gewiss keiner ein Meister oder auch nur Schüler der Mnemonik war, ein so außerordentliches Gedächtnis, dass sie deren Gespräche, die Hunderte von Seiten füllen, derart genau und Wort für Wort zitieren konnten? Der Literaturprofessor hatte damals abfällig gelächelt und sich dazu verstiegen, etwas von einer prähistorischen Kunstauffassung und einem zivilisatorischen und kulturellen Niedergang des Abendlandes zu murmeln, was Waldemar Gejm seinerseits lächelnd quittierte, da der Kollege jener sogenannten Wissenschaft der schönen Künste ihm eine schlüssige Antwort, einen überzeugenden Beweis seiner blumigen Hypothesen schuldig geblieben war.

Doch nun, da er seine eigene Wissenschaft hatte aufgeben müssen und er es sich versagte, ja geradezu verbot, die von ihm eingeleitete Renaissance der Mnemonik in den beengten Wohnverhältnissen fortzuführen, da eine Wissenschaft seiner Meinung nach in einer mittelalterlichen Klosterzelle, abgeschnitten von Bibliotheken, von Korrespondenzen mit weltweit verstreuten Kollegen und wissenschaftlichen Disputen, nicht mehr seriös zu entwickeln ist und er sich die Schmach nicht antun wollte, Jahrzehnte später als ein Narr der altehrwürdigen Mnemonik in den Annalen dieser Wissenschaft verzeichnet zu werden, nun war ihm diese Lektüre ein willkommener Zeitvertreib, und zu seiner eigenen Überraschung war er von der Lebensgeschichte einer französischen Madame namens Bovary, die vermutlich ebenso realistisch war wie jene zum Staatsrat aufgestiegene russische Assessorennase, zu Tränen gerührt, was ihn überraschte, befremdete und verstörte.

An den Trainingsstunden mit Maykl und seinem Sohn Rem hielt er jedoch fest, da ihn die zunehmenden Gedächtnisleistungen der beiden Jungen begeisterten. Er war fasziniert von ihren Fortschritten bei seinen Übungen, von dem Interesse der Kleinen, ihrem Arbeitseifer und ihrer Bereitwilligkeit, auch jene Aufgaben anzugehen und zu bewältigen, die das Leistungsvermögen von sechsjährigen Kindern, die noch ein Jahr zu warten hatten, bevor sie eingeschult wurden, unzweifelhaft überstieg.

Seine Frau und Gudrun Trutz waren besorgt, er überfordere in seinem Enthusiasmus und Übereifer die beiden, doch er konnte sie beruhigen, da ihm seine beiden Schützlinge ebenso am Herzen lagen wie ihren Müttern. Die Begabung der Jungen, ihr hellwacher Geist und ihre Fähigkeit, neue Erfahrungen rasch aufzunehmen und korrekt zu verarbeiten und einzuordnen, registrierte er mit größter Aufmerksamkeit, wobei ihn jedoch der Gedanke beunruhigte, die erstaunliche Gedächtnisleistung könnte einer eingeschränkten oder Fehlfunktion bestimmter Gehirnlappen geschuldet sein. Er war Jahre zuvor auf die Arbeit eines englischen Neurologen gestoßen, der darin Versuchsreihen vorstellte, die auf ebendiesen Umstand hinwiesen. Bei einigen seiner Patienten hatte jener Engländer, ein gewisser John Langdon, überaus bemerkenswerte Kenntnisse und Fähigkeiten feststellen können, die jedoch mit erschreckenden Inkompetenzen regelmäßig korrespondierten, woraus dieser Langdon den Schluss gezogen hatte, dass die ungewöhnlichen Fähigkeiten seiner Probanden eine Folge ihrer ebenso ungewöhnlichen und lebensbedrohlichen Schwächen waren. Er ordnete diese Patienten in eine Rubrik *idiot savant* ein, eine paradoxe und gleichermaßen diskriminierende wie lobende Kennzeichnung.

Gejm beunruhigte die Gefahr einer vergleichbar beschränkten Begabung der beiden Jungen, er fürchtete, sein Training könne bei einer solchen Entwicklungsstörung diese Behinderung befördern, und achtete daher darauf, dass Rem und Maykl eine für Sechsjährige angemessene Ausbildung und ausreichend Anregungen erhielten, um jede Einseitigkeit und Fehlentwicklung auszuschließen. Er selbst unterrichtete sie in Botanik, erzählte von Fauna und Flora, ließ sie Kindergedichte lernen und bat seine Frau, den Jungen Klavierunterricht zu geben. Gudrun überredete er, mit ihnen einmal wöchentlich ins Schwimmbad zu gehen, und er sorgte dafür, dass sie auf dem Sportplatz der benachbarten Gorki-Hauptschule regelmäßig mit Gleichaltrigen Fußball spielen konnten.

Seine Sorge, zeigte sich, war grundlos, Rem wie Maykl verhielten sich altersgerecht, waren vielseitig interessiert und unterschieden sich von den Schulkameraden allein durch ihre Kenntnis des Alphabets und der Zahlen sowie die Fähigkeit, rascher Zusammenhänge zu erfassen und neuen Wissensstoff richtig einzuordnen.

Die Gefahr, *gelehrte Idioten* oder *geistig beschränkte Gelehrte* heranzuziehen, wie der Engländer Langdon vor Jahrzehnten jene Personen nannte, bei denen fast alle Fähigkeiten und Begabungen bereits vor der Geburt irreparabel eingeschränkt waren, was den verbliebenen Fähigkeiten eine offensichtlich unvorstellbare Leistungsfähigkeit ermöglichte, so als ob die Ausschaltung bestimmter Gehirnareale den noch vorhandenen geradezu übermenschliche Geltung und Kraft verleihe, diese Gefährdung konnte Gejm bei beiden Kindern ausschließen.

Da die Stunden mit Rem und Maykl für den zwangsweise emeritierten Professor die einzigen Glücksmomente der Woche in seinem Theatergarderobierenleben waren, empfing er die Jungen freudig, umsorgte sie und wurde für beide Kinder zu einem vertrauten Menschen, zu einem Freund. Gejm, der jahrzehntelang seinem Beruf alles untergeordnet hatte, der seine Frau und Kinder liebte, aber sich ihnen nur wenige freie Stunden am Wochenende widmen konnte, war unerwartet zu einem Familienmenschen geworden, da ihm seine Tätigkeit im *Kleinen Theater* nichts bedeutete. Allein in der sorgsamen Förderung der beiden Jungen und den gewissenhaft registrierten Fortschritten und Erfolgen konnte er noch einen Lebenssinn erkennen. Er bemühte sich, ihnen das ganze Spektrum der Welt und der menschlichen Arbeit altersgemäß vorzustellen, sprach mit Liebe über seine eigentliche Forschung und die Geschichte der Mnemonik, über Ciceros Entdeckungen und die Erkenntnisse eines Giordano Bruno ebenso wie über die Entdeckungen in der Physik, der Himmelskunde und der Nautik, über die technischen Erfindungen in den vergangenen Jahrhunderten und Jahrtausenden.

Beide Kinder liebten ihn abgöttisch. Sie folgten begeistert seinem Unterricht, den er für sie wie ein großes Spiel gestaltete, bemühten sich, alle gestellten Aufgaben zu erfüllen, und hingen an seinen Lippen. Er war Vater und Lehrer für sie, wurde ihr Freund und Beschützer, und sie wurden sein ganzer Lebensinhalt.

Rems Schwester, die vierjährige Geta, hatte sich zweimal dazugesetzt und mitgespielt, weigerte sich aber weiterzumachen, die Karten mit den Bildern und Zeichen erschienen ihr langweilig und kindisch, sie wollte stattdessen auf dem Klavier spielen und sich Schallplatten anhören. Mit dem Trotz eines verwöhnten Nachkömmlings wehrte sie sich gegen Papas Spiele und Unterricht und interessierte sich allein für alle Arten von Musik und für jegliche Musikinstrumente, doch auch sie nahm die Veränderungen bei ihrem Vater wahr und erklärte ihrer Mutter, es sei jetzt sehr viel schöner als früher, als Papa immer nur von seiner blöden Arbeit geredet habe. Nun seien sie endlich eine richtige Familie, und nun sei es bei ihnen daheim auch so schön wie bei ihren Freundinnen Marischa und Tanjuscha, wo Mama und Papa nach ihrer Arbeit nicht noch das ganze Wochenende am Schreibtisch sitzen und nie Zeit für ihre Töchter hätten.

Am 22. Juni 1941, am Geburtstag von Gejms Frau Alina, beendeten Sirenen, die in ganz Moskau aufheulten, dieses beschauliche Familienleben. In den frühen Morgenstunden dieses Tages hatten deutsche Truppen die Grenzen zur Sowjetunion von der Ostsee bis zum

Schwarzen Meer überschritten und rückten, unterstützt von Tausenden von Flugzeugen und Panzern, am ersten Kriegstag meilenweit vor. Im Rundfunk hatte der stellvertretende Chef des Rates der Volkskommissare zu einem neuen Vaterländischen Krieg aufgerufen und die Bürger der Sowjetunion zu einem Schulterschluss mit der Regierung, mit der Partei und dem Genossen Stalin aufgefordert.

Alina entschied, dass weder sie noch ihr Mann an diesem Tag zur Arbeit gehen würden, vielmehr werde Waldemar bei den beiden Kindern in der Wohnung bleiben, während sie selbst sich mit dem gesamten Bargeld und drei Einkaufstaschen auf den Weg machte, um all jene Lebensmittel einzukaufen, die vermutlich in Kürze rationiert werden würden.

An dieser Stelle verlangt die Verpflichtung des Chronisten einen Hinweis auf die Forschungen des Historikers Alexej Khairetdinov, der energisch bestreitet, dass am Tag des Kriegsbeginns in Moskau frühmorgens Sirenen aufheulten. Er verweist diese Berichte in das Reich der ebenso populären wie unhaltbaren Legenden, die seinerzeit in den sowjetischen Filmen verbreitet wurden wie in den Theaterstücken und vaterländischen Romanen. Seinen Forschungen zufolge haben die Moskauer bis zur Mittagsstunde nichts von dem Überfall der deutschen Wehrmacht gewusst. Erst um zwölf Uhr mittags hätte Molotow die entsprechende Erklärung der sowjetischen Regierung verlesen, die dann viermal vom Radiosprecher Lewitan wiederholt worden sei. In den folgenden Wochen hörte man in Moskau mehrfach Probealarme, die als solche gekennzeichnet waren. Ein Sirenenalarm, der auf eine tatsächlich bevorstehende Gefährung hinwies, ertönte in Moskau erst einen Monat nach jenem

22. Juni, als sich deutsche Flugzeuge zum ersten Mal der Hauptstadt näherten.

Andere und nicht weniger ausgewiesene Historiker sowie eine große Anzahl der publizierten Berichte von Zeitgenossen bezeugen ungeachtet des Khairetdinov'schen Einwands ein Aufheulen der Sirenen in Moskau am Morgen des 22. Juni 1941. Diesen Zeugnissen spricht Alexej Khairetdinov jede Glaubwürdigkeit ab, denn sie seien ausnahmslos alle erst Monate oder Jahre später zu Papier gebracht worden, zu einer Zeit, da ihre Urheber durch die Darstellung dieses Ereignisses in den vaterländischen Filmen, Theaterstücken und Büchern derart indoktriniert waren, dass sie die eigenen Erinnerungen verfälschten und ihre Schilderung jenes Tages ungewollt und unwissentlich mit der offiziellen patriotischen Geschichtsschreibung in Übereinstimmung zu bringen suchten, was ein bekanntes psychopathologisches Phänomen und häufig zu verzeichnen sei, sobald eine zwar korrekte, aber für sich allein stehende Beschreibung gegen eine konträre und wahrheitswidrige Ansicht steht, der jedoch die breite Masse anhängt, zumal wenn es ein Ereignis von nationaler oder religiöser Bedeutung betrifft.

Trotz meiner umfänglichen Recherchen konnte ich keinen eindeutigen und unstrittigen Nachweis des morgendlichen Sirenenalarms erbringen noch diesen zweifelsfrei ausschließen und muss mich daher mit einer Ungewissheit zufriedengeben und den Leser mit einem vorerst ungeklärten Fakt behelligen.

Gudrun Trutz erfuhr in der Schokoladenfabrik vom Kriegsbeginn. Sie hatte Maykl im betriebseigenen Kindergarten abgegeben, ihr war die nervöse Stimmung aufgefallen, aber erst in ihrer Brigade erfuhr sie den Grund für die Aufregung. In der Mittagsstunde wurde in der

Staatlichen Süßwarenfabrik *Roter Oktober* mit dem schrillen Signal für Notfälle überraschend die Arbeit unterbrochen, alle Arbeiterinnen lauschten schweigend der Rede des Außenministers Molotow, die über Lautsprecher in alle Produktionshallen übertragen wurde. Einige der Frauen weinten, andere schluchzten auf während der Rede, die blechern klingende Stimme des Ministers in den stillen Werkhallen klang feierlich und sieghaft und schien den verzweifelten Arbeiterinnen wie die Ankündigung des Jüngsten Gerichts. Die Betriebsleitung rief nach der Rundfunkrede die Kolleginnen und Kollegen auf, die Arbeit fortzusetzen, besser denn je, bewusster und verantwortungsvoller als in Friedenszeiten, um das Land, die Armee und Stalin zu stärken und die verräterischen deutschen Faschisten zu besiegen.

In den folgenden Tagen veränderte sich das Leben in der Hauptstadt. Die Fenster mussten verdunkelt und Luftschutzkeller eingerichtet werden, die Schächte der Metro wurden zum Luftschutzraum aller Moskauer erklärt und mit Brettern ausgelegt, in den Zeitungen und an den Litfaßsäulen die Befehle zur Einberufung veröffentlicht, alle Urlaubsbestimmungen für die Dauer des Krieges aufgehoben, die wichtigen und repräsentativen Gebäude erhielten innerhalb weniger Tage einen Tarnanstrich, die Lautsprecher auf den Straßen, in den Fabriken und Gemeinschaftsunterkünften ertönten fortwährend und durften auch am Abend nicht abgeschaltet werden, in den Betrieben fand jeden zweiten Tag eine Versammlung statt, Überstunden wurden alltäglich, und nachts heulten die Sirenen, in den ersten Wochen zu Übungszwecken, doch bereits einen Monat nach Kriegsbeginn kündigten diese Sirenen die ersten deutschen Bomber über Moskau an. Fast täglich gab es neue Plakate an den

Säulen und Bauwänden, Plakate, die den Siegeswillen der Roten Armee und der sowjetischen Bürger verkündeten und die Vernichtung Hitlers. Die antifaschistischen Filme und Theaterstücke, die fast zwei Jahre lang in der gesamten Sowjetunion verboten waren, waren bereits wenige Tage später in Moskau und allen Sowjetrepubliken zu sehen, in einigen Städten bestand das Kinoprogramm ausschließlich aus diesen einst geschmähten Filmen.

Alle hatten noch mehr Mühe, Lebensmittel und die Dinge des Alltags zu kaufen. Waldemar Gejm war für solche Beschaffungen denkbar ungeeignet, und da den Beschäftigten in seinem Theater keine Sonderversorgung zustand und ihm die Zugangsberechtigung zu den *Geschlossenen Läden* der Universität entzogen worden war, musste sich die Familie mit dem begnügen, was seine Frau als Mitarbeiterin des Verwaltungstrakts im *Fünften Haus* erhielt oder in den Geschäften erstehen konnte, wo sich die Bürger, fast alle waren mit zwei Einkaufstaschen ausgestattet, zwischen den leeren Regalen drängelten.

Gudrun Trutz war zufrieden, dass ihr kleiner Maykl im Kindergarten nach wie vor gut versorgt wurde. Sie kaufte in der Mittagspause oder nach der Schicht in der Verkaufsstelle der Schokoladenfabrik das Wenige, was sie darüber hinaus benötigte, und bemühte sich, Geld zu sparen, was sie ihrem Mann zukommen lassen wollte, sobald er sich melden und ihr seine Adresse mitteilen würde. Geld brauchen sie, hatte ihr eine Arbeitskollegin gesagt, deren Mann drei Jahre in einem Arbeitslager zubringen musste, Geld und Äpfel und Zucker.

»Äpfel und Zucker?«, hatte Gudrun überrascht gefragt.

»Ja«, die Kollegin hatte energisch genickt, »das ist wichtiger als warme Sachen.«

»Und warum?«

»Möglichst viele Äpfel, möglichst viel Zucker, daraus kann man Schnaps brennen.«

»Aber Rainer trinkt keinen Schnaps.«

»Umso besser. Dann kann er sich damit Freunde kaufen. Mein Mann hatte einen Hauer aus dem Donbass, der wurde zu seinem Freund, weil er ihm den Schnaps brannte. Ohne diesen Freund, einen Drei-Zentner-Mann, hätte er das Lager nicht überlebt. Schick deinem Rainer Äpfel und Zucker, das wird ihm mehr als eine Pelzjacke helfen, die er ohnehin nach drei Tagen einem der Lagerchefs abgeben muss.«

Mehrmals am Tag stellte sowohl Gudrun Trutz als auch Alina Gejim in ihren Wohnungen das Radio an, um Nachrichten zu hören. Wenn auf der Straße die Lautsprecher sich mit einem Musiksignal meldeten, erstarrte das Leben fast, weil alle begierig die Meldungen hören wollten und auf die erlösende Mitteilung hofften, die Rote Armee habe endlich den Vormarsch der faschistischen Wehrmacht gestoppt, den Gegenangriff eingeleitet, um den Krieg vom heiligen russischen Boden in das Land des Aggressors zurückzudrängen. Man war gewiss, Hitler habe wie einst Napoleon mit dem Angriff auf Russland und das sowjetische Reich den Untergang seiner Armee besiegelt, doch stattdessen hörte man ständig Informationen über einen *taktischen Rückzug* der Roten Armee oder von einer *zeitweiligen Zurückverlegung der Frontlinie*. Die sechs Jahre zuvor abgeschafften Lebensmittelkarten wurden wieder eingeführt, und man bereitete die Evakuierung der wichtigen Betriebe, der Museen und der Kinderheime vor.

Lilija Simonaitis erschien Mitte August bei Gudrun Trutz und berichtete ihr, die deutschen Mitarbeiter in allen Abteilungen der Hauptverwaltungen der Künste, der Literatur und der Theater würden derzeit gesondert erfasst, es ging das Gerücht, man werde die deutschen Emigranten ins Hinterland deportieren, sowohl zu ihrem Schutz als auch um sich vor feindlichen, hitlerhörigen Elementen unter ihnen zu schützen.

»Du meinst«, fragte Gudrun, »das könnte auch für Maykl und mich zutreffen?«

Lilija atmete zweimal tief durch und nickte.

»Es sind Gerüchte«, sagte sie dann abwehrend, »vor Gerüchten habe ich mein Leben lang gewarnt und alle ermahnt, nichts auf sie zu geben. Aber mittlerweile hat mich das Leben eines Besseren belehrt. Die schlimmsten Gerüchte haben sich stets bestätigt. Es könnte also sein, Gudrun, dass man euch verschickt.«

»Und wohin?«

»Es heißt, es seien Umsiedlungen nach Kasachstan und Nowosibirsk geplant.«

»Dort ist es zwanzig, dreißig Grad kälter als hier. Da stirbt mein Maykl. Er ist doch noch so klein.«

»Überall gibt es Menschen, die dir helfen werden. Und außerdem, es sind Gerüchte, vielleicht ist nichts dran. Die Leute sind in Kriegszeiten alle wie verrückt.«

»Aber wenn nichts dran ist, warum erzählst du es mir dann, Lilija? Ausgerechnet du! Du hast doch nie in deinem Leben eine Falschmeldung verbreitet.«

»Es ist nur … ach, Gudrun, ich habe einfach Angst um euch. Nur darum schwätze ich den Unsinn der anderen nach. Verzeih mir, verzeih.«

Neun Tage später erschien ein Erlass des Präsidiums des Obersten Sowjets über die Umsiedlung der Deutschen, worin es hieß, die Militärbehörden hätten glaubwürdige Nachrichten erhalten, wonach sich unter der in den Wolga-Rayons lebenden deutschen Bevölkerung Tausende und Zehntausende von Diversanten und Spionen befänden, die nach einem von Deutschland gegebenen Signal in den von den Wolgadeutschen besiedelten Rayons Sprenganschläge verüben sollten. Die deutsche Bevölkerung der Wolga-Rayons verberge folglich in ihrer Mitte Feinde des Sowjetvolkes. Die Sowjetregierung wäre in Übereinstimmung mit den zu Kriegszeiten geltenden Gesetzen gezwungen, Strafmaßnahmen zu ergreifen. Um Diversionsakte zu vermeiden und ernsthaftes Blutvergießen zu verhindern, habe das Präsidium des Obersten Sowjets beschlossen, die gesamte deutsche Bevölkerung, die im europäischen Teil und in den Wolga-Rayons ansässig sei, in andere Rayons umzusiedeln. Den Umzusiedelnden würde Land zugeteilt und bei der Einrichtung in den neuen Rayons staatliche Unterstützung gewährt. Für die Ansiedlung seien die an Ackerland reichen Rayons der Gebiete Nowosibirsk und Omsk, der Region Altai, Kasachstans und benachbarte Gegenden vorgesehen.

Die Moskauer nahmen die Ankündigung mit Genugtuung zur Kenntnis, diese Umsiedlung entsprach ihrer Gefühlslage und den Ängsten, die die antifaschistischen Filme, Lieder und Kommentare in ihnen hervorgerufen hatten und die seit dem Kriegsbeginn das kulturelle und geistige Leben der Hauptstadt bestimmten. Alle Maßnahmen und Erklärungen der Regierung wurden heftiger als zuvor bejubelt, Stalins Kurs erschien als einzig mögliche Antwort auf die Aktionen des vertragsbrüchigen Deutschlands, man bewunderte und liebte ihn seit dem hinterhältigen Überfall nun geradezu vorbehaltlos, obwohl die Rote Armee sich beständig auf dem Rückzug befand, eine Region nach der anderen, eine Stadt nach der nächsten nach einem kurzen Gefecht oder kampflos dem Gegner überlassen musste und sich die sowjetische Luftwaffe von den Totalverlusten der ersten vier Kriegstage noch nicht erholt hatte.

Auch in Gudruns Brigade wurde die Deportation der Deutschen freudig zur Kenntnis genommen. Den Frauen und Mädchen erschien diese vorsorgliche Maßnahme zum Schutz der Heimat unumgänglich, und ebenso unstrittig herrschte in der Brigade die Gewissheit, ihr deutsches Kücken falle selbstverständlich nicht unter dieses Verdikt. Die Ingenieurin Nina Sorina regte ihre Brigade an, der Betriebsleitung eine zustimmende Erklärung zu der neuesten Ankündigung des Obersten Sowjets zu schicken, in der alle Arbeiterinnen sich hinter Stalin und den Rat der Volkskommissare stellten und in der sie versicherten, dass ihre Kollegin Gudrun Trutz eine sowjetische Bestarbeiterin sei, für die die gesamte Brigade einstehe, um ihre wertvolle Arbeitskraft sowohl der Staatlichen Süßwarenfabrik *Roter Oktober* zu erhalten als auch für den Abwehrkampf gegen den Aggressor.

Rainer Trutz' ehemalige Brigade, die einst der Brigadier Leopold Stadler führte und die nun kommissarisch vom stellvertretenden Brigadier Rotzger geleitet wurde, war bei Kriegsbeginn vom Metro-Bau abgezogen und zur Errichtung von Luftschutzbunkern ins Moskauer Zentrum geschickt worden. Bereits eine Woche nach der Bekanntgabe des Erlasses über die Umsiedlung der Deutschen wurde die Brigade aufgelöst und in das Gebiet Kysil-Orda der Kasachischen Sowjetrepublik deportiert, neben den Deutschen und Österreichern auch die vier Schweizer Mitglieder der Brigade, obgleich diese nicht unter den Erlass des Obersten Sowjets fielen. Ihre Beschwerden und Einwände wurden abschlägig beschieden, dem zuständigen Kommissar erschien zwar die Bereitstellung von

Luftschutzräumen in Moskau kriegswichtig, aber diese sollten keinesfalls von Deutschen oder deutschsprachigen Ausländern hergerichtet werden. Luftschutzräume waren geheime Kommandosache, zur Sicherheit der Hauptstadt und zur Abwehr von Sprenganschlägen mussten mögliche Kollaborateure in andere, hauptstadtferne Rayons der Sowjetunion umgesiedelt werden.

Francisco Álvarez, der Brigadier, der auf Stadler gefolgt war, hatte man bereits im März des Jahres deportiert, jedoch nicht in die östliche, sondern in westliche Richtung. Entsprechend dem geheimen Zusatzprotokoll des sowjetisch-deutschen Nichtangriffsvertrags hatten sich beide Seiten verpflichtet, jeweils eintausendfünfhundert Emigranten auf Verlangen des Vertragspartners auszuliefern. Von der ersten Liste rückzuführender Emigranten, die Deutschland in Moskau vorlegte, akzeptierte der Kreml vierhundert Namen und verwies den deutschen Sondergesandten auf eigene, langjährige Bündnisverpflichtungen, die es nicht erlaubten, ohne Gesichtsverlust den deutschen Wünschen vorbehaltlos entgegenzukommen. Auch eine nachgereichte zweite Liste wurde nur zur Hälfte akzeptiert, auf dieser Liste fand sich der Name Rainer Trutz, doch dem deutschen Gesandten wurde mitgeteilt, dieser Auszuliefernde halte sich nicht auf dem Territorium der sowjetischen Republiken auf.

Auf der dritten Liste der Deutschen standen siebzig Namen von italienischen und einhundertzwanzig Namen spanischer Antifaschisten, da sowohl der *Erste Marschall des Imperiums*, Regierungschef, Oberbefehlshaber und Minister für alle drei Teilstreitkräfte Italiens, Benito Mussolini, wie auch Generalissimus Francisco Franco den deutschen Führer gedrängt hatten, die Wünsche des italienischen wie des spanischen Geheimdienstes zu respektieren und eine Rückführung der gefährlichsten Extremisten ihrer Länder aus dem sowjetischen Exil in Moskau zu verlangen.

Auch die dritte Liste wurde vom Kreml nicht vollständig akzeptiert, aber Francisco Álvarez, der Brigadier der internationalen Brigade *Karl Marx*, in Spanien gesucht, da er zwei Generäle der Putschisten im Auftrag der spanischen Republik hatte exekutieren lassen, wurde am zweiundzwanzigsten März, drei Monate vor dem Überfall der deutschen Wehrmacht auf die Sowjetunion, mit zweiundsiebzig Männern und drei Frauen in einem verschlossenen Viehwaggon nach Berlin transportiert und fünf Tage später in Saragossa General Jesus Bazán übergeben, dem Chef der spanischen Sicherheitspolizei, der Francisco Álvarez und weitere einundzwanzig Republikaner noch am Abend des gleichen Tags füsilieren und auf den Friedhof Cementerio de Torrero verscharren ließ.

16. Kapitel

Im Oktober bestellte man Gudrun Trutz mit ihrem Sohn zur Miliz. Auf der Polizeistation drängelten sich Hunderte Männer, Frauen und Kinder, die sich nur flüsternd unterhielten. Nach vier Stunden wurde sie aufgerufen, sie ging mit Maykl, der sieben Jahre alt war und die erste Klasse der Vierten Allgemeinen Grundschule besuchte, in das Büro des Milizchefs, der ihr Fragen nach ihrer Ankunft in der Sowjetunion, nach ihrem Mann, ihrer Arbeit und den Wohnverhältnissen stellte und ihre Auskünfte offenbar mit den Angaben in den Papieren verglich, die ihm von seinem Gehilfen gereicht wurden. Nach wenigen Minuten schloss er die Akte, ließ sich ihren Personalausweis geben, stempelte ihn und schrieb etwas hinein. Dann reichte er ihr das Dokument zurück mitsamt einem Transportschein und erklärte ihr, sie habe sich übermorgen um neun Uhr vor der Milizstation einzufinden, sie und ihr Sohn würden in das Gebiet Tscheljabinsk deportiert. Dort werde ihr der Wohnort, eine Wohnung sowie eine Arbeitsstelle zugewiesen, ihr Sohn werde weiterhin eine Schule besuchen können. Diese Maßnahmen erfolgten zum Schutz der Sowjetunion, das Vaterland unter der Führung Stalins müsse die Hitleristen im Auge behalten, die es unter den Russland-Deutschen gebe und die die vorrückenden Faschisten unterstützen wollten. Fragen der verzweifelten Frau wehrte er ab und ließ sie aus dem Raum führen. Laut dem Stempel in ihrem Ausweis wurde ihr das ausschließliche Recht gewährt, im Gebiet Tscheljabinsk zu leben.

Gudrun war verzweifelt, lief von der Milizstation zu

Lilija Simonaitis, Galja Leonardowa und zu den Gejms, aber alle konnten sie nur umarmen und bemühten sich, sie zu trösten, helfen vermochte niemand und keiner konnte sagen oder auch nur vermuten, wie lange sie in diesem Gebiet am Mittleren Ural bleiben müsse. Lilija schärfte ihr mehrmals ein, sich umgehend zu melden, sobald sie eine Postadresse habe.

»Wir dürfen uns nicht aus den Augen verlieren, Gudrun, solange wir uns schreiben, ist nichts verloren.«

»Und Rainer?«, fragte die verzweifelte Gudrun.

»Er wird sich melden. Wenn er dich nicht erreicht, dann mich oder Waldemar Gejm oder Galja. Wir werden uns alle wiedersehen.«

Auch der Abschied von ihren Arbeitskolleginnen in der Schokoladenfabrik verlief tränenreich. Die Frauen baten sie, zu schreiben, sie würden ihr kleines deutsches Kücken nicht vergessen. Die Ingenieurin Nina Sorina ließ rasch eine der Frühstückstassen herumgehen, um für Gudrun ein paar Rubel zu sammeln, da sie, von dem plötzlichen Abschied überrascht, ihr kein Geschenk mitgeben konnten.

Am fünfzehnten Oktober ging Gudrun mit ihrem Sohn Maykl zur Milizstation. Vor der Station wartete Waldemar Gejm auf sie, um sich von ihr und ihrem Sohn zu verabschieden. Die Frauen waren nicht dort, weder Lilija noch Galja noch die Arbeitskolleginnen der Schokoladenfabrik hatten sich freinehmen können. Der Professor überreichte Gudrun einen Blumenstrauß und küsste ihr die Hand, dem kleinen Maykl schenkte er ein Buch, eine Broschüre, die zwanzig Jahre zuvor in der Druckerei der Universität Leningrad hergestellt worden war, das in jener Zeit gerade von Sankt Petersburg in Petrograd umbenannt worden war. Die Broschüre hatte Waldemar Gejm verfasst, es war ein Abriss der Geschichte der Mnemonik samt einigen Trainingsanleitungen.

»Du wirst es vielleicht später einmal lesen, Maykl, viel später. Aber bitte gib die Übungen nicht auf. Du bist begabt. Du bist dafür sehr begabt.«

Er umarmte den Kleinen, küsste ihn auf beide Wangen und entfernte sich rasch. Als seine Mutter das Buch in die Hand nahm und aufschlug, sah sie, dass der Professor eine Widmung hineingeschrieben hatte.

»Der Seelöwe Waldemar Gejm grüßt den Seelöwen Maykl«, las sie ihrem Sohn vor.

Ein Milizionär kam auf sie zu und forderte sie auf, ihre Papiere vorzuweisen. Verängstigt zeigte sie ihren Transportschein und den Personalausweis. Der Polizist wies auf einen Lastwagen und befahl ihr, mit dem Kind, dem Koffer und den beiden Reisetaschen hinaufzuklettern. Zwanzig Minuten später setzten sich fünf Lastwagen in Bewegung und eine Stunde später erreichten sie den östlichen Moskauer Güterbahnhof. Bewacht von bewaffneten Milizionären hieß man sie dort auszusteigen und sich mit dem Gepäck in einen der bereits mit Deutschen überfüllten Güterwaggons zu zwängen. Die Türen der Güterwaggons wurden zugeschoben und verriegelt, drei Stunden später setzte sich der Zug langsam in Bewegung.

Alle sechs Stunden hielt er an, die Milizionäre schwärmten dann aus und umstellten die Waggons, bevor die Türen geöffnet wurden und die Deutschen herausklettern durften, ihre Notdurft verrichten und sich am mittleren Waggon, dem einzigen Reisezugwaggon mit Abteilen, Sitzplätzen und Liegen, in ihrem Geschirr eine Kelle kalter, fast ungenießbarer Verpflegung abholen konnten, Tee oder auch nur Wasser, Krautsuppe, Graupensuppe, in Margarine gebratene Kartoffeln oder Rüben, einmal auch übersalzenes Pökelfleisch. Erst nach dem dritten Tag gelang es Gudrun Trutz, sich ohne Hemmungen am Bahndamm und unter den Augen der Wachsoldaten zu erleichtern. Sie schloss die Augen und träumte davon, allein zu sein, ganz allein.

Nach acht Tagen, in den Waggons wurde die ganze Reise über geflucht, gesungen, geweint, geschrien, erreichte der Zug Tscheljabinsk, sie hatten dort auszusteigen und sich in einem großen Stacheldrahtverhau entsprechend der Nummer ihrer Transportscheine aufzustellen. Die erste Nacht in der großen Gebietsstadt mussten sie im Freien verbringen, Gudrun lag mit ihrem Sohn in einer Frauengruppe, ihr Gepäck hatten sie zu einer Höhle aufgebaut und sich in mitgebrachte Kleidungsstücke gehüllt.

Am nächsten Tag wurden die Gruppen neu aufgeteilt und mit offenen Fahrzeugen oder Pferdewagen zu ihren Bestimmungsorten gebracht. Gudrun und Maykl wurden mit neun Frauen, zwölf Männern und sechzehn Kindern nach Korkino gefahren, einer alten Kosakensiedlung am Tschumljak-Fluss, vierzig Kilometer südlich von Tscheljabinsk. Sechs Jahre zuvor war der Ort zu einer Arbeitersiedlung umgestaltet worden, da Geologen der Technischen Universität in Swerdlowsk, dem früheren Jekaterinburg, riesige Braunkohle-Lagerstätten entdeckt hatten. Die Fahrt mit dem Lastwagen dauerte mehr als zwei Stunden, weil der Fahrer zweimal anhalten musste, um mit einem Hammer den streikenden Motor zu bearbeiten, damit dieser wieder ansprang. Die Deutschen hockten unter der dünnen, eingerissenen Plane des LKWs auf ihrem Gepäck, die Kinder saßen bei ihren Eltern auf dem Schoß, da es nicht ausreichend Platz auf der Ladefläche gab.

In Korkino wurden sie in ihre Behausungen eingewiesen, Gudrun kam mit ihrem Sohn in ein Zimmer mit vier Doppelstockbetten, zwei weitere Frauen mit ihren fünf Kindern, die ursprünglich aus dem ostpreußischen Parnehnen stammten, schickte der Vertreter des Sowjets gleichfalls in das Zimmer, für das einjährige Kind einer Wolgadeutschen wurde eine zusätzliche Matratze auf den Fußboden gelegt. Die Männer hatten Zwangsarbeit im Tagebau von Korkino zu leisten, die Frauen wurden der Kolchose zugeteilt, in der neben der Landwirtschaft auch Fischzucht betrieben wurde.

Gudrun Trutz sollte bis zu ihrem Tod in diesem Zimmer wohnen. Mit den beiden anderen Frauen, einer Schura und einer Marfa, zwei Wolgadeutschen in der fünften Generation, die kein einziges deutsches Wort kannten und deren Männer zu mehreren Jahren Straflager verurteilt waren, freundete sie sich an, alle drei Frauen kümmerten sich um die Kinder, versorgten sie und halfen einander. Die Arbeit in der Kolchose, Gudrun war zur Feldarbeit eingeteilt, was bedeutete, Steine von den Äckern zu sammeln, die scheinbar schneller nachwuchsen, als sie von den Frauen eingesammelt werden konnten, erwies sich als viel anstrengender als die in der Schokoladenfabrik. Erschwerend kam für sie hinzu, dass die Russen der Kolchose sie alle als Feinde betrachteten, sie als Hitleristen bezeichneten, als Anhänger und Verteidiger der deutschen Faschisten, denn als solche hatte der örtliche Sowjet der Arbeitssiedlung Korkino sie zur Zwangsarbeit in den Tagebau und in die Kolchose geschickt.

Maykl wurde nach vier Wochen aus der ersten in die zweite Grundschulklasse gesteckt, da er die Gleichaltrigen mit seinen Kenntnissen überragte, allerdings traf auch ihn der Bannstrahl der Einheimischen und er wurde von seinen Klassenkameraden Adolftschik gerufen, kleiner Adolf, was ihn monatelang zum Weinen brachte.

17. Kapitel

Vier Monate nach der Deportation von Gudrun und Maykl Trutz wurde Waldemar Gejm mit seiner Frau am frühen Morgen zur Miliz einbestellt. Von bösen Vorahnungen geplagt sprach er zuvor über die Vorladung mit Lilija und Galja, doch die beiden konnten sich keinen Reim auf sie machen, waren aber der Ansicht, es wäre doch hilfreich, wenn sie ihn und seine Frau begleiten würden, als Mitarbeiterinnen eines Hauptkomitees bekämen sie vermutlich weiter gehende Auskünfte als ein degradierter Professor.

Der Milizionär, ein Oberstleutnant, der Gejm in sein Büro rufen ließ, gestattete erst nach längeren Bitten und genauer Prüfung der Dienstausweise die Anwesenheit von Lilija und Galja bei der Befragung von Gejm und seiner Frau, und auch das nur, weil beide ihm erklärten, Gejms Forschungen seien für ihr Hauptkomitee von strategischer Bedeutung. Gejm, so wurde ihm erklärt, sei vorgeladen worden, da bei seiner Zwangsemeritierung und dem Verfahren zum Parteiausschluss seiner deutschen Abstammung eine besondere Bedeutung beigemessen worden sei und er somit unter den Erlass vom August des vergangenen Jahres falle. Er werde mit seiner Familie nach Kasachstan ausgesiedelt und sei zur Arbeit in der kriegsbedingt nach Alma-Ata verlegten Kiewer Maschinenfabrik zugeteilt.

»Zwangsarbeit?«, fragte Lilija entsetzt.

Der Offizier nickte.

»Meine Familie lebt seit Hunderten von Jahren in Russland. Ich bin kein Deutscher«, erklärte Waldemar Gejm erregt, »meine Frau ist Russin, mein Vater, mein Großvater, mein Urgroßvater, alle sind und waren Russen.«

Der Offizier zuckte mit den Schultern: »Nichts zu machen. Ist Befehl.«

Einem Einfall folgend und ohne sich mit Gejm abzustimmen, fragte Lilija, die zwei Wochen zuvor von Gudrun Trutz Post erhalten hatte, ob es denn möglich wäre, dass Professor Gejm ins russische Korkino deportiert werde, denn da würden Schüler von ihm arbeiten und er könne dort für die Gesellschaft viel nützlicher sein als mit seinen zwei linken Händen in einer Maschinenfabrik. Da der Oberstleutnant wiederholt auf seine Armbanduhr schaute und sie befürchtete, er würde das Gespräch abbrechen, berichtete sie hastig von den wissenschaftlichen Leistungen Gejms, die selbst für die Armeeführung von herausragender Bedeutung seien. Sie erzählte, die Gejm-Familie lebe seit einer Ewigkeit in Russland und der Ururgroßvater habe mit einem landwirtschaftlichen Gerät, einem Pflug, eine grandiose Erfindung gemacht, die im ganzen russischen Reich für Aufsehen gesorgt und bei der Bekämpfung des Hungers einen Meilenstein dargestellt habe.

Der Oberstleutnant lächelte Gejm an und fragte: »Der Gejm-Pflug? Sie sind der Gejm-Pflug.«

»Mein Ururgroßvater, er hat ihn erfunden.«

»Tatsächlich? Nun, dieser Gejm-Pflug hat meinem Vater vor drei Jahren die Kolchose gerettet. Die neuen Pflüge, vier funkelnagelneue Aufsattelpflüge mit eigenem Fahrwerk, waren allesamt nach dem ersten Einsatz Schrott. Ersatz war erst in Jahresfrist lieferbar, es drohte der Ausfall einer Saat. Da hat mein Vater den Gejm-Pflug nachbauen lassen. Innerhalb von acht Tagen zehn Stück. Ich hatte um Urlaub gebeten, um in der Kolchosen-

Schmiede mitzuarbeiten. Wie gesagt, in acht Tagen haben wir zehn Stück geschmiedet, dieser Pflug ist genial konstruiert und genial einfach.«

»Und Korkino? Wäre das möglich?«, fragte Lilija.

Der Offizier seufzte und verließ das Zimmer. Nach ein paar Minuten erschien er wieder und reichte Gejm einen Zettel: »Übersiedlung nach Korkino. Sie melden sich in zwei Tagen um sieben Uhr hier in meiner Station. Allerdings ist in Korkino Braunkohle angesagt. Sie werden dort ein Kohlekumpel sein.«

»Das geht nicht, Genosse Oberstleutnant. Professor Gejm ist ein Mann der Wissenschaft, ein Mann der Lomonossow-Universität. Sie können ihn nicht in ein Bergwerk stecken.«

»Ich verteile die Arbeit nicht, und Korkino, das sind halt Braunkohle-Lagerstätten.«

»Aber da nützt ein Professor gar nichts. Schicken Sie ihn als Lehrer dahin. Ein Lomonossow-Professor als Dorfschullehrer, das würde den Leuten helfen. Und von dem Gejm-Pflug haben die dort sicher auch schon gehört.«

»Verehrte Genossin Simonaitis, wir sind hier nicht in einem Wunschkonzert«, erwiderte der Offizier, belustigt von dem Engagement Lilijas. Er nahm Gejm den Zettel aus der Hand und ging ins Nachbarzimmer. Als er zurückkam, gab er ihm die Transportbescheinigung und sagte: »Und nun verschwinden Sie bitte samt Ihren energischen Damen. Ach so, Herr Professor, grüßen Sie bitte Ihren Ururgroßvater von mir.«

Nun atmete Gejm auf und lächelte erleichtert: »Gern. Werde ich nicht vergessen.«

»Lilija, was hätte ich nur ohne Sie anfangen sollen«, sagte Gejm, als sie wieder auf der Straße standen.

»Nicht mir, danken Sie Ihrem Ururgroßvater. Er war es, der Ihnen geholfen hat.«

Rem brach in Tränen aus, als er erfuhr, dass er Moskau und seine Schule und alle seine Freunde für lange Zeit verlassen müsse, und war erst zu trösten, als seine Mutter ihm sagte, er würde Maykl wiedersehen. Seinem Vater erklärte er ein paar Tage später, Namen kennzeichnen die Menschen doch besser als Zahlen, anderenfalls hätte der Milizionär nie erfahren, dass der Gejm-Pflug eine Erfindung ihrer Familie gewesen war.

Waldemar Gejm nickte und sagte: »Ja, schön, wir werden Maykl wiedersehen. Ein glücklicher Zufall. Und du hast recht, mein vorwitziger Knabe, in dieser Welt geht nicht alles logisch zu. Gelegentlich regiert der blinde Zufall, und diesmal war es ein für uns glücklicher Zufall. Wer hätte ahnen können, dass ein Moskauer Milizionär sich Urlaub nimmt, um den Pflug von deinem Ururgroßvater nachzubauen. Das ist grotesk, Rem, das ist aberwitzig, aber offensichtlich war es so. Es gibt keine andere Erklärung. Schön für uns, aber nicht logisch. Logisch gesehen ist das widersinnig und bizarr. Nicht hinnehmbar. Aber wir sehen Maykl und seine Eltern wieder, da wollen wir der Welt diesen logischen Unsinn verzeihen. Einverstanden, Rem?«

Vierzehn Tage später, nach einer Reise in einem Güterwaggon, trafen Waldemar Gejm, seine Frau Alina sowie ihre Kinder Rem und Geta in Korkino ein. Der Bevollmächtigte des neuen Stadtsowjet, die Arbeitssiedlung Korkino hatte eine Woche zuvor den Stadtstatus erhalten, studierte verwundert Gejms Transportbescheinigung, da ihn die Entscheidung der Moskauer Miliz irritierte, und er entschied schließlich, die Familie nicht in das vorgesehene Massenquartier einzuweisen, sondern in die Schule zu schicken, wo man ihnen eins der Zimmer der früheren Lehrerwohnung überließ, so dass die Familie einen Raum für sich allein bewohnen konnte. Alina Gejim wurde der Kolchose zugeteilt, die fünfjährige Geta in den Kindergarten der Landwirtschaft geschickt und der achtjährige Rem kam zu Maykl in die zweite Klasse der Grundschule.

Maykl war glücklich, mit Rem zusammen zu sein, mit ihm auf einer Schulbank zu sitzen und mit ihm und Waldemar Gejim wieder Karten zu spielen, ihr Gehirntraining weiter zu betreiben. Die kleinen grauen Zellen müssen angeregt werden, hatten sie von Gejm gelernt, das Erinnerungsvermögen müsse geschult werden, und da sie beide bereits in der zweiten Klasse waren, konnte Waldemar Gejm dazu übergehen, mit Zahlen und Zahlenreihen zu arbeiten, sie auf- und absteigend oder nach anderen Ordnungsreglements zu verknüpfen, wobei sie angehalten waren, die Aufgaben rasch und vollständig zu lösen. Beide waren, da man sie in die zweite Klasse gesteckt hatte, ein Jahr jünger als die anderen Klassenkameraden, aber es gelang ihnen, alle Anforderungen mühelos zu bewältigen und selbst im Sport zu den Besten der Klasse zu gehören. Da Rem und Maykl sich bei ihren Kameraden durchsetzten, hörten auch die Sticheleien gegen Maykl auf, und bereits einen Monat nach Rems Ankunft in Korkino nannte ihn keiner mehr Adolftschik.

In der alten Kosakensiedlung am Ural wohnten die Deportierten beengt, ihre Arbeitsleistung wurde täglich registriert und Versäumnisse mit gekürzten Essenrationen bestraft, die Einhaltung aller Verbote und Bestimmungen der Behörden von den Wachmannschaften genau überprüft, und für die Bevölkerung der kleinen Stadt waren sie allesamt Anhänger der deutschen Faschisten und ihrer verbrecherischen Armee, wie es der Stadtsowjet mehrfach proklamiert hatte.

Für Rem und Maykl dagegen wurden die Jahre ihres Zusammenlebens in Korkino, sie verbrachten dort ein Jahrzehnt, zu einer fast paradiesischen Zeit. In der Schule waren sie allen Kameraden überlegen, glänzten mit ihren Leistungen und gaben den Mitschülern Nachhilfestunden oder überließen ihnen bereitwillig die Ergebnisse ihrer Schularbeiten, wofür sie sich von den Kindern der Einheimischen mit belegten Broten, gebratenen Fleischstücken und Früchten bezahlen ließen, so dass sie nie hungerten und der kleinen Geta oder den Eltern davon etwas mitbringen konnten. Auf dem Schulhof unterhielten sie sich zum Ärger der Mitschüler in ihrer Geheimsprache. Maykl hatte seinem Freund die deutsche Sprache beigebracht, und so sprachen sie zwar laut und für alle vernehmlich miteinander, doch keins der anderen Kinder konnte verstehen, was sie sagten.

Alina und Waldemar Gejm hatten an Freunde in Moskau und Leningrad geschrieben und sie um Buchspenden gebeten für die winzige Stadtbibliothek in Korkino, die aus drei nur halb gefüllten Regalen in einem fensterlosen Raum im Gebäude des Stadtsowjet bestand. Tatsächlich hatte man ihnen mehr als vierzig Bücher zugeschickt, die nach einer genauen und wochenlangen Prüfung durch einen der Wachsoldaten in den Bestand der öffentlichen Bibliothek übernommen werden durften, so dass die beiden Jungen die klassischen Werke der russischen Literatur in die Hand bekamen, Romane und Gedichte von Puschkin und Dostojewski, von Gogol und Turgenew. In ihrer freien Zeit verschwanden sie mit ein, zwei dieser Bücher in einem ihrer Verstecke, lasen sich Verse vor, sprachen stundenlang über die ihnen unbegreiflichen Irrungen und

Wirrungen der Romanhelden, verglichen ihr eigenes Leben mit den in den Büchern erzählten Familiengeschichten und schmiedeten Zukunftspläne.

Als Rem sich in ein Mädchen verliebte, die Tochter des einzigen Bäckers von Korkino, wurde auch dieses Ereignis für die Jungen zu einem ständigen Gesprächsthema und ließ die Freunde noch vertrauter miteinander werden. Sie waren gewiss, dass sie lebenslang zusammenbleiben würden, einer mit dem anderen untrennbar verbunden.

Das Lehrerkollegium, vier Frauen und ein Mann, der auch den Direktor stellte, begegnete Waldemar Gejm mit Respekt und Misstrauen. Ein Deportierter, der ihnen mit einer Moskauer Direktive zugeteilt worden war, verunsicherte die Lehrer und sie blieben, ungeachtet der Erleichterung, die eine weitere Lehrkraft für die Schule bedeutete, ihm gegenüber zurückhaltend, achteten darauf, was sie zu ihm, was er zu ihnen sagte, um keinen Fehler zu begehen, den dieser ehemalige Professor möglicherweise anderen Orts vermelden könnte.

Gejm hatte anfangs Schwierigkeiten, den richtigen Umgangston mit den schwer zu beruhigenden Kindern zu finden. An der Universität hatte es nie so viel Unruhe und Lärm wie im Klassenraum gegeben, und er war es nicht gewohnt, dass die Schüler miteinander schwatzten, während er ihnen etwas erklärte, oder sich während des Unterrichts mit anderen Dingen beschäftigten, mit Holzschnitzereien und Papierbasteleien. Er reagierte hilflos, als seine Ermahnungen kaum Wirkung zeigten, und zu seinem eigenen Entsetzen brüllte er den unverschämtesten Rüpel einmal an. Er bat die Kollegen um Rat und hörte von ihnen lediglich, er müsse sich Respekt verschaffen. Den älteren Kindern, den Mitgliedern der Pionierorganisation, könne er die Aufgabe erteilen, für Ruhe und Ordnung zu sorgen, was sich bewährt habe, da der Pioniergruppenleiter berechtigt war, Strafen zu verhängen.

Gudrun Trutz war einmal in der Woche bei den Gejms zu Gast, sie genoss diese Stunden, da es die einzigen waren, in denen sie dem Gemeinschaftsquartier entrinnen konnte und bei Freunden war. Die Feldarbeit strengte sie außerordentlich an, zumal die Zwangsarbeiter trotz ihrer kräftezehrenden Tätigkeit schlecht versorgt wurden und hungerten. Gudrun hatte mehr als zehn Kilo abgenommen und wirkte kränklich und überfordert.

Mit einer älteren russischen Kollegin, die sich selbst als Altgläubige bezeichnete und für die Stalin ein Gottgesandter war, den sie ebenso inbrünstig wie Jesus verehrte, hatte sie in einer Arbeitspause über die Religiösen Sozialisten gesprochen und ihr erzählt, sie hätte in Deutschland dem Tillich-Kreis angehört, deren Mitglieder sowohl Christen wie auch Sozialisten waren, was die russische Kollegin kopfschüttelnd zur Kenntnis nahm.

»Wie kann man religiös und Sozialist sein, aber gleichzeitig ein Hitlerist?«, fragte die Russin erstaunt, die alle Deportierten für Feinde der Sowjetunion und Anhänger Hitlers hielt.

»Ich bin kein Hitlerist. Mein Mann und ich sind vor ihm geflohen, wir wären in Deutschland im Gefängnis gelandet.«

»Lüg nicht«, ermahnte die Russin sie, »wenn du kein Hitlerist bist, wieso hat man dich zur Zwangsarbeit geschickt?«

»Ich weiß nicht. Es ist ein Irrtum. Ich bin ein Freund der Sowjetunion und keine Anhängerin Hitlers.«

»Wie kann man nur so lügen!«, hatte die altgläubige

Russin sie angefaucht, sich umgedreht und nie wieder ein Wort mit ihr gewechselt.

Gudrun gab bei ihren sonntäglichen Besuchen sowohl Maykl wie auch Rem zwei Stunden Deutschunterricht, denn obwohl Hunderte von Wolgadeutschen mittlerweile in Korkino lebten, beherrschte kaum einer von ihnen die deutsche Sprache, und sich in ihrer Muttersprache wirklich zu unterhalten war Gudrun und Maykl mit keinem einzigen Menschen in Korkino möglich. Auch Waldemar Gejm setzte sich bei diesem Unterricht zu ihnen, hörte aufmerksam zu und übte sich in der selten benutzten und daher fast vergessenen Sprache seiner Vorfahren.

Gudruns größter Kummer aber war, dass von Rainer keine Nachricht kam. Wann immer ein Brief aus Moskau eintraf, von Lilija oder Galja, überflog sie ihn rasch, um nach einer Nachricht über ihren Mann zu suchen, doch keine der Freundinnen konnte ihr etwas mitteilen, die Behörden in Moskau seien nicht in der Lage, Auskunft zu geben, Rainer Trutz wurde als vermisst in den Akten geführt.

Am 9. Mai 1943, einem Sonntag, starb Gudrun Trutz. Es war arbeitsfrei, und an diesem Wochentag schliefen sich die Frauen und Kinder aus. Als seine Mutter gegen neun Uhr noch immer im Bett war, kletterte der hungrige, neunjährige Maykl zu der unter ihm Schlafenden. Mit dem ersten Blick wusste er, dass seine Mutter tot war, er hatte schon zu viele Tote in Korkino gesehen, gestorben an Überanstrengung, an Unterernährung, an einem Infekt. Ohne ein Wort zu sagen und ohne jeden Klagelaut, nur die Tränen konnte er nicht zurückhalten, zog er sich leise an, ging fast lautlos aus dem Zimmer und eilte zu den Gejms. Alina und Waldemar Gejm zweifelten nicht einen Augenblick an der Nachricht, sie hatten Gudruns Tod befürchtet, so abgezehrt wie sie war, mit tiefliegenden Augen und dem gelblichen Teint. Alina nahm Maykl auf ihren Schoß, hielt ihn mit beiden Armen fest, und endlich konnte er seinen Kummer laut und hemmungslos und untröstlich herausheulen.

Die Gejms meldeten dem Stadtsowjet und der Kolchose Gudruns Tod, kümmerten sich um das Begräbnis und nahmen den Jungen aus der Gemeinschaftsunterkunft zu sich. Zehn Tage später stellten sie den Antrag, den elternlosen Maykl Trutz zu adoptieren. Der Sekretär des Sowjet war mit diesem Antrag überfordert, versprach aber, ihn weiterzuleiten.

Neun Jahre lang unterrichtete Waldemar Gejm die Schüler der Grundschule Korkino, von Februar 1942 bis zum Mai 1951. Maykl wohnte mit ihnen in einem Zimmer, wurde wie ein Sohn umsorgt und war für Rem und Geta ein brüderlicher Freund, mit dem sie die Habseligkeiten und das karge Essen teilten. Ein Bescheid auf den Adoptionsantrag erfolgte nie, bei mehreren Nachfragen wurden sie vertröstet.

Das Ende des Krieges feierten die Deportierten ausgelassen, hofften doch alle, die Zeit der Deportation und Zwangsarbeit sei vorbei, sie könnten wieder in die alte Heimat, in die Autonome Wolgadeutsche Republik, in die Region Saratow oder nach Pulin zurückkehren und die strenge Meldepflicht und die Ausgangsbeschränkungen, die das ohnehin beschwerliche Leben in Korkino unerträglich machten, würden endlich aufgehoben. Zur Überraschung auch der Einheimischen und des Sekretärs des Stadtsowjet änderte sich jedoch nichts, die Deportierten erhielten keine Erlaubnis, ihren Wohnsitz zu wechseln, und die unbegrenzt verordnete Zwangsarbeit, die Meldepflicht wie auch die Ausgangsbeschränkungen blieben für sie weiterhin gültig.

Waldemar Gejm hatte Maykl gebeten, nun statt seiner Mutter Rem in Deutsch zu unterrichten, und für die beiden Halbwüchsigen wurden diese Deutschstunden, an denen auch Rems Eltern teilnahmen, ebenso vergnügliche Stunden wie Gejms Trainingsprogramm.

Geta lehnte es nach wie vor ab, sich von ihrem Vater in Gedächtnisschulung unterrichten zu lassen, ihr war es bereits unangenehm, den Vater als Lehrer in der Schule zu akzeptieren, von den Klassenkameradinnen darum bewundert, beneidet oder verachtet. Sie wollte nicht noch daheim gehorchen müssen, zumal ihr die älteren Jungen haushoch überlegen waren und sie wohl nie mit dieser Geschwindigkeit die gestellten Aufgaben lösen konnte. Mit der Hilfe zweier Freundinnen, deren Eltern schon immer in Korkino lebten, war es ihr gelungen, in dem Städtchen zwei Musikinstrumente ausfindig zu machen. Die Besitzer erlaubten dem Mädchen, jede Woche zwei, drei Stunden auf ihnen zu spielen, ein Harmonium, das ein Tischler beim Umbau der Kirche zu einem Pferdestall hatte retten können, und ein Orchesterxylofon, das eine pensionierte Lehrerin von einem durchreisenden Armenier gekauft hatte.

Die Lehrerin stellte Geta auch ihre Sammlung von Partituren und Klavierauszügen für Anfänger und Fortgeschrittene zur Verfügung, und Geta Gejm jubelte, als sie unter den Klavierfassungen populärer Musik ein Operettenlied entdeckte, in dem es hieß, glücklich sei nur, wer vergessen könne. Sie studierte das Lied ein, um es überglücklich und triumphierend ihren Eltern, dem Bruder Rem und ihrem Freund Maykl auf dem Xylofon vorzuspielen und dazu mit ihrer Kleinmädchen-Stimme den Text zu krähen. Die vier Zuhörer begeisterte ihr Vortrag, ihnen gefiel die Frechheit der kleinen Geta, und da diese das Couplet anstimmte, sobald ihr Vater sich mit den beiden Jungen zu den Trainingsstunden zusammensetzte, wurde es gewissermaßen zum Familienlied des Mnemonikers Gejm.

Die drei redeten von Kurzzeit- und Langzeitgedächtnis, von verschiedenen Gedächtnisebenen, sprachen über ein sekundäres und ein tertiäres Gedächtnis, und Geta zog entnervt die Augenbrauen hoch, wenn sie komplizierte und kaum aussprechbare Begriffe wie *Informationsverarbeitungsgeschwindigkeit*, *Merkspanne* oder *Gedächtniskapazität* benutzten.

Für seinen Unterricht zog Gejm immer neue Übungsstücke und Herausforderungen heran, entwickelte schwierige Manöver und Prozeduren, was in Korkino, noch immer eher eine Arbeitersiedlung als eine Kleinstadt, auf mannigfaltige Schwierigkeiten stieß, da der örtliche Handel für diesen Zweck kaum etwas zu bieten hatte. Gejm war daher hocherfreut, als Rem und Maykl eigene, für ihre Stunden geeignete Figuren erfanden. Ihn begeisterte ihre Mitarbeit, jedoch mehr noch der damit sichtbare Nachweis ihres Verständnisses für die Mnemonik, da ihre Vorschläge für seine Übungen brauchbar und hilfreich waren.

Bei den Zehnjährigen bemerkte er deutliche Unterschiede in der Leistungs- und Aktivationsfähigkeit. Ihr Erinnerungstraining und ihre Gedächtnisleistungen wurden emotional sehr verschieden angeregt und gesteigert. Bei Rem konstatierte er die Bindung an ein eidetisches, ein geradezu fotografisches Gedächtnis, seine Erinnerungen folgten Bildern, während Maykl auf das einmal von ihm Geschriebene fixiert war. Er hatte jederzeit Worte, einen Satz oder Begriffe parat, die er irgendwann einmal, vor Monaten, vor Jahren aufgeschrieben hatte. Gejm stellte sich mit seinen Übungen auf diesen Umstand ein und trainierte die beiden zwar nach wie vor in den selben Stunden, aber mit verschiedenen Programmen. Für Rem hatte er, dem englischen Mnemoniker Fludd aus dem siebzehnten Jahrhundert folgend, der das Gedächtnis als eine Art Bühne, ein Theatrum Orbis, darstellte, auf der Rückseite eines Plakates einen Grundriss des Moskauer *Kleinen Theaters* als Lokationsraum entworfen, in dem ihn Rem besucht oder nach Dienstschluss abgeholt hatte. Die flächige Darstellung sollte seinem Sohn helfen, einen Raum für Gedächtnisinhalte zu schaffen, in dem er diese an verschiedenen, allerdings eindeutigen Plätzen ablegen und bei Bedarf zu Assoziationsbildern verknüpfen konnte, um sie dann als Pakete in seinem kleinen Kopftheater zu deponieren. Die imaginären Orte seines Theaters der Erinnerungen entsprachen Rems bildhafter Vorstellungskraft und zeitigten die von Gejm erhofften Resultate.

Maykls Begabung, sich all dessen zu erinnern, was er einmal notiert hatte, war für Gejm ein ihn immer wieder begeisternder Glücksfall, da keiner seiner früheren Probanden eine vergleichbare Begabung hatte aufweisen können. Durch das bloße Notieren, das Aufschreiben von Worten und Sätzen, gelangen Maykl die erstaunlichsten Dinge, er ordnete viel schneller als Rem die Aufgaben, um zu dem gewünschten Resultat zu kommen. Gejm stellte die Übungsstücke auch in Maykls Muttersprache Deutsch sowie in Englisch, die Ergebnisse waren vergleichbar, es gab keine signifikanten Verluste. Von seiner Frau ließ er sich die Engschrift beibringen, die russische Stenografie, um auch sie mit Maykl auszuprobieren, doch die Steno-Schrift erwies sich als für das Gedächtnistraining ungeeignet, jedenfalls konnte sich Maykl an

Inhalte, die er in dieser Kurzschrift notiert hatte, nicht ebenso leicht erinnern wie an die Notizen, die er in den anderen Sprachschriften zu Papier gebracht hatte.

Ein neuer Deportiertentransport brachte im August 1949 unerwartet und unangekündigt Lilija Simonaitis nach Korkino. Seit mehr als neun Monaten hatten sie nichts mehr von ihr gehört, Alinas Briefe an sie blieben unbeantwortet, keiner wusste, was passiert oder ihr zugestoßen war, und sie fürchteten um sie. Lilija, so erzählte sie ihnen, war nach dem Ende der *Leningrader Affäre* zusammen mit dem Kunsthistoriker Nikolaj Punin zu vier Jahren Zwangsarbeit in Workuta verurteilt worden, da ihr nachgewiesen werden konnte, dass sie in ihrer Korrespondenz all jene russischen Schriftsteller, Regisseure und Komponisten, die Andrei Schdanow als »Speichellecker des Westens« gebrandmarkt hatte, zur Blüte und zum Glanz der Literatur, des Films und der Musik in der Sowjetunion erklärt hatte. Das Urteil gegen Lilija Simonaitis wurde nach dem Prozess und der Urteilsverkündung revidiert, anders als Punin wurde sie nicht nach Workuta, sondern für drei Jahre zur Zwangsarbeit nach Tscheljabinsk deportiert, was auf eine Fürsprache hoheren Orts schließen ließ.

Bei ihrer Ankunft in Tscheljabinsk gelang es ihr, sich auf die Liste für Korkino setzen zu lassen, was der zuständige Beamte im Stadtsowjet ihr zugestand, da ihn die geradezu wie eine Begnadigung erscheinende Revision des Urteils dieser Deportierten hellhörig und wachsam werden ließ und er persönliche Konsequenzen für sich fürchtete, wenn er sie allzu schroff behandelte.

Als Lehrerin in der Hauptschule von Korkino zu unterrichten, die Maykl und Rem mittlerweile besuchten, oder eine Anstellung in der Grundschule zu bekommen wurde ihr nicht gestattet. Als Deportierte hatte sie, wie Jahre zuvor Gudrun, in der Kolchose zu arbeiten, doch wurde sie von den Bäuerinnen und Bauern sehr viel freundlicher als die Deutschen behandelt und bereits nach vier Monaten wurde sie zur Brigadierin ihrer Kolonne von Zwangsarbeiterinnen ernannt.

Für die vier Gejms und Maykl war ihre Anwesenheit ein Lichtblick im grauen Alltag von Korkino. Lilija Simonaitis war ihre geliebte und bewunderte Freundin, die sich für sie eingesetzt hatte, solange das irgend möglich war, und sie freuten sich, ihr nun mit den Besuchen in Gejms Ein-Zimmer-Wohnung etwas Ruhe und Erholung geben zu können, denn die Arbeit in der Kolchose fiel ihr schwer und mit den Frauen in ihrer Unterkunft, man hatte ihr eine Schlafstelle in einem Sechs-Betten-Zimmer zugewiesen, besaß sie wenig Gemeinsamkeiten, es waren Bäuerinnen aus der Wolgadeutschen Republik, die gottergeben und abgestumpft ihrer Arbeit nachgingen, abends vor dem Haus russische Volkslieder sangen und in denen alle Hoffnungen und Wünsche abgestorben waren. Lilija nahm eine Zeitlang an Gejms Training teil, aber sie war den beiden Jungen gegenüber chancenlos, so dass sie ihre Versuche bald aufgab und sich stattdessen mit Alina unterhielt oder mit Geta spielte.

Lilija, Alina und Waldemar Gejm widmeten ihre freie Zeit vollständig den drei Kindern, da es in der Siedlung und den beengten Unterkünften keinen Platz und keinerlei Möglichkeiten für andere Beschäftigungen gab. Wenn auch Maykl gelegentlich traumverloren und todtraurig aus dem Fenster zu den Fichten- und Nadelwäldern oder in den langen Wintern auf den glitzernden Schnee starrte und an seine Mama und seinen Papa dachte, den er wohl auch nie wiedersehen würde, für die Kinder war es eine schöne und ereignisreiche Zeit. Als Geta bei einem Sonntagsfrühstück, es gab mit wildem Honig gesüßte Buchweizengrütze, erklärte, hier in Korkino sei es viel schöner als in Moskau, denn die Eltern hätten für sie Zeit und Maykl lebe bei ihnen und Lilija sei auch immer da, wenn man sie brauchte, nickte Rem zustimmend. Er sah seinen Freund Maykl an, der mit Tränen in den Augen gleichfalls nickte.

Zwei Jahre nach Lilija Simonaitis' Ankunft in Korkino, im Mai 1951, wurde Waldemar Gejm zum Stadtsowjet einbestellt. Er unterrichtete bereits das neunte Jahr an der Grundschule. Bei der überraschenden Vorladung, sechs Jahre nach Kriegsende, rechnete er mit einem positiven Bescheid auf seinen wiederholt gestellten Antrag, zusammen mit seiner Familie nach Moskau zurückkehren zu können, da seine Arbeit in der Schule und in der Stadt geschätzt wurde und viele Einheimische und selbst die Funktionäre des Stadtsowjet ihn mit dem früheren Titel Professor ansprachen. Vor der Tür des Sekretärs hatte er eine Stunde zu warten, bis ihm dieser mitteilte, Moskau habe einer Adoption von Maykl nicht zugestimmt, der Junge, dessen Mutter verstorben war und dessen Vater als verschollen in den Akten geführt wurde, werde umgehend und bis zur Volljährigkeit in ein Moskauer Waisenheim eingewiesen. Er werde in Moskau die weiterführende Schule besuchen, während die Behörden sich bemühen würden, sowohl in der sowjetischen Zone Deutschlands wie in den Zonen der drei anderen Siegermächte nach Angehörigen des Kindes zu forschen. Gejms Frau Alina und die beiden Kinder Rem und Geta werden vorerst unbefristet weiterhin in Korkino bleiben, er selbst jedoch, Waldemar Gejm, werde in das Tscheljabinsker Besserungsarbeitslager ITL überführt, wo er beim Bau eines Hüttenwerks zu arbeiten habe. Diese Entscheidung revidiere eine frühere und berücksichtige Einwände, die bereits vor neun Jahren in der Hauptstadt gegen seinen einfachen Deportiertenstatus erhoben worden waren, damals aber unberücksichtigt blieben. Seine Tätigkeit als Lehrer der sowjetischen Jugend stelle einen groben Verstoß gegen Recht und Gesetz der Sowjetunion dar. Einen zu lebenslanger Zwangsarbeit verurteilten Straftäter als Erzieher und Pädagoge der neuen Generation einzusetzen, das sei sowjetfeindlich und verbrecherisch. Er werde daher bereits morgen früh in das vierzig Kilometer entfernte Besserungsarbeitslager ITL in Tscheljabinsk gebracht. Besuche seiner Familie seien nicht zulässig, da das Gebiet in den kommenden Monaten den Status *Geschlossene Stadt* erhalten werde.

Der Sekretär las ihm den Befehl vor, legte das Schreiben dann auf seinem Tisch ab und sagte, ohne ihn anzusehen: »Gehen Sie, Deportierter Gejm. Warten Sie in Ihrem Zimmer, bis die Genossen zu Ihnen kommen.«

Am nächsten Morgen klopfte ein bewaffneter Milizionär an die Tür des Zimmers der ehemaligen Lehrerwohnung. Er forderte Waldemar Gejm auf, mitsamt seinem Gepäck mit ihm zu kommen. Die Kinder schrien und weinten, Alina klammerte sich an ihren Mann, der Milizionär wartete an der Tür, Gejm verabschiedete sich nacheinander von seinen Kindern und von Maykl. Die Jungen bat er, ihr Gedächtnistraining nicht aufzugeben. Zu Maykl sagte er: »Tu es für mich, Seewolf. Tu es zu meinem Gedächtnis!«

Er küsste seine Frau und stellte sich dann mit dem Rucksack vor den Milizionär.

»Wir können gehen«, sagte er, »ich bin so weit.«

Tscheljabinsk erhielt nicht den Status *Geschlossene*

Stadt und das Tscheljabinsker Besserungsarbeitslager ITL wurde im Oktober 1951 geschlossen, was Gejm jedoch nicht mehr erlebte. Am letzten Junitag, sechs Wochen nach der Einlieferung des Deportierten Waldemar Gejm, hatte er mit einem der Zwangsarbeiter entastete Bäume auf Holztransportloren zu laden. Gejm glitt ein Baumstamm aus den Händen, der durch seine plötzliche und unerwartete Bewegung den Mithäftling umriss und ihm auf beide Beine fiel, so dass er sich nicht allein befreien konnte. Er rief verzweifelt nach Gejm, der nicht antwortete, nach fünf Minuten wurden andere Zwangsarbeiter auf den eingeklemmten Kollegen aufmerksam, hoben den Stamm an, zogen ihn hervor und stellten beim Abtasten seiner Beine zwei Brüche fest. Gejm lag sechs Meter weiter, die rechte Hand war von dem schweren Holzstamm zerquetscht worden, was er aber nicht mehr gespürt hatte. Der Deportierte Waldemar Gejm, Mnemoniker und ehemaliger Professor der Sprachwissenschaftlichen Fakultät der Moskauer Staatlichen Universität, die mittlerweile nach ihrem Mitbegründer Lomonossow benannt worden war, starb als Sträfling und Holzfäller des Besserungsarbeitslagers Tscheljabinsk, fünfundfünfzig Jahre alt und abgemagert auf neunundvierzig Kilo. Als Todesursache hielten die Akten ein Herzversagen fest. Der Leichnam wurde eingeäschert und die Asche in eine Holzschachtel mit der Aufschrift *Atlantischer Lachs Kola* gefüllt. Diese Holzschachteln, in denen die Wachmannschaft monatlich ihre Büchsen mit dem ersehnten Fisch erhielten, wurden, da sie von der Größe her geeignet waren, als Urnen für die Asche verstorbener Deportierter von der Lagerwache im Depot gesammelt und im Bedarfsfall herausgegeben. Ihre letzte Ruhestätte fand die Asche von Waldemar Gejm auf dem Friedhof der Deportierten, einem Birkenwäldchen innerhalb des Lagerzauns.

Zur Mnemonik, die Waldemar Gejm dreißig Jahre zuvor, angeregt von Schriften der Antike und des Mittelalters, wiederentdeckt und zur Wissenschaft entwickelt hatte, wurde in der Sowjetunion erst Anfang der Siebziger erneut geforscht. Gejms Arbeiten konnten dazu nicht herangezogen werden, die einzige von ihm überlieferte Schrift, ein Sonderdruck der Druckerei der Universität Leningrad, präsentiert eher eine populäre Einführung in die Wissenschaft als neue und weiterführende Forschungsergebnisse. Alle weiteren Arbeiten Gejms, auch das lange im Akademie-Verlag liegende Manuskript über die Mnemonik, waren vernichtet worden oder verloren, da sie sich in den Archiven des Innenministeriums und des NKWD befanden und damit unzugänglich waren, sein Name war daher in der Mnemonik kaum bekannt. Trotz umfänglicher und intensiver Archivstudien gelang es auch mir nicht, eine Spur dieses Manuskripts oder einen Hinweis auf seinen Verbleib ausfindig zu machen. Im Moskauer Archiv der Akademie, in dem die Hinterlassenschaft der Sowjetischen Akademie aufbewahrt ist, fand sich lediglich die Beschlagnahmebescheinigung eines Konvoluts des Waldemar Gejm im Umfang von neunhundertsechsundfünfzig Seiten. Auf dem Vordruck sind vier Spalten handschriftlich ausgefüllt, die wenigen Worte weisen drei orthografische Fehler auf. Unter Gejms Namen steht in einer kindlichen Krakelschrift: Drevniye russkiye rukopis, altes russisches Manuskript. Unter dem Vordruck ist neben dem Stempel des NKWD das Datum, 7. Juli 1939, eingetragen sowie ein nicht zu entziffernder Name.

In den USA setzten Mitte der vierziger Jahre die Forschungen zur Mnemonik ein, fünfundzwanzig Jahre nach der von Waldemar Gejm eingeleiteten Renaissance der Mnemonik-Wissenschaft und seinen ersten Veröffentlichungen. Angeregt von russischen Zeitungsartikeln über den seinerzeit bekannten und sogar berühmten Sprachwissenschaftler Gejm und gefördert sowohl von nordamerikanischen Konzernen wie auch dem Auslandsgeheimdienst der Vereinigten Staaten wurden an mehreren Universitäten des Landes entsprechende Lehrstühle eingerichtet und mit erheblichen Fördermitteln ausgestattet. Bereits zwanzig Monate danach folgte Frankreich dem Beispiel der USA, und drei Jahre später wurde in England diese Disziplin an mehreren Universitäten wieder ins Leben gerufen.

Die russische Mnemonik war dagegen hoffnungslos zurückgeblieben und musste sich bei ihrer zweiten Entdeckung und Wiederbelebung mit dem Aufarbeiten fremdländischer Forschungen begnügen. Sie blieb bis zum heutigen Tag international bedeutungslos.

18. Kapitel

Den siebzehnjährigen Maykl Trutz brachte Ende Mai 1951 ein Transport russischer Kinder eines im Krieg ausgelagerten Waisenheims nach Moskau, man steckte ihn in das *Sechste Kinderheim*. In der *Dreiundzwanzigsten Schule*, einem modernen Gebäude in einem Gässchen in der Nachbarschaft des Arbatplatzes, wurde er in eine Klasse des vorletzten Schuljahrs eingeschult. Im Kinderheim lebten Jugendliche aus neun Nationen, die meisten von ihnen waren Russen, sieben Deutsche, die jedoch alle kaum ihre Muttersprache beherrschten, denn wie Maykl waren sie in der Emigration geboren, hatten die Heimat ihrer Eltern nie gesehen und fühlten sich eher als Russen und Sowjetbürger denn als Deutsche. Mit zwei von ihnen freundete Maykl sich an, aber diese beiden waren jünger als er, was eine größere Annäherung und Verständigung behinderte.

Maykls Leistungen beeindruckten die Lehrer, sie entschieden nach zwei Monaten, ihn ein Jahr überspringen und ins letzte Schuljahr versetzen zu lassen, was er nach anfänglichen Schwierigkeiten so gut bewältigte, dass er als Klassenbester gefeiert wurde, als ihm ein Jahr später das Zeugnis über die *Vollständige Mittlere Bildung* überreicht wurde, was dem deutschen Abitur entspricht.

Volljährig geworden, wurde ihm die Rückreise nach Deutschland angeboten oder vielmehr nahegelegt. Er war unschlüssig, in Deutschland kannte er niemanden, die russische Sowjetrepublik, ihre Sprache und Kultur waren ihm vertraut, Moskau kannte er wie ein Einheimischer, aber auch hier hatte er keine Verwandten und

Freunde mehr, gab es niemanden, der ihm helfen, für ihn sorgen konnte. Rem, Alina, Geta Gejm und Lilija Simonaitis lebten zweitausend Kilometer entfernt, sie waren unerreichbar für ihn, und so fügte er sich schließlich dem Wunsch der Schulbehörde, unterschrieb den Um- und Rücksiedlungsantrag in den sowjetisch besetzten Teil Deutschlands und erhielt bereits nach zwei Monaten die Reisegenehmigung samt einem Kupon für eine Bahnfahrkarte nach Leipzig, einer Stadt, von der er nicht mehr wusste, als dass es sich um eine größere Stadt in der Deutschen Demokratischen Republik handelte.

Vier Wochen vor der Rückreise, wie es auf den Papieren hieß, obwohl er, in Moskau geboren, nie in Deutschland gewesen war, durfte Alina mit ihren Kindern Rem und Geta nach Moskau zurückkehren. Die langen Postwege verhinderten, dass sie das Datum von Maykls Reise in die Heimat seiner Eltern erfuhren und er über ihre Rückkehr in die Hauptstadt informiert wurde. Vier Wochen lebten die Freunde Maykl und Rem in Moskau, ohne sich zu treffen. Rem war am zweiten Tag in die Nowinskystraße geeilt, zum *Sechsten Moskauer Kinderheim*, aber Maykl wohnte bereits in einer Sammelstelle für unbegleitete, jugendliche Rückkehrer, deren Adresse das Heim aus Sicherheitsgründen nur direkten Verwandten, aber keinem Außenstehenden geben durfte. Die beiden Freunde schrieben sich Briefe, die Briefe kamen stets als unzustellbar zum Absender zurück, Rem wie Maykl erfuhren übereinander lediglich, der jeweilige Adressat sei nicht auffindbar.

Bei dieser Auskunft blieb es in den nächsten drei Jahren, da Maykl nur die Adresse der Gejms in Korkino kannte, Alina und Rem lediglich Maykls letzte Adresse, das *Sechste Kinderheim* in der Nowinskystraße, wo man ihnen keine Auskunft über den früheren Heiminsassen geben konnte oder wollte. Nach drei Jahren und zufällig im gleichen Monat gaben Maykl wie Rem es auf, mit Hilfe der Post nach dem Freund zu suchen. Irgendwann, sagten sich beide, würden sie sich selbst auf den Weg machen, um den Freund zu finden.

Lilija Simonaitis blieb in Korkino, ihre Anfragen und Bitten, nach Moskau zurückkehren zu dürfen, wurden nie beantwortet.

Erst Jahre später, 1957, wurde sie auf Antrag von Galina Leonardowa rehabilitiert, die sich drei Jahre zuvor, bei Beginn des *Chruschtschow'schen Tauwetters*, ein erstes Mal an das Zentralkomitee ihrer Partei gewandt hatte und ihr Ersuchen in den Folgejahren unermüdlich wiederholte, bis ihm endlich stattgegeben wurde.

Bei Lilijas Ankunft am Kursker Bahnhof stand Galja auf dem Bahnsteig. Im *Glawrepertkom*, dem Hauptkomitee zur Kontrolle des Schauspiels und des Repertoires in der Sowjetunion, hatte es nach dem Einsetzen der *Tauwetter-Periode* umfangreiche personelle Veränderungen gegeben, unerwartete Entlassungen und ebenso unvorhersehbare Beförderungen, in deren Folge Galina Leonardowa zur Abteilungsleiterin aufgestiegen war. In dieser Zeit war im Hauptkomitee eine Stimmung der Hoffnung und Begeisterung entstanden, Galja erkannte neue Aufgaben und die Möglichkeit, nicht mehr nur Zensur auszuüben, vielmehr endlich wieder jenen Grundsätzen zu folgen, die vor Jahrzehnten bei der Gründung der beiden Hauptkomitees formuliert worden waren. Alles schien möglich zu sein, die Künste sollten sich frei entwickeln können, und das Komitee würde den Künstlern helfen, die Barrikaden alten Denkens aus dem Weg zu räumen. Galja hatte in ihrem Büro quer über die ganze Wandzeitung einen Satz geschrieben, ein Zitat, das jedermann bekannt war, obwohl der Satz in einer geschlossenen Politbüro-Sitzung gesagt worden war, nie in der Öffentlichkeit wiederholt oder zitiert wurde, also ein *Narrengeheimnis* war, wie die Russen ein offenes Geheimnis, einen allgemein bekannten, aber streng verheimlichten Umstand zu nennen pflegen: »Was soll aus diesem Land werden, wenn ich eines Tages am Morgen die *Iswestija* aufschlage und noch nicht weiß, was ich darin lesen werde.«

Dieser Satz stammte, was jeder Moskauer wusste, von Michail Suslow, einem Mitglied des Politbüros und einem der mächtigsten Parteiführer des Landes, einem Mann, der zwei Jahre zuvor mit diesem Satz auf die Gefahren der von dem neuen Parteichef in Gang gesetzten Veränderungen hingewiesen hatte, jedoch um hundertachtzig Grad umschwenkte, nachdem sich Nikita Chruschtschow erfolgreich durchgesetzt hatte. Nun galt dieser Suslow als ein Fähnchen im Wind, verächtlich, aber nach wie vor mächtig und gefährlich.

Galjas Chef wollte die erfolgreiche Kollegin mit einem Parteiverfahren zur Räson bringen und ihre Karriere beenden, indem er den Spruch auf ihrer Wandzeitung zum Anlass nahm, gegen sie ein Parteiverfahren wegen Verunglimpfung eines führenden Genossen zu beantragen. Die Versammlung stellte sich jedoch gegen ihn, nachdem Galja erklärt hatte, sie habe den Satz auf der Straße aufgeschnappt und nur darum auf die Wandzeitung geschrieben, weil er für sie das alte Denken verkörpere, was sie damit anprangern wollte.

Ihr Chef geriet in der Versammlung in eine für ihn fatale Falle, die er siegesgewiss zuvor vollständig übersehen hatte. In seinem Eifer hatte er übersehen, dass es ein *ondit* war, ein unverbürgtes Zitat, nicht nachweisbar, Klatsch, auf gut Russisch: ein *Narrengeheimnis*. Alle wussten Bescheid, stellten sich unwissend und fragten ihn, von wem denn dieser Satz stamme. Und in diesem Augenblick begriff er seinen unheilvollen Fehler, seine politische Dummheit und war einer Ohnmacht nahe. Würde er in der Versammlung den hochheiligen Namen nennen, so wäre er es, der einen führenden Genossen verunglimpfte, denn Suslow redete nun anders als zwei Jahre zuvor und würde eine solche Aussage weit von sich weisen. Es könnte nun für ihn selbst zu einem Prozess wegen Verunglimpfung eines Politbüromitglieds kommen, wenn er das *Narrengeheimnis* dem Politbüromitglied Suslow an den Rock klebte, womit ihm – Tauwetter hin, Tauwetter her – ein Prozess wegen Verleumdung eines der höchsten Staats- und Parteifunktionäre des Landes drohte, eine Verurteilung und ein Ende in einem Straflager.

Nach dieser Parteiversammlung blieb dieser Chef noch zwei Wochen im Amt, und Galja wurde an seiner Stelle die Leitung der Abteilung übertragen.

Auf dem Bahnsteig hatte Galja Mühe, die Freundin zu erkennen, die sich in ein Tuch gehüllt hatte, nur die Nase und ihre Augen waren zu sehen. Als sie sich umarmten, weinten sie und hielten sich fest im Arm. Galja wollte Lilijas Tuch zurückstreifen, was Lilija abwehrte, sie ließ aber zu, dass Galja ihr Gepäck trug, einen einzigen, halb gefüllten Rucksack, die gesamte Habe, die sie aus Korkino mitbrachte.

Galja erzählte, sie habe erreicht, dass Lilija im Zuge der Rehabilitierung ihre alte Wohnung zurückbekomme, aber es würde noch ein paar Wochen dauern, bis man für die jetzigen Mieter eine neue Unterkunft gefunden hätte. Lilija könnte bei ihr unterkommen, das sei jedoch sehr beengt, und sie dachte sich, die Freundin würde lieber allein und ungestört die ersten Tage in Moskau verbringen, daher habe sie um eins der Gästezimmer des Hauptkomitees für sie gebeten und auch erhalten. Sie würden jetzt zusammen in Galjas Wohnung gehen, dort habe sie ein Festmahl zur Feier der Rückkehr vorbereitet, und dann würde sie Lilija in das Gästezimmer bringen. Lilija nickte dankbar.

In Galjas Wohnung war der Tisch mit kalten Speisen überreich gedeckt, die Hausherrin machte Tee, und als beide am Tisch saßen, vor sich die Gläser mit dem heißen schwarzen Tee, erkundigte sich Galja, ob Lilija nicht das Tuch abnehmen wolle, in der Wohnung sei es doch viel zu warm.

»Ja«, sagte Lilija, »aber erschrick nicht.«

Sie streifte das Tuch vom Kopf und nahm es von den Schultern, dann sah sie mit einem verzeihenden Lächeln Galja an. Lilija hatte keine Haare mehr und keine Zähne. Die Haut an Wangen und Hals war fleckig gerötet, die Handgelenke waren entzündet. Galja brach in Tränen aus, als sie die einst so schöne und bewunderte Lilja sah.

»Ja, das ist mein Mitbringsel aus Korkino. Das, was du vor dir siehst, das ist Zwangsarbeit. Nie Milch, selten einmal Brot, noch seltener ein Stückchen Fleisch, Skorbut. Einmal im Jahr ein Arzt, manchmal war es ein Allgemeinmediziner, manchmal ein Dermatologe, in einem Jahr war es lediglich ein Veterinär. Nie gab es Früchte, nie frisches Gemüse, nur alten Kohl. Ein Wunder, dass ich noch am Leben bin.«

Das Geld, das Lilija Simonaitis nach den Rehabilitierungsbestimmungen erhielt, benötige sie, um ihr leeres Zimmer zu möblieren, denn von ihrem früheren Eigentum war nichts mehr vorhanden, nicht ein einziges Stück. Innerhalb von nur drei Wochen gelang es ihr durch Vermittlung von Freunden und Bekannten, sich ein Gebiss herstellen zu lassen. Galja sprach mit zwei Regisseuren vom *Kleinen Theater*, denen Lilija vor Jahren beigestanden hatte, die ihr in der Theaterwerkstatt eine Perücke anfertigen ließen. Lilija dankte ihr herzlich, aber auch danach konnte sie sich nur mit Unbehagen im Spiegel betrachten, sie hielt sich mit dem künstlichen Metallgebiss und der Perücke für unansehnlich. Sie vermied es auszugehen, besuchte keins ihrer vertrauten Theater, setzte sich nie in ein Café und trug, wenn sie das Haus verließ, weiterhin das große, dunkle Wolltuch.

Sie genoss es, in ihrer alten Wohnung zu sitzen und in ihren geliebten Büchern zu blättern. Vom *Verlag für fremdsprachige Literatur* bekam sie das Angebot, deutsche Romane zu übersetzen, was sie gern annahm, da ihr diese Arbeit erlaubte, daheim zu bleiben und sich nicht in der Öffentlichkeit zu zeigen. Sie übersetzte Tag für Tag, sieben Tage in der Woche, und konnte jedes Jahr dem Verlag zwei bis drei fertige Übersetzungen vorlegen. Noch in ihrem letzten Lebensjahr, 1962, übergab sie am fünfzehnten Juni die letzten Kapitel eines fünfhundertseitigen Romans dem Lektorat. Der Lektor für deutschsprachige Literatur schickte ihr zehn Tage später die Mitteilung, ihre Arbeit sei fehlerfrei und könne in den Satz gehen, da der Kölner Verlag den beiden Kürzungen, die von der Hauptverwaltung Literatur verlangt worden waren, nach langem Zögern zugestimmt habe.

Dieser Brief steckte am sechsundzwanzigsten Juni im Briefkasten von Lilija Simonaitis, wurde aber erst zwölf Tage später bei der Haushaltsauflösung aus dem Kasten genommen. Lilija war am vierundzwanzigsten Juni, im Alter von einundsiebzig Jahren, vor ihrem Bett tot zusammengebrochen. Zur Beerdigung erschienen mehr als hundert Personen, Regisseure und Schauspieler der Moskauer Theater, frühere Kollegen von *Glawrepertkom*, dem Hauptkomitee Schauspiel, sowie Galja und Alina Gejim mit ihren Kindern Rem und Geta.

Rem war mittlerweile achtundzwanzig Jahre, hatte am Moskauer Institut für Fremdsprachen studiert, bei der RABA, der Miltärakademie, als Übersetzer und Dolmetscher eine Karriere gemacht und mit sechsundzwanzig Jahren eine Ökonomin der *Zweiten Medizinischen Hochschule* geheiratet. Geta war es nach drei misslungenen Aufnahmeprüfungen gelungen, einen der begehrten Studienplätze am Leningrader Konservatorium in der Klasse Holzblasinstrumente zu bekommen und studierte dort im letzten Jahr Englischhorn. Sie lebte in einer winzigen Dachwohnung mit einem Studenten aus der dritten Klavierklasse zusammen.

Dritter Teil

1. Kapitel

Maykl Trutz kam am 6. Oktober 1952, einem Montag, in Leipzig an, suchte mit seinen deutschen und russischen Papieren, unter anderem der Ausbürgerungsurkunde der Sowjetunion, die Meldestelle der Polizei auf, um als deutscher Heimkehrer einen deutschen Personalausweis zu beantragen. Man schickte ihn an drei weitere Stellen, bevor er mit einem Papier entlassen wurde, einem behelfsmäßigen Personalausweis, der, wie ihm die Beamtin erklärte, das wichtigste Dokument eines DDR-Bürgers sei. Das Papier könne er in zwei Wochen in das Dokument P 12 eintauschen, den vorläufigen Personalausweis, bevor er nach einer abgeschlossenen Prüfung seiner Papiere das richtige und endgültige Personaldokument, den deutschen Personalausweis, bekommen werde.

Nach dieser Unterrichtung hatte der Achtzehnjährige sich im Rathaus vorzustellen, nach vier Stunden stellte man ihm eine Einweisung in ein Schülerheim in der Weißenfelser Straße im Stadtbezirk Plagwitz aus und gab ihm einen Kupon für Lebensmittelkarten. Nährmittelkarte Kategorie Fünf stand auf dem Berechtigungsschein. In dem Zimmer, in dem er sich die Lebensmittelmarken abzuholen hatte, empfing ihn eine gemütlich wirkende Sächsin, sah sich den Schein an, lächelte und holte aus dem Panzerschrank eine jener Karten, ohne die man schwerlich eins der notwendigen Lebensmittel erwerben konnte.

»Bitte schön, eine Friedhofskarte für den jungen Mann.«

»Friedhofskarte?«, fragte Maykl irritiert.

»Ja«, erklärte die Frau lachend, »die heißt so bei meinen Kunden. Ist Kategorie Fünf, also Kinder, Schwerbehinderte und Nichterwerbstätige. Na ja, und die früheren NSDAP-Mitglieder natürlich. Wenn Sie im Schülerheim wohnen, müssen Sie die Lebensmittelmarken dort gleich abgeben, sonst können die nicht für Sie kochen.«

Da Maykl achtzehn war und die Abiturklasse besuchen sollte, erhielt er in der Weißenfelser Straße eins der wenigen Zwei-Bett-Zimmer. Sein Zimmergenosse war ein siebzehnjähriger, maulfauler Junge aus Gotha, der im letzten Kriegsjahr beide Eltern verloren hatte, vier Jahre bei den Großeltern gelebt hatte und dann zur Leipziger Oberschule delegiert worden war. Er wohnte seit vier Jahren in diesem Heim, anfangs in einem Zimmer mit acht Betten, mit Beginn der zehnten Klasse kam er in ein Drei-Mann-Zimmer, bevor er in seinem letzten Schuljahr einen Anspruch auf eins der Zimmer mit zwei Betten hatte. Der Junge aus Gotha, Frieder, betrachtete neugierig, was Maykl mitgebracht hatte und in seinen Spind einräumte, beantwortete einsilbig Maykls Fragen und war enttäuscht, nicht weiterhin allein in dem Zimmer wohnen zu können.

Das Bezirksamt hatte Maykl Trutz in die Käthe-Kollwitz-Schule eingewiesen. Er sollte, auch wenn er ein Abiturzeugnis aus Moskau vorlegen konnte, für ein Jahr nochmals zur Schule gehen, um seine Deutschkenntnisse zu verbessern und mögliche Leistungsunterschiede im Bildungssystem beider Länder auszugleichen. Maykl war mit der Entscheidung einverstanden, er war auf die Hilfe und finanzielle Unterstützung der Behörden angewiesen, zudem war ihm die Heimat seiner Eltern vollkommen unbekannt, und er wollte sich in diesem Land mit den anderen Gesetzen und Umgangsformen vertraut machen, bevor er sich für einen Beruf oder ein Studium entschied.

Er hoffte, an irgendeiner der ostdeutschen Universitäten würde es ein Studienfach Mnemonik geben, aber zu seinem Kummer musste er feststellen, dass diese Wissenschaft in keiner Fakultät, an keiner Universität erforscht oder gelehrt wurde und den sprachwissenschaftlichen Fakultäten die Mnemonik als Wissenschaft offenbar unbekannt war. Von Gejm und seinen Forschungen hatten die Assistenten, mit denen Trutz Kontakt aufnahm, nie gehört, kopfschüttelnd und belustigt reagierten sie auf seine Ausführungen. Mnemonik sei für sie keine Wissenschaft, sie gehöre eindeutig in das Kapitel Hexerei und Brimborium des finsteren Mittelalters, erklärten ihm zwei junge Dozenten der Leipziger Sprachwissenschaft unter Theodor Frings, deren Hochschule seit einem halben Jahr Karl-Marx-Universität hieß.

Die Aufnahme in der Schulklasse war nicht unfreundlich, aber dem Alter entsprechend distanziert. Da Maykl Trutz ein Deutsch mit einem unüberhörbaren russischen Akzent sprach, bezeichneten ihn die Klassenkameraden untereinander als Russen. In Deutsch und in Literatur hatte er deutliche Lücken, da in Moskau nach einem anderen Lehrplan mit anderen Schwerpunkten unterrichtet wurde, in den naturwissenschaftlichen Fächern dagegen langweilte er sich, die Leistungsanforderungen dort schienen ihm lächerlich.

Im Dezember und Januar stellten auf Einladung der Schulleitung Dozenten der Universität und von Fach- und Hochschulen den Abiturklassen ihre Studienfächer vor und suchten die Schüler dafür zu interessieren. Es handelte sich ausschließlich um Vertreter jener Fachbereiche und Sektionen, deren Studium den Jugendlichen wenig attraktiv erschienen und die daher Mühe hatten, die vorgegebene Zahl von Studienbewerbern zu erreichen. Ein Sinologe der Leipziger Universität sprach über Koreanistik, von der Bergakademie Freiberg kam ein Doktorand, um das Studienfach Bergbau und Hüttenwesen zu präsentieren, ein Lebensmittelchemiker warb für seine Wissenschaft und ein Archivar vom Potsdamer Zentralarchiv sprach mit spürbarer Begeisterung von dem Studium der Archivkunde. Als er das chinesische Sprichwort zitierte, die schlechteste Tinte sei besser als das beste Gedächtnis, lachte Maykl so laut, dass der Dozent ihn fragte, was daran so lächerlich sei. Maykl erwiderte, Tinte würde vergilben und verschwinden, Papiere würden verlegt, gerieten in Vergessenheit, könnten abhandenkommen, in einem gut trainierten Gedächtnis sei dagegen alles für alle Ewigkeit fixiert, festgehalten bis zum Tod.

Der Archivar lächelte: »Nicht allein der Tod zerstört unser Wissen, unser Gedächtnis. Leider ist unser Kopf, unser Gehirn ein sehr unzuverlässiges Archiv. Was Ihnen heute unvergesslich erscheint, schon morgen, mein Freund, haben Sie nicht mehr die geringste Erinnerung daran.«

»Ich sprach von einem trainierten Gedächtnis, einem guten und ständig trainierten.«

»Und Sie haben so ein gutes Gedächtnis, junger Mann?«

»Ja«, erwiderte Maykl knapp, trotzig und stolz.

»Dann kommen Sie zu uns, studieren Sie Archivkunde, für das Deutsche Zentralarchiv wäre ein Mann mit einem trainierten Gedächtnis, der niemals etwas vergisst, Gold wert.«

Maykl grinste: »Tut mir leid, ich habe mich anders entschieden. Ich werde Geschichte studieren.«

»Sehr schön, auch ein Historiker sollte ein gutes Gedächtnis vorweisen können. Viel Erfolg, junger Mann.«

Im Februar erkundigte sich sein Klassenlehrer, ob er die deutsche Abiturprüfung zusätzlich ablegen wolle. Da er ein Abitur in Moskau gemacht habe, sei es nicht unbedingt nötig, aber er rate ihm dennoch zu, die Prüfungen würden ihm keinerlei Schwierigkeiten bereiten, ein Abitur von der Kollwitz-Schule könnte ihm auf seinem weiteren Lebensweg nützlich sein und er hätte zudem bei einem zweiten Versuch die Chance, eine noch bessere Note als in Moskau zu erreichen. Maykl stimmte zu, die Aussicht auf ein Abitur mit Auszeichnung reizte ihn. Der Klassenlehrer war zufrieden, erkundigte sich nach dem Stand seiner Studienbewerbung und riet ihm, in den Jugendverband einzutreten. Bei einem Geschichtsstudium würde auf die politische Haltung der Studienbewerber besonders geachtet. Maykl versprach ihm, darüber nachzudenken.

In Wahrheit hatte er darüber längst entschieden. Der Tod seiner Eltern, denn auch seinen Vater würde er nie wiedersehen, die Zwangsarbeit, zu der man seinen Vater und seine Mutter grundlos verurteilt und die die beiden umgebracht hatte, Mutters erbärmliches Sterben, all dies verbot ihm, auch nur einen Moment daran zu denken, in den staatlichen Jugendverband oder in die Partei einzutreten. Er musste seinen Weg gehen, ohne sich diesem Zwang zu beugen, und er würde es schaffen, sein trainiertes Gedächtnis würde das Unterpfand seines Erfolgs werden, sein von Waldemar Gejm gut trainiertes Gedächtnis garantierte ihm einen beruflichen Erfolg, dessen war er gewiss.

Drei Wochen später starb Stalin. Vor der Kollwitz-Schule und in der ganzen Stadt, in jeder Straße, an jedem öffentlichen Gebäude und auch an den Fenstern vieler Wohnungen hingen sowjetische Fahnen mit einem Trauerflor. Es gab Trauerkundgebungen, wahre und gespielte Ergriffenheit, Tränen, Verzweiflung, aber auch ein sorgsam verborgenes Aufatmen, ein stilles Lächeln der Hoffnung.

Maykl Trutz wurde vom Schuldirektor gebeten, in der Aula vor den versammelten Schülern und Lehrern zu sprechen, da er achtzehn Jahre im Land des großen Staatsmannes Stalin gelebt habe, im selben glorreichen und jetzt untröstlichen Moskau, gewissermaßen in Stalins unmittelbarer Nachbarschaft, doch es gelang ihm, diesen als Ehrung gemeinten Auftrag auszuschlagen. Ihm würde vor so vielen Leuten und bei diesem Anlass die Stimme versagen, erklärte er dem Direktor, der es bedauernd, aber verständnisvoll zur Kenntnis nahm.

Das deutsche Abitur bestand er tatsächlich mit Eins, die Prüfungsaufgaben hatte er lächelnd zur Kenntnis genommen und sie mühelos schriftlich und mündlich beantwortet. Auch das Aufnahmegespräch an der Fakultät Geschichtswissenschaft verlief gut für ihn. Er wurde zwar gefragt, wieso er nicht Mitglied des Jugendverbands sei, aber diese Frage musste er nicht beantworten, da ein anderer Dozent ihn gleichzeitig nach seinen Moskauer Jahren fragte und er ausführlich auf diese Frage einging. Der einzige Wermutstropfen war die Information, alle Bewerber hätten neben Geschichte ein weiteres Fach zu studieren und zusätzlich ein pädagogisches Diplom zu erwerben, da das erste Ziel der Universität in der Ausbildung von Geschichtslehrern bestehe. Erst im dritten Studienjahr werde entschieden, welche Studenten in den letzten Jahren zum Lehrerdiplom geführt werden und wer ein Jahr länger studieren und am Studienende sich

Diplom-Historiker nennen darf. Maykl war enttäuscht, aber er war auch selbstbewusst genug und davon überzeugt, dass er keinesfalls in den Lehrerberuf wechseln müsste.

Nach dem Abitur zog er aus dem Schülerheim aus, fand eine Bleibe bei einer alleinstehenden alten Frau, die ihm das Zimmer ihres verstorbenen Mannes für fünfundzwanzig Mark überließ und der Verpflichtung, im Winter alle zwei Tage vier Eimer Kohle aus dem Keller in die Wohnung zu bringen und im Sommer auf das Klingeln des wöchentlich in der Straße erscheinenden Eiswagens zu achten, rasch mit dem viereckigen Blecheinsatz des Eisschranks hinunterzurennen, um ihn sich mit abgehackten Eisstücken füllen zu lassen.

Im September nahm er an der Leipziger Universität das Studium der Fächer Geschichte, Englisch und Pädagogik auf. Die Hörsäle waren überfüllt, die Seminargruppen so groß, dass die Dozenten mit Anwesenheitslisten arbeiten mussten, um einen Überblick zu behalten, und bei den Veranstaltungen der Gastdozenten vom Gesellschaftswissenschaftlichen Institut wurde bei jeder Vorlesung und jedem Seminar die Anwesenheit aller Studenten kontrolliert, denn diese Gäste unterrichteten die ungeliebten politischen Fächer, hatten für die sogenannte *Rotlicht-Bestrahlung* zu sorgen, und Versäumnisse oder unzureichende Beteiligung an diesen politischen Belehrungen konnten zu fatalen Folgen führen.

Die Kommilitonen waren überrascht, dass Maykl kein Mitglied des Jugendverbandes, dass er der einzige Lehrerstudent des neuen Studienjahres war, der bei der Immatrikulationsfeier kein Blauhemd trug. Er erklärte, er habe sein ganzes Leben in der Sowjetunion verbracht, kenne nur dieses Land und müsse Leipzig und die deutsche Republik erst für sich erobern, sich in dem für ihn neuen Land zurechtfinden, ehe er politische Entscheidungen dieser Tragweite fällen könne, denn für ihn bedeute ein Eintritt in einen politischen Verband oder eine Partei keine bloße Formalie, es müsse eine Entscheidung mit Verstand und Herz sein.

Im ersten Studienjahr wurde er noch zweimal auf eine Mitgliedschaft im Jugendverband angesprochen, aber es gelang ihm, seine Verweigerung mit Ausflüchten zu verdecken.

Zwei Monate nach Beginn des dritten Semesters wurde Maykl Trutz zu einer Aussprache einbestellt. Kubich, der Parteisekretär der Fakultät, Dr. Schwartz, ein Dozent für Philosophie und Politische Ökonomie, sowie drei Studenten, einer von ihnen aus seiner Seminargruppe, forderten ihn auf, ihnen gegenüber Platz zu nehmen, und befragten ihn nach seinen politischen Einstellungen. Viele der Studenten seien Mitglieder oder Kandidaten der Partei, alle Studenten gehörten dem Jugendverband an, alle, bis auf einen, bis auf Maykl Trutz, ein Umstand, der zu denken gäbe, zumal er als Geschichtslehrer ausgebildet werde, also einer neuen Generation ein überzeugendes und klares Bild der deutschen Geschichte und des Kampfes der Arbeiterklasse vermitteln müsse. Man bat ihn, sich dazu zu äußern.

Nach einem kurzen Moment des Zögerns entschloss er sich, es diesmal nicht bei Ausreden und Notlügen zu belassen. Er erzählte stattdessen von seinen Eltern, die aus Nazi-Deutschland fliehen mussten, sich in die Sowjetunion retteten, wo sein Vater zur Zwangsarbeit verurteilt und seine Mutter als Deutsche in ein Arbeitslager deportiert wurde.

Die ausführliche Darstellung beendete er mit den Sätzen: »Meine Eltern waren deutsche Antifaschisten, die sich vor Hitler in Sicherheit bringen wollten und in der Sowjetunion umkamen. Sie sagten uns, wir sollen Lehren aus der Geschichte ziehen, Herr Dr. Schwartz. Ich habe für mich eine Lehre aus der Geschichte gezogen. Ich kann meiner Eltern wegen nicht Mitglied der Freien Deutschen Jugend werden.«

Maykls Bericht waren die hinter dem mit einem roten Tuch bedeckten Tisch sitzenden Dozenten und Studenten aufmerksam und betroffen gefolgt. Als er schwieg und sie erwartungsvoll ansah, dauerte es einen Moment, ehe der Dozent Schwartz sich räusperte und sagte: »Das ist tragisch, Herr Trutz, sehr tragisch für Sie und Ihre Eltern. Aber Schuld daran trägt ja nicht die Sowjetunion und schon gar nicht unser Staat. Es war Krieg, die Deutschen wurden vorsorglich in entlegene Gebiete umgesiedelt, zum einen, um sie vor den faschistischen Truppen zu schützen, zum anderen musste sich die Sowjetunion gegen Kollaborateure wappnen, die es ja leider auch gab. Nein, Herr Trutz, den Tod Ihrer Eltern verschuldete Hitler mit seinem Überfall auf die Sowjetunion. Und ebendeswegen sollten Sie in unseren Jugendverband eintreten, Ihrer Eltern wegen. An Ihrer Stelle und mit Ihrem Schicksal würde ich, meinen toten Eltern zu Ehren, sofort den Antrag stellen, in die Partei aufgenommen zu werden, damit sich diese Verbrechen nicht wiederholen, nie wieder.«

Er schwieg und wartete auf Maykls Antwort, als dieser jedoch antworten wollte, meldete sich Kubich, der Parteisekretär, rasch zu Wort: »Sie haben die falschen Lehren aus der Geschichte gezogen, Herr Trutz. Unser Staat ermöglicht Ihnen, bei uns zu studieren, Sie wollen Geschichtslehrer werden oder Historiker, aber wie stellen

Sie sich das vor, wenn Sie mit Ressentiments die heldenhafte Geschichte der Sowjetunion betrachten. Sie scheinen mir voreingenommen zu sein, wenn nicht gar feindlich. Wie, Herr Trutz, wie wollen Sie parteilich und mit einer klaren Haltung der nächsten Generation ein Bild der Geschichte vermitteln? Ressentiments sind da völlig ungeeignet. Lüften Sie Ihren Kopf aus, junger Mann, sehen Sie nach vorn, hören Sie auf Ihre Kommilitonen, auf jene, die nicht zufällig Mitglieder des Jugendverbandes und der Partei wurden, sondern die zuvor und gründlicher als Sie nachgedacht haben.«

Am Ende dieser Unterredung forderten der Parteisekretär und Dr. Schwartz die anwesenden Studenten auf, die Aussprache in ihrer Studiengruppe fortzuführen und sich um ihren Kommilitonen Trutz zu kümmern, um ihn zu einem richtigen, zu einem antifaschistischen und sozialistischen Klassenbewusstsein zu führen.

»Wir sprechen uns wieder, Herr Trutz«, sagte Kubich zum Abschluss, »denn ich denke, wir beide haben noch einiges zu klären.«

Im Verlauf des Studienjahres dämmerte es Maykl, dass ihn weder die Fakultätsleitung noch der studentische Beirat für den Studiengang Historiker-Diplom vorschlagen würde und er die Universität als Junglehrer verlassen müsse. In der Fakultätsleitung hatte Kubichs Stimme Gewicht, und die Dozenten des Gesellschaftswissenschaftlichen Instituts waren zwar nur Gäste, aber abstimmungsberechtigt und würden sich gleichfalls gegen ihn stellen. Bei den Kommilitonen genoss Maykl hohes Ansehen, denn er war der leistungsstärkste Student, seine Mitschriften der Vorlesungen und die Exzerpte der Pflichtliteratur waren gefragt, da er stets mehr als alle anderen notierte, diese Notizen willig anderen überließ und sie, wenn man sie nicht zurückgab, nicht einforderte, als ob er nicht daran interessiert sei, was tatsächlich der Fall war, da er nach der Mitschrift der Vorlesung und den aus Lehrbüchern notierten Zitaten auf das Geschriebene verzichten konnte und es nie wieder in die Hand nahm. Trotz seiner Beliebtheit würden der Sekretär des Jugendverbandes und die Parteimitglieder gegen ihn stimmen, da er ihnen als politisch unzuverlässig galt. Er und sein Bild der deutschen Gegenwartsgeschichte sei von Ressentiments geprägt, hatte einer der Studenten, die bei dem Gespräch mit Dr. Schwartz und Kubich anwesend waren, in der Seminargruppe verkündet, ein Vorwurf, der, weil er nicht bewiesen werden musste, von ihm auch nicht entkräftet werden konnte.

Maykl entschied, das Studium abzubrechen, er wollte nie Lehrer werden, und nach dem Ende des Studiums konnte er auch gegen seinen Willen an irgendeine Schule delegiert werden. Nach längerem Überlegen fuhr er zum Ende der Weihnachtsferien nach Potsdam und meldete sich im Institut für Archivwissenschaft. Er bemühte sich, jenen Dozenten zu finden, der vor drei Jahren in seiner Abiturklasse über den Beruf des Archivars gesprochen hatte. Die Chefsekretärin im Institut war freundlich und nannte ihm die Namen von vier Mitarbeitern, die in den letzten Jahren an verschiedenen Oberschulen vor Abiturienten referiert hatten. Drei von ihnen seien im Haus, er möge sie aufsuchen, vielleicht sei der Gesuchte dabei. Sie schrieb ihm die drei Namen auf einen Zettel samt Stockwerk und Zimmernummer.

Auf dem Weg zum Zimmer des ersten genannten Archivars sah er im Gang jenen Mann, der in seiner Klasse über Archivkunde gesprochen hatte, er sprach ihn an, erklärte umständlich, woher er ihn kenne und wieso er ihn aufgesucht habe. Der Archivar, ein Herr Dr. Schmid, meinte, sich an ihn erinnern, er schaute auf seine Armbanduhr und sagte, fünf Minuten habe er für ihn Zeit. Sie gingen in einen leeren Seminarraum, Trutz berichtete ihm von seinem Studium der Geschichte, verschwieg nicht seine politischen Schwierigkeiten und sagte, diese Geschichtswissenschaft in Leipzig sei nichts für ihn und Lehrer wolle er keinesfalls werden. Er möchte jene Fähigkeiten einsetzen, die er bei Professor Gejm jahrelang trainiert hatte, und daher zur Archivwissenschaft wechseln. Schmid fragte nach dem Gedächtnistraining von Gejim, von diesem Professor und einer Wissenschaft namens Mnemonik hatte er nie gehört, war aber aufgeschlossen und zeigte sich an Maykl Trutz interessiert. Er riet ihm, das Studium in Leipzig erst nach dem ersten Staatsexamen abzubrechen, anderenfalls würde er ein Jahr verlieren, er könne dann in den Semesterferien die Hochschule leicht wechseln und nach Potsdam kommen. Er, Schmid, würde sich freuen.

»Und kümmern Sie sich beizeiten um ein Quartier. Studentenzimmer in Potsdam sind rar. Das Institut hat kein eigenes Wohnheim, aber es hat die Etage eines Wohnhauses in Babelsberg angemietet. Vielleicht haben Sie Glück und bekommen eins der wenigen Zimmer.«

Trutz folgte dem Ratschlag und blieb in Leipzig bis zum ersten Staatsexamen, das er nur mit einer Zwei abschloss, da die schlechteren Noten in den gesellschaftswissenschaftlichen Fächern den Zensurendurchschnitt drückten und seine beeindruckende Einser-Parade durchkreuzten.

Noch im Juni und ohne sich in Leipzig exmatrikulieren zu lassen, zog er nach Potsdam um, bekam noch in den Semesterferien eins der Zimmer der studentischen Wohnetage in der Babelsberger Großbeerenstraße und nahm im September, nachdem er per Einschreiben die Leipziger Universität über sein Ausscheiden informiert hatte, das neue Studium auf, um innerhalb von zwei Jahren das zweite Staatsexamen als Wissenschaftlicher Archivar zu erwerben.

Das Klima an der Potsdamer Archivschule war angenehm, der kleine Kreis der Lehrer, die wenigen Studenten ergaben eine fast familiäre Situation, und da alle Studenten im Besitz des ersten Staatsexamens waren, blieben ihnen die verhassten politischen und gesellschaftswissenschaftlichen Fächer erspart. Dazu kam das fast freundschaftliche Verhältnis von Dozenten und Studenten, in der kleinen Schule kannte jeder jeden, diese Umstände waren es, die Maykl an der Archivwissenschaft gefielen. Den eigentlichen Lehrstoff nahm er eher belustigt zur Kenntnis, bei dem Gedanken, ausgerüstet mit diesem Wissen in einem Staatsarchiv den Rest seines Lebens zu verbringen, wurde ihm allerdings unbehaglich. Ein Traumberuf war dies wahrlich nicht, für das Studium allerdings erwies sich das Gejm'sche Training als ausgesprochen hilfreich: Mit den Fachtermini hatte er keine Probleme, einmal aufgeschrieben, prägten sich die abstrusesten Begriffe ihm fest ein, und während die Kommilitonen über die komplizierten Ausdrücke klagten, konnte er sie jederzeit mühelos abrufen. In dem Fach *Staatliche Aktenkunde*, bei dem Dozent Dr. Schmid sowohl die Vorlesungen als auch die Seminare hielt, konnte er fehlerlos Formulierungen einordnen und korrekt nutzen, kannte die Unterschiede zwischen einer *monarchischen Verfügung* und einem *allerhöchsten Erlass*, einer *Wiedervorlageverfügung* und einer *Wiedervorlagenotiz*, und wenn dem Dozenten ein Begriff entfallen war, passierte es zuweilen, dass er Maykl um das richtige Fachwort bat, worauf dieser ihm umgehend mit dem genauen Terminus *Rücksprachevermerk* oder *Behördenschnellbriefbogen* aushalf.

Sein neuer Studienort Potsdam und sein Zimmer in Babelsberg besaßen zwei weitere Annehmlichkeiten, mit denen Leipzig nicht aufwarten konnte. Westberlin war fünf Minuten entfernt, man konnte am Abend oder am Wochenende in den bunten und amüsanteren Stadtteil fahren, dort für ostdeutsches Geld ins Kino gehen, die Auslagen der Warenhäuser betrachten oder bei den billigen Sonderangeboten etwas erstehen. Ausflüge nach Westberlin waren trotz der offenen Grenze unerwünscht und den Studenten untersagt, aber Maykl Trutz hatte sich einen Leseausweis der Ostberliner Staatsbibliothek besorgt, weshalb er, um dorthin zu gelangen, durch Westberlin fahren musste und diese Ausflüge ihm keinen Ärger einbringen konnten.

Außerdem befand sich drei Ecken von seinem Studentenzimmer entfernt die Filmhochschule samt Internat, in denen an den Wochenenden alles sehr freizügig ablief und Studenten anderer Fachrichtungen, wenn sie sich als originell und einfallsreich erwiesen und nicht auf den Mund gefallen waren, durchaus erwünscht waren.

Mit einer der Schauspielstudentinnen hatte er seine erste Affäre. Er war auf sie aufmerksam geworden, als sie verzweifelt und weinend am Ufer des Griebnitzsees stand. Sie habe eine Prüfung, ein Vorspielen, gründlich vermasselt, ihr weiteres Studium sei gefährdet und sie wolle ihr Leben beenden. Zu diesem Zweck hatte sie in ihrer Handtasche Schlaftabletten und eine Schere, ihr Plan war, eine Überdosis Tabletten zu schlucken und mit der Schere sich die Pulsadern zu öffnen, um sich dann im Griebnitzsee zu ertränken. Eine Nacht lang kümmerte er sich um das unglückliche Mädchen und redete auf sie ein. Zwei Tage später zog sie zu ihm in die Großbeerenstraße, bewohnte ein halbes Jahr mit ihm sein kleines Zimmer, bevor sie ihn von heut auf morgen verließ.

Die Trennung von diesem Mädchen fiel Maykl schwer, er hatte sich in sie verliebt, sogar ihr gegenüber von Heirat gesprochen, was sie süß von ihm fand, sie jedoch nicht davon abhielt, zu einem älteren Herrn in Babelsberg zu wechseln, der den Vorteil besaß, Regisseur zu sein, sich bereits mit drei Filmen hervorgetan zu haben, und beständig auf der Suche nach jungen Talenten war. Vier Jahre später, er hatte das Studium beendet und eine Stelle am Deutschen Zentralarchiv angetreten, sah er sie auf einem Filmplakat, sie spielte die Hauptrolle in einem Märchenfilm, auf dem großen Plakat trug sie ein weißes Kleid und eine Krone und saß majestätisch auf einem kostbar geschmückten Schimmel. Maykl war erleichtert, dass sie noch lebte.

Er wohnte bereits fünf Jahre in Deutschland, hatte seine mangelnden Sprachkenntnisse nahezu vollständig ausgeglichen und den russischen Akzent getilgt, wenngleich ihm noch immer gelegentlich Fehler unterliefen, die auf seine russische Kindheit verwiesen.

Kurz nach Beginn seines zweiten Studienjahrs in Potsdam fand an einem Oktobersonntag eine unangekündigte und völlig überraschende Umtauschaktion aller Banknoten des Landes statt, womit der Staat, wie die Rundfunkkommentatoren verkündeten, Schiebern und Kriminellen das Handwerk legen und vor allem jene in Westberlin und Westdeutschland angehäuften Reserven des Geldes der DDR-Notenbank entwerten wollte. Auch die erreichbaren Dozenten und Studenten des Instituts für Archivwissenschaft wurden frühmorgens zum Rat der

Stadt bestellt, über die Umtauschaktion und ihre Modalitäten unterrichtet und einer Umtauschstelle zugewiesen.

Maykl Trutz wurde mit zehn Frauen und Männern in die Grundschule Templiner Straße geschickt, wo sie auf den Geldtransporter zu warten hatten. Auf der Straße und vor den rasch improvisierten sieben Kassenschaltern bildeten sich Menschenschlangen, die, durch den Rundfunk über die *Aktion Blitz* informiert, ihr Geld umtauschen wollten. Gegen Mittag tauchte ein LKW auf, vier Männer, einer von ihnen bewaffnet, schleppten mehrere Kartons mit jeweils hunderttausend Mark des neuen Geldes in die Schule, ließen es sich von den mit dem Umtausch beauftragten Bürgern quittieren und fuhren zur nächsten Umtauschstelle. Maykl und die anderen bekamen jeweils einen Geldkarton und konnten dann den wartenden Bürgern gegen Abgabe der alten die neuen Scheine aushändigen. Jede Person durfte höchstens dreihundert Mark umtauschen, das restliche alte Geld sollte gegen Quittung ebenfalls abgegeben und zu einem späteren Zeitpunkt umgetauscht werden.

Noch nie in seinem Leben hatte Maykl solche Berge von Geld gesehen. Er fürchtete, sich zu verzählen, kontrollierte jede Ein- und Auszahlung daher mehrfach, quittierte das empfangene Geld und ließ sich die ausgehändigten neuen Scheine bescheinigen. Irgendwann waren die Quittungsblocks aufgebraucht, der Leiter ihrer Gruppe *Aktion Blitz* konnte im Rathaus Stapel von Einzahlungsbelegen auftreiben und wies alle an, das Wort *Einzahlung* zu streichen und stattdessen handschriftlich *Quittung* darüber zu schreiben. Als Maykl den ersten dieser Zettel einer Frau für ihre abgegebenen, ungültig gewordenen Geldscheine überreichte, zog sie, eine Dame von siebzig mit einem breitrandigen Hut, Stoffhandschuhen und einem zierlichen Regenschirm, die Quittung zu sich, drehte sie mit einem Finger auf der Schreibtischoberfläche, um die Bestätigung zu lesen, und sagte dann laut und mit grimmigem Berliner Dialekt zu den hinter ihr Stehenden: »Allet Russen.«

Trutz hatte, der russischen Phonetik folgend, *Kwittung* geschrieben, was ihm im ersten Moment unangenehm war, ihn dann aber bewog, sich von der älteren Dame höflich und sehr eloquent zu verabschieden, allerdings auf Russisch.

Am Abend jenes Tages ergab sich bei Maykl Trutz ein unerklärliches Plus von achthundert Mark. Er war versucht, das überzählige Geld rasch und heimlich einzustecken, zögerte einen Moment und meldete den überzähligen Geldbetrag schließlich dem Leiter ihrer *Aktion Blitz*. Alle zehn Mitglieder der Gruppe mussten daraufhin den gesamten Geldbestand nochmals durchzählen, was zwei Stunden Mehrarbeit für sie bedeutete und Maykl eine Reihe empörter Blicke einbrachte.

Das zweite Staatsexamen als *Wissenschaftlicher Archivar* konnte er im Juni des folgenden Jahres mit summa cum laude ablegen und erhielt noch vor der mündlichen Abschlussprüfung drei Angebote. Neben dem Berliner Staatsarchiv boten ihm das Brandenburgische Landeshauptarchiv sowie das Deutsche Zentralarchiv in Potsdam eine Stelle an. Maykl entschied sich umgehend für das Zentralarchiv, wo der von ihm geschätzte Dozent Dr. Schmid tätig war und er zwar auch nur das im ganzen Land übliche Absolventengehalt erhielt, man ihm aber als zusätzlichen Köder eine kleine Wohnung im zweiten Stock eines alten Hauses im Holländischen Viertel anbieten konnte. Eine eigene, abgeschlossene Unterkunft ohne Wartezeit zu erhalten, das bedeutete solch einen Glücksfall, dass Maykl sofort zusagte und zwei Wochen später, direkt nach dem Ende des Studiums, als Wissenschaftlicher Archivar in der *Historischen Abteilung I* des Zentralarchivs seine Arbeit aufnahm.

Mit seinen Kollegen war er für Tausende von Urkunden, Karten und kilometerlange Aktensammlungen der aufgelösten Reichsbehörden des preußischen Staates und des Deutschen Reiches zuständig, die vollständig zu erfassen und zu registrieren ihn wie seine Kollegen lebenslang beschäftigen könnte. Die Arbeit war vertraulich, er war zu Verschwiegenheit verpflichtet, unterlag jedoch, anders als jene Archivare, die für die Akten der Organe und Einrichtungen des Staatsapparates sowie der wirtschaftsleitenden Behörden zuständig waren und daher wiederholt auf ihre Loyalität und Staatstreue überprüft wurden, nur der ersten Geheimhaltungsstufe.

In die Wohnung in der Gutenbergstraße, in einer der ehemals schönsten Straßen Potsdams, deren Häuser mittlerweile arg heruntergekommen waren, war er mit Doreen Redepenning eingezogen, einer jungen Frau, die in Rostock ein Medizinstudium begonnen hatte, es nach dem Physikum jedoch aufgeben und das Studentinnenwohnheim verlassen musste. Als Maykl Trutz sie kennenlernte, war sie auf der Suche nach einer Arbeit, die ihren zerstörten Lebenstraum ersetzen konnte, entschied sich alle paar Monate für einen neuen Beruf und arbeitete in einer Ku'damm-Boutique in Westberlin. Als sie mit zwei Freunden aus Basel durch den Neuen Garten spazierte, löste sich die mitgeführte Dogge plötzlich von der Leine, stürzte auf Maykl zu, der auf einem Fahrrad ihnen entgegenkam, und holte ihn vom Rad herunter. Die beiden Hundebesitzer entschuldigten sich wortreich, boten ihm ein Schmerzensgeld an, was sie schweizerisch Genugtuung nannten, gaben ihm ihre Heimatadresse und ließen sich seine geben.

Maykl bat auch um die Adresse von Doreen, die sie ihm verwundert, aber bereitwillig nannte, und zwei Tage später stand er vor der Wohnungstür ihrer Wirtin, um sie ins Kino nach Westberlin einzuladen. Sechs Wochen später bekam er die Schlüssel für die Dachgeschoss-Wohnung in der Gutenbergstraße und zog gemeinsam mit Doreen dort ein. Auch diese Beziehung endete bereits vier Monate später, ihn störte ihre Unzuverlässigkeit und die vielen kleinen Notlügen, die sie bedenkenlos auch ihm gegenüber gebrauchte, er hielt sie für unaufrichtig und unehrlich, und an dem Tag, an dem er ihr das sagte, zog sie aus seiner Wohnung aus.

2. Kapitel

Nachdem sich Doreen von ihm getrennt hatte, verließ er vier Wochen lang abends nicht die Wohnung, er spürte, wie er von Tag zu Tag stärker in eine Krise schlitterte, eine Sinnkrise, eine Lebenskrise. Sein Beruf, der tägliche Umgang mit alten Akten, das mühselige Entziffern von Handschriften, um schließlich auf banale Amtsvorgänge zu stoßen, die staubigen Aktenordner, die sich über Kilometer hinzogen und seine Zukunft darstellten, ein Leben als Archivar erschien ihm absurd, er hatte sein Gedächtnis nicht für eine derart nutzlose Arbeit trainiert, die keinen Menschen berührte, die keiner brauchte, deren Ergebnisse nichts sagten und nichts bewirkten.

Die Trennung von Doreen hatte ihn geärgert, zum wiederholten Mal erlebte er, wie eine Freundin von heute auf morgen eine Beziehung beendete, ohne ihm eine Chance zu geben, als sei das Zusammenleben mit ihm bedeutungslos und man könne ihn wechseln wie ein Kleidungsstück. Er war verunsichert, da er die Schuld bei sich selbst suchte. Irgendeinen Fehler musste er machen, da ihm wiederholt zustieß, was andere nicht zu ertragen hatten. Er hatte viele Geschichten gehört von überraschend verlassenen Frauen, aber nie, dass dies auch Männern passierte. Etwas in seinem Leben lief falsch, völlig falsch, mit den Frauen, mit dem Beruf. Er entschloss sich, einen Schlussstrich zu ziehen und zu kündigen, sprach aber zuvor noch mit Dr. Schmid, der seine Probleme und seine Seelenqual mit dem Beruf nicht verstand und ihm riet, sich in einer psychiatrischen Sprechstunde Rat und Hilfe zu holen oder umgehend Urlaub einzureichen.

»Ein paar freie Tage an der See oder im Thüringer Wald können Ihnen helfen, Trutz. Ich würde Sie ungern verlieren, Sie und Ihr trainiertes Gedächtnis.«

Dr. Schmid sorgte dafür, dass Maykl Trutz bereits vier Tage später freigestellt wurde und an die Ostsee fahren konnte, wo man im Winter viel leichter als im Sommer ein Quartier erhielt. Nach einer Woche brach er jedoch den Urlaub ab und fuhr über München und Wien nach Linz, um das *Zentrum für jüdische historische Dokumentation* aufzusuchen, von dem er während seines Studiums gehört hatte und auf dessen Existenz er wiederholt bei seiner Arbeit in der *Historischen Abteilung I* des Zentralarchivs aufmerksam geworden war. Bei der Sichtung der Akten des Dritten Reichs las er immer wieder Verweise anderer Archivare auf dieses Dokumentationszentrum. Er wusste kaum etwas von dessen Arbeit und Aufgaben, aber die Tätigkeit des Linzer Instituts, das nach verschwundenen, vernichteten und verheimlichten Naziakten forschte, um Jahre nach dem Ende des Dritten Reichs die Mörder und Verbrecher überführen zu können, schien ihm sinnvoll, folgenreich und von Bedeutung nicht nur für Österreich zu sein, sondern ebenso für sein eigenes Land, ja, sogar für die ganze Welt.

Das Zentrum existierte nicht mehr, und er brauchte zwei Tage, bis er herausfand, dass man es drei Jahre zuvor aufgelöst hatte oder es vielmehr vom Ordnungsamt wegen Überschuldung zwangsweise geschlossen worden war. Von den Mitarbeitern wohne keiner mehr in Linz, hörte er im Rathaus, sie seien aus der Stadt verschwunden, was hier keiner bedauere. Man wies ihn auf mehrere Artikel in der *Neuen Linzer Zeitung* hin, in denen das Ende dieses Zentrums vor Jahren ausführlich dargestellt wurde und die eine finanzielle und ideologische Abhängigkeit der Mitarbeiter des Dokumentationszentrums von Moskau andeuteten. In den Leserbriefen an das Blatt wurde von Kommunisten und Nestbeschmutzern gesprochen, die das Ansehen Österreichs zu entehren suchten. Trutz rief in der Redaktion an, ließ sich mit dem Journalisten verbinden, der einen der Artikel verfasst hatte, und erfuhr von ihm, die Mitarbeiter jenes aufgelösten Zentrums, diese schiachen Sacklpicker, wie der Redakteur sich ausdrückte, seien allesamt nach Wien übersiedelt.

In Wien gelang es Maykl Trutz den früheren Leiter und Initiator, einen Herrn Wiesenthal, ausfindig zu machen, und überredete ihn dazu, sich mit ihm am folgenden Nachmittag im *Café Hawelka* zu treffen. Als Wiesenthal, ein etwa fünfzigjähriger Mann, das Café betrat, an Trutz' Tisch stehen blieb, auf die drei Bücher wies, die Maykl verabredungsgemäß als Erkennungszeichen auf den Tisch gelegt hatte, und fragte, ob er Maykl Trutz sei, sprang er auf, stellte sich ihm vor und bot ihm die Hand. Der ältere Mann übersah die ausgestreckte Hand, setzte sich und fragte missmutig, wieso er ihn sprechen wolle. Trutz erzählte mit wenigen Worten sein Leben, berichtete von seiner Ausbildung als Wissenschaftlicher Archivar, von seinem von Gejm trainierten Gedächtnis und von einer Archivarbeit, die ihn langweile und ihm sinnlos erscheine, weswegen er nach einer wirklichen Aufgabe suche und gehofft habe, im Linzer *Zentrum für jüdische historische Dokumentation* Arbeit zu finden.

»Linz gibt es nicht mehr«, sagte Wiesenthal grimmig.

»Ja, aber vielleicht werden Sie Ihre Arbeit hier fortsetzen?«, erkundigte sich Trutz.

»Wer will das wissen? Wer schickt Sie?«

Trutz versicherte, keiner habe ihn geschickt, er komme aus eigenem Antrieb, ihm gehe es um eine ihn befriedigende Tätigkeit, er wolle das Gejm'sche Training für sich und für diese Arbeit nutzen.

»Ein Archivar mit Gedächtnis, das gibt es nicht mehr«, sagte Wiesenthal finster, »nicht in Deutschland und nicht in Österreich, das war einmal. Bei den Archivaren ist heute Amnesie angesagt.«

Zwei Männer traten an den Tisch, begrüßten Wiesenthal, der ihnen sagte, er käme gleich zu ihnen.

»Ich weiß nicht, wer Sie sind«, wandte er sich danach wieder Maykl Trutz zu, »ich weiß nicht, wer da wissen will, was ich vorhabe, aber ich kann mir ein paar Strippenzieher vorstellen, die das liebend gern erfahren würden. Aber selbst wenn alles stimmt, was Sie sagen, ich kann mit Ihnen nichts anfangen. Ein junger Mann, geboren in der Sowjetunion, ausgebildet in Ostdeutschland, das riecht geradezu nach einer Einflussnahme Moskaus. Nein, Herr Trutz, Sie haben entweder Hintermänner oder Sie sind naiv, unglaublich naiv. Wenn Sie von meinem Linzer Dokumentationszentrum so begeistert sind, warum machen Sie das nicht in der DDR? Sie sagen, Ihr Arbeitsschwerpunkt sei Preußen und Drittes Reich, haben Sie da nichts gefunden? Nichts, was Ihnen aufstieß? Nichts, wo Sie weitersuchen sollten? Wo Sie nachstochern sollten?«

Trutz erwiderte, er habe bei einigen der Akten tatsächlich ein paar Merkwürdigkeiten entdeckt.

Wiesenthal unterbrach ihn: »Wenn Sie von meiner Arbeit so begeistert sind, warum machen Sie das nicht in Ostdeutschland? Die Archive Ihres Landes sind mir verschlossen, Sie sitzen mittendrin. Sie haben etwas entdeckt, sagen Sie, was hindert Sie?«

»In der DDR ist das sehr schwierig. Es ist uns verboten ...«

»Jaja, Freunde macht man sich damit nicht, nur treue Feinde. Hier ist das auch kein Zuckerschlecken. Also, was wollen Sie genau? Kneifen Sie jetzt oder brennt es Ihnen auf den Nägeln?«

Ohne eine Antwort abzuwarten, stieß Wiesenthal, der ihn die ganze Zeit über misstrauisch und finster angestarrt hatte, seinen Stuhl zurück, stand auf und sagte: »So, das wär's, ich habe zu tun. Grüßen Sie die, die Sie geschickt haben. Oder machen Sie sich an die Arbeit.«

Er wandte sich um und ging zu einem der hinteren Tische.

Trutz blieb noch zwei Tage in Wien, besuchte Museen und eine Vorstellung im Burgtheater, verbrachte einen langen Nachmittag in der Wiener Innenstadt und gab die restlichen eingetauschten Schillinge in einem Papierwarenladen am Graben aus. Er grübelte immer wieder über die Worte Wiesenthals. Der Mann war ihm gegenüber unfreundlich gewesen, schroff, sehr schroff, aber nach den Erfahrungen in Linz konnte er sein Misstrauen verstehen. Und der Gedanke, in Potsdam mit einer vergleichbaren Arbeit zu beginnen, allein oder mit einem interessierten Kollegen, reizte ihn zunehmend. In einigen der Akten, die er aufzuarbeiten und einzuordnen hatte, war er tatsächlich auf Ungereimtheiten gestoßen, auf Namen, die er zu kennen glaubte, die er irgendwann einmal in der Zeitung gelesen hatte. Vielleicht konnte er hier ansetzen, waren die seinerzeit notierten Auszüge ein Beginn, um etwas aufzufinden, was ansonsten in den Aktenbergen verborgen blieb, der Anfang einer ihn befriedigenden Archivarbeit.

Drei Tage später war er in Potsdam zurück. Als er Schmid am ersten Arbeitstag nach seinem Abstecher an die See und nach Linz und Wien auf dem Flur begegnete und dieser sich nach seinem Befinden erkundigte, dankte er ihm für den Rat, Urlaub zu nehmen und auszuspannen.

»Das war alles, was mir fehlte«, sagte er zu dem älteren Kollegen, »ich hatte nach den Abschlussprüfungen keinen einzigen Tag Urlaub gemacht.«

»Und es ist wirklich alles wieder gut?«, erkundigte sich Dr. Schmid.

Trutz nickte: »Wird nicht wieder vorkommen, Doktor Schmid. War nur ein kleiner Aussetzer, eine vorübergehende Schwäche.«

An seinem Schreibtisch nahm er eine der Akten auf und ging im Kopf die Aufzeichnungen und Exzerpte durch, an die er beim Gespräch mit Wiesenthal gedacht hatte. Von allen Dokumenten, die durch seine Hände gegangen waren, hatte er die erforderliche summarische Zusammenfassung extrahiert und mit einem Bedeutungsgrad versehen, eine Kennzeichnung mit römischer Zahl, um sie künftig nicht nur problemlos wiederzufinden, sondern ihren Inhalt zu erfassen und sie in eine Rangordnung zu bringen. Er hatte zudem Auffälligkeiten registriert, die keine Bedeutung für die archivalische Aufarbeitung besaßen, aber ihm so ungewöhnlich erschienen, dass er sie notierte, um sie sich einzuprägen. Am Abend des ersten Arbeitstages entschied er, einem dieser Fälle nachzugehen, holte sich am nächsten Morgen vier Ordner in sein Zimmer, um sie durchzusehen, fand weitere Dokumente und Hinweise und beantragte drei Wochen später zwei freie Tage, um in Archive nach Gotha und Erfurt zu fahren.

Schmid, den er den Urlaubsschein zu unterschreiben bat, erkundigte sich, wieso er für den Besuch der Außenarchive Urlaub nehme, er könne eine Dienstfahrt beantragen oder einfach Kopien der erforderlichen Akten schriftlich anfordern. Maykl erklärte ihm umständlich, er wisse nicht, ob die vermuteten Akten dort aufzufinden seien und ob die Spur belangvoll sei, aufgrund einer so vagen Vermutung möchte er vorerst keinen der vorgeschriebenen Dienstwege beschreiten, was erfahrungsgemäß nie folgenlos bleibe, sondern eine allererste Sichtung privat vornehmen, um dann über alles Weitere hier im Haus zu entscheiden.

Schmid sah ihn kopfschüttelnd an: »Verheimlichen Sie mir etwas, Trutz?«

»Nein, ich verheimliche nichts, Doktor Schmid. Ich bin mir jedoch nicht sicher, ob ich da etwas gefunden habe oder einer falschen Fährte aufgesessen bin. Ich weiß es nicht, aber ich hab es in der Nase.«

Schmid lachte: »Gut, Trutz. Ohne eine gute Nase kommt man im Archiv nicht voran. Ich hatte es oft genug nur in der Nase, bevor ich es schwarz auf weiß hatte. Dann viel Erfolg.«

Er hatte in den südlichen Archiven seinen Besuch angekündigt und diese erwiesen sich ihm gegenüber, dem Mitarbeiter des Deutschen Zentralarchivs, als ungemein aufgeschlossen und behilflich. Da er genaue Angaben zu seinen Wünschen machen konnte, war er in keinem Archiv länger als fünf Stunden, kennzeichnete die gesuchten Aktenstücke und bat um Zusendung von Kopien an das Zentralarchiv. Vierzehn Tage später fragte er Schmids Sekretärin, ob sie ihm einen Termin beim Chef geben könne, die Angelegenheit sei brisant und es könnte sein, dass das Thema nicht in zehn Minuten abgeschlossen sei, sie möge für ihn eine Stunde reservieren.

Am Mittwoch, dem 18. März, erschien er mit einem Faszikel von Kopien bei seinem Chef und teilte ihm mit, er sei bei seiner laufenden Arbeit auf Akten gestoßen, die ein Mitglied des Zentralkomitees der Partei und des Erfurter Bezirksrats schwer belasteten. Der Mann heiße Ernst Großmann und sei nach Aktenlage langjähriges Mitglied der NSDAP gewesen sowie ein Angehöriger der SS, in der er eine außergewöhnliche Karriere gemacht habe. In allen Papieren und Unterlagen, die es seit Kriegsende über ihn und von ihm gebe, werde dieser Umstand nicht erwähnt, die Kopien der originalen Unterlagen der Archive in Erfurt und Gotha wie auch der im Zentralarchiv lagernden Akten des Dritten Reiches würden die verheimlichte Mitgliedschaft eindeutig belegen.

»Das also ist des Pudels Kern bei Ihnen, Trutz«, sagte Schmid, der aufmerksam, aber zunehmend beunruhigt zugehört hatte, »sind das alle Papiere zu Großmann?«

»Ja, alles, was nach Aktenlage bisher für mich aufzufinden war.«

»Und mit wem haben Sie darüber gesprochen?«

»Mit niemandem.«

»Mit Ihrer Freundin?«

»Nein. Ich lebe momentan solo.«

»Gut, gut. Lassen Sie die Akte hier, und sprechen Sie mit niemandem darüber. Mit niemandem, Trutz! Ist das klar?«

Maykl nickte.

»Ein Mitglied des Zentralkomitees, das ist mehr als heikel, Trutz. Ich wünschte, Sie hätten diese Akten nie gefunden, in Ihrem Interesse, in meinem Interesse. Ihr Fund wird uns noch schlaflose Nächte bereiten. – Gut, Trutz, danke. Ich sehe mir alles genau an und werde dann über den nächsten Schritt entscheiden. Ich werde Sie über alles unterrichten, aber bitte, wie gesagt, kein Wort, zu niemand.«

Für Trutz war die Nervosität von Schmid unübersehbar, so ernst hatte er ihn noch nie erlebt. Am Nachmittag kam der Archivar zu ihm ins Zimmer, sagte, er fahre nach Berlin, er habe mit einem stellvertretenden Staatssekretär gesprochen, einem guten und vertrauenswürdigen Mann, alter Kommunist und Schutzhäftling in der Nazizeit. Er werde von der Fahrbereitschaft des Ministerrats abgeholt, das habe der Staatssekretär verlangt, damit er mit diesen Schriftstücken nicht in öffentlichen Verkehrsmitteln unterwegs sei. Auch der Staatssekretär halte den Fund für außerordentlich und außerordentlich schwerwiegend.

Gegen zweiundzwanzig Uhr meldete sich Schmid nochmals bei Trutz. Er hatte ihn in der Gutenbergstraße aufgesucht und ihn gebeten, am nächsten Morgen zwei Stunden früher als üblich ins Zentralarchiv zu kommen, um mit zwei Herren aus Berlin nochmals alle Akten zu Großmann durchzusehen.

Am nächsten Morgen stand Maykl Trutz pünktlich um halb sieben vor der noch verschlossenen Pforte des Archivs, er wartete auf Schmid und dann mit ihm auf die angekündigten Männer, die kurz vor sieben auftauchten, seinen Chef mit Handschlag begrüßten und ihm nur kurz zunickten. Trutz hatte in sein Zimmer zu gehen und wurde nach einer halben Stunde ins Direktionszimmer gerufen, wo er sich den beiden Herren gegenüber detailliert zum Aktenfund äußern musste. Sie hatten sich nicht vorgestellt, und die Befragung war unangenehm, er hatte das Gefühl, von Kriminalpolizisten oder einem Staatsanwalt verhört zu werden. Sie ließen sich von ihm die Aktenschränke zeigen, in denen die in Potsdam lagernden Originale der übergebenen Kopien lagen, und er war verblüfft, als sie umstandslos diese Blätter aus den Ordnern nahmen und in einem ihrer Pappdeckel steckten, doch da Schmid wortlos zusah, erhob auch er keinen Einwand.

Zehn Tage später rief ihn Schmid zu sich und sagte, es sei alles in bester Ordnung, der Aktenfund sei überprüft worden und der Sachverhalt habe sich bestätigt. Den Andeutungen, die der Staatssekretär ihm gegenüber fallenließ, hatte er entnehmen können, dass Ernst Großmann auch den höchsten Parteiorganen seine Mitgliedschaft in der SS verschwiegen und die Parteikontrollkommission belogen hatte. In Berlin berate man über die Art der Bestrafung, vermutlich werde Großmann vor ein Gericht gestellt, der Ausschluss aus allen Ämtern und der Partei sei bereits entschieden.

»Und Sie, Trutz, ich denke, Sie haben nun eine unaufhaltsame Karriere vor sich. Gratuliere. Das Training Ihres Professors Reim, oder wie er heißt, hat sich ausgezahlt.«

Anfang April, an einem Freitag, wurde Maykl Trutz früh um sechs Uhr aus dem Bett geholt. Drei Männer klingelten Sturm an seiner Wohnungstür, stürmten, als er sie öffnete in seine Wohnung, forderten ihn auf, sich anzuziehen und ihnen sämtliche Briefe, Akten, Notate und sonstige schriftliche Beweisstücke auszuhändigen. Sie zeigten ihm flüchtig ein Papier und erklärten, sie seien im Vollzug eines Haftbefehls hier, er möge keinerlei Widerstand leisten und sich ihren Anordnungen fügen. Als Maykl Trutz die wenigen Briefe und Schriftstücke zusammengesucht hatte, die Sammlung seiner schmalen Jahreskalender bildete den größten Stapel, und sie ihnen übergab, fragten sie, ob dies alles sei.

»Das ist alles, was ich an Papieren habe. Ich glaube nicht, dass es noch weitere Schriftstücke gibt.«

»Dafür haben wir Spezialisten«, sagte einer der Männer lächelnd.

»Was muss ich mitnehmen?«, fragte Maykl Trutz, »Zahnbürste, Seife, Rasierapparat?«

Die Männer antworteten nicht, zuckten gelangweilt mit den Schultern und forderten ihn auf mitzukommen. Nach einer Autofahrt von mehr als zwei Stunden, die Männer auf den Vordersitzen unterhielten sich, waren aber durch die Glasscheibe nicht zu verstehen, der Mann neben Trutz sprach kein Wort mit ihm und antwortete auf keine seiner Fragen, hielt der Wagen auf dem Innenhof eines mit einer hohen Mauer umgebenen Gebäudes. Er wurde aufgefordert auszusteigen. Als er sich erkundigte, wo er sei, erwiderte der Fahrer des Wagens: »Sie sind in Sicherheit.«

Er verzog dabei den Mundwinkel zu einem bösen Grinsen und sagte zu Maykl Trutz, er solle den beiden Männern folgen.

Trutz wurde in einen Raum geführt mit einem Tisch und zwei Stühlen. Er musste fast eine Stunde warten, beunruhigt, ruhelos, ratlos. Dann wurde die Tür aufgerissen, ein Beamter in Zivil betrat das Zimmer, nickte ihm kurz zu, setzte sich, holte ein Tischmikrofon aus einer verschlossenen Schublade, schaltete ein im Schreibtisch verborgenes Tonbandgerät an und begann das Verhör mit der Nennung seines eigenen Namens sowie der Angabe des Tages, der Stunde und mit dem Verlesen der Personalien von Maykl Trutz.

»Seit wann stehen Sie mit jenem Westberliner Untersuchungsausschuss, der sich *Freiheitliche Juristen* nennt, in Verbindung? Wann und wo erfolgte die Kontaktaufnahme?«

Trutz verstand die Frage nicht, bestritt jede Kenntnis und jeden Kontakt, der Beamte verlangte von ihm Beweise.

»Wie soll ich, wie kann ich etwas beweisen, was es nicht gibt? Was es nie gab? Ich kenne den Verein nicht, habe nie von ihm gehört.«

Der Beamte griff nach Maykls Jahreskalendern.

»Seit wann arbeiten Sie im Zentralarchiv?«

»Seit Juli vorigen Jahres. Der erste Juli war mein erster Arbeitstag.«

»Gut, Juli achtundfünfzig, dann wollen wir mal schauen.«

Er suchte den entsprechenden Kalender, blätterte ihn langsam durch, fand etwas und sagte: »Was haben wir denn hier? Dreizehnter Oktober, »UF Jur.«. Heißt das vielleicht: Untersuchungsausschuss Freiheitlicher Juristen?«

»Sie haben sich verlesen. Das steht da nicht. Da steht »UF JoK«. Ich war an dem Tag im Sankt-Josef-Krankenhaus, nach einem Unfall mit dem Rad bestand der Verdacht auf einen Bruch des Unterarms, eine Ulnafraktur, also abgekürzt ein UF, und der Rest steht für Josef-Krankenhaus. Rufen Sie im Krankenhaus an, an dem Tag hat man dort meinen Arm geröntgt.«

»Na schön. Und hier, vierter Dezember. UFJ Brücke. Was bedeutet das?«

»Dort steht UFA Brücke. An dem Tag war ich mit meiner Freundin im UFA-Palast, wir haben uns den Film *Die Brücke am Kwai* angesehen.«

»Sie wissen so genau, was da steht, ohne einen Blick darauf zu werfen?«

»Ja, wenn ich es aufgeschrieben habe, dann habe ich es fest in meinem Gedächtnis.«

»Jederzeit? Nach beliebig vielen Jahren?«

»Ja.«

Der Beamte griff nach einem anderen Kalender und schlug ihn auf: »12. Juli 1955?«

Maykl überlegte kurz und sagte: »12. Juli 1955, ein Dienstag, zwei Einträge. Sieben Uhr Kohlenlieferung, zwanzig Uhr *Haus Herzenstod*. Damit ist ein Theaterbesuch gemeint.«

»3. Dezember?«

Maykl Trutz überlegte längere Zeit, schüttelte dann den Kopf. Der Beamte grinste und meinte, so gut sei sein Gedächtnis wohl doch nicht.

Er schüttelte nochmals den Kopf und sagte: »3. Dezember 1955, da gibt es keinen Eintrag, keine Notiz.«

Der Beamte sah ihn verblüfft an: »Sie sollten im Varieté auftreten, Trutz. Wie Ihr Trick funktioniert, weiß ich nicht, aber es ist beeindruckend. Aber warum heben Sie die alten Kalender auf, wenn Sie ohnehin alles im Kopf haben? Die brauchen Sie doch nicht.«

»Ich brauche sie nicht, das ist richtig. Oder vielmehr, ich brauche sie für Leute, die mir ansonsten nicht glauben würden. Für Leute wie Sie.«

Der Beamte winkte unwillig mit der Hand.

»Kommen wir zur Sache«, sagte er verärgert, »wann haben Sie eine Kopie des Dokuments nach Westberlin geschafft? Wem haben Sie es übergeben? Sie kommen da nicht raus, Trutz, Sie stecken tief in der Scheiße. Also reden Sie endlich.«

Verzweifelt und fast den Tränen nahe, beteuerte Trutz immer und immer wieder seine Unschuld. Neunzig Minuten später wurde er in eine Einzelzelle geführt und bekam ein Glas Wasser und einen Teller mit belegten Schnitten.

Das zweite Verhör begann am nächsten Morgen um acht Uhr, diesmal befragte ihn ein anderer Zivilist, die Fragen wiederholten sich, als Trutz darauf hinwies, fuhr ihn der Mann unwirsch an: »Die Fragen stelle ich, Sie haben zu antworten. Und Sie haben sie zu beantworten, selbst wenn ich sie zum hundertsten Male stelle.«

Die Verhaftung und die Vernehmungen hatten mit seinem Aktenfund in Sachen Großmann zu tun. Offenbar war zwei oder drei Tage vor seiner Verhaftung in Westberlin eine Broschüre mit dem Titel: »*Ehemalige Nationalsozialisten in Pankows Diensten*« erschienen, herausgegeben von einer Organisation, die sich *Untersuchungsausschuss Freiheitliche Juristen* nannte. Auch Ernst Großmann wurde darin aufgeführt, Dokumente belegten seine Zugehörigkeit zur SS und seine derzeitige Mitgliedschaft im Zentralkomitee der ostdeutschen Regierungspartei. Trutz wurde der Weitergabe von Dokumenten des Zentralarchivs beschuldigt, was ein schweres Dienstvergehen darstellte, sowie der Zusammenarbeit mit einer ausländischen und staatsfeindlichen Organisation.

Trutz bestritt jeden Vorwurf, beschwor seine Unschuld und seine völlige Unkenntnis jenes Westberliner Untersuchungsausschusses und wies jede Kontaktaufnahme mit dem Ausland, zumal mit einer verfassungswidrigen, hetzerischen und verleumderischen Gruppe oder Partei, weit von sich.

Beim dritten Verhör zog der die Vernehmung durchführende Beamte, wiederum ein neuer, jene Westberliner Broschüre aus den Unterlagen, schlug die Seite mit der Abbildung der Kopie jenes Dokuments auf, das Trutz den Beständen des Potsdamer Archivs entnommen und jenem Untersuchungsausschuss übergeben habe, und zeigte sie ihm kurz.

»Nur Sie, Trutz, nur Sie kannten dieses Dokument, hatten Zugang zu ihm und haben es dieser Westberliner Agentenbande, die sich Juristen nennen, übergeben können. Kein anderer Mitarbeiter des Archivs war befugt, diese Akten zu öffnen, oder hatte Kenntnis davon.«

»Darf ich die Fotokopie nochmals sehen?«

»Wozu?«, fragte der Vernehmer mürrisch, schob trotzdem das Buch nochmals zu ihm, die andere Seite der Broschüre deckte er dabei mit einem Blatt Papier ab.

Trutz starrte mit zusammengekniffenen Augen auf die graue, undeutliche Kopie eines vergilbten Zettels.

»Das ist nicht das Dokument unseres Zentralarchivs«, sagte er schließlich und lehnte sich zurück.

»Bitte?«

»Ich habe mir das Original genau angesehen, ich wollte die beiden Unterschriften entziffern, was mir nur bei einer gelang. Aber das waren nicht diese Unterschriften. Vergleichen Sie diese Fotokopie mit dem Original des Dokuments, es handelt sich um verschiedene Unterschriften. Und noch eins, hier haben drei Personen unterschrieben, auf unserem Dokument nur zwei. Dieses Dokument ist nicht das aus Potsdam. Es ist ein anderes oder eine Fälschung, das weiß ich nicht. Überprüfen Sie es mit unserem Original.«

Der Vernehmungsbeamte war verwirrt. Er griff nach dem Mikrofon, sagte die Uhrzeit an und dass er das Verhör vorläufig unterbrechen werde und verschloss es in der Schublade. Dann stand er auf, befahl Trutz, sitzen zu bleiben, und verließ mit seiner Mappe den Raum. Eine Stunde später kam ein Schließer in das Zimmer und brachte Maykl in seine Zelle.

Eine nochmalige Vernehmung fand nicht statt, drei Tage später wurde er morgens aus der Zelle geholt, man übergab ihm sein Eigentum und entließ ihn ohne jede Erklärung oder Entschuldigung aus der Untersuchungshaft. Im Hof befahl man ihm, in den hinteren Teil eines

Polizeitransporters zu steigen, die Fenster des Fahrzeugs waren mit einer dicken weißlichen Farbschicht bedeckt, er war allein, durch die Scheibe zum Vorderteil konnte er zwei Personen ausmachen, sie aber nicht sehen und nicht hören. Nach kurzer Fahrt hielt der Wagen, der Beifahrer stieg aus, kam zur hinteren Tür und befahl Maykl Trutz auszusteigen, die Reise sei beendet. Er wies auf den Eingang des S-Bahnhofs Greifswalder Straße, schlug die hintere Tür zu und setzte sich wieder neben den Fahrer.

Trutz ging zum Bahnhofsschalter und kaufte sich eine Fahrkarte nach Potsdam. Kurz vor zwölf Uhr betrat er seine Wohnung und sah auf den ersten Blick, dass eine Durchsuchung vorgenommen worden war. Er öffnete den Schrank und alle Schubfächer im Wohnzimmer, Bad und in der Küche, es schien nichts zu fehlen, aber der Gedanke, dass wildfremde Leute seine Sachen durchsucht, alle Bücher überprüft, seine Habseligkeiten durchstöbert und angefasst hatten, war ihm unangenehm. Eine halbe Stunde später stellte er sich in die Küche, holte sämtliche Teller, Tassen, Töpfe und das gesamte Besteck aus dem Schrank und der Schublade, um sie abzuwaschen.

Am Nachmittag spazierte er zum Zentralarchiv, er ließ sich Zeit, lief am Neuen Garten entlang, über die Seestraße und am Heiligen See vorbei, setzte sich auf eine der Bänke und starrte lange ins Wasser, bevor er schließlich in die Berliner Straße einbog. Die Tage in der Gefängniszelle, die Verhöre, das beunruhigende Warten, die Unsicherheit, da die Beamten nur Fragen stellten, aber ihn nicht darüber informierten, weshalb er angeklagt und in Haft sei, und er dies nur aus ihren Fragen erschließen konnte, verunsicherten ihn. Eine ganze Woche lang lebte er in dieser Ungewissheit, hatte Stunden der Hilflosigkeit durchzustehen, nicht wissend, was ihn erwartete, was der nächste Tag brachte. An drei Gefängnistagen hatte er lediglich den Schließer gesehen, der nur kurz in die Zelle schaute, aber kein Wort mit ihm sprach, diese drei Tage hatten ihn stärker eingeschüchtert als die Verhöre. Dann hatte man ihn wortlos entlassen, sich nicht entschuldigt, ihn nicht von den gegen ihn vorgebrachten Anschuldigungen entlastet, er konnte jederzeit, jeden Tag erneut verhaftet werden.

Kurz vor vier war er am Eingang des Zentralarchivs, der Pförtner grüßte ihn erfreut und sagte, Doktor Schmid erwarte ihn, er solle gleich zu ihm gehen. Als ihn die Sekretärin anmeldete und er das Chefzimmer betrat, sprang Schmid vom Schreibtisch auf und kam ihm entgegen, reichte ihm die Hand, doch unvermittelt hob er den Arm, um Trutz zu umarmen. Da ihr Verhältnis gut war, aber nie allzu vertraulich, endete diese Geste in einer beidseitigen Verlegenheit. Er erkundigte sich, wie es ihm gehe, und ließ sich den Verlauf der letzten Tage schildern. Dann erzählte er, auch im Zentralarchiv habe es Durchsuchungen gegeben, die vor drei Tagen aber überraschend abbrachen, was mit seiner Entdeckung zu tun haben könnte, dass ihr Aktenblatt offensichtlich verschieden sei von dem in der Westberliner Broschüre veröffentlichten Dokument.

»Kann ich Ihnen einen Kaffee anbieten oder einen Tee, Maykl?«

Doktor Schmid sprach seinen jungen Kollegen zum ersten Mal mit dem Vornamen an.

»Nein danke.«

»Ich muss Ihnen noch etwas mitteilen. Leider. Ich erhielt eine Weisung vom Minister, Sie werden nicht mehr im Zentralarchiv arbeiten, er wies an, Sie hätten in einem weniger zeitnahen Archiv Ihren Dienst anzutreten. Für den Mai bekommen Sie das Geld noch von uns überwiesen, danach von Ihrer neuen Arbeitsstelle.«

»Weniger zeitnah? Was bedeutet das?«

»Siebzehntes, achtzehntes Jahrhundert. Oder Mittelalter, Vorzeit, Frühgeschichte. Etwas in dieser Richtung.«

»Und das alles, weil ich diese Großmann-Akten fand.«

»Ja.«

»Und er? Was machen die mit diesem Großmann?«

»Ich war gestern in Berlin. Der stellvertretende Staatssekretär, der Mann, dem ich Ihre Entdeckung mitgeteilt und die Kopien der Dokumente übergeben hatte, bat um meinen Besuch. Er wurde vor die Parteikontrollkommission geladen und hatte Rede und Antwort zu stehen. Großmann dagegen, dessen Schicksal noch vor vierzehn Tagen besiegelt war, er sollte aus allen Ämtern fliegen und vor Gericht gestellt werden, Großmann wird nun zwar aus dem Zentralkomitee entfernt, behält aber alle Ämter, bleibt sogar in der Partei und kommt vermutlich mit einer Parteirüge davon. Eine westliche Hetzschrift muss als Feindpropaganda zurückgewiesen werden. Die Broschüre als Fälschung bezeichnen und gleichzeitig Großmann vor Gericht bringen, das geht nicht. Also hat man sich für Großmann entschieden.«

»Das heißt, die Westberliner Broschüre rettet diesem Kerl den Hals und mich reitet sie in die Scheiße.«

»So in etwa. Der Staatssekretär musste vor eine Kontrollkommission seiner Partei, was wohl nicht angenehm war. Ich selbst erhielt eine Abmahnung vom Minister, und ich weiß nicht, wofür.«

»Und das alles, weil ich drei, vier Dokumente entdeckte?«

»Weil ich diese Dokumente ein, zwei Monate zu spät in Berlin übergab. Noch vor Wochen wäre es anders abgelaufen. Der Kerl hätte alle Ämter und Funktionen verloren, wäre vor Gericht gestellt worden und möglicherweise ins Gefängnis gekommen. Wenn dann in Westberlin die Broschüre erschienen wäre, könnte die Parteiführung auf eine blütenweiße Weste weisen. Nun veröffentlichte dieser Westberliner Verein seine Unterlagen leider zu früh, alle Zeitungen im Westen berichteten darüber, Nazis in führenden Positionen in unserem Staat, das ließ sich niemand entgehen. Im Politbüro hatte man im Fall Großmann noch nicht alles endgültig geregelt und entschied sich nun anders, ging zum Gegenangriff über. Und Sie, Maykl, waren es nun, den man verdächtigte, der anderen Seite Unterlagen geliefert zu haben. Wir können von Glück reden, dass die Westberliner Juristen ein ganz anderes Dokument fotokopiert hatten.«

»Was ich Ihnen vorgelegt habe, das sind alles Dokumente. Unwiderlegbare, echte Dokumente, die die Wahrheit widerspiegeln.«

»Die Wahrheit, nun ja, gewiss wahr, aber unerwünscht. Das ist der Kalte Krieg. Auch dieser Krieg hat seine unschuldigen Opfer. Der Sieger der Geschichte schreibt die Geschichte. Die Archive sollen nicht die Wahrheit liefern, sondern die dazu passende Wahrheit. Und zu diesen passenden Wahrheiten gehört ein Schreiben aus Moskau, wonach Ihr Vater bei Kriegsbeginn als Feind der Sowjetunion entlarvt worden und in ein Straflager gekommen sei. Was das mit uns und dem Fall Großmann zu tun haben soll, warum in der Weisung des Ministers darauf hingewiesen wird, weiß ich nicht, aber derlei passt ihnen in den Kram. – Maykl, ich darf Sie nicht einmal mehr in Ihr Arbeitszimmer lassen. Wenn Sie dort noch persönlichen Besitz haben, geben Sie Frau Beyer Bescheid, sie kann Ihnen das herausgeben.«

»Ich darf mein Zimmer nicht mehr betreten?«

Schmid nickte bekümmert: »So lautet die Weisung. Anderenfalls würde ich mich strafbar machen.«

»Das ist bei Kriminellen üblich, oder?«

»Bleiben Sie uns erhalten, Maykl, bleiben Sie dem Archiv treu. Ich habe mit meinem Freund Hahn gesprochen. Sie wissen, das Goethe- und Schiller-Archiv. Ich habe ihm in Kürze alles erzählt, er weiß, wer Sie sind, wie sehr ich Sie schätze, Sie könnten dort sofort anfangen.

»Das Goethe- und Schiller-Archiv?«

»Ja. Weimar ist eine schöne Stadt. Für mich noch schöner als Potsdam. In dem Archiv da unten werden Sie über keinen Großmann stolpern.«

»Und dort kann ich dann die Briefe der Herren Goethe und Schiller transkribieren?«

»Nein, das ist längst erledigt. Jetzt sitzt man über den Briefen an Goethe und Schiller. Das sind achtzig- oder neunzigtausend, Sie haben dort für Jahre und Jahrzehnte zu tun. Und noch eins, Maykl, ich habe heute Morgen der Gewerkschaftsleitung mitgeteilt, dass auf meine Weisung hin unsere Dienstwohnung in der Gutenbergstraße aus dem Bestand des Zentralarchivs genommen wird. Sie sind nicht weiter unser Untermieter, sondern der direkte Mieter. Sie können die Wohnung ab sofort zum Tausch anbieten. Eine Zwei-Zimmer-Wohnung in Potsdam, fünf Minuten von Westberlin entfernt, dafür werden Sie in Weimar schnell eine andere Wohnung finden. In Weimar oder wo auch immer es Sie hinzieht.«

»Danke. Das ist sehr großzügig.«

»Alles in der Hoffnung, dass Sie uns erhalten bleiben, Maykl. Ein Mann mit Ihrem Gedächtnis, einem Gedächtnis, das wie ein mustergültiges Archiv geordnet ist, der sollte dieses Gottesgeschenk nicht verschwenden.«

»Es war kein Gottesgeschenk, Doktor Schmid, es war ein hartes Training bei Gejm, Tag für Tag.«

»Melden Sie sich bei mir, wenn Sie sich entschieden haben.«

»Ich danke Ihnen, Herr Doktor Schmid.«

»Ich danke Ihnen, Maykl.«

Am Abend setzte er sich in die S-Bahn und fuhr zum Savignyplatz in Westberlin, kaufte sich eine Zeitung und lief die Kantstraße zum Zoo zurück. Im Zoopalast löste er eine Eintrittskarte für einen amerikanischen Western. Gegen Mitternacht war er in seiner Wohnung zurück, die westliche Zeitung hatte er, unter seinem Hemd verborgen, mitgenommen, und im Bett liegend und mit einem großen Glas Whisky versehen, las er sie. Der Fall Großmann war kein Thema mehr, lediglich in den Leserbriefen gab es noch ironische und bösartige Kommentare zu dieser Enthüllung.

Das Zentralarchiv würde ihm für lange Zeit oder für immer verschlossen bleiben, ebenso jedes andere *zeitnahe Archiv*, Goethe und Schiller standen ihm offen. Oder Vorzeit, Frühgeschichte, Mittelalter, wie Schmid gesagt hatte. Eine Arbeit in Westdeutschland, Österreich, der Schweiz kam für ihn nicht in Frage, man würde, wie Wiesenthal in Wien sagte, in ihm immer nur den Mann aus der Sowjetunion sehen, den Mann aus der Sowjetzone, der möglicherweise ein östlicher Spion sein könnte. Auch hier würde man ihn auf Vorzeit, Frühgeschichte, Mittelalter festlegen. Wenn er früher daran gedacht hätte, wenn er gleich bei Beginn seiner Arbeit im Zentralarchiv Dokumente kopiert und versteckt hätte, wenn er mit einem Bündel solcher brisanter Papiere im Westen erschienen wäre, hätte man ihn mit offenen Armen aufgenommen, doch wenn er nun fliehen würde, ein Archivar aus dem

Deutschen Zentralarchiv, der nichts zu präsentieren hätte als ein gutes Gedächtnis, man würde ihn voller Misstrauen in ein belangloses Stadtarchiv abschieben. Schmid hatte recht, Weimar ist eigentlich eine schöne Stadt und dort gab es für ihn die Aussicht, jahrelang, jahrzehntelang in einem der schönsten Archive Deutschlands zu arbeiten, alte Dokumente zu sichten, zu entschlüsseln, einzuordnen, unbelästigt von Polizei und der Staatssicherheit.

3. Kapitel

Drei Wochen später unterschrieb er den neuen Arbeitsvertrag in der Jenaer Straße Nummer Eins in Weimar, in dem ältesten und wichtigsten Literaturarchiv Deutschlands, das in einem prächtigen Gebäude, in einem extra für diese Schätze errichteten Schloss untergebracht war, umgeben von einem Park, von stillen Auen, am Rande einer ebenso stolzen und traditionsbewussten wie geruhsamen Kleinstadt, in der ein Wissenschaftlicher Archivar ihres nach wie vor verehrten Geheimraths und Chevalier der französischen Ehrenlegion angesehen wurde wie ein Vertreter des Heiligen Stuhls.

Nach einer Woche war die Einweisung abgeschlossen und Maykl Trutz hatte mehr oder weniger belanglose Briefe an Goethe zu entziffern, ihren Inhalt in eine chronologische Ordnung zu bringen und in einer Registratur einzufügen und in ein Register zu bringen, Briefe, die Verehrung, gelegentlich auch eine unterwürfig vorgebrachte Entrüstung bekundeten, mehrseitige Elaborate, in denen Gymnasialprofessoren oder Studiosi dem angebeteten Meister ihre Hilfe anboten, um den lang erwarteten zweiten Teil des *Faust*-Dramas zu Ende zu bringen.

Seine Potsdamer Dachwohnung konnte er gegen eine große und helle Wohnung in der Friesstraße eintauschen. Ein junger Arzt mit seiner Frau war überglücklich, die Wohnung in der Gutenbergstraße zu übernehmen, da ihm eine Stellung an der Berliner Charité angeboten worden war und er in der sehr viel kleineren Wohnung seine Habe zwar kaum unterbringen könne, er aber auf sein

Glück vertraue, wie er Maykl Trutz sagte, bald eine ihm angemessenere Wohnung zu beziehen.

Ein halbes Jahr später wurde Trutz von der Polizeidirektion Weimar zur *Klärung eines Sachverhalts* vorgeladen. Der Arzt hatte die Wohnung in Potsdam und die Arbeitsstelle in Berlin dazu benutzt, Stück für Stück seiner in Weimar erworbenen kostbaren Wohnungseinrichtung bei den alltäglich zweimal anfallenden Fahrten durch Westberlin in einem Depot in Schöneberg einzulagern, wobei er immer dieselben Übergangsstellen nutzte, so dass er den dort tätigen Beamten als Arzt der Charité bekannt war und sie ihn, ohne jede Kontrolle, durchwinkten. Die Transporte fanden ihren Abschluss durch seine gemeinsam mit seiner Frau erfolgende Übersiedlung nach Westberlin. Trutz, befragt, ob er von der lang geplanten Republikflucht des Arztes nichts bemerkt habe, wies die Unterstellung empört zurück, er habe mit dem Arztehepaar lediglich eine Wohnung getauscht und nicht mehr als eine Stunde mit ihnen gesprochen.

Die Wohnung in der Friesstraße bedeutete einen Glücksfall für ihn. Drei Zimmer, eine große Küche und ein noch größeres Bad mit einer alten Marmorbadewanne standen ihm zur Verfügung, und den täglichen Weg zum Archiv, einmal morgens, einmal abends die Spitalstraße entlang und am Brühl, einen viertelstündigen Spaziergang, genoss er selbst bei Regen und Schneetreiben.

Nach einem halben Jahr hatte auch er zweimal im Monat Gruppen durch das Haus zu führen, und bei einem dieser Besuche begleitete er eine Schulklasse aus Apolda, die mit ihrer Deutschlehrerin gekommen war und sich von dem Gang durch das geräumige Goethe-Archiv einen verständnisfördernden Einblick erhoffte, um die Schullektüre des Nationaldramas erträglicher zu machen. Die

Schüler waren bei der zweistündigen Führung überaus gelangweilt, Trutz gelang es mit keiner Bemerkung, keiner Glosse oder Absonderlichkeit ihr Interesse auch nur für Sekunden zu wecken, bei der Lehrerin dagegen schienen seine Erläuterungen Anklang zu finden, sie folgte aufmerksam seinen Ausführungen, fragte mehrmals nach und bat zum Abschluss um seine Telefonnummer, um bei einem weiteren Schulklassenbesuch sich wieder von ihm führen zu lassen.

Trutz schrieb an der Pforte seinen Namen und seine Telefonnummer auf, reichte ihr den Zettel, ließ diesen jedoch, als sie nach ihm griff, nicht los, sondern bat im Gegenzug um ihre Adresse und erklärte, sein Archiv habe eine Schwäche für engagierte Lehrerinnen, die sich mit Neugier und Kenntnis der deutschen Klassik näherten. Sie lachte, schrieb ihren Namen, Sandra Klütz, und ihre Adresse auf, und bereits am nächsten Sonntagnachmittag stand er vor ihrem Haus neben der alten Glockengießerei in der Robert-Koch-Straße in Apolda.

Sie war über seinen Besuch nicht überrascht, und als er sich erkundigte, ob er ungelegen komme, erwiderte sie, sie habe ihn erwartet, sie habe ihn vor zehn Minuten geradezu herbeigewünscht, da sie seine Hilfe benötige. Sie bat ihn, hereinzukommen, fragte, ob er einen Tee oder Kaffee wolle, und bat ihn dann, mit ihr zusammen die zweiunddreißig Schüleraufsätze zu lesen, die sie ihre Klasse zu Goethes Erdgeist als wirkender, schöpferischer Kraft der Natur in der letzten Woche nach dem Museumsbesuch hatte schreiben lassen. Er sei kompetenter als sie und könne Sinn und Unsinn der Schüleransichten genauer unterscheiden und bewerten. Nach vier Stunden, in denen sie gemeinsam die Arbeiten korrigierten, dabei einander die besonders beeindruckenden oder zum Schreien komischen Schülersätze vorlasen, verabschiedete sie ihn mit einem Wangenkuss.

»Danke. Sie waren eine große Hilfe, Maykl.«

»Immer wieder gern. Wann haben wir die nächsten Aufsätze zu korrigieren? Wie wäre es mit kommenden Mittwoch? Ich könnte um sechs bei Ihnen sein.«

Sandra lachte: »Ich kann nicht Ihretwegen die Schüler jede Woche einen Goethe-Aufsatz schreiben lassen.«

»Dann einen Mittwoch ohne Schulhefte?«

»Vielleicht, ich weiß erst morgen, wie meine Woche aussehen wird. Ich rufe Sie morgen Nachmittag in Ihrem Archiv an und gebe Bescheid. Einverstanden?«

Sie sahen sich regelmäßig, trafen sich in Apolda oder Weimar, ein halbes Jahr später zog sie zu ihm in seine größere und schönere Wohnung. Zwei Jahre später heirateten sie, was ihr den erwünschten Wechsel an eine Oberschule in Weimar ermöglichte. Sandra war ein Jahr älter als Maykl, stammte aus Buttstädt, einer benachbarten Kleinstadt, die für ihren Pferdemarkt berühmt war, und hatte, da sie ihr Abitur in Weimar abgelegt und in Jena studiert hatte, einen großen Freundes- und Bekanntenkreis in der Stadt und Umgebung. So wurde Maykls Wohnung zu einem beliebten Treffpunkt ihrer Vertrauten, und Maykl fühlte sich an seinem neuen Wohn- und Arbeitsort bald heimisch.

Die ungewöhnliche Fähigkeit von Maykl Trutz, sein von Gejm trainiertes Gedächtnis, erwies sich allerdings für das Eheleben als beschwerlich. Immer recht zu haben, nie etwas vergessen zu können war dem Alltag und einer Partnerschaft nicht förderlich, zumal er sich deutlich und überaus genau auch der Ereignisse und Vorkommnisse entsann, die weder seiner Frau Sandra noch irgendeinem in ihrem Bekanntenkreis erinnerlich waren. Für Sandra wirkte seine erstaunliche Begabung, die sie anfangs bewunderte, im Verlauf der Zeit und ihrer Ehe als besserwisserische Allüre, die ihre Beziehung empfindlich störte, was Maykl nicht bemerkte oder nicht begriff, da er nach seiner Meinung sich nur an Fakten erinnerte, die für ihn unumstößlich und nicht zu bezweifeln, die korrekt waren und der Realität entsprachen.

An den alltäglichen Umgang mit den mehr als zweihundert Jahre alten Handschriften gewöhnte er sich langsam, wenngleich ihn die Transkription der zumeist belanglosen, aber seitenlangen Ausführungen wenig interessierte. Abwechslungen brachten die nationalen und internationalen Konferenzen der Goethe-Forscher, zu denen er gelegentlich hinzugeladen wurde, um über den Stand seiner Arbeiten zu berichten. Die Teilnehmer dieser in ganz Europa veranstalteten Konferenzen waren fast ausschließlich Männer, alle ausgewiesene und teilweise bekannte Kenner der deutschen Klassik, die Jahr für Jahr mit neuen Publikationen zu dem von ihnen hochverehrten Goethe und seiner Welt aufwarteten. Der Nestor der norwegischen Goethe-Forschung, Børre Krätzer, brachte es auf den Punkt, als er sich in einer Konferenz mit der Zwischenbemerkung auf dem Podium zu Worte meldete: »Goethe – unser aller Brötchengeber.«

Bei einer Konferenz in Leningrad bemühte sich Trutz, Rem Gejms Aufenthaltsort in Erfahrung zu bringen, worum er sich bereits mit mehreren Briefen an die ihm noch bekannten Adressen und an die Moskauer Wohnungsbehörde bemüht hatte, aber auch dieser Versuch war vergeblich, sowohl Rem als auch Geta Gejm blieben unauffindbar.

Innerhalb von dreißig Jahren durfte Maykl Trutz dreimal zu internationalen Konferenzen ins westliche Europa reisen, nur dreimal wurden seine Anträge auf diese begehrten Dienstreisen genehmigt, die freilich mit einem hohen bürokratischen Aufwand vor der Reise und einer ausführlichen Berichterstattung nach der Rückkehr verbunden waren.

Bei einer Konferenz in Brüssel lernte er in seinem Hotel den Schauspieler Nikolai Tscherkassow kennen, den gealterten Filmhelden seiner Kindheit, mit dem Sergei Eisenstein wiederholt die Hauptrollen seiner Filme besetzt hatte. Der hochgewachsene Tscherkassow kam ihm, vom Alter gebeugt, aber noch immer riesenhaft, auf der Hoteltreppe entgegen. Maykl Trutz erkannte ihn sofort wieder, der alte Mann erinnerte ihn an den alten Iwan Grosny, den er vor Jahrzehnten als junger Schauspieler im gleichnamigen Film dargestellt hatte. Er sprach ihn auf Russisch an, und der alte Mann, einen Arm in einer königlichen Haltung auf eine Unterarmkrücke gestützt, die andere Hand umklammerte das Treppengeländer, war hoch erfreut, von einem wildfremden Mann, der zudem noch seine Muttersprache beherrschte, in dem ihm unbekannten Brüssel erkannt zu werden. Trutz fragte, ob er ihn zu einem Kaffee in die Hotelbar einladen dürfe, Tscherkassow nickte beglückt und nahm die Einladung an, sagte, Kaffee wäre ihm nicht bekömmlich, einen Tee oder besser noch einen Wodka vertrage er besser.

Trutz erzählte ihm, dass er mit seinem damaligen Freund den Film *Alexander Newski* mehr als zwanzigmal gesehen habe, das erste Mal noch als Junge direkt nach Kriegsausbruch in Moskau, später an ihrem Verbannungsort Korkino bei Tscheljabinsk. Tscherkassow lachte und sagte, ja, nach Kriegsausbruch lief überall nur noch dieser Film und er habe in jener Zeit kaum aus dem Haus gehen können, weil ihn jeder auf der Straße ansprach und viele ihn baten, er, der Schauspieler, möge sich an die Spitze der Roten Armee stellen, um nicht allein das Ritterheer des Deutschen Ordens, sondern auch Adolf Hitler zu besiegen.

Tscherkassow setzte sich in Position und deklamierte: »Wir werden Nowgorod nicht verteidigen, wir werden den Feind von dort aus angreifen.«

»Wir werden ihn schlagen bis zum letzten Mann«, ergänzte Trutz und erntete ein anerkennendes Lächeln.

»Wir reichen jedem die Hand, der zu uns friedlich als Gast kommt«, fuhr der Schauspieler fort, »wenn es jedoch einem einfalle, mit dem Schwert zu kommen ...« Tscherkassow unterbrach sich, sah Maykl erwartungsvoll an und beide sprachen den Satz gemeinsam zu Ende: »... so werden wir ihn mit dem Schwerte richten.«

Er fragte Maykl, ob man nicht noch einen zweiten Wodka trinken könne, er sei leider nicht in der Lage, ihn einzuladen. Er sei zwar Ehrengast einer Eisenstein-Konferenz, unentwegt beweihräuchere man ihn, habe aber völlig übersehen, dass er sich mit seinen russischen Rubeln in Brüssel nichts kaufen könne, und deswegen im Hotel die Treppe bis in den vierten Stock hinauflaufen müsse, da er kein Trinkgeld für den Fahrstuhl-Boy habe.

Trutz sagte ihm, dem Fahrstuhlführer müsse er nichts zahlen, das gehöre zum Service.

»Ein Alexander Newski, ein Iwan Grosny lässt sich von einem Hausknecht nichts schenken«, sagte Tscherkassow streng, wobei er Maykl nicht ansah, sondern ruhig und herrisch nach oben starrte, eine Haltung, die Maykl aus dem Film *Iwan der Schreckliche* vertraut war. Er lächelte, als er das Profil des Schauspielers sah und bemerkte, dass auch Tscherkassows Haarschnitt und Bart ein wenig an den Eisenstein'schen Iwan Grosny erinnerte.

Maykl war mit belgischen Francs gleichfalls nur spärlich ausgerüstet, aber die Freude und Ehre, mit dem bewunderten Nikolai Tscherkassow zusammensitzen zu können, entschied über seinen Geldbeutel. Die für seine Frau bereits ausgesuchte und zurückgelegte Bluse zerfiel in der Hotelbar langsam in Einzelteile. Nach dem Kragen trank man den rechten Ärmel, dann den linken und beim sechsten Wodka hatte sich die gesamte Bluse verflüchtigt.

Als sie in die Hotellobby gingen und Tscherkassow die Treppe zu seinem Zimmer hochhumpelten wollte, die Unterarmkrücke führte er dabei wie einst Iwan Grosny seinen meterlangen Zarenstab, bat Maykl Trutz, ihn zu einer Liftfahrt einladen zu dürfen. Tscherkassow nickte huldvoll, sie traten in den Fahrstuhl, Maykl wandte sich an den Fahrstuhlführer und sagte: »Wir fahren zuerst in die Etage dieses Herrn, dann zu mir in den zweiten Stock.«

Als der Fahrstuhl im vierten Stock hielt und Tscherkassow ausstieg, erkundigte sich Maykl, ob er ihn noch bis zu seiner Zimmertür begleiten solle.

Nikolai Tscherkassow schüttelte hoheitsvoll den Kopf: »Danke, nein, hier beginnt mein Reich, hier hat Alexander Newski seine Domestiken. Vielen Dank für das angenehme Gespräch mit dem deutschen Herrn.«

Dann wandte er sich zu dem Fahrstuhlführer und sagte herablassend und in einem kehligen Englisch zu ihm »Dieser Herr wird Sie entlohnen.«

4. Kapitel

Im Archiv hatte sich eine für Maykl Trutz erfreuliche Veränderung ergeben. Sein alter Dozent und Lehrer, Dr. Schmid, war nach der anfänglich bloßen Zusage, in wenigen Jahren das Goethe- und Schiller-Archiv als Nachfolger seines verehrten Kollegen Hahn zu leiten, tatsächlich nach Weimar berufen worden und nun Maykls direkter Vorgesetzter, mit dem er auch über die Arbeit hinaus verbunden war.

Die Turbulenzen des untergehenden ostdeutschen Staates wirkten sich schon ab November 1989 im gesamten Archivwesen der DDR aus. In der zuständigen Hauptabteilung des Innenministeriums wurde bis zu dem angesetzten Wahltermin im März 1990 fieberhaft sowohl an einer Anpassung an die westdeutschen Standards gearbeitet, die künftig in dem früher selbständigen östlichen Staatsgebiet geltendes Gesetz sein würden, als auch an der Umsetzung von Oberarchivaren, Archivräten sowie verdienten Genossen, die aus Dokumentensammlungen, die die Wende nicht überstehen würden, schleunigst in jenen Einrichtungen untergebracht wurden, die auch in dem neuen Staat anerkannt und gebraucht wurden. Ein stellvertretender Leiter der Staatlichen Archivverwaltung der DDR, Brachvogel, einst direkt dem Ministerium des Inneren unterstellt, gelangte auf diese Weise ins Hauptstaatsarchiv Weimar zu Archivaren, die ihn einst zu fürchten und nun als direkten Vorgesetzten zu akzeptieren hatten.

Die Unruhe unter den Archivaren wuchs, da lange unklar war, welche Arbeitsstellen erhalten blieben, und da zudem Fachkräfte der alten Bundesrepublik in die bedeutenden Archive des Staates und der Länder entsandt wurden, um diese mit den bundesdeutschen Regeln und Normen bekannt zu machen und bei einer Durchsetzung der Archivgesetze zu helfen, schickte man ältere Archivare in den vorzeitigen Ruhestand. Die staatliche Ausbildung der ostdeutschen Archivare wurde zwar als ausreichend und hinlänglich angemessen akzeptiert, aber da viele Einrichtungen im Osten als überflüssig oder nicht zeitgemäß galten und abgewickelt wurden und die jetzt zuständige Behörde in den verbleibenden den Personalbestand reduzierte, entstanden selbst bei den geschätztesten, bei den einst unantastbaren Mitarbeitern Existenzängste.

Im Januar 1990 bekam Maykl Nachricht von Rem Gejm. Ihn erreichte ein Brief von Geta Sokolowa, geborene Gejm, in dem sie ihm mitteilte, sie habe von Rem seine Adresse erhalten, Rem dürfe ihm nicht schreiben, da er als Dolmetscher und Übersetzer in einem zentralen Bereich der Armee arbeite, weshalb ihm Auslandsreisen und jeglicher Kontakt mit Ausländern untersagt seien. Ihr selbst würde es gutgehen, sie sei verheiratet, habe drei Kinder und unterrichte an der *Zweiten Musikhochschule.*

Wenige Tage später traf von Geta ein zweiter Brief ein, maschinegeschrieben und ohne Unterschrift. Es war ein Brief von Rem, der ihm mitteilte, er habe eine Adresse von Maykl vor dreißig Jahren entdeckt, sich aber bisher nicht melden dürfen. Sie beide sollten versuchen, über Geta Kontakt zu halten, dabei aber auf unverfängliche Mitteilungen achten und jede Anrede und alle Namensnennungen nach Möglichkeit vermeiden. In einem späteren Brief teilte Rem ihm mit, er habe seine Adresse dank seiner Arbeit herausgefunden. Ein Mann des ostdeutschen Geheimdienstes habe vor Jahren beim sowjetischen Dienst

Auskünfte über einen Maykl Trutz und seinen Vater erbeten. Das Schreiben sei vom KGB der militärischen Leitung weitergereicht worden, wodurch er es in die Hand bekam, um es zu übersetzen. Vorname und Nachname waren ungewöhnlich genug, so dass Rem Gejm sicher war, es handele sich um seinen Jugendfreund, weshalb er sich die Adresse der angegebenen Arbeitsstelle jenes Maykl eingeprägt habe.

Maykl bat seinen Freund um genauere Informationen zu jenem Brief eines Mitarbeiters der ostdeutschen Sicherheitskräfte, worauf Rem ihm ein Gedächtnisprotokoll des Briefes aus dem Jahre 1951 schickte mit dem Absender Brachvogel. Dieser hatte, als Maykl Trutz wegen Weitergabe eines Archivdokuments in der Affäre Ernst Großmann zu Unrecht beschuldigt wurde, bei den sowjetischen Sicherheitsorganen seinetwegen angefragt. Deren Auskunft verwandte er gegen Trutz, so dass er, selbst als er seine Unschuld hatte nachweisen können, aufgrund der Information über seinen Vater Rainer Trutz, von Potsdam nach Weimar strafversetzt worden war. Seit der Wende arbeitete dieser Brachvogel im Hauptstaatsarchiv Weimar, hatte wiederum eine Chefposition und war ihm indirekt vorgesetzt.

Einen Monat nachdem ihn Rems Mitteilung erreichte, bat ihn der neue Chef Brachvogel ins Hauptstaatsarchiv Weimar und teilte ihm mit, er wolle ihn mit der Wiedergründung des Thüringischen Staatsarchivs Meiningen beauftragen. Bei der Auflösung der Staatlichen Archivverwaltung in Berlin hätten sich Unterlagen angefunden, die unzweideutig bewiesen, welches Unrecht ihm in dem untergegangenen Regime widerfahren sei. In den Personalakten hätten sich widerliche Denunziationen erbärmlicher Kollegen von Maykl Trutz angefunden, wodurch seine Karriere in den letzten dreißig Jahren erheblich gelitten habe. Brachvogel habe nach Sichtung des übersandten Materials entschieden, Maykl Trutz sei zu jener Personengruppe zu zählen, der eine angemessene berufliche Wiedergutmachung zustehe, und er sei mit seinem Vorschlag, ihn mit der Wiedergründung des Thüringischen Staatsarchivs zu beauftragen und als dessen Leiter einzusetzen, im Hauptstaatsarchiv auf offene Ohren gestoßen. Die Entscheidung, Meiningen zu übernehmen, liege nun allein bei ihm und er gratuliere zur bevorstehenden Verbeamtung.

Maykl Trutz reagierte zunächst mit Fassungslosigkeit auf diese Mitteilung. Er hatte von diesem Kerl alles Mögliche erwartet, aber keine Beförderung, zumal er die Altersgrenze für derartige Ernennungen um ein Jahr überschritten hatte. Er war regelrecht schockiert. Er vermutete, Brachvogel oder einer seiner alten Genossen hätten den Brief von Rem Gejm, in dem er Brachvogel erwähnte, in die Hand bekommen und er wolle ihn nun mit der Ernennung für sich einnehmen oder doch dazu bewegen, nichts über das, was Maykl Trutz von Rem erfahren hatte, an die Öffentlichkeit zu bringen.

Sein langes Schweigen deutete Brachvogel falsch, er glaubte, Maykl Trutz würde sich den Wiederaufbau und die Leitung eines großes Archivs nicht zutrauen, und riet ihm heftig zu. Es würde enorme Erweiterungen geben, gewiss kämen in kürzester Zeit mehrere tausend Regalmeter hinzu, denn durch die Wende würden alle Archive mit einer Flut aufzunehmenden Schriftguts konfrontiert, doch die Aufgabe lohne und endlich würde er entsprechend seiner Ausbildung und seinen Fähigkeiten eingesetzt und auch bezahlt werden.

Trutz bat um Bedenkzeit und verabschiedete sich.

Eine Woche lang grübelte er über das Angebot nach, um schließlich die Ernennung abzulehnen. Stattdessen beschuldigte er Brachvogel. Im Rahmen einer Dienstaufsichtsbeschwerde an den Chef des Hauptstaatsarchivs bezichtigte er ihn, für die ostdeutsche Staatssicherheit gearbeitet, in dieser Funktion seine, Maykl Trutz', berufliche Entwicklung behindert und maßgeblich seine Strafversetzung aus dem Deutschen Zentralarchiv in Potsdam nach Weimar erwirkt zu haben.

Es entstand heftige Unruhe, sowohl im Hauptstaatsarchiv Weimar wie in der Archivverwaltung in Berlin, die Beschwerde führte zu einem Prozess vor dem Arbeitsgericht, das Gericht verlangte Einsicht in die Dokumente. Trutz bekam eine Frist von zwölf Wochen gesetzt, jene Unterlagen vorzulegen, auf die sich seine Behauptung gründete. Trotz aller Bemühungen blieb seine Suche erfolglos. In der aufgelösten alten Staatlichen Archivverwaltung fand sich nicht ein einziges Blatt Papier, das Brachvogel auch nur im Geringsten belastete, und ebenso wenig eine Kopie seines Briefes an den sowjetischen Inlandsgeheimdienst noch dessen Antwort. Er hatte die Wendezeit genutzt und seine Spuren gründlich getilgt, es war, als habe er in all den Jahren, in denen er dort unheilvoll zugange war, sich an keiner Aktion, an keinem einzigen Arbeitsvorhaben beteiligt. Nur in den Eintragungen der Pförtnerloge, deren Bücher auch zur Hinterlassenschaft gehörten, fanden Trutz und sein Anwalt seinen Namen und seine Unterschrift. Alles, was sie herausbekamen, war, wann er frühmorgens erschien und wann er abends das Haus verließ. Aus Moskau erhielt er nach seiner vierten Anfrage, der ein Gesuch des Arbeitsgerichts beigefügt war, die knappe Mitteilung, die Akten der Heeresleitung seien noch für Jahrzehnte gesperrt. Trutz hatte nichts in der Hand außer jenem Gedächtnisprotokoll von Rem Gejm.

Das Arbeitsgericht sprach Brachvogel frei, da Trutz sich bei seiner Beschuldigung lediglich auf ein Gedächtnisprotokoll des russischen Staatsbürgers Rem Gejm stütze, angefertigt von diesem Mann dreißig Jahre nach der Lektüre. Der zuständige Arbeitsrichter lehnte es empört ab, dieses sogenannte Gedächtnisprotokoll zu den Gerichtsakten zu nehmen. Trutz, von Brachvogel seinerseits angezeigt, wurde wegen schwerwiegender, unbegründeter Verdächtigungen schuldig gesprochen.

Der nun drohenden Arbeitslosigkeit entging Maykl Trutz, als ihm überraschend und ausgerechnet von diesem Brachvogel das Angebot unterbreitet wurde, sich auf eine Archivstelle in einem kleinen Städtchen in der Prignitz, in Wittenberge, versetzen zu lassen, wo er als Leiter einer Nebenstelle des Landesarchivs seine Jahre bis zur Pensionierung verbringen könne. Verzweifelt und hilflos nahm Maykl Trutz dieses Angebot an, ihm blieb keine andere Wahl.

Seine Frau Sandra war von Beginn an mit seinem Vorgehen nicht einverstanden, realistischer als er, beurteilte sie seine Chancen, sie hielt es für eine Dummheit, ausgerechnet einen Mann wie Brachvogel anzuzeigen, der schließlich sein Vorgesetzter war, und als Maykl Trutz nach Wittenberge umzuziehen hatte, weigerte sie sich mitzukommen. Ich bleibe in Weimar, erklärte sie ihm, und als er fragte, was das bedeute, ob sie sich scheiden lassen wolle, nickte sie lediglich.

Achtundzwanzig Jahre nach ihrer Heirat wurde die Ehe von Sandra und Maykl Trutz geschieden, sie hatten sich auseinandergelebt oder vielmehr, nie zueinandergefunden.

In der kurzen Verhandlung sagte Sandra, es sei nicht möglich, mit einem Menschen zusammenzuleben, der nie etwas vergessen könne. Seine angebliche Begabung, seine Fähigkeit, über ein grenzenloses und nichts vergessendes Gedächtnis zu verfügen, sei nicht hilfreich, sondern eine Krankheit, mit der er sich und andere vergifte und allen die Lebenslust raube, die Scheidungsrichterin möge ihm ein Training des Vergessens empfehlen.

Bereits im ersten Jahr seines Aufenthalts in Wittenberge lernte er Annika Brutslacht kennen, eine studierte Ökonomin, die sich nach der von der Treuhand angeordneten Liquidation ihres Betriebes, des volkseigenen Nähmaschinenwerks, ehemals *Veritas und Naumann*, selbständig gemacht und mit gleichfalls entlassenen Freundinnen und Kolleginnen einen Haus- und Pflegedienst für ihre Stadt gegründet hatte, die *Heinzelweibchen*. Zu dritt führten sie die Agentur, hatten sechs feste Mitarbeiterinnen, zehn weitere Frauen standen bei Bedarf zur Verfügung, und bereits nach einem halben Jahr hatten sie einen ausreichend großen Kundenstamm, um die kleine Firma auf eine solide Grundlage zu stellen, die Löhne für die Angestellten und freien Mitarbeiter am Monatsende zu zahlen und sich selbst ein ausreichendes Gehalt. Zu ihrem Kundenkreis zählten fast ausschließlich ältere und alte Leute, bei denen die *Heinzelweibchen* stundenweise arbeiteten, um den Haushalt zu führen, die Wohnung zu reinigen und die Einkäufe zu erledigen. Es gab ältere Damen, die ein oder zwei zusätzliche Stunden bezahlten, um jemanden im Hause zu haben, mit denen sie sich unterhalten konnten, und eine Frau, die aus Schlesien stammte, wollte keinerlei Hilfen oder Erledigungen außer Haus, das bestellte *Heinzelweibchen* hatte sich lediglich zu ihr ins Wohnzimmer zu setzen, einen Tee zu trinken und ihre neueste Kreation zu kosten, da diese gebürtige Breslauerin jede Woche einen neuen Kuchen nach selbst entwickelten Rezepten buk, den sie beurteilt wissen wollte.

Maykl Trutz, durch einen Aushang im Supermarkt auf die Dienste der Agentur aufmerksam geworden, war nach einem Telefonat in das Büro der *Heinzelweibchen* gegangen, um die Termine für die von ihm gewünschte Wohnungsreinigung abzusprechen und einen Schlüssel zu hinterlassen. Annika Brutslacht hatte ihn dabei beraten, da sie seine Hilflosigkeit und Unkenntnis der häuslichen Arbeiten bemerkte, die ersten Wochenstunden bei ihm übernahm sie selbst. Trutz hatte für sie stets eine kleine Aufmerksamkeit auf seinem Küchentisch hinterlassen, eine Pralinenschachtel, Süßigkeiten, eine Spielerei zum Zeitvertreib, eine Blume, und einmal im Monat ging er persönlich im Büro der Agentur vorbei, um sich zu bedanken und die Rechnung zu bezahlen. Nach zwei Monaten lud er Annika Brutslacht in ein Restaurant ein, ein halbes Jahr später zog er bei ihr ein und im zweiten Jahr ihrer Bekanntschaft heirateten sie.

Seit Rem Gejm sich unter Getas Namen gemeldet hatte, schrieben sie sich regelmäßig, wobei sie beide weiterhin vermieden, Namen zu nennen, die bei einer möglichen Postkontrolle auf Rem hinweisen könnten. Nur ein einziges Mal machte Rem auf Maykls Bitte hin eine Ausnahme, als er ihm von Brachvogels Brief in den fünfziger Jahren an den sowjetischen In- und Auslandsgeheimdienst KGB schrieb. Besuchen konnten die Freunde sich nicht, Rem erhielt erst drei Jahre nach seiner Pensionierung einen Reisepass, und Maykl hätte bei einer Fahrt nach Moskau den Freund nicht treffen dürfen, da dieser der Kontaktsperre unterlag.

5. Kapitel

Die Zuganzeige am Bahnsteig wechselte von der Angabe der Uhrzeit zu einem durchlaufenden Text, der eine Verspätung von zehn Minuten ankündigte. Sekunden später teilte eine Lautsprecherstimme mit, der Regionalzug nach Wismar treffe voraussichtlich fünfzehn Minuten später ein, Grund dafür sei ein außerplanmäßiger Halt wegen eines verspäteten ICE nach Hamburg. Die fünf Schüler, die sich mit ihren Rucksäcken auf den beiden einzigen Sitzbänken am Bahnsteig ausbreiteten, brüllten auf und fluchten, dann ließen sie sich wieder auf die Metallbänke zurückfallen und zündeten sich Zigaretten an.

Außer ihnen war nur Maykl Trutz auf dem Bahnsteig, er lüftete für einen Moment seinen Hut, blickte auf seine Armbanduhr, verglich die Zeit mit der der über ihm hängenden Minutensprunguhr und ging in Richtung der Unterführung. Auf dem Bahnhofsvorplatz betrat er den kleinen Kiosk, warf einen Blick auf die drei dort ausliegenden Zeitungen und bat das Mädchen hinter dem Tresen um einen Cappuccino. Während der Kaffee in den Pappbecher lief, bezahlte er, die Verkäuferin wies ihn mit einer Handbewegung auf die seitliche Auslage mit Milchkapseln, Zuckerbeuteln und Plastiklöffel in Glasschüsseln. Sie stülpte eine Pappmanschette über den Becher und stellte ihn auf die Theke neben der Kasse. Trutz bedankte sich, griff nach dem Becher, grüßte und ging durch die Unterführung zum Bahnsteig zurück. Ein paar Minuten später wurde die Durchfahrt eines Zuges über den Lautsprecher angekündigt, und kurz darauf raste mit kaum verminderter Geschwindigkeit ein Zug durch den

Bahnhof, den er nur als dröhnendes, weißes Metallband wahrzunehmen vermochte. Er war von der Bahnsteigkante zurückgetreten, um dem Sog zu entgehen.

Der Lautsprecher meldete nun die verspätete Ankunft des Regionalexpress, der Minuten später in der Ferne sichtbar wurde. Der hohe, doppelstöckige Zug lief mit Schrittgeschwindigkeit ein und hielt an, die Schüler waren mit ihren Mappen und Rucksäcken aufgesprungen und schlenderten gelangweilt zu den Türen. Aus einem der mittleren Waggons stieg eine Gruppe älterer, angeheiterter Frauen aus, die alle gleichzeitig aufeinander einsprachen, so dass es auf dem Bahnsteig plötzlich laut und lärmig wurde. Trutz schaute nach seinem erwarteten Besucher, die durcheinanderlaufenden Frauen verstellten ihm jedoch den Blick auf den Zug. Außer ihnen befand sich nur noch ein Mann in einem auffällig eleganten Staubmantel und mit einem breitkrempigen Filzhut in der Hand auf dem Bahnsteig. Er war aus dem ersten Waggon ausgestiegen und betrachtete nun den Bahnhof, das riesige Bahnhofsgebäude, die Parkplätze und die Häuser in der Ferne. Dann sah er sich suchend um, die Frauengruppe lief schwatzend die Treppe der Unterführung hinunter, nur noch Maykl und der distinguiert gekleidete Mann aus dem ersten Waggon standen auf dem Bahnhof. Die Zugtüren schlossen sich, der Express setzte sich in Bewegung, und die beiden Männer gingen lächelnd und sehr langsam aufeinander zu.

»Maykl«, sagte der Mann mit dem Staubmantel. Er sprach leise und in der Stimme klang der Hauch einer Frage an.

Im selben Moment strahlte Maykl, streckte beide Hände aus und rief: »Rem. Mein Gott, Rem.«

Einen Augenblick später umarmten sie sich, jeder hielt

mit beiden Händen den Kopf des anderen und sie rieben ihre Stirnen aneinander.

»Schön, dich zu sehen. Endlich.«

»Sprechen wir deutsch? Goworim po-russki?«, erkundigte Trutz sich.

»Deutsch, mein Freund, deutsch. Ich durfte vierzig Jahr lang nicht ins Ausland, ich habe vierzig Jahre keins der deutschsprachigen Länder besuchen dürfen. Hier muss ich deutsch sprechen, ich habe viel nachzuholen, sehr viel. Und ich habe dich gleich erkannt, Maykl. Am Gang, an der Kopfhaltung, das ist alles noch so wie damals, wie vor ... Wie lange ist es her? Wie viele Jahre haben wir uns nicht gesehen? Mehr als vierzig Jahre.«

»In diesem Jahr werden es achtundvierzig Jahre sein. Anfang der Fünfziger kam ich ins Kinderheim nach Moskau, seitdem haben wir uns nicht mehr gesehen.«

»Achtundvierzig Jahre, mein Gott! Damals waren wir zwei Schuljungen, heute sind wir alte Männer. Aber was für ein Leben, Maykl!«

»Und weißt du noch, wo wir uns das letzte Mal sahen?«

»Natürlich erinnere ich mich daran. In Korkino, bei meinen Eltern.«

»Ja, gewiss, und unser letztes, unser allerletztes gemeinsames Unternehmen?«

»Sag schon, Maykl.«

»Wir waren im Kino, Rem. Wir sahen uns zum zwanzigsten Mal *Alexander Newski* an.«

»Zum zwanzigsten Mal? Es wird wohl eher das vierzigste Mal gewesen sein. Der Film lief ja damals jeden Tag überall, und nach dem Sieg jeden Tag zweimal. Das Foto von Tscherkassow konnte man fast so oft sehen wie das unseres geliebten eisernen Führers.«

»Ich habe ihn kennengelernt, unseren Filmhelden.«

»Wen? Tscherkassow? Du hast Nikolai Konstantinowitsch Tscherkassow kennengelernt?«

»Ja. Wir haben zusammen ein paar Gläschen Wodka getrunken. Das war so ein, zwei Jahre vor seinem Tod. Ich stieß in Brüssel auf ihn, sprach ihn an und dann haben wir uns gemeinsam in einer Hotelbar betrunken.«

»Mein Gott, sich mit unserem unsterblichen Tscherkassow zu besaufen, was für ein Glück. Denn du weißt, er ist unsterblich.«

»Ja, gewiss, Rem. Ich weiß, alle Russen sind unsterblich. Puschkin und Lenin und Tscherkassow, alle leben für alle Zeit.«

»Nein, Maykl, es ist wahr. Vor vier oder fünf Jahren wurde ein Planet oder Asteroid auf seinen Namen getauft. Er ist nicht mehr auf unserer kleinen Erde, aber da oben fliegt Tscherkassow für alle Zeiten und Ewigkeiten.«

Maykl lachte: »Du hast kein Gepäck bei dir? Nichts? Wirst du nicht hier übernachten? In einem Hotel oder bei mir? Wir haben uns so lange nicht gesehen. Ich habe mir extra drei Tage Urlaub genommen, Rem.«

»Nein, ich muss heute Abend wieder in Berlin sein. Tut mir leid, aber das geht nicht anders. Außerdem, ich habe mich kundig gemacht, in deinem Wittenberge gibt es kein Hotel, in dem ich auch nur eine Nacht verbringen möchte. Ich brauche ein Hotel mit einem guten Pool. Einem Pool, in dem ich jeden Morgen eine halbe Stunde meine Bahnen ziehen kann.«

Sie verließen den Bahnsteig, gingen die Treppen hinunter und am Ende der Unterführung wieder hinauf.

»Wir sollten zur Begrüßung etwas trinken, Maykl, das gehört sich so, und sei es nur einen Tee oder ein Wasser. Ist hier ein Café um die Ecke?«

»Nein, es gibt hier nur einen kleinen Kiosk auf dem Vorplatz. Ein Café finden wir erst in der Innenstadt. Kannst du dich so lange gedulden oder wollen wir im Stehen etwas trinken? Der Maschinenkaffee hier ist ganz anständig.«

»Gut, nehmen wir etwas.«

Sie betraten den Kiosk. Rem Gejm fragte nach Tee, die Verkäuferin wies auf die Teebeutel und er schüttelte sich angewidert.

»Nein, ich will mich in Deutschland nicht vergiften lassen. Oder habt ihr Deutschen das immer noch vor mit den Russen, Maykl? – Geben Sie mir einen Espresso. Und haben Sie einen Wodka?«

Er drehte sich zu Maykl Trutz: »Einen Wodka, um anzustoßen. Das muss sein.«

»Das dachte ich mir schon, Rem. Darum habe ich dich auch nicht mit dem Auto abholen wollen.«

»Natürlich habe ich Wodka«, sagte die Verkäuferin gekränkt, holte eine Flasche aus dem unteren Regal und stellte sie auf die kleine Theke.

»*Gorbatschow*? Was ist denn das?«

»Ein deutscher Wodka, Rem. Ein uralter deutscher Wodka.«

»Ein deutscher Wodka? Das muss so etwas Ähnliches sein wie ein russischer Scotch. Und er wird wohl auch so ähnlich schmecken.«

»Er wird gern getrunken«, warf die junge Verkäuferin verärgert ein, »sogar sehr gerne.«

»Dann versuchen wir ihn«, sagte Rem, »hundert Gramm für meinen Freund und hundert Gramm für mich.«

»Getränke werden nicht grammweise verkauft. Das ist doch kein Mehl.«

»Schön, dann eben für jeden ein Glas. Aber ein schön gefülltes großes Glas. Und ein Stück Brot, nein, geben Sie uns zwei von diesen dunklen Brötchen.«

Das Mädchen lächelte zufrieden und erwiderte triumphierend: »Hier wird nur flaschenweise verkauft. Das ist schließlich keine Kneipe, sondern eine Verkaufsstelle der Deutschen Bahn. Wenn Sie nur einen Schluck wollen, dann müssen Sie sich eine der kleinen Flaschen nehmen, aber das ist alles nur Kräuterlikör.«

Rem wandte sich zu seinem Freund um: »Noch immer der alte Ton, wie? Ich sehe unsere verschimmelte Deschurnaja mit ihren Schnurrbarthaaren geradezu vor mir. Du erinnerst dich, Maykl? – Schön, ich nehme die ganze Flasche. Was bekommen Sie? Und geben Sie uns zwei Gläser, dass wir gleich einen Schluck trinken können.«

»Achtzehn Mark zwanzig. Und Gläser haben wir nicht. Nur Plastikbecher, aber die kosten zehn Pfennig das Stück.«

»Plastikbecher!«, Rem legte einen Geldschein auf den Tresen: »Aber wahrscheinlich ist ein Plastikbecher für einen deutschen Wodka geeigneter als ein Glas. *Gorbatschow*, nein! Seid ihr Deutschen denn noch immer in diesen Kerl vernarrt? Bei uns könnte man keine zwei Flaschen von diesem Wodka verkaufen, in Moskau nicht, in ganz Russland nicht.«

»Das ist ein anderer Gorbatschow, Rem. Der Wodkamann Gorbatschow verließ Moskau nach der Revolution und gründete vor fast hundert Jahren seine Firma in Berlin. Und er hieß tatsächlich genauso wie euer Gorbatschow, der das Experiment Sowjetunion beendete. Also keine Sorge, es ist kein kommunistischer Wodka, eher das genaue Gegenteil.«

Rem steckte sein Wechselgeld in die Manteltasche,

stülpte die beiden Becher über die Flasche und sah seinen Freund fragend an: »Hier oder draußen?«

»Wie du willst.«

Rem sah zu der Verkäuferin: »Rauchen ist natürlich verboten, nicht wahr?«

»Selbstverständlich«, erwiderte das Mädchen zufrieden und grinste ihn an.

»Selbstverständlich verboten! Ja, das ist deutsch. Ich glaube, mit diesen beiden Worten kommt man hierzulande ein ganzes Leben lang aus. Selbstverständlich und verboten, was für eine schöne Sprache! Komm, gehen wir vor die Tür.«

Sie stellten sich an einen kleinen, runden Stehtisch, Rem holte eine Schachtel russischer Zigaretten aus der Manteltasche. Er bot Maykl die Schachtel an, aber dieser schüttelte den Kopf.

»In Korkino hast du noch geraucht, ich erinnere mich.«

»Damals waren wir fünfzehn, sechzehn, da haben alle geraucht. Ich habe es bereits in Moskau gottlob für immer gelassen. Aber ich sehe, du bist bei *Belomorkanal* geblieben, diesem Machorkazeug.«

»Ja, das ist noch eine richtige Zigarette. *Papirossy Belomorkanal*, alles andere ist doch was für Fräuleins. Ich habe mir fünf Schachteln aus Moskau mitgebracht, weil ich nicht weiß, ob man in Deutschland richtige Zigaretten zu kaufen bekommt. In deinem Kiosk hier jedenfalls habe ich sie nicht gesehen und in Berlin auch nicht.«

Er presste das Pappmundstück zweimal zusammen und zündete sich die Zigarette an. Etwas Tabak krümelte auf seinen Mantel, den er sofort abklopfte.

»Ein schöner Mantel, Rem. Sehr schön.«

»Ja, englisches Tuch. Und der Anzug ist italienisch.

Heute bekommst du in Moskau alles zu kaufen. Mehr als in Berlin.«

»Wenn man Geld hat.«

»Ja, das ist das einzig Fatale am schönen Geld, man muss es haben. Aber das ist nicht mein Problem, und ich hoffe, auch nicht deins.«

»Ich komm zurecht, es geht.«

»Nur es geht? Das hört sich nicht gut an. Arbeitest du noch?«

»Bis Ende des Jahres, ja, dann geht es in den Ruhestand, endlich. Und dann verschwinde ich aus diesem Nest. Werd dann wohl nach Berlin gehen. Und wie sieht es bei dir aus?«

»Ich bin schon fünf Jahre Pensionist. Dienstjahre und Rang, da kam einiges zusammen, ich kann nicht klagen. Und gebraucht werde ich noch immer. Mit Japanisch oder Chinesisch verdient man am meisten, aber die deutsche Sprache ist in der Geschäftswelt nach wie vor auch gefragt.«

Rem hatte die Flasche geöffnet und Wodka in die Plastikbecher gegossen. Er hob seinen Becher, hielt ihn Maykl hin und wartete, bis auch der Freund nach dem Schnaps gegriffen hatte.

»Auf was trinken wir? Auf uns? Auf unser Wiedersehen?«

»Nein, Rem, der erste Schluck gehört deinem Vater. Trinken wir auf Waldemar, ich verdanke ihm viel. Wir beide stehen in seiner Schuld, wir und alle seine Schüler.«

»Also auf den alten Gejm. Möge es ihm wohl ergehen, wo immer er jetzt auch ist.«

»Auf Waldemar. Wetschnaja pamyat!«

»Wetschnaja pamyat! Deine Schüler grüßen dich. Dein Sohn Rem und dein Lieblingsschüler Maykl.«

»Lieblingsschüler?«

»Ja, das warst du, und das weißt du auch. Du warst immer der Beste, du warst der, den er am meisten forderte und förderte. Damals war ich richtig eifersüchtig auf dich. Maykl hier und Maykl da, immerzu wurdest du mir als Beispiel vorgehalten, weil du schneller lerntest als alle, weil du gewitzter warst, weil du seinen Trainingsmethoden aufs Komma genau gefolgt bist. Manchmal habe ich dich zur Hölle gewünscht.«

»Ja, Waldemar war schon ein besonderer Kerl. Wenn die Moskauer Universität ihren Professor behalten hätte, was wäre das für eine Zierde der Uni geworden. Ein Leuchtturm, wie das heute heißt. Für mich war es ein Glück, im Ural wieder auf deinen Vater zu treffen. Ich hätte dort auch verblöden können. An Alkoholikern und Geisteskrüppeln herrschte dort kein Mangel, selbst unter den Schülern nicht.«

»Ja, davor hat Vater uns bewahrt. Wetschnaja pamyat!«

Er griff nach der Flasche und goss, den Protest seines Freundes mit einem Lächeln ignorierend, nochmals einen Schluck in ihre Becher.

»So, Maykl, und nun musst du mir verraten, wieso du in diesem Nest steckst. Als wir zwei wieder Kontakt hatten, warst du in Weimar. Das ist vermutlich eine sehr schöne Stadt. Aber warum hier? Ich will dir gestehen, ich hatte Schwierigkeiten diesen Ort zu finden. In meiner Buchhandlung daheim hatte ich nach deinem Wittenberge gefragt, da hat mir die Buchhändlerin gleich drei Bücher gebracht. Das sah alles sehr gut aus. Cranach und Martin Luther, Schlosskirche und Hamlets Universität. Aber dann sah ich, das war Wittenberg, nicht Wittenberge. Als ich die Buchhändlerin darauf hinwies, meinte die gute

Frau, du hättest dich verschrieben. Es müsste Wittenberg heißen, eine Stadt Wittenberge gebe es in Deutschland nicht. Ich sagte ihr, mein Freund Maykl verschreibt sich nicht, hat er nie getan, warum soll er im Alter damit anfangen, aber die Frau beharrte darauf, dass du in Wittenberg wohnst. Daheim habe ich im Internet nachgeschaut. Dieses Wittenberge gibt es tatsächlich, aber von einem Cranach oder einem Luther keine Spur. Wieso steckst du hier? Leitest du ein hochgeheimes Archiv, das man in der Provinz verstecken wollte.«

»Nein, es ist nur eine völlig belanglose Nebenstelle des Landesarchivs, und ich leite sie zwar und darf mich Direktor nennen, aber außer mir gibt es dort nur zwei Halbtagsstellen, ich bin also der Direktor eines Potemkinsches Dorfes. Ich habe nicht einmal eine Sekretärin. So etwas nennt man eine Strafversetzung.«

Rem sah seinen Freund besorgt und erwartungvoll an, doch Maykl schüttelte den Kopf: »Nein, darüber wollen wir jetzt nicht reden. Wir sehen uns nach fünfzig Jahren wieder, da haben wir anderes zu besprechen.«

»Ich versteh das nicht. Du warst damals die Koryphäe, der Meister von morgen, auf dich hoffte Vater, von dir erwartete er etwas, mehr als von mir. Als du mir vor drei Jahren geschrieben hast, du seist Archivar geworden, da dachte ich mir, nun gut, mit diesem Gejm-trainierten Gedächtnis ist in einem Archiv einiges anzufangen, aber ich hätte gewettet, dass du in kürzester Zeit Herr der deutschen Archive und Selbstherrscher aller preußischen Reußen sein wirst. Wieso? Was ist passiert?«

»Schicksal. Lohnt nicht, darüber zu reden. – Wollen wir uns auf den Weg machen? Wir können zu mir gehen, meine Frau hat etwas für dich gekocht.«

»Für mich? Sag jetzt nicht, Borschtsch oder Blini. Hoffentlich keine russische Küche. Ich will hier etwas Deutsches essen.«

»Genau das hat sie auch gemeint. Es soll einen schweren deutschen Sauerbraten geben.«

Rem lachte auf, hob die Schnapsflasche hoch und schenkte sich, da Maykl ablehnte, seinen Plastikbecher rasch zerdrückte und in den Mülleimer warf, noch einen großen Schluck Wodka nach. Er trank aus und fragte, was er mit der halbleeren Flasche anfangen solle, beide hätten keine Tasche dabei und mit einer Wodkaflasche wolle er nicht durch das schöne Wittenberge ziehen. Maykl zuckte mit den Schultern, mit einem Seufzer warf sie der Freund mit den Brotresten in den Mülleimer. Sie gingen los, aber schon nach wenigen Schritten blieb Rem stehen.

»Und was ist das?«, fragte er.

»Was meinst du?«

»Das Gebäude hier. Ein Bahnhofsgebäude, hundert Meter lang und völlig verrottet.«

»Der übliche Leerstand. In den letzten Jahren wurde hier ein Werk nach dem anderen aufgegeben. Den Bahnhof braucht man nur noch, um nach Berlin zur Arbeit zu fahren.«

»Und ausgerechnet in dieses traurige Nest hast du dich versetzen lassen?«

Maykl zuckte nur mit den Schultern.

»Komm«, sagte er und legte eine Hand auf die Schulter des Freundes, »Annika wartet mit dem Essen auf uns. – Vorhin sagtest du, du warst fünfzig Jahre in keinem deutschsprachigen Land? Wieso? Warum nicht? Es gab doch Ostdeutschland, da konnte damals jeder Russe hin.«

»Die Armee hat ihre eigenen Gesetze. Ich habe ja das Dolmetscher-Studium gemacht, das war ich Vater schuldig. Bereits auf der Hauptschulstufe habe ich dreimal die Landes-Olympiade Deutsch gewonnen, daran hast du einen großen Anteil, du hast mir ja damals sehr energisch deine Sprache beigebracht, so kam ich nach der Oberstufe sofort an die Dolmetscher-Fakultät des *Ersten Staatlichen Pädagogischen Instituts für Fremdsprachen* in Moskau. In meinem zweiten Studienjahr gab es die große Abrechnung mit Stalin, und in dem Jahr, an dem ich am Institut mein Abschluss-Zertifikat machte, also das Dolmetscher- und Lehrerdiplom erhielt, wurde Vater vollständig rehabilitiert, man gab ihm sogar zwei dicke Orden posthum. Seinetwegen, wegen seiner zu Unrecht erfolgten Degradierung, holte mich nach dem Studium die Miltärakademie zu sich, die RABA, die Rote Arbeiter- und Bauernarmee *Woroschilow*, unsere höchste Militärakademie. Timoschenko höchstpersönlich hatte dafür gesorgt. Mein Zertifikat war glänzend, eine Fünf an der anderen, und die Armee bot mir an, im inneren Sicherheitsbereich als Übersetzer und Dolmetscher zu arbeiten. Der Einstiegsdienstgrad war Leutnant, das war viel Geld für mich, und alle paar Jahre standen Beförderungen an, sofern ich nicht die Ehre der Großen und Ruhmreichen kränke. Ich habe sofort unterschrieben, weil ich Geld haben wollte, den höheren Dienstgrad, die Uniform, mit der man für jede Frau begehrenswert wurde. Das Kleingeschriebene im Vertrag hatte ich zwar gelesen, aber das fand ich nicht so wichtig und ich dachte, time will tell. Utro vechera mudrenee. Oder wie ihr sagt, kommt Zeit, kommt Rat. Ja, und damit hatte ich unterschrieben, dass ich wegen der höchsten Geheimhaltungsstufe nie und niemals den Boden meines geliebten Vaterlandes verlassen dürfe. Darum mussten wir uns unsere Briefe über Getas Adresse schicken, und darum hatte ich die ersten Briefe nicht unterschrieben und hatte vermieden, Namen auszuschreiben, und stattdessen Kürzel benutzt. Selbst einen Briefwechsel mit dir hätte ich beantragen müssen, und das wäre endlos geprüft worden und möglicherweise hätte man es mir untersagt. Auf das Spiel wollte ich mich nicht einlassen und habe dir daher unter dem Namen meiner Schwester geschrieben. Die Kontaktverbote galten nach dem Ausscheiden aus den Streitkräften noch für weitere drei Jahre. Ja, wie gesagt, ich hatte unterschrieben und damit war ich an den heiligen, mit Blut getränkten russischen Boden gefesselt. In den ersten Jahren störte es nicht, das Geld lockte mich, die Uniform lockte die Mädchen, und die Sterne und Streifen auf den Schulterstücken vermehrten sich langsam, sehr langsam, aber kontinuierlich. Zum großen Problem wurde allerdings nach einigen Jahren die fehlende Reisemöglichkeit. Ich hatte ein gutes Deutsch gelernt, ich hatte vorzügliche Lehrer, ich hätte jederzeit Goethe oder Kleist übersetzen können, nur das deutsche Militär, das uns besuchte, sprach nicht diese Sprache, und die Briefe aus Berlin und Bonn, die wurden nicht von einem Goethe oder einem Kleist geschrieben, sondern von Leuten, die – nun, ich will nicht sagen, dass sie mit ihrer Muttersprache auf Kriegsfuß standen, aber sie schrieben und sprachen ein sehr anderes Deutsch, als ich gelernt hatte. Falsches Deutsch, würde ich sagen, aber es war halt die neue Umgangssprache, und Umgangssprache, deutscher Slang fehlte mir. Ich habe deutsche Zeitungen gelesen, Jugendzeitschriften, Kinderhefte, Boulevardpresse, da fand ich das neue Deutsch. Und ich brauchte es, schließlich konnte ich den hohen Herrschaften nicht sagen, sie hätten von ihrer Sprache und Grammatik keine Ahnung. Ich wollte nicht die Vorstellung valyat' Wolodja aufführen, wie es in unserer Abteilung hieß, den Wolodja spielen, den Narren.«

Maykl sah ihn fragend an, der Ausdruck sagt ihm nichts.

Rem fuhr fort: »Wolodja, musst du wissen, war ein Kollege, ein paar Jahre älter als ich, einen Dienstgrad über mir, und er war in meiner Sektion Sieben in der englischen Zone. Wie ich hatte er Auslandsverbot, er war perfekt in der Sprache, aber in seinem ganzen Leben nie in England oder Amerika gewesen. Drei Jahre nach seiner Pensionierung konnte er zum ersten Mal in seinem Leben nach London fahren. Da er zuvor Paris sehen wollte, fuhr er mit der Bahn durch den Kanaltunnel bis Dover und stand nun als alter Mann zum allerersten Mal auf dem Grund und Boden des Vereinigten Königreichs. Auf dem Bahnhof noch sprach er einen Einheimischen an und fragte ihn etwas, er brauchte irgendeine Auskunft. Der Brite antwortete ihm, und was tat mein Wolodja? Wolodja verbesserte ihn. Verstehst du, Maykl, Wolodja hatte sicher recht, der Mann, den er angesprochen hatte, sprach vermutlich kein Oxfordenglisch, sondern den gewöhnlichen Slang der Leute. Und davon wiederum hatte mein Wolodja keine Ahnung, stattdessen verbessert er das Englisch des Engländers. In diese Falle wollte ich nicht geraten, aber ich geriet hin und wieder in Versuchung, wenn ich das grauenvolle Deutsch von einigen dieser hohen Offiziere zu übersetzen hatte.«

»Hohe Offiziere?«

»Vom General an aufwärts. Und ich erlebte sie nicht nur bei den Gesprächen und Tagungen, sondern auch an feuchtfröhlichen Abenden, wo sie sich gehenließen, als ob sie bei Freunden daheim wären. Sie schwatzten und plauderten, für die Leute vom GRU muss es ein Fest gewesen sein.«

»GRU?«

»Du weißt doch, Glawnoje Raswedywatelnoje Uprawlenije, unser Militärauge.«

Er blieb vor einem Geschäft stehen.

»Warte bitte. Ich will ein paar Blumen kaufen. Ich möchte bei deiner Frau nicht mit leeren Händen auftauchen.«

Er betrat den Laden, Maykl folgte ihm. Eine Vietnamesin kam hinter einem Perlenvorhang hervor, grüßte sie mit fröhlichem, heftigem Kopfnicken und sah die Männer erwartungsvoll an. Rem schaute sich um und ging dann zu den Eimern mit den Rosen.

»Sehr schön, die Weißen. Und ich hoffe, sie sind frisch.«

»Heute erst geliefert«, piepste die kleine Vietnamesin und nickte wieder mehrmals.

»Und was kosten sie?«

»Dreiundachtzig.«

»Bitte? Wie viel?«

»Jede drei Mark und achtzig Pfennige.«

»Ich nehme sie. Ich nehme sie alle.«

»Rem, das ist zu viel. Die Hälfte reicht völlig.«

Rem schüttelte den Kopf und nickte der Vietnamesin zu: »Wie gesagt, alle.«

Die Frau strahlte ihn an, nahm die Rosen aus dem Eimer, fragte, ob sie ein paar Wildgräser hinzufügen solle, und wickelte die Blumen in buntes Geschenkpapier.

»Du übertreibst, Rem. Du wirst die arme Annika mit dieser Blumenpracht erschlagen. – Seit wann bist du in Deutschland?«

»Ich kam erst gestern an. Und ich wollte dich sehen.«

»Wie oft warst du schon in Deutschland? Seit wann darfst du reisen?«

»Vor zwei Jahren wurde meine Ausreisesperre aufgehoben. Drei Jahre nach meinem Ausscheiden entließ man mich aus dem Hausarrest und ich erhielt endlich einen Reisepass. Ich wollte gleich nach Deutschland, doch dann lockten aus den verschiedensten Gründen Paris und New York heftiger, und erst vor einem Jahr kam ich das erste Mal nach Deutschland, nach Hamburg.«

Maykls Frau Annika freute sich über die Blumen, doch als Rem ihr einen Handkuss gab, wurde sie über und über rot und verlegen wie ein kleines Mädchen. Im Wohnzimmer hatte sie den Tisch festlich gedeckt, zwei Kerzen brannten, und eine kleine Vorspeise, ein Heringsfilet auf Kräutern, war bereits serviert. Sie bat die Männer, sich schon an den Tisch zu setzen, sie wolle noch die wunderbaren Rosen versorgen, und verschwand mit dem Strauß in der Küche. Es dauerte einige Zeit, bis sie mit zwei hohen Vasen und den Rosen zurückkam und sich nochmals für das großartige Präsent bedankte. Rem war sehr galant zu ihr, schien sich jedoch ein wenig über ihre Nervosität und ängstliche Beunruhigung zu amüsieren, da Maykls Frau sich unablässig bemühte, keinen Fehler gegenüber dem Jugendfreund ihres Ehemannes zu begehen, und aufgeregt wie bei einer Prüfung war.

Nach der Vorspeise und einer Mango-Kürbis-Suppe brachte Annika das Hauptgericht, einen rheinischen Rindersauerbraten mit einer Printensauce und Rotkohl. Rem ließ sich drei Scheiben geben, und zum Vergnügen der Hausfrau aß er mit großem Appetit und bat noch um eine weitere Portion. Annika fragte ihn, ob sein Vorname eigentlich ein altrussischer Name sei oder ein amerikanischer, für sie sei er sehr ungewöhnlich und klinge nicht russisch.

»Ein altrussischer Name? Nein, er ist nicht sehr alt, allerdings ist er ungebräuchlich geworden und insofern durchaus altrussisch. Oder ich sollte besser sagen: Es ist ein sowjetischer Vorname, ein altsowjetischer, denn diese Art von Namen gab es nur während zweier Jahrzehnte, dann kamen sie völlig aus der Mode. Wenn ich Ihnen meinen Vatersnamen, mein Patronym, verrate, vielleicht können Sie die Herkunft des Namens erraten. Mein Vater ließ mich nicht als Rem Wladimirowitsch oder Rem Waldemarowitsch eintragen, was üblich gewesen wäre, nein, ich bekam den Vatersnamen Lemaren. Rem Lemaren Gejm ist mein vollständiger Name. Nun, ahnen Sie etwas?

»Tut mir leid, nein. Lemaren? Das ist für mich genauso eigentümlich wie Rem.«

»Nun, in der Zeit, als ich geboren wurde, waren das auch nicht gerade übliche und häufige Vornamen, aber sie waren nicht völlig ungewöhnlich. Sprachwissenschaftlich nennt man diese Namen Akronyme oder Initialworte, also Namen, die aus den Anfangsbuchstaben anderer Worte oder Namen zusammengesetzt wurden. Abkürzungen sozusagen. Und erraten Sie, wofür Rem und Lemaren stehen, woraus diese Namen zusammengesetzt wurden?«

»Nein, wie soll ich das erraten können, wenn es jeweils nur der allererste Buchstabe eines Wortes ist.«

»In meiner Heimat wussten damals alle sofort Bescheid. Wenn ich neu in eine Klasse kam und meinen Namen sagte, wusste auf jeden Fall der Lehrer damit etwas anzufangen. Rem, das ist zusammengesetzt aus Revolution, Einigkeit und Marxismus. Und Lemaren, erraten Sie das? Das ist einfacher, denn dieses Akronym ist kein Initialwort, in der Sprachwissenschaft spricht man in diesem Fall von einem Silbenkurzwort. Lemaren – was könnte das sein?«

Sie schüttelte bedauernd den Kopf und sagte, sie könne auch dieses Rätsel nicht lösen.

»Ganz einfach, Annika, Le-mar-en, Lenin, Marx und Engels.«

Annika schrie vor Lachen laut auf und konnte sich kaum beruhigen. Plötzlich schlug sie sich erschrocken beide Hände vor den Mund.

»Ich hoffe, ich habe Sie nicht gekränkt, Rem. Für mich ist das sehr, sehr bizarr.«

»Ja, es ist ungewöhnlich und auch lächerlich, insofern lachen Sie bitte weiter. Sie lachen herzerfrischend, Annika. – Ach, sagen Sie, wollen wir uns nicht duzen? Die Frau meines Maykl, das ist selbstverständlich von vornherein eine geschätzte Freundin für mich.«

Annika nickte zustimmend und Rem fuhr fort: »Solche merkwürdigen Vornamen, die sind durchaus typisch für meinen Vater.«

»War er denn ein überzeugter Kommunist?«

»Er war Parteimitglied, aber ein überzeugter Kommunist, nein, das war er nicht. Das interessierte ihn zu wenig, genauer gesagt, es interessierte ihn überhaupt nicht. Für ihn gab es nur seine Arbeit, alles andere ließ ihn völlig gleichgültig. Ich hatte ihn einmal, ich war elf oder zwölf, gefragt, wann wir den gelobten Kommunismus erleben würden, da sah er mich verwundert an und war für einen Moment sprachlos. Er lächelte, als hätte ich gefragt, ob auf dem Mars Menschen leben, und erkundigte sich, wie weit ich mit der Konstruktion meines Primzahlgenerators sei, mit dem ich mich damals tatsächlich beschäftigte. Nein, für alles, was außerhalb seiner Wissenschaft war, hatte er kein Auge, das war für ihn belanglos, nebensächlich, einfach nur Unfug. Mutter hatte mir erzählt, an seiner ersten Universität habe ein Arbeitskollege zu ihm gesagt, es sei für ihn und seine Forschungsarbeit förderlich, wenn er Mitglied der Partei werde. Er sei daraufhin im gleichen Moment und ohne auch nur mit ihr einmal zu reden, ins Parteibüro spaziert und habe um einen Antrag auf Aufnahme in die Kommunistische Partei gebeten. Man wies ihn darauf hin, dass dieses nur möglich sei, wenn ihn drei Parteimitglieder dafür vorschlagen und für ihn bürgen würden. Innerhalb von zwei Stunden hatte er sich dieser Bürgen versichert, die ihn tatsächlich als Kandidat vorschlugen. Nein, die Namen seiner Kinder drückten für ihn keine Gesinnung aus, er hatte in der Parteipresse gelesen oder ein Kollege hatte es ihm gesagt, der sowjetische Nachwuchs solle sowjetische Namen bekommen, und so setzte er sich gegen Mutter durch und wir bekamen diese Namen Rem und Geta. Geta ist meine Schwester und der Name ein Initialwort aus Staat, Elektrizität, Arbeit und Avantgarde. Und wir hatten noch Glück. In Petersburg, damals Leningrad, lernte ich eine Lehrerin kennen, zehn Jahre älter als ich, mit dem Vornamen Trolebuzina. Und dieser Name kam nicht, wie man vermuten könnte, von den damals neuartigen Oberleitungsbussen, dem Trolleybus, nein, auch das war ein Silbenkurzwort, das alle Mitbürger damals leicht entschlüsseln konnten. Weißt du es, Maykl? Kannst du den Namen entschlüsseln?«

»Das möchte ich doch meinen. Trotzki, Lenin, Bucharin, Zinowjew. Korrekt, Rem?«

»Absolut, mein Freund. Trolebuzina stand für diese vier Leute. Und falls dir, Annika, der eine oder andere

Name nichts mehr sagt, Trotzki wurde nach der Revolution aus der Partei ausgeschlossen, verbannt und schließlich ermordet. Bucharin verhaftete man 1937 und brachte ihn ein Jahr später um. Und Grigori Zinowjew wurde gefoltert und nach einem Schauprozess in der Moskauer *Lubjanka* erschossen. Drei der vier Namensgeber der Lehrerin in Leningrad waren entlarvt, wie das damals hieß, und ermordet worden, aber diese arme Frau musste weiterhin den Vornamen Trolebuzina tragen, damals nicht eben eine Empfehlung für die Karriere. Ich denke, wann immer sie zu dieser Zeit ihren Namen zu nennen hatte, herrschte augenblicklich Schweigen im Raum. Du verstehst, Annika, dieser Moment von belastender Stille, der unvermittelt und scheinbar grundlos in einem Gespräch entstehen kann. Bei euch Deutschen sagt man für dieses Schweigen: ein Engel sei durch den Raum gegangen. Ein hübsches Bild. Bei uns hieß es, der stumme Engel fliegt. Aber neuerdings nennen wir Russen dieses plötzliche Schweigen anders und sehr viel genauer, wie ich meine, bei uns heißt dieses Verstummen seit hundert Jahren: ment rodilsja. Das heißt, ein Milizionär wurde geboren. Schön, nicht?«

»Ein Milizionär, ein Polizist, wurde geboren«, wiederholte Annika. »Ja, das trifft dieses belastende Verstummen viel besser. Das gefällt mir.«

»Vater war kein Kommunist, er war kein Christ, kein Heide, kein Moslem, er war Neurolinguist, das und nur das. Er lebte in einer anderen Welt, in seiner Welt. Die Vornamen seiner Kinder waren für ihn völlig nebensächlich, Namen waren Kennzeichen, mehr nicht. Er hätte uns auch eine Formel aus der Mathematik oder Chemie als Namen geben können oder einfach eine Nummer. Er sagte mir einmal, die Menschheit hätte sich nicht diese dummen Namen ausdenken sollen, Namen, die in jedem Land dutzendmal oder gar tausendmal auftauchen, so dass man gar nicht weiß, wer gemeint ist. Wenn sie stattdessen die unendliche Zahlenreihe genutzt hätte, wäre jeder Mensch auf der Erde unverwechselbar, denn die Menge der reellen Zahlen sei überabzählbar und damit sei jeder Mensch von einem beliebigen zweiten durch mindestens eine Zahl unterschieden und einzigartig auf der Welt. Versteht ihr, er fand eine fortlaufende Nummerierung zweckmäßiger, und damit die Zahlen überschaubar blieben, sollte alle neunzig oder hundert Jahre wieder mit der Eins begonnen werden.«

Maykl lachte auf: »Ja, ich erinnere mich. Diejenigen, die älter als neunzig oder hundert würden, bekämen ein NR an ihre Zahl gehängt, NR für ne rabotayet, arbeitet nicht. Damit meinte er, sei gesichert, dass nicht zwei völlig gleiche Zahlen in der Welt herumliefen.«

Annika lachte wieder und Rem fuhr fort: »Ich denke, er hätte, wenn nicht Mutter es verhindert hätte, uns auch liebend gern A-Quadrat und Pi genannt, solche Namen waren für ihn logischer. Ich erinnere mich, wie er sich über die Astronomen belustigte, die ihren Planeten und Himmelskörpern irgendwelche mythischen und mystischen Namen gaben. Er hätte den ganzen Himmel anders geordnet, nämlich mit Zahlen. Nummer Eins umkreist die Erde in etwas mehr als siebenundzwanzig Tagen, Nummer Zwei ist der kleinste und schnellste Planet, Nummer Vier ist der äußere Nachbar der Erde, und so weiter. Alles Weitere war wissenschaftsfremder Unsinn für verträumte, romantische Backfische. Für ihn entsprachen Zahlen der fantastischen Ordnung des Weltalls. Mit den unendlichen Möglichkeiten der Zahlen waren für ihn die andauernde Unwandelbarkeit und permanente

Veränderung des grenzenlosen kosmischen Raums am genausten zu erfassen, und nicht mit bedeutungsgeladenen Namen aus alten Märchen.«

»Ich glaube«, sagte Maykl, »er fand sich im gewöhnlichen Alltag kaum zurecht. Doch all die kleinen Lächerlichkeiten und peinlichen Missgeschicke, die ihm Tag für Tag zustießen, ärgerten und störten ihn nicht, sie erreichten ihn gar nicht. Und ich weiß nicht, ob ich mich täusche, Rem, ich hatte damals den Eindruck, dass er selbst euch, die eigenen Kinder, nicht wirklich wahrnahm.«

Rem nickte: »Meine Schwester Geta und ich existierten für ihn eigentlich erst, als wir mit ihm vernünftig und verständlich sprechen konnten, als wir ausreichend Verstand hatten, so dass ihm ein Gespräch mit uns sinnvoll schien. Das änderte sich erst am Ural, in Korkino, da hatte er Zeit für uns. Doch zuvor in Moskau hat er uns sicher geliebt, aber eher wie man sich mit einer Katze oder einem Hund abgibt: Man spielt mit ihnen, streichelt sie, hat aber ansonsten nichts weiter mit ihnen im Sinn. Das ausschließliche Zentrum seiner Aufmerksamkeit bildete das menschliche Gehirn, das Gedächtnis, seine Funktionen, seine Fähigkeiten, und er suchte nach Möglichkeiten, um ebendiese Funktionen und Fähigkeiten zu erweitern. Das Gehirn war sein Leben, und den Rest des Lebens nahm er nicht wahr. Wenn wir als Kinder mit irgendwelchen Problemen in der Schule oder auf der Straße zu ihm kamen, hörte er uns zu, aber er verstand nicht, was wir sagten. Unsere Schwierigkeiten begriff er nicht, das waren für ihn Worte und Ereignisse aus einer anderen Welt, aus einer anderen, einer erdfernen Galaxie. Er war nicht unfreundlich, ganz im Gegenteil, er war uns und anderen gegenüber höflich und zurückhaltend, ein freundlicher Mann, ein Vater, von dem andere nur träumen konnten, nur lebte er in einer anderen Welt. Er war eben der Seelöwe, wie Mama ihn nannte.«

»Der Seelöwe?«, fragte Annika belustigt.

»Meine Mutter hatte eine Freundin, eine Biologin, die als Zoologin an der Lomonossow-Universität arbeitete. Sie hatte ihr erzählt, nicht der Elefant sei das Tier mit dem besten Gedächtnis, sondern der Seelöwe. Ein Kollege, der auf den Kurilen mit diesen Tieren arbeitet, habe ihr berichtet, er habe bei Seelöwen das erstaunlichste Langzeitgedächtnis feststellen können, und zwar nicht allein in Bezug auf deren Reiserouten, sondern selbst bei Buchstaben und Zahlen. Freilich habe sich bei ihnen eine ebenso erstaunliche Stupidität gezeigt, sobald es nicht um ihre Kolonie ging, also ihre Familie und ihren Harem, und um die optimale Nahrungssuche. Da würden sie eine stumpfe Gleichgültigkeit an den Tag legen, den der Meereszoologe als einen Stupor oder Torpor diagnostizierte. Meine Schwester fragte damals, ob vielleicht der Papa ein Seelöwe sei, und seitdem hieß er in der Familie nur noch der *Seelöwe*. Maykl hat ihn ja noch kennengelernt. Maykl war sein Liebling, weil er ebenso ernsthaft wie mein Vater war und sich mehr als Geta und ich und die anderen Jugendlichen in der Schule in Korkino für seine Gehirnforschungen interessierte. Vater hatte ihn einmal in der Klasse in Korkino *kleiner Seelöwe* genannt. Alle lachten damals. Außer dir und mir hat wohl keiner verstanden, welch außerordentliches Lob diese Bezeichnung darstellte. Mein Vater war einzigartig.«

»Ich weiß«, sagte Annika, »Maykl hat mir viel von Ihrem – oh, Pardon!, von deinem Vater erzählt, von ihm und von seinem besten Freund Rem. Er spricht gern von den Jahren in dieser Stadt am Ural und dem Unterricht bei dem legendären Waldemar Gejm. Denn er war wohl wirklich legendär, jedenfalls spricht Maykl immer nur in den höchsten Tönen von ihm.«

Rem nickte: »Ja, das war er. Aber ich rede und rede. Vielleicht sprechen wir auch mal von etwas anderem. Ich kenne Deutschland nur aus der Zeitung, aus der Presse, aus den Büchern. Erzählt mir lieber, wie ihr lebt, was sich für euch verändert hat.«

Annika schüttelte den Kopf und bat ihn, mit seinem Bericht fortzufahren: »Bitte, Rem, was passierte nach dem Tod von deinem Vater? Maykl hat mir einiges erzählt, aber als er Russland verließ, war er noch ein halbes Kind und hat, wie er mir sagte, nicht alles wirklich verstanden, was da ablief.«

»Das ist wahr, Rem. Ich habe sehr genaue Erinnerungen an die Zeit in Korkino und an das Kinderheim in Moskau, aber die Fäden, die alles miteinander verknüpfen, nein, darüber weiß ich nichts, gar nichts. Ich war und bin auf Vermutungen angewiesen, zumal hierzulande, in der DDR, im östlichen Deutschland, in der sowjetisch besetzten Zone, kaum einer darüber sprach, die zurückgekehrten Emigranten am allerwenigsten, und was ich aus den westdeutschen Medien erfuhr, das war zum Teil einfach nur lächerlich. Es war der Kalte Krieg, und auch in einem kalten Krieg ist die Wahrheit immer das erste Opfer. Sprich weiter, Rem.«

Rem räusperte sich und lächelte. Für einige Sekunden senkte er den Blick und schaute auf seine Hände.

»Ungern«, sagte er schließlich, »sehr ungern. Was dann kam, nun, da brauche ich wohl noch einmal hundert Gramm von dem Wässerchen, falls ihr so etwas im Haus habt.«

»Da kannst du völlig unbesorgt sein, Rem. Maykl hat für deinen Besuch groß eingekauft. Schampus und Bier,

Wodka, Tee und Wein, es ist alles reichlich da. Wir hatten geglaubt, nein, gehofft, du würdest für ein paar Tage unser Gast sein.«

»Das geht leider nicht. Ich habe noch in Berlin zu tun und muss dann weiter nach München. Sag mal, Annika, würde es dich stören, wenn ich eine Zigarette rauche?«

»Nein, überhaupt nicht, ich hole dir einen Aschenbecher«, erwiderte sie und sprang auf.

Maykl legte eine Hand auf ihren Arm, sah seinen Freund an und sagte: »Nein, Rem, tut mir leid. Annika sagt nicht die Wahrheit. Sie verträgt Zigarettenrauch überhaupt nicht, und da du diesen Bauerntabak qualmst, diesen Machorka, würde sie wohl innerhalb von Sekunden umfallen. Gehen wir beide für ein paar Minuten auf den Balkon, dann kann Annika das Dessert auftischen und uns die hundert Gramm einschenken.«

»Kein Problem«, meinte Rem und erhob sich vom Stuhl, »Rauchen ist ohnehin eine Unart, ich habe sie mir leider nicht abgewöhnen können. Gehen wir auf den Balkon.«

Annika verschwand mit den benutzten Tellern in die Küche, die beiden Männer traten auf den winzigen Balkon und blickten auf eine lange Reihe von Garagen, einen Wäschetrockenplatz und ein umzäuntes Gartengrundstück mit Sträuchern und Gemüsebeeten. Rem nahm seine *Belomorkanal*-Schachtel aus der Anzugtasche, knickte eine der Zigarettenenden und zündete sie an.

»Eine nette Frau, deine Annika, und eine hübsche Person.«

»Wir sind noch nicht lange zusammen, ich habe Annika erst vor acht Jahren kennengelernt, hier in Wittenberge.«

»Ja, ich erinnere mich, du hattest mir das damals geschrieben. Deine erste Frau hieß Karin, nicht wahr?«

»Sandra. Wir waren achtundzwanzig Jahre zusammen, und dann haben wir uns mit Krach und Ärger getrennt.«

»Ja, das passiert den Menschen wie den Leuten. Aber mit Annika hast du das große Los gezogen.«

»Ja, ich bin zufrieden. Ach was, ich bin glücklich mit ihr«, Maykl lachte plötzlich auf, »wenn ich alles richtig durchdenke, so hast du eine kleine Aktie an der Scheidung von Sandra.«

Rem sah ihn verwundert an: »Ich? Ich habe sie nie kennengelernt. Ich habe doch erst vor acht oder neun Jahren herausbekommen, wo du lebst, und dann haben wir ein paar Briefe gewechselt. Was habe ich mit deiner Scheidung zu tun?«

»Eine längere Geschichte«, meinte Maykl und wischte mit der Hand durch die Luft, »es lohnt nicht, darüber zu reden. Es war dumm von mir, dass ich überhaupt etwas dazu gesagt habe.«

»Nein, nein, damit kommst du mir nicht davon. Das möchte ich schon wissen, was ich mit deiner Scheidung zu tun haben soll. Ich kannte deine Frau nicht, und ich kann mich nicht erinnern, irgendetwas ihr oder über sie geschrieben zu haben. Was habe ich damit zu tun?«

»Später«, entgegnete Maykl, »wir können später darüber sprechen. Gehen wir hinein und setzen wir uns zu Annika.«

»Das will ich aber wissen, mein Freund, ich fahre erst weg, wenn du es mir erzählt hast«, sagte Rem, bevor er die Balkontür aufstieß und ins Zimmer trat.

Annika hatte Glasschalen mit Eis und Früchten auf den Tisch gestellt und eine eiskalte Wodkaflasche.

»Womit willst du anfangen, Rem, mit dem Dessert oder mit dem Wodka.«

»Wundervoll, Annika. Das Essen war ein Festmahl, und Eis und Wodka, das passt zusammen.«

»Du trinkst viel Wodka?«

»Ja. Neuerdings. Das ist sehr ungewöhnlich für mich, denn ich habe nie getrunken, schon gar nicht im Dienst. Ich habe mir sogar in den Wodkagläsern Wasser servieren lassen, um anzustoßen. Ich musste auch am Abend, wenn es locker und heftig wurde, dolmetschen, das geht nicht mit Alkohol. Und dann habe ich zu oft erlebt, wie jemand mit einem einzigen Satz, der nur den vielen Wässerchen geschuldet war, seine Karriere ruinierte. Oder sein Leben zerstörte. Nein, den Wodka habe ich erst nach meinem Ausscheiden kennengelernt, also habe ich einiges nachzuholen. Auf dein Wohl, Annika, bleib für alle Zeiten so glücklich und so schön, wie du bist.«

Die Männer tranken die Gläser in einem Zug aus. Annika nippte an einem Weinglas, stellte es auf den Tisch zurück und sagte: »So, ich habe wie verabredet den Wodka gebracht, nun musst du, wie versprochen, weitererzählen. Was passierte dann mit deinem Vater und seiner Forschungsgruppe? Er war berühmt, weltberühmt, wie du sagtest, was geschah dann mit ihm?«

Rem schob sein Glas zu Maykl und ließ es von ihm nochmals füllen.

»Was geschah? Nun, es war die hohe Zeit der Denunziationen. Das Ende von Vaters Arbeitsgruppe, das Ende seiner Forschung, seiner von ihm begründeten Wissenschaft und schließlich seines Lebens begann mit einer Theaterkritik. Mutter hat mir das Jahre später erzählt, lange nach Vaters Tod. Meyerhold, der in Vaters Gruppe mitarbeitete, um dessen Methodik für das Theater nutzbar zu machen, wurde, nachdem ihn die Rote Armee aus der Gewalt der Weißen befreien konnte, Leiter der staatlichen Theaterverwaltung. Er inszenierte und gründete ein eigenes Theater, wobei er die überkommene, die traditionelle Schauspielkunst heftig bekämpfte und ablehnte, und mit Hilfe des methodischen Ansatzes von Vaters Hirntraining eine neue Schauspielertechnik entwickeln wollte, die er Biomechanik nannte. Er kombinierte psychologische mit physiologischen Prozessen, seine Schauspieler benutzten besondere Bewegungen und Gesten zur Verdeutlichung ihrer Emotionen, denn er meinte, dass Emotionen den physischen Abläufen folgen. Dieser neue Stil gefiel dem Moskauer Publikum, jedoch nicht allen. Ausgerechnet die Krupskaja, Lenins Frau Nadeschda Krupskaja, wandte sich öffentlich gegen Meyerhold und gegen sein biomechanisches Theater. Sie nannte sein Theater volksfremd und volksfeindlich, angekränkelt und dekadent, und es gebe einen ersten Hinweis auf eine trotzkistisch-menschewistische Gruppierung an einer sowjetischen Lehranstalt, die unter dem Deckmantel der Wissenschaft das Gift eines gegenrevolutionären Bildes vom Menschen und der Gesellschaft zu verbreiten suche. Die Mehrheit der Theaterkritiker folgte augenblicklich ihrer Ansicht bis das *Wsewolod-Meyerhold-Theater* über Nacht verboten und geschlossen wurde. In unserem Land witterte man jetzt überall Verrat und Spionage, es begann, was wir heute in Russland den *Großen Terror* nennen. Lyssenko war zum Präsidenten der Akademie für Landwirtschaftswissenschaften ernannt worden, nicht allein in der Biologie, nein, in allen Wissenschaften galt nur noch, was er verkündete. Zu dieser Zeit veröffentlichten zwei Professoren der Universität, ihre Namen mögen mit allem Gemeinen für alle Ewigkeit klanglos zum Orkus hinabfahren, sie veröffentlichten in der *Prawda* einen Artikel, eine Kampfschrift gegen bürgerliche Pseudowissenschaften, gegen Liebedienerei vor volksfeindlichen und menschewistischen Aftertheorien. Vater und seine von ihm begründete Wissenschaft des Gehirntrainings waren das eigentliche Ziel des Angriffs. Vier Tage später kam ein Artikel, der in die gleiche Richtung zielte, aber keinen Verfasser nannte, sondern lediglich mit den gefürchteten drei Sternchen gekennzeichnet war, also von einem Autor aus dem Politbüro stammte oder von Stalin selbst. Vater las morgens den Brief der beiden Kollegen mit einem verständnislosen Kopfschütteln und ebenso vier Tage später den Drei-Sterne-Artikel. Er war, wie Mutter sagte, an diesen beiden Vormittagen wohl der Einzige an der gesamten Lomonossow-Universität, der nicht begriff, was diese Artikel bedeuteten, dass es um ihn ging, um seinen Kopf. Es erfolgten Hausdurchsuchungen in Vaters Institut, in unserer Wohnung, bei allen, die in seiner interdisziplinären Forschungsgruppe mitgearbeitet hatten, selbst wenn sie, wie Lilija oder Galja, nicht dazugehörten und nur ein paar Mal dabei waren.«

»Das wusste ich nicht«, warf Maykl ein, »von Hausdurchsuchungen in Moskau hatten mir meine Eltern nichts erzählt. Für mich kam der Umzug nach Korkino völlig überraschend, von heut auf morgen.«

»Ich war in der Wohnung, als sie das erste Mal erschienen, ansonsten hätten es mir meine Eltern sicherlich auch verschwiegen. Man sprach nicht darüber, nicht mit den Nachbarn, obwohl die alles mitbekamen, nicht mit Kollegen, nicht mit den Freunden und nach Möglichkeit auch nicht mit den eigenen Kindern. Vieles von dem, was ich jetzt weiß, habe ich erst Jahre und Jahrzehnte später erfahren. – Fast die gesamte Gruppe um Vater wurde innerhalb von wenigen Wochen verhaftet, sein Institut wurde geschlossen. Alles wurde beseitigt, alle Papiere, alle Forschungsergebnisse, sämtliche Akten des Instituts, sogar sein großes Lehrbuch, ein Manuskript von mehr als neunhundert Seiten, alles wurde mit einem Lastwagen abgeholt. Sie sind und bleiben verschwunden, nicht in Chruschtschows Tauwetter-Periode ließ sich davon irgendetwas finden und auch nicht nach dem Ende der Sowjetunion. Mit deinem Vater, Maykl, passierten noch schlimmere Dinge. Im Grunde wurde er wegen einer kleinen, einer winzigen, einer belanglosen Buchrezension umgebracht. – Soll ich wirklich noch mehr erzählen? Machen wir für heute mit diesem Thema Schluss. Einverstanden?«

Er und Annika schauten Maykl an, der mit versteinertem Gesicht zur Balkontür starrte. Nach einigen Sekunden stand er auf und ging wortlos aus dem Zimmer.

»War es zu viel?«, fragte Rem. »Hätte ich es nicht erzählen sollen? Ich weiß nicht, was Maykl über diese Zeit und diese Ereignisse bereits weiß und was für ihn neu ist.«

Maykl kam mit einer weiteren Wodkaflasche zurück, goss sein Glas voll und reichte sie danach seinem Freund.

»Sprich weiter, Rem, ich will es wissen. Ich will alles wissen.«

»Was von alldem wusstest du bereits?«

»Eigentlich alles oder so gut wie. Ich bekam jedoch immer nur Bruchstücke in die Hand, aus denen ich mir ihre Geschichte zusammensetzen musste. Sprich bitte weiter. Ich will es hören, ich muss es hören.«

Er trank sein Glas aus, setzte sich und starrte wieder zur Balkontür oder in den wolkenlosen Himmel.

»Bruchstücke, ja«, stimmte ihm Rem zu, »auch ich habe Bruchstücke gesammelt und zu einem Gesamtbild zusammengesetzt. Ein paar Archive öffneten sich nach dem Ende der *Großen Ruhmreichen*, ein paar, aber nicht alle. Einige Mosaiksteinchen habe ich bisher nicht zu sehen bekommen, entweder weil es sie nicht mehr gibt, weil sie ausgelöscht wurden wie wohl die gesamte Arbeit meines Vaters oder weil darüber immer noch das Auge von Väterchen Stalin wacht. Ich weiß nicht. – Alle Männer der Forschungsgruppe, die nicht in Moskau umgebracht wurden, kamen nach Workuta. Ausnahmslos alle oder fast ausnahmslos. Ihre Frauen und Kinder wurden nach Sibirien verbannt. Die Ausnahme war mein Vater. Er kam nicht nach Workuta, ihn schickten sie mit uns, mit seiner Familie nach Korkino. Warum? Schließlich leitete er das Institut, war der spiritus rector der Arbeitsgruppe. Wieso haben sie ausgerechnet ihn nicht in das gefürchtete Workuta geschickt? Ich weiß es bis heute nicht, ich kann nur vermuten. Es könnte sein, jener General, der sich mutig vor seine Offiziere gestellt hatte, hielt seine schützende Hand auch über meinen Vater. Vielleicht war er ein Anhänger der Arbeit von Waldemar Gejm, vielleicht auch bloß ein anständiger Mensch. Dieser General hat die *Große Säuberung* überlebt, die Jahre 37/38, in denen Stalin seine Armee enthauptete, er hat den Krieg überlebt, doch 1951 wurde auch er ein spätes Opfer der *Säuberung*. Im März 1951 wurden ihm ungeheuerliche Vergehen vorgeworfen und er verschwand aus der Armee. Er verschwand vollkommen, er wurde unauffindbar, ich weiß noch immer nichts über sein weiteres Schicksal, selbst heute ist mir seine Akte nicht zugänglich, ist dieses Archiv versiegelt. Rehabilitiert wurde dieser General nicht. Auf alle meine Anfragen habe ich nie eine Antwort bekommen. Sechs Wochen nach seinem mysteriösen Verschwinden, im Mai 1951, wurde mein Vater abgeholt und ins Tscheljabinsker ITL verbracht, in das Besserungsarbeitslager Nummer Sechs. Er musste dort als Holzfäller arbeiten. Mein Gott, mein lebensfremder Vater, dieser Gehirnmensch, ein Wissenschaftler wie aus dem Bilderbuch, er hatte Bäume zu fällen und sie dann zum Fluss zu zerren.«

Rem verstummte, stand auf, goss sich und Maykl Wodka ein und ohne ein Stück Brot und ohne ein Wort stießen sie stehend mit den Gläsern an, tranken sie aus und standen dann einige Sekunden, Stirn an Stirn, reglos voreinander. Rem wischte sich über die Augen und setzte sich.

»Vater hat nicht einmal zwei Monate in dem Lager leben müssen, dann hatte er es überstanden. Wetschnaja pamyat, Papa!«

»Wetschnaja pamyat!«, stimmte Maykl ihm zu und nochmals hoben sie ihre Gläser.

Aufseufzend ließ sich Rem in den Stuhl zurückfallen: »Waldemar Gejm in eine Arbeitsbesserungsanstalt zu stecken, ihn, der sein Leben lang Woche für Woche achtzig Stunden arbeitete, ihn zu zwingen, Bäume zu fällen, einen Mann, der nur mit seinem Kopf arbeiten konnte und ansonsten zwei linke Hände hatte, das gehört für mich zu den schlimmsten Verbrechen Stalins. In die Hölle mit diesem Satan, klanglos zum Orkus hinab.«

Er verstummte und für einige Sekunden saßen alle drei schweigend und in Gedanken versunken nebeneinander. Dann lachte Rem auf und meinte: »Stimmt ja nicht. Klanglos zum Orkus, das gilt für ihn nicht. Er erfreut sich mittlerweile bester Gesundheit bei uns und bald werden wohl wieder seine Denkmäler aufgerichtet.

Selbst die Armee scheint alles vergessen zu haben, unsere Armee, die in den Jahren der Säuberung doppelt so viele Generäle wie im gesamten Weltkrieg verlor. – Gut, dass ich mir das einmal alles von der Seele reden konnte. Daheim will außer ein paar uralten Veteranen keiner mehr etwas davon hören. Für die jungen Leute ist das alles Quark von gestern, der sie nichts angeht und sie nicht betrifft, oder Stalin gilt ihnen als Idol, für sie ist er ein Held, eine Ikone, die man sich ans Revers heftet, ein Popstar.«

»Möchtest du einen Kaffee, Rem?«

»Ja, unbedingt, und einen kräftigen. Aber warte, Annika, ich weiß gar nicht, ob ich für einen Kaffee noch genügend Zeit habe, ich muss nach Berlin zurück und sollte mich besser auf den Weg zum Bahnhof machen.«

Maykl fragte, wann Rem in Berlin sein müsse, und beruhigte ihn, der Zug fahre jede Stunde, in vierzig Minuten der nächste. Er selbst könne ihn nicht zum Bahnhof fahren, dafür sei zu viel Wodka geflossen, er werde ein Taxi bestellen, da sei er in weniger als fünf Minuten dort. Seine Frau bat er, auch für ihn einen starken Kaffee zu machen, und ging in den Wohnungsflur zum Telefon.

Als die drei wieder um den Tisch saßen, bedauerten alle die baldige Abreise Rems, zumal sie nicht wussten, wann sie sich wiedersehen würden. Rem lud das Ehepaar nach Moskau ein, er habe eine große Wohnung mit einem separat gelegenen Gästezimmer, sobald Maykl seinen Dienst quittiert habe, sollten sie zu ihm kommen.

»Wir haben noch einiges zu bereden«, meinte er, »ein paar Zusammenhänge von damals fehlen mir. Wir waren Kinder, die Eltern vermieden es, uns etwas zu erklären und vor uns über das zu sprechen, was ihnen unaufhörlich durch den Kopf gehen musste. – Bringst du mich noch zum Bahnhof, Maykl? Du wolltest mir noch etwas sagen, nicht wahr?«

Maykl nickte. Rem verabschiedete sich mit Wangenküssen von Annika.

»Geht langsam die Treppe hinunter«, rief sie ihnen nach, »ihr zwei seid nicht mehr so ganz sicher auf den Beinen.«

Das Taxi stand bereits vor der Tür. Rem steckte die Zigarette, die er sich auf der Treppe zwischen die Lippen gesteckt hatte, in die Schachtel zurück. Sie stiegen ein, und Maykl sagte dem Fahrer, er möge sie zum Bahnhof bringen.

»Zum Bahnhof?«, fragte der Taxifahrer entrüstet und drehte sich zu ihnen um. »Da sind Sie zu Fuß schneller.«

»Wir sind ältere Herren und sind beide nicht gut zu Fuß. Aber wenn Sie am Bahnhof einen Moment warten, dann fahre ich auch noch mit Ihnen zurück.«

»Großartig«, knurrte der Fahrer, »aber das ist ausgeschlossen, ich habe noch einen Krankentransport, zu dem ich Ihretwegen zu spät komme.«

Rem sah den Freund erwartungsvoll an, aber Maykl schüttelte den Kopf.

»Was heißt das?«, fragte Rem schließlich. »Was habe ich für eine Aktie an deiner Scheidung, obwohl ich deine erste Frau nie gesehen habe?«

Maykl tätschelte ihm die Hand und meinte lächelnd, er hätte sich besser diese überflüssige Bemerkung sparen sollen, doch Rem protestierte: »Wer die Lippen spitzt, muss auch pfeifen, mein Freund.«

Das Taxi hielt neben dem Kiosk auf dem Bahnhofsvorplatz, Maykl bezahlte den Fahrer, den auch ein Trinkgeld nicht freundlich stimmte und der grußlos davonfuhr.

»Dein Zug kommt in zwölf Minuten. Willst du hier

noch einen Kaffee nehmen?«, fragte Maykl und wies auf den Kiosk.

»Nein. Jetzt will ich nur noch von dir etwas hören.«

Sie gingen zur Unterführung und Maykl erzählte, wie einer der ersten Briefe von Rem vor neun Jahren eine kleine Lawine auslöste, die ihn schließlich die Position in Weimar kostete, die Versetzung in dieses Provinznest bescherte und überdies eine unangenehm verlaufende Trennung von Sandra.

»In einem deiner allerersten Briefe, das war im Mai 1990«, sagte er, »schriebst du, in deiner Dienststelle hättest du vor Jahrzehnten einmal einen Brief übersetzen müssen, in dem mein Name gestanden habe. Und da sowohl Maykl als auch Trutz nicht sehr gewöhnliche deutsche Namen seien, warst du sicher, es würde sich dabei um mich handeln. Da in diesem Schreiben der Ort meiner Arbeitsstelle genannt wurde, hättest du ihn im Kopf registriert. Noch vor deinem Ausscheiden aus der Armee und obwohl dir Kontakte ins Ausland untersagt waren, schriebst du mir oder vielmehr Geta einen Brief an die Adresse des in dem Schreiben genannten Archivs. Diesen Brief erhielt ich, das war im April 1990. Ich schrieb verabredungsgemäß an Geta, fragte sie oder vielmehr dich nach jenem Brief, den du Jahre zuvor zu übersetzen hattest, und dann kam im Mai der Brief mit deinem Gedächtnisprotokoll jenes Briefes und der amtlichen Antwort, die du damals ebenfalls übersetzt hattest. Und mit diesem Brief begann der Zirkus. Ich zeigte Brachvogel an, es kam zu einem Prozess, den ich verlor, Sandra stellte sich von Beginn an gegen mich und meine Bemühungen, Brachvogel zu entlarven. Es kam zu hässlichen Szenen zwischen uns, die mir heute noch peinlich sind, und als ich nach Wittenberge umzuziehen hatte, weigerte sie sich mitzukommen und ließ sich von mir scheiden. – So war das, Rem, und insofern hast du keinerlei Schuld an unserer Trennung, aber eine Aktie daran.«

»Wir haben uns wohl noch einiges zu erzählen.«

»Sicher, aber nicht mehr heute, da kommt deine Bahn«, sagte Maykl und wies auf den einfahrenden Doppelstock-Zug.

»Wie auch immer, deine erste Frau habe ich nicht kennengelernt, aber mit Annika hast du ein großes Los gezogen.«

»Ich weiß. Leb wohl, Rem. Bis bald, hoffe ich.«

»Komm zu mir. Kommt beide zu mir nach Moskau.«

Sie neigten sich zueinander und verharrten für einen Moment Stirn an Stirn. Als sich die Wagentüren öffneten, küssten sie sich auf die Wangen, dann stieg Rem in den Waggon.

6. Kapitel

Die beiden Freunde hatten verabredet, sich von nun an regelmäßig zu sehen, und Rem lud den Freund mit seiner Frau wiederholt nach Moskau ein. In den Briefen schrieb Rem, er würde weiterhin die Archive in Moskau und Petersburg durchforsten, auf der Suche nach seinem Vater und dessen Werk. In einem der geöffneten KGB-Archive habe er einen Gefängnis-Kassiber von Meyerhold an eine Lena entdeckt, in dem er ihr die Verhöre schildert, denen er unterzogen wurde und bei denen man ihn mit Gummiknüppeln schlug und heißes Wasser über seine Blutergüsse schüttete. Über alles habe Meyerhold den Genossen Molotow informiert, und er sei daher gewiss, der Regierungschef werde ihn aus der Haft befreien und die Schuldigen bestrafen.

Einige Archive, schrieb Rem, hätten sich nach dem Ende der Sowjetunion geöffnet, einige seien so verschlossen wie zu Stalins Zeiten und er habe den Eindruck, die Telefondrähte, die aus Stalins Sarg in die Welt hinausgingen, wie der Dichter Jewtuschenko in seinem Gedicht *Stalins Erben* es beschrieben habe, seien nach wie vor intakt und an den anderen Enden der Leitungen säßen seine lebendigen und noch immer mächtigen Erben, um seine Befehle entgegenzunehmen und auszuführen.

Er habe bei seinem Besuch in Wittenberge von einem Schutzengel seines Vaters gesprochen, einem General, der sich furchtlos für jene beiden Offiziere eingesetzt hatte, die in der Gejm-Forschungsgruppe mitarbeiteten. Dieser General, Rem nannte in den Briefen seinen Namen nicht, er schrieb stattdessen nur die Buchstaben W. K., sei wohl eine Schlüsselfigur in dem großen Rätsel Waldemar Gejm. Sobald er dessen Namen sage, schlössen sich die Türen der Archive, senkte sich eine Stahlwand herab und man wäre, sobald er diesen Namen ausspreche, nicht mehr bereit, ihm auch nur die Uhrzeit zu sagen. Dieser W. K. sei unauffindbar, es gäbe keinen Totenschein, in keinem Lagerverzeichnis werde er aufgeführt, es sei, als hätte er nie gelebt. Er sei aber gewiss, noch auf Spuren von ihm zu stoßen. Spätestens an jenem Tag, schrieb Rem in seinem letzten Brief, wenn sich die Gräber auftun und die Archive geöffnet werden.

Im darauffolgenden Jahr, dem ersten des neuen Jahrtausends, wollte Maykl mit Annika Rem in Moskau besuchen. Im Februar machte er ihm den Vorschlag, im Mai oder Juni zu ihm zu reisen, und setzte hinzu, er könne auch zu jeder anderen Zeit kommen, er sei ja jetzt ebenfalls Pensionist. Rem antwortete ihm nicht. Einen Monat später schickte Maykl ihm eine Ansichtskarte seiner Stadt und fragte, ob er seinen letzten Brief mit den Reiseplänen nicht erhalten habe. Er schrieb ihm noch zweimal, etwas überrascht von dem plötzlichen Verstummen seines Freundes. Im Mai, als er eigentlich mit Annika in Moskau sein wollte, bat er den Freund um Aufklärung. Er wisse nicht, wieso Rem schweige, was vorgefallen sei, ob er, Maykl, seinen Freund unwissentlich gekränkt oder verärgert habe.

Vierzehn Tage später traf eine russisch geschriebene Antwort von Nina, Rems Frau, bei ihm ein. Sie teilte ihm mit, sein Freund Rem, ihr Ehemann, sei tot. Vor drei Monaten, am elften Februar, sei er erschlagen worden. An jenem Morgen hätten sie zusammen gegen zehn Uhr das Haus verlassen. Rem hätte sie zu Slepnjow gefahren, dem berühmtesten Friseur in Moskau, dessen Familie seit fünf oder sechs Generationen die Vornehmen und Reichen frisierte, die Slepnjows hätten schon der Zarenfamilie die Haare geschnitten und den Ehefrauen der Bolschewiki-Häuptlinge, es heiße in Moskau, selbst der Patriarch lasse sich nur von Slepnjow die Haare schneiden. Rem hätte ihr einen Termin bei Slepnjow zum Geburtstag geschenkt. Es würde, wussten sie, zwei, drei Stunden dauern, Rem wollte sie gegen eins mit dem Auto bei Slepnjow abholen.

Da er auch nach vier Stunden nicht zum Frisiersalon gekommen sei, wäre sie allein nach Hause gefahren. Ihre Wohnungstür stand offen, die Sicherheitskette war herausgerissen. Sie habe verängstigt und vorsichtig die Wohnung betreten und dabei immer wieder nach ihrem Mann gerufen. Überall seien Spuren des Einbruchs sichtbar gewesen, der Flur mit Porzellanscherben übersät, die Mäntel lagen auf dem Fußboden. Sie sei in sein völlig verwüstetes Arbeitszimmer gegangen, die Regale waren angekippt worden, so dass die Bücher und Aktenordner im ganzen Zimmer verteilt lagen, wild durcheinander und teilweise aufgerissen. Im Wohnzimmer fand sie Rem, er lag tot auf dem Teppich, die Einbrecher hatten ihm den Kopf mit einer Axt gespalten, die blutig neben seinem Körper lag. Sie sei in Ohnmacht gefallen, irgendwann aufgewacht und wollte die Miliz anrufen, aber Rems altes Telefon war aus der Wand gerissen. Sie suchte nach seinem Handy, es war nicht zu finden, und so sei sie zur Nachbarin gegangen, um von dort aus die Kriminalpolizei zu verständigen. Eine halbe Stunde später seien drei Männer in Zivil erschienen, Beamte der Mordkommission, um Spuren aufzunehmen.

Rem sei zwischen zehn Uhr sechsundvierzig und elf Uhr zweiundfünfzig ermordet worden, dies hätten die Aufzeichnungen einer Überwachungskamera des benachbarten Hauses ergeben, in der die Wirtschaftsabteilung der Republik Kasachstan residiert. In der Aufzeichnung seien drei Männer mit Koffern zu sehen, die ihr Wohnhaus betreten. Offenbar wussten sie um die Kamera, denn sie telefonierten scheinbar mit den gerade in Mode gekommenen Mobiltelefonen und verdeckten dadurch sowohl bei der Ankunft als auch bei ihrem Verschwinden mit einem Handy oder auch nur mit der hochgehaltenen Hand ihr Gesicht. Sie hätten Koffer und Taschen getragen, die bei dem Verlassen des Hauses, wie auf dem Video erkennbar sei, deutlich schwerer gewesen waren.

Alle Unterlagen Rems, alle seine Notizen und Adressbücher habe man mitgenommen, auch das Geld, das im Küchenschrank lag, die Rubel, ein paar Dollar und einige Schweizer Franken. Den Computer hätten sie zerschlagen, die Festplatte jedoch zuvor ausgebaut, was weder sie selbst noch die Polizei anfänglich bemerkt hätten, denn die Einbrecher hätten es sorgsam gemacht und das zerstörte Gerät hinterher verschraubt oder verklebt, so dass sie erst Tage später diesen Diebstahl bemerkte und melden konnte.

Nach vier Monaten seien die Untersuchungen zu dem Mord vorläufig eingestellt worden, man habe keinerlei Ergebnisse erzielen und keinen Verdächtigen ermitteln können. Die Untersuchungen würden jedoch jederzeit umgehend wiederaufgenommen, sollten neue Beweise oder Zeugen auftauchen.

Sie habe Maykl nicht früher schreiben können, sie hatte seine Adresse nicht, denn alle Briefe und Unterlagen Rems seien entwendet worden. Sie habe deswegen viele seiner Bekannten über seinen Tod nicht informieren können und zur Beerdigung wären daher nur wenige Freunde gekommen.

Sie bitte Maykl und seine Frau, nach Moskau zu kommen, so wie sie es mit Rem verabredet hätten, sie würde sich freuen, ihre Wohnung stehe Rems Freunden, solange sie wollten, zur Verfügung.

Als Annika aus dem Büro nach Hause kam, lag Maykl auf dem Sofa und starrte aus dem Fenster. Er begrüßte sie nicht, er antwortete nicht auf ihre Fragen, er sah sie nicht an und betrachtete den Himmel.

»Sie sind tot«, sagte er, ohne sich zu ihr zu wenden, »sie sind alle tot. Alle. Nur ich nicht. Aber wieso?«

Sie wollte wissen, wovon er spreche, er reichte ihr Ninas Brief.

»Hat Rem endlich geschrieben? Wann erwartet er uns? Ich kann das nicht lesen«, sagte sie und gab ihm den Brief zurück, »würdest du es mir bitte übersetzen.«

Maykl setzte sich auf, nahm den Brief und verdeutschte ihn ihr Wort für Wort, Satz für Satz. Annika hatte sich in einen Sessel gesetzt und hörte ihm entsetzt zu. Als Maykl den letzten Satz übersetzt hatte, ließ er den Brief fallen und wiederholte: »Alle sind tot. Rem, meine Eltern, Waldemar Gejm, Lilija, alle, nur ich nicht.«

Annika setzte sich zu ihm und umarmte ihn, so saßen sie eine Weile, verzweifelt und stumm.

Später fragte Annika, ob Maykl Ninas Einladung annehmen wolle, ob sie zu ihr nach Moskau reisen wollen. Er nickte, doch dann sagte er: »Ich weiß nicht, vielleicht sollten wir zu Geta fahren. Möglicherweise ist sie glücklicher geworden, hatte den klügeren Entwurf für dieses Leben, mehr Verständnis für diese Welt als Waldemar Gejm, Rem und ich, hatte sich für ein geeigneteres, ein brauchbareres Verhalten entschieden.«

»Ich mach uns Abendbrot«, sagte Annika und stand auf, »was möchtest du essen?«

»Nichts«, erwiderte er, »ich möchte nichts essen. Aber einen Wodka würde ich gern trinken.«

»Ich glaube, wir haben einen Rotwein im Haus und eine geöffnete Weißweinflasche, aber sicher keinen Wodka. Den müsste ich erst besorgen.«

»Bitte, ja. Hol mir einen Wodka. Irgendeinen. Oder nimm den *Gorbatschow*, den habe ich mit Rem vor einem Jahr getrunken. Ja, kauf den *Gorbatschow*, bitte.«

Als sie bereits in der Tür stand, rief er ihr nach: »Kauf zwei Flaschen. Ich weiß nicht, ob mir heute eine ausreicht.«

»Mach ich«, sagte sie und schloss leise die Tür hinter sich.

Maykl ließ sich auf das Sofa zurückfallen, starrte an die Zimmerdecke und sang mit leiser Stimme, er hauchte die Worte, während ihm Tränen über die Wangen liefen, wieder und wieder: »Glücklich ist, wer vergisst, was doch nicht zu ändern ist.«